梁塵秘抄詳解 神分編

永池健二 編

八木書店

目　次

はじめに

永池健二

本書は、『梁塵秘抄』巻二、四句神歌神分編全三五首の今様神歌について、歌謡研究の立場から、詳細な釈注と考察を加えたものである。平安時代末期に、当代の帝王、後白河上皇によって編纂された今様集『梁塵秘抄』は、歌詞集、口伝集合わせて全二〇巻と推定されるが、早く散逸し、今日まとまって伝存するのは、口伝集巻一〇と歌詞集の巻二、及び口伝集巻一と歌詞集の巻一のごく一部を見本的に抽出抄録した合巻の三種のみである。従来、口伝集巻一〇が知られているに過ぎなかったが、明治四四年秋、和田英松によって巻二が発見され、佐佐木信綱によって広く世に紹介された。書写年代が江戸後期まで下がると推定される転写本であるが、他に伝本が存在しない孤本として、古代から中世へと転換する激動の過渡期の民衆生活を映し出す、他に類を見ない貴重な歌謡資料である。

現存本「巻二」は、甲・乙の二冊に分かれ、甲冊には法文歌二二〇首が、乙冊には、四句神歌二〇四首、二句神歌一二一首（いずれも実数）が収載されている。「神分」編は、乙冊の四句神歌の冒頭部に、後に続く仏歌・経歌・僧歌・霊験所歌・雑の各部に先行して置かれている。乙冊表紙には題僉に「梁塵秘抄　乙」と記され、第一葉表左上に「梁塵秘抄巻二」とあり、二葉表に

〇四句神歌　百七十首

〇神分　三十六首

と見出し書きし、次行から歌が一首ずつ分かち書きされている。各歌の頭には朱で「〇」が付され、各句の切れ目には朱で「、」が施されている。見出しには「神分三十六首」とあるが、実数は三五首である。

「神分」とは、仏教の用語で、法会や修法に際して諸神を勧請し、法施を手向けることをいう。般若心経などを読誦して神々の擁護を請うものであるが、ここでは神仏習合・本地垂迹の思想に基づいて、仏歌・経歌・僧歌の三宝歌を提示するに先立って、諸神を礼讃する種々の神祇歌謡を「神分」として掲げたものと推定される。神分の歌には、神々や社の名を列挙しただけの物尽しの歌謡が多く、一見表現に変化が乏しく見える所から、種々な民衆歌謡を多様に含んだ後半の「雑」の部の歌にくらべて注目されることが少

なかったが、その置かれた位置からも分かるように、編者・後白河上皇が神々に献げるべき神祇歌として最も重視したと見られるものである。すでに新間進一が早く「神祇文学」と位置付けたように、その中には、当時の人々の宗教意識や信仰生活の内実を生々しく伝える貴重なものが数多く納められている。

本注釈の執筆を分担して担当したのは、遊女（うかれめ）文化研究会に集う、歌謡史・歌謡文芸や芸能史研究などを専門とする一二人のメンバーである。同研究会では、前身の奈良教育大学古典と民俗の会の時代からおよそ一〇年にわたって、この神分編の今様神歌の共同研究を積み重ねてきた。その共同研究の成果の大要は、すでに「梁塵秘抄選釈　巻第二　四句神歌　神分編」㈠〜㈥として、『奈良教育大学国文―研究と教育―』（三二号二〇〇九年三月〜三七号二〇一四年三月）に六回にわたって連載して、好評を博してきた。本書は、その後さらに三年余をかけて、共同討議を重ね、資料の増補と歌の解釈の深化を重ねて、大幅に改訂増補したものである。

注釈にあたっては、一首ごとにまず『天理図書館善本叢書16　古楽書遺珠』所載の『梁塵秘抄』巻二の影印から当該歌の【影印】を転載し、次いでその【翻刻】、【校訂本文】、【校訂】、【類歌・関連歌謡】、【諸説】を示した上で、【語釈】と【考察】を加えた。その注釈の研究と作業において執筆担当者が共に留意したのは、次の諸点である。

(1)【諸説】では、先行注釈・研究の成果を広く見渡し、その成果を踏まえ尊重すると共に、その限界や問題点を正確に測定することに努めた。

(2)【語釈】では、各語句の用例を可能な限り収集し、その表現を当該時代の社会生活と信仰の中に置き直して、その意義を正確に再現することに努めた。

(3)【考察】では、語釈での検討を踏まえた上で、歌詞の表現の文辞上の意味に留まらず、歌の場との関わりや歌い手聞き手の心意にも常に想到して、歌謡の独自な表現世界を摘出するよう努めた。

こうした作業の結果、一見、神の名や神社名を列挙しただけのような無味乾燥ともいえる神分編の神歌は、その面目を一新し、平安時代末期の京の都を中心とした貴賤衆庶の心の内側を鮮やかに映し出す生きた歌声として見事に甦ってきたのである。ぜひ多くの方々に一首ごとの注釈と考察に触れていただき、そこに開示された神分編神歌の宗教世界の奥深さとその醍醐味とを、共に味わっていただきたいと思う。

本注釈の成果は、一二人のメンバーによる一〇年余にわたる共同研究の積み重ねの賜物である。個々の注釈において提示された精細な考証や新解は、ひとえに担当者の努力の成果であり、その評価も責任も、当人に帰せられるべきものであるが、その多様な成果は、視野や関心の異なる多数のメンバーの厳しい評眼を経ることによってしばしば大きな広がりと深さを獲得した。厖大な資料の氾濫の中で解釈に立ち往生していた担当者が、メンバーが提示してくれた一つの知見やアドバイスによって、新たな解釈の地平が拓かれるという体験をしたことも少なくなかった。専門や関心の異なる多数の研究者が同座して切磋琢磨してきた共同研究ならではの貴重な体験であったと思う。

巻末に添えた付録、「『梁塵秘抄』歌謡初句索引」と「主要寺社所在図・寺社案内」も、担当者全員の協力の下に作成されたものである。中でも寺社所在図の作成に当たっては、細密な原図の作画を、藤井隆輔氏にお願いした。また、最終段階における注釈本文の表記の統一等の煩雑な作業は、植木朝子、田林千尋両氏の手を煩わせた。勤務繁忙の中、困難な作業を担ってくれた三氏には心より御礼を申し述べたい。

なお、『天理図書館善本叢書16　古楽書遺珠』所載の影印の転載にあたっては、原本御所蔵の天理大学附属天理図書館に快くご承諾いただだいた。また、本書の刊行は、その善本叢書の版元たる八木書店にお願いし、出版事情の厳しい中、これも気持ちよくお引き受けいただいた。両所に対して、ここに改めて篤く御礼を申し上げたい。

また、八木書店古書出版部の金子道男氏には、編集作業の全般にわたって、終始、絶大な御協力と御力添えをいただいた。心より感謝の意を申し述べたいと思う。

凡例

田中寛子・田林千尋

一、本書は『梁塵秘抄』巻二、四句神歌、神分編の今様全三五首（二四二〜二七六歌）について、歌ごとに注釈を試み、考察を加えたものである。

一、詞章本文は、天理大学附属図書館蔵（竹柏園旧蔵）『梁塵秘抄』巻二を底本とする。

一、歌番号は、新日本古典文学大系『梁塵秘抄　閑吟集　狂言歌謡』をはじめとする主要な注釈書が共通して用いている番号に従った。

一、各歌について、以下の見出しを掲げ記述した。

【影印】

『天理図書館善本叢書和書之部16　古楽書遺珠』（八木書店、一九七四年）より転載した。

【翻刻】

改行も含め、底本通りを原則とした。ただし、異体字、変体仮名は現行の字体に統一した。朱で記された歌頭の「○」と歌中の「、」「。」、歌詞に付された傍記、傍点もできる限り忠実に再現した。

【校訂本文】

語釈、考察をふまえた本文を校訂本文として掲載した。

・誤字、脱字、衍字と考えられる箇所を訂正し、読者の理解を助けるため、適宜漢字を当て、振り仮名を付した。なお、原文漢字の場合は振り仮名を（　）に入れた。

・仮名は、原則として歴史的仮名遣いを用いた。ただし、不審箇所、「む」「ん」、「え」「ゑ」、「い」「ゐ」などについては、原文のまま、平仮名で表記した。

・歌の区切れと考えられる部分に一字分、空白を入れた。また、改行も歌の句切れを意識したものにした。

【校訂】

本文の読み、翻刻に関わる問題点については、その根拠を整理して簡潔に記した。傍書・傍点等の書き入れについても、＊で記した。なお、誤写類型は新大系によった。

【類歌・関連歌謡】

歌謡の背景がより明らかになると思われるものを掲示した。歌の表現、句型に著しい類似が見られるものを記した。また、配列の上で連続する歌と、共通する内容・対称的な構造・時系列上の展開・空間的な連続などが見られるものを記した。さらに、全国各地に現存する伝承歌謡も掲げた。

【諸説】

先学の注釈のうち、特に歌の解釈に関わるものについて、諸説を整理して記した。参観した『梁塵秘抄』の主要参考文献は、別項（『梁塵秘抄』主要注釈等の略称一覧）に掲げる通りの略称で記した。その他の文献は※で記した。

【語釈】

歌謡の世界を理解する手がかりとなるよう、解釈に関わる語の用例を具体的に提示し、その意味を的確に捉えることに努めた。担当者が抽出した自立語、付属語について語釈を記した。また、担当者の判断により、二語以上のまとまりで立項したものなどもある。

【考察】

語釈の検討を踏まえ、歌謡の世界の理解がより広がると思われる事柄の記述に心懸けた。成立の背景、歌謡史、あるいは文学史上の位置、配列上の意義などについても明らかになるようにした。とりわけ、時代と社会という、歌の「現場」に歌謡を置き直し、歌の担い手、歌われた場、歌の働きを可能な限り追求し、歌の内包する豊穣な世界を具体的に提示するよう努めた。なお、各歌の引用【参考文献】は考察のあとに一覧で示した。

一、引用文献

『梁塵秘抄』歌謡の本文引用に際しては、神分編三五首については、原則として本注釈で掲示した校訂本文に従った。その他の秘抄歌謡については、原本影印の翻字を基に、先行諸説を参観して適宜漢字を当て、掲示した。また、読点は付けず、意味の切れ目で一字分空けた。漢文の史料の引用にあたって、句読点や返り点などの表記は、原則として引用書目の表記を尊重した。ただし、誤解をさけるために、引用者の判断で一部に訂正や増補を加えたところがある。資料の引用は、日本古典文学大系、新日本古典文学大系、日本古典文学全集、新編日本古典文学全集、新潮日本古典集成、古典文庫、群書類従（正・続）、新編国歌大観、日本歌謡集成（正・続）、新訂増補国史大系、改定史籍集覧、史料纂集、大日本古記録、増補史料大成、日本思想大系、神道大系、大日本仏教全書、大正新修大蔵経、日本の絵巻（正・続）、京都叢書、日本庶民文化資料集成、本田安次著作集など一般的な叢書によった。引用出典が一般的でないと思われる場合は、引用本文の後に〔　〕で示した。

一、『梁塵秘抄』主要注釈等の略称一覧

（1）佐佐木信綱『梁塵秘抄』（明治書院、一九一二年）、増訂版（一九二三年）、改訂版（一九三二年）　→佐佐木注

（2）佐佐木信綱『梁塵秘抄』（岩波文庫、一九三三年）　→岩波文庫

（3）高野辰之『日本歌謡集成巻二　中古編』「第十一梁塵秘抄巻第二」（春秋社、一九二九年）　→歌謡集成

（4）小西甚一『梁塵秘抄考』（三省堂、一九四一年）　→小西考

（5）小西甚一『日本古典全書　梁塵秘抄』（朝日新聞社、一九五三年）　→古典全書

（6）荒井源司『梁塵秘抄評釈』（甲陽書房、一九五九年）　→荒井評釈

（7）志田延義『日本古典全集　歌謡集上』（日本古典全集刊行会、一九三四年）　→古典全集

（8）志田延義『梁塵秘抄評解』（有精堂、一九五四年）　→評解

（9）志田延義『日本古典文学大系　和漢朗詠集　梁塵秘抄』「梁塵秘抄」（岩波書店、一九六五年）　→大系

（10）小林芳規・神作光一・王朝文学研究会『梁塵秘抄総索引』（武蔵野書院、一九七二年）、『校注　梁塵秘抄』（武蔵野書院、一九七二年）　→総索引

（11）新間進一『日本古典鑑賞講座14　日本の歌謡』「梁塵秘抄」（角川書店、一九五九年）　→鑑賞講座

（12）新間進一『鑑賞日本古典文学　歌謡Ⅱ』「梁塵秘抄」（角川書店、一九七七年）　→歌謡Ⅱ

（13）新間進一『日本古典文学全集　神楽歌　催馬楽　梁塵秘抄　閑吟集』「梁塵秘抄」（小学館、一九七六年）　→全集

（14）新間進一・外村南都子『新編日本古典文学全集　神楽歌　催馬楽　梁塵秘抄　閑吟集』「梁塵秘抄」（小学館、二〇〇〇年）　→新全集

（15）新間進一・外村南都子『完訳日本の古典　梁塵秘抄』（小学館、一九八八年）　→完訳

（16）榎克朗『新潮日本古典集成　梁塵秘抄』（新潮社、一九七九年）　→榎集成

（17）浅野建二『鑑賞日本の古典　今昔物語集　梁塵秘抄　閑吟集』「梁塵秘抄」（尚学図書、一九八〇年）　→浅野注

（18）武石彰夫『研究資料日本古典文学5　万葉・歌謡』（明治書院、一九八五年）　→研究資料

（19）武石彰夫・小川寿子『新日本古典文学大系　梁塵秘抄　閑吟集　狂言歌謡』「梁塵秘抄」（岩波書店、一九九三年）　→新大系

（20）上田設夫『梁塵秘抄全注釈』（新典社、二〇〇一年）　→全注釈

(21)西郷信綱『日本詩人選22　梁塵秘抄』（筑摩書房、一九七六年）、ちくま文庫（一九九〇年）、ちくま学芸文庫（二〇〇四年）　↓西郷注
(22)塚本邦雄『君が愛せし―鑑賞古典歌謡』（みすず書房、一九七七年）　↓塚本注
(23)秦恒平『ＮＨＫブックス　梁塵秘抄―信仰と愛欲の歌謡』（日本放送出版協会、一九七八年）　↓秦注
(24)渡邊昭五『梁塵秘抄の風俗と文芸』（三弥井書店、一九七九年）　↓渡邊注
(25)加藤周一『古典を読む　梁塵秘抄』（岩波書店、一九八六年）　↓加藤注
(26)五味文彦『梁塵秘抄のうたと絵』（文春新書、二〇〇二年）　↓五味梁塵
(27)植木朝子『ビギナーズ・クラッシクス　日本の古典　梁塵秘抄』（角川学芸出版、二〇〇九年）　↓植木梁塵①
(28)植木朝子『コレクション日本歌人選０２５　今様』（笠間書院、二〇一一年）　↓植木今様
(29)植木朝子『梁塵秘抄』（ちくま学芸文庫、二〇一四年）　↓植木梁塵②

梁塵秘抄詳解　神分編

二四二

松石江梨香

【影印】

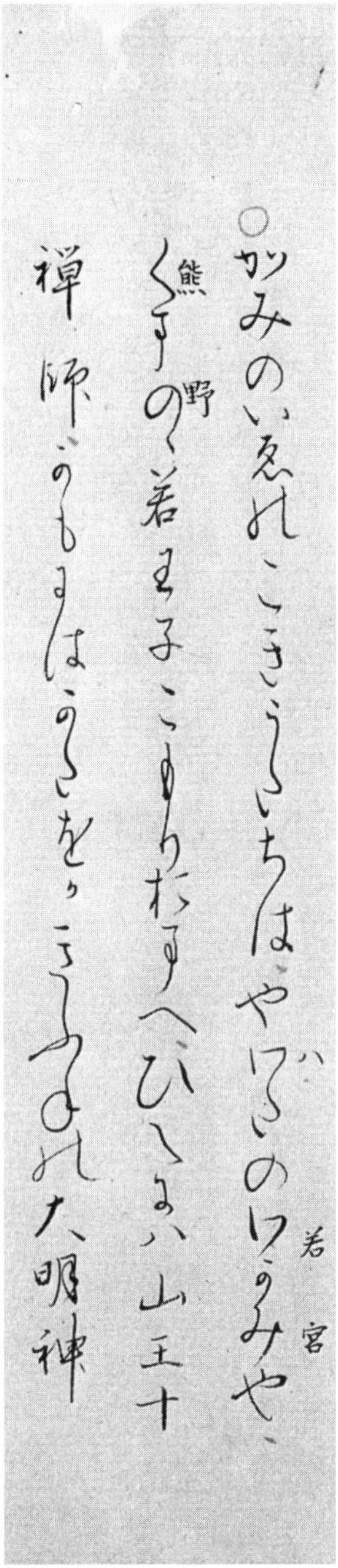

【翻刻】

○かみのいゑのこきうたちは、やわ（ハ）たのわかみや（若宮）、
くまの（熊野）、若王子こもりおまへ、ひえには山王十
禅師、かもにはかたをかきふねの大明神

【校訂本文】

○神の家（いゑ）の小公達（こきうたち）は　八幡（やはた）の若宮（わかみや）　熊野（くまの）の若王子子守（こもり）
お前（まへ）　日吉（ひえ）には山王十禅師　賀茂（かも）には片岡貴船（かたをかきふね）の大
明神

【校訂】

やわた　→　やはた　「わ」の右傍に墨書で「ハ」。
わかみや　→　「わかみや」の右傍に墨書で「若宮」。
くまの　→　「くまの」の右傍に墨書で「熊野」。

【類歌・関連歌謡】

・東の山王おそろしや　二宮客人の行事の高の御子　十禅
師山長石動の三宮　峯には八王子ぞおそろしき（二四三）
・神の御先の現ずるは　早尾よ山長行事の高の御子　牛の
御子　王城響かいたうめる鬘頬結ひの一童や　いちゐさ

り　八幡に松童善神　ここには荒夷（二四五）

・神のめでたく現ずるは　金剛蔵王八幡大菩薩　西宮祇園

天神大将軍　日吉山王賀茂上下（二六六）

【諸説】

かみのいゑのこきうたちは　「小君ならむか」（佐々木注）、「神の家の　小公達は」（岩波文庫・小西考・古典全書・荒井評釈・古典全集・大系・総索引・新大系・五味梁塵）、「神の家の子　公達は」（全集・新全集・榎集成・完訳・全注釈・※渡邊・※菅野）。

やわたのわかみや　「石清水八幡宮の若宮、摂社」（小西考・荒井評釈・全集・新全集・完訳・古典全書・全注釈・※菅野）、「若宮は本宮の祭神の子を祀る」（大系）、「横死した霊を祀る御霊神」（※渡邊）。

くまのの若王子　諸注、熊野の十二所権現の一、若王子（若一王子）とする。

こもりおまへ　「熊野の十二所権現の一、熊野に属する子守神社」（小西考・荒井評釈・大系・全集・新全集・完訳・榎集成・新大系・全注釈・※渡邊・五味梁塵）、「吉野の水分神社」（古典全書）。

ひえには　「比叡には」（佐佐木注・小西考・古典全書・荒井評釈・古典全集・大系・総索引・全集・新全集・完訳・新大系・全注釈・※渡邊・五味梁塵）、「日吉には」（榎集成）。

山王　「山王七社の三宮」（新大系・※渡邊）、「三宮を歌い誤ったもの」（榎集成）、「山王七社の二宮、東本宮、小比叡」（荒井評釈・全集・新全集・完訳）、「日吉神社の別称」（全注釈）と、諸注分かれている。

十禅師　諸説、山王七社の一、十禅師とする。現樹下神社。

かもには　諸注、賀茂社を指すとする。上賀茂神社と下鴨神社からなる。

かたをか　諸注、賀茂社の摂社である片山御子社とする。

きふねの大明神　諸注、貴船社を指すとし、もと賀茂社の摂社であったことを指摘。

【語釈】

かみのいゑ　神の家。家は有力な大神と御子神を家族に見立てて、一家の主とその子どもとして表現した。「木曽殿の家の子に、長瀬判官代重綱」（『平家物語』巻九「宇治川先陣」）とある。「家」は、「いへにいたりて、門にいるに」（『土佐日記』承平五年［九三六］二月一六日）のように「いへ」とあてるものが多いが、『梁塵秘抄』「したしきとものいゑにゆき」（九三）、「広きいゑに屋ども多かるに」（狩谷棭斎本『宇津保物語』「蔵開下」）のように「いゑ」の表記も用いられた。本歌で「神の家」の主として挙げられているのは、いずれも大きな信仰を集めていた神々で、石清水八幡宮を除くすべての神が『延喜式』神名帳の名神大社に列せられている。

こきうたち　小公達。「神の家の子　公達は」とする説と、「神の家の　小公達は」とする説があるが、本注釈では「神の家の　小公達は」と解釈したい。小公達は御子神を貴族の家の子弟に見立てた表現。「こきむたちをばくるまにのせて」（『源氏物語』「真木柱」）や、「高松の小君達さへ」（『紫式部日記』）などに見える。きうたちは「きみたち」が音便変化したものであり、同様の音便変化が「なかれのきうたち」（三三四）にある。※菅野は「小公達と幼少性を強調するのは、当時の御子神の受け取られ方からして疑問がある」とし、その理由として「二九二番の御子神たちが、同時に独立神として歌われているからである」とする。しかし本歌で歌われる「八幡の若宮」や「十禅師」は幼少性を示す童子形で示現する例は数多く見られる。天文本伊勢神楽歌「天王の歌」には「いやはりやさいちよの公達はいや左や右御座します」とあり、神を「公達」と表すこともあった。

やわた　八幡神。備前の宇佐八幡宮に祀られ、後に石清水八幡宮にも勧請された。ここでは石清水八幡宮の八幡神を指すと考える。『梁塵秘抄』にも八幡を歌う今様は多く、「八幡に松童善神」（二四五）、「八幡へ参らんと思へども」（二六二）、「稲荷も八幡も木島も人の参らぬ時ぞなき」（二六三）、「神のめでたく現ずるは　金剛蔵王八幡大菩薩」（二六六）、「天魔が八幡に申すこと」（三三七）、「天魔は八幡に葉椀さし」（四一八）などがある。現在、八幡神は誉田別尊、即ち応神天皇とされており、『東大寺要録』諸院章第四の諸神社・八幡宮の項には、宇佐に祀られていた八幡神が「我是日本人皇第十六代誉田天皇広幡八幡麿也」と託宣したとされている。石清水八幡宮は、貞観元年（八五九）に大安寺の僧行教が宇佐八幡宮より八幡神を勧請し造営された。「石清水八幡宮護国寺略記」（『朝野群載』巻一六「仏事上」）や、鎌倉初期成立の『宮寺縁事抄』第一本「石清水八幡宮造営事」によると、貞観元年、行教が宇佐宮に参篭していた折に、夜半に大菩薩が示現し、都の近くに移坐する旨を託宣する。行教はこの託宣により帰洛し、山崎離宮あたりで再び石清水男山の峰に移坐すべきと告げられ、夜中に男山の山頂が光り輝いた。その後ただちに御殿六宇が造営され、三所のご神体が安置されたという。八幡神は、大仏建立に助力する託宣や自らを大菩薩と号する託宣を行うなど、仏教的な性格を帯びる神であったとともに、建立当初から皇室の崇敬が篤く、貞観一一年（八六九）の宣命には「皇大神（八幡神）はわが朝の大祖」（『三代実録』）とある。天元二年（九七九）三月の円融天皇の参詣以来、多くの天皇、上皇が参詣した。後三条天皇の代には伊勢に次ぐ第二の宗廟として尊崇されるようになり、賀茂・春日とともに三社の随一とされ、永保元年（一〇八一）には二十二社に列せられた。

わかみや　若宮。神の子として祀られる御子神。もともと祀られていた大神に対して、新たに生まれた荒ぶる強い霊威を持った神のことをいう。ここでは石清水八幡宮の若宮を指す。正和二年（一三一三）に宇佐弥勒寺の学僧神吽が撰した『八幡宇佐宮御託宣集』によると、宇佐八幡宮の若宮は、天長元年（八二四）の託宣にて初めて顕れ、仁寿二年（八五二）に社が設けられた。永久四年（一一一六）成立の『朝野群載』にも「宇佐八幡（略）此宮に御座す若宮若姫両所大神」（一二・宇佐使宣命書様）とあり、宇佐の若宮には男女の神が祀られていたことがわかる。石清水八幡宮の若宮については、『宮寺縁事抄』に「御垂迹御遷宮之最初奉レ祝歟」とあり、貞観二年（八六〇）に行教によって石清水八幡宮創立と同時に祭祀されたか。現在の石清水八幡宮の若宮は、本殿の北東に位置しており、若宮社、若宮殿社と並んで建てられており、若宮社には男神、若宮殿社には女神の御子神が祭祀されている。若宮について、『宮寺縁事抄』（第一末）では、神功皇后が新羅討伐の際に、龍王と「吾懐妊子是男子也、可成日本主君可為聟」という約束をする。新羅討伐の後に、約束通り八幡は龍王の娘と婚姻をむすび、「為遂本懐娶竜宮娘、生四所君達、若宮若妃ウレクレ是也」と四所の若宮が生まれたことが記されている。同様に、鎌倉中期に成立した『八幡愚童訓』甲本・上「降伏事」でも「御ヨメト勅約有ル龍女ハ。当社第二ノ御前姫大神申ハ是也。此御腹ニ四所ノ君達御座ス。若宮。若ノ殿。宇礼。久礼。是也」と記す。『八幡宇佐宮御託宣記』も、八幡が日向の国に入る際に龍女を娶り、若宮二所、若姫二所、合四所の神を生ませたとする（一所若宮、一所若姫、一所宇礼、一所久礼　已上、龍女腹、）。若宮は八幡と龍王の娘の御子神であると考えられていたことが、比較的『梁塵秘抄』と年代の近い『宮寺縁事抄』『八幡愚童訓』などからわかる。『二十二社本縁』「石清水事」において、「若宮事、応神八幡御姫三人、男子一人坐寸、其中爾若宮登申寸和、男子仁天坐寸也、若宮四所登云和、姫宮三人共仁申寸登云恵利、若宮和仁徳天皇也、即平野大明神也」と述べられており、八幡が応神天皇とみなされるようになるにつれ、若宮も応神天皇の皇子である仁徳天皇とその姉妹に比されるようになったと思われる。

くまの　熊野三山。和歌山県の熊野地方に鎮座する熊野本宮大社（旧称は熊野坐神社、通称は本宮）、熊野速玉大社（旧称は熊野早玉神社、通称は新宮）、熊野那智大社（旧称は飛滝権現、熊野夫須美神社、熊野那智神社、通称は那智山）の総称。熊野三所権現ともよばれた。『延喜式』神名帳の紀伊国牟婁郡条に「熊野早玉神社大」「熊野坐神社名神大」とある。『日本書紀』「神代上」には、伊弉冉尊が火産霊を産み、その炎に焼かれて身罷った時に「一書曰。伊弉冉尊生二火神一時、被レ灼而神退矣。故葬二於紀伊国熊野之有馬村一焉。土俗祭二此神之魂一者、花時亦以レ花祭。」とあり、「其後、少彦名命行至二熊野之御碕一、遂適二於常世郷一矣」とも記す。熊野は葬送の地であり、常世、異界への入り口と考えられていた。『伊呂波字類抄』には、熊野の項に「証誠殿　両所　西御前　中御前　若王子　禅師宮　聖宮　児宮　子守宮　一万　十万　勧請十五所　飛行夜叉　米持金剛童子　新宮　那智」と記されている。平安時代中期、特に院政期には、熊野信仰が広がりを見せ、延喜七年（九〇七）宇多院が本宮（熊野坐神社）・新宮（熊野速玉大社）へ御幸を行い、その後、花山、白河、鳥羽、後白河、後鳥羽と多くの上皇が熊野参詣を行った。特に後白河院は三四回もの熊野御幸を行い、貴族たちの間でも盛んに熊野参詣が行われた。

若王子　熊野十二所権現の一。若一王子、若殿、若女一王子とも。現在の祭神は天照大神。『梁塵秘抄』では、「熊野へ参らむと思へども　徒歩より参れば道遠し　すぐれて山きびし　馬にて参れば苦行ならず　空より参らむ　羽たべ若王子」（二五八）、「熊野の権現は　名草の浜にこそ降りたまへ　若の浦にしましませば　年はゆけども若王子」（二五九）と歌われている。一の鳥居が立てられた藤代王子社にも勧請され、熊野参詣の道中の行者たちにとって最も近しい存在の神であった（→二五八【語釈】「若王子」参照）。本地は十一面観音とされている。また、若一王子、禅師宮、聖宮、児宮、子守宮の五つを五所王子と呼び、『長秋記』長承三年（一一三四）二月一日条に「若宮、女形、本地十一面、禅師宮、俗形、本地地蔵菩薩、聖宮、法形、本地龍樹菩薩、児宮、本地如意輪観音、子守、正観音、已上五所王子」と見える。同記事には「本宮人常好眠、是若宮王子常寝給故云々」と記されている。また、『平家物語』巻二「康頼祝言」では、「若王子は娑婆世界の本主、施無畏者の大士、頂上の仏面を現じて、衆生の所願をみて給へり」とし、衆生の宿願をかなえる神としてその神威を讃えられている。また巻一一「鶏合壇浦合戦」では、熊野別当湛増が熊野権現の託宣を受け、源氏側につくために壇ノ浦へ参上する際の記述に、「若王子の御正体を舟に乗せまいらせ、旗のよこがみには金剛童子をかきたてまッて、檀の浦へよするを見て」とある。『神道集』には「崇神天王ノ御時、亦社一所顕給ヘリ、証誠殿左ニ顕給ヘリ、善財王ノ御子、若一王子是ナリ、亦中ノ宮ト申ハ、昔ノ善財王是ナリ」（六・熊野権現事）とあり、御子神と認識されていたことがわかる。

こもりおまへ　子守お前。熊野の子守宮の神か。現在の祭神は鵜葺屋葺不合命。若王子と並んで五所王子の一つとして挙げられる。「若や子守は頭を撫でたまひ」（二九九）でも同様に、若王子と並べて歌われている。本地は正観音。「お前」は神の尊称で、「天台山王峯のお前　五所のお前は聖真子」（二四七）等に見える。吉野水分神社かとする説（古典全書）があるが従えない。吉野水分神社は、『延喜式』神名帳の大和国吉野郡条の「吉野水分神社大、月次新嘗。」に比定され、祭神は正殿に天之水分神、右殿に天万栲幡千幡姫命、玉依姫命、天津彦火瓊瓊杵命、左殿に高皇産霊神、少彦名神、御子神を祀る。『続日本紀』文武天皇二年（六九八）四月二九日の条に、この社の神に祈雨をした記事が見られるとおり、雨司の神であったが、水の持つ生命力からか、「みこもり」の神、子産みの神、子守の神に発展したといわれている。『金峯山秘密伝』によると、「子守明神者地蔵菩薩垂迹」とあり、また「此即女体神勝手大明神所妻也」と記され、勝手明神の妻とされているが、御子神としての記述は見いだせない。また、「祖師貞観寺僧正我朝建六所呪詛神（中略）払怨敵滅呪詛所望専可祈此上下神者也」とも書かれ、子守明神は呪詛神であったことがわかる。

ひえには　日吉には。山王権現が祀られている日吉神社をいう。比叡山の東麓に位置する日吉社は比叡山延暦寺と関係が深く、早くから天台の護法神として信仰された。岡田精司（「日吉山王権現の祭祀―日吉山王祭を中心に―」）によると、日吉社は比叡山の山岳信仰に起源を持つが、歴史的に様々な信仰が複合して、二つの本殿（大宮・二宮）を中心とした、いわゆる山王二十一社（上七社・中七社・下七社）と境内・境外の末社各一〇八社からなる、複雑な構成をとっている。また、天台座主のもとに僧侶集団があり、さらにその下に大宮神主、二宮神主以下の神職が奉仕する形態をとり、比叡山延暦寺と日吉山王権現は一体不可分の関係にあったという。日吉社の本殿である大宮（現西本宮）の祭神は三輪明神であり、他処から勧請したという性格をもっている。それに対し二宮（現東本宮）は、『古事記』に見える「大山咋神」で、この地に根をはった土着の神であった。山王七社（上七社。大宮・二宮・聖真子・八王子・客人・十禅師・三宮）の成立は古く、日吉社の中でも格別な尊崇をあつめていた。『日吉社禰宜口伝抄』によると、「日吉・比叡・裨衣・日枝」の表記がなされていた。『延喜式』神名帳では名神大社に列せられており、「ヒヨシ」「ヒエ」の訓を付されている。

山王　日吉山王権現。日吉社の神を山王と呼ぶようになったのは、天台宗の本山である中国の天台山国清寺が天台山の地主神である「山王元弼真君」を護法神として祀ったことと関係がある。「山王」の語の初見は、弘仁三年（八一二）の「長講法華経先分発願文巻上」の記述で「天神及地祇　八大諸明神　比叡山王等　五岳及九山」「大比叡山王　及毘沙門天　帝釈及梵王」とある。仁和四年（八八八）の智証大師制誡文には「大小　比叡山王三聖」と見え、大比叡（大宮）、小比叡（二宮　地主明神）の神がともに「山王」と認識されていたことがわかる。また、長久年間（一〇四〇～一〇四四）に成立したとされる『大日本国法華経験記』中巻―四二に「参向二御社一、流レ涙高声恨申二山王一」とある。『保元物語』「将軍塚鳴動并ビニ彗星出ヅル事」では「南ニハ八幡大菩薩、男山ニ跡ヲ垂給フ。北ニハ賀茂ノ大明神、鳳城ヲ守リ給フ。鬼門ノ方ニ当テハ、日吉山王御座ス」とあり、王城の鬼門を守護する神と考えられていた。本歌では「山王」の語を、二宮や三宮とする説があるが、日吉の地主神でもあり小比叡山王ともよばれる（『日吉社禰宜口伝抄』）二宮は、御子神ではなく大神である。地主神である二宮は、『古事記』にて大年神の御子神の系譜の中に名前が挙げられるが、二宮が小公達であるとする意識があったかどうかは疑問がある。『沙石集』巻一―七「桓舜僧都、利益を召し返される」では日吉神社に参籠していた桓舜が示現を蒙ることができず、稲荷に詣でた際に夢で「一千石」という札を得るが、再び稲荷が示現し「日吉の大明神の御制止あれば、札は召し返しつ」と夢告する。その際「我は小神にして思ひ分かず。彼（山王）は大神にて御座す」と話す。三宮を山王と呼んだ用例も管見では見つからず、三宮を謡い誤ったとする説も首肯しがたい。ここでは「山王の御子神である十禅師」、と捉えたい。

十禅師　山王七社のひとつ、十禅師の神。『耀天記』「中古横川ノ香積寺十人供僧中ニ、一人智行兼備高徳人在メ、十禅師ノ中ノ其一人、現身ニ山王ト語言ヲ申通ズル人、荒人神ト成給ヘリ、仍十禅師ト申也」とあり、『厳神抄』には「十禅師権現ハ、天照太神ノ御孫火瓊々杵尊ノ御事」「十禅師権現トハ、日本無双ノ霊社、天下第一ノ明神ナリト云々」とある。山王七社の中でも、特に夢告や託宣の多い神である。僧形と並んで童形と記されることもあり、童子神として捉えられていた。『七社略記』には「十禅師若僧形、或童子形」とあり、『日吉社神道秘密記』においても、十禅師の夏堂には、慈鎮筆という童形の絵像が安置されていたという。『厳神抄』では「根本大師最初御登山時、一児ニ山王値玉フ、後ノ一児ト申スハ、十禅師ニ（テ）山王ト申ス、大宮権現ノ御事也」とする。また『惟賢比丘筆記』では「廿四日。北轡林行。一人霊童逢。最澄問而白言。童子何人。童子答曰。我是天地経緯霊童。衆生本命同生神也。我則一名日生天。一切衆生日生天故。二名遊行神。衆生本命遊行神故。三名十禅師。十方衆生与禅悦食。当来結縁能化師故」と記す。最澄が比叡山に入った際に、十禅師は童子の形で示現し、託宣を行ったという。また『耀天記』「山王事」には、「彼陰陽二神ノ中ヨリ出給ヘバ、聖真子トイハレ給ハ理也、其外ニ八王子、三宮、十禅師、客人ヨリ始テ、自餘ノ王子諸神ト申モ、大宮、二宮ノ陰陽和合ノ父母ト顕ハレ給レバ、五行ノ子ト成テ和光同塵ノ化ヲタスケ給モ理ナルベシ」とあり、日吉山王の諸神は大宮と二宮の御子神、王子神であると考えられており、その代表的な神として名を挙げられている。

かもには　賀茂には。賀茂別雷神社（上賀茂神社）と賀茂御祖神社（下鴨神社）を指す。『梁塵秘抄』に「神のめでたく現ずるは　金剛蔵王八幡大菩薩　西宮祇園天神大将軍　日吉山王賀茂上下」（二六六）とある。『延喜式』神名帳の山城国愛宕郡条に「賀茂別雷神社（亦若雷。名神大。月次相嘗新嘗。上社）」「賀茂御祖神社二座（並名神大。月次相嘗新嘗。下社）」とある。上賀茂神社は祭神を賀茂別雷命とし、下鴨神社は賀茂別雷命の母である玉依姫命と祖父である賀茂建角身命を祀っている。『山城国風土記』（逸文）によると、賀茂御祖社の祭神である賀茂建角身命が丹波の国の神伊可古夜日女と契りをかわし、玉依日子と玉依比売が生まれた。玉依比売が瀬見小川のほとりで遊んでいたときに、川上から丹塗矢が流れてきた。これを取って床辺に挿しておくと、男子（賀茂別雷命）を妊娠したという。賀茂社の正史上の初見は、『続日本紀』文武天皇二年（六九八）三月辛巳条「山背国賀茂祭の日、衆を会めて騎射することを禁む」とする記述である。この賀茂祭が行われていたのは、現在の上賀茂神社であり、下鴨神社の成立は天平末年（七四〇年代）頃から天平勝宝二年（七五〇）の間と推測されている（井上光貞「カモ県主の研究」）。上賀茂神社と下鴨神社が並んで正史に登場するのは『続日本紀』天応元年（七八一）四月の戊申の条の「賀茂神二社」が早い例である。また、その神名から「賀茂御祖社・別雷社」（『日本紀略』大同二年五月条）「賀茂御祖・別雷両社」（『三代実録』貞観元年七月条）と呼ばれることもあった。

かたをか　片岡。賀茂社の第一摂社である片岡社の神。片山御子社とも。式内社で、『延喜式』神名帳の山城国愛宕郡条には「片山御子神社（大。月次相嘗新嘗）」と記載。『伊呂波字類抄』には、「別雷社　片岡社　貴布禰社　太田社　若宮社」とあり、上賀茂神社の摂社の一つとして、最初に挙げられている。『新古今和歌集』には「賀茂にまうでて侍りけるに、人の、ほと、ぎす鳴かなんと申けるあけぼの、片岡の梢をかしく見え侍ければ」の詞書きとともに「ほと、ぎす声まつほどは片岡のもりのしづくに立ちやぬれまし」（巻三・夏・一九一）という紫式部の歌が採録され、現在の片岡社の近くには歌碑が立てられている。また時代は下るが、『瀬見小河』には「さて片山御子神と申せるは、片山に坐す御子神の由にて、其は賀茂の大神たちの御子神なるが故なるべし」とあり、賀茂の大神たちの御子神であると記されている。

きふねの大明神　貴船神社に祭られている神。貴船神社には現在、水神である高龗神、闇龗神、罔象女神が祀られている。『延喜式』神名帳の山城国愛宕郡には「貴布禰神社名神大月次新嘗」。現在は賀茂とは摂社関係にはないが、明治維新までは上賀茂神社と摂社の関係にあった。前述の『伊呂波字類抄』では別雷社の摂社として紹介され、『二十二社本縁』には「此神乎波賀茂摂社也。祈雨止雨乃時和丹生都同久奉幣勢羅留」とある。『小右記』寛仁元年（一〇一七）一二月には後一条天皇の行幸に道長が同行し、「太閤云、行幸日、河合・片岡・貴布禰三座明神可奉増位事」とし、摂社である片岡社と同列に扱い、同時に社格を上げている。『日本紀略』寛仁元年一二月一日条にも同様の記事が記載されており、「詔授貴布禰・片岡・河合神等正二位、依行幸賞也」とされている。また、『中右記』の嘉保元年（一〇九四）四月一五日の記事には、賀茂行幸の際に、片岡社と貴船神社の神官が奉仕した旨が書かれ、『永昌記』の嘉承元年（一一〇六）四月一三日の記事には、賀茂社の宝殿が焼亡した際に、賀茂の御体を貴船神社に移し、貴船神社の御体を若宮殿に移したという記事が記載されている。このことからも、賀茂と貴船は古くから縁故のある社であり、御子神に比定されたと考えられる。

【考察】

この歌は、四句神歌　神分の冒頭に配置されている歌である。ここでは、「神の家の小公達」として、石清水八幡宮の若宮、熊野の若一王子社と子守社、そして日吉七社の十禅師、賀茂社の第一の摂社である片岡、そして貴船明神が挙げられており、当時大きな尊崇を得ていた大社の若宮、摂社を列挙した御子神尽くしの歌となっている。

当時は御子神信仰が隆盛であったようで、「若宮のおはせん世には」（五〇〇）を初め、『梁塵秘抄』の中にも、諸社の若宮にまつわる歌謡が多く採録されている。神の家の小公達として最初に挙げられる「八幡の若宮」は、特に有力な神であり、後白河院自身の尊崇もまた格別であったことは、蓮花王院惣社を設立し、その筆頭に八幡若宮を勧請したことや、『梁塵秘抄口伝集』の若宮の霊験譚から読み取れることを菅野扶美が指摘している（※菅野）。『梁塵秘抄口伝集』巻一〇では、後白河院が石清水八幡宮に一〇日参籠していた折に、今様を夜もすがら謡っていると、勧学院の厨女がやってきて、「夢に、此の階隠しの柱のもとに、美しき児の十二三ばかりなるが、裏表に、一人はうすあをの狩衣に織りたる腋明を着給ひたるが、白馬に奉り、今一人は、白きうすものと覚しきに、下はこむはいに見ゆるをめして、斑なる馬に乗りて、裏表に立ち給ひて、この歌を聞かせ給と覚しく見え候て、うち驚きて候へば、「峰の嵐のはげしさに、木々の木の葉も散り果てて」この歌の盛りにおはしますに、右の後を向けて居させ給たるぞ」と告げる。後白河院は、次の夜に若宮に参詣し、今様を一晩中謡ったのちに、乱舞、猿楽、白拍子などを行ったという。『梁塵秘抄口伝集』にも見えるように、石清水八幡宮の若宮は、しばしば夢告や託宣を行い、また、「何を祟り給ふ若宮の御前ぞ」と二六三歌で歌われるように、祟りをなす神であった。『今物語』三三話には、「八幡の袈裟御子」の一人娘の目が、若宮の祟りでつぶれてしまい、若宮の神前で「おく山にしをるしをりは誰がため身をかきわけてうめる子のため」という歌を繰り返し歌ったところ、その場で目が開いたという話を載せる。また、『八幡愚童訓』乙本・下「不浄事」では、文暦年中（一二三四～一二三五）に、武士の一人が若宮の御前の橘の実を食い切ったところ、それを注意する者も周囲にいなかったため、武士は突然走り出し、鳥居の下で転んでそのまま死んでしまったという話が見える。

熊野の若王子にも、託宣にまつわる説話が『古今著聞集』巻一―二八「助僧正覚讃、夢に若王子託宣の歌を賜る事」に記載されている。助の僧正覚讃は那智千日行者で、大峰修行数度の先達であったが、五〇を過ぎて有職にも補任されないのを憂えて、若王子に「山川のあさりにならでよどみなば流れもやらぬものや思はん」と歌を詠んで奉った。すると、夢の中で若王子が「あさりにはしばしよどむぞ山川のながれもやらぬものな思ひそ」と返歌したという。

山王十禅師も同様に、託宣を行い、祟りをなす神であった。『源平盛衰記』巻四「殿下御母立願の事」に見られる。師通が山王の咎めを受け、頭に悪瘡ができてしまった際に、師通の母が山王の許しを請うために日吉に参籠する。その際に、十禅師の社前で出羽の羽黒から上ってきた身吉という童神子に十禅師が憑依し、「衆生等、慥かに聞け。我には十禅師権現乗り居させ給へり」と託宣を行う。『日吉山王利生記』では、近江守の母親が十禅師の祟りによって邪気を患った際に、母自身に十禅師が降り、「これは大宮権現の御使いとして十禅師宮である私がしていることである、山門の成陽阿闍梨が祈念すれば験があるだろう」と託宣をする。託宣通りに阿闍梨が念誦を唱えると、病はたちどころに癒えた、という話が記載されている。この説話の他にも十禅師の託宣は数多く見られており、託宣神としての性格が窺える。

さらに、貴船大明神にも同様の託宣神と呪詛神の性格を見ることができる。『栄花物語』巻一二では、頼通が体調を崩し、寝込んでいた際に、貴船明神が示現し、周囲の人間が貴船明神になぜこのように頼通にあだをなすのかとたずね、よくよく聞いてみると「この上の御乳母などの、祈を申させたる程に、自ら神の御心をかく煩しきこえ給ふなり」という真相であったことが書かれている。更に、百二十句本『平家物語』巻一一「剣の巻」には、嵯峨天皇の御宇に女が貴船の大明神に「願はくは鬼となり、妬ましと思ふ者をとり殺さばや」と祈念したところ、貴船の大明神がその願いを聞き届け、女は鬼となり、「宇治の橋姫」と呼ばれるようになったという逸話がある。

平安後期以降隆盛となった若宮信仰をはじめとした御子神信仰は、偉大なる心霊の御子神・眷属神に対する信仰である。柳田國男によると、ワカとは元来霊力の強い神の意で、若宮とは非業の死を遂げた強大な怨霊の祟りを鎮めるために、神主や巫女が祭祀したものであるという。神の御子の観念が拡大し、大きな神格が眷属神までも統御するという観念が生まれ、祟りを顕したものこそ若宮にふさわしいと考えられたことによるという（柳田「妹の力」「神道と民俗学」）。※渡邊は「王子とは、神が童子の姿で顕現するとした古代信仰の古い形態をそのまま踏襲したもの」とし、神の妻としての崇敬される巫女と巫女に仕える子として、母子神信仰として拡がってきたと指摘する。若宮、王子などの御子神は、まさに『梁塵秘抄』二四三歌に「東の山王おそろしや　二宮客人の行事の高の御子　十禅師山長石動の三宮　峯には八王子ぞおそろしき」と歌われたように、神威の強い、祟りなす怖ろしい神であった。

本歌は、「神のめでたく現ずるは　金剛蔵王八幡大菩薩　西宮祇園天神大将軍　日吉山王賀茂上下」（二六六）の大神尽くし（→二六六【語釈】【考察】参照）と対比的に平安後期に隆盛を極め、大神のもとで時に怖ろしくもある神威をふるう瑞々しい御子神や若宮を並べ歌った御子神尽くしの歌である。後白河院は『梁塵秘抄口伝集』巻一〇において、今様により若宮が厨女に夢告を行ったことや、熊野の両所権現の前で今様を謡い明かしていた折に、えもいわれぬ香りがたちこめ、御正体の鏡が鳴り合うという体験をつづり、「神社に参りて今様謡ひて示現を被る事、度々になる」「心を致して神社、仏寺に参りて、謡ふに、示現を被り、望むこと叶はずといふこと無し」としている。本歌が神分の先頭におかれ、四句神歌として挙げられるのは、強大な大神のもとに示現した若宮、御子神たちが巫女や巫童によりつき、託宣や祟りを通しておそろしくもある霊威を発動し、当時の人々の畏怖や信仰を集めていたことを物語っている。

【参考文献】

井上光貞「カモ県主の研究」『日本古代国家の研究』（岩波書店、一九八五年）

岡田精司「日吉山王権現の祭祀―日吉山王祭を中心に―」福田晃・山下欣一編『巫覡・盲僧の伝承世界』二（三弥井書店、二〇〇三年）

菅野扶美「『梁塵秘抄』の八幡若宮―編者後白河院とその時代の若宮論―」（『日本歌謡研究』四七号、二〇〇七年一二月）→※菅野

柳田國男「妹の力」『柳田國男全集』一一（筑摩書房、一九九〇年［初出一九〇四年］）

柳田國男「神道と民俗学」『柳田國男全集』一三（筑摩書房、一九九〇年［初出一九四三年］）

渡邊昭五『梁塵秘抄の熊野信仰』（岩田書院、二〇〇五年）→※渡邊

二四三

松石江梨香

【影印】

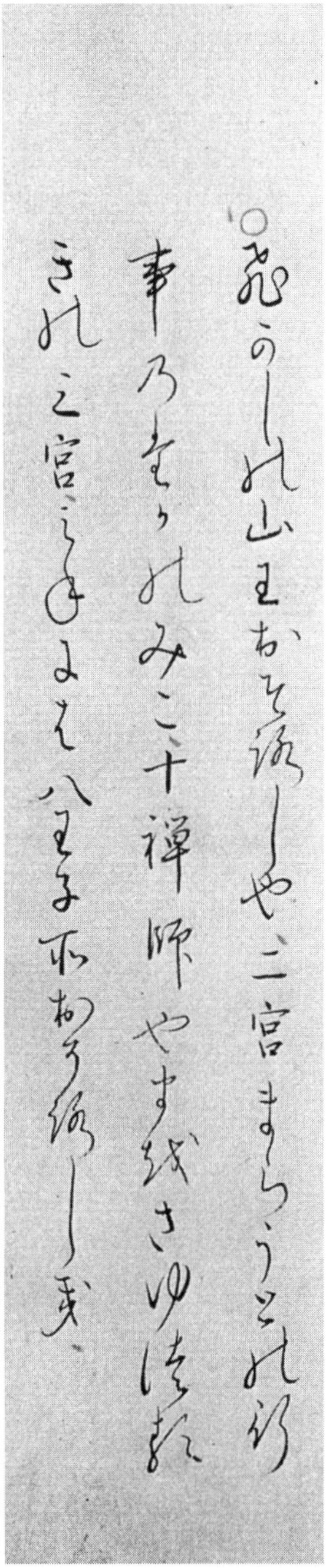

【翻刻】

○ひかしの山王おそろしや、二宮まらうとの行
事のたかのみこ、十禅師やまをさゆつる
きの三宮、みねには八王子そおそろしき、

【校訂本文】

○東(ひがし)の山王おそろしや　二宮客人(まらうど)の行事の高(たか)の御子(みこ)
十禅師山長石動(やまをさゆするき)の三宮　峯には八王子ぞおそろしき

【校訂】

ゆつるき　→　ゆするき　「ゆ徒るき」は「ゆ須るき」の誤写と見る（誤写類型Ⅰ）。

【類歌・関連歌謡】

・神の家の小公達は　八幡の若宮　熊野の若王子子守お前　日吉には山王十禅師　賀茂には片岡貴船の大明神（二四二）

・神の御先の現ずるは　早尾よ山長行事の高の御子　牛の御子　王城響かいたうめる鬢頬結ひの一童や　いちゐさ

り　八幡に松童善神　ここには荒夷（二四五）
・一品聖霊吉備津宮　新宮本宮内の宮　はやとさき　北や
南の神客人　艮御先はおそろしや（二七〇）
・貴船の内外座は　山尾よ川尾よ奥深吸葛　白石白鬚白専
女　黒尾の御先は　あはれ内外座や（二五二）

【諸説】

ひかし　「比叡山の東」（榎集成）、「比叡山の東麓」（新大系）、「王城東」（大系）、「東方」（全集・新全集・完訳）、「京都の東にあり、比叡山の東麓にある故」（荒井評釈）。

山王　「比叡山大宮」（荒井評釈）、「大宮をさすか」（全集・新全集・完訳）、「比叡山の山王権現」（全注釈）。

おそろしや　「神威が高く霊験灼然にして冥罰たちどころに下るさま」（荒井評釈）、「神威が著しくおそろしい」（大系・新大系）、神々への畏敬（全集・新全集・完訳）、「畏怖」（全注釈）。

二宮　比叡山小比叡の峰にある、大山咋神を祀る（荒井評釈・全注釈）、西本宮に次ぐ宮の意で、東本宮を指す（全集・新全集・完訳）、山王の摂社（全書）。

まらうとの　諸注異説なし。日吉大社の客人宮とする。「のは歌調を調える語」（荒井評釈・全集・新全集・完訳）、「並列を表す語」（大系・全集・新全集・完訳）。

行事の　諸注異説なし。日吉大社の大行事宮を指すとする。

たかのみこ　諸注異説なし。日吉大社の下八王子の摂社、高の御子社とする。「祭神は比叡山陀我神の子の意で、陀我神の使者、白猿とされている」（荒井評釈）。

十禅師　諸注異説なし。日吉大社の十禅師宮を指すとする。

やまをさ　諸注異説なし。早尾宮の摂社である山長社を指すとする。

ゆつるきの　諸注異説なし。「ゆするき」の誤写で大行事宮の摂社の石動社とする。

三宮　諸注異説なし。日吉大社三宮とする。

みねには　「牛尾山」（全集・新全集・完訳）、「神体山」（新大系）。

八王子　諸注異説なし。日吉大社八王子宮とする。

全体の解釈　「社名を列挙した歌謡」（榎集成・大系・全集・新全集・完訳・新大系・全注釈）、「社名を列挙し、真剣に神威の畏しさを歌うのではなく、散文形式を歌謡にしただけ」（荒井評釈）。

【語釈】

ひかしの　東の。比叡山の東麓に位置したことから、「大宮霊鷲山　東の麓は菩提樹下とか」（四一七）と歌われるが、ここでは王城の東の意であろう。「王城東は近江　天台山王峯のお前」（二四七）、「仏法弘むとて　天台麓に迹を垂れ　おはします　光を和らげて塵となし　東の宮とぞいははれおはします」（二四四）とあるように当時の人々にとって日吉山王は王城の東の守護神として強く意識されていた。実際は王城からは北東に位置し、「この日域の叡岳も、帝都の鬼門に峙ッて、護国の霊地なり」（『平家物語』巻二「座主流」）とされるように、王城の艮の守護として意識されることも多いが、『梁塵秘抄』においては、日吉山王は即ち「東」を想起させる。東は薬師如来の浄土である。日吉山王と関係の深い比叡山延暦寺の根本中堂の本尊は薬師如来であり、二宮の本地もまた薬師如来と考えられていた。（→二四七【語釈】参照）

山王　日吉山王権現。日吉神社に祀られている山王両所（大宮と二宮）とその摂社末社を総称していうこともある。ここでも山王権現に連なる神々を列挙し、眷属たちを総称している。日吉山王権現の神々の由来は多様かつ複雑であるが、岡田精司（「日吉山王権現の祭祀―日吉山王祭を中心に―」）によると、山王二十一社の神は大きく大宮系と二宮系の神に分けられ、二宮系の神々（十禅師・八王子・三宮・大行事［行事］など）は境内東側の八王子山の山上とその麓にまとまっており、二宮と関わりも深く、土着の神と思われる神々である。対して大宮の系列の神々は、境内の西よりに集まっており、聖真子・客人・気比・剣社などの一群で、天台宗の勢力拡大にともない諸地域から勧請された神々が摂社・末社として加えられたと見られている。（→二四二【語釈】【考察】参照）

おそろしや　神仏に対して「おそろし」を使用する際には、その神威、霊験に対する畏怖と崇敬の心を表す。『梁塵秘抄』の用例としては、「艮御先はおそろしや」（二七〇）、「不動明王おそろしや」（二八四）がある。また、『平家物語』には、「露にぬれたる樒一枝立ッたりけるこそおそろしけれ」「山王おりさせ給て、やうやうの御託宣こそおそろしけれ」（巻一「願立」）、「霊神怒をなせば災害岐にみつといへり。おそろし〳〵」（巻一「内裏炎上」）とあり、山王の神威に対して繰り返し「おそろし」という言葉が使われている。

二宮　日吉の地主権現。『古事記』には、「次に大山上咋神、亦の名は山末之大主神、此の神は近淡海国の日枝の山に坐し、亦葛野の松尾に坐して、鳴鏑を用つ神ぞ」とある。古くから日枝の山（牛尾山）の峯に鎮座する神として奉られていた。現在は東本宮とも呼ばれる。『日吉社禰宜口伝抄』には、「二宮、大山咋神自二神代一領二此地一、故曰二地主明神一、相殿四座、大山咋神、玉依姫神、玉依彦神、別雷神」とあり、「天智七年、大宮造宮之後、以二当社一曰二小比叡宮一（中略）山中法師有二波母山之感見一以来、配二祭国常立尊一、年月未ㇾ詳」ともある。また「上代日吉神社申者、今八王子社也、此峯在二比叡山東尾一」とあり、上代には、現在の八王子の社の位置に祀られていたとされる。『耀天記』には、「其外ニ八王子、三宮、十禅師、客人ヨリ始テ自余ノ王子諸神ト申モ、大宮、二宮ノ陰陽和合ノ父母ト顕ハレ給レバ、五行ノ子ト成テ和光同塵ノ化ヲタスケ給モ理ナルベシ」とあり、二四三に出てくる客人、十禅師、三宮、八王子は代表的な大宮と二宮の王子神であると考えられていた。（↓二四七【語釈】参照）

まらうとの　客人の。「の」は並列を表す。白山宮とも。大宮の近くに祀られている。客人宮の祭神は白山妙理権現である。『日吉社禰宜口伝抄』には「客人宮、所レ祭白山比売神、又名菊理姫神、則伊奘奈岐、伊奘奈美之奇魂也、天安二年夏六月十八日、相応和尚感二得柏樹霊詰一祭レ之、此日大雪、云々」とあり、『厳神抄』には「客人ノ宮ト申ハ、即白山ノ妙理権現ノ御事也、妙理権現ハ、又天照太神ノ母御前伊弉冉尊ニテ御スナリ、或ハ伊弉諾、伊弉冉共ニ白山ニ御スト申説モ在之、客人ノ宮ノ御前ニテ、岩上ニ雪一尺計リ積リテ、其上ニ神体御影向、此雪余ノ所降ラザリケリト云々」とある。この逸話と同系統のものが、『続古事談』にも見られる。『源平盛衰記』巻四「白山神輿登山」にも客人宮の縁起譚として「比叡辻ノ神主ガ夢ニ見タリケルハ、戸津比叡辻ノ浦ニ、イミジク飾尋常ナル船七艘有、日中ナルニ篝ヲ燃ス。舟ゴトニ狩衣ニ玉襷アゲタル者ノ、北へ向テ舟ヲ漕。「イカナル人ノ御物詣ゾ」ト問バ、「白山権現ノ神輿ノ御上洛ノ間、御迎ニトテ山王ノ出サセ給御舟也」ト申。角云者ノ姿ヲミレバ、身ハ人、面ハ猿ニテゾ有ケル。（中略）能美ノ山ノ峯ツヅキ、塩津、海津、伊吹ノ山、比良ノ裾野、和爾、片田、比叡山、唐崎、志賀、三井寺ニ至マデ、皆白平ニ雪ゾ降」という逸話が載せられている。また、『平家物語』巻一「鵜川合戦」には「白山の神輿、既に比叡山東坂本につかせ給ふと云程こそありけれ、北国の方より、雷緩く鳴って、都をさしてなりのぼる。白雪くだりて地をうづみ、山上・洛中おしなべて、常葉の山の梢まで、皆白妙になりにけり」とあり、客人宮の神の霊威は、降雪という形で顕れるということがわかる。

行事の　山王の摂社の一つ。行事宮に祀られた神。後には大行事とも呼ばれた。「の」は「客人の」に同じ。「神の御先の現ずるは　早尾よ山長行事の高の御子」（二四五）とある。『伊呂波字類抄』には山王十一社の一つとして挙げられる。早尾と並んで山王権現の有力な眷属神、守護神であり、御先払いの神として猿田彦神に比定された所から、猿行事ともよばれた。『耀天記』には「先立マイラセテ比叡岳ノ辺ニハスヘタテマツラセ給ケル也。サテ大行事ト申使者ハ、其形ヲ猿ニシメサセテ召シ仕ヒ給ケル也」とあり、猿形とされていた。『日吉山王権現知新記』には、猿面の姿で描かれている。『延暦寺護国縁起』巻上には「大行事宮　俗形。非普通人体高名悪神也。此大神天地開闢之時倶連神。高皇産霊尊。地主権現傍大行事ト顕レリ」とあり、地主権現である二宮の御先神として、強い神威をふるっていた神であることがわかる。『日吉社禰宜口伝抄』では「大行事社、祭二大年神一、此神者、大山咋神之御父也」とする。『平家物語』では、源氏調伏のための祈禱を行っていた折、「謀叛の輩調伏の為に、五壇法承はっておこなはれける降三世の大阿闍梨、大行事の彼岸所にして寝死に死んぬ」（巻六「横田河原合戦」）という事件があったという。

たかのみこ　高の御子。『伊呂波字類抄』で挙げられた山王十一社の一である下八王子の小社の神。下八王子（二宮橋を渡り、二宮に向かう境内に祀られていた）の東側南端に祀られていた。『日吉社禰宜口伝抄』には「下八王子社、祀二天照大神奇魂一、前五柱所レ謂五男神之幸魂曰二八取、早取、若宮、彌高、高御子一也」と記されている。その名から御子神であることが推察される。また永久四年（一一一六）成立の『永久百首』には「たかのみこいともあやしとみましけり猿まろをしも引きたてじとや」（雑・源俊頼・六九七）とある。また、江戸時代後期の『和訓栞』には「たかのみこ」を「日吉の社にて猿をいふといへり」とあるが、高御子が猿形であるという史料は確認できていない。

十禅師　山王七社の神の一つ。前述二四二に山王の御子神として挙げられる。『七社略記』では「十禅師荒神中事」として、「為二穢悪邪欲之者一成二夭恠一、名二矗乱神一、荒神也」とされ、荒ぶる神であったことがわかる。『源平盛衰記』巻五「澄憲賜血脈事」に、「十禅師の宮の造合より、白髪たる老女一人現じて、心身を苦しめ、五体に汗を流て、我に十禅師権現乗居させ給へり」とあり、十禅師はよく託宣を行う神であった。（→二四二参照）

やまをさ　早尾社の摂社に祀られる神である。「神の御先の現ずるは　早尾よ山長行事の高の御子」（二四五）とある。『日吉山王位階形像記』や『日吉社神役年中行事』等にその名が見えるも、詳しいことは不明である。「早尾、私市、大石右脇、已下五社、自レ北至レ南山長、勢多伽童子」（『耀天記』）、「早尾小社　私大殿左脇、已下五社自レ北至レ南、山長勢多賀童子」（『日吉山王位階形像記』）とある。「勢多賀」は、不動明王の眷属神である八大童子である。八大童子の中でも、この神は不動明王の脇に据えられ、右に勢多賀、左に劫羯羅という三尊形式で絵画や彫像に表されることが多い。早尾の神は『神道集』において本地が不動明王とされていることから、八大童子の一である勢多賀童子が比定されたか。

ゆするきの　石動の。「の」は「客人の」に同じ。山長と同じく、早尾の摂社に祀られる神である。能登から勧請された神のようで、『日吉山王位階形像記』には早尾小社の項に「石動宮　明星天子、能登国神也、山長並社」と記載されている。『延喜式』神名帳には、能登国能登郡一七座の一つとして「伊須流支比古神社」の名がある。この社は、石川県鹿島郡中能登町石動山にある社で、能登国の二宮である。『神道集』巻四「能登国石動権現事」では、「抑此権現者、男体女体倶ニ立玉ヘリ、先ツ男体ハ本地虚空蔵、（中略）次ニ女体者、本地ハ如意輪観音ナリ」とあり、石動権現は男女の神であることが伺える。伊須流支比古神社に祀られる五柱の神（大宮・客人・火宮・梅宮・剣宮）を五所権現と呼ぶ。客人宮には白山比咩神が祭祀されており、白山との強い結びつきが窺える。

三宮　山王七社の一つ。牛尾山の峯上に、八王子と並んで鎮座している女神である。『耀天記』には、「三宮事、貴女三人顕給故、三宮云也」とあり、三人の女神であるために三宮というとされている。また『厳神抄』には「三宮権現ハ、八王子ノ御兄弟八人ノ内、三女ノ神ニ別ニ斎シ顕レ奉ル故ニ、三ノ宮ト号奉ル、第三ノ影向ト申ニテハ非ズ、只三女ノ神ヲ以テ三宮ト申ナリ」とあり、八王子のうちの三人の女神を三宮として祀っているとしている。更に『七社略記』には「三宮御分　三宮ノハ女形桓武天皇即位延暦六年、八王子ノ金大巌ノ傍ニ天降リ、手ニ持ス二法華経ヲ一、従レ空乗二紫雲一、女人形、大師奉レ見レ之ヲ崇タテマツリ二三宮権現ト一」と来臨の様子が記されており、牛尾山の巨大な霊石である金大巌に八王子と降り立ったとされている。

みねには八王子そ　峯とは、牛尾山を指す。牛尾山山上には、金大巌と呼ばれる巨大な岩があり、この巌の両脇に、三宮と八王子が並んで祭祀されている。『日吉社禰宜口伝

左：三宮　中央：金大巌　右：牛尾宮〔旧八王子〕

抄』には、「上代日吉神社申者、今八王子社也、此峯在二比叡山東尾一、又曰二牛尾一」とあり、二宮の項でも述べたがこの牛尾山の峯がもともと地主権現の祀られる重要な地であった。『耀天記』には「八王子宮事、大舎人頭成仲宿禰総官禰宜説云、此砌大宮始テ天降住御之刻、自二八王子峯一、八人童子形ビンズラユヒテ、下臨御テ、田楽ヲシテ大宮ヲ奉二饗応一給リ、自レ其田楽ノ本座ハ、八王子ノ御輿ノ御共ニテ御祭ノ時モ候也云々、其八人童子ノ形ハ、此山ノ神ニテ住給ヘリ」とあり、大宮が天下った際にこの八王子が峯から下向して田楽をして大宮をもてなしたという。また、その姿は王子という名にふさわしく童形である。『厳神抄』にも同様の記述が見え、「八王子権現ト申ハ、天照太神ノ御子五男三女八王子ニテ御座ナリ、（中略）匡房扶桑明月集ニハ、八王子権現ヲバ国挟槌尊ト云々（中略）八王子権現八千ノ御子ト顕レテ、八王子山ノ猿ノ馬場ヨリ、五色雲ニ乗テ大宮ノ社壇ニ至テ止テ、田楽シテ大宮権現ヲ慰メ申サセ玉ヒケリ」とする。『七社略記』にも、「近江国滋賀郡小比叡、東山金大巌傍天降、八人皇子引率メ天降玉フヲ、言二八王子ト一也」とある。伊勢神楽歌「日吉山王」では「イヤ日吉山王ハ上七社中七社下七社廿一社の御ン所きつたいこつたい十二の高根　峯の八王子に遊びの上分を　参らする」（等観寺蔵伊勢神楽本「御神楽秘録」）と歌う。また『平家物語』にも八王子が登場するが、「表白の詞にいはく、「我等なたねの二葉よりおほしたて給ふ神たち、後二条の関白殿に、鏑箭一はなちあて給へ、大八王子権現」とたからかにぞ祈誓したりける。やがて其夜不思議の事あり。八王子の御殿より、鏑箭の声出でて、王城をさして、なッてゆくとぞ、人の夢には見たりける。其朝関白殿の御所の御格子をあげたるに、唯今山よりとッてきたるやうに、露にぬれたる樒一枝立ッたりけるこそおそろしけれ」（巻一「願立」）とあるように、この神は霊威著しい山王の眷属神の中でも、とりわけ怖れられていた神であった。

【考察】

『梁塵秘抄』四句神歌には、日吉山王の神々にまつわる今様が数多く採録されている。本歌も、日吉山王権現と小神たちの神威の怖ろしさを歌いあげるものである。「東の山王おそろしや」と、第一句で山王の神々の霊威高きおそろしき様子を歌い、その後、山王に連なる「おそろし」とされる神々の名を連ねていく。そして最後には「峯には八王子ぞおそろしき」と、再び「おそろし」と用いることによって山王七社の神の一つである八王子の怖ろしさを強調して終わっている。

『梁塵秘抄』二四二に見える十禅師は託宣を行う、祟りなす強力な神であった。同じく二四五において歌われた早尾、山長、行事、高の御子、牛の御子も、荒々しい霊威をふるう御先神である。この二つの歌と本歌に歌われている神々の多くが重なりを見せているが、それ以外の客人宮、石動、三宮、八王子、そしてそれらを束ねる地主神二宮もまた、同じような怖ろしい性質を持つ神なのである。

客人宮は、白山から勧請された神である。『源平盛衰記』では、「涌泉寺喧嘩事」において、白山中宮の末寺である涌泉寺において、目代が狼藉を働いたために、白山の衆徒が蜂起し、延暦寺を頼る逸話を記載している。この逸話や、『源平盛衰記』の客人宮の縁起譚（客人宮項参照）から、白山と比叡山が強く結びついており、そのために白山から勧請された客人宮が、後々に上七社の一として重く扱われたことが読み取れる。

石動は、能登と関わりのある神であることが、『日吉山王位階形像記』の「石動宮　明星天子、能登国神也、山長並社」からわかるが、式内社であり能登国二宮である伊須流支比古神社は、石動山の山頂に鎮座する神社である。この神社は、古代末期から中世にかけて能登の山岳信仰の中心を成しており、平安末期には石動寺を別当寺とし、山岳仏教とむすびついた（『日本の神々―神社と聖地　八巻』より）。近世初頭に西塔院時慶・時興の父子によって清書された「金剛証大宝満宮縁起」（神社蔵）によると「然南閻浮提各在護命、其護命云石也、三名朝字動字竹字云、此三石於三千大世界為枝葉累広、故三千大世界名」とあり、三千世界を護持していた三つの「朝字」「動字」「竹字」という名の石はそれぞれ天下り、そのうちの一つである動字は、石動山に落ちて「動字玲瓏涌在金剛証大宝満宮」となった。この動字を護持するために、天目一箇神が峯に降りたという。また、林羅山の手による新縁起（承応三年［一六五四］）には「北陸道能登郡石動山、昔聞星墜為三石、象天有三光也、或曰石自天漢流下、故曰石動山、延喜式所載能登国伊須流岐比古神社是也、石動此云伊須流岐、此山者泰澄法師之所開也、蓋与白山霊神同一体也」とあり、前掲の古縁起を簡略化した上で、白山と同一神であると述べている。（『鹿島町史　資料編』参照）。動字石とされる岩は現在もあり、縁起自体は時代が下るものの、霊石に対する信仰が古くからあったのではないかと思われる。

それぞれに強い神威を発揮し、畏怖の念をこめて尊崇されていた日吉の神々であるが、この中でも、最も重要視され、怖れられていたのは、八王子の神である。「峰には八王子ぞおそろしき」と強い調子で、八王子のその怖ろしさを歌い上げている。

八王子もまた、十禅師の神と同様に、強力な呪詛神であり、託宣神でもある。前掲（語釈）の『平家物語』巻一「願立」では、八王子の神矢によって関白師通が倒れる説話が記載されている。嘉保二年（一〇九五）に、美濃守源義綱の処分を要求した山門対し、関白師通は源頼春に追い返させるが、その際に神官や寺官が射殺されたり、傷を負ったりした。山門は、八王子に師通呪詛の祈願をかけると、人々の夢に八王子の放った鏑矢が現れ、次の朝には関白の御所に樒が一枝立っていたという。その後関白師通は病を受けて倒れてしまう。師通の母は日吉に七日間参籠していると、満願の夜に八王子社の前で童神子の託宣をうける。日吉神社に寄進を行うことで師通はしばしの延命を授かるが、その後まもなく身まかることとなる。『源平盛衰記』巻四「殿下御母立願事」には、死後も八王子権現に苦しみをうける師通の姿が描かれている。「関白殿薨去の後、八王子と三宮との神殿の間、磐石あり。彼石の下に、雨の降夜は、常に人の愁吟する声聞えけり。参詣の貴賎あやしみ思けり。余多人の夢に見けるは、束帯したる気高上臈の仰には、我はこれ前関白従一位内大臣師通也。八王子権現我魂を此岩の下に籠置せ給へり。さらぬだに悲、雨の降夜は石をとりて責押に依て、其苦み難堪也とて、石の中に御座とぞ示給たりける」とあり、死してなお許されることのない、八王子権現の冥罰の怖ろしさが、まざまざと描かれている。また、『太平記』巻一七には、足利軍が比叡山を攻め上り、横川まで押し寄せてきた際に、八王子権現が童に憑き、託宣を行った逸話が記載されている。「御廟の材木を元に戻せば、早尾と大行事を遣わせて、明日の午の刻にでも敵を追い払おう」という内容の託宣であったがあまりに信じがたい託宣であり、その場の衆徒の胸中に隠され、人々に知れわたることはなかったが、早朝に早尾・大行事社から猿が多数群れをなしてあらわれ、鐘をうちならした。その後、八王子権現の託宣どおりに足利軍は撤退を余儀なくされ、大将高師重は衆徒に捕らえられた。ここでも、八王子権現の神威の強さを窺い知ることができる。

日吉には、神輿振りという強訴の方法があった。朝廷の決定を覆させるために、神輿を持ち出し、門前や陣頭、橋の上などに振り捨てるという。日吉の神人たちが訴えを起こす際に、たびたび神輿振りを行っていたことは『百錬抄』や『平家物語』諸本等に記されている。『平家物語』巻一「御輿振」には「さる程に、山門の大衆、国司師高を流罪に処せられ、目代近藤判官師経を禁獄せらるべき由奏聞度々に及といへども、御裁許なかりければ、日吉の祭礼をうちとゞめて、安元三年四月十三日の辰の一点に、十禅師・客人・八王子、三社の神輿、賁り奉りて。陣頭へ振奉る」とある。また、嘉承三年（一一〇八）三月の神輿振りでは八王子・客人の二社の神輿が持ち出され、保安四年（一一二三）には三聖（大宮、二宮、聖真子）と三宮の神輿が、保延四年（一一三八）には八王子・客人・十禅師の神輿が、担ぎ出されていたようである。他にも、久安三年（一一四七）、永暦元年（一一六〇）、嘉応元年（一一六九）にも神輿振りが行われていた記録が『百練抄』にある。特に本歌に名前の挙がる十禅師、客人、八王子の三社の神輿は、何度も神輿振りが行われている。朝廷の裁断を揺るがせるためには、その振り捨てられた御輿の神威が怖ろしく、触れることも撤去することもできないものでなければならず、神輿振りに登場する神輿は、日吉山王の中でも、より「おそろし」と人々が感じる神輿であったはずである。

八王子権現を筆頭に、神輿振りに担ぎ出される十禅師、客人、「高名悪神」と呼ばれた大行事、そしてそれらを束ねる古くから日吉の地に鎮座していた地主神二宮など、当時の人々にとっては、この歌に歌いこまれた神は、どの神も霊威が猛々しい怖ろしき神々であった。この歌は、荒井評釈を始めとする諸注が指摘するような単に日吉の諸社を列挙したのみの歌謡ではなく、京より東方に位置する山王の眷属神たちに対する畏怖の心を、実感をこめて歌い上げ、冥罰ではなくその加護を願い、歌ったものであると考えられる。

【参考文献】

石川県鹿島町史編集専門委員会『鹿島町史　資料編』（鹿島町、一九六六年）
岡田精司「日吉山王権現の祭祀―日吉山王祭を中心に―」福田晃・山下欣一編『巫覡・盲僧の伝承世界』二（三弥井書店、二〇〇三年）

二四四

佐藤幸代

【影印】

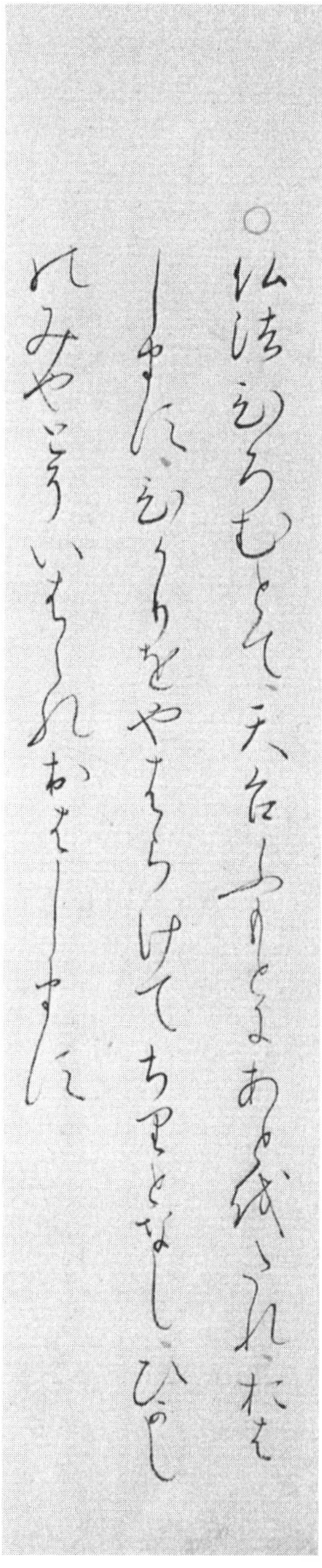
○仏法ひろむとて天台ふもとにあとをたれおは
しますひかりをやはらけてちりとなしひかし
のみやとそいはゝれおはします

【翻刻】

○仏法ひろむとて、天台ふもとにあとをたれ、おはします、ひかりをやはらけてちりとなし、ひかしのみやとそいは丶、れおはします

【校訂本文】

○仏法弘(ひろ)むとて　天台麓(ふもと)に迹(あと)を垂(た)れ　おはします　光(ひかり)を和(やは)らげて塵(ちり)となし　東(ひがし)の宮(みや)とぞいははれおはします

【類歌・関連歌謡】

・神の家の小公達は　八幡の若宮　熊野の若王子子守お前　日吉には山王十禅師　賀茂には片岡貴船の大明神（二四二）

・東の山王おそろしや　二宮客人の行事の高の御子　十禅師山長石動の三宮　峯には八王子ぞおそろしき（二四三）

・王城東は近江　天台山王峯のお前　五所のお前は聖真子　衆生願ひを一童に（二四七）

・大宮霊鷲山　東の麓は菩提樹下とか　両所三所は釈迦薬師　さては王子は観世音（四一七）

【諸説】

仏法ひろむとて　諸説「仏法をひろめようとして」と解釈する。主体について「釈迦、薬師如来」（荒井評釈・大系）、「釈迦如来以下の仏や菩薩たちが」（全集・新全集・完訳）、「日吉山王権現」（榎集成）、「釈迦」（全注釈）。

あとをたれ　諸説、本地垂迹の思想より出た語とする。「本地垂迹の和訓」（全集・新全集・完訳）。

ひかりをやはらけてちりとなし　『摩訶止観』の「和光同塵結縁之始」（巻六下）を引き、『老子』の「和其光同其塵」に仏教的な解釈を与えたとする。（小西考・荒井評釈）。「和光同塵」の語としての初見は『老子』であるが、我が国の観念とは相違し、直接の影響は『摩訶止観』にある（※関口）。

ひかしのみや　①比叡山の東麓説に「比叡山の東麓」（荒井評釈・榎集成・新大系・全注釈）。②京都から見て東とする説に「王城東の日吉山王権現」（大系）、「京都から東にあるためか。東本宮をさすとは限らない。」（全集・新全集・完訳）。③日吉社東本宮とする説に「東本宮（二の宮）を指す」（※景山）。

いはゝれおはします　「まつられていらっしゃる」（荒井評釈・全注釈）。

全体の解釈　「この歌謡は前二首の神歌とは異なって、四句形式がとゝのって居り、雑法文に近い形を持って居る。「おはします」を二句と四句に繰返した所は伝承歌謡の気分があるが、調子を落着かせて居る」（荒井評釈）、「日吉山王を舞台に、神仏習合思想の要約を巧みに歌謡化（中略）第二・四句の押韻も整って荘厳さを加えている」（全集）、「本地垂迹説による日吉権現の威徳」（新大系）、「第二句と四句末の「おはします」の語が、日吉山王権現のやわらかな神性をうまく表現していて、心地よい調べがある」（全注釈）。

【語釈】

仏法ひろむとて　仏が仏法を弘めようとして、山王権現として垂迹したことをいう。「ひろむ」は、「広い範囲に行き渡らせる。広く伝え知らせる。話、法、道などを伝える意に用いられることが多い」（角川古語大辞典）。『梁塵秘抄』には「釈迦の御法は天竺に　玄奘三蔵ひろむとも　深沙大王渡さずは　この世に仏法なからまし」（二七七）の例がある。仏法を広めた主体は、釈迦、釈迦及び薬師、釈迦以下の仏や菩薩、日吉山王権現、と諸説分かれる。これは、後の「東の宮」がどこを指すのかによって解釈の分かれるところである。日吉社は、熊野社と並んで、本地垂迹思想の中心的な位置にあった。一二二三年成立の『耀天記』（三二「山王事」）には、釈迦如来が大宮権現に垂迹した由縁、二の宮が薬師如来に、聖真子が阿弥陀の垂迹であることが記されている。ここでは、「東の宮」を日吉山王全体を指す、ととらえ、主語を「釈迦」「釈迦及び薬師」のように特に限定しない。

天台ふもとに　「天台」は比叡山を指す。比叡山の麓に、の意。「天台」は本来は中国浙江省天台県にある天台山をさすが、天台山で修業した最澄が比叡山延暦寺を開き、天台宗を伝えたことから日本では比叡山のことを「天台山」と別称する。『梁塵秘抄』に「王城東は近江　天台山王峯のお前　五所のお前は聖真子　衆生願ひを一童に」（二四七）、「近江の湖は海ならず　天台薬師の池ぞかし　何ぞの海　常楽我浄の風吹けば七宝蓮華の波ぞ立つ」（二五三）とあり、比叡山を天台と歌っている。また、『耀天記』に「是則垂迹於叡岳之麓」（二「大宮事」）とあり、『太平記』にも「今ノ比叡山ノ麓、大宮権現垂跡給フ」（巻一八「比叡山開闢事」）とあるように、日吉社の所在をいうにあたり「比叡山の麓」という表現が使われていた。

あとをたれ　「垂迹」の訓読で本地垂迹の思想より出た語である。仏、菩薩が神の姿になって現れ、の意。本地垂迹とは、「即ち諸神は其の本地仏菩薩にして、正法護持済世利民の為に迹を人界に垂るるものとなすを云ふ」（望月『仏教大辞典』）とある。『長秋草』に「よをてらす日よしとあとをたれてけり心のやみをはるけざらめや」（俊成・一二三五）、『新後撰和歌集』に「くもりなき世をてらさんとちかひてや日よしの宮の跡を垂れけん」（巻一〇・神祇歌・天台座主道玄・七四七）とある。また、『熊野権現和讃』に「跡ヲ熊野ニ垂給フ」とある。

おはします　いらっしゃいます、の意。神仏がある場所に鎮座されていることをさして用いられる。「妙見大悲者は北の北にぞおはします」（二八七）、「紀の国や　牟呂の郡におはします　熊野両所は」（五四六）など、『梁塵秘抄』には一四例ある。（→二七三【語釈】「おはします」参照）

ひかりをやはらけてちりとなし　「和光同塵」の訓読である。威光を隠して、俗世に交わり、の意。和光同塵とは仏、菩薩、あるいはその化身としての神々が、自らの光を和らげて塵のような衆生に同ずることである。これは、小西考で指摘されているように、天台大師智顗の『摩訶止観』巻六下「和光同塵結縁之始。八相成道以論二其終一」による。この語の初見は、『老子』の「挫二其鋭一、解二其紛一、和二其光一、同二其塵一」（『道経』無源第四）、及び「知者不レ言、言者不レ知。塞二其兌一、閉二其門一、挫二其鋭一、解二其紛一、和二其光一、同二其塵一。是謂二玄同一」（『徳経』玄徳第五六）であるが、これは、仏、菩薩の本地垂迹をいうものではなく、優れた徳のある人物の有りようとして述べられている。関口静雄は「和光同塵―梁塵秘抄と本地垂迹思想―」で、「和光同塵」の語としての初見は、『老子』であるが、自分の智徳の光を和らげ隠して俗世間に混在しているという考え方は、中国古代の処世訓であり、直接の影響と考えられるのは『摩訶止観』だろうとして、「本地垂迹思想が展開するに際して、いわばその標語的役割を果たしたのが「和光同塵」であったのである」と述べている。日本では、本地垂迹思想の広がりに伴い、仏、菩薩が人を救うために神祇として現れたと信じてこの語を用いた。『千載和歌集』に「みちのべのちりにひかりをやはらげて神もほとけのなのるなりけり」（巻二〇・神祇歌・崇徳院・一二五九）とあり、『風雅和歌集』に「日吉社にたてまつりける百首歌の中に、桜を」として「山ざくらちりにひかりをやはらげてこの世にさける花にやあるらん」（巻一九・神祇歌・俊成・二一五二）がある。また『慈恵大師和讃』には「禅恵ノ光ヲ和ゲテ世栄ノ塵ニ示同セリ」、『熊野権現和讃』には「即光ヲ和ケテ」「濁世ノ塵ニソ交レル」とある。

ひかしのみや　東の宮について、①比叡山の東麓にあるところから東の宮とよばれたとするとする説、②京都から見て東とする説、③日吉社東本宮のこととする説の三説がある。このうち③説について、景山春樹は、日吉山王権現は今日、大宮を西本宮、二の宮を東本宮と称することを踏まえて、本歌に謡われているのは日吉社東本宮のことであるとする（※景山）。しかし、東本宮という呼称は、近世までの日吉山王権現関係の資料には表れず、昭和に入っての呼称であるため、この説を取ることはできない。ここでは①「比叡山の東麓」と②「京都から見て東」の両説をふまえ、さらに、東方薬師瑠璃光浄土の意も含ませていると解したい。（→【考察】参照）

いはゝれおはします　「いはふ」は「斎ふ」、「祝ふ」とも。神をいつき祀る、神聖なものとしてあがめるの意。「いははれおはします」で、神として祀られていらっしゃいます、の意となる。『耀天記』（三二「山王事」）に「神ト現テ叡山ノフモトに山王トイハヽレテヲハシマス」とあるのは本歌の内容と重なる部分が多く注目に値する。このように山王が「いははれ」る用例は、延慶本『平家物語』（第一本三一「後二条関白殿滅給事」）の日吉山王縁起にも見られる。辛崎の琴御館牛丸の元に山王が示現し、自らの名を「竪ニ三点ヲ立横ニ一点ヲ引横ニ三点ヲ引テ竪ニ一点ヲ可レ立ツ」と語る。すなわち言葉にはしないものの自分の名は「山王」であると告げるのである。「牛丸神明ノ教ニ任テ西北ノ方ヘ尋行テ見ニ封ユヒ給ヘル所アリ　是ヲ験トシテ宝殿ヲ造進シ大木ノ上ニ顕レ給タリシ御影ヲ奉摸テ被レ祝給ヘリ今ノ大宮ト申ハ是也」と山王が「いははれ」祀られる様が神秘的に詳述されている。現在「辛崎」伝承の地には「唐崎の松」で有名な日吉社の摂社「唐崎神社」が祀られ、祭神は琴御館宇志丸（牛丸）の妻、女別当命であるとされているのも興味深い。「いははれ」の他の用例には「児島と申す所に、八幡のいははれ給ひけるに籠りたりけり」（『山家集』一一四五詞書）、「八幡大菩薩の御使者現人神と斎はれ給ふ」（『義経記』巻三「弁慶生まるる事」）などがある。いずれの例も「いははれ」の後には補助動詞「給ふ」が続いているが、本歌では、「おはします」が補助動詞として用いられ、前句の「おはします」を反復し、歌に柔らかい響きをもたらしている。この尊敬語の反復は、『梁塵秘抄』の「仏はどこよりか出で給ふ　中天竺よりぞ出で給ふ」（二七）、「大梵天王は　中の間にこそおはしませ　少将婆利女の御前は　西の間にこそおはしませ」（二六七）などに見られる。

【考察】

四句神歌の三首目に登場する本歌は、日吉山王権現が本地垂迹し給うさまを和語を用いて朗々と歌い上げたものである。「東の山王おそろしや　二宮客人の行事の高の御子　十禅師山長石動の三宮　峯には八王子ぞおそろしき」と日吉山王権現の神威の怖ろしさを歌った二四三、「神の御先の現ずるは　早尾よ山長行事の高の御子　牛の御子　王城響かいたうめる鬢頬結ひの一童や　いちゐさり　八幡に松童善神　ここには荒夷」と大神の下にあって恐るべき霊威を発動した小神を歌った二四五のように、本歌の前後には霊威あふれる神々の物尽くしの歌が並ぶ中、本歌はただ一首のどかで趣が異なる。

日吉山王信仰における本地垂迹については、古くは平安時代末期成立の『神中抄』に「大宮は本地は釈迦、垂跡は法形也。二宮は本地は薬師也。垂跡同レ之」（巻九「しるしのすき」）とある。また『耀天記』（三二「山王事」）には「日吉大宮権現ヲ、尺迦如来ノ垂迹ト申侍ル」として、釈迦如来が大宮権現に垂迹した由縁が詳述され、二宮が薬師如来に、聖真子が阿弥陀に垂迹したと記される。『太平記』巻一八「比叡山開闢事」には、山王二十一社全ての本地が記されている。『日吉山王位階形像記』（一六九五年）には山王二十一社の本地に加え、神像の形像や神階昇叙の年月も記され、日吉山王信仰の中に本地垂迹思想が深く根付いていることを表している。また、このような神仏習合の様を描いたものが「山王曼荼羅」である。山王曼荼羅が天台宗における法要や講において本尊として掲げられることで、大宮が釈迦如来、二宮が薬師如来、聖真子が阿弥陀如来、八王子が千手観音、客人が十一面観音、といった本地垂迹の認識が広く民衆たちにも受け入れられていたのであろう。『梁塵秘抄』にも「近江の湖は海ならず　天台薬師の池ぞかし　何ぞの海　常楽我浄の風吹けば七宝蓮華の波ぞ立つ」（二五三）、「大宮権現は思へば教主の釈迦ぞかし　一度もこの地を踏む人は　霊山界会の友とせん」（四一一）、「大宮霊鷲山　東の麓は菩提樹下とか　両所三所は釈迦薬師　さては王子は観世音」（四一七）など、本地を詠む歌が見られる。また、延慶本『平家物語』（第一本三一「後二条関白殿滅給事」）には、山王の怒りにふれて呪詛を受けた我が子師通（後二条関白殿）の延命を望む母の眼前に、山王権現が舞を舞う童神子に憑依して託宣する場面が描かれる。「半時ハカリ舞テ後山王下リサセ給テ様々ノ御託宣コソオソロシケレ衆生等タシカニ承ハレ我円宗ノ教法ヲ守ンカ為ニ実報花王ノ土ヲ捨テ穢悪充満ノ塵ニ交リ十地円満ノ光ヲ和ケテ此山ノ麓ニ年尚シ鬼門凶害ヲ防カントテハ（中略）吾山ノ僧侶三ノ山ノ参籠ノ間霜雪雨露ニウタル、ヲ以テ行者ノ効ヲ哀テ和光同塵ノ結縁トシテ此所ヲトメテ我ニチカツク者ヲ哀ントナリ」とある。日吉山王権現が自ら「塵ニ交リ、十地円満ノ光ヲ和ケテ此山ノ麓ニ年尚シ」と語ることから、日吉社が和光同塵、本地垂迹思想の隆盛の中心を担った場所であることが分かる。なおこの話は、この後、母の願が聞き届けられ、山王の許しを受け、師通の延命が叶ったことが語られ、山王権現の霊威の強さと怖ろしさを表すのに十分な逸話となっている（→二四三【考察】参照）。山王信仰における本地垂迹、和光同塵は歌にも多く詠まれる。『耀天記』（三二「山王事」）には「イヅクニモ同ジ光ヲ和ゲテ照スハワシノ山ノハノ月」とあり、『新後撰和歌集』には「くもりなき世をてらさんとちかひてや日よしの宮の跡を垂れけん」（巻一〇・神祇歌・天台座主道玄・七四七）とある。また、日吉社に対する信仰の篤かったといわれる慈円は（※佐藤）『新古今和歌集』で「日吉社にたてまつりける歌の中に、二宮を」として「やはらくるかげぞふもとにくもりなきもとの光はみねにすめども」（巻一九・神祇歌・一九〇二）と詠んでおり、山王信仰が熊野信仰と並んで、本地垂迹思想の中心的な位置にあったことを示しているといえよう。

次に、「東の宮」について、【語釈】にあげた三つの説について考察してみたい。まず、③「東本宮（二の宮）を指す」という景山の説である。現在、二の宮は「東本宮」、大宮は「西本宮」と呼ばれている。現存する山王関係典籍の中で最も古いとされる『日吉社禰宜口伝抄』（一〇四七年成立）に「上代日吉神社申者、今八王子社也、此峯在比叡山東尾」

とあり、『日吉山王権現知新記』には「此山麓に大乗仏教を流布すべき之霊地有哉、女神答へて曰く、西麓一験有り彼の所に行きませと、神人女神の告に依て今の大宮の霊地に到りまし」とある。しかし、日吉関係の典籍を見るに、『日吉社禰宜口伝抄』には「大比叡宮」「小比叡宮」とあり、『耀天記』には「大宮御事」「二宮正一位」、『厳神鈔』には「大宮権現」「小比叡ノ峰」とあり「東本宮」という記述はない。また、江戸期の『日吉山王権現知新記』にも「大宮権現」「二宮権現」とある。管見では、江戸初期までの日吉関係の典籍、山王神道曼荼羅等をくまなく見ても、「東の宮」「西の宮」あるいは「東本宮」「西本宮」という呼称は見当らず、全て「二宮・小比叡」、「大宮・大比叡」なのである。また、『宇治拾遺物語』（巻五―八〇「仲胤僧都地主権現説法事」）には「日吉の二宮」の記述があり、『太平記』（巻一八「比叡山開闢事」）には「大宮権現」の記述が見られることからも、『梁塵秘抄』が編まれた時代に「東の宮」が現在の東本宮を指していたと考えるのは難しい。日吉大社権禰宜のご教示によると「東本宮」「西本宮」の名は昭和に入ってからの呼称であるとのことである。『官幣大社日吉神社大年表』（昭和一七年）、及び同神社作成の『神社名御祭神の変遷』によれば、昭和三年一一月一〇日に本宮西殿、及び本宮東殿と改称、昭和二八年九月二四日に日吉大社西本宮、及び東本宮となる、とある。

　比叡山の東麓にあるところから東の宮とよばれたとする①説は、先に挙げた『日吉社禰宜口伝抄』に「上代日吉神社申者、今八王子社也、此峯在比叡山東尾」とあるのが根拠となろう。『耀天記』（二「大宮御事」）にも「或日枝トモ、或申日吉トモ、是則垂迹於叡岳之麓」とあり、「東の麓」という表記ではないものの、日吉社の所在をいうにあたり、「比叡山の麓」という表現が使われていたことが窺える。

　「京都から見て東」とする②説においては、『梁塵秘抄』には日吉山王権現を「東」と歌う歌が他に二首ある。「王城東は近江　天台山王峯のお前　五所のお前は聖真子　衆生願ひを一童に」（二四七）は「王城東」つまり「京都の東」を歌っていることが明らかである。「東の山王おそろしや　二宮客人の行事の高の御子　十禅師山長石動の三宮　峯には八王子ぞおそろしき」（二四三）の「東の山王」においては諸説の分かれるところであるが、二四七と同様「京都の東」と見てよいのではないかと考える。これ以外にも『梁塵秘抄』の中には東西南北を上げる歌が多く見られる。三二六に「これより東は何とかや　関山関寺大津の三井のおろし　いまおろし石田殿　粟津石山国分や瀬田の橋　千の松原竹生島」とあるのも、京都を基点としている。また、謡曲の『善界』では、天狗と太郎が雲に乗って愛宕山から飛んでくる場面で「東を見れば山王権現、南に男山、西の松の尾、北野や賀茂の山風神風」と謡われている。これも京都を基点として山王権現を東と位置付けている。三一五に「淡路はあな尊　北には播磨の書写をまもらへて西には文殊しり南は南海補陀落の山に向かひたり　東は難波の天王寺に　舎利まだおはします」と淡路を基点にした東西南北が歌われているように、歌の中に方角が出てくる場合、歌われた場所によって基点が変わる。本歌の場合、前後の歌の並びを考えても、三首あとに「王城東」という表現も見えるなど、「京都からみて東の」という意識は強く働いていたであろう。「東の宮」という表記が現在本歌以外に見られないことから断定することはできないが、当時、王城を守る社として、東の宮あるいは西の宮という呼称があり、日吉大社は王城東の鎮守として、東の宮、東の山王と呼ばれていた可能性が高い。さらに、「東の宮」には東方薬師瑠璃光浄土という意味も含まれると考える。『太平記』巻一八「比叡山開闢事」には釈迦が自らの鎮座する地を求めて比叡山にたどり着くも、この地を治めていた白鬚明神に土地を譲ることを拒まれ、諦めて去ろうとするところに、薬師如来（医王善逝）が現れて比叡山に鎮座をすすめる次のような記述がある。「医王善逝称歎シテ宣ハク、「善哉釈迦尊、此地ニ仏法ヲ弘通シ給ハン事。我人寿二万歳ノ始ヨリ此国ノ地主也。彼老翁未ダ知ラズ我ヲ。何ゾ此山ヲ可キ奉ル惜シミ哉。機縁時至テ仏法東流セバ、釈尊ハ教ヲ伝ル大師ト成テ、此山ヲ開闢シ給へ。我ハ此山ノ王ト成テ久ク後五百歳ノ仏法ヲ可シ護ル。」（中略）二ノ宮ハ初メ大聖釈尊ト約ヲナシ給ヒシ東方浄瑠璃世界ノ如来、吾国秋津州ノ地主也」。ここには、二宮が東方薬師浄瑠璃世界であると明示され、釈迦よりも先に薬師が鎮座していたこと、薬師如来が自らを「山ノ王」すなわち「山王」と名乗ったことが語られている。比叡山根本中堂の本尊も釈迦ではなく薬師如来である。また、『梁塵秘抄』に「近江の湖は海ならず　天台薬師の池ぞかし　何ぞの海　常楽我浄の風吹けば　七宝蓮華の波ぞ立つ」（一五三）と歌われていることにも注目したい。琵琶湖が天台薬師の池である、と歌い、日吉社、比叡山を、東方瑠璃光浄土になぞらえた考え方があったことをこの歌は示しているのではなかろうか。以上のことから、日吉社は「叡山の東麓」にあり、京都から見て東に位置し、さらに東方瑠璃光浄土の薬師如来を祀るところであることから「東の宮」と呼ばれたととらえたい。

　最後に、本歌が歌われた場についても一考したい。後白河法皇は『梁塵秘抄口伝集』巻一〇に「そのかみ十余歳の時より今にいたるまで、今様を好みて怠ることなし。（中略）四季の今様・法文・早歌にいたるまで、書きたる次第をうたひ尽くすをりもありき。声を破ること、三箇度なり。」とあるように喉をつぶすほどに今様を歌うことに情熱を傾けたことが知られている。また、法皇の熊野、日吉社の参詣参籠はどちらも三〇回を超えている。『玉葉』（巻一四）の承安四年（一一七四）正月には「廿三日、天晴、此日院幷女院有㆑御㆓幸日吉社㆒、女院明日可㆑有㆓還御㆒、院七ヶ日可㆓籠御㆒」また同年九月には「廿七日、念誦四万五千遍、法皇女院共今日参㆓籠日吉㆒給」とある。そしてこの参籠の前には「九月一日、自㆓今日㆒院中有㆓今様合㆒」「十五日、（中略）今日院今様令㆑終之日也」とあり、九月一日から一五日まで、今様合せをしていたことがわかる。『梁塵秘抄口伝集』巻一〇には応保二年（一一六二）の熊野参詣の際に法皇が歌った法文歌「万の仏の願よりも　千手の誓ひぞ頼もしき　枯れたる草木もたちまちに　花咲き実なると説いたまふ」（三九）が記されている。法皇は熊野の神にこの今様を捧げると、松の上に神が示現し「心解けたるただ今かな」と歌ったという。今様を通して神と交流していたのである。『梁塵秘抄』法文歌の中には、二四四と趣の似ているものがある。「観音光を和らげて　六つの道をぞ塞けたる三界劫数わうつる人　やらしとおもへるこころにて」（三八）、「仏はどこよりか出で給ふ　中竺よりぞ出で給ふ」（二七）、「大梵天王は　中の間にこそおはしませ　少将婆利女の御前は　西の間にこそおはしませ」（二六七）などである。「光を和らげて」などの柔らかい和語の調べや「出で給ふ」「おはしませ」の反復表現を用いて神仏の威光を讃えるこれらの法文歌は、神仏の前で歌われ、その心を喜ばせ慰めるものであったに違いない。『続詞花和歌集』に「光をばやはらげながらいかなればあらぶる神と跡をたるらん」（巻八・神祇・大僧正覚忠・三七七）とあるのも、荒ぶる神を歌の力で和らげようとする思いが表れている。そのことを鑑みれば「東の山王おそろしや」（二四三）の後に本歌が置かれていることも偶然ではなかろう。神々の前で本歌を歌うことで荒ぶる神の心は鎮まり、また人々は神仏の存在を尊くも身近に感じ、その霊威を感得したのであろう。日吉山王の怖ろしさを思い知っていたであろう後白河法皇も、あるいは日吉参詣の際に本歌を歌っていたかもしれない。

　本歌は本地垂迹思想の隆盛とともに篤い信仰を集めた日

吉社を、王城の東、また比叡山の東麓に位置することから、東方薬師瑠璃光浄土「東の宮」として讃え、荒ぶる山王権現の神々の心を鎮めた歌なのである。

【参考文献】

景山春樹『比叡山寺』（同朋舎、一九七八年）→※景山
佐藤眞人「中世日吉社の巫覡について」（『國學院雑誌』八五巻八号、一九八四年八月）→※佐藤
関口靜雄「和光同塵―梁塵秘抄と本地垂迹思想―」（『日本歌謡研究』一七号、一九七八年四月）→※関口

二四五

永池健二

【影印】

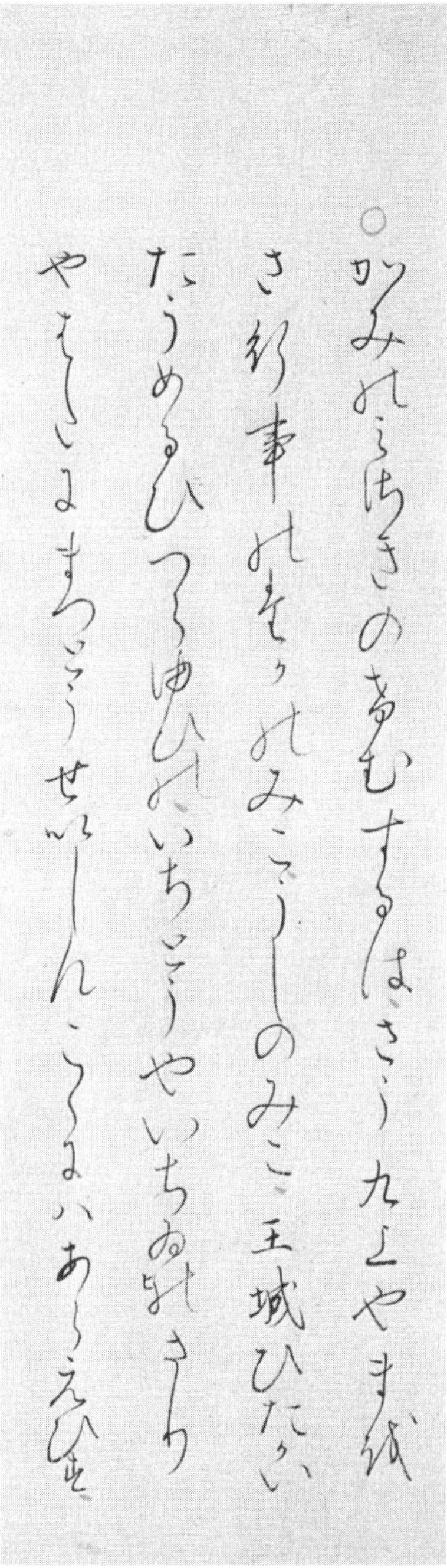

【翻刻】

○かみのみさきのけむするは、さう九上やまを
さ行事のたかのみこ、うしのみこ、王城ひたかい
たうめるひつらゆひの、いちとうやいちゐさり
やはたにまつとうせいしんこゝにはあらえひす、

【校訂本文】

○神（かみ）の御先（みさき）の現（げむ）ずるは　早尾（さうを）よ山長（やまをさ）行事の高（たか）の御子（みこ）
牛（うし）の御子（みこ）　王城響（ひび）かいたうめる鬢頬（びづら）結（ゆ）ひの一童（いちどう）や
いちゐさり　八幡（やはた）に松童善神（まつどうぜいじん）　ここには荒夷（あらえびす）

【校訂】

さう九上　↓　早尾よ　「九」は「尾」、「上」は「よ」の誤記と見る（誤写類型Ⅰ）。

ひたかいたうめる → 響かいたうめる　「ひびかいたうめる」の誤記と見る。

いちゐさり　「いちゐのさり」とあるが、「の」の左傍に墨書で見せ消ち。

【類歌・関連歌謡】

・神のめでたく現ずるは　金剛蔵王八幡大菩薩　西宮　祇園天神大将軍　日吉山王賀茂上下（二六六）

・神の家の小公達は　八幡の若宮　熊野の若王子子守お前　日吉には山王十禅師　賀茂には片岡貴船の大明神（二四二）

・東の山王おそろしや　二宮客人の行事の高の御子　十禅師山長石動の三宮　峯には八王子ぞおそろしき（二四三）

・王城東は近江　天台山王峯のお前　五所のお前は聖真子　衆生願ひを一童に（二四七）

・貴船の内外座は　山尾よ川尾よ奥深吸葛　白石白鬚白専女　黒尾の御先は　あはれ内外座や（二五二）

・一品聖霊吉備津宮　新宮本宮内の宮　はやとさき　北や南の神客人　艮御先はおそろしや（二七〇）

・天の御門より　一童吾児こそ出でたまへ　衆生願ひをば一童吾児こそ満てたまへ（二七四）

【諸説】

みさき　「御前」（佐佐木注・岩波文庫・荒井評釈・全集・全注釈）、「神使」（小西考）、「神の使者」（古典全書）、「御先」（榎集成）、「前駆」（新大系）。「単に「先」の敬語であつたが、前駆も意味し、「御前」と書いた所から、神社の敬称「御前」と混じ、「みさき」と読んで「おまへ」を意味するやうになつた」「みさきを神社の敬称と考へる」（荒井評釈）。

けむずる　「現ずる」（佐佐木注・岩波文庫・小西考・古典全書・大系・総索引・鑑賞講座・歌謡Ⅱ・全集・新全集・完訳・榎集成・新大系・全注釈）。諸説多く「現ずる」として、「現われるのは」の意に解するのに対して、「或は「験ずる」か」（小西考）、「験ずる＝霊験著しきはの意」（荒井評釈）。

さう九上　「「さう九」は「早尾」か」（岩波文庫）、「未考。「早尾」か、或は「上宮」か」（小西考）、「早尾の誤写か」（古典全書）、「「九」を「尾」の略体を誤つたとすれば「早尾」が考へられる」「又「さう九」は「聖宮」と考へれば、やはり日吉神社の摂社「聖女宮」が考へられる」「「上」は「よ」の誤であらう」（荒井評釈）、「「三宮」（さうぐ）か」（大系）、「早尾神社か。「三宮」「聖宮」とみる説もある」（全集）、「早尾よ　底本「さう九上」（「九」は字形の類似による誤写。「よ」（誤写類型Ⅰ）」（新大系）。※山内は、覚一別本『平家物語』巻二、『寺門伝記補録』第五に、「早尾」に「さうゐ」「サウイ」と仮名を振る例を掲示して「早尾社」に比定。

ひたかいたうめる　「「ひたかい」は「ひびかい」か」（岩波文庫）、「「ひびかい」の誤写。三〇九にもある。「かい」は「かし」の音便」（小西考）をはじめ、諸注「響かいたうめる」とする。

いちとう　諸注、早尾社の末社の「一童」社に比定。

いちゐさり　「一位の闍梨」（※高楠）、「之も不詳。「さ」は「さ」にて「一位たり」とも考へられる」（荒井評釈）、「一身闍梨・一位たりなど、未詳」（大系・全集も同じ）、「一位闍梨」（新大系）。

やはたにまつとう　諸注、石清水八幡の「松童」と比定。小西考のみ「ここは日吉山王の小社を挙げてゐる」として「大宮の小社」の「八幡」。

せいしん　「聖真」（佐佐木注・小西考・古典全書・荒井評釈・総索引・全集）、「善神」（大系・新大系）。新大系は、「ぜん」（善）の「ん」を「い」と表記したものとする。

こゝにはあらえびす　小西考をはじめとして諸注、山王の摂社の夷社とする中で、「石清水八幡宮末社記に（中略）見える『夷の宮』であらう」（荒井評釈）、「今の沖恵美酒神社（西宮神社に所属）」（榎集成）。

　なお、※鈴木は、「いちゐのさり」に「三井の闍梨」頼豪、「せいしん」に七星の神「星神」をあてる新解を示し、さらに「さう九」に早尾、「あらえひす」に広田社の夷神を比定する。

【語釈】

かみのみさき　神の御先。ミサキの原義は、貴人の御幸などの前に立って先導する役である。後転じて神の「御使はしめ」としての随身神や使者神、あるいは非業の死を遂げて祀られることなく祟りをなす凶魂など様々な意を持つに至る（柳田國男「みさき神考」）が、ここでは、有力な諸社の大神の下にあって大神に代わって示現し霊威をふるう眷属神、小神をいう（↓【考察】参照）。二五二の「黒尾の御先」、二七〇の「艮御先」も同様の祟りなす小神である。

けむするは　現ずるは。あるいは「験ずるは」とも。「げむず」は神仏などがこの世に降臨示現するをいうが、ここでは、示現した神の霊威の発動そのものをいう。「菩提寺といふ寺におはします仏、いみじうけんし給ふといふに、詣で給ひて」（『浜松中納言物語』巻一）を始めとして、『今昔物語集』などに数多くの用例が認められ、秘抄歌にも、他に三例見え、一五七では「現して」と書き、二六六では「けむす」の右に「験」と、三六七では「現」と傍記されている。諸注、「現」と「験」で表記がわかれているが、表記による意味の差異は見い出せないようである（↓二六六【語釈】「けむするは」参照）。柳田國男は、「タタリ」という日本語をタツ・タタへなどと同根の語で、「神がかりの最初の状態をさしたもの」で、もとは、沖縄語のターリと同様に、単に「現はれる」＝「示現」の意ではなかったかと推測している（柳田國男「山島民譚集」）。あるいはこの「げむず」も、もとは「たつ」の語の漢語表記であったものが、神の示現は即ち神の霊威の発現を意味したところから、「験ず」の表記をも生み出したものか。ここでは、しばしば降臨して託宣したり、祟りをなしたりする神々の名の列挙を促す働きをしている。

さう尾よ　原文「さう九上」。「聖宮」（荒井評釈）、「三宮（さうぐ）」（大系）等諸説あるが、やはり「早尾よ」の誤記と見るべきである。日吉社の早尾権現は、根本中堂建立時に影向して祀られたと伝えられる古い神格で、日吉山王の門守神として大鳥居の傍に祀られる。山王のミサキ神として第一に揚げられるにふさわしい神格である。山内洋一郎は、覚一別本『平家物語』巻二「堂衆合戦」に「早尾坂」、『寺門伝記補録』五に「早尾（サウイ）」とあるを指摘し、鈴木佐内も、『日吉山王権現知新記』に、「早尾（サウイ）権現」とあるを示して、どちらも、日吉社の早尾権現に比定する。従うべきである。『伊呂波字類抄』は、日吉七社として、大比叡（大宮）・小比叡（二宮）・聖真子・客人宮・八王子・十禅師・三宮を揚げ、さらに王子宮・下八王子・早尾・行事の四社を加えて「已上謂之十一社」と記し、『日吉社神道秘密記』は七社の左右に大行事と早尾を配し、「両神威専一也」として「九所宮已上是也」と記す。「早尾権現ト（ハ）門守神御ス、故ニ山王ノ守リ神ニテ大鳥居等ニ向ヒ玉フ也」（『厳神抄』）。「日吉神道秘密記云、中堂建立時毎日影向、大師添人見送　御帰洛入此林、故建社祭之」、「渓嵐拾葉云、日吉早尾又名猿田彦大神」、「山王建立始為助山王神化守護国家早鎮座　山尾、故幸時於社頭宣下」（以上、『日吉山王権現知新記』）など、山王聖域の結界を守る守護神として、様々な伝承を伝えている。

やまをさ　山長。早尾社の摂社に祀られる神。「山王二十一社等絵図」は、早尾社の向かって左手に山長宮を描く。「早尾、私市、大石右脇、已下五社、自北至南、山長、勢多伽童子、」（『耀天記』）、「早尾小社　私大殿左脇、已下五社自北至南、山長勢多賀童子」（『日吉山王位階形像記』）。日吉山王配下の霊威ある畏怖神を歌う二四三でも、「東の山王おそろしや」として、行事、高の御子、十禅師などと共に、この「山長」を掲げる。（↓二四三【語釈】「やまをさ」参照）

行事　大行事とも。『伊呂波字類抄』日吉の項には、日吉七社をあげた後に、王子宮、下八王子、早尾、行事の四神をあげ、「已上謂之十一社」と記し、『日吉社神道秘密記』には、七社の左右に大行事と早尾を配して九所とし、本地をそれぞれ毘沙門天王、不動明王として「両神威専一也」と注す。早尾と並んで山王権現の有力な眷属神であり、守護神であった。後に新行事が成立したため、区別して大行事と称され、御先払いの神として猿田彦神に比定された所から、猿行事とも呼ばれた。『知新記』所載の山王の神像絵にも、早尾と並んであげられ、猿面に描かれている。こ

の神も「高名悪神也」とされた。（↓二四三【語釈】「行事の」参照）

たかのみこ　高の御子。下八王子神の小社の神。下八王子の東側南端に祀られる。二四三にも「二宮客人の行事の高の御子」。これもおそれられるべき祟り神であったろう。「たかのみこいともあやしとみましけり猿まろをしも引きたてじとや」（『永久百首』雑・源俊頼・六九七）。（↓二四三【語釈】「たかのみこ」参照）

うしのみこ　牛の御子。日吉明神中七社の神の一（『耀天記』）。牛尊、牛巫とも称せられ、社殿を持たず、八王子社の社殿の下の大石を神体とする神である。本体は土公神とも二星神の牽牛とも伝える。「牛尊石、御殿之下牛尊ヲ石上ニ安レ之」（『日吉社神道秘密記』）。「土公形。俗体。石聖神也矣」「無宝殿。御体大石也」（『日吉山王新記』）。創始は至って古く、平安末期成立の『日吉社禰宜口伝抄』によれば、貞観年中に慈覚大師が「山末之大主神荒魂」と「玉依姫神荒魂」男女二神の二座を天宮相殿に祀った所、世俗男神を略して「大主尊」とも「牛御子」とも称したという。『日吉山王権現知新記』の「旬御供所旧跡」の項に、「毎月朔日、十日、二十日ニ七社ニ加テ二早尾、大行事、牛ノ御子ヲ一十社ニ奉レ供レ之所也」とあるのは、牛の御子が、早尾、行事と共に七社（上七社）に準ずる神格を認められていたことを示していよう（※鈴木）。『厳神抄』（鎌倉期成立）に「次八王子ノ牛御子ハ、土公神ニテ御ス、サレバ彼ノ霞体ノ大岩ヲ、参詣ノ人據之、土公ノ祟リ無ク、悪夢ヲ消滅シ、一切ノ災難ヲ払テ、善願成就スト云ヘリ」とあり、また『兵範記』保元三年（一一五八）二月三日の条には、「日吉明神眷属牛巫依御邪気霊験奉授叙爵」「正六位上牛巫明神、今奉授従五位下、保元三年二月二日」と記す。牛の御子は、怒れば邪気を奮い、祟りをなす悪神であった。

王城ひびかいたうめる　原本「ひたかい」は「ひびかい」の誤記であろう。諸注指摘するように、「響かいたうめる」とよむべきである。「ひびかいたう」は「ひびかしたる」の音便。王城を響かしとどろかしたという。下に続く「ひつらゆひの一童」の評判が都に鳴り響いたことをいうのである。

ひつらゆひの　鬢頬結ひの。「びづら」は「みづら（角髪）」の転。「髪を髪の真中から左右に分けて耳の辺りで輪形に束ねたもの」（『日本国語大辞典』）。上古には成人男子の髪であったが、中古、成人前の少年の髪型となった。「髻髪（うなゐ）は鬢頬（びづら）結ひて馬に乗れり」（『宇津保物語』梅の花笠）、「角髪（びづら）結ひて、言ひ知らずおかしげに、芳しき童姿にて」（『狭衣物語』巻二）。『太平記』巻五「大塔宮熊野落事」は、切目王子の叢祠に通夜した大塔宮が熊野権現の夢告を得る場面において、その夢中の神使の姿を「鬟結（ビンヅラユウ）タル童子一人来（キタツ）テ」と記す。ここでも、下の「いちとう（一童）」にかかり、その神が童形であることを表すものであろう。それはまた、神を招ぎ降し我が身に依り憑かせる依代・依童の姿でもある。

いちとうや　一童や。「や」は詠嘆の間投助詞。並列の「や」とは解し難い。この一童は、前出「早尾」の末社神でその地に祀られる一童社の神であろう。「早尾、私市（キサイチ）、（中略）一（イチノ）若宮、一童、富永、（已上三社、西向、）」（『耀天記』）、「摂社八所……一童（在二本社北一、本地矜迦羅）」（『日吉神道秘密記』）など。但し一童神の名は、石清水八幡の末社神の中にも、「一童（宮寺所見不分明、但西宮不動）」（『宮寺縁事抄』第一末）、「東鳥居外、大将軍（勢至、或正観音、）一童（不動）」（「当山本社末社堂塔寺院之事」）などと見え、広田社にも「一童（普賢）」（『伊呂波字類抄』）、「一童。（倶利迦羅）」（『諸社禁忌』）などと見える。一方、岡山県岡山市の備中国一宮の吉備津神社には、有力な摂社として一童社が祀られ、学問の神様として若者たちの参詣で賑わっている。日吉山王の一童を必ずしもこれら諸社の一童神の本家と見ることはできないが、二四七が「王城東は近江」と明らかに山王の一童を歌っていることから、ここでも、やはり、山王の早尾社の末社の一童神を指すものと見るべきであろう。「御体事、御童体赤衣令持尺給、座像也」（『石清水八幡宮記録』）と見え、文字通り童形神であったと思われる。その神格が必ずしも明らかでないのは、もと神を祀りわが身に依り憑かせて託宣をしたり占をしたりした巫童の呼称が神名化したものだからであろう。「一童」の「一」も、神や巫女の席次などを示すだけでなく、イツ、イチ、イタなど神憑りする巫女の呼称にしばしば見られる音との関わりをも考えるべきであろう。この一童神は、おそるべき託宣や祟りなどの霊威によって、その名を京中に轟かしていたのである。

いちゐさり　未詳。「一位たり」「一位闍梨」など諸説あるが定まらない。※鈴木は「三井の闍梨」として憤死して怪鼠となったと伝えられる三井寺法師頼豪をあてるが、「いちゐさり」を見せ消ちを無視して「みゐのさり」と読むに難。あるいは「一身阿闍梨」の意の「一身闍梨」か（高楠順次郎「秘抄余塵」）。「ゐ」字は「身」のくずしに類似しており、誤記の可能性が想定される。「一身阿闍梨」は「中古、皇族、摂政関白など高貴な家の子息に一身を限って与えられた、天台および真言の灌頂阿闍梨（かんじょうあじゃり）の号」（『日本国語大辞典』）。「是仁和寺御子一身阿闍梨官符也」（『中右記』天永三年［一一一〇］一〇月一一日）など。但し、一身阿闍梨としてもそれが何を意味するかは定かでない。

やはたにまつとうせいしん　八幡に松童善神。八幡の大神の下には、松童善神が御坐します。八幡の本宮は、宇佐八幡であるが、ここではそれを勧請した石清水の八幡を指す。松童は、八幡大神の守護神高良明神の分身とされ、行教による貞観年間の八幡神の石清水遷座に際して託宣を下したとされる八幡の根本の眷属神である。社を持たず高良社の板敷の下に祀られ、その託宣を疑いないがしろにする者には祟りをなすという怖るべき悪神であり、神恩を恐れかしこんでよく祀る者には呪詛をも叶えるという呪詛神と伝えられる。「当山本社末社堂塔寺院之事」に「松童　不動高良社板敷下仁令坐給、有由緒歟、大菩薩御垂跡之時、依託宣堺　於定根本之御眷属也」。また、『宮寺縁事抄』第一末に「松童　不動　呪咀神也、又高良分身也、兒（見）於貞観三年行教夢記、高良板敷下御坐、無別社、依為悪神不可放目故（也脱カ）」「託宣云、若及末代、我託宣有託陋嚬蹙之輩者、本宮之戌亥角宇斗我尾榊幷劔御子鉾、向悪人之方撫伏、各致其災、所謂小神俄嗔、大神稍怒」とあり、ほぼ同文が同書第一一にも見える。「ぜいじん」は、大系補注の指摘を受け、「善神」の「ん」を「い」と表現したものとする新大系付録注の考証に従うべきである。但、志田大系が『鳩嶺雑日記』を引いて「武内」などの「善神王」のことかとする解にはにわかに従えない。「善神」とは、仏語で仏法を守護する神の謂で、しばしば仏神に代わって善男善女を擁護する神をいう。ここも特定の神の称号というより、阿弥陀如来の垂迹とされる八幡大神を擁護しその神徳を具現する松童神を善神と称したのではないか。なお、松童神は、東大寺の手向山八幡や、鶴岡八幡にも、北野の天満宮にも祀られているが、いずれも後に勧請、分祀されたものである。

ここにはあらえひす　ここには荒夷。歌謡表現において「ここ」といえば、いま謡い手が歌い聞き手がそれを享受している歌の現場を具体的に指す。「厳粧遣戸はここぞかし」（三二三）、「ここにしも沸きて出でけむ石清水」（四九六）など。荒夷は、広田社（旧西宮神社）の別宮、浜の南宮社（今の西宮社）に境外社として祀られる夷神。今の沖恵比寿神社。諸注、「日吉山王の小社である夷社」（古典全書）、「石清水末社記」に見える「「夷」の宮」（荒井評釈）などとするが従えない。先行する日吉山王、石清水八幡の諸神と区別して「ここには」としているから、やはり「夷神」の本家たる西宮（広田神社）に比定すべきである。後世の資料であるが、西宮の夷神が「荒夷」と称されたことは、「又西宮荒戎宮震動」（『看聞御記』応永二六年［一四一九］六月二五日）、「か丶るを摂州西宮澳にすめる。つりする奥のあらゑびすといふ者つりをするに。此神をつりあげてそだて申き」（兼邦百首哥抄）、「故蹤猶存村西浜南、称曰沖荒夷」（『摂津志』九）などで確認できる。今でも「あらえびすさん」の名で親しまれて、えびす神の荒魂を祀るとされ、その旧社地一帯には「荒戎町」の名も残っている（西宮神社発行の「栞」から）。

【考察】

日吉山王の神々を俗に両所三聖七社という。両所とは大比叡（大宮）、小比叡（二宮）の二神、三聖はそれに聖真子を加えたもの。七所はさらに八王子、客人、十禅師、三宮の四神を加えたものである。「神の御先の現ずるは」としてまず歌い出される山王権現の神々、早尾、山長、行事、高の御子、牛の御子に一童を加えた神々が、いずれも後に上七社と称されるようになる山王信仰の根本たる有力な神々ではない所に、まず注目すべきであろう。

この事実は、諸社の若宮や王子神を歌った巻頭の一首（二四二）と比較しても明らかである。本歌では八幡の若宮も、熊野の若王子も、山王の十禅師も歌われない。そこにあげられるのは、明らかにそれよりも格下の、一見弱小ともいえる神々なのである。

神の御先とは、本来神の御幸を先導する前駆神をいうが、ここでは、諸社の摂社、末社として祀られている眷属神、随身神、使者神などを広く指している。当時の人々は、日吉、八幡、賀茂、北野などの大社に祀られる神々を「大神」と称したのに対して、そうした大神に付属する摂社、末社の神々を「小神」と呼んでいる。そうした小神たちは、しばしば大神に代わっておそるべき霊威を発動し、人々の驚異と畏怖の的となったのである。「げむ（現）ず」とは、単に神の示現をいうだけでなく、そうした霊威の発動をいうものである。その意味で、「験する」の字を当てる小西考や荒井評釈、全集の解も捨てがたい。「王城響かいたうめる」というのは、一童神が、その霊威の発動によって、京中の衆庶の心胆を揺るがせ寒からしめたことをいうものであろう。

たとえば石清水八幡の創祀に関わって託宣を下し根本の眷属神とされる「八幡の松童」神は、「悪神たるによって目を放すべからざる故に」高良社の下に御坐します神であった。松童神自ら託宣して云く、「若及末代、我託宣有託陋嚬蹙之輩者、本宮之戌亥角字斗我尾榊幷劔御子鉾、向悪人之方撫伏、各致其災、所謂小神俄嗔、大神稍怒」（『宮寺縁事抄』第一末）。末代に及ぶまでもし我が託宣を疑いないがしろにする輩があれば、本宮の戌亥の隅の斗我尾榊と劔御子の鉾をもって悪人の方に撫で伏せ、各々に災をもたらさん、というのである。「小神は俄かに嗔り、大神は稍に怒る」というのは、祟りの発動において容赦ないこうした小神に対する当時の人々の畏怖を何より物語るものであろう。『宮寺縁事抄』第一一に付された押紙には「後三条院東宮御時、以御劔被埋御前之下、是奉呪詛後冷泉院也云々、巨細見于劔御前之注了、依此託宣被埋之歟」とある。後冷泉院の在位が長く続いたため東宮の御三条院が帝を呪詛なされたが、その際、劔の御前の下に埋めたのは右の松童神の託宣によったものではないかというのである。真偽のほどは定かでないが、松童神が祟りなす悪神・呪詛神としていかに恐れられていたかを示すものであろう。

八王子社の社殿の下の大石上に坐す牛の御子もまたそうした悪神であり呪詛神であった。『兵範記』保元三年（一一五八）二月三日の条に見える「牛巫」御邪気霊験の記事は、そうした牛の御子の悪神的性格を端的に示すものである。日吉明神の眷属牛巫（牛の御子）が御邪気による霊験を現したために叙爵を奉授するよう蔵人を通じて按察大納言に仰せがあった。そこで大内記信重に命じて位記を造進せしめ、社司を殿上口に召して、密密に位記を賜ったというものである。二月二日付けの位記によれば、このとき正六位上であった牛巫明神は、あらたに従五位下を奉授されている。

本歌の末に歌われている西宮の夷神も、同様に猛々しい霊威によって畏怖されたために「荒夷」と呼ばれたものであろう。時代は下るが『看聞御記』応永二六年（一四一九）七月二五日の「西宮荒戎宮震動」の記事は、同時に、女騎之武者に率いられた軍兵数十騎が広田社より出て東方へ赴いたという神異を伝え、それを見た神人が狂気に陥ったと記している。こうした悪神たちは一たびその怒りに触れれば、おそるべき祟りを下し、災いをなす一方で、神恩を敬慕し篤く祀るものには所願を成就し福徳を授けてくれる神でもあった。その霊威によって王城を轟かしたという一童が、「衆生願ひを一童に」（二四七）、「衆生願ひをば一童吾児こそ満てたまへ」（二七四）とも歌われたのは、そうした悪神の両面的性格をよく示していよう。諸神の霊威の発現には、あるいは夢告あり託宣あり、あるいは社殿や御神鏡、御正体、御竈などがあやしい音を立てて鳴動したり発光をしたりと、様々な形があった。諸社では、そうした霊威を目の当たりにしたとき、証拠の品々や見聞した神官巫女らの証言を添えて朝廷にその経緯を注進した。朝廷ではそれを受けて、神祇官や陰陽寮に命じて卜占を行わせてその真偽を問い、神意の発言に相違ないとされれば、使者を送って、奉幣をしたり叙爵贈位を行ったりした。贈るべき田地封戸には限りがあるが贈位には元手を必要としないから、平安末期には、神への贈位が頻繁に繰り返されるようになる。たとえば『耀天記』所載「御位事」から本歌に登場する山王の諸神の贈位記を摘記すると、

大行事、初従五位下、次正五位下、次従三位、次正三位、承安二年五月二日、高倉院御代

牛御子、初従五位下、次正五位下、承安二年五月二日

早尾、従五位下、承安□年五月二日

「御位事」は末尾に「已上位階後白川院御時宣下」と記す。三神が揃って承安二年（一一七二）五月二日に贈位されているのは、承安二年三月二六日の高倉院日吉・行幸の後日の勧賞にかかるものであろうか。前掲『兵範記』所載の牛巫明神の霊験に際して、贈位を「仰せ」下したのも、当時帝位にあった後白河自身であったと思われる。「神の御先の現ずるは」と歌い出す本歌の響きのなかに、私たちはそうした後白河に代表されるような当時の京人たちの祟りなす悪神たちに対する深甚なる畏怖の心、隠された胸の奥底の心のおののきをこそ聞きとらねばなるまい。

本歌に歌われた諸神のミサキの神々—小神たちの多くが、高の御子、牛の御子、一童、松童と、童子、童形を思わせる名をもつことにも留意しておく必要があろう。松童は「松童皇子」（『宮寺縁事抄』）とも称され、一童は「イチノハラへ（いちのわらべ）」（『日吉山王権現知新記』）とも呼ばれた。本歌には見えないが、山王の三聖の第三に掲げられる「聖真子」は大宮、二宮の両聖の「マコトノミコ」の意であるという（『日吉社神道秘密記』）。これらの御子＝童の呼称は、彼らがそれぞれの大神たちの血筋を受け継ぐ若宮＝王子神と見なされていたことを示すと同時に、彼らを祀りその霊威を喧伝する巫覡の姿形をも暗示するものである。神々が現世に来現して神威を顕示するためには、目に見えぬ神々を我が身に依り憑かせ口寄せして託宣する巫覡＝依坐の存在が不可欠であるが、そうした依坐の多くは、女巫でなければ、七歳くらいの幼童であり、あるいは鬢頬結いの童形の巫覡であった。八幡における松童神の存在に早く着目した柳田國男は、諸社に祀られる「松王小児」や「松若」「松神」などの神の名と関連づけ、「松童」を、神樹たる松の

木の下にあって神を祀る者、神と人との中間にあって神の力を人間に伝えるべき役割を担った「神の子にして同時に巫祝の家の始祖たりし者」と位置付けている（柳田國男「雷神信仰の変遷」）。おそらく、一童や牛の御子、高の御子の名もそれを祀った巫覡の呼称に由来するものであったに違いない。

西宮の夷神の下にも、同様にその神威を喧伝する巫覡の徒が存在していたはずである。あえて末尾を「ここには荒夷」と歌いおさめた本歌の生きた歌謡としての本来の現場は、何より広田社の南宮の夷社の神前でなければなるまい。歌謡の表現において、「ここ」や「これ」といった指示語は文辞の中の一句をさすより、その表現の外にある歌の場や景物を直接指し示すことが多い。和歌の表現がその表出された場から切り離され「自立」を志向するのにたいして、歌謡の表現はむしろ積極的に歌の外の「場」に寄り添い、寄りかかろうとする。それによって歌の外の「現実」や「場」を歌の表現の内部に取り込んで歌謡表現に独自の空間を創りあげるのである。本歌における「ここには」の一句も明らかにそうした働きをになっている。

【参考文献】

鈴木佐内「『梁塵秘抄』神歌二四五の解釈」『仏教歌謡研究』（近代文藝社、一九九四年［初出一九八六年］）→※鈴木
高楠順次郎「秘抄余塵」佐佐木信綱編『増訂　梁塵秘抄』（明治書院、一九二三年）
柳田國男「山島民譚集」『柳田國男全集』五（筑摩書房、一九八九年［初出一九一九年］）
柳田國男「雷神信仰の変遷」『柳田國男全集』一一（筑摩書房、一九九〇年［初出一九二七年］）
柳田國男「みさき神考」『柳田國男全集』一五（筑摩書房、一九九〇年［初出一九五五年］）
山内洋一郎「書評　小林芳規・神作光一・王朝文学研究会編『梁塵秘抄総索引』」（『国文学攷』六一号、一九七三年四月）→※山内

二四六

内田源

【影印】

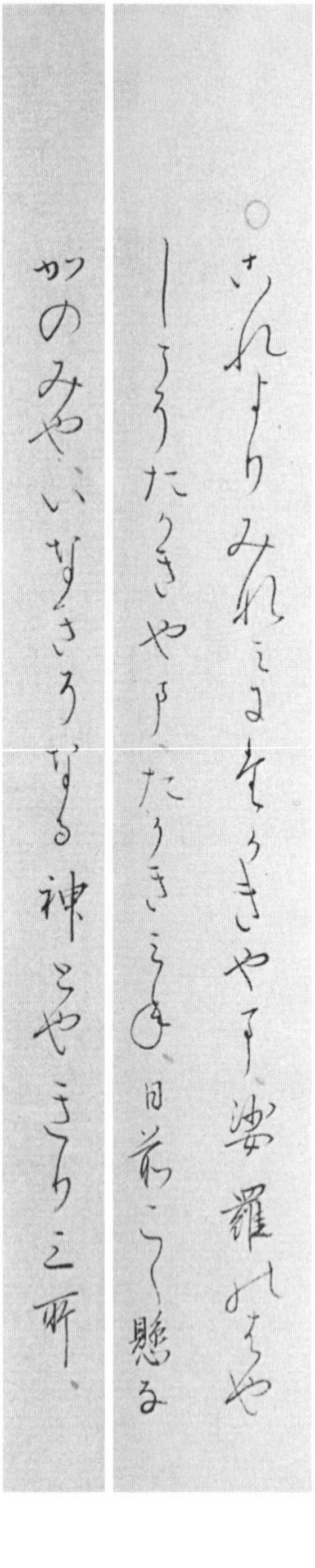

【翻刻】

○これよりみなみにたかきやま、沙羅のはやしこそたかきやま、たかきみね、日前こく懸なかのみや、いなきそなる神とやきり三所、

【校訂本文】

○これより南（みなみ）に高（たか）き山（やま）　沙羅の林（はやし）こそ高（たか）き山（やま）　高（たか）き峯（みね）
日前国（こく）懸なかの宮（みや）　伊太祁曽（いたきそ）鳴（なる）神とや紀伊（きい）三所

【校訂】

いなきそ　→　いたきそ　「な」は「た」の誤写と見る（誤写類型Ⅰ）。

きり三所　→　きい三所　「い」は「り」の誤写と見る（誤写類型Ⅰ）。

【類歌・関連歌謡】

・これより東は何とかや　関山関寺大津の三井のおろし
浜おろし石田殿　粟津石山国分や瀬田の橋　千の松原竹
生島（三二六）

・是より北には越の国　夏冬とも無き雪ぞ降る　駿河の国なる富士の高嶺にこそ　夜昼とも無く煙立て（四一五）

・王城東は近江　天台山王峯のお前　五所のお前は聖真子
　衆生願ひを一童に（二四七）

・関より東の軍神　鹿島香取諏訪の宮　また比良の明神
　安房の洲滝の口や小□　熱田に八剣　伊勢には多度の宮（二四八）

・関より西なる軍神　一品中山　安芸なる厳島　備中なる吉備津宮　播磨に広峯惣三所　淡路の石屋には住吉西宮（二四九）

・淡路はあな尊　北には播磨の書写を目守らへて　西には文殊師利　南は南海補陀落の山にむかひたり　東は難波の天王寺に舎利未だ坐します（三一五）

・勝れて高き山　須弥山耆闍崛山鉄囲山五台山　悉達太子の六年行ふ檀特山　土山黒山鷲峰山（三四四）

・勝れて高き山　大唐〳〵には五台山　霊鷲山　日本国には白山天台山　音にのみ聞く蓬莱山こそ高き山（三四五）

・いや北には高き山ぞある　いやしやうろはやしに高き岡
　いやにちせんこくせん中のまに　いや衆生の願ひを満て丶たぶ（天文本伊勢神楽歌「北御門の歌」）

・北にハ高き山そある　しやうろ林に高き岡　にちぜんこつぜん高の間に　万の願ひを見て給ふ（御神楽歌秘録「北御門の歌」）

【諸説】

これより　「当時の京都」（荒井評釈・新大系・全注釈）。

たかきやま　「名高い、有名」（荒井評釈）。

沙羅のはやし　「印度の沙羅林」（荒井評釈）、「鶴林寺（兵庫県加古川市の天台宗の寺）の誤記か」（全集・新全集・完訳）、「高野山か」（新大系・全注釈）。

日前こく懸　「紀伊国名草郡日前神社、国懸神社」（小西考）。諸説これに従う。

なかのみや　「紀伊国丹生都比売神社に配祀される高野神を「たかの宮」として、「なかの宮」と誤写したか」（荒井評釈）、「日前・国懸の中の宮か」（大系）、「名草和佐の都摩都比売神社か。高社・高御前」（新大系）。

いなきそ　「「いたきそ」の誤写。紀伊国名草郡伊太祁曽神社」（※山田）。諸説これに従う。

なる神　「紀伊国名草郡鳴神社」（小西考）。諸説これに従う。

きり三所　「切三所」（佐佐木注・歌謡集成・古典全集）、「「紀伊三所」の誤り。紀伊国伊達神社、志摩神社、静火神社の総称」（※山田）。諸説これに従う。

【語釈】

これより　「これ」とは京都を中心とした畿内の事を指す

か。「より」は動作の行われる場所や経由点につく格助詞。歌謡表現において「ここ」「これ」といえば、今、歌い手が歌い、聞き手がそれを享受している歌の場や眼前の事物を具体的に指すことが多い。本歌は四一五と同様、「これより」とすることで、その場を起点として、その向こう側を詠んでいる。三二六は、関山関寺以下、すべて逢坂の東の近江国の歌枕を詠んでいる。この歌は、歌い手の位置として京都の地を意識したうえで、畿内の東の端であり、近江国との境界の地である逢坂関が「これ」として歌われていると考えられる。同様に本歌も、以下に五畿内の南に位置する紀伊国の諸社を列挙していることから、京都を意識した上で畿内の南の端である紀伊国との境界の地を「これ」としていると推測される（→【考察】参照）。

たかきやま　霊威の高い山。「勝れて高き山　須弥山耆闍崛山鉄囲山五台山　悉達太子の六年行ふ檀特山　土山黒山鷲峰山」（三四四）、「勝れて高き山　大唐〳〵には五台山　霊鷲山　日本国には白山天台山　音にのみ聞く蓬莱山こそ高き山」（三四五）とあるように、『梁塵秘抄』において「高き山」とは、単に標高の高い山を指すのではなく、神仏が祀られ、信仰を集めた霊験、霊威の高い山や聖地をいう。「これより」と歌い出し、以下に諸社を列挙して「高き山」と体言で結ぶ形は、物は尽くしの表現類型である。

沙羅のはやしこそたかきやま　「沙羅」とは「沙羅双樹」の略。沙羅双樹は、釈迦が入滅した場所の四方に、この木が二本ずつ植えられていたとされている。『梁塵秘抄』には、「沙羅双樹」を表す用例として、「鷲の行ふ法華経は　鹿が苑なる草の枕　草枕　白鷺が池なる般若経　鶴の林の永き祈りなりけり」（二八九）の「鶴の林」、「沙羅林に立つ煙」（一二九）や「沙羅や林樹の樹の下に」（一九一）などがある。「こそ」は文意を強調する係助詞。「沙羅の林こそ高き山」はここでは沙羅双樹の生えている霊山を指すか。諸説では「たかきやま」は印度の沙羅林という説や、沙羅双樹が鶴の林とも称されることから播磨国、阿波国の鶴林寺であるかという説が見られるが、紀伊国名草郡の神々を列挙している本歌の内容から考えると、それらをここで歌っているとは考えにくい。「沙羅のはやし」と呼称される霊山としては、「沙羅は本名なり。双樹とは其の林なり。俗に通じて沙羅双樹と曰ふ、比叡山に之れ有り」（『和漢三才図会』）とある沙羅双樹が植えられている比叡山や、京都東山にある双林寺、清水寺などが考えられるが、方角的に合わない。名草郡に位置する紀三井寺も想起してみるが、管見の限りでは、沙羅双樹に関わる伝承の存在は確認できない。やはり紀伊国一の「高き山（霊山）」として存在する高野山が最有力か。高野山萱堂上池院には大師が中国へ留学した際に持ち帰られたとされる沙羅双樹があると伝わる。「高野山に、正しく弘法大師全身を留めて入定あり。是、三国に類なき勝地なり」（『弘法大師行状絵詞』下）とあり、高野山奥の院では、弘法大師が入定したといわれている。この弘法大師の入定説を釈迦に重ねた上で、高野山を「沙羅のはやし」とここでは歌っているのではないか。「弘法大師の入定は、紀伊の国高野（たかの）の山のおく」（『宴曲集』巻五・山）や「音に聞く其名も高き高野山（たかのやま）」（『宴曲抄』中・山寺）のように、高野山を「高山（たかやま）」「高野山（たかのやま）」と呼ぶ表現もある。また、高野山は京都からの視点として『弘法大師行状絵詞』に「高雄の旧居を避りて、南山の深嶺に移り入り給ひにけり」（巻七）、「南山の御幸、思し召し立たれけり」（巻一二）とあるように「南山」とも称されていたので「南に高き山」ともつながる。

たかきみね　前句とほぼ同じ意味を繰り返した挿入句。繰り返すことによって意味を強める。『弘法大師行状絵詞』下「この山は諸仏常住の峯、冥衆守護の洞なれば」や、「紀伊国伊都郡高野の峯にして入定の処を請け乞はせらるる表」（『性霊集』巻九）のように、高野山を峯と表現する記述も見られる。

日前こく懸　日前国懸。紀伊国名草郡（現和歌山市秋月）にある日前神社、国懸神社の両社を指す。読みについては、「日前大神宮（ニチセン）国懸大神宮（コククエム）」（『恒例修正月勧請神名帳』）、「紀伊国日前国懸宮（ニチセンコッケンノ）」（『一宮記』六十余州名神之事）とあり、ここでは「にちぜんこくけん」と読む。『延喜式』神名帳の紀伊国名草郡条に「日前神社名神大。月次相嘗新嘗。国懸神社名神大。月次相嘗新嘗。」、『紀伊国神名帳』に「日前大神宮国縣大神宮」とあるように、両社は大神宮と呼ばれるほど社格が高い大社として紀伊国名草郡に存在した。『新抄格勅符抄』は「日前神五十六戸紀伊国国懸須神六十戸紀伊国」とし、大同元年（八〇六）には封戸をそれぞれ授かり、その数は伊勢神宮に匹敵している。『令集解』には「紀伊国坐日前。国縣須。伊太祁曽。鳴神。已上神主等。請受官幣帛祭。古記無レ別」とあり、紀伊国相嘗四社の一つとして両社が挙げられている。両宮の御正体については、日前宮が矛、国懸宮が鏡を御正体とし、祭神は天照大神であると考えられているが、『釈日本紀』や『古語拾遺』などにおいては御正体を別に解している（松前健『日本の神々』第六巻参照）。『紀伊国造系図』に「天道根命亦奉戴彼日像鏡日矛。（中略）又乗于船而到于毛見郷舟着浦。爰郷南有山。山南有海。海中又有島山。山中有霊異岩。岩上起行宮而奉安置彼二種神宝」、「垂仁天皇御宇十六年。両大神以夢告于大名草彦命。鎮座于今之名草宮地也」とあり、初め毛見郷海上の岩にて祀られ、後に現在地へ遷ったとされる。紀伊国造家が代々管理している氏神であり、紀伊国を代表する神である。永承三年（一〇四八）の記録である『紀伊国名草郡郡許院収納米帳並進未勘文』には「大神宮田四町」とあり、続いて伊太祁曽社、鳴神社、紀三所社の名が見られる。

なかのみや　諸説あって定まらない。「たかのみや」の誤写と考え、高三所大明神社か。「なかのみや」と考えるなら中言社を指すか。荒井評釈では一説に「伊佐奈岐神社多賀村にあり。一宮多賀社といふ」（『重修淡路常盤草』）から「たがのみや」の可能性を指摘しているが、これは列挙される神々が名草郡に集まっていることから不適当。また、荒井評釈他説に『今昔物語集』巻一一―二五「弘法大師、始建高野山語」に出てくる「高野ノ明神」を「高野の宮」又は「高野御子」とし、これが転訛、誤写されて「なかのみや」となったのではないかとも指摘しているが、高野山は先に歌われているため、ここでもう一度高野山を「高野御子」として歌うことは考えにくい。これは新大系と同じく『紀伊続風土記』「村の東和佐山の嶺にあり和佐山一に高山といふ故に古より高社又高宮又高三所大明神又高御前とも称す」に見える名草郡和佐荘禰宜村和佐山（現和歌山市禰宜高積山）山頂にある別名を高宮とする高三所大明神社とするか。『伊太祁曽三神考』に「高宮といへる名は、諸国に数所ありて、おの〳〵その神々の荒魂を祭れる。（中略）伊太祁曽大神三前の荒魂、又は日前国懸宮の荒魂を祭り奉れる成べし」、「日前国懸の荒魂にて、それをた、へて高津見比古高津見比売といふか、高津見は高つ持の意にて則荒魂の意なり」とあるように、この宮を高積比古神社、高積比売神社とする説もあり、伊太祁曽神もしくは日前国懸両神の荒魂を祀ると考えられている。『紀伊続風土記』には「当社往古は伊太祁曽神大屋津比売神と共に今の神宮郷日前国懸両宮の地に在し後山東荘伊太祁曽の地に遷り大宝二年三神を分祀して都麻都比売命は此山に遷り玉ふ」とも記され、初めは日前国懸社の地に祀られていたが、現在の伊太祁曽社の地に遷った後、分祀されて和佐山上に至る。表記通り「なかのみや」と詠まれたなら中言社を指す可能性がある。「日前こく懸なかのみや」と列挙して詠まれていることから、「なかのみや」は日前国懸社領の中にある社かと考えられる。「中言社」は日前社と国懸社との間に位置していたことが『紀伊続風土記』に見られ、祭神は紀伊国造家第七代名草彦命を祀る。名草郡の神々の列挙、さらには、紀伊国造家と本歌には関係性が見られることから、歌の内容とも合致する中言社が詠まれている可能性はある。（→【考察】参照）

いたきそ　伊太祁曽。紀伊国名草郡（現和歌山市伊太祁曽）にある伊太祁曽神社を指す。『延喜式』神名帳の紀伊国名草郡条に「伊太祁曽神社名神大。月次相嘗新嘗。」、『紀伊国神名帳』に「正一位勲八等伊太祁曽大神」とあり、社格の高い名草郡の霊社である。日前国懸社と同じく大同元年（八〇六）には「伊太祁曽神五十四戸紀伊国加二十二戸一」（『新抄格勅符抄』）とあるように封戸を授かり、その数は日前国懸社に次いで多い。紀伊国相嘗四社の一つ（『令集解』前掲に同じ）。『延喜式神名帳頭注』に「伊曽大神。大己貴子五十猛命也。多以二木種一播三殖于大八洲之国一。為二有レ功神一」とあり、伊太祁曽神と五十猛命は同神とされ、紀伊国の神として古くから存在した。『先代旧事本紀』地神本紀に「五十猛握神亦云二大屋彦神一。次大屋姫神次抓津姫神已上三柱。並坐二紀伊国一。則紀伊国造斎祠神也」とあるように、日前国懸両社と同じく紀伊国造が奉斎する神であった。初めは「かうの宮」という場所に祀られていたが、『続日本紀』大宝二年（七〇二）二月二二日条に「是日。分三遷ス伊太祁曽。大屋都比売。都麻都比売ノ三神社ヲ一」と見え、日前国懸社にその地を譲り、三神に分祀して現在の伊太祁曽へと遷った。『伊太祁曽三神考』所引伊太祁曽社社伝にも、「此御神そのむかしはかうの宮と申所に御草創有しが、是より山東の東に伊太祁曽といへる、丸が名に似たる所有りと宣ひて、御跡をば日前宮へ御譲ありて、和銅六年（七一三）、一〇月初亥に、当所へ移り給へり」と見える。社伝を受けて『紀伊続風土記』では「かうの宮」は神宮郷、国府だと考えられている（『紀伊続風土記』「かうの宮は、則神宮郷の事」「かうの宮は又按ずるにこふの宮にて国府宮園部伊達神社の事か」）。

なる神　鳴神。紀伊国名草郡（現和歌山市鳴神）にある鳴神社を指す。『延喜式』神名帳の紀伊国名草郡条に「鳴神社名神大。月次相嘗新嘗。」、『紀伊国神名帳』に「正一位鳴大神大」とあり、伊太祁曽社と並び、社格の高い名草郡の霊社である。紀伊国相嘗四社の一つ（『令集解』前掲に同じ）。『紀伊続風土記』には「神領五石を寄附し新に神職を命せらるこれより日前国懸伊太祁曽神と相列りていと尊き御神なること再ひ世に知られたり」とあり、日前国懸神、伊太祁曽神と並び、有力な神であると世に知られていた。永享五年（一四三三年）五月には日前国懸社の末社としてあつかわれていたことがわかる（『日前国懸両大神宮神官等申状案（日前宮文書）』「鳴神当社末社」）。

とや　「と」は並列を意味する格助詞。「や」は語調を整える間投助詞。

きい三所　紀伊三所。伊達神社、志摩神社、静火神社の三社を総称したもの。『延喜式神名帳頭注』には「右自二伊達之神社一至二静火社一。以二此三神一名二紀三所社一」と記されている。紀三所の初見は、先に挙げた永承三年（一〇四八）の記録『紀伊国名草郡郡許院収納米帳並進未勘文』における「紀三所社田二段」である。この他にも、『中右記』天仁二年（一一〇九）一一月六日条に「是林（木カ）三所者、日前国懸之宮辺也」、承安四年（一一七四）の記録『紀実俊解状（栗栖家文書）』に「南則栗栖・湯橋、西則紀三所・神宮、」とあることから、『梁塵秘抄』編纂時において紀（伊）三所という名があったことは認められる。原文「きり三所」とあるが、ここではこの「紀伊三所」を歌ったものとするべきである。『中右記』の史料から紀三所の所在地は日前国懸社と近かったことが窺える。『紀伊続風土記』では、日前国懸社の神領の範囲を示す中に紀三所社の名が見られる（『紀伊続風土記』神宮郷太田村「○廃紀三所社伊達志摩静火三神を祭るを紀三所といふ国造家旧記に此地に祭ることを書す今廃絶せり」、日前国懸両大神上「神領与二他領一之堺二十一所（中略）十九紀三所」）。『延喜式』に「伊達神社名神大。志磨神社名神大。静火神社名神大」、『紀伊国神名帳』に「正一位伊達大神大。正一位志摩大神大。正一位静火大神大」とあり、先に列挙されたものと同様に、紀伊三所と総称される伊達神社、志摩神社、静火神社もすべて社格の高い名草郡の霊社である。日前国懸、伊太祁曽と同じく志摩神は封戸を授かる（『新抄格勅符抄』「嶋神七戸紀伊国」）。『続日本後紀』承和一一年（八四四）一一月三日条に「己酉朔辛亥。奉レ授二紀伊国従五位下志摩神。伊達神。静火神並正五位下一」、『文徳実録』嘉祥三年（八五〇）一〇月二一日条に「乙丑。紀伊国伊達神。志摩神。静火神。並加二従四位下一」、『三代実録』貞観元年（八五九）正月二七日条に「甲申。紀伊国従四位下伊達神。志摩神。静火神並正四位下」、貞観一七年（八七五）一〇月一七日条に「丙寅。紀伊国正四位上伊達神。志摩神。静火神並授二従三位一」とあり、紀伊三所と称される伊達神、志摩神、静火神はいつも同じように位を授かった。『神祇志料』には、「按伊達神蓋五十猛神也、伊達、五十猛音又相近し、（中略）又按伊達以下三社合せて紀伊三所神と云ひて、一連の神と聞え、其所在の地も北より南に連りて、次第も宜しく適へりと云ふによりて考ふるに、志摩神は大屋津姫命に静火神は妻津姫命にあたるべし」とあり、伊達神は五十猛神、志摩神は大屋津姫命、静火神は妻津姫命とする。一方、『住吉大社神代記』には「船玉神今謂。斎祀紀国紀氏神。志麻神。静火神。伊達神本社」とあり、紀三所神は船玉神だとし、紀伊国の氏神として祀られていたとされる。『日本の神々』では『国造家旧記』において、日前国懸宮境内に国造家先祖の天道根命を祀る草宮があり、この草宮へ九月一五日に静火神を神幸させて静火祭を行っていたとする。紀伊国造家とのつながりが静火神にはあった。

【考察】

『延喜式』では、紀伊国には三一座（大一三座小一八座）の名が記され、そのうち名草郡には一九座（大九座小一〇座）が集まる。『令集解』巻一六に「伊勢国渡相郡。竹郡。安房国安房郡。出雲国意宇郡。筑前国宗形郡。常陸国鹿嶋郡。下総国香取郡。紀伊国名草郡。合八神郡。聴レ連二任三等以上親一也」とあるように、紀伊国北西部に位置する名草郡は、紀伊国府の所在地であり、伊勢国渡相郡をはじめとする他の神郡と並び得る八神郡として名を連ねる地であった。その中でも日前国懸両社は、伊勢神宮のように神階を与えられない特別霊威のある社であった。『延喜式神名帳頭注』名草郡日前に「一名国懸宮。又名草宮」とあるように、別名「名草宮」とも呼ばれ、名草郡を代表する社であったとされる。それを奉斎したのは紀伊国造家であった。『先代旧事本紀』や『住吉大社神代記』によると、五十猛命（伊太祁曽神）、大屋姫神、抓津姫神および紀伊三所神も紀伊国造家が奉斎していたことがわかる。したがって、本歌で歌われる「日前国懸・伊太祁曽・鳴神・紀伊三所」は神郡である紀伊国名草郡に存在し、紀伊国造家によって奉斎された霊社なのである。本歌には名草郡の神々と紀伊国造家を讃えるという一面があるだろう。また、『令集解』に「紀伊国坐日前。国懸須。伊太祁曽。鳴神。已上神主等」、『紀伊国名草郡郡許院収納米帳並進未勘文』に「大神宮田四町、（中略）伊太祁曽社田三段二百四十歩、（中略）鳴神社田三段三百四十歩、（中略）紀三所社田二段」とあるように、これらの霊社の列挙はその順序を含めて本歌を離れたところでも確認でき、これら名草郡の霊社・神々を呼ぶ（謡う）時には決まった形のようになっていた可能性が窺える。

「なかのみや」については未だ比定するに至っていないが、本歌の背景を考えると、二つの可能性が指摘できよう。一つは「たかのみや」の誤写だとし、名草郡の高積山（旧和佐山）にある「高三所大明神」を指す説である。語釈に示した通り、「高宮」とも称されたことは注目に値する。そして、高山とも呼ばれた高積山の山頂に本殿があることも考えると、本歌にある「高き山」という句とも見事に響き合う。古くは日前国懸社の社地に祀られていたことを踏まえても、本歌の列挙に含まれていて何の違和感もないだろう。一方で、表記通り「なかのみや」だとし、日前国懸両社の中間に位置する「中言社」を指す説がある。中言社は紀伊国造家七代目名草彦命、その妻名草姫命を祀り、両神は名草一郡の地主神とされている。「中言」とは、神と人との間を取り持ち、神の言（こと）を伝える役割をなすことである。それは地主神を祀り、その地を管理している国造家が行っていただろう。『紀伊続風土記』によると、「中言と称するは中は中臣の中と同く言は事なり国造は神と君との御中を執り持ちし事を執行ふ職なれは中言と称せしなるへし」ともある。中言社の存在は『紀伊続風土記』には見られるが、それ以前は確認できない。同時代史料がない為、可能性を示すにとどまるのだが、本歌の内容、紀伊国造家との関係性からやはり中言社の可能性は捨てきれない。

　どのような場で歌われたものかを解明するためには歌の始まりの語句「これより」を考察していくことが重要である。語釈でも述べたが、本歌は京都を意識しながら、畿内の端とその境界を越えた外側を歌ったものとなっている。畿内から紀伊国に足を踏み入れる前の段階で、これから辿っていく聖なる地を詠みあげることによって、より厳粛な思いに至っていくのだろう。畿内の境界が設定されたのは、『日本書紀』大化二年（六四六）正月朔日条に「凡そ畿内は、（中略）南は紀伊の兄山より以来（中略）を、畿内国とす」とあるのが初めてである。古くは、兄山を越えると畿内を抜け、その先が紀伊国となった。古代より『梁塵秘抄』編纂の時代にかけて、畿内から紀伊国に入る道は三つある。それは和泉国から入っていく孝子峠越え、雄ノ山峠越え、河内国から入っていく紀見峠越えである。奈良時代以前にあっては孝子峠越えの道が用いられていた。『紀伊続風土記』では孝子峠越えを「これ往古泉州往来の本街道なり」とし、神亀元年（七二四）一〇月の聖武天皇行幸、天平神護元年（七六五）一〇月の称徳天皇行幸においてこの道が用いられたことを示している。『続日本紀』にも「癸未、還りて海部郡岸村行宮に到りたまふ。甲申、和泉国日根郡深日行宮に到りたまふ」とある。しかし、時代が下るにつれ、雄ノ山峠越えの道に変わっていった（『日本後紀』延暦二三年［八〇四］一〇月一三日条「甲寅自二雄山道一還二日根行宮一」、『高野山御参詣記』永承三年［一〇四八］一〇月一三日条「早旦令レ立二御宿一給、御膳、並上達部殿上人儲所々饗、屯食等、如二去夕一、午刻着二御紀伊国市御借屋一民部卿所領辺、去二吽山之南一卅許町、木御川之北不レ経□」、『台記』巻八、久安四年〔一一四八〕三月一九日条「経二雄山一、着二天王寺一」）。往事「紀路」と呼ばれた古代・中世の熊野参詣道も、京から天王寺、阿倍野、堺を経て南海道を南下し、葛城山系の雄ノ山峠を越えて山口湯屋に下り、紀伊国へと入っていった。『紀伊続風土記』には「紀泉の堺橋」という境界地の存在も見られ、さらに雄ノ山峠には白鳥関という関も存在する。三二六歌が関より東を歌っていることから、本歌も関より南を歌った可能性はあるだろう。数々の境界を経て紀伊国に入っていくこの道の途次、関所にて、本歌は歌われたか。一方で、「南に高き山」が高野山だとすると、「これより」は高野山から北に位置すると考えられる。そうなれば、高野山の北にある河内国と紀伊国の境界である紀見峠越えの道の可能性が浮かんでくる。『大日本地名辞書』では『高野山御参詣記』の雄ノ山峠越えも、「吽山は葛城続きの北山の惣名なれば茲をもしか云へる」として紀見峠越えであるかとしている。『台記』における雄ノ山峠越えも紀伊国から畿内に入っていく際に通っているのであって、高野詣に関しては河内路を通る記述があり、紀見峠越えの道が考えられる。さらに注目すべき点として、『兵範記』仁安四年（一一六九）三月一五日条に「今日上皇自天王寺著御高野政所云々」とあるように、後白河上皇はこの仁安四年の高野山参詣において、京都から高野山へと通じる中高野街道を利用し、紀見峠を越えて高野山へと入っている。本歌が名草郡の著名な神々を列挙していることはもちろんだが、高野詣を意識したものであるとするならば、『梁塵秘抄』を手がけた後白河上皇の高野山参詣路が紀見峠を通っていることからも、紀見峠に際してこの歌が歌われた可能性はあるだろう。

本歌は、雄ノ山峠、紀見峠を越える道のりの途中、紀伊国に入っていく境界において、霊威の高い場所を眺め、もしくは心に映しながら、詠みあげられた歌だと言えよう。紀伊国一の霊山である高野山と、神郡である名草郡に集まる霊社を巡る旅、巡行のようなものがこの時代にあったことも想起される一首である。

【参考文献】

山田孝雄「梁塵秘抄をよむ」佐佐木信綱編『増訂　梁塵秘抄』（明治書院、一九二三年）→※山田

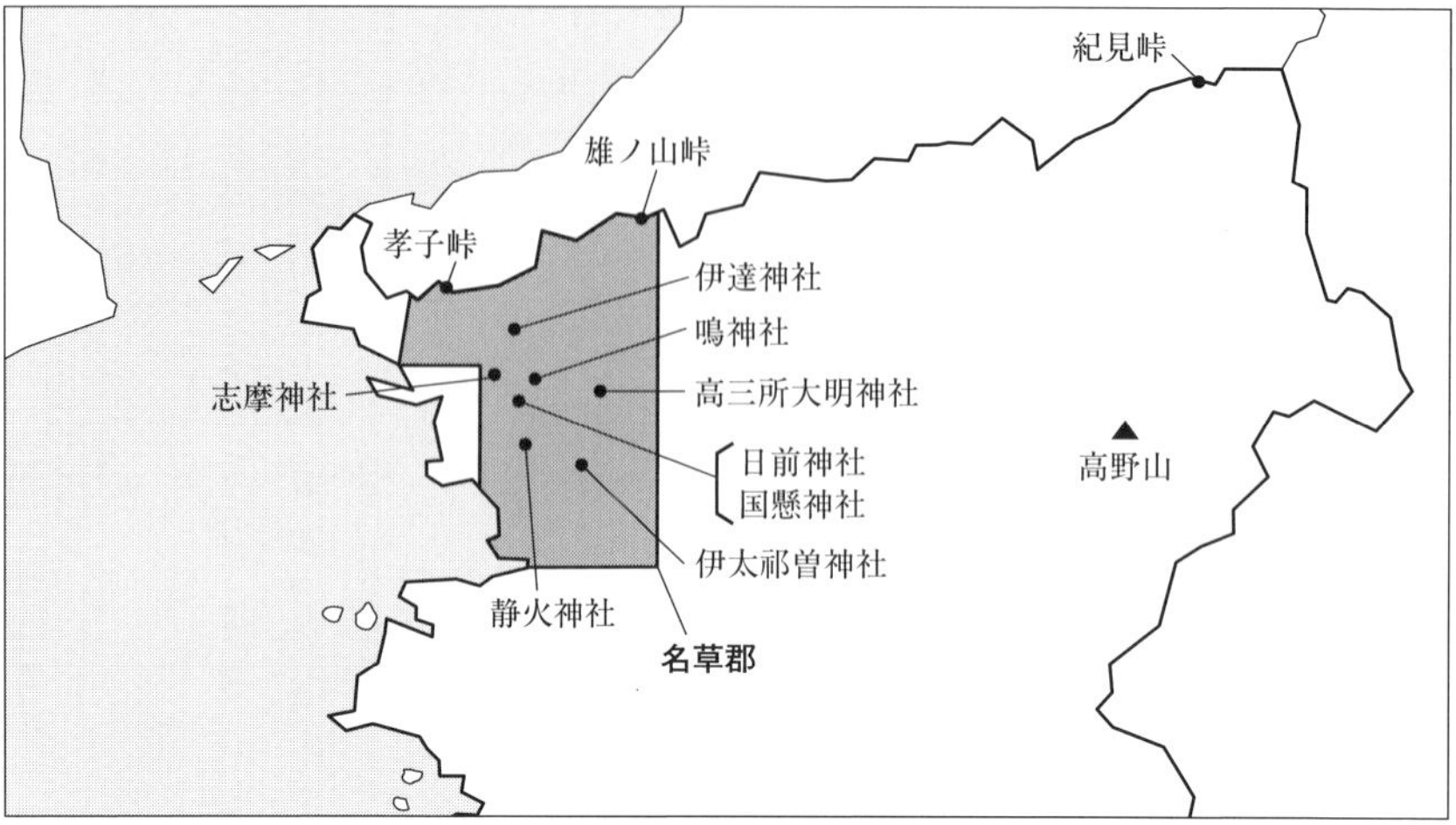

246 歌関連紀伊国神社所在図

二四七

松石江梨香

【影印】

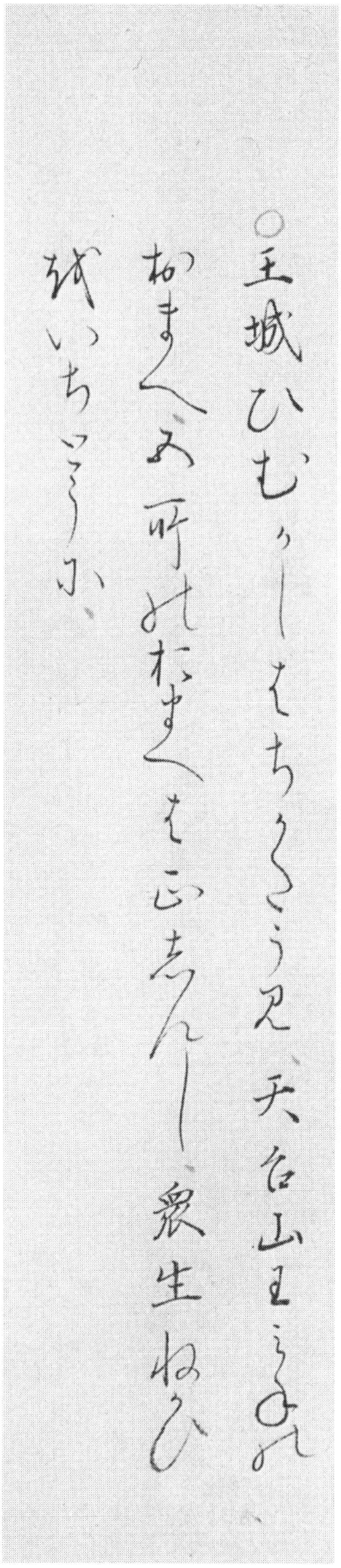

【翻刻】

○王城ひむかしはちかたうみ、天台山王みねの
おまへ、五所のおまへは正しんし、衆生ねかひ
をいちとうに、

【校訂本文】

○王城東(ひむがし)は近江(ちかたうみ)　天台山王峯(みね)のお前(まへ)　五所のお前(まへ)は
聖真子(しやうしんし)　衆生願(ねが)ひを一童(いちどう)に

【類歌・関連歌謡】

・神の家の小公達は　八幡の若宮　熊野の若王子子守お前　日吉には山王十禅師　賀茂には片岡貴船の大明神（二四二）
・東の山王おそろしや　二宮客人の行事の高の御子　十禅師山長石動の三宮　峯には八王子ぞおそろしき（二四三）
・仏法弘むとて　天台麓に迹を垂れ　おはします　光を和らげて塵となし　東の宮とぞいははれおはします（二四四）
・神の御先の現ずるは　早尾よ山長行事の高の御子　牛の

御子　王城響かいたうめる鬢頬結ひの一童や　いちゐさり　八幡に松童善神　ここには荒夷（二四五）

・天の御門より　一童吾児こそ出でたまへ　衆生願ひをば　一童吾児こそ満てたまへ（二七四）

【諸説】

王城　天皇の居住する城、宮城（荒井評釈・全注釈）。

ちかたうみ　「近つ淡海の約音。都に近い淡水湖なる琵琶湖をさし、琵琶湖のある国名となる」（荒井評釈・全集・完訳・榎集成）、「近つ淡海の約、遠江に対していう。淡海は琵琶湖をさす」（大系）。

天台山王　「天台山山王権現、比叡山大宮権現をいふ」（荒井評釈）、「大宮山王権現」（大系・新大系）、「日吉大社の西本宮か」（全集・完訳）、「二十一社の総称。特に大宮をさすこともある」（榎集成）、「天台山山王権現」（全注釈）。

みねのおまへ　「お前は神社の敬称。比叡山二宮をさす」（荒井評釈・全注釈）、「二宮地主権現」（大系・新大系）、「東本宮か・牛尾神社（八王子）とも解される」（全集・完訳）、「八王子をさすか」（榎集成）。

五所のおまへ　「両所三聖をいふか」（小西考）、「両所三聖を併せたものか」（古典全書）、「山王上七社より両所の山王権現を除いた残りの聖真子、客人、八王子、十禅師、三宮の五社を指す」（荒井評釈・大系・新大系・全注釈）、「未詳。山王上七社の五つか」（全集・完訳）、「五所の神（未詳）の中では、の意か」（榎集成）。

正しんし　諸注異説なし。上七社の聖真子（宇佐宮）とする。山王三聖の一つ。

いちとうに　「一統に」（佐佐木注・歌謡集成）、「『一統に』か『一童に』か」（岩波文庫）、「『一統』と『一童』を掛けたか」（荒井評釈・全集・完訳）、「一童に一統をかけたとする説は無理」（大系）、「一童」（榎集成・新大系・全注釈）、「一統に（一童にか）」（古典全書）。

【語釈】

王城ひむかしは　王城の、その東には。『梁塵秘抄』に「王城響かいたうめる鬢頬結ひの一童や」（二四五）とある。また、他の王城の用例は「王城にさしもたとき霊仏霊社のいくらもましますをさしをいて」（『平家物語』巻二「徳大寺之沙汰」）、「王城はひろければ、世にすぐれたらん大力も侍らん」（『古今著聞集』巻一〇―三七七）等がある。日吉山王は、古来都の艮を守る護国の神として認識されており、「皇城乃在㆓天艮爾㆒止観擁護乃神都奈利」（『二十二社本縁』）、「王城ノ鬼門ノ方ニシモ迹ヲタレテ、スベテハ王家ノ泰平ナラム事ヲ誓ヒ、僻事ニハ朝家ノ競ヒ起ラムヲフセガント思食ス、是ニヨリテ昔ヨリ今ニ至マテ、謀叛ハ虎ノトモガラノイデキ、王莽、蚩尤ノタグヒノキタルヲフセキ給ヘル事ハ、日吉山王御力ヲツクシ給ヘリ（中略）サレバ朝敵ノ追討ヲモ、王家ノ守護ヲモ、山王ノ昔ヨリ御力ヲ入給ヘリ」（『耀天記』）などの記述がある。『梁塵秘抄』においては「東の山王おそろしや」（二四三）や、「東の宮とぞいはれおは

しまず」（二四四）とあるように、東の方角を守護する神として意識されていた。（→二四三、二四四参照）

ちかたうみ　「近つ淡海」の約音で、琵琶湖のこと、転じて近江の国の地名。浜名湖のある国「遠淡海」に対していう語。二〇巻本『和名類聚抄』の近江の割注に「知加津阿不三」とある。「ちかたうみ」の用例としては、「勿来てふ関をばすへであふことをちかたうみにも君はなさなむ」（『平中物語』一五段）がある。『梁塵秘抄』神分編の近江を歌ったものには「近江の湖は海ならず　天台薬師の池ぞかし　何ぞの海　常楽我浄の風吹けば　七宝蓮華の波ぞ立つ」（二五三）、「近江の湖に立つ波は　花は咲けども実もならず　枝ささず　や　比叡の御山の西裏にこそ　や　水飲ありと聞け」（二五四）などがある。比叡山延暦寺の根本中堂の本尊は薬師如来であり、日吉の地主権現である二宮の本地もまた薬師如来である。薬師如来の浄土＝東方浄土であり、「王城ひむかしは」の句をうけてより薬師の浄土世界が想起される。その麓の広大な湖を「天台薬師の池」に見なしている。

天台山王　天台山をお守りする山王。天台は天台山の略で比叡山を指す。日吉社は比叡山の東麓にある。山王権現に連なる神々を総称して呼ぶ。「大宮ヲバ大比叡ノ山王ト申、二宮ヲバ小比叡山王ト申モ、共ニ神ノ字ニ造ニカナヒ給ヘル大明神也、サテ山王ヲ日吉トモ申」（『耀天記』）とあり、大宮や二宮をそれぞれ山王と呼び、特に大宮権現のことを大比叡山王、二宮のことを小比叡山王と呼んだ。『梁塵秘抄』において「天台」の用例は「天台麓に迹を垂れ」（二四四）や、「天台薬師の池ぞかし」（二五三）、「日本国には白山天台山」（三四五）がある。最澄筆とされている「長講法華教先分発願文巻上」には「天神及地祇　八大諸明神　比叡山王等　五岳及九山」「大比叡山王　及毘沙門天　帝釈及梵王」と山王の語が見え、すでに日吉の神々を「山王」と記している。日吉山王信仰の中心を為す神々である大宮、二宮、聖真子、客人、十禅師、八王子、三宮　を合わせて山王七社という。『伊呂波字類抄』の日吉の項には、「大比叡　号大宮　小比叡　号二宮　聖真子　客人宮　八王子　十禅師　三宮　已上謂之七社　王子宮　下八王子　早尾　行事　已上謂之十一社」とある。

みねのおまへ　峯のお前。日吉山王二宮権現を指す。小比叡山王とも呼ばれる。榎集成は「八王子をさすか」とするが次の句の「五所のお前」の中に八王子が含まれると考えることから、この説は取らない。お前は神仏への尊称。「子守お前」（二七一）、「菩薩お前」（二七一）など。元々二宮は地主神として現在八王子や三宮が祭祀されている牛尾山に鎮座していた。『日吉社禰宜口伝抄』の冒頭には「上代日吉神社申者、今八王子社也、此峯在二比叡山東尾一、又曰二牛尾一、又曰二弁天塠一、其五百津石村者、山末之大主神也、世人曰二牛尊一、山末之大主神、又名大山咋神、又曰二鳴鏑大神一」とあり、小比叡宮の項には「二宮、大山咋神自二神代一領二此地一、故曰二地主明神一」とある。また、『厳神抄』には「小比叡峰ニ到テ、大岩ノ上ニ住玉フ、其時ハ今大岩ニ浪打ケルナリ、依之小比叡ノ峰ヲバ波母峰ト号ス」「二宮権現ハ、自元此山地主ニテ御ス故ニ、可立去様無メ、只独此峰ニ住玉フ、其時ノ御歌云、波母（山）ヤ小比叡ノ峰ノ御山井ハ嵐モサムシ聞（問）人モ無シト云ナリ」とある。この大山咋神は、『古事記』に「次に大山上咋神、亦の名は山末之大主神。此の神は近淡海国の日枝の山に坐し、亦葛野の松尾に坐して、鳴鏑を用つ神ぞ」という記述があり、古くから日吉の山を守る神として信仰を集めていた。また、『新古今和歌集』には「日吉社にたてまつりける歌の中に、二宮を」という題で「やはらぐるかげぞふもとに曇りなきもとの光は峰にすめども」（巻一九・神祇歌・前大僧正慈円・一九〇二）とある。（↓二四三【語釈】参照）

五所のおまへは　五所の神々の中では。五所とは、山王七社から大宮、二宮を除いた残りの五社（聖真子、八王子、三宮、十禅師、客人）をいう。『二十二社本縁』「日吉社事」に「本和大比叡小比叡都天二神坐す。今和七社都号す。五社和後代乃勧請。此内仁毛聖真子和山門草創ノ比ヨリ聞給也」とある。『耀天記』には、大宮と二宮を陰陽二神とし、「彼陰陽二神ノ中ヨリ出給ヘバ、聖真子トイハレ給ハ理也、其外ニ八王子、三宮、十禅師、客人ヨリ始テ、自余ノ王子諸神ト申モ、大宮、二宮ノ陰陽和合ノ父母ト顕ハレ給レバ、五行ノ子ト成テ和光同塵ノ化ヲタスケ給モ理ナルベシ」とあり、聖真子、八王子、三宮、十禅師、客人を大宮と二宮の王子神とし、五神を五行の子と捉えていたようである。

正しんし　山王七社の一つ、聖真子。三聖の一つとして数えられ、大宮、二宮に次ぐ神。「此両所大明神ヲ陰陽ノ父母トメ、阿弥陀如来後ニ隠本垂迹シテ、神ト成テ御セバ聖真子トハ申也、聖人ノ精気ニテ御ス、大宮、二宮ノアマクダリテ、大宮ハ皆成仏道ノ機ヲ調ヘ、二宮ハ悪業煩悩ノ病ヲヤメ給ニ、我ハサラムトモガラヲ導キテ、九品ノ浄刹ヘ迎ヘントテ、彼陰陽二神ノ中ヨリ出給ヘバ、聖真子トイハレ給ハ理也」（『耀天記』）、「御託宣ニ云、大宮、二宮ヲ為二陰陽神ト一我其中ニ出生ス、故号二聖真子ト一」（『日吉山王権現知新記』）とあり、大宮と二宮の御子神として位置づけられていることがわかる。『日吉社神道秘密記』

では、「聖ハ両神也、真子名字（シンシハナノラセ）玉フ」の左に「マコトノミコ」と傍記する。山王二神の第一の御子神として早くから信仰されていたと思われる。『山家要略記』所引「相応和尚検封記」では、「聖真子、天武元年滋賀郡垂跡、八幡一御前、八幡大菩薩、賀茂大明神、一体正哉吾勝命、舎利弗垂跡也、従仏口生之子也、法号聖真子、最澄奉授云々」、『溪嵐拾葉集』七六巻においては「聖真子ハ八幡大菩薩也」とされ、八幡大菩薩と同体であるとも考えられていた。

衆生ねかひを　衆生が自身の願いを。衆生とは仏語で仏の救済の対象になる生きとし生けるもの。「われら衆生を渡いたまへ」（三三）、「無数の衆生その中に」（五九）、「衆生教化弘むなれ」（一三四）、「衆生普く導きて」（一五五）、「娑婆界の衆生故」（一五六）、「沈める衆生引き乗せて」（一五八）、「来世の衆生渡すべし」（二一〇）、「衆生願ひをば　一童吾児こそ満てたまへ」（二七四）、「為度や衆生」（二七五）、「衆生願ひを満てむとて」（二八七）、「夜は過去の諸衆生」（三八三）、「残りの衆生たちを平安に護れとて」（三九三）など『梁塵秘抄』には多く用例がある。また、「衆生歴レ年累レ月蒙レ教修行」（『法華義疏』一・序）、「如来出世、演説諸法、教化衆生、令樹善葉」（『家伝』寧楽遺文・大文二）、「南無安養教主弥陀善逝、三界六道の衆生を普く済度し給へ」（『平家物語』巻三「燈炉之沙汰」）などにもみえる。

いちとうに　一童に。「一統に」とする説には従えない。一童は山王十一社（『伊呂波字類抄』日吉項）に見える早尾社の末社神。『耀天記』は、早尾社の小社に一童を挙げる。他にも、「早尾小社（中略）山長勢多賀童子　新社　吉備津宮　若宮　一童已上三社自レ北至レ南」（『日吉山王位階形像記』）「一童（イチノハラヘ）在二本社北一本地矜迦羅、　山長在二本社南一本地勢多迦」（『日吉山王権現知新記』）などの記述がある。『梁塵秘抄』では、「王城響かいたうめる鬢頬結ひの一童や」（二四五）や「天の御門より　一童吾児こそ出でたまへ　衆生願ひをば　一童吾児こそ満てたまへ」（二七四）にその名が挙がっており、当時よく知られ、衆生の願いを一身に集めていた神であることがわかる。その姿は、「鬢頬結ひ」「一童吾児」という表現や、石清水八幡宮の一童神が『宮寺縁事抄』に「童形　腰太刀持物笏　仲快説」と書かれていることから、その名の通り童形の神であったと思われる。日吉社、石清水八幡宮の他にも広田社、春日社、岡山県の備中国一宮の吉備津神社にも末社として一童が祀られている。石清水八幡宮の一童は「東鳥居外。大将軍。勢至。或正観音。一童。不動」（『石清水八幡宮末社記』）、「一童　宮寺初見不分明、但西宮不動」（『宮寺縁事抄』）とあり、広田社の一童は「一童　普賢」（『伊呂波字類抄』）、「一童。

倶利伽羅」（『諸社禁忌』）とある。また春日社の一童は現在では三輪神社とも呼ばれ、祭神は少彦名命である。時代が下る資料ではあるが、『二十二社註式』には春日社の項に「兵主明神。次南宮明神。次一童子明神。自二本社一南。宮御庭」と一童の名を挙げる。春日社の史料の中にも、一童の名は散見しており、「若宮小神　刀幸雄　一童　鬼子門神」（『春日御社小神名幷在所進文』）、「一童神社　一前　諸神本縁記曰、一童長久年中所レ令レ附之六歳童也云云、小社鎮座記曰、長承四年十一月廿五日甲午南宮北大松下、一童崇二榊立一始」（『春日神社社記改正』）という記述があり、春日社の一童神もまた、童子に憑依し、託宣をおこなう神であった。吉備津神社の一童は、現在は学術遊芸の神として信仰されている。「新宮　御宮ノ西ノ山麓ニ丑寅御前奉崇、或除新宮、加二一童社一、五社トモ崇可在之」（『備中吉備津宮縁起　五社次第』）とあり、またその創始については「一童御前者、明仙童子也、奉相慈覚大師建立東山神護寺、如法経求門持修行、一童従レ天有二来下一、示現当社深秘、当寺安置千手観音、氏寺現阿弥陀尊容、懸宝前於阿弥陀名号、当社ハ蓮花虚空蔵ナリ、以此、可准知、明仙童子、円澄ニ委語給、其後於東山麓、見失御影、於于今、東山ノ護法善神ハ、明仙童子也、今、一童御前、是也」（『備中吉備津宮縁起』）とされている。また、本地については「辰巳ノ角ニ一童御前、本地不動尊」（『備中吉備津宮縁起』）とし、不動があてられている。一童社の祭神については「一童子神社　神楽殿添祭　所祭神天細女命、相殿天児屋根命、天太玉命、神楽之尊神諸社例准之」（『備中吉備津宮御釜殿等由緒記』）とする記述もある。

【考察】

日吉山王が古くから艮の鬼門を守り、王城を鎮護する神として尊崇されていたことは、『平家物語』の「この日域の叡岳も、帝都の鬼門に峙ッて、護国の霊地なり」（巻二「座主流」）という一文や、「王城ノ鬼門ノ方ニシモ迹ヲタレテ、スベテハ王家ノ泰平ナラム事ヲ誓ヒ、（中略）王家ノ守護ヲモ、山王ノ昔ヨリ御力ヲ入給ヘリ」（『耀天記』）、「王城鬼門の方において善悪不二邪正一如の宗を弘め、魔界即仏界の所護をあらはして、帝位を守り、国土を守る」（『日吉山王利生記』）とあることからわかる。

比叡山延暦寺の根本中堂の本尊が薬師如来であり、『梁塵秘抄』四一七が「大宮霊鷲山　東の麓は菩提樹下とか　両所三所は釈迦薬師　さては王子は観世音」とするように、二宮の本地もまた薬師如来である。（→二五三【語釈】参照）。

この薬師の浄土は東方浄瑠璃世界である。「王城東は近江」という句は、ただ東の方角に位置するというだけでなく、王城の東方にある薬師如来がおわす比叡山の宗教空間と、その麓に広がる神聖な「天台薬師の池」を想起させる。そして延暦寺と琵琶湖の間には、王城鎮護を司る山王権現に連なる有力な神々がまします日吉社がある。この王城の東にある日吉山王の神々は、「東の山王おそろしや」（二四三）と歌われるように、霊威高く託宣を行い、時に祟りをなす強力な神々でもあった。

　山王諸神の中で、第一と挙げられるのは、地主権現である二宮である。『日吉山王権現知新記』には、二宮の霊験譚が記載されている。後三条院は東宮の時代、長い間東宮のままで即位することがなかったので、梨本の座主明快に願書を持たせて二宮へ向かわせたところ、地主権現が示現し樹下僧護因をめして、座主が持ってくる願書を取りに参らせた。ならぬ柿木というところで座主と会った際に二宮が「春宮は前生に奉書あり、彼旧骨はうしろの山にあり、堀出して見るへし」と託宣を行う。託宣の通りに掘り出してみると、一尺あまりの髑髏が出てきた。もとのように埋めて、神として祀ると、ほどなく東宮は即位することができたという。

　聖真子は、山王三聖に数えられる有力な神であり、その名の通り御子神でもある。『日吉山王権現知新記』では、「故ニ日ニ聖真子ト一、文御託宣ニ云、大宮、二宮ヲ為ニ陰陽神ト一我其中ニ出生ス、故号ニ聖真子ト一」と自らの出自を託宣で名乗っている。

　一童は、しばしば有力な御先神や若宮の摂社末社として祀られる。日吉山王の一童は早尾の摂社であるが、この早尾の神は『伊呂波字類抄』に記された一社に入る神である。『梁塵秘抄』に「神の御先の現ずるは　早尾よ山長行事の高の御子　牛の御子　王城響かいたうめる鬢頬結ひの一童や　いちゐさり　八幡に松童善神　ここには荒夷」（二四五）と歌われており、有力な御先神の一つとして挙げられている。「早尾権現（八）ト門守神御ス、故ニ山王ノ守リ神ニテ大鳥居等ニ向ヒ玉フ也」（『厳神抄』）とあるように、早尾権現は、門守神であり、日吉社の大鳥居の傍に祀られている。『日吉山王権現知新記』では「イチノハラへ」と訓じられている。

　春日社の一童は、若宮の摂社である。春日社の若宮も『春日権現験記絵』などで知られるとおり憑依、託宣神として名高い霊威の強い神であり、春日社の一童もまた託宣の神であった。「一童神社　一前　諸神本縁記曰、一童長久年中所レ令レ附之六歳童也云云、小社鎮座記曰、長承四年十一月廿五日甲午南宮北大松下、一童崇-榊立-始、」（『春日神社社記改正』）とあることから春日社の一童神は童子に憑依する神であったことが窺える。

一童が日吉の早尾社や春日の若宮のように、有力な御先神や託宣神の摂社として祀られたのは、一童自身が元来は若宮や御子神、御先神などの霊威の高い神々を憑依させ、託宣を行っていた依童が神格化したものであるからではないだろうか。そしておそらく、各地に祀られている一童は、日吉社の一童の分社というわけではなく、その地で活動を行っていた巫童たちがそれぞれに神格化されて祀られていったものではないだろうか。

日吉社の御子神信仰は、巫女や巫覡たちを通して権力の中枢を担う貴族たちに大きな影響を及ぼしてきた。後白河院が日吉社の巫女と交流し、その神託を尊重していたことは佐藤眞人が「日吉社の巫女・廊御子・木守」において指摘をしている。『玉葉』の建久二年（一一九一）の七月三日の条の記事（訓読は『訓読玉葉』による）によると九条兼実のもとに夜分に藤原定長がやってきて、話をする中で、今熊野と日吉二宮の巫女の神託の話題がでてくる。「三日己酉。雨降る。この日法勝寺に御幸。余所労灸治に依り供奉せず。（中略）夜に入り定長来る。相招に依りてなり。余簾前に召し、室生舎利の間の事を尋ぬ。（中略）この外多く雑事を談ず。今熊野の巫女、並びに日吉二宮の巫女等、神託と称し、今月御慎みあるべき由と云々」とあり、今熊野と二宮の巫女が後白河院に対して「御慎みあるべき」と伝えたという。

また、『玉葉』建久三年（一一九二）二月一三日の条では、日吉社の巫女の託宣によって十列東遊が開かれることになった事に対して、「この日法王御悩を除癒せんため、十列東遊を日吉社に奉遣せらるる日なり。天延二年、円融上皇十列東遊を北野に献らるる例と云々。かれは報賽なり。これは祈禱なり。かれは略儀なり。これは厳重なり。かれは叡念の御願なり。これは巫女の狂言なり。由緒旨趣、皆以て異なりと雖も、射山より発遣の条は、只その名をかの例に仮る許なり」と、巫女の狂言によって十列東遊が開かれることを厳しく非難した。このように巫女による託宣は、貴族や院にとって重視すべきものであり、政治にも大きな影響を与えていたようである。

また、長和元年（一〇一二）五月二三日、左大臣藤原道長が子息顕信の受戒のために比叡山に登った際に、道長が騎馬のまま檀那院の前を通り過ぎたところ、「今朝参上の間、檀那院の上方にて放言する僧あり、石を以て人を打つと云々、奇と為すこと少なからず」ということがあったという（『御堂関白記』長和元年〔一〇一二〕五月二三日条、書き下しは『御堂関白記全註釈』による）。この際の出来事について藤原実資の『小右記』では、同二四日の条に事件について「自東坂登山、卿相・殿上人・諸大夫騎馬前駆、従檀那院辺以石投前駆、中一石当皇太后亮清通〔之カ〕、腰、彼是驚奇、或〔仰カ〕抑或叫云、殿下参登給そ、何者乃致求〔非常カ〕尋事乎、裏頭法師五六人出立云、ゝこゝ(衍)ハ檀那院そ、下馬所そ、大臣公卿波物故は知良ぬ物かと云々、飛礫十度許云々」と詳細に記している。このことについて、「世云、非人之所為、若山王護法、令人心催狂歟、希代之事也、相府(マヽ)、気損、又可被慎歟」と世の人々が噂をしたという。さらに、その後道長は病にたおれるが、その際に道長は「然而邪気猶有怖畏、就中天台事恐懼無極」と、山王の祟りを非常に恐れていた。修法を請われて訪れた叡山の僧慶円は「亦東坂下比叡御社鳥居前、往還人必伏拝過、而右府(左)登山之間、上下悉騎馬過㆓御社前㆒。又彼御社前重㆓置数石㆒、為㆓山王御座㆒之処、一日山王々子託㆓女人㆒、宣㆓種々事㆒。々亦有㆓夢想等㆒。似㆓相府可㆑被㆑慎㆒」（『小右記』長和元年六月四日条）と、託宣と夢告があった旨を語っている。この山王の王子神がどの神であったかは明らかではないが、女人が山王の御座の前での道長の無礼を諫める旨の託宣を受けたのであろう。また、この鳥居であるが、どこにあったかははっきりとしないが、『山王二十一社等絵図』によると、一童が摂社として属する早尾社の前に早尾神門があり、一童社の前に霊石が描かれているのが見える。あるいは、女人なるものが神がかった場所は、日吉の神域の結界の一つである早尾の鳥居であったかもしれない。

本歌は、王城から東に目をむけ、そこに鎮座する大神（二宮）、有力な神、そして小神へと焦点が絞られていく構成になっている。王城の東を守護するのは日吉山王の神々の中では、第一に小比叡山王と呼ばれる峰のお前、五所の神々の中では聖真子を挙げ、そして当時最も霊威を王城中にとどろかせていた一童の名を上げ、衆生の願の成就を高らかに歌っている。

【参考文献】

佐藤眞人「日吉社の巫女・廊御子・木守」福田晃・山下欣一編『巫覡・盲僧の伝承世界』二（三弥井書店、二〇〇三年）

二四八

辻浩和

【影印】

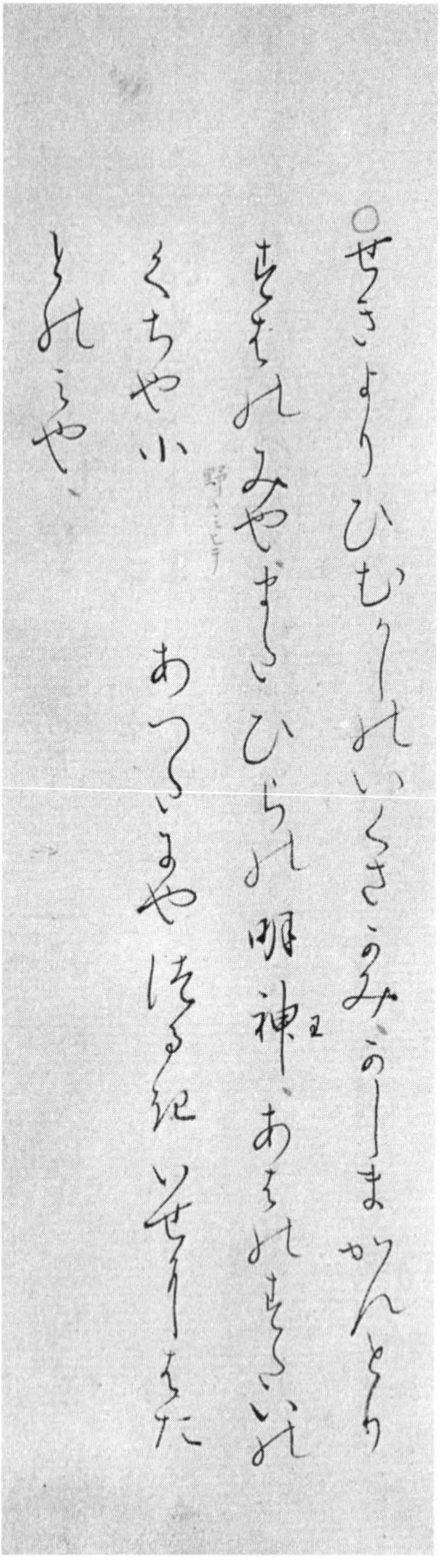

【翻刻】

○せきよりひむかしのいくさかみ、かしまかんとり
すはのみや、またひらの明神（王）、あはのすたいの
くちや小（野、ミヒテ）　あつたにやつるきいせにはた
とのみや、

【校訂本文】

○関（せき）より東（ひむがし）の軍神（いくさがみ）　鹿島香取（かしまかんどり）諏訪（すは）の宮（みや）　また比良（ひら）の明神　安房（あは）の洲滝（すたい）の口（くち）や小□　熱田（あつた）に八剣（やつるぎ）　伊勢（いせ）には多度（たど）の宮（みや）

【校訂】

明神　傍書「王」は墨書。

小野、ミヒテ　三字分の空白に朱筆傍書があり、「野、ミヒラ」（佐佐木注）、ないし「野、ミヒテ」（岩波文庫）と読めるがいずれも意味不明。

【類歌・関連歌謡】

・関より西なる軍神　一品中山　安芸なる厳島　備中なる吉備津宮　播磨に広峯惣三所　淡路の石屋には住吉西宮（二四九）

・武者を好まば小胡簶　狩を好まば綾藺笠　捲り上げて梓の真弓を肩にかけ　軍遊びをよ　軍神（三二七）

【諸説】

せき　諸注「関」。「逢坂の関」（荒井評釈・大系・全集・新全集・完訳・榎集成・新大系・全注釈・渡辺注）。

かんとり　諸注「かんどり」とみて下総国香取神社とする。「香取は日本書紀神代巻に（中略）「檝取」の字が宛てられて居る。又校定平家物語では（中略）「梶取」を「かんどり」と傍訓せられて居る。彼此思ひ合せれば「かんとり」は「香取」の音便なることが知られる」（荒井評釈）。「「かんどり」は「かとり」の訛」（榎集成）。

あはのす　不明とした佐佐木注を除いて、諸注「安房の洲」とする。「安房国安房郡洲宮」（小西考・古典全書・大系・全集・新全集・完訳・榎集成）、「館山の洲宮神社。洲崎明神」（新大系）、「洲崎明神」（荒井評釈・全注釈）、「安房国」（※乾）、「安房郡大神宮村安房神社」（※鈴木）。

たいのくち　佐佐木注を除いて、諸注「滝の口」を宛てる。「安房郡長尾村瀧口明神」（小西考・古典全書・大系・全注釈）、「小鷹神社。千葉県安房郡白浜町（旧長尾村滝の口）にある」（全集・新全集・完訳・新大系）。

や　「間投助詞」（榎集成）。小西考・古典全書も「たいのくち、や、」とする。

小□　「安房国安房郡（千葉県白浜町）小鷹明神」（岩波文庫・歌謡集成・荒井評釈・古典全集・全集・新全集・完訳・榎集成）、「小鷹」（新大系・全注釈・※鈴木）、「小野の宮」すなわち「相模国愛甲郡小野神社」（小西考・古典全書・大系・渡邊注）、「大ナムチ」すなわち「大洗磯前薬師菩薩神社（茨城県茨城郡大洗町）」（※乾）。

【語釈】

せき　関。『枕草子』一〇七段「関は」に「相坂、須磨の関、鈴鹿の関（後略）」と列挙される如く、「関」は多数存在する。ただここでは、関より東に「比良の明神」があるとされていることから、逢坂の関の可能性が高いであろう。逢坂の関は三関のうち、近江国滋賀郡にあった関。現在の滋賀県大津市逢坂一丁目に比定されるが、正確な所在地は詳らかでない。

いくさかみ　軍神。諸注では「武運を守る神」（大系）、「武人を守る神」「武士が武運長久を祈願する神社」（全集・新全集・完訳)、「武運を司る神」(榎集成)、「武士を守護し武運を祈る神」(新大系)、「武の神や武運を守るとされる神」(全注釈)、の如く解されており、「軍神」は特定の神や神社として理解されてきた。しかし近年、佐伯真一「「軍神」(いくさがみ)考」が、中世の軍記物における「軍神」はむしろ特定の神格として意識されないことの方が多かったという注目すべき指摘を行っている。それによれば、軍記物ではたとえば「小二郎が細首うちおとし、九万九千の軍神の血まつりにせん」(仮名本『曾我物語』巻四「小二郎かたらひゑざる事」)「しや首ねぢ切つて軍神に祭らん」(『源平盛衰記』巻三五「巴関東下向の事」)、「一々に搦め捕り首を切り、軍神に祭れ」(『同』巻三七「義経鵯越を落す並畠山馬を荷ふ事附馬の因縁の事」)のように、敵の首を捧げる対象、あるいは敵を討つことそのものを指す文辞として読むことができ、特定の神としては所見しない。実際、【類歌・関連歌謡】に掲げた三二七も、特定の神を指しているとは考え難い。佐伯は、軍記物語に見える「軍神」と、『梁塵秘抄』に見える「軍神」、兵法書に見える「軍神」をそれぞれ別箇の範疇として捉えることを提唱している。佐伯説は古文書に見られる軍神の用法を検討していないという点でなお追究の余地を残すと思うが、少なくとも同説を踏まえるならば、神名を列挙する当該歌および二四九の例は、むしろ特異と位置付けられる。

かしま　鹿島神宮。常陸国鹿島郡(現在の茨城県鹿嶋市)に所在。祭神は武甕槌神(タケミカヅチ)で、『日本書紀』巻二・神代下によれば香取神社に祀られる経津主神(フツヌシ)と共に建御名方神(タケミナカタ)を追い、葦原中国の平定に関わった。『万葉集』では那賀郡上丁大舎人部千文が「あられふり　かしま(鹿島)のかみを　いのりつつ　すめらみくさ(皇御軍士)に　われはきにしを」(巻二〇・四三七〇)という東歌を詠んでおり、早く軍に関わる神として意識されていたことが判明する。ただ、こうした認識が中世まで連続するのかどうかは不明瞭である。中世では『吾妻鏡』文治元年(一一八五)八月二一日条に「鹿島者守㆓勇士㆒之神也」とあるのが早い例といえようが、これが文治当時の認識か、『吾妻鏡』編纂時の説話なのかは今判断する材料を持たない。『別紙追加曲』(正和三〜五年[一三一四〜一六]頃成立)所収の早歌「鹿島霊験」に続く「同社壇砌」の中で、末社甲宮を「異国征罰の甲の宮」としていることから、文永・弘安の役を経た鎌倉中後期以降に軍神としての認識があったことはいえるであろう。水谷類「鹿島社大使役と常陸大掾氏」によれば、後世になると七月大祭も「異国降伏」「三韓征伐」の祭りとして再認識されていくという。なお、十二世紀の鹿島神社をめぐっては、保延四年（一一三八）以降摂関家への従属を強めること、また不安定な在地状況の中で力を伸ばした良望流平氏一族が十二世紀末以降鹿島社七月大使役を独占することで武士団結合の実態化を図ったこと、この二点が指摘される。特に後者の段階で、鹿島神社は常陸国一宮としての実質を獲得するという（中世諸国一宮制研究会編『中世諸国一宮制の基礎的研究』、高橋修「常陸平氏」再考」）。

かんとり　香取神宮。下総国香取郡に所在。中世の文書には「一宮」とは出てこないが、実質的には下総国一宮であったとされる（前掲『中世諸国一宮制の基礎的研究』）。『日本書紀』巻二・神代下によれば、香取神社に祀られる経津主神（フツヌシ）は鹿島社に祀られる武甕槌神（タケミカヅチ）と共に建御名方神（タケミナカタ）を追い、葦原中国の平定に関わった。但し、こうした認識がそのまま中世に連続するのかは不明瞭で、むしろ文永・弘安の役により軍神的性格が顕現するようにも見受けられる。たとえば弘安五年（一二八二）造立の観福寺蔵釈迦如来坐像懸仏はもともと香取神社に所蔵されていたものであるが、「天長地久・当社繁昌・異国降伏・心願成就」の願意が陰刻されており、三度目の襲来に備えた異国降伏祈禱との関連が指摘されている（湯浅治久『蒙古合戦と鎌倉幕府の滅亡』一七六～一七七頁）。また正和五年（一三一六）二月日付「大中臣実長訴状写」（『香取神宮文書』、『鎌倉遺文』二五七五七号）に「抑当社者、日域無双之名社、異国征罰之軍神（中略）異国蜂起之時者、可レ被二御祈禱一之旨、被レ成二下御教書一」とされており、鎌倉後期には異国征伐の関係で明確に「軍神」と規定されている。

すはのみや　諏訪の宮。乾克己は『融通念仏縁起』第六段に「陬波（諏訪）南宮部類眷属百反」が所見すること、及び『拾遺往生伝』巻上「開成皇子」条「信濃国諏訪南宮」から、「諏訪大社は鎌倉時代に諏訪南宮と称された」としている（※乾）。諏訪社が上下社に分かれるのは承久から寛元（一二一九～一二四七）にかけての時期である（郷道哲章「諏訪氏と「上社」「下社」」）。それ以降に編纂された『吾妻鏡』で「八条院御領諏方南宮上下社」（文治二年［一一八六］三月一二日条）の表記が見えることからも、諏訪社は分立以前、もともと「諏訪南宮」と呼ばれていた可能性が高い。『梁塵秘抄』にも、「南宮の本山は、信濃の国とぞ承る」（二六二）と見えている。祭神は『日本三代実録』貞観元年（八五九）正月二七日条では建御名方富命、『延喜式』巻九神名帳や『続日本後紀』承和九年（八四二）五月一四日条では南方刀美神とされており、これらは『古事記』巻上で「科野国之州羽海」に逃げたという建御名方命神話の延長上にある。しかし上下社への分立後、宝治三年（一二四九）三月日付の「大祝諏訪信重解状写」（『信濃諏訪大祝家文書』、『鎌倉遺文』七〇六一号および『諏訪市史』所収）によれば、祭神は上宮が諏訪大明神、下宮が姫大明神とされている。井原今朝男「鎌倉期の諏訪神社関係史料にみる神道と仏道」は、鎌倉期の諏訪神話には記紀の影響が全く見られないこと、鎌倉期になって諏訪大祝を現人神とする信仰が出現することなどを根拠に、平安時代と鎌倉時代の諏訪信仰に断絶を見出している。本歌の位置づけを考える上で重要な指摘であろう。

さて、諏訪神が軍神的性格を持つのはいつからであろうか。『吾妻鏡』で、武田信義・一条忠頼等が合戦を行うに際し、諏訪大祝篤光が「著二梶葉文直垂一、駕二葦毛馬一之勇士一騎、称二源氏方人一、指レ西揚レ鞭畢。是偏大明神之所二示給一也」（治承四年［一一八〇］九月一〇日条）との夢想を告げた例、また安貞二年（一二二八）七月二七日付「北条重時寄進状」（『守矢文書』、『復刻諏訪史料叢書』三所収）が「軍神御祈禱」のために所領を寄進している例などは、諏訪の神の軍神的性格を示すものといえよう。ただ、前者は人名に不審があるうえ、諏訪大明神が龍の姿で西に向かい蒙古軍の兵船を転覆させたという『諏訪大明神絵詞』の著名な説話と共通する部分があるため、鎌倉時代後半にできあがった説話が『吾妻鏡』に取り入れられたものと考えられている。後者にもまた、「神長重実」という人名所見が神党の創出（鎌倉中期）以前に遡るとして、年代上の疑問が呈されている（以上いずれも郷道前掲論文）。したがって諏訪の神の軍神的性格を示す史料としては、前掲「大祝諏訪信重解状写」が引用する承久三年（一二二一）六月一二日付の関東御教書で「大明神者、日本第一軍神、以レ祝為二御体一之由、御誓願在レ之。今度合戦討二敵人一、令レ勝給事、無レ疑歟云々」とされているのが早い例になるだろう。同解状は近世の写しであり、その信憑性をめぐっては、かつて寶月圭吾と伊藤富雄の間に論争があったが、石井進「大祝信重解状のこと」による再評価以降は、おおむね肯定的に受け止められているようである（宮坂光昭「「大祝信重解状」と『諏方大明神画詞』」、井原前掲論文など）。なお、同解状には坂上田村麻呂が東征に赴く際、「信州諏方明神者、日本第一之軍人（ママ）、辺域無二之霊社也」と祈念したという伝承も載せられており、宝治三年段階で流布していた伝承と見られる。同解状は、これらの伝承を根拠として、上社の諏訪大明神を「致二関東安穏之擁護一、施二勝陣討敵之利生一」す存在として位置付けるのである。『拾菓抄』（正和三年［一三一四］成立）所載の早歌「諏方効験」に「抑桓武の御宇、延暦の旧にし年とかや、秋の田村のほのかに聞、彼右幕下のいにしへ、戦場の道に趣しに、近き守に相副し、神威の兵革忝く、つゐに勅命を全す。加之（しかのみならず）代々の征伐を顧て、朝家殊此神を重くすれば、誰かは首を垂れざらむ」と歌われているのは、時期的にも内容的にもこれらの伝承を受けたものであろう。以上より、諏訪神に軍神としての性格が顕然化するのは、少なくとも十三世紀に入ってからと見られる。本歌の成立は十二世紀半ば以前であるから、先述した井原の指摘も踏まえるならば、当該歌の軍神と、諏訪神の軍神化との間には、少しく距離があるように思われる。

ひらの明神　比良明神が軍神であるという史料は管見に入らない。乾前掲論文は「ひらの明神」が「ひえの明神」の誤記である可能性を指摘し、『古事談』巻五―一七の神功皇后新羅征伐譚で住吉明神が大将軍、日吉明神が副将軍となっている例を挙げている（※乾）。ただ、誤記とする根拠としては、『融通念仏縁起』上巻第五段の神名列挙に本歌に取り上げられた軍神のほとんど全ての名が見えるにも拘わらず比良明神の記載がないため、としており、容易には首肯しかねる。同史料中、該当する箇所は「（前略）鹿島部類眷属百反、香取部類眷属百反、大社部類眷属百反、熱田八剣部類眷属百反、北野天神部類眷属百反、伊豆走湯部類眷属百反、白山部類眷属百反、稲荷三所部類眷属百反、富士浅間部類眷属百反、三嶋部類眷属百反、広田南宮部類眷属百反、陬波南宮部類眷属百反、安房須龍口部類眷属百反、多度部類眷属百反、住吉四所部類眷属百反、箱崎部類眷属百反、大原野部類眷属百反、大多年知部類眷属百反」（傍点が本歌に所見する神。引用者による）となっており、本歌に見える以外の神も多数所見しているからである。同史料に本歌の軍神が多数所見するからといって、本歌の軍神が同史料に全て出てくる保証はない。乾説が成立するためには、同史料と本歌との関係をより積極的に定位する必要があろう。

あはのすたいのくち　安房洲瀧口。【諸説】はこれらを二つの神名とみて、「あはのす」を安房国の西方、東京湾に突きだした半島の突端に位置する安房郡洲崎神社（現千葉県館山市）、あるいはその奥宮である洲宮神社（同）、「たいのくち」を安房郡長尾村（現南房総市白浜町滝口）の滝口明神に比定している。荒井評釈は典拠として「佐殿は（中略）当国洲の明神に参り給ひて千返の礼拝奉り」（『源平盛衰記』巻二二「佐殿三浦に漕ぎ会ふ事」）、「安房国洲の崎といふところに御舟を馳せあげて、その夜は瀧口の大明神に通夜ありて」（『義経記』巻三「頼朝謀反の事」）を挙げている。ただ、より古態を残すとされる本では「兵衛佐、安房国安戸（洲イ）大明神に参詣シテ」（延慶本『平家物語』第二末一八「三浦ノ人々兵衛佐ニ尋合奉事」）、「兵衛佐殿、あはの国安戸新八幡大菩薩にさむけいして」（長門本『平家物語』巻一〇「兵衛佐殿落給安房国事」）などとされており、社名が異なる。

右のように「あはのす」と「たいのくち」を分離する通説に対して、乾前掲論文では「あはのすたいのくち」を一社と見る新説を披陳している。すなわち前掲『融通念仏縁起』第五段に列挙される神名の中に「安房須（州）龍（瀧カ）口部類眷属」とあり、また『建長禅寺笠仙和尚行道記』に「安房洲正木郷」とあることから、「安房洲」＝「安房国」の意に解し、安房国滝口神社に比定した（※乾）。従うべき見解であろう。

さらに最近鈴木佐内は、「あはのす」「たいのくちや小鷹明神」をそれぞれ一社とした上で、軍神＝「戦士」「軍士」に相応しい祭神を探し求め、前者を安房郡大神宮村（現在の館山市太神宮）安房神社（安房坐神社）の太玉命に、後者を安房郡長尾村（現南房総市白浜町滝口）下立松原神社の天日鷲命に、それぞれ比定した（※鈴木）。鈴木説は間投助詞「や」の考察から「たいのくちや小鷹明神」を一続きと見た点に評価すべき特色を有するが（次項に後述する）、殆ど古代史料・近世史料のみによって祭神を論じており、反面、乾論文などが提示する中世史料を軽視している点に、方法上の問題を有している。とりわけ前掲『融通念仏縁起』に「安房須（州）龍（瀧カ）口」と一続きで書かれる点は、無視できない重要性をもつものだろう。本稿では、「安房洲滝口」の連続性を重視した乾説と、「滝口や小鷹明神」の連続性を重視した鈴木説の両方を踏まえた上で、「安房洲滝口や小鷹明神」全体を一つの神名と見たい。「滝口」を地名と見なし、「安房国滝口にある小鷹明神」と解するのである。

小□　小鷹（おだか）明神か。安房郡長尾村（現南房総市白浜町滝口）。滝口明神とも称される。【諸説】では岩波文庫以降、小鷹明神とする説が多いが、これは滝口明神の異称が小鷹明神であることに拠っている。「たいのくち」と「小□」との間に助詞「や」があるが、鈴木前掲論文も指摘する通り、『梁塵秘抄』においては「龍樹や大士」（四一）、「紫磨や金」（六三）、「娑羅や双樹」（一七二）、「摩訶や迦葉」（二七八）のように、一つの語句の途中で「や」を用いて整調を行う例があるので、「たいのくち」と「小鷹明神」は連続する語と解される。但し小鷹明神説をとる場合、原本の朱注を無視することになる点は問題であろう。

このため、【諸説】で述べた通り当該部分を相模国愛甲郡小野神社に比定する説も一定数存する。朱注「野、ミヒテ」の「ヒ」が「ヤ」の誤写であると見れば、確かに「小野ノミヤ」と読める可能性はあろう。この場合、助詞「や」は新大系解説が掲げる並列の用法となる。但し、小野神社と解した場合でも軍神としての所見はない。小野神社は延喜式内社。小西考が「日本武尊の旧地である」とするのは、『古事記』巻中を指し、日本武尊が「佐賀牟能袁怒」（サガムノオヌ＝相武の小野）で焼討に遭ったことをいうのであろうが、軍神とする根拠にはなり得ないように思われる。

あつたにやつるき　熱田に八剣。『熱田明神講式』第三段（平安末成立）によれば、八剣神社は「次八剣大明神者、昔素盞烏尊截二大蛇八岐尾一、所レ得神剣也。故号二八剣一」とされている。本地の説明の後「然則、云二仏界一、云二神道一、慈悲広大也。利益莫大也。誰不二恭敬一哉」と説かれるが、特に軍神としての性格は見えない。なお熱田神社には源頼朝が度々参詣・奉幣しているが、これは「当社依レ為二外戚祖神一」（『吾妻鏡』建久元年［一一九〇］一〇月二七日条）、すなわち頼朝の母が熱田大宮司季範の女であったことに所以するとされており、軍神としての尊崇によるものではない。『太平記』では、道行文の中で「熱田の八剣伏し拝み」（巻二「俊基朝臣再関東下向事」）と出てくるが、拝礼の理由については書かれていない。

いせにはたとのみや　伊勢には多度の宮。多度神社は現三重県桑名市多度町に所在する式内名神大社。室町末の真福寺本『類聚既験抄』によれば伊勢国二宮であるが、中世の他史料からは「事実上の一宮であった可能性が高い」とされる（前掲『中世諸国一宮制の基礎的研究』）。多度山を神体山とする神社で、祭神は、延暦二〇年（八〇一）一一月三日付「多度神宮寺伽藍縁起幷資財帳」以降、古代・中世を通じて「多度神」と所見するが、近世以降は天津彦根命と認識されてきている。髙橋昌明「伊勢平氏の展開」によれば、多度神はもともと祟り神であったが、八世紀に在地富豪層の手によって神格変革、神身離脱が推し進められた結果、勧農神への転換を遂げるという。さらに平安時代には天皇即位後の大神宝使派遣の対象となり、他社への派遣が中止されても当社のみは十二世紀後半まで派遣が続けられた。軍神としての所見は管見に入らないが、髙橋は、十二世紀初頭、多度社が伊勢平氏の氏社・氏寺化することによって、さらなる神格変化が起こり、平家一門の発展、超人的な武運への願望を保障する神となったと推定して、当該歌で多度が「軍神」とされることを説明している。

【考察】

本歌をめぐっては、「平安朝時代の昇平の期が去り、動乱に向ふ兆を思はせ、武士階級の勃興しつつある世相が感じられる」（荒井評釈）、「武士の興起する時代相を如実に反映した歌」（全集・新全集・完訳）、「僻地への開発や遠征が進む時代であったことから、人々のあいだに軍神にたいする崇拝の念がたかまっていた」（全注釈）、「武士の地方に興ってきたことに関して、逢坂の関を東と西に分けて列挙した軍神と呼ばれる神々が、すべて京を離れた地方神であることも、今様を謡った人々の視点が示されている」（渡邊注）といったように、武士の台頭と結びつけて論じられてきている。確かに十二世紀、深刻な在地内対立と、立荘による中央との結びつきとがリンクして武士の社会的重要性が格段に高まったことは事実である。ただ、その諸段階、特に武士と在地寺社との関わりについて考えるとき、果たして当該歌が『梁塵秘抄』成立以前における「時代相」の反映であると言い切ってしまえるのかどうか、筆者には心もとない思いが残る。

近年、地域社会論の展開を受けて、所領の範囲を超えた広域的支配者としての武士に注目が集まっている（山本隆志「東国武士論ノート」）。その議論の中では、神官職補任、あるいは祭礼役勤仕を通して武士相互の秩序が確認・構築されていたことが指摘されており（石井進『中世武士団』、水谷前掲論文、高橋修前掲論文および高橋修「中世前期の都市・町場と在地領主」等）、鹿島神宮を始めとする在地寺社への、武士による信仰は、在地の対立・紛争の反映としてよりも、むしろ幕府成立以降、安定的な秩序形成に向かう過程で、はっきりと表出されているように思われる。

【語釈】でも触れたように、「軍神」の用例として本歌は特異な性格を有しており、また列挙される神々が十二世紀半ば以前の段階で本当に「軍神」として認識されていたのかどうかも、史料的には不明といわざるを得ない。総体としてみれば、これらの神々の軍神的性格が強調されるのはむしろ鎌倉中後期以降、特に文永・弘安の役以降とすら見える。「軍神」から安易に武士の台頭を連想してよいものかどうか、筆者の躊躇は以上の諸点に由来している。

さて、当該今様に列挙される神々は、どのような基準に則って挙げられているのだろうか。また二四九との関連をどのように考えればよいのだろうか。渡邊注は「京（ママ、東カ）から西への二度の配列の二四八、西から東への排（ママ）列の二四九は、京へ上る道順を示す道行的な地名の羅列である」としている。「鹿島香取～比良の明神」を陸路、「安房の洲瀧の口〜多度の宮」を海路とみれば、確かにそのようにいえなくもないが、比良明神は通常の移動ルートからは外れていようし、二四九が西から東への道筋を辿ったというには余りにもルートが錯綜している。かといって特定の領主、知行国主、宗派が絡んでいるようにも見えない。鈴木哲雄『中世関東の内海世界』、茨城県立歴史館編『中世東国の内海世界』など近年の内海地域論に学べば、本歌に列挙される神社がいずれも水際に位置していることが注目されるが、それとて二四九に広峯が挙げられていることで統一的な理解が妨げられる。当該歌がどのような場で歌われ得るのかというイメージは、なかなか像を結んでくれない。

ここで僅かに連想されるのは、突飛なようだが傀儡戯である。福岡県築上郡吉富町八幡古表神社および大分県中津市古要神社には、いずれも宇佐八幡放生会に由来する傀儡戯として人形による舞と相撲が伝わっており、人形には神名がつけられている。ここでは相撲人形に限ってみていくこととするが、古表神社の相撲人形は東西に分けられ、各一一体ずつ二二体。東方は横綱格の祇園大神を筆頭に酒殿大神、磯良大神、熱田大神、白髭大神、三島大神、大美輪大神、長田大神、伊多弖大神、若宮大神、誉田大神、西方は住吉大神を筆頭に松尾大神、若歳大神、大歳大神、春日

八幡古表神社の神相撲（押合相撲）写真提供：吉富町

大神、暗龗大神、高龗大神、塞大神、香取大神、鹿島大神、龍田大神と呼ばれている（『吉富町文化財調査報告第二集　八幡古表神社の傀儡子』）。古要神社の相撲人形は東西一二体ずつ二四体、現在は東西の両横綱のみそれぞれ「祇園さま」「住吉さま」の名がついている（半田康夫「中津市伊藤田の古要舞と古要相撲」）。神相撲は、古表神社の場合には四種の形態で催される。海上放生会の船上で催される際は、東西のペアが各一度ずつ、計一一組が取組を行う。夜祭で神舞殿で催される際にはまず勝ち抜き戦形式で計二一回取組が行われた後、飛掛相撲として一対五の対決が、最後に押合相撲として一対一一の対決が行われる（前頁図版参照）。古要神社の場合には舞楽殿での相撲のみだが、構成としては古表神社の場合とほぼ同様である。

　両社を通してみた宇佐八幡放生会傀儡戯の歴史的考察については、山路興造「宇佐八幡宮放生会の傀儡戯考」に詳しい。以下、山路論文に従って見ていくと、中世には鎌倉後期頃の「宇佐宮寺年中行事」（『日本祭礼行事集成』四、平凡社、一九七二）に「同（辰）剋傀儡子之船同浮、而表二異国征伐之古様一矣」とあるのを始めとして、享徳三年（一四五四）編纂「宇佐神宮祭会式」（『同』六、一九七三）には「傀儡子舟二艘（上毛一艘、下毛一艘）、漕二参浮殿御前一舞レ之。其後於二女禰宜屋形之後一舞レ之」、「爰振二仏法僧之威一、各施二大力一出二二十八部之衆一、令レ舞（傀儡子）之刻」などの記述がある。その後、元和三年（一六一七）に細川忠興によって再興されたものが現在に伝わる傀儡戯であるらしく、元和三年書写の古表神社所蔵衣裳箱蓋裏書には「御れい神」、「てい〳〵」（細男のこと）、「やおとめの神」などと並んで「御すもふ十二番、内七ばんは御くろうの神御かち」と見えている。これが現在のところ神相撲の初見であろう。なお、前掲『八幡古表神社の傀儡子』によれば、この蓋裏書と同内容を記した墨書板が発見されており、蓋裏書よりも古い可能性があるという。さて、以上の史料に基づく山路の推測では、宇佐八幡宮放生会の細男舞、相撲、神楽舞などは中世には人間によって行われており、それと並行して傀儡子による勝抜相撲も行われていた。元和の再興に至って初めて細男舞、神楽舞が人形によって演じられるに至る。山路説に立脚すれば、現行傀儡戯のうち、相撲人形のみは鎌倉時代まで遡る可能性があるということである。山路はまた、『諏訪大明神絵詞』下巻七月朔日条に「次に相撲人形を歩行の神人（折烏帽子・水干）肩にのせて前行す」とある点から、南北朝期諏訪社の祭礼においても相撲人形が参勤していたことを指摘している。

　筆者が注目するのは、少なくとも近世初期の段階で相撲人形に神名が付与されていた事実である。現在のように神々が東西に分かれて相撲をとる形式が、もし中世にまで遡り得るのだとすれば、当該歌と二四九がそれぞれ東と西の「軍神」を列挙していることも、これに近い情景を歌ったものと見ることはできないだろうか。その場合、数え方にもよるが、当該歌が鹿島、香取、諏訪宮、比良明神、安房洲滝口小鷹明神、熱田八剣、伊勢多度宮の七神、二四九が一品中山、安芸厳島、備中吉備津宮、播磨広峯惣三所、淡路の岩屋、住吉、西宮の七神で同数になっていることは注目すべき点と思われる。想像をたくましくすれば、逢坂の関を境にして——したがってどこか京の付近で——東と西の神々を勧請して神相撲を行っている、そんな情景がこの二首には歌いこまれているのではなかろうか。特定地点から諸方の「軍神」に向かって祈ったり、あるいは道行をなぞって主体が移動するのではなく、今まさにその場に集合し闘っている神々を「軍神」と呼んでいる、ある種特殊な情景を想定することで、「軍神」用例としての特異性も僅かに了解可能なものとはならないだろうか。

　以上は、もとより史料的根拠のない単なる推測に過ぎない。神相撲が院政期まで遡る徴証は得られていないし、依然として、なぜこの神々なのかという疑問には答えられていない。今様の特徴が享受の柔軟さにあることを踏まえれば、強いて歌の場を想定する必要もないのかもしれない。それでも敢えて長々と論じてきたのは、「武士の台頭」を反映した歌という紋切り型の発想から、私自身何とか抜け出したいと願ってのことである。その試みの当否については諸賢のご判断に委ねたい。

【参考文献】

石井進『中世武士団』（講談社学術文庫、二〇一一年［初出一九七四年］）
石井進「大祝信重解状のこと」（『諏訪市史研究紀要』五号、一九九三年三月）
乾克己「『梁塵秘抄』の四句神歌二首について」（『梁塵』六号、一九八八年一二月）→※乾
茨城県立歴史館編『中世東国の内海世界』（高志書院、二〇〇七年）
井原今朝男「鎌倉期の諏訪神社関係史料にみる神道と仏道」（『国立歴史民俗博物館研究報告』一三九集、二〇〇八年三月）
郷道哲章「諏訪氏と「上社」「下社」」（『長野県立歴史館研究紀要』九号、二〇〇三年三月）

佐伯真一「「軍神」（いくさがみ）考」（『国立歴史民俗博物館研究報告』一八二集、二〇一四年一月）
鈴木佐内「梁塵秘抄二百四十八番歌「安房の洲滝の口や小鷹明神」考」（『新国学』一〇号、二〇一四年一〇月）↓※鈴木
高橋修「「常陸平氏」再考」高橋修編『実像の中世武士団』（高志書院、二〇一〇年）
高橋修「中世前期の都市・町場と在地領主」中世都市研究会編『都市を区切る』（山川出版社、二〇一〇年）
髙橋昌明「伊勢平氏の展開」『増補改訂　清盛以前』（平凡社、二〇一一年［初出一九七五年］）
中世諸国一宮制研究会編『中世諸国一宮制の基礎的研究』（岩田書院、二〇〇〇年）
半田康夫「中津市伊藤田の古要舞と古要相撲」『大分県文化財調査報告書第二集』（大分県教育委員会、一九五四年）
水谷類「鹿島社大使役と常陸大掾氏」『中世の神社と祭り』（岩田書院、二〇一〇年［初出一九七八年］）
宮坂光昭「「大祝信重解状」と『諏方大明神画詞』」『諏訪市史』上巻（諏訪市、一九九五年）
山路興造「宇佐八幡宮放生会の傀儡戯考」『中世芸能の底流』（岩田書院、二〇一〇年［初出一九八八年］）
山本隆志「東国武士論ノート」高橋修編『実像の中世武士団』（高志書院、二〇一〇年）
湯浅治久『蒙古合戦と鎌倉幕府の滅亡』（吉川弘文館、二〇一二年）
吉富町教育委員会『吉富町文化財調査報告第二集　八幡古表神社の傀儡子』（吉富町教育委員会、一九八九年）

二四九

西川　学

【影印】

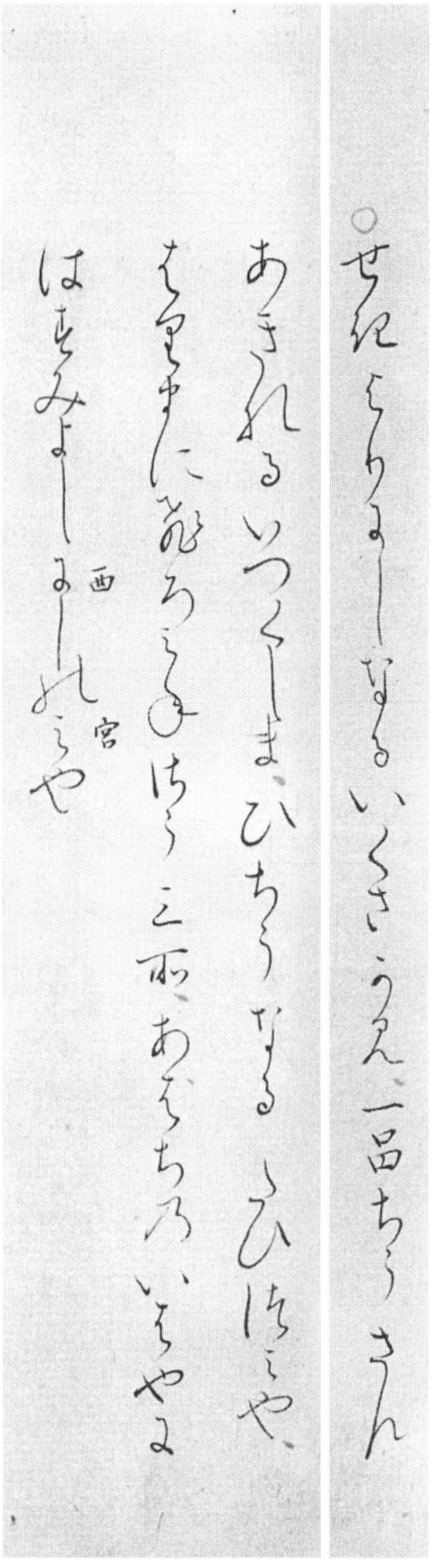

【翻刻】

○せきよりにしなるいくさかみ、一品ちうさん
あきなるいつくしま、ひちうなるたひつみや、
はりまにひろみねさう三所、あはちのいはやに
はすみよしにし（西）のみや（宮）

【校訂本文】

○関（せき）より西（にし）なる軍神（いくさがみ）　一品中山（ちうさん）　安芸（あき）なる厳島（いつくしま）　備中（びちう）
なる吉備津宮（きびつみや）　播磨（はりま）に広峯惣（ひろみねそう）三所　淡路（あはぢ）の石屋（いはや）には
住吉西宮（すみよしにしのみや）

【校訂】

たひつみや　→　きびつみや　諸注、きひつみや（きびつ

みや）の誤写と考えて改めており、それにならった。

さう三所 → そう三所　意味から「そう三所」と表記すべき所であるので、改めた。

にしのみや → 西宮　「にし」に「西」、「みや」に「宮」と墨書がある。

【類歌・関連歌謡】

・関より東の軍神　鹿島香取諏訪の宮　また比良の明神　安房の洲滝の口や小□　熱田に八剣　伊勢には多度の宮（二四八）

・武者を好まば小胡簶　狩を好まば綾藺笠　捲り上げて梓の真弓を肩にかけ　軍遊びをよ　軍神（三二七）

【諸説】

せき　諸説「関」で「逢坂の関」のこととする。

一品　「一品といふのは一宮であることをいふか」（小西考）。

ちうさん　諸説「中山」と表記。「吉備津彦社と同神なる美作の中山神社ならん」（佐佐木注）、「美作国苫東郡中山神社」（小西考・古典全書・全注釈）。

一品ちうさん　諸説「一品中山」と表記。「従来は美作中山神社が当てられて居るが、誤りと思はれる。この後は次の『安芸なる厳島』なる句を隔てて「備中なる吉備津宮」にかゝるべき句である。即ち「一品中山備中なる吉備津宮」とあるべきを、伝唱の際転訛したか、又筆写の際誤写したかである」（荒井評釈）、「吉備の中山。吉備津神社の後方にある山。（中略）誤写か、傍注が本文にまぎれこんだのであろう。「一品」は神の位階の第一位。美作国一宮の中山神社とみる説もある」（全集・新全集・完訳・榎集成・新大系）。

いつくしま　諸説「厳島」と表記し、「安芸国佐伯郡伊都伎嶋神社」のこととする。

たひつみや　諸説「吉備津宮」と表記し「備中国賀陽郡吉備津彦神社」のこととする。

ひろみね　諸説「広峯」と表記し「播磨国飾磨郡城北村広峯神社」のこととする。

さう三所　諸説「惣三所」と表記し「射楯兵主神社」のこととする。「播磨国飾磨郡惣社。三所とは本社二座小社一座であることをさすか」（小西考・古典全書）、「播磨の惣社、射楯兵主神社をいふ。姫路城郭内東南にあり、別名軍八頭惣社伊和大明神といふ。延喜式には本社二座并小とあるから、二座共小社の制をうけて居たのであらう。祭神は兵主神（伊和明神、葦原志許乎命大巳貴命）と、射楯神（五十猛命）の二座の外、九所御霊なる神（九柱の神霊を合祀せるもの）を祀る故、三所と言つたのである。惣社といふのは、国司がその国内の総ての神を遙拝する社であるが、惣社神名帳の最初に、伊和明神をおいた為、惣社伊和明神とつづいて読み、其が固有の神社名の如くになつたのである」（荒井評釈）。

あはちのいはやには　諸説「淡路の岩屋には」の表記。ただし「淡路の石屋には」（荒井評釈・大系・渡辺注）の表記もある。「淡路国津名郡石屋神社」のこととする。「「石屋には」の「は」は衍と思はれる」（荒井評釈）、「石屋神社に対しては」（大系）、「絵島明神（今の岩屋神社、明石海峡の南岸に鎮座）に相対しては」（榎集成・新大系）。

すみよし 諸説、「住吉」と表記し「摂津国住吉郡住吉坐神社四座」のこととする。特に「古来鹿島香取と共に軍神として著名である」（荒井評釈）「神功皇后征韓の故事により軍神として著名である」（全注釈）。

にしのみや 諸説「西の宮」の表記だが、「西宮」（全集・新全集・完訳・榎集成・全注釈）と表記する諸注もある。また、意味は「摂津国武庫郡広田神社」（小西考・古典全書・大系・榎集成・新大系・全注釈）とするもの、「摂津西宮に鎮座する西宮神社」とするもの（荒井評釈）、「西宮神社・広田神社の両説」（全集・新全集・完訳）とするものがある。

【語釈】

せき 前掲歌二四八に指摘のあるように、「関より東」「関より西」と表現していることから、逢坂関を指すと考える。本歌の場合は、逢坂の関より西側の神々が列挙されている（→二四八【語釈】「せき」参照）。

いくさかみ 軍神。いくさの守護神、武運を守る神のことである。前掲歌二四八【語釈】「いくさかみ」では、佐伯真一「「軍神」（いくさがみ）考」を参照して、中世の軍記物や兵法書における「軍神」は特定の神格として意識されないことの方が多く、『梁塵秘抄』二四八と二四九のように神名を列挙し、「軍神」が特定の神や神社を示すことはむしろ特異であると指摘する。ただし、本歌の場合は、戦で活躍する武神の要素を持つ神が多く、特に神功皇后にまつわる神々が列挙されており、東の神々とは性格を異にするようである（→【考察】参照）。

一品ちうさん 「一品」とは、令制で、親王の位階の第一位のことを指すが、ここでは神や神社に与えられた位階の最高位のこと（→二七〇【考察】参照）。「ちうさん」は、①美作国の中山神社（祭神は吉備津彦命）、②吉備津神社の後方の「吉備の中山」とする説がある。②は用例がなく不適切であると考え、その説は採らない。八木意知男「梁塵秘抄「一品中山」考」によると、「一品中山」と「安芸なる厳島」は「備中なる吉備津宮」の間には軽重の差はなく、同列に扱われるべきであること。中山神社が鉱業精錬業関係とつながりがあり、「御鉾」になった鎮座伝説により軍神としての性格を示すこと。平将門らの朝敵を平伏するために七日祭（御鉾祭）が始まったことから、この神社の軍神性が考えられ、「一品ちうさん」は中山神社であると結論付ける。『延喜式』（吉田本）には「中山神社」とある。『今昔物語集』巻二六─七「美作国神、依猟師謀止生贄語」には、「今昔、美作国に中参、高野と申神在ます。其神の体は、中参は猿、高野は蛇にてぞ在ましける。毎年に一度其祭けるに、生贄をぞ備へける」とあり、「なかやま」神社ではなく、「ちうさん」と読んでいたと思われる。また、『清滝宮勧請神名帳』にも「中山神社（チウサンノ）　美作国」とあることも読み方の例証になる。『日本の神々　神社と聖地』（第二巻山陽・四国）によれば、中山神社の国史への初見は『三代実録』貞観二年（八六〇）正月二七日条で正五位下から従四位下に昇叙されていることである。次に貞観六年（八六四）八月一四日には官社に列し、翌七年七月二六日には従三位、ついで貞観一七年（八七五）四月五日には正三位に昇叙された（『美作国内神名帳』正三位中山神社（チウサン）、『美作国一百十二社記』正三位中山神社、『一宮社伝書』上「美作国惣鎮守一宮　正一位中山太神宮」）。『延喜式』神名帳では名神大に列し、全国二八五座の一つとして名神祭に奉仕した。また『美作一宮誌上』によれば、さらに天慶三年（九四〇）正二位、永保元年（一〇八一）正一位の極位に昇叙した。同誌には、平将門・藤原純友の誅伏祈願、源義親誅伏祈願、元寇降伏祈願等のことがみられ、軍神として崇敬されていたことがわかる。清和天皇の貞観年間に美作国の神社が集中的に神階を叙位されたり昇叙したりしているのは、美作国に対する中央政府の強い関心を寄せた証左であろうとする。美作国は山陽道中央部における軍事上の要衝地であり、産鉄国の一つであったから、ここを支配下におくことは軍事上・産業上きわめて重要であった。古代・中世を通じて美作国最高位の神、一宮として最も崇敬を受けていた神社である。また、『一遍上人絵伝』第三段に、一遍が弘安九年（一二八六）春、美作国一宮に詣でた条が見え、中山神社の当時の社頭を知る貴重な記録である。

あきなるいつくしま　安芸なる厳島。安芸国一宮の厳島神社のこと。『延喜式』神名帳安芸国佐伯郡の条には「伊都伎嶋神社　名神大」と記され、平安時代には安芸国一宮の位置を確立したとみられる。「いつくしま」の島名の由来は「神霊を斎き祀る島」すなわち、「斎き島」である。その後、瀬戸内海を航行する船人の信仰から宗像信仰と習合し、祭神の宗像三女神（市杵島姫命・田心姫命・湍津姫命）を勧請することとなった。厳島神社が隆盛に向かったのは、久安二年（一一四六）、平清盛が安芸守に任官され、平家一門の崇敬を受けたことによって始まる。老僧が現れて荒廃した厳島神社を修理すれば官加階は思うがままであると告げたことから、清盛の信仰が始まったとする（『平家物語』巻三「大塔建立」）。この物語の背景には平家の日宋貿易がもたらした豊かな財力を基盤としたものがあり、瀬戸内航路の航海の守護神としての厳島神社の位置はきわめて重要なものであったと考えられる。その後もたびたび清盛は厳島神社に参詣したり、奉幣したりしており、厳島神社を信仰拠点とする瀬戸内海航路のルート整備は政治的にも経済的にも平家の基盤をなすものであった。承安四年（一一七四）三月には後白河院も清盛以下の平家一門と参詣し、高倉院も治承四年（一一八〇）三月に参詣している。高倉院の参詣の様子は『平家物語』巻四「厳島御幸」に記され、その様子をつぶさに記したのが随行者の一人源通親の『高倉院厳島御幸記』である。『平家物語』には厳島明神が平家の守り神であると認識されていた様子を随所で窺い知ることができる。巻五「物怪之沙汰」では、源雅頼の青侍が見た夢の中で厳島明神が神々の議定から追い出されるという記述によって、平家の都落ちと没落の運命が示されている。さらに、軍神性については、『長寛勘文』天慶三年（九四〇）二月一日条に、承平・天慶の乱の神威功績に対して正四位下の位階を受けていることからもその性格があったことがわかる。

ひちうなるたひつみや　備中なる吉備津宮。小西考に指摘のあるように、「たひつみや」は「きひつみや」の誤写と考える。備中国一宮の吉備津神社のことである。祭神は『古事記』の大吉備津彦命（『日本書紀』では吉備津彦命）。『日本書紀』によれば、吉備津彦は第一〇代崇神天皇一〇年九月に大和朝廷に随わない地方の平定の目的で四道将軍の一人として「西道」（山陽道）に遣わされ、吉備国平定を行った、とする。また『古事記』には第七代孝霊天皇の皇子「比古伊佐勢比古命」（又の名を大吉備津彦命）が吉備国を平定したとする。本注釈二七〇にも指摘するように、五世紀から八世紀にかけて吉備地方一帯に勢力を伸ばした豪族吉備氏の氏神を祀る社として当社が成立し、『延喜式』の制定時には名神大社に列し、承平・天慶の乱の鎮定にあたっての神威の功績で天慶三年に一品に進められている（『長寛勘文』「一品吉備津彦命。備中」）。西国を鎮護する勢威ある軍神、鎮守神として朝廷の尊崇を受けた。一品聖霊と称され、人が亡くなって神格化された場合に使われる聖霊は、亡くなられた霊に対して付けられる美称である。『備前国内神名帳』「一品吉備津彦ノ命ノ宮　坐津高郡」ともあるので、この「一品」は「吉備津彦」に対して付けられるべきものであると考える。

はりまにひろみね　播磨に広峯。播磨国の広峯神社。『播磨鑑』によれば、天平五年（七三三）吉備真備の創始という。『延喜式』神名帳（九二七）には見えないが、すでに『三代実録』貞観八年（八六六）七月一三日条に「播磨国無位素戔嗚神に従五位下を授く」とあるものに該当するようで、『播磨国内鎮守大小明神記』の「広峯大神」のことである。当初は西方の白幣山にあったものを天禄三年（九七二）に現在地へ遷座したという。この白幣山は、神功皇后が征韓の際に素戔嗚尊を祀った地で、鎌倉時代には素戔嗚尊と牛頭天王が同体とされ、『二十二社註式』（文明元年［一四六九］、吉田兼倶撰）などの中世に成立した史料では、広峯社の分霊を遷して京都祇園社（八坂神社）が創祀されたと記してあり、平安時代中期頃にはその説が流布していたものと考えられる。

さう三所 惣三所。新大系に「そう三所」と指摘のあるように「さう三所」は「そう三所」と表記すべきと考える。小西考が指摘しているように「惣三所・射楯兵主神社」のことか。「惣社」（「総社」）とは、諸国国内の有力諸社の神霊を国府域近くの一所に集め祀った形式から生まれた名称で、播磨国の惣社は、播磨国総社射楯兵主神社である。『延喜式』神名帳の飾磨郡の条に「射楯兵主神社二座并小」と見えるように、もともと射楯神と兵主神を併せ祀った神社である。ところが養和元年（一一八一）一一月一五日、播磨国内一六郡の神々一七四座を一括して当社に合祀して以来「総社」の呼び名が一般化していった。「そう三所」は、この『延喜式』神名帳にある「二座并（ならびに）小」、つまり「射楯社」「兵主社」と確定はできないがもう「一社」の三社があったと推定する。『播磨国風土記』飾磨郡因達里の条には「因達と称ふは、息長帯比売の命、韓国を平けむと欲して、渡り坐しし時に、み船前に御しし伊太代の神、此処に在す。故れ、神のみ名に因りて里の名と為す。」とあり、同じく伊和里の条にも「因達の神山」の名が見える。播磨国総社になって以来、武家の崇敬が篤く、鎌倉時代には「社家三十六家、神領一千余町」を数え、「軍八頭正一位惣社伊和大明神」（『和漢三才図会』）と称されたという。軍神的性格が強い祭神を指すと考えたい。

あはちのいはや 淡路の石屋。淡路島の石屋神社。『延喜式』神名帳の淡路国津名郡に見える小社「石屋神社」に比定されている。祭神は国常立命・伊邪那岐命・伊邪那美命。岩屋明神、絵島明神とも呼ばれた。『播磨国風土記』に「仲川と名づくる所以は、苫編の首等が遠つ祖、大仲子、息長帯日売の命の韓国に度り行きたまひし時に、船淡路の石屋に宿りき。その時、風雨大く起こり、百姓悉に濡れき」とある。『神社調書』（明治期成立）には神功皇后が三韓征伐の折、風待ちで戦勝祈願をした時、「いざなぎやいざなみ渡る春の日にいかに石屋の神ならば神」と詠じると、風波が止み、海上は静まったという伝承を伝えている。現在もこの風凪の和歌を神符として、航海安全の守護とする信仰が残っている。

には 格助詞「に」に係助詞「は」の付いたもの。荒井評釈では「「石屋には」の「は」は衍と思はれる」とあるが、これは衍字ではなく、場所を示す格助詞「に」に、特にとりたてる意味を表す係助詞「は」が加えられ、強調されたと解釈したい。既に大系には「石屋神社に対しては」と解し、榎集成・新大系では「絵島明神（今の岩屋神社、明石海峡の南岸に鎮座）に相対しては」と解釈している。よって、ここでも淡路の石屋神社に対して、住吉と西宮を取り立てる意味で使われていると解釈し、それぞれが向かい合っているという意味になる。

すみよし 住吉。摂津国一宮の住吉大社のこと。『延喜式』神名帳に「住吉坐神社四座」とあり、訓は「スミヨシ」「スミノエ」。『住吉大社神代記』に祭神は、第一宮・表筒男、第二宮・中筒男、第三宮・底筒男、第四宮・姫神、御名「気息帯長足姫皇后宮」（神功皇后）とある。『八幡縁起絵巻』には神功皇后の三韓征伐の際に、住吉の三神が現れ、神功皇后を導き、海上の守護神としてすこぶる顕著な神威を示したことを記す。そのことから住吉神は海上交通の神、境を守る神として篤く信仰され、神功皇后も後に合祀されて祀られるようになっていった。『二十二社註式』には、長暦三年（一〇三九）に朝廷が霊験ある神社二二社を選んだ際にもその中に入れられている。また、蒙古襲来に際して叡尊は文永五年（一二六八）から建治元年（一二七五）にかけて、再三当社に参詣して異敵降伏の祈禱を行った。『類聚既験抄』には、「一 諏訪幷住吉大明神 昔神功皇后責新羅之国。二神船ノトモヘニ立給テ。奉守護云々。（中略）一神ヲ摂津国住吉郡奉崇之。為降伏異国之。神社奉向異国也。三社三重ナリ。是軍立。」とあり、また「一 神明以法味増威光事。住吉明神御託宣云。昔神功皇后討新羅之時。我為大将軍。日吉為副将軍。次討将門之時。日吉為大将軍。我成副将軍。」ともあり、住吉明神の軍神性を示す。

にしのみや 西宮。先行諸注では、摂津国の①現、西宮神社（祭神は天照大御神・須佐之男命・大国主大神）、②広田神社（天照大御神の荒魂）の二通りに解釈する。しかし、ここでは西宮とは広田神社のことであり、後にその関係性が倒錯していたことを指摘したい。なぜなら、『延喜式』神名帳の摂津国武庫郡に「広田神社」とあり、『伊呂波字類抄』の広田社の項に「世俗、西宮ト号ス」とあるからである。

また、『類聚既験抄』にも「一 広田明神事。号西宮。」とする。広田社の祭神は、住吉・生田・長田とともに、神功皇后が三韓征伐より帰還の際に、武庫泊（務古水門）に碇泊して創始した神と伝えられている。『日本書紀』には、「是に天照大神、誨へまつりて曰はく、「我が荒魂を皇居に近づくべからず。当に御心を広田国居らしむべし」とのたまふ。即ち山背根子が女葉山媛を以て祭はしむ」とあって、天照大神の荒御魂を祀るものとされる。さらに、寛平六年（八九四）に新羅の賊が対馬に来襲した時、平将門や藤原純友の乱に際し、伊勢神宮などとともに鎮定のための祈禱や奉幣が行われている。そして、文永の役の翌建治元年、異国降伏祈禱のため諸社寺を参詣した叡尊は、八月六日に海路で広田社の南宮に参り、祈禱を行った。

【考察】

本歌は、前歌二四八と同類型の今様であり、前歌は「関より東」の「軍神」を列挙するのに対して、本歌では逢坂の関より西、すなわち京の都より西に位置する西国の著名な「軍神」を祀る神社を列挙し、うたい挙げることでその威光や霊威を発現させようとしたものであると考えた。

前掲歌二四八の注釈担当の辻浩和の教示によれば、『融通念仏縁起絵巻』上巻・第五段「良忍、鞍馬寺に参籠する」で、良忍が鞍馬寺へ参詣し、通夜念仏していた時に毘沙門天が現れ、融通念仏の結縁に入る神名帳の一巻を差し出した。その中には梵天王等部類諸天から始まり、終わりの方には、「広田南宮部類眷属　諏訪南宮部類眷属　多度部類眷属　住吉四所部類眷属（中略）伊津岐島部類眷属（中略）兵主部類眷属　幡磨伊和忌田等部類眷属　弘峰部類眷属小一領等六十余州大少一切神祇冥道」と諸天王部や龍王部、諸国の神社が列挙され、諸天や龍王、神社の一部（その神社を表す特徴的な鳥居や社殿等）が絵図として描かれている。本歌に歌われる軍神の広田（西宮）、住吉四所（住吉）、伊津岐島（厳島）、兵主（惣三所）、弘峰（広峯）が登場し、良忍を守護して、念仏結縁したいと申し出ていることから、ここに挙げられている神々の神威を窺うことができる。

そして、本歌に取り上げられた神社の中でも、住吉（住吉坐神社　四座）、西宮（広田神社）、一品中山（中山神社）、吉備津宮（吉備津神社）、厳島（伊都伎嶋神社）は『延喜式』の名神大社であり、霊験あらたかな社格の高い神々である。また、東大寺修正会において一年の平安を祈願する際に奉唱された神名帳が東大寺戒壇院の千手堂に伝来している。その『千手堂恒例勧請神名帳』にも、「摂津国御座　正一

位住吉大明神　広田大明神、美作国御座　中山高野大明神、備前国御座　一品吉備津聖霊、安芸国御座　五木嶋大明神、淡路国御座　石屋大明神」の神々が勧請されていることからもこれらの神々の霊験と社格の高さを知ることができる。

　また、本歌に歌われた中山神社、厳島神社、吉備津神社、広峯神社、惣三所（射楯兵主神社）、石屋神社、住吉大社、西宮（広田神社）が直接的に軍神であるとの資料を管見では見出すことができなかったが、一つの可能性としては、本歌で歌われる神社の多くが神功皇后に関わっていることは、注目に値する。すなわち、神功皇后の三韓征伐の伝承が背景に透かし見られるからである。厳島神社については、「厳島大明神と申すは、旅の神にまします。仏法興行の主、慈悲第一の明神なり。娑竭羅龍王の女、八歳の龍女には妹、神功皇后にも妹、淀姫には姉なり。百王を守護し、密教を渡さん謀りに」（長門本『平家物語』巻五「厳島次第事」）とある。すなわち、厳島神社の祭神・市杵島姫命が娑竭羅龍王の娘であり、神功皇后の妹であるというのである。この伝承からも神功皇后と厳島神社がつながった。【語釈】の項でも述べたように、惣三所の兵頭神社や淡路の石屋神社、住吉大社、広田神社の創建には神功皇后の三韓征伐の伝承が大きく関わっていた。そして、右記の厳島神社の祭神・市杵島姫命も神功皇后の妹であるという伝承があった。本歌で歌われる神社の多くは、神功皇后の三韓征伐の伝承を背景とした軍神のイメージがそれらの神社にあったとは考えられないであろうか。

　さらに、本歌の「関より西なる軍神」の列挙の中には、軍神として必ず挙げなければならないはずの八幡神が現れない。二四八の注釈担当・辻も指摘するように、本歌と前歌の背景には神相撲の傀儡戯があり、それが京周辺のどこかで行われていたとすれば、それはどこであるか。その可能性を考えた時に、すなわち、石清水八幡宮の境内で神相撲が行われていたとするならば、八幡神は直接的にはこれらの今様歌に登場しないはずである。なぜなら、八幡神の神前にその神を勧請することはできないからである。想像をたくましくすれば、八幡の神前でこの二歌の今様が歌われた可能性を指摘しておきたい。それは、神功皇后が八幡神の母神であり、必ず軍神として登場するべき八幡の神名がないことからも言えるのではないか。論拠は乏しいものの、可能性だけでも指摘しておくこととする。

【参考文献】

佐伯真一「「軍神」（いくさがみ）考」（『国立歴史民俗博物館研

究報告』一八二集、二〇一四年一月）
八木意知男「梁塵秘抄「一品中山」考」（『皇學館論叢』九巻一号、一九七六年二月）

二五〇

佐々木聖佳

【影印】

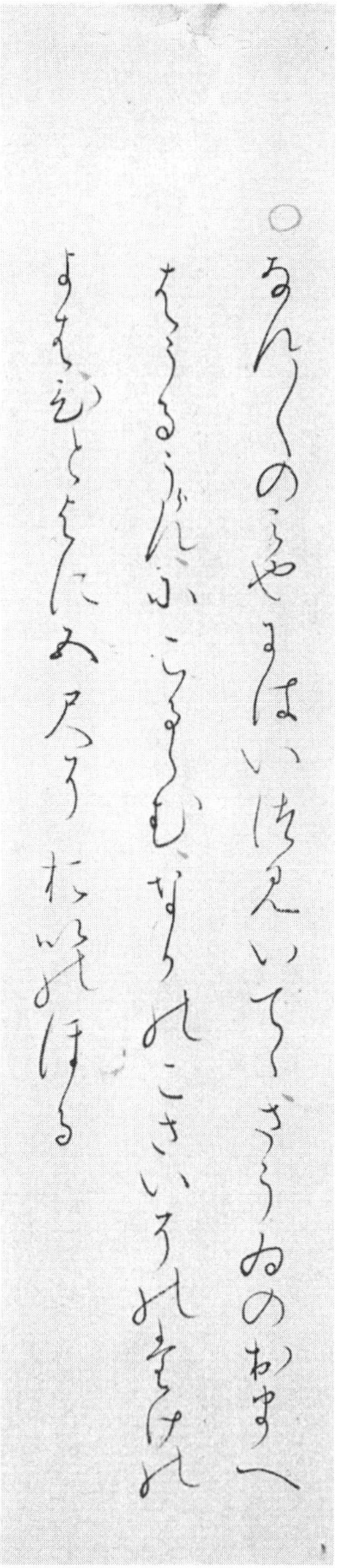

【翻刻】

○なん〱のみやにはいつみいて丶、さうゐのおまへはうるう(ら)ん、にこるらむ、なかのこさいそのたけのよは、ひとよに五尺そおいのほる

【校訂本文】

○南宮(なんぐ)の宮(みや)には泉出(いづみい)でて　垂井(たるゐ)のお前(まへ)は潤(うる)ふらん　濁(にご)るらむ　中(なか)の御在所(ございそ)の竹(たけ)の節(よ)は　一夜(ひとよ)に五尺ぞ生(お)い上(のぼ)る

【校訂】

＊原文「うるうん」とあり、「う」と「ん」の間の右傍に「ら」と墨書。

なん〱　↓　なんく　踊り字は「く」の誤写と見る（誤写類型Ⅰ）。

さうゐ　↓　たるゐ　「さ」は「た」、「う」は「る」の誤写と見る（誤写類型Ⅰ）。

うるう(ら)ん　↓　うるふらん　「うるふ」はハ行四段活用動詞なので「うるふ」とあるべき。「ら」を墨書どおり補う。

【類歌・関連歌謡】

・南宮の本山は　信濃の国とぞ承る　さぞ申す　美濃の国には中の宮　伊賀の国には幼き児の宮（二六二）

・浜の南宮は　如意や宝珠の玉を持ち　すみのえ神をはらいとして　鹿蒜の海にぞ遊うたまふ（二七六）

・南宮のお前に朝日さし　児のお前に夕日さし　松原如来のお前には　つかさまさりのしき波ぞ立つ（四一六）

・カミノマヱナル。シロノキワ。ヒトヨニ五ジヤク。ヲイノボル（静岡市葵区日向の田遊び）

・権現の御前のしろのきは一夜尺おんのぶらよ（静岡県浜松市天竜区懐山のおくない「翁」）

【諸説】

なん〳〵　諸注「なんく（南宮）」の誤写とする。注の多くは岐阜県不破郡垂井町にある南宮大社のこととするが、小西考・古典全書は伊賀の南宮の可能性にもふれ、※萩谷・榎集成は摂津国広田神社末社の「浜の南宮」のこととする。

いつみ　垂井町の南宮大社行宮の御饌井か（小西考・荒井評釈）、南宮大社の旧社地にある「如法水」（※小川）、広田神社末社浜の南宮の「宮水」の井泉（榎集成・※萩谷）。

さうゐ　「たるゐ」の誤写（小西考・古典全書・荒井評釈・全集・新全集・完訳・新大系・全注釈）、「雑井」（佐佐木注・岩波文庫・総索引）、「種々な泉を総称し雑井と言つた」か（荒井評釈）、「さゐく」の転倒で「西宮」（※萩谷）、「栄く井」で栄える井（榎集成）、「早尾（さうゐ）」か（※山内）。

おまへ　（泉井の）「前」（荒井評釈・全注釈）、「垂井明神の宮の前」（大系）、「垂井のお社」（全集・新全集・完訳）、「栄井を神格化した敬称」（榎集成）。

にこるらむ　「濁るは歌の調子で言ったので意味なく使って居る」（荒井評釈）、「しっとりと潤うことの繰り返し」（新大系）、「合の手」（全注釈）。

なかのこさいそ　小西考は高楠順次郎の「子最初」か「小宰相」かという説と高野辰之の「御在所」かとする説をあげる。以降、諸注「御在所」とする。「拝殿本殿を囲む中心の神域」（新大系）、「祭神を祀る一棟」（全注釈）、「南宮神社」（荒井評釈）、「南宮神社をさすか」（全集・新全集・完訳）、「南宮の摂社の中のいづれか」「伊勢の御在所山」か（小西考）、「高山明神か」（荒井評釈・大系）、「広田社そのもの」（※萩谷）、南宮神社の摂社（小西考・荒井評釈）。

たけのよ　佐佐木注が「竹の子」かとするが、諸説、竹の節と節の間のこととする。「竹の子全体ののびることを誇張して言つて居る」（荒井評釈）。※小川・新大系は、本殿の矢竹との関係に言及し、将門を降伏した修法と関係づける。

全体の解釈　「青墓の遊女の伝播歌詞か」（大系）、「将門征伐という事件を伝え残す」（※小川）。

【語釈】

なん〳〵のみや　南宮の宮。原文には「なん〳〵」とあるが、諸説、踊り字は「く」の誤りとし、「南宮」の意に解しているのに従う。「南宮」は、大方の注釈では美濃国の南宮大社（岐阜県不破郡垂井町宮代所在）説をとるが、榎集成・※萩谷は、摂津国の広田神社摂社の浜の南宮説をとる。浜の南宮説では、「さうゐ」は「さゐく（西宮）」の転倒したもの（※萩谷）、「栄く井」で栄える井の意（榎集成）とし、泉は「宮水」のこととしている。しかし、「宮水」は、日本酒の蔵元当主が江戸時代に酒に適した名水として発見したといわれる湧き水で、根拠が曖昧である。また山内洋一郎は日吉社の摂社、早尾社を「さうゐ」と呼んだ例を挙げて可能性を示唆するが、早尾社と「南宮」との関わりは不明である（※山内）。ここでは、大方の先行注釈のとおり、「さうゐ」は「たるゐ（垂井）」の誤写であり、「南宮」は美濃の南宮を指すと解したい。美濃の南宮大社は美濃国の一の宮で、金山彦命を主祭神とし、彦火火出見命、見野命を脇神として祀っている。『延喜式』の神名帳に見える不破郡三座の一、「仲山金山彦神社名神大」に比定されており、『続日本後紀』承和三年（八三六）一一月四日条に「美濃国不破郡仲山金山彦大神奉レ授二従五位下一。即預二名神一」とみえる。「南宮社」としては、『今昔物語集』に「南宮ト中社ノ前ニシテ、百座ノ仁王講ヲ可行ヲ事ヲ始ム」（巻二〇―三五「比叡ノ山ノ僧心懐、依嫉妬感現報語」）、永万元年（一一六五）六月の『神祇官諸社年貢注文』の「美濃国」に「南宮社八丈五疋」と見える（『平安遺文』三三五八号）。社記によれば、祭神金山彦命は、神武天皇東征の時、八咫烏を助けて道案内をした功から、不破郡府中の地に祀られ、崇神天皇の時に南宮山上に遷座、さらに麓の現在地に遷ったという（『日本の神々―神社と聖地　九巻　美濃・飛騨・信濃』一九八七年、白水社）。『梁塵秘抄』では、二六二、二七六、四一六でも「南宮」が歌われている。二六二では、信濃の諏訪大社が南宮の「本山」、美濃の南宮大社が「中の宮」、伊賀の敢国神社の南宮が「児の宮」と歌われている。また二七六の「浜の南宮」、四一六の「南宮」は、摂津の広田神社の南宮のことである。このように、「南宮」を祀る神社には複数の社が知られており、南宮信仰が広範にわたって崇敬されていたことがわかる。（→二六二、二七六参照）

いつみ　泉は水の湧き出るところをいう。先行注釈では、美濃の南宮大社の行宮にあったという「御饌井」（小西考・荒井評釈）とする説と、南宮大社の旧社地にあった「如法水」（※小川）とする説がある。他に、摂津の広田神社南宮の近くに湧く「宮水」（※萩谷・榎集成）に比定する説もあるが、広田神社南宮説はとらない。「御饌井」は南宮大社の北、相川を隔てた府中村にある「南宮行宮（南宮大社の御旅所）」

の近くの民家にあるといわれる井戸のことである。『濃陽志略』（『美濃叢書』）によると、「南宮御饌井」の項に、大旱の時弘法大師が水を湧出させたという言い伝えがあり、五月五日の祭礼の時にこの水を汲み上げて神膳を調えるのに用いるとある。確かに御旅所は南宮大社の摂社で、例祭には御旅所にお渡りをするが、南宮大社からは川を隔てて離れた場所にある。民家にある井戸であり、現在は地元の人にもその所在がわからなくなっていることからいっても、「南宮の宮に出づる泉」とは言い難く不適当と考える。一方、「如法水」は、南宮大社が焼失し現在の位置に移築される以前の社地にある泉である。文化二年（一八〇五）の『木曽路名所図絵』の挿絵には、鉄塔の近くの道沿いに四方にしめをめぐらした場所が描かれ「如法水」と記されている。この鉄塔には銘があり、北条政子が如法経を納めて奉納したものである。「如法水」という名称はこの如法経にちなんだ命名で、今様の流行期からは時代が下ると考えられる。また、現在「如法水」は水が涸れており、当時から内外に広く知られるほどの水量豊かな泉であったとは考えにくい。ここでは、古来人々に広く知られた「垂井の泉」をさすと解釈したい。「垂井の泉」は、一の鳥居の中、南宮大社の神域にあり、豊かな水の湧き出す霊泉として広く知られ、平安時代には歌枕となった。泉の脇には「垂井明神」が祀られている。（↓【考察】参照）

さうゐのおまへ　原文に「さうゐ」とある。「さうゐ」は、「雑井（ざうゐ）」（佐佐木注・岩波文庫・荒井評釈・総索引）、「栄く井（さくゐ）」の音便（榎集成）、また、「西宮（さゐく）」の転倒で摂津の広田神社の南宮のある西宮をさすとする説（※萩谷）、日吉社の摂社「早尾（さうゐ）」（※山内）の説など諸説があるが、多くの注釈で「たるゐ（垂井）」の誤写（小西考・古典全書・荒井評釈・全集・新全集・完訳・新大系・全注釈）としており、ここでも「垂井」と解する。「おまへ」は、『梁塵秘抄』では、「神社の社前」「神への尊称」「前」の意味で用いられている。「神社の社前」の意味で用いられているのは「王子のお前の笹草は」（三六二）をはじめとする九例（二七三、三一四、三六〇、三六二、四〇五、四一六、四一九、四七七、五四〇）、「神への尊称」は「何を祟りたまふ若宮のお前ぞ」（三六三）をはじめとする二例（二四七、三六三）、「前」の意味で使われるのは、我が君の御殿の前の庭に、という意味で用いられた「お前の遣水に」（三二二）の一例である。本歌の場合、先行注釈では、「前」の意にとり「泉井の前」とする説（荒井評釈・全注釈）、「神への尊称」の意にとり「栄く井を神格化した」とする説（榎集成）、同じく「神への尊称」ととり南宮大社をさして「垂井のお社」といったとする説（全集・新全集・完訳）、「垂井明神の宮の前」とする説（大系）がある。ここでは「垂井の泉の前の」という意に解釈するが、垂井の泉の傍らには垂井明神が祀られており、「垂井明神の前」という意味でもある。「垂井明神」は『美濃国神名帳』の「当国諸郡諸神等」に「正六位上　垂井明神」とある。（→【考察】参照）

うるう(ら)ん　にこるらむ　「潤っているだろうか、濁っているだろうか」の意。「うるう(ら)ん」の「ら」は右傍に書かれた墨書で、諸注「ら」を補うのに従う。「うるう」は「うるふ」であるべき。うるおう、しめるの意の四段活用自動詞で、『類聚名義抄』「浸」「湿」「濡」「滋」「温」等の漢字に「うるふ」の読みが付されている。「らん」「らむ」は現在推量の助動詞で、目の前の現実に対して推量する時に用いられる。平安時代には「らん」とも「らむ」とも表記された。「にこるらむ」は挿入句である。今様には三句目の後に挿入句が入り、三句目の五音をもう一度繰り返したり他の言葉に置き換えたりするという特徴がある。

なかのこさいそ　中の御在所。「こさいそ」の「そ」は、「所（しょ）」。変体仮名の「所」は「そ」の字母である。『梁塵秘抄』二七二も「住所」を「ちうそ」と表記する。「御在所」は神のおわします所の意である。吉野の金峯山の「御在所」は、金剛蔵王が降臨した場所と伝えられている。『続古事談』にも「金峯山の御在所には」（巻四―一一・一〇五）とある。『吾妻鏡』嘉禄三年（一二二七）正月四日条には「走湯山御在所拝殿」とあり、春日大社「古社記断簡」（『神道大系　神社編　一三　春日』）には「当社少神御在所」として神社に祀られる多くの摂社があげられている。こうした例から、神が祀られているところ、特に神が降臨した聖地をさすことがわかる。本歌の「中の御在所」がどこかという点については、荒井評釈が、『木曽路之記』に「垂井の宿の南に南宮山あり。美濃の中山といふ名所なり（中略）南宮のうしろにもひろき谷有。両の谷の中にある故中山と云」とあることなどから、「中の」は「美濃中山」を意味し、御在所は「中山」にある南宮神社、もしくは奥宮である高山明神をさしているかとしている。確かに、南宮山は「中山」「仲山」とも呼ばれた。また、【語釈】「なん〳〵の宮」でふれたように、社記によれば、祭神の金山彦命は府中から南宮山の山上に遷り、その後麓に遷座したと伝えられているので、最初に神が降臨した山上の高山神社が御在所と呼ばれた可能性も否定できない。しかし、その場合「中山の御在所」とはいっても、「中の御在所」といわれるかといえば疑問が残る。『梁塵秘抄』で「なか」は、「大梵天王は中の間にこそおはしませ」（二六七）とあるように、「中央」という意味で用いられることが多い。ここでいう「中の御在所」は、南宮神社の神が祀られている本殿中央の聖域をさすと考えておく。

たけのよ 竹の節。竹の節と節の間の中空の部分。『倭名類聚抄』「竹具」には、「両節間俗云与」とあり、竹の節の間を「よ」と言った。『新撰字鏡』「竹筒」にも「竹乃与」とある。『古今和歌集』に「木にもあらず草にもあらぬ竹のよの端にわが身はなりぬべら也」（巻一八・雑歌下・題知らず・読人知らず・九五九）、「なよ竹の夜ながきうへに初霜のおきゐて物を思ころ哉」（巻一八・雑歌下・藤原忠房・九九三）とあり、竹の節をさす「よ」に「世」、「夜」の意味が懸けられている。

ひとよに五尺そおいのほる 「おいのほる」は生長して丈高くなることをいい、竹が一夜のうちに五尺も伸びて生長することをいう。一尺は約三〇㎝で、五尺は約一五〇㎝になる。平凡社『大百科事典』の「タケ」の項によると、竹の子は「太いタケでは伸び盛りに1日120㎝も伸びる」とある。一夜のうちに大きく伸びる竹の成長力は、神威の高さを象徴している。

【考察】

本歌は、豊かに湧き出る垂井の泉の水と、御在所の前の一夜に五尺も伸びる勢いのある竹を歌い、美濃南宮大社の神のあらたかな神威を讃える今様である。

原文の「なんく〵」は「なんく」の誤写で「南宮」のことである。『梁塵秘抄』には、二六二、二七六、四一六にも、信濃の諏訪大社、美濃の南宮大社、伊賀の敢国神社、西宮の広田神社の四つの南宮が歌われている。本歌の「南宮」は、摂津の広田神社末社の南宮とする説もあるが、大方の先行注釈のとおり、美濃の南宮大社を歌った今様であると解したい。「さうゐ」もここでは「たるゐ」の誤写ととる（誤写類型Ⅰ）。この歌は、以下で考察するように、「垂井の泉」という名泉の信仰に関わる南宮大社の神を賛美する歌だと考える。

本歌は、まず南宮に湧き出る「いつみ」を歌う。この泉について、南宮大社説をとる先行注釈では、南宮大社の御旅所にある「御饌井」や南宮大社旧社地にある「如法水」が比定されてきたが、【語釈】で述べたようにこれらの説はとらない。どちらも現在は水が涸れたり所在がわからなくなったりしており、社前を潤すほどの豊かな勢いのある湧き水ではなかった。南宮大社の神域には、地名の由来ともなった「垂井の泉」がある。ここでは「垂井の泉」をさしていると解したい。垂井の泉は玉泉寺（臨済宗妙心寺派）の門前にある霊泉で、今も大ケヤキの根元から、こんこんと豊かな水が湧き出している。垂井の泉のすぐ前の道は南宮大社の参道で、まっすぐ行くと南宮大社に通じる。垂井の泉は、その参道の一の鳥居の内、つまり南宮大社の神域に位置する。まさに、南宮の宮に湧き出る「いつみ」なのである。泉から湧き出る水は「特に清冷にして味ひ甘く、寒暑に増減なし」と『木曽路名所図会』にあり、垂井の宿を行き来する数知れない旅人の喉を潤してきた。また、歌枕としても有名で、『詞花和歌集』の「藤原頼任朝臣美濃の守にてくだり侍けるともにまかりて、その後年月をへてかの国の守になりてくだり侍て、垂井といふいづみをみてよめる」という詞書をもつ藤原隆経の歌、「むかしみし垂井の水はかはらねどうつれる影ぞ年をへにける」（巻一〇・雑下・三九〇）を始めとして、多くの歌に詠まれてきた。

垂井明神

垂井の泉のすぐ傍らには祠が祀られている（図版参照）。現在、地元ではこの祠を「垂井神社」と呼んでいるが、元は「垂井明神」と呼ばれていたという。『美濃国神名帳』にも「正六位上　垂井明神」とある。『木曽路名所図会』には、垂井の泉が描かれているが、泉の傍らには、現在と同じ位置に小祠がある。「弁才天」とあるこの小祠が「垂井明神」である。垂井明神は、垂井の泉を守護する神であり、「たるゐのおまへ」は「垂井の泉の前」という意味であると同時に、「垂井明神の神前」という意味でもある。

次句の「うるふらん」は、垂井の泉の豊かな水が溢れ出て、泉の前の土が潤っているだろうという意味である。地元の古老によれば、今商店街になっている垂井の泉の周辺はかつては田んぼで、泉の水を田に引いたという。垂井の水は他の湧き水が涸れることがあっても滅多なことでは涸れなかったから、雨乞を考えることもなかった。大雨が降った時などは泉の水が溢れ出した、という。「うるふ」と同義の語は、『梁塵秘抄』八二に「一味の雨に潤ひて」とあるが、これは仏の教えをすべての草木に分け隔てなく降り注ぐ雨に喩えて、仏の教えがこの世にしみ渡ることを歌っている。本歌でも、垂井の泉の水があふれ出て一面を満たし、南宮の神の恵みが豊かに満ち渡ることをいっていると考えられる。「にごるらむ」は濁っているだろうか、の意で、泉の水が濁っていることをいう挿入句である。挿入句は同義の言葉や対になる言葉の繰り返しが多く、「にごるらむ」もそうした挿入句で、意味がない繰り返しとされてきた（荒井評釈）。しかし、潤うことと濁ることは必ずしも同じではない。「濁る」というのが泉のどういう状態をいうのかがはっきりしないが、水が豊かに湧き出ている状態であれば水は濁ることなく透き通っているのではないだろうか。水量が豊かな「潤ふ」状態に対し、水が少ない状態を「濁る」といっている可能性がある。その場合は「うるふらん　にこるらむ」は、反意語による問いかけの形で、水が多いだろうか、少ないだろうかと問うていると解釈することができよう。四句目の挿入句が対義語の形をとる例は、『梁塵秘抄』二五六「熊野へ参るには、紀路と伊勢路のどれ近し　どれ遠し」がある。『夫木和歌抄』には「わが袖のしづくにいかがくらべみむまれにたる井の水のすくなき」（巻二六・雑部・「名所歌中に、寄垂井恋」・冷泉為相・一二四七三）という歌があり、垂井の泉の水が少ない時が稀にあり、「よくない」ことと意識されていたことがわかる。また、藤原家隆には「君が世にたる井の清水すみかへり千町さかへん時もきにけり」（『壬二集』巻下・祝・二九三六）という歌がある。詞書に「前内大臣家会に、寄水祝」とあって婿入りの水祝を詠んだものであることがわかるが、垂井の清水が澄んでいることが繁栄の予祝であると捉えられている。いずれも垂井の水が多いか少ないか、澄んでいるかどうかということに関心がよせられており、水の状態が予兆、予祝につながっていると解釈することができる。

古代、豊かな水のでる清水では水の祭祀が行われた。『常陸国風土記』新治郡に、蝦夷の荒ぶる賊を討つために遣わされた、新治の国造の祖比奈良珠命が新しい井を掘り、郡の名となった、という話があるが、「井」に「今存二新治里一　随レ時致レ祭」と注記されており、井の祭が行われたことがわかる。また、『常陸国風土記』行方郡の条には、倭武天皇が常陸の国を征服して槻野の清水に行き、水に臨んで水の祭祀を行って、「水に臨みて手を洗ひ、玉もちて井を栄へた」とある。『延喜式』の祝詞に「栄井」とあるのもこうした水の祭祀と関わりがあろう。垂井の泉では、江戸時代に、毎年七月三日に「清水祭」が行われ、泉の近くの人やその水を使う田の地主らが銭を集めて灯籠祭を営んできた（『岐阜県の地名』）。地元の方によれば、「清水祭」は一〇年ほど前まで行われており、七月三日に舞台を組んで踊ったり花火をしたりしたという。今も七月第一土曜には「垂井の泉祭」が行われている。垂井の泉は、垂井の守護神である垂井明神が祀られる霊威のある泉であったから、古くは水の祭祀が行われ、それが「清水祭」のような形で残存した可能性が考えられる。「うるふらん　にこるらむ」というのは、そうした泉で行われた祭祀の水占での文言だったのではないだろうか。

歌の後半は、南宮大社本殿の御在所に生える竹が、一夜に五尺伸びるという奇瑞を歌う。小川寿子は、南宮大社の神域内に「御歩射」の神事に使われる矢竹が植わっていることに注目し、南宮大社が平将門征伐の調伏をした神社で、神矢で将門の首を射たという伝説があることから、「竹が一夜に五尺生い上る」という表現は、将門調伏の功による神社の名声高揚と関わると論じている（「南宮歌謡考―『梁塵秘抄』二五〇番歌の背景―」）。南宮大社は慶長に焼き払われ、江戸時代の再建の時に現在の社地に移動しているので、現在境内にあったとしても平安時代からそこに竹があったかどうかはわからない。しかし、現在神域に竹が植わっていることは確認でき、宗教的な意味をもって植え継がれてきた可能性はある。

竹は呪具である。笹は神楽の採り物に用いられ、竹は神事の結界を作るのに四方に立てしめを張るのに使われる。「里人ののきばの竹のみしめ縄かけていのりしるしあらはせ」（『夫木和歌抄』巻二八・雑歌一〇・藤原家良・一三二二九）の歌は軒端の竹にしめ縄をかけて祈ることが歌われている。「神がきやおまへの竹に山颪のたゆめばつもる庭の白雪」（『夫木和歌抄』巻二八・雑歌一〇・家長朝臣すすめける日吉社、竹間雪・藤原家隆・一三二三五）の歌は、日吉社の神前の竹を歌っている。また、『梁塵秘抄』に類歌のある神楽歌「榊」の末歌には「神籬の御室の山の榊葉は神の御前に茂りあひにけり茂りあひにけり」とある。この場合の榊は採り物になる常緑樹のことで竹とは限らないが、神域に生える植物が神の前で盛んに茂り合っていることが神の威徳の盛んなことを表している。こうしたことから神前に生うる竹が盛んに伸びていく様が祥瑞であると捉えられたことがわかる。

さらに、一夜のうちに植物が現れる、変化するという点にも意味がある。『播磨国風土記』揖保郡には一夜の間に大萩が生じた萩原の里の話、『尾張国風土記逸文』には、田を作ったところ一夜で藤が生えた話が見える。また、『北野天神縁起』の、北野に一夜で松千本が生じその松で天神を祀る社を作れと神託があったという話や、『古今著聞集』

巻一―一一「広田社の辺の木一夜に枯るる事」の、後三条院が広田社への貢ぎ物をやめる宣旨をだしたところ、社の辺の木が一夜のうちに枯れ、なだめるともとのごとく栄えたという話はどちらも、一夜のうちに松を生じさせたり木を枯らしたりすることで神が神意を表すことの例となろう。後世には、竹杖を地に挿すと一夜で枝葉を伸ばしたという「一夜竹」の伝説も各地に見られる。本歌では、竹が一夜に五尺も生長すると歌うことで、神慮に叶い、神の恵みが豊かであることを示していると考えられる。

静岡県のオコナイに、「カミノマヱナル。シロノキワ。ヒトヨニ五ジヤク。ヲイノボル」（静岡市葵区日向の田遊び）、「権現の御前のしろのきは一夜尺おんのぶらよ」（静岡県浜松市天竜区懐山のおくない「翁」）という本歌の類歌が歌われる。竹が「シロノキ」になっているが、明らかに本歌を摂取したものである。稲の予祝儀礼であるオコナイや田遊びで歌われることからも、神前の竹や木が一夜のうちにぐんと伸びる、という表現が予祝であると捉えられていたことがわかる。

本歌は、美濃の南宮の神を賛美する歌である。南宮大社の一の鳥居の内に垂井の泉がある。その水は垂井の泉と垂井明神の前を豊かに潤い満たしている。そして、参道をたどり本殿の前に到ると、神域には一夜に五尺も生い上る霊妙で生命力にあふれた竹が生えている。あふれ出る泉も一夜に五尺伸びる竹も、神意に叶うことの祥瑞であり、南宮の神の霊力が盛んであることの表れである。一の鳥居、垂井の泉、垂井明神を経て、南宮大社の御在所へとたどる歌の道筋は、人々の信仰の道でもある。

【参考文献】

宇津木言行「大曲の今様「黒鳥子」一首の生成と流動―十一・十二世紀の絹織物生産との関連に触れて―」（『国語国文』六四巻五号、一九九五年五月）

小川寿子「南宮歌謡考―『梁塵秘抄』二五〇番歌の背景―」（『中世文学論叢』五号、一九八三年）　↓※小川

萩谷朴「梁塵秘抄今様歌異見」（『国語と国文学』三三巻二号、一九五六年二月）　↓※萩谷

山内洋一郎「書評　小林芳規・神作光一・王朝文学研究会編『梁塵秘抄総索引』」（『国文学攷』六一号、一九七三年四月）

↓※山内

二五一

田中寛子

【影印】

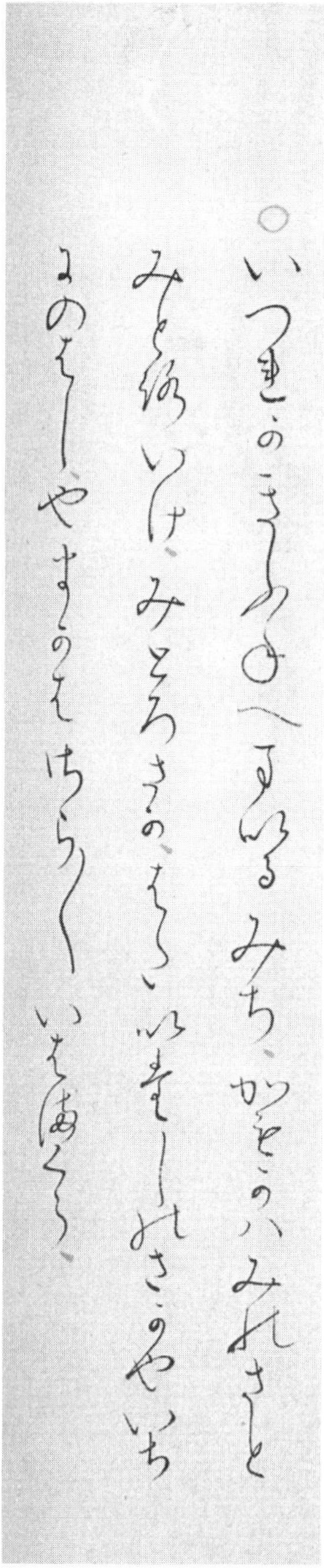

【翻刻】

○いつれかきふねへまいるみち、かもかはみのさと
みとろいけ、みとろさか、はたいたしのさかやいち
にのはし、やまかはさら〳〵いはまくら、

【校訂本文】

○いづれか貴船(きふね)へ参る道(まいるみち)　賀茂川(かもがは)箕里(みのさと)深泥池(みどろいけ)　深泥坂(みどろさか)
畑井田篠坂(はたいだしのさか)や　一二(いちに)の橋(はし)　山川(やまがは)さらさら岩枕(いはまくら)

【類歌・関連歌謡】

・いづれか法輪へ参る道　内野通りの西の京　それ過ぎてや　常盤林のあなたなる　愛敬流れ来る大堰川（三〇七）
・根本中道へ参る道　賀茂川は川広し　観音院の下がり松　熟らぬ柿の木人宿　禅師坂　滑石水飲四郎坂　雲母谷　大嶽蛇の池　阿古也の聖がたてたりし　千本の卒塔婆（三一二）
・いづれか清水へ参る道　京極くだりに五条まで　石橋よ　東の橋詰　四つ棟六波羅堂　愛宕寺大仏深井とか　それをうち過ぎて八坂寺　一段上りて見下ろせば　主典大

夫が仁王堂　塔の下天降り末社　南をうち見れば　手水棚手水とか　御前に参りて恭敬礼拝して見下ろせば　この滝は様がる滝の興がる滝の水（三一四）

・いづれか葛川へ参る道　せんとう七曲崩坂　おほいしあつか杉の原　山王の御前を行くは滝川の水（四一九）

・いやいづれか伊雑へ参る道　いや白金黄金の神路山　いやそれを踏分け参ればぞ　いや衆生の願ひを満て給ふ（天文本伊勢神楽歌「伊雑の宮の歌」）

【諸説】

みのさと　諸説未詳としてきたが、賀茂社領内に実在した地（→【語釈】参照）。

みとろいけ　諸説、御菩薩池の字を当てる。

はたいた　「畑板」（岩波文庫・総索引）、「幡枝」（歌謡集成・古典全書）、「幡井田」（新大系）、「畑井田」（荒井評釈・大系・歌謡Ⅱ・全集・新全集・完訳・榎集成・全注釈・塚本注・秦注）、「はたいた―「はたえだ」即ち幡枝の誤であらう」（小西考）

しのさか　諸説未詳としてきたが、植木朝子が『実隆公記』の「志乃坂墓所」を指摘（→【語釈】参照）。

いちにのはし　未詳。諸説、一の橋、二の橋の意と理解するに留まる。あるいは、一ノ瀬二ノ瀬にかかる橋かとする説もある（荒井評釈・大系）。また、小西考は参考として『源平盛衰記』などに見える「法性寺一二ノ橋」を挙げる。

【語釈】

いつれか　どれが貴船社への道だろうか。下に地名を喚起する疑問の表現。「いづれか」と始まる『梁塵秘抄』の参詣歌は、「いづれか法輪へ参る道」（三〇七）、「いづれか清水へ参る道」（三一四）、「いづれか葛川へ参る道」（四一九）がある。中世以降の歌謡にも「爰はどこ　石原嵩（とおげ）の坂の下」（『閑吟集』二一九）などと見え、歌謡表現の一類型をなす。中世の人々にとって、ここに列挙された地は、日常とは異なる空間であり、寺社参詣は異界へと歩みを進める「道行」とも言えるものであった（永池健二『逸脱の唱声　歌謡の精神史』）。

きふね　貴船神社。賀茂川の河上神。『梁塵秘抄』に「思ふことなる川上に跡垂れて貴船は人を渡すなりけり」（五五一）と『後拾遺和歌集』の歌がおさめられている。また、賀茂社の摂社（→二四二【語釈】「きふねの大明神」参照）。貴船社は祈願成就の神であり、『千載和歌集』の詞書に「蔵人にならぬことをなげきて、としごろかもの社にまうで侍りけるを、二千三百度にもあまりけるとき、貴布禰のやしろにまうでて、はしらにかきつけ侍りける」（巻二〇・神祇歌・平実重・一二七〇）、「かくてのちなん、ほどなく蔵人になり侍りける、近衛院の御時なり」（同・左注）と見えるように、賀茂社で願いが叶わなかった時にも参詣した。また、貴船社は水神である高龗神、闇龗神、罔象女神を祀り、『新古今和歌集』に「社司どもきぶねにまゐりて、あまごひし侍りけるついでによめる」（巻一九・神祇歌・賀茂幸平・一八九三・詞書）、「おほみ田のうるほふばかりせきかけてゐせきにおとせ河上の神」（同・歌）とあるように、祈雨止雨の神として尊崇される賀茂社の河上神であった。

かもかは　賀茂川。京中を南北に流れ、京の内と外との境界となる川。賀茂川を社寺参詣の最初に挙げる『梁塵秘抄』の参詣歌には、「根本中道へ参る道　賀茂川は川広し」（三一二）、「八幡に参らんと思へども　賀茂川桂川いとはやし」（二六一）が見られる。「いづれか清水へ参る道　京極くだりに五条まで　石橋よ」（三一四）で歌われる五条橋は賀茂川にかかる橋。賀茂川は「〈王城〉の内と外を分かつ境界の地」（永池健二「〈王城〉の内と外―今様・霊験所歌に見る空間意識―」、前掲書）であり、聖地へ歩み出す参詣の出発点。

みのさと　箕里。上賀茂神社と深泥池の中間にあった里。現在の京都市北区上賀茂向縄手町の中央部、旧鞍馬街道の西側に位置する上賀茂神社と深泥池の中間の地（『角川日本地名大辞典　京都府　上巻』「箕里」）。これまで、小西考、新間注など『梁塵秘抄』の諸注は未詳とし、歌学書や近世の地誌類等（『能因歌枕』〈広本〉、『堀河百首』、『藻塩草』、『山城名勝志』等）に見られる歌枕の「みのさと」を指摘している。しかし、歌枕の「みのさと」は貴船参詣路から外れている。本歌の「みのさと」は鞍馬街道沿いに実在した賀茂社領であり、『賀茂旧記』文明六年（一四七四）八月条に「これは文永六年（一二六九）七月廿二日、同廿三日に、重春いとなみの事。」として、「片岡、新宮、同わた殿、太田、沢田、五ところのまいどのは、神主氏久どの、さたにてつくらるゝ。（中略）同廿三日にさわだの本宮、みのさとの刀禰等所望候てもらいつ。」とする記述が見える。また、「賀茂別雷神社文書」（享保五年［一七二〇］岡本郷検地帳）「座(さい)田(だ)文書」（文明一〇年［一四七八］）などにもみのさとの地名は見える。みの里という名が蓑を想起させ、貴船神社が祈雨止雨の神であることを連想させる。

みとろいけ　深泥池。上賀茂神社の東、鞍馬街道沿いにあり、関所が設けられていた交通の要所。『親長卿記』文明三年（一四七一）三月一四日条に「賀茂社務貞久、美曽呂関ヲ復センコトヲ請フ」と見える。また、『山州名跡志』（巻之六、御菩薩池）に「此池ハ木船(キブネ)神ノ領(リヤウ)ズル処也」とあるように、貴船社領であった。深泥池の名は古代より見える。

「泥濘池に幸して水鳥を羅猟す」（『日本後紀』巻三七、逸文、淳和天皇、天長六年［八二九］一〇月）。「美度呂池」「美与呂池」（『小右記』寛仁二年［一〇一八］一一月）。また、『和泉式部続集』には「みどろいけ」の題で「名をきけばかげだに見えじみどろ池にすむ水鳥のあるぞあやしき」（五四一）と詠まれている。深泥池は異世界へと繋がる場所と考えられ、中世以降、説話や伝承に多く登場する。『今昔物語集』（巻一九―六）には、産後の妻のために「美々度呂池」の鴨を射殺した夫が、雄鴨の遺体に寄り添う雌鴨の愛情に心をうたれ、発心出家したという説話が記される。ここでの深泥池は、「美々度呂池コソ人離れタル所ナレ」と、人の近寄らない不気味な池とされる。『塵添壒嚢鈔』（天文元年［一五三二］成立）に節分の由来とする説話として、「美曽路池ノ端ノ豊穣ノ穴ニ住ケル藍婆惣主ト云。二頭ノ鬼神」が都へ入り悪さをしようとしたので、毘沙門が示現し「三斛三斗ノ大豆ヲ煎テ鬼ノ目ヲ打」てと教えたとある。節分の由来は『貴船の本地』の終わりにも見られ、池の場所は鞍馬の奥となっており、貴船社との関連が窺われる。「くらまのをく、そうしやうかたに、みそろいけのはた。ほうぢやうのあなをてうぶくし、ふさぎて。三石三斗の、いりまめにて。をにのめをうつをいはひ。」（丹緑本）。説経『をぐり』には、「みぞろが池」の大蛇と「をぐり」がよなよな契るという場面があり、深泥池は鬼や蛇のいるところとされている。『梁塵秘抄』諸注は、近世の地誌類（『出来斎京土産』『山州名跡志』等）の記述に依り、この池の名に「御菩薩池」の字を当てる。ここに地蔵菩薩を安置したことは、『源平盛衰記』に「加様ニ発願シテ造立安置ス。四宮川原、木幡ノ里、造道、西七条、蓮台野、ミゾロ池、西坂本、是也」と見え、七つある巡り地蔵のうちの一つとされている。また、上杉家旧蔵本『洛中洛外図』（狩野永徳作、一五七四年以前成立）には「みそろいけ」のほとりに「ちさうたう」（地蔵堂）が描かれており、地蔵菩薩の伝承は古くから伝わると考えられる。「御菩薩池」の表記は近世以前の文献に見出し難く、現在では、地名の由来を反映した「深泥池」の字が当てられている。

みとろさか　深泥坂。深泥池から幡枝へと続くゆるやかな坂。鞍馬寺に至る途中に通る坂。「自二中山堂一参二鞍馬寺一、於二美土呂坂一逢二右少将維盛朝臣一、（折烏帽子、着二直垂小袴行縢一騎馬、）侍五人騎馬在二前後一、又十餘人下二居波太枝堂一、今暁為二狩猟一向二櫟原野一云々、」（『山槐記』治承二年［一一七八］正月二三日条）。「美土呂坂　按美曽呂池村与二幡枝村一間有二坂路一今号二檜峠一是美土呂坂歟見二于山槐記一」（『山城名勝志』巻一一）。

円墳の本山古墳群、ケシ山古墳群（六世紀頃か）などがある古い土地。地蔵堂は明治期の廃仏毀釈の際に上善寺へ移されたが、現在でも深泥坂には小さな地蔵が置かれている。地蔵はこの世とあの世をつなぐものであり、この坂もあの世への境界と考えられていたであろう。

はたいた　畑井田。深泥池の北、鞍馬街道沿いにある村。「波太枝堂」と呼ばれる堂があった（→【語釈】「みとろさか」参照）。「波太岐ノ山ト云フ所ニ聖人有ケリ」（『今昔物語集』巻二八「穀断聖人持米被咲語第廿四」）とする説話があり、この山を幡枝の山とする説もあるが（吉田東伍『大日本地名辞書』など）、定かではない。『親長卿記』（明応二年［一四九三］一〇月）には「於二畑枝八幡拝殿一有二一献一」と記され、ここに八幡があったことがわかる。この地には幡枝古墳（五世紀末〜六世紀初頭頃か）、八幡古墳群（六世紀頃か）と呼ばれる古墳があったとされ、幡枝焼と呼ばれる土器を産していた地でもある（『京都市の地名』平凡社）。古くからある村で、霊地の一つと考えられていたか。この地には後水尾院の山荘、幡枝御所が営まれ、のち、延宝六年（一六七八）、比叡山の借景で知られる円通寺が創建されている。地名の発音、表記については諸説ある。発音については「はたえだ」「はたいだ」の両方が通用したか。底本には「はたいた」とあるが、諸説では、「はたえだ」の誤りとするものも多い。母音eはiに変化することがあり、「公達朱雀はきの市　大原静原長谷岩倉八瀬の人集りて　木や召す　炭や召す盥船　品良しや　法師に巫たべ京の人」（三八九）のように、『梁塵秘抄』にもその例が見え（「梁塵秘抄　口頭語集覧　母音iとeとの交替」〈新日本古典文学大系〉の項参照）、「はたえだ」が誤りであったのではなく、両方の発音がなされていたか。また、表記については底本に「はたいた」とあることからも「畑井田」とするのが適当。荒井評釈は『山城名勝志』（巻一一）の「畑井田　畑枝歟」とする記述を引き、「畑井田がある以上、「はたいた」は誤でもなく、幡枝の方が当違いである」としている。『東北歴覧之記』（黒川道祐著、延宝九年［一六八一］）にも「既ニシテ是ヲ出テ幡枝ニ到ル、応仁記ニ載ル畑井田是ナリ、或ハ旗枝トモカケリ」とあり、畑井田は幡枝と同じであると思われる。

しのさか　篠坂。幡枝村から貴船へとつづく長くゆるやかな坂。小西考は「文明六年七月十四日参二詣ス篠坂蓮光院ノ墓所一」（『山城名勝志』「篠坂蓮光院」の記事）を引く。植木今様は『実隆公記』（文明一六年［一四八四］一〇月一三日条）の「一原野志乃坂墓所」を指摘。三条西実隆の家集『再昌草』

（文亀三年［一五〇三］）に「七月五日、志の坂の墓所に詣でて」（詞書）、「しるしのみありと見つつも帚木の逢はで幾世の苔の下道」（歌）と見えるように実隆の母は「志野坂墓所」に葬られている。篠坂には、謡曲「通小町」でよく知られる補陀落寺、通称「小町寺」がある。深草少将の恋の執念で成仏出来ずにいる小町を、八瀬の山里で籠山修行をする僧が、「小野の小町の幽霊と思ひ候ふほどに、かの市原野に行き、小町の跡を弔はばや」と思い成仏させてやる。小町寺は、もとは篠坂の墓所を管理するため建立された阿弥陀堂。また、小町の墓とされる塔は鎌倉期のものであり、墳墓の総供養塔がのちに小町の墓とされた（細川涼一「「通小町」と市原野小町寺の惣墓」）。市原は鞍馬貴船あたりで亡くなった人を葬る地であり、古い墳墓が多い。また、『山州名跡志』（巻之六、一七一一年頃刊行）に「篠塚在リ二幡枝北十八町ニ一従リレ是市原領也。山地ヲ云フ二市原野ト一。岩倉大雲寺領ノ西ノ界也。彼寺境界之文ニ。西ハ限ルト二篠塚ヲ一」とあるように、篠坂には塚があり、聖域や村との境界地であった。

いちにのはし　一二の橋。一の橋は一の鳥居近くの梶取橋、二の橋は二の鳥居近くの鈴鹿橋か（→【考察】参照）。小西考は『雍州府志』など近世の地誌類に愛宕郡と紀伊郡との境界地と記される法性寺の一の橋を指摘。『山家集』の詞書に「那智にこもりて滝に入堂し侍りけるに、このうえに一、二の滝おはします（中略）二の瀧のもとへまゐりつきたる。如意輪の瀧となん申とき丶てをがみければ」（中・雑・八五一）とあるように「一、二の～」は、寺社の聖域近くあり、霊所や境界となるものに言うか。高野山奥の院の参詣の際は、「一の橋」「中の橋」と呼ばれる橋を渡ることなどから、聖域に近づくにつれ、一の橋、二の橋と渡ったと考えられる。

やまかは　やまがは。山川。山中の渓流。ここでは貴船川の上流。「やまかは」「やまがは」は古代から区別され、前者は山と川、後者は山中を流れる川の意。「やまがは」の例は「耶麻鵝播に鴛鴦二つ居て」（『日本書紀』歌謡）、「yamagaua ヤマガワ（山川）山から流れてくる川」（『邦訳日葡辞書』）などが見える。なお、和歌には「貴船川たまちるせぜのいは波に氷をくだく秋の夜の月」（『千載和歌集』巻二〇・神祇歌・藤原俊成・一二七四）、「五月雨は岩なみあらふきぶね川かはやしろとは是にぞありける」（『玄玉和歌集』天地歌上・藤原俊成・八六）、「ゆきふかき山の中行く木船川さすがに残る瀬々の岩波」（『壬二集』巻下・冬・二六四一）、「きぶね川滝つ岩根にちる玉ややはらげてすむ光なるらん」（『正治後度百首』雑・神祇・賀茂季保・八五三）のように、貴船川の川中の岩にあたって飛び散る水しぶきを歌うものが多く見られる。

さらさら　滞りなく流れる浅い川の水音を表す擬音語。「君が愛せし綾藺笠　落ちにけり落ちにけり　賀茂川に　川中に　それを求むと　尋ぬとせしほどに　明けにけり　明けにけり　さらさら清けの秋の夜は」（『梁塵秘抄』三四三）。「神ならばゆららさららと降りたまへ　いかなる神かもの恥ぢはする」（五五九）。「湯ノ　サラ〳〵トワキカヘルナトイヘル　サラ　如何　シラ、ヤノ反　浪ノタツヤウニシラム也」（『名語記』巻六）。和歌にも「玉川にさらすてづくりさらさらになにそこのこのここだかなしき」（『万葉集』巻一四・東歌・相聞「右九首武蔵国歌」・三三七三）、「山川にさらすてづくりさらさらに昔のいもにこひらるるかも」（『伊勢集』三九九）などがよく知られており、本歌の成立の背景として考えられよう。また、小野宮斉敏（延長六年［九二八］～天禄四年［九七三］）の子息らによってなされたとされる『謎歌合（奈曽奈曽歌合）』に、「とにかくにいまさらさらにいはしみづはやさだめてよ右はまさると」（三番・八）と見える。ここでは、「さらさら」に流水音と、下に打ち消しの意を伴う副詞としての意味を持たせ、さらに、「いは（岩）」に「言は」を掛け、「今更言ふまい、右は勝る（汀優る）と」と詠んでいる。また、源頼光の弟（美女丸、源信の弟子）の家集『源賢法師集』に、「さざれいしのうへ行く水のあさましくさらさらにとはぬ君かな」（五一）と、「さらさら」に流水音と「少しも問わぬ」の意味を掛けたものが見られる。当該今様の「さらさら岩枕」も、流水音と「何も言うまい」の意を掛けるか。

いはまくら　岩枕。歌語。院政期における『万葉集』訓読の流行が反映された表現。石を枕として旅寝することをあらわす語であるが、ここでは貴船川の川中の岩。『万葉集』に「わが恋ふる丹の穂の面（おもわ）今夕もか天の河原に石枕まく」（巻一〇・秋雑歌・七夕・人麻呂歌集・二〇〇三）と見え、河中の岩を枕にして寝る歌に詠まれる語である。この歌語は『万葉集』以降、しばらく歌に詠まれていなかったが、院政期に再び見直される。万葉歌の「石枕」は「いそまくら」「いはまくら」の両方で訓読され、歌の実作にも活かされている。「いそまくら」の例には『堀河百首』（長治二年［一一〇五］頃）の「ひこぼしの天の岩ふね船出してこよひや磯にいそ枕する」（秋二〇首・七夕・藤原顕仲・五八六）がある。また、院政期の歌学書『和歌童蒙抄』（藤原範兼・一一・時節・七夕）は万葉歌の「石枕」を「磯枕とよめり」としている。「いはまくら」の『梁塵秘抄』成立以前に詠まれたことが明らかな例に、『永久百首』（永久四年［一一一六］）「ひこぼしのいはまくらしてさぬるより霧たちこめよ明けばあくとも」（秋一八首・七夕後朝・藤原仲実・一三三三）、『千載和歌集』「七夕のあまのかはらのいはまくらかはしもはてずあけぬこの夜は」（巻四・秋歌上・三三九、『散木奇歌集』、『月詣和歌集』に重出）、また、『散木奇歌集』（第九・雑部上・一三二二）に滝の近くで詠んだ歌として、「おとはにまかりて、たきのもとにて、人〳〵かはらけとりて歌よみけるによめる」（詞書）、「わきかへりなみぢへさそふたきつせにたえてもたてるいはまくらかな」（同・歌）がある。万葉歌の訓読理解がこの今様の成立に影響した可能性が考えられる。

【考察】

貴船参詣の際に通る霊地を列挙した参詣歌。末句で貴船社の聖域の象徴を歌う。度会延賢『二十二社参詣記』（享保三年［一七一八］）にも「次貴船明神は三条橋より行程三里、菩薩池村を通り、はたゑた村、篠坂、市原村を行、本社南面なり、貴布禰より鞍馬へ十丁あり、靭の神社南面、」と見えるように、本歌に挙げられた地名の順序は参詣路の通りである。また、この今様はこれまで「貴船神社への参詣の信仰の歌であるが、一種の観光案内の趣を兼ねてもいる」（新間注）、「貴船参詣の地名を列挙。社寺参詣案内」（新大系）などと、道案内の歌と捉えられているが、ここに挙げられる地は聖界と俗界、あるいは異世界への境界地という意味を持つ。未詳とされてきた地のうち、箕里と篠坂は文献によって確認された。ここでは「一二の橋」の場所について考察する。

『貴船神社境内絵図』（寛永二〇年［一六四三］制作、個人蔵）を見ると、貴船社の境内には多くの橋が描かれている。『百練抄』永承元年（一〇四六）の「七月廿五日。諸卿定申㆓貴布禰社㆒、為㆑水流損。可㆑被㆔改立㆓他所㆒哉否事。松尾社月読社有㆑例。」という記録に見られるように、十一世紀半ば、洪水のために貴船社の社殿は移転している。同図は江戸期に制作されたものであるが、院政期の貴船社の境内の社殿の位置をあらわしており、参考になる資料である。

謡曲「鉄輪」には、丑の刻参りの様が描かれている。

通ひ馴れたる道の末、夜もただすのかはらぬは、思ひに沈むみぞろ池、生けるかひなきうき身の、消えんほどとや草深き、市原野辺の露分けて、月遅き夜のくらまがは、橋を過ぐれば、ほどもなく、貴船の宮に着きにけり。

この橋が一の橋であり、貴船社と下界との境界だったのであろう。『貴船神社境内絵図』の「くらま口茶屋」の近くに一の鳥居と橋が描かれている。『山城名跡巡行志』（三）によれば、ここは「二瀬村ノ北ノ端」とあり、村と境内との境界でもある。また、二の鳥居がある「きふね口の本宮」（同図）の近くには鈴鹿谷にかかる橋がある。現在の奥宮の場所にあった本宮は、『百練抄』の記録の通り、洪水で社殿が流損し、「きふね口の本宮」とある場所に移転したが、それ以前はここが聖域の境界と言える場所であった。一の鳥居近くの橋が「一の橋」、「きふね口の本宮」近くの橋が「二の橋」ではないだろうか。なお、これらの橋は現在、梶取橋、鈴鹿橋と呼ばれている。

　この今様の末句の表現「山川さらさら岩枕」は何を意味するのだろうか。「〜へ参る道」と始まる前掲【類歌・関連歌謡】の四首の最後の句を見ると、三一四「滝の水」は清水寺境内にある音羽の滝、四一九「滝川の水」は、葛川寺の「明王院本堂、神社の前を流れる川」（全集・新全集・完訳）と、水に関する語である。『貴船神社境内絵図』には、参道手前に「雨乞いの滝」から流れる川が描かれている。現在は「思ひ川」と言うこの橋は、『都名所図会』（巻六、「貴船社」図）には「みたらし川」と記されている。この川が「山川」なのではないか。『夫木和歌抄』に見える次の歌は、みたらし川上流の「雨乞いの滝」（同図）をうたったものであり、「山川さらさら岩枕」を連想させる。

　きぶねの滝、山城、文治二年（一一八六）貴船歌合
たのみくる心もすずしきぶね川岩ねをこゆる滝のしら玉
（巻二六・雑部八・成家・一二三七七）

神事は雨乞いの滝で行われ、明治までは、神事の後、奥宮のそばの川でも水かけをして降雨を祈ったという（『式内社調査報告　巻一、京・畿内1』）。現在、滝のあたりは禁足地となっており、聖地とされている。末句は聖域を象徴する表現なのであろう。参詣は夜間行われることが多い。「岩枕」は七夕歌に用いられた語であることからも、夜を連想させる歌語である。そこから、この歌語は夜の情景を表す歌にも用いられるようになり、「波かへる清見がせきの岩枕ここにぞ月はみるべかりけり」（『御室五十首』秋一二首・顕昭・六二九）、「滝の音松のひびきのはげしきにつれなく明す岩枕かな」（『後京極殿御自歌合　建久九年［一一九八］』九〇番・右・山家・藤原良経・一八〇）、「清水せくまだ夕かげの岩枕やがてあけゆくあけぬこの夜は」（『正治初度百首』夏・藤原家隆・一四三七）などが詠まれている。「岩ね

をこゆる滝のしら玉」の歌は視覚的な情景だが、「山川さらさら岩枕」は聴覚による情景である。聖域から流れる山川の清らかさに、これまで抱えていた思いは浄化される。この今様で列挙される地は、目印となる通過地点ではなく、参詣者は立ち止まってこれらの地の神々や霊たちに敬意を表し、思いをさらに強くさせながら歩みをすすめたのではないだろうか。

【参考文献】

式内社研究会編「貴布禰神社」『式内社調査報告　巻一　京・畿内1』（皇学館大学出版部、一九七九年）
永池健二「彼岸への逸出―結界と道行（一）―」『逸脱の唱声歌謡の精神史』（梟社、二〇一一年）
細川涼一「「通小町」と市原野小町寺の惣墓」『中世の身分制と非人』（日本エディタースクール出版部、一九九四年）

二五二

内田源

【影印】

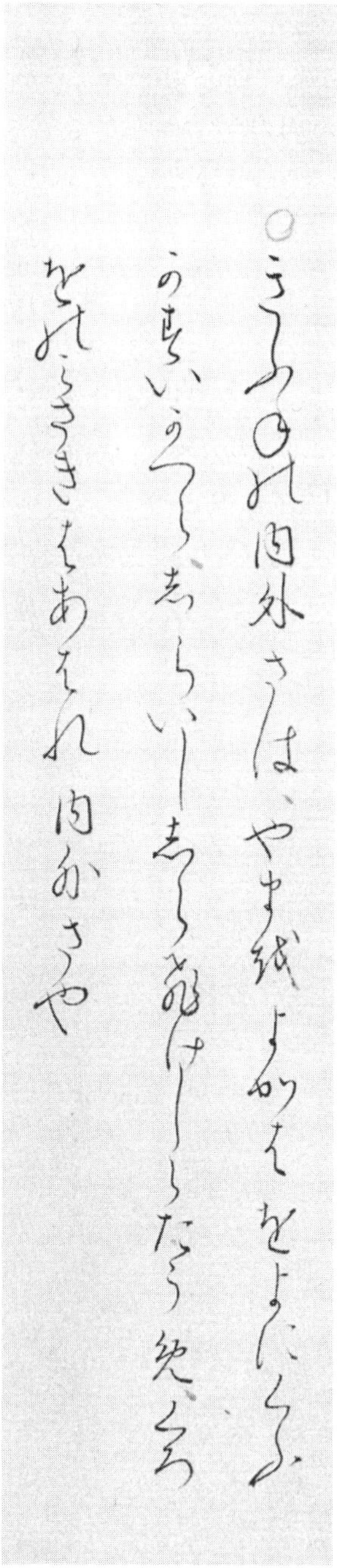

【翻刻】

○きふねの内外さは、やまをよかはをよにくふかすいかつら、しらいししらひけしらたうめ、くろをのみさきはあはれ内外さや

【校訂本文】

○貴船(きふね)の内外座(ざ)は　山尾(やまを)よ川尾(かはを)よ奥深吸葛(おくふかすいかづら)　白石白鬚(しらいししらひげ)白専女(しらたうめ)　黒尾(くろを)の御先は　あはれ内外座(ざ)や

【校訂】

にくふか ↓ おくふか　底本「にくふか」とする。佐佐木注は大正元年版、大正一二年同増訂版は「にくふか?」とするが、昭和七年同改訂版において、山田孝雄論文「梁塵秘抄を読む」に「おくふか」とあるのに従う（誤写類型Ⅰ）。

【類歌・関連歌謡】

・神の御先の現ずるは　早尾よ山長行事の高の御子　牛の御子　王城響かいたうめる鬢頬結ひの一童や　いちゐさり　八幡に松童善神　ここには荒夷（二四五）

・一品聖霊吉備津宮　新宮本宮内の宮　はやとさき　北や南の神客人　艮御先はおそろしや（二七〇）
・神の家の小公達は　八幡の若宮　熊野の若王子子守お前　日吉には山王十禅師　賀茂には片岡貴船の大明神（二四二）
・いづれか貴船へ参る道　賀茂川箕里深泥池　深泥坂　畑井田篠坂や　一二の橋　山川さらさら岩枕（二五一）
・石神三所は今貴船　参れば願ひぞ満てたまふ　帰りて住所をうち見れば　無数の宝ぞ豊なる（二七二）

【諸説】

内外さ　諸注、貴船神社の境内境外に祀られる小社（摂社末社）とする。

やまをよ　「昔は貴船の摂社であつたが、今は賀茂の末社になつてゐる」（小西考）。荒井評釈、全注釈もこれに従う。※三浦は、かつて存在した貴船社小社の山尾社のこととし、現在貴船社に存在する鈴鹿社の前身だとする。

かはをよ　「昔は貴船の摂社であつたが、今は賀茂の末社になつてゐる」（小西考）。荒井評釈、全注釈もこれに従う。「本社境内にある［川尾社］」（全集・新全集・完訳）。［　］内は筆者が補ったもの。

おくふか　荒井評釈は、貴船奥宮境内摂社の奥深社とする。全注釈もこれに従う。「呪詛神」（小西考）。諸注、これに従う。「鳥居大路社が奥深社を指すか」（※三浦）。

すいかつら　諸注、貴船奥宮境内摂社の吸葛社とする。「呪詛神」（小西考）、「憑きものの一種か」（※三浦）。

しらいし　諸注、貴船奥宮境外に祀られている白石社とする。「白鬚社の異名か」（※三浦）。

しらひけ　諸注、貴船本社境内に祀られている白鬚社とするが、小西考は賀茂社摂社とする。「近江の白鬚明神―比良明神を勧請」（荒井評釈）。

しらたうめ　「狐神」（小西考）、白狐、稲荷系の狐神とする（荒井評釈）、「白色の霊狐を祀った社か」（全集・新全集・完訳）、「白色の老狐、霊狐を祀った末社」（新大系）、「年とった白狐。小社の一つか」（榎集成）、「稲荷系統の狐神。憑き物に関わる霊社の祭神」（※三浦）、「霊力ある白狐か」（植木今様）。

くろを　荒井評釈は近江国滋賀郡三尾神社の黒尾明神、伏見稲荷山の黒尾神社と同一の神が貴船に祀られていたとする。「稲荷系の神を祀った社か」（全集・新全集・完訳・植木今様）、「神狐に関係した稲荷系の末社」（新大系）、「黒系の色をした狐」（※三浦）。

みさき　「御前。神がいでます時に前を払う者」（小西考）。

あはれ　「ああ（空恐ろしいことだ）」（榎集成）、「神秘感による恐怖心」（新大系）。

やまを…すいかつら　「呪詛神」（全集・新全集・完訳・榎集成・新大系）。

【語釈】

きふね　貴船。貴船社に祀られる神を指す。京都市左京区鞍馬貴船町に所在。貴船社の神は祈願成就の神、祈雨止雨の神として尊崇され（→二五一【語釈】「きふね」参照）、それは『梁塵秘抄』編纂時において世間に広く知られていた（→二七二【語釈】「いまきふね」参照）。その祈願には「呪詛」という特定の人を激しく憎んで害しようとする願いも含み、貴船社の神は呪詛神としての性格をも持っていた。『小右記』万寿元年（一〇二四）四月一二日条には「貴布禰社司申云明神正体不御坐之由、被仰雨御禱事之次令申云々、故雅通奉新造体而已御坐者、計之咒咀於人之悪女取籠欤」とあり、貴船の御正体がなくなっている話から、人を呪詛するために悪女が取り籠めたのではないかと藤原実資は思案している。『栄花物語』巻一二に見られる藤原頼通の病気が貴船の呪詛が原因だとする記事も同様に解し得るだろう。鎌倉初期の仏教書である『覚禅抄六字経』には「呪咀神。貴布禰。須比賀津良。山尾。河尾。奥深」とあり、本歌に列挙されている他の神々も同様に呪咀神と位置付けられる。なお、この呪詛神としての性格は百二十句本『平家物語』「剣巻」に見られる宇治の橋姫伝承や能「鉄輪」に展開されていく。貴船社の神は社記に「国家安穏、万民守護のため、太古〝丑の年の丑の月の丑の日の丑の刻〟に、天上より貴船山中腹、鏡岩に天降れり」（『貴船神社要誌』）とあるように、丑にまつわる神でもある。正嘉二年（一二五八）に慧鏡が作ったとされる『丑日講式』では貴船社が丑の日丑の時を縁とし、その霊威が讃えられている。式文によると、本歌に列挙される「山尾、川尾、白石、白鬚、黒尾」は貴船社と共に縁時に参るべき霊社であるとされる（→【考察】参照）。

内外さ　内外座。「内外座」とは「内座」と「外座」の総称であり、社の境内、境外に祀られる神の意とするか。「内座」、「外座」という語の用例は見つけることができないが、「内外座」の用例は『中右記』康和五年（一一〇三）正月三日条に存在する。「有中宮大饗、（略）北庭皆引廻幔、右大臣端座、内大臣奥座、以下人々内外相分着之、一献、権大納言家忠卿・権大夫能実卿、懸下襲尻於釼指笏、於徽安門前持盃、殿上五位二人取瓶子、内外座相分酌酒」。中宮の大饗があり、公卿、殿上人が列をなして入場し、決められた場所に着座する。殿上五位が瓶子を取って内外座に相分かれて酒を酌むとされる。ここにおいて内外座とは内と外に区別された、内座と外座を総称している。この用例と同様に、貴船社のある神域を内と外に分かち、その内外に祀られる神が「内外座」と称されていると考えられる。諸注は「座」という語の意味を『延喜式』を参考に神社に祀る神の数を数えるときに用いるものとし、「神座」つまり貴船の境内境外にある「摂社末社」を指すとしている。荒井評釈は『山城志』貴布禰神社の項にある「小社十三前」を示し、これらの小社を指したとする。しかし、本歌が「あはれ内外座や」と賞していることを考えると、ここでは「社」を指すより、そこにいます「神」そのものを指すとみるべきである。内座、外座を分かつ境界地は現在のところ比定できない。列挙されたもののうち現在貴船社には川尾社、吸葛社、白石社、白鬚社が存在する。古くにはその他の小社も存在していたことが確認でき、「内外座」が貴船神域内の神々を示すことは確かである。

やまをよ　山尾よ。貴船神域に祀られていた山尾社の神を指す。「よ」は詠嘆の意を持つ間投助詞。「山尾よ川尾よ」と「よ」を連ねることによって、歌の調子を整え、詠嘆の意を強めている。「聖の住所はどこどこぞ　箕面よ勝尾よ　播磨なる　書写の山　出雲の鰐淵や日の御崎　南は熊野の那智とかや」（二九七）。現在、貴船神域において山尾社は存在しないが、寛永二〇年（一六四三）に制作された『貴船神社境内絵図』において古くは存在したことが確認できる。本殿北、鈴鹿谷山手の崖の上に位置する。宝徳三年（一四五一）写の『賀茂神社記』には貴船神域の社の列挙に山尾社の名があり、延宝八年（一六八〇）刊の『賀茂社注進雑記』には「山尾社　近代断絶」との記述が見られる。三浦俊介は、鈴鹿社の前身を山尾社であると推測している（※三浦）。確かに位置関係からその可能性を示すことはできるが、現存の資料において断定することは難しい。後に賀茂の摂社となったと諸注にはあるが、移ったとする記録は見られない。『覚禅抄六字経』で挙げられる呪詛神の一つ。

かはをよ　川尾よ。貴船社に祀られている川尾社の神を指す。祭神は罔象女命。現在、川尾社は貴船社本殿の北に位置し、その存在が確認できる。「川尾社　二尺八寸　二尺六寸」（『賀茂社注進雑記』）、「河尾社　本殿北　小社南向」（『山州名跡志』）、「河尾ノ社　同所ノ北南向」（『山城名跡巡行志』）などとあり、『貴布禰御神祭年中行事』所収「両度御更祭之記」にもその名が見られる。『都名所図会』においても社の位置は確認でき、古くから鈴鹿谷の川手に位置していたと思われる。山尾社と同様、後に賀茂の摂社となったと諸注にはあるが、移ったとする記録は見られない。『覚禅抄六字経』で挙げられる呪詛神の一つ。

おくふか　原本「にくふか」を改める。奥深。貴船社に祀られていた奥深社の神を指す。諸注によっては奥宮境内にある摂社とされているが、現在、貴船神域において奥深社は存在しない。『二十二社註式』「貴布禰　水神罔象女神也。（中略）末社　奥深。吸葛」、『雍州府志』「貴布禰ノ社　在リ二鞍馬山ノ西北ニ一（中略）摂ー社ニ有リ二奥深ノ社吸葛（スヒカツラ）ノ社私市（キサイチ）ノ社ニ一」とあるように、古くは貴船社の小社として存在した。延宝三年（一六七五）に北山隠士という者が記述したとされる『貴布禰末社之記』には「当初陶若大臣薨逝之後、為ニ明神一鎮ニ座於当境一、今奥社之右畔奥深社是也云々」と記され、奥深社には陶若大臣が祀られているという説もある（星野恒「賀茂貴布禰争訟始末」）。奥深社の位置を示す史料は見られないが、坪井正直は『貴布禰末社之記』の記述を受けてだろうか、「陶若大臣の死去後に、貴船の奥宮の右岸に奥深社として祭った」と述べている（『京都洛北物語』）。三浦俊介は「両度御更祭之記」に記されている「鳥居大路社奥本社西方旧跡」が奥深社の異称であり同一の社である、もしくは鳥居大路社の前身が奥深社である可能性を指摘する。『覚禅抄六字経』で挙げられる呪詛神の一つ。

すいかつら　吸葛。貴船社奥宮境内に祀られている吸葛社の神を指す。祭神は味鉏高彦根命。現在、吸葛社は奥宮拝殿西に位置する。奥深社と同様に『二十二社註式』、『雍州府志』においてその名が見られる。『都名所図会』においては現在の鈴市社の場所に吸葛社が描かれ、両社の社地がいつの頃か入れ替わったと思われる。『賀茂社注進雑記』「吸葛社　二尺五寸　二尺二寸五分」、『京都御役所向大概覚書』「吸葛社～御拝共」、『山城名跡志』「吸葛社　在拝殿西南向」。『賀茂神社記』にも他社と並んで列挙されている。『覚禅抄六字経』で挙げられる呪詛神の一つ。『嬉遊笑覧』巻八所収「屠龍工随筆」に「何処事も限らず、吸葛と云ふも有となむ、其祀様、人の知らざる密なる所に穴を掘て、蛇を数多入置き神に崇めて遣ふ法、大方犬神に等し。吸葛付られたる人は、熱甚出しく心身悩乱するを、病家其と知りぬれば、宝を送遣せば病癒ると聞けり」とあり、吸葛とは蛇神の一種であり、犬神と等しいとされる。『改訂綜合日本民俗語彙』憑物・妖怪の項「スイカツラ」には、「徳島県三好郡祖谷山で、犬神のことをいう。鼠より少し大きく女には二匹、男には一匹つく。（中略）家筋の者には憑いているが、怨みのある人のところにいつて取り憑くと、その人は病気になり犬の真似をしだす」とある。川副秀樹は「四国や山陽地方には「トウビョウ」「スイカズラ」などとよばれる蛇の動物霊がいる」（『スキャンダラスな神々』）と述べている。『貴船神社境内図』においては現在吸葛社が位置する場所に「いづなの宮」なるものが描かれている。いづなとは小さな鼠や狐といわれる動物であり、飯綱使いに駆役された。いづなの宮とはそのような動物霊が祀られた社であろう。『貴船神社境内図』は寛永二〇年（一六四三）

の制作であり、いづなの宮がどこまで遡って存在したかを推定することは難しく、吸葛社がいづなの宮だと断定することはできないが、この貴船社における吸葛の神は、憑物霊、動物霊である可能性が高い。

しらいし　白石。貴船社に祀られている白石社の神を指す。祭神は下照姫命。現在、白石社は一の鳥居と本社との間の参詣路に位置し、その存在が確認できる。『賀茂社注進雑記』「白石社二尺六寸一尺八寸」、『山城名跡巡行志』「白石社在下自二一ノ鳥居一到二貴船一中間上東向」。『賀茂神社記』にも他の小社と共に名が記されている。三浦俊介は『貴船神社境内絵図』に「白石社」が描かれていないこと、白石社があるだろう位置に「しらひげの宮」が描かれていることから「白石」「しらひげ」が一つの社祠の異名であるという仮説を示している。しかし、『丑日講式』、『山城名跡巡行志』に白石社、白鬚社の両社の名が列挙されていることから、その可能性は低い。

しらひげ　白鬚。貴船社に祀られている白鬚社の神を指す。祭神は猿田彦命。現在、白鬚社は二の鳥居を通ってすぐ東に位置し、その存在が確認できる。『賀茂神社記』にも名は記され、『賀茂社注進雑記』には「白鬚社　近代断絶」とあり、近代に一度なくなったとされる。『貴船神社境内絵図』には「しらひげの宮」として一の鳥居から二の鳥居の間にある大きな岩の上に描かれ、石神であったか。荒井評釈には滋賀県近江の比良山麓の白鬚明神を勧請して祀られているかと指摘される。

しらたうめ　白専女。貴船神域に白い霊狐を祀った社があったとし、その白専女神を指すか。たうめとは古くは老女の意で用いられていた。『倭名類聚抄』「専　日本紀云、専領二字読太宇女乎佐女今案、専訓毛波良専一之義也、太宇女者、毛波良之古語也、今呼老女為太宇女」、『土佐日記』「かく行き暮らして、泊に到りて、翁人一人、専女一人、あるが中に心地悪しみて」、『宇治拾遺物語』巻四―一「たうめや子どもなどに食はせん」。それが男女の仲をとりもち世話をしたり、神の意をとりもつために神おろしをしたりする中媒の意を持つようになる。『仙源抄』「いがたうめ、伊賀刀女　中媒也」、『新猿楽記』「野干坂の伊賀専が男祭には、鮑苦本を叩いて舞ひ」。そうした転化を経て「たうめ」は白い霊狐を示すようになった。『河海抄』「一説伊賀伊勢国には白狐をたうめの御前といふ云々」。『百錬抄』延久四年（一〇七二）一二月七日条には、「藤原仲季勘罪名配流土佐国、於斎宮辺依射殺白専女也」とあり、白専女を射殺したという記事が見られ、『山槐記』治承二年（一一七八）閏六月五日条では、「延久四年於伊勢斎宮寮前大和守成資三男藤原仲季射殺霊狐、号白専女（シラタウメ）」とあるように、その白専女を霊狐であるとする。これらの用例から、ここでは白い霊狐を祀った社が貴船神域に存在し、その神を歌ったと捉えるべきである。『伊奈利山』山城国紀伊郡稲荷神社伝において、稲荷社には白狐を祀る社があり、それを専女社といったとする。これと同様の社が貴船にもあったのだろう。京都にある河合神社境内には任部社という末社が存在し、この社は古くは「とうめのやしろ」と呼ばれた。『賀茂社注進雑記』には貴船社に「任部社」があったことが記されている。これが「白専女」に該当するか。

くろを　黒尾。貴船神域に祀られていた黒尾社の神を指す。現在、貴船神域において黒尾社は存在しないが、『賀茂神社記』などに黒尾の名が見られ、貴船神域に古くは黒尾社が存在した。『両度御更祭之記』には惣社と黒尾社が続けて記され、「次黒尾社　惣社二捧一所岩上奉之」というように両社は同じ岩上に祀られていた。『貴船神社境内絵図』において惣社の位置を確認すると「惣社所」は奥宮拝殿横の岩上に描かれ、黒尾社は奥宮拝殿横の岩上に祀られた石神であっただろう。『賀茂社注進雑記』においては、「惣社断絶（中略）吸葛社　二尺五寸　二尺二寸五分　黒尾社同」と記され、延宝八年には惣社は断絶したが黒尾社のみが残っていたこと、社の大きさが吸葛社と同じくらいだということがわかる。諸注において、『稲荷山参籠記』に「黒尾ノ神社ノ跡アリ。今ハ社ハナシ。（中略）是ハミナ、中ノ社、上ノ社ノミナ末社ナリ」あることを指摘して稲荷系の神を祀った社と指摘されている。稲荷山に黒尾社があったことは『伊奈利山』などで確認できる。『稲荷大明神縁起』には「旧記云、垂迹事、命婦ハ野干、小薄ハ鼬、黒尾ハ烏也」とあることから烏の霊を祀るとも考えられている。おそらくここでの黒尾社の神も動物霊の一種であろう。

みさきは　みさきは。神の使いの意として用いられる。『源氏物語』「夕顔」に「御前駆の松明ほのかにて、いと忍びて出で給ふ」、「かはらのほど、御さきの火もほのかなるに」とあるように、貴人の前に先導する役としての意を持つが、後に神が出でます時に前を払う者に用いられた。柳田國男「みさき神考」では、動物神や非業の死をとげた怨霊など、祟りをなす恐ろしい小神と指摘されている。「有力な大神に代わって示現し霊威をふるう眷属神、小神」（→二四五【語釈】「かみのみさき」参照）。「は」について諸注はふれていないが、「は」は詠嘆、感動の意を持つ終助詞。「黒尾のみさき」を強調していう。

あはれ　あはれ。列挙した内外座の神々、貴船神域に対する畏敬や感動を示す。『源氏物語』夕顔「あはれ、いと寒しや」、「老いの波磯額にぞ寄りにける、あはれ恋しき若の浦かな」（四九〇）。終助詞「や」がつくことでその意を強めている。「あはれ所や、こゝに待ちて切つてくればやと思召し」（『義経記』巻二「義経鬼一法眼が所へ御出の事」）、「弓矢とりてわ、樊噲・長良なり。あはれ、侍や」（『曽我物語』巻一）。

【考察】

貴船神域に祀られているみさき神を列挙し、その神々や貴船神域への畏敬を歌った一首。二五一歌と本歌は同じく貴船を歌う。そこに居る神々や霊に敬意を表し、道行の歌として列挙される場所を歩みつつ歌った二五一に対して、本歌は貴船神域に辿り着き、偉大なる神々の霊威やその神域を形成する聖なる自然空間を前にして、様々な願いを抱きつつ歌ったものだろう。『扶桑略記』によると、貴船神社は天喜三年（一〇五五）五月八日の水害で旧社殿が流失し、その後社殿を他所に移転している。三浦俊介が述べているように、「天喜三年以前に現在の奥宮の位置にしか社殿がなかったのか、それとも貴船山中や貴船川流域に摂末社が点在していたのかどうかは未詳」であり、内外座の神々の所在について考察を進める場合にはその点に注意しなければならない。

「貴船の内外座は」として歌い出される小社の神々は、貴船社参詣路に順に存在するわけではなく、貴船神域に点在していた。また、すべての小社の神が歌われてはいない。したがって、本歌は何らかの意志を含んで列挙される神々が選ばれていると考えるべきである。そして、それらを「内外座」という語で表現されていることは注目すべき点である。貴船神域におけるどこをもって内座、外座と分けられるかは残念ながら判別できない。しかし、その境界地が問題なのではなく、そのような内座、外座という空間を超えた大きな空間で神々が霊威を放つということこそが重要なのである。『京都御役所向大概覚書』には貴船社の境内範囲を「境内南北四拾七町拾弐間、梶取社芹生峠迄、東西山谷間数難記」だと記されている。東西は山や谷を境内に含むということが理解できることからも、古くから貴船川、鈴鹿谷、貴船山などを包み込むような大きな空間が貴船神域となって広がっていたのだろう。「内外座」と歌うことによって、貴船神域の内や外という、大きな空間で神々が坐していることが思い起こされ、神聖なる空間のイメージを歌の詠み手や聞き手に抱かせたに違いない。

本歌には山・川、白・黒の対比、「白」の列挙が見てとれる。貴船は祈雨止雨を祈願する神であり、祈雨の際は黒馬を奉り、止雨の際は白馬を奉った。黒・白の対比は祈雨止雨の儀式をイメージさせる。「白」の列挙には貴船の聖性の壮大さが感じられる。しかし、これらの点は本歌の解釈の一側面に過ぎないだろう。列挙された神々は語釈に示した通り、呪詛神や憑物霊として祀られている。憑物霊にはおどろおどろしい呪法が存在したことが窺え、本歌の神々は「呪詛」という願いの下に詠まれた。そこで踏まえなければならないのは貴船神が丑にまつわる神だということである。社記によると、貴船山中腹にある鏡岩に、丑の年の丑の月の丑の日の丑の刻、貴船神は降臨したとされる。そして、丑にまつわる神だということと呪詛神としての性格がつながりを持ち、「丑の刻（時）参り」という心願成就のための参拝のあり方は現在もなお伝わっている。「丑の刻参り」とは丑の刻（午前二時頃）に参詣、呪う相手に擬した藁人形を五寸釘で神木に打ちつけ、厄災を与えようとする呪術のことをいう（『日本民俗宗教辞典』）。この「丑の刻参り」に関する資料として、真言僧慧鏡が正嘉二年（一二五八）に作ったとされる『丑日講式』がある。そこには貴船神と丑とのつながりが示されるだけでなく、本歌に列挙される神々である奥御前（奥深か）・山尾・河尾・白石・白鬚・黒尾の名も記されている。

『丑日講式』とは丑の日丑の刻ごとに講ぜられる次第と式文を書き留めたものである。それぞれの神の本地物なども記されている。当所大明神とする貴船をはじめ、山尾、河尾、白石、白鬚が丑にまつわる神として列挙され、「毎丑日運歩於此霊社、毎丑時致誠於此神宮」とあるように、各霊社に足を運んで丑の時にその誠意を神宮へ示し、貴船の霊威は讃嘆された。丑の日の有縁の相を見てみると、貴船と丑とのつながりは次のように記されている。「夫牛是弥陀善逝権跡、大威徳明王之使者、薬師如来眷属、招杜羅大将之応化也。彼大将者、即不動尊之等流身也。彼明王者、又貴布禰之御本身也。故以丑日丑時為縁日縁時者歟」。牛は阿弥陀の権跡であり、大威徳明王の使者、薬師如来の眷属神である招杜羅大将の応化だとされる。大威徳明王は五大明王のうちの一人であり、水牛に乗っている。招杜羅大将は薬師如来の眷属である十二神将のうちの一人であり、髻に丑を乗せて丑年生まれの者を守るとされる。そのような者たちの存在が丑にまつわる神としての一面を持たせたとするのである。「使呪法経云、若欲令一切愛敬、取牛黄、呪一百八遍、然後点額上、即皆愛敬。依之、当社既寄牛日施利生。先蹤又迎丑時有効験。昔有好色之歌仙、忘芳契於良人、点丑日而企参詣。当丑時而迎畜懐。于時排宝殿御戸、即有御返歌。其後比目之契弥深、怨鴦之語不浅」とあるように、愛敬を欲するのであれば牛黄を取って一〇八回呪うことで得ることができる呪法も『丑日講式』には記されている。

丑の刻に参詣し、祈願するという丑の刻参りの原型がこの『梁塵秘抄』編纂時に既に存在した。丑の日の丑の刻、丑を特別に尊崇する、丑にまつわる怪しげな神々の名を歌い、神下ろしを行う。それらは呪詛神貴船の眷属神であった。神下ろしを行い、それらの眷属神一つひとつに祈願した後に偉大なる呪咀神である貴船を詣で、呪詛を成し遂げたいと祈願した。こうした形の信仰、神事が『丑日講式』成立以前の平安期に既に存在していた可能性は強い。単なる祈願ではなく、呪詛的な願いを祈った習俗が貴船において存在したのである。そういった習俗そのものやそれを讃える語りや唱えごとを意識して歌ったのが本歌であろう。そして、『丑日講式』や弘安六年（一二八三）成立の『沙石集』に見られる、貴船社において「敬愛の祭」を行った和泉式部の貴船社参詣説話を考えると、何か本歌の成立に「女性」の存在が浮かび上がってくるように思えるのである。

【参考文献】

川副秀樹『スキャンダラスな神々』（龍鳳書房、二〇〇六年）
坪井正直『京都洛北物語』（雄山閣出版、一九七二年）
星野恒「賀茂貴布禰争訟始末」（『史学雑誌』二五編四号、一九一四年四月）
三浦俊介『お伽草子の研究―『貴船の本地』を中心に―』（立命館大学大学院文学研究科博士論文、二〇〇九年一〇月）↓※三浦
柳田國男「みさき神考」『柳田國男全集』一五（筑摩書房、一九九〇年［初出一九五五年］）

二五三

佐々木聖佳

【影印】

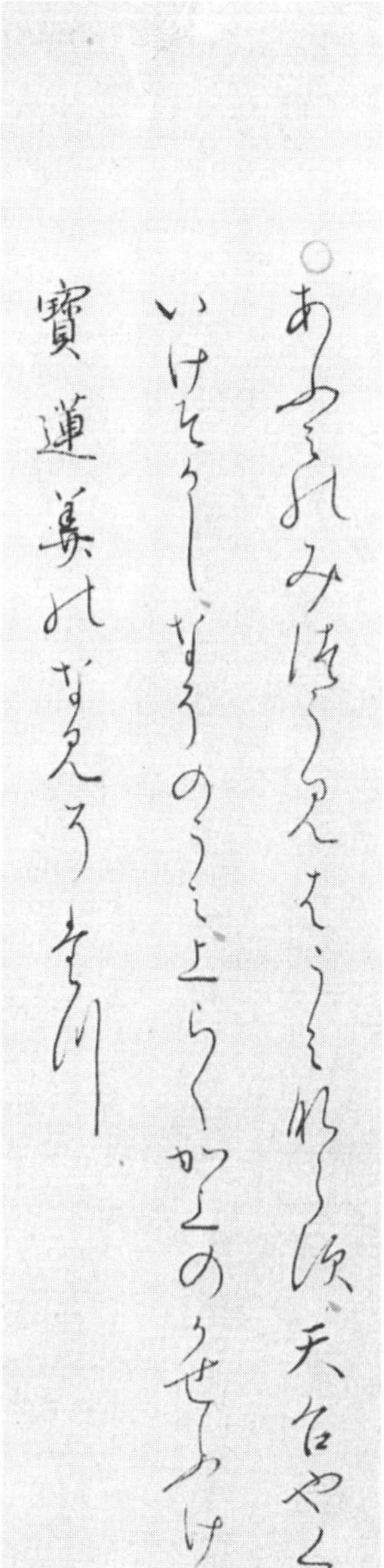

【翻刻】

○あふみのみつうみはうみならす、天台やくしのいけそかし、なそのうみ、上らくか上のかせふけは、七宝蓮華のなみそたつ

【校訂本文】

○近江(あふみ)の湖(みづうみ)は海(うみ)ならず　天台薬師(やくし)の池(いけ)ぞかし　何(な)ぞの海(うみ)　常(じやう)楽(らく)我(が)浄(じやう)の風(かぜ)吹(ふ)けば　七宝蓮華の波(なみ)ぞ立(た)つ

【類歌・関連歌謡】

・近江の湖に立つ波は　花は咲けども実もならず枝ささずや　比叡の御山の西裏にこそ　や　水飲ありと聞け（二五四）

・極楽浄土のめでたさは　一つもあだなることぞ無き　吹く風立つ波鳥も皆　妙なる法をぞ唱ふなる（一七七）

・観音勢至の遣水は　阿耨多羅とぞ流れ出づる　流れたるゆくわうたいしの前の池の波は　や　唵嚩曰羅とぞ立ちわたる（二八二）

・大品般若は春の水　罪障氷の解けぬれば　万法空寂の波

立ちて　真如の岸にぞ寄せかくる（五二）

・八功徳水池すみて　苦空無我の波唱へ　常楽我浄の風吹きて　天の音楽雲にうつ（『極楽国弥陀和讃』）

・八功徳池ノ波ノ音ト　苦空無我ヲ唱フレハ　楽音樹下ノ風ノ声ト　常楽我浄ヲ唱フナリ南无〳〵〳〵（金沢文庫蔵『和讃三種』「法事讃鈔」下）

・七重宝樹つらなりて　常楽我浄の風涼し　八功徳水きよくして　苦空無我の浪唱ふ（清浄光寺蔵和讃「極楽」）（『浄業和讃』「極楽讃」・『金蓮寺蔵和讃』「五増上縁」・『染殿皇后手中和讃』にも）

・本宮御山ノ風ノ音　法性真如ノ理ヲ調へ　新宮湊ニ立浪ハ　常楽我浄ヲ唱タリ（『熊野権現和讃』）

・功徳池のはまをゆけは　なみ苦空をとなへ　楽音樹のもとにいたれは　かせ常楽をしらふ（随心院蔵『仮名書往生講式』）

・八功徳池の浜には二反　風に立ち寄る沖の浪は風に立ち寄る沖の浪は苦空無常無我の響あり二反　楽音樹の下に到れば風常楽の御法を説く二反（称名寺所伝『声歌』「太平楽急」）

・功徳池の波を湛へては　苦空無我の響きあり　水鳥樹林交はりて　常楽我浄の風涼し（『宴曲抄』中「三島詣」）

・常楽我浄の風閑なる　四徳波羅蜜の浪の辺　功徳池の砂に戯れて（『真曲抄』「無常」）

・功徳池の波に声をあはせ　常楽我浄苦空無我　乃至壇波羅闡提諸波羅蜜の　もろ〳〵の徳をぞ備ふべき（『拾菓抄』「管絃曲」）

・橋の下には浦島太郎か釣船　童男丱女かうつを舟を　五色の糸にてつなかせて　しやうらくかしやうの風吹ば　汀へよれとつなひたるは　いつも夏と見えにけり（幸若舞曲「八島」）

・大井の波の音までも　常楽我浄の結縁をなす心なり（謡曲「松尾」）

【諸説】

あふみのみつうみ　諸説「琵琶湖」のこととする。

うみならす　「海」と表記（佐佐木注・岩波文庫・歌謡集成・小西考・古典全書・植木梁塵②）、「湖」と表記（評解）。諸注、ただの（なみの、普通の、単なる）海ではないの意とするが、荒井評釈は「近江の湖は淡海で海ではない」。

天台やくし　比叡山延暦寺根本中堂の薬師如来（評解・大系・全集・新全集・完訳・榎集成・新大系・全注釈）、比叡山に垂迹する二宮権現（荒井評釈）。

いけ　薬師如来の浄土の池（荒井評釈・評解・大系）。

なそのうみ　諸説「何ぞ」の字を宛て「どのような（いかなる、どうした）海か」の意とする。「前の五音句の繰り返しに相当する今様四句体歌謡に類例の多い形の句」（評解）、「問いかけ形式の合の手」（榎集成）、二句にあるべきところ顛倒した（荒井評釈）。

上らくか上　諸説「常楽我浄」の字を宛てる。大乗仏教で涅槃のそなえている功徳としての四徳（小西考・古典全書・評解・大系・全集・新全集・完訳・榎集成・新大系・西郷注）、「妄惑を断じて正覚を得たる者の四真実功徳」（荒井評釈）、「凡夫の四顛倒」（全注釈）。

かせふけは　「音を立てて風が吹けば」（荒井評釈）、「常楽我浄の徳を示す風が吹き」（評解）、「薬師仏の威徳が発揮されると」（榎集成）。

七宝蓮華　「七宝所成の蓮華」（荒井評釈・全集・新全集・完訳・榎集成・全注釈）。

なみそたつ　「七宝蓮華が波をうつて、亦尊い法音をとなへて居る」（荒井評釈）、「七宝蓮華さながらの蓮華の波が美しく立つ」（評解・西郷注）、「浄土の荘厳な風景が展開される、の意」（榎集成）。

全体の解釈　「天台薬師の威徳の広大さを讃美」（榎集成）、「天台信仰、叡山讃仰」（評解）、「琵琶湖の景観を宗教的イメージによりダイナミックに表現」（新全集）。

【語釈】

あふみのみつうみ　近江の湖。琵琶湖のこと。「湖」は、『類聚名義抄』に「湖音胡 水ウミ」とあり、「水うみ」とも表記する。真福寺本『和名類聚抄』には、「湖」について「広雅云湖音胡 和名美豆宇美大海也」とあり、『広雅』を引用して「大海也」と注されている（前田本は「大池也」）。湖は海と同じく大きな水をたたえた地形をいう。琵琶湖は古来、「近江の湖」または「近江の海」と呼ばれた。「近江のみづうみ」が琵琶湖をさす例は、『紫式部集』二〇の詞書「あふみのみづうみにて、みをがさきといふところにあみひくを見て」、『平家物語』の「此河は近江の水海の末なれば、まつとも〳〵水ひまじ」（巻九「宇治川先陣」）等があげられる。

うみならす　ただの湖ではない、の意。「海」は古くは海洋だけでなく湖や沼をも指し、湖の意味を含む。『枕草子』一五段に「海は水うみ」とある。古来、琵琶湖は「近江の海」とも呼ばれた。『万葉集』にも、「近江の海波かしこみと風守り年はや経なむ漕ぐとはなしに」（巻七・一三九〇）を始めとして多くの歌に詠まれている。『古事記』でも、琵琶湖は「淡海湖」と表記され、「湖」を「うみ」と読んでいる。「海ならず」の解釈について、ほとんどの先行注釈では「うみ」を湖と同意とし、「ただの海ではない」の意に解釈している。荒井評釈のみ「「近江の湖は淡海で海ではない」という意であるが」とあり、「海洋ではない」の意味とするが、海洋の意味だとすると、その後に「なそのうみ」とあることと矛盾することになる。ここでは「うみ」を「湖」の意にとり、琵琶湖はただの湖ではなく、比叡山の薬師の浄土の広大無辺な「池」である、という意に解釈したい。

天台やくし　比叡山におわします天台宗の本尊である薬師如来の意。「天台」は、本来は中国浙江省天台県にある天台山のことであるが、天台山で修行した最澄が、帰国後比叡山に延暦寺を開き天台宗を伝えたことから、日本では比叡山のことも「天台山」と別称する。比叡山が天台山と呼ばれたことは、延慶本『平家物語』に「天台宗ノ寺ナルカ故ニ天台山トモ名タリ。大体唐ノ天台山ニ似リト云ヘリ」（第一本 三二「後二条関白殿滅給事」）とあり、『菅家文草』に「検校将領放二天台山一」（巻一二「奉二（宇多天皇）勅一放二却鹿鳥一願文」）とある。『梁塵秘抄』には、「天台山」の例が一例（三四五「日本国にはしらやま天台山」）、「天台」の例が二例（二四四「天台麓に迹を垂れ」、二四七「天台山王峯のお前」）あり、いずれも比叡山をさしている。「薬師」は、大乗仏教における如来の一尊、薬師如来のことである。薬師如来は、菩薩だった時に一二の大願を発し、衆生の病苦を救い悟りに導くことを誓って仏になったと説かれている（『薬師瑠璃光如来本願功徳経』）。『梁塵秘抄』三二に「像法転じては薬師の誓ひぞたのもしき　ひとたび御名を聴く人は万の病もなしとぞいふ」とあるように、この仏を礼拝供養すれば病人も病気が平癒し長寿が得られると考えられ、奈良時代から篤く信仰されていた。本歌の「薬師」は、ほとんどの先行注釈で、最澄の自刻と伝えられる延暦寺根本中堂の薬師如来をさすと解釈されている。一方、荒井評釈は、日吉社の二宮の本地である薬師をさすと解釈している。二宮の本地が薬師であることは、平安時代末期成立の『袖中抄』に「大宮は本地は釈迦、垂跡は法形也。二宮は本地は薬師也。垂跡同レ之」（巻九「しるしのすき」）とあり確認できる。この二説があるが、ここではどちらかに限定されるのではなく、比叡山にまします薬師如来をさすととっておきたい。承元三年（一二〇九）に作られたといわれる『地主権現講式』にも、「地主権現本地者　即根本中堂本尊薬師瑠璃光如来也」（ニールス・グュルベルク「講式データベース」による）とあり、地主権現である日吉社二宮の本地は、延暦寺根本中堂の本尊である薬師仏と同体であると捉えられている。「天台薬師」という表現については、古本系米沢市立図書館本『沙石集』（『日本古典文学全集』）に、説経師が琵琶湖を薬師仏の眼になぞらえて説経した話があり、「天台山の薬師仏の眼なり」という表現が見られる（巻六―五「随機の施主分の事」）。

いけそかし　池であるよ、の意。池は淡水のたまった地形をいい、「あふみのみつうみ」の項でふれた前田本『和名類聚抄』によれば、池の大きいものが湖だという認識があった。この歌では、比叡山を薬師のおいでになる東方瑠璃光浄土と見、比叡山の前に広がる琵琶湖を薬師浄土の「池」に見たてている（→【考察】参照）。『日吉社神道秘密記』には、「山王者三国名山之守護、故号二山王一、天竺霊鷲山之鎮守山王権現、无熱池、大唐天台山之鎮守山王権現云々、昆明池、我朝比叡山之鎮守山王権現云々、湖水池アリ」とあり、日本の比叡山の山王権現における「湖水池」を、天竺霊鷲山山王権現の无熱池、唐天台山山王権現の昆明池と対比させている。「ぞかし」は文末にあって強調を表す係助詞「ぞ」に助詞「かし」が接続したもので、念を押して自分の考えを強く主張する用法で、「〜なのだよ」の意。『梁塵秘抄』の常套句で、二八五に「釈迦の住所はどこどこぞ　法華経の六巻の自我偈にや説かれたる　文ぞかし　常在霊鷲山にならびたる　及余諸住所はそこぞかし」とある他、全一四例が見られる。

なそのうみ　何ぞの海。どういう湖なのか、の意。「うみならず」の項で述べたように、ここでは「海」は海洋ではなく湖のことをいう。「なぞ」は、事物・事態を不明のものとして指示する「なにぞ」から派生した語で、どういう、という意味である。「なぞの車ぞ。暗きほどに急ぎ出づるは」（『源氏物語』東屋）のように、ふとした疑問を口にする時に用いられる。この句は挿入句である。今様には第二句の後に挿入句が挟まれる例があり、その挿入句の多くは第二句の最後の五音と同義となる言葉や対になる掛け合いの言葉であるという（永池健二「今様における掛合唱和の伝統―秘抄巻二の四句神歌に見える挿入句の問題を中心として―」）。荒井評釈は、本来第二句にあるべきところ転倒した、と述べているが、ここでは表現の整序にこだわらず理解したい。

上らくか上のかせふけは　原文には「上らくか上」とあるが「常楽我浄」が正しい。荒井評釈の「音を立てて風が吹けば」、志田評解の「常楽我浄の徳を示す風が吹き」（評解）の説があるが、ここでは、湖を渡る風の音を「常楽我浄」と聞いたととらえる。「常楽我浄」は、『大般涅槃経』で説かれる涅槃の理想とすべき四徳のことである。如来が常住し（常）、安楽に満ち（楽）、自我を離れたところに如来我があり（我）、清浄な世界がある（浄）というもので、これを「涅槃の四徳」「四波羅蜜」ともいった。衆生は苦を楽、無常を常、無我を我、不浄を浄と見るが、釈迦はそれが逆さま（四顚倒）であるとし、その四顚倒を正して、この世は苦・無常・無我・不浄であると説いた。それが『大般涅槃経』に至って、涅槃や如来には「常楽我浄」の徳が備わっているとされた。智顗の『妙法蓮華経文句』には「此法華経所説諦理常楽我浄、如㆓四宝所成㆒。開示悟入者之所依。是故此義最為㆓高上㆒」とあり、『法華経』の説くところの「諦理」は「常楽我浄」で、迷いを脱却して真理を悟る者のよるべき最も「高上」のものであることが説かれている。『大般涅槃経』は『法華経』以降の成立で、『法華経』には見られない概念だが、天台宗では『大般涅槃経』を『法華経』の結経と位置づけており、涅槃経の説を摂取している（布施浩岳『涅槃宗の研究』等参照）。風や波の音を「常楽我浄」と聞きなすという表現は、【類歌・関連歌謡】にあげたように和讃、講式などの仏教歌謡に広く見られる。その中で最も古いものは千観内供が作った『極楽国弥陀和讃』である。「浄土はありつ極楽界　仏はゐます弥陀尊　七重行樹かげ清く　八功徳水池すみて　苦空無我の波唱へ　常楽我浄の風吹きて　天の音楽雲にうつ」とあり、「苦空無我の波唱へ」と対になって「常楽我浄の風吹きて」という表現が見られる。作者の千観内供は、延暦寺の高僧だったが浄土教に傾倒し、応和二年（九六二）に摂津国の箕面山に隠遁して浄土行の生活を送った。民衆の教化のために作ったのがこの和讃で、『今昔物語集』巻一五―一六「比叡山千観内供往生語」に、「極楽浄土の結縁」として京、田舎の人が皆この和讃を誦したとある。本歌に先行するもので、本歌はこの和讃の表現をふまえていると考えられる。『極楽国弥陀和讃』は広く流布し後世の歌謡にも影響を与えた。その中で風が「常楽我浄」と唱えるという表現が見られるものをあげると、金沢文庫蔵『和讃三種』に「八功徳池ノ波ノ音ト　苦空無我ヲ唱フレハ楽音樹下ノ風ノ声ト　常楽我浄ヲ唱フナリ」（『法事讃鈔』下）とあり、清浄光寺蔵和讃「極楽」他、『浄業和讃』「極楽讃」などに「七重宝樹つらなりて　常楽我浄の風涼し　八功徳水きよくして　苦空無我の波唱ふ」という表現が見られる。講式では、随心院蔵『仮名書往生講式』に「功徳池のはまをゆけは　なみ苦空をとなへ　楽音樹のもとにいたれは　かせ常楽をしらふ」とある。これは『往生講式』の「行功徳池浜波唱苦空。至楽音樹下風調常楽」の句を仮名で訓じたものである。また、称名寺所伝『声歌』に「風に立ち寄る沖の浪は風に立ち寄る沖の浪は苦空無常無我の響あり二反　楽音樹の下に到れば風常楽の御法を説く二反」とある。いずれも極楽浄土の池を描写した表現である。この表現が琵琶湖に対して用いられた例は、『万代和歌集』に「しがのなみ苦空無我とはたたねどもきけばこころぞすみまさりける」（巻八・釈教歌・智弁権僧正・一六四三）、「観念のこころしすめばやまかぜも常楽我浄とこそきこゆれ」（同・一六四四）がある。また、『桑実寺縁起絵巻』の詞書に、「志賀の浦の松の嵐、索索として、常楽我浄の雅音を奏し、筑摩の江の急雨、嘈々として、石上流泉の律呂を調ぶ」、『日吉社幷叡山行幸記』に、琵琶湖上で管弦を奏する場面があり、「極楽浄土にはあらねども。八功徳池にことならず。浦路はるかにこぎゆけば。波常楽のしらべをそふ。水神も海龍も影向してこそおはすらめ」と描かれている。

七宝蓮華のなみそたつ　「七宝蓮華」は、金・銀・瑠璃などの七宝所生の蓮華のことで、『観無量寿経』の「宝池観」に、極楽浄土の池には六〇億の「七宝蓮華」が浮かぶと説かれている。『梁塵秘抄』の二七一「宇治には神おはす中をば菩薩お前　橘小島のあだぬし七宝蓮華は鴛鴦剣」にも歌われている。「七宝蓮華の波」については、小西考が『観無量寿経』を引用して、七宝蓮華を「波によそへ」たと述べており、志田評解は「湖水の水面に立つ波を美化し」て「極楽浄土の七宝蓮華さながらの蓮華の波が美しく立つ」の意に解釈する。いずれも琵琶湖の波を極楽浄土の池の蓮華に見立てたという解釈である。また荒井評釈は、「七宝蓮華が波をうつて、亦尊い法音をとなへて居る」とし、薬師浄土の池の「七宝蓮華」が波を打ち、法音を唱えるという意味にとらえている。『梁塵秘抄』には「観音勢至の遣水は　阿耨多羅とぞ流れ出づる　流れたる　ゆくわうたいしの前の池の波は　や　唵嚩曰羅とぞ立ちわたる」（二八二）、「大品般若は春の水　罪障氷の解けぬれば　万法空寂の波立ちて　真如の岸にぞ寄せかくる」（五二）のように、池の波の音に経典の句を聞いたり喩えたりする表現が見られるが、「七宝蓮華」は経典の奥義を示す句ではなく、ここでは、琵琶湖の波頭を、浄土の池に浮かぶ「七宝蓮華」に見立てたと解釈したい。『大方広仏華厳経』に「一切宝華以為二波浪一。皆悉右旋。演二説一切仏法音声一不可思議。」（巻四四・入法界品・三四―一）とあり、一切の宝華を以て波浪となすとある。『観無量寿経』の「宝池観」で「七宝蓮華」が浮かぶのは極楽浄土の池だが、薬師の瑠璃光浄土も極楽浄土と同じ世界で、池があり池には七宝蓮華が浮かんでいると理解されていた。また、波頭に立つ白い泡は今日でも「波の花」と言われるように、古代より花に見立てられて歌にも詠まれてきた。『万葉集』「逢坂をうち出でて見れば近江の海白木綿花に波立ちわたる」（巻一三・三二三八）の歌は、琵琶湖の「波の花」を白木綿の花に喩えている。『土佐日記』にも「かぜによるなみのいそにはうぐひすもはるもえしらぬはなのみぞさく」という歌があり、室津の海に立つ波の泡を花によそえている。

【考察】

この歌は、近江の琵琶湖を薬師の瑠璃光浄土（浄瑠璃世界）の宝池と見て、琵琶湖を吹き渡る風の音に「常楽我浄」の法の音を聞き、立つ波に七宝蓮華の花を見る、薬師の浄土の池を観想する今様である。

歌の前半は、琵琶湖はただの湖ではない、比叡山にまします薬師如来の浄土の広大無辺な「池」なのだと歌う。「天台」は比叡山の別称、「薬師」は比叡山延暦寺根本中堂の本尊であり、日吉社の地主神二宮の本地仏でもある比叡山を守護する仏菩薩である。「なぞの海」は挿入句で、「薬師の浄土にたとえられる湖というのはどんな湖なのか」と問いかける。後半では、琵琶湖を薬師の浄土の池になぞらえ、琵琶湖に吹く風と波を歌う。

薬師の浄土は『梁塵秘抄』に「薬師医王の浄土をば瑠璃の浄土と名づけたり　十二の船をかさねえて我ら衆生を渡いたまへ」（三二）、「瑠璃の浄土は潔し　月の光はさやかにて　像法転ずる末の世に普く照らせば底もなし」（三四）と歌われている。瑠璃の浄土とも呼ばれ、末世に薬師仏が衆生を救い導く世界であるという。この今様の拠り所となったのは、『仏説薬師如来本願経』などの経典である。『仏説薬師如来本願経』には「彼仏国土一向清浄。無二女人形一離二諸欲悪一。亦無二一切悪道苦声一。琉璃為レ地。城闕垣墻門窓堂閣柱樑斗拱周匝羅網。皆七宝成。如二極楽国一。浄琉璃界荘厳如レ是」とあり、女人がおらず、諸欲を離れ、悪道苦声も一切無い、瑠璃を地とし七宝からなる清浄な世界で、「極楽浄土の如く」であるという。『薬師瑠璃光如来本願功徳経』にも「亦二如西方極楽世界一、功徳荘厳等無二差別一」とあり、功徳や荘厳など極楽浄土と異なることがないという。では極楽浄土はどうかというと、平安時代後期に描かれた奈良国立博物館所蔵「阿弥陀浄土曼荼羅」には、阿弥陀仏や諸菩薩のまします楼閣があり、その前に池があって、池の上にしつらえられた舞台で舞楽が舞われている様が描かれている。これは『観無量寿経』など浄土教の経典の記述に基づいて描かれたものである。『観無量寿経』は、釈迦が極楽浄土に往生するために極楽浄土や阿弥陀仏を思い浮かべ観想する一三の方法を韋提希夫人に語るという内容で、その「宝池観」に次のように述べられている。

極楽国土有二八池水一。一一池水七宝所成。其宝柔軟従二如意珠王一生。分為二十四支一。一一支作二七宝色一。黄金為レ渠。渠下皆以二雑色金剛一以為二底沙一。一一水中有二六十億七宝蓮華一。一一蓮華団円正等十二由旬。其摩尼水流二注華間一尋レ樹上下。其声微妙演二説苦空無常無我諸波羅蜜一。復有下讃二歎諸仏相好一者上。従二如意珠王一踊二出金色微妙光明一。其光化為二百宝色鳥一。和鳴哀雅。常讃二念仏念法念僧一。是為二八功徳水想一。名二第五観一。

極楽浄土の池には六〇億の「七宝蓮華」があり、池の水が「微妙」なる声で「苦空無常無我諸波羅蜜」と演べて説くとある。今様の「七宝蓮華」はこの極楽浄土の池に咲く「七宝蓮華の波」のことである。また池の水に経典の文句を唱える声を聞くという表現も、波の声と風の音の違いはあるが、今様の「常楽我浄の風吹けば」の句と同じ表現の型である。風の音については、第二観の「水想観」にも「楼閣千万百宝合成。於二台両辺一、各有二百億華幢、無量楽器一、以為二荘厳一。八種清風、従二光明一出、鼓二此楽器一、演二説苦空無常無我之音一」とあり、「八種清風」が楼閣を荘厳する楽器を打ち「苦空無常無我之音」を演説するとある。このように本歌の後半の句は、「観無量寿経」に見える極楽浄土の池の描写をふまえていると考えられる。第一二観は「見無量寿仏極楽世界」で、西方極楽浄土に生まれることを思い、蓮華の中で結跏趺坐するということを観想するというものである。蓮華が開く時に仏菩薩が虚空中に満ち、水、鳥、樹林、仏たちの音声が妙なる法を説くとある。浄土信仰では人が亡くなった後に生まれ変わるのに最も望まれたのが「蓮華化生」で、生前善根を積んだ者は死後、池の蓮の華の中に生まれ変わることができると考えられた。蓮華の中に生まれ変わることを観想し、水や樹などの自然が出す音声が妙なる法を説くと聞くことが極楽世界を見るための観想法であった。平安貴族の間ではこのような『観無量寿経』に基づいた観想法を実践する「観想念仏」が流行した。極楽浄土の世界をこの世に作り出し、その中で浄土と仏を念じ、極楽往生を祈ったが、藤原道長の建立した法成寺や藤原頼通の平等院は現世に極楽浄土を表すために建てられた寺である。道長はまた薬師浄土の観想にも強い思いをもっていた。『栄花物語』巻二二「とりのまひ」には、万寿元年（一〇二四）三月二〇余日に、藤原道長が法成寺に薬師堂を建立し、七仏薬師の仏像を安置する供養の法会を営んだことが記されている。道長は、法会のさなかに丈六の七体の薬師仏が堂へお渡りになるのを見て法悦を感じるが、その時のことが次のように記されている。

あふぎてみれば、法性のそらはれぬと。悕求のかすみさす。がくのこゑ大つゞみのおと。げに六種に大地もうごきぬべし。池に色〳〵の蓮花なみよりて、風すゞしうふけば、いけの浪苦空無我のこゑをとなへ、諸波羅蜜をとくときこゆ。

池に「色〳〵の蓮花」が並び寄り合い、風が涼しく吹くと池の波が「苦空無我」を唱え「諸波羅蜜」を説くとある。薬師仏を前にして、響く音楽の音、池に浮かぶ蓮華、涼しい風が吹き法文を唱える池の波、それらは道長が観想した浄土の世界である。この資料によって、少なくとも平安時代中期には極楽浄土だけでなく、薬師浄土の観想があったことがわかるが、道長の描く薬師浄土のイメージは極楽浄土そのものであった。極楽浄土と変わることがないとされる薬師の浄土を想う時、重なってくるのは極楽浄土の観想法であったのだろう。この今様の背景にはこうした観想念仏が想定できる。本歌は琵琶湖の実景を浄土の池の様子に重ね合わせ、吹く風に法音を聞き、波に七宝蓮華を見ることで、薬師の浄土を実感する浄土観想の歌であるととらえられよう。

古代より極楽浄土曼荼羅が作成されてきたように、薬師の瑠璃光浄土もまた薬師浄土曼荼羅（薬師浄土変、薬師浄土変相ともいう）に描かれて信仰の対象となった。本歌も薬師浄土曼荼羅と関わりがあると考えられる。薬師浄土曼荼羅の最も古いものは敦煌の壁画である。松本栄一「薬師浄土変相の研究」によれば、薬師浄土は、敦煌の千仏洞の第八窟北壁など中国の唐代から宋初にかけての壁画に一一図が確認でき、その図はすべて中央に薬師如来、周囲に聖衆や十二神将が描かれ、楼閣、舞台、池が配置されているという。その中で敦煌の莫高窟の壁画は『中国石窟 敦煌莫高窟』（一九八〇～一九八二年、文物出版社、平凡社）に紹介されているが、確かに楼閣や池の配置など極楽浄土曼荼羅と同じ構成になっている。「薬師浄土変相」は日本にも早く奈良時代に伝わった。『西大寺資財流記帳』宝亀一一年（七八〇）の条に「薬師浄土変一鋪」とある。また、法隆寺の金堂や興福寺五重塔には四方の壁に阿弥陀・釈迦・弥勒とともに薬師の浄土が描かれ（『法隆寺本古今目録抄』『興福寺流記』『七大寺巡礼記私記』『諸寺縁起集』）、唐招提寺の食堂に「障子薬師浄土」（『諸寺縁起集』）、元興寺の五重塔に「四方浄土変相」（『七大寺日記』等）が造形されていたという。平安時代になると貴族が薬師浄土曼荼羅や薬師浄土の造り物を作成したという記録がある。西尾正仁「摂関期の薬師信仰―法成寺薬師堂を中心として―」によれば、長寿を祝う算賀の行事に「薬師浄土曼荼羅」が用いられた。『扶桑略記』延長七年（九二九）九月一七日条に、藤原忠平の五〇の算賀の会を法性寺で行い、六角仏殿内に「薬師浄土図」が描かれたとある。また、『菅家文草』巻一二「為二諸公主一奉レ為二中宮一修二功徳一願文」は、寛平四年（八九二）宇多天皇の中宮班子の六〇の賀の法要のために書かれた願文であるが、仏殿に黄金の如意輪観音などの像を安置した立体の「金銀泥絵薬師浄土」が作られたと記されている。算賀の儀礼は嵯峨天皇の時に宮中行事として行われるようになり、通過儀礼の一つとして貴族の間に浸透していったが、平安時代前期にはこの算賀の法要のために「薬師浄土曼荼羅」が作成されたという（村上美紀「平安時代の算賀」）。院政期になると、「薬師講」において「薬師浄土変相図」が掛けられたことが確認できる。院政期に書かれた『東山往来拾遺』第五条に次のようにある。

謹言。為二充例薬師講一、擬レ奉レ図二瑠璃浄土変相之処一。仏匠之言非レ一。或曰、此浄土可レ有二十二神将一。或曰、不レ可云々。此事如何。若於二聖教一有レ許レ弾者、可レ被二示下一也。謹言。
十二神将者夜刃（叉歟）也。不レ可レ有二浄土一。无二異形鬼神一故。就中経云。引二極楽世界一云、等无二差別一。豈有二鬼形一哉。弟子謹案、新旧薬師経云。十二夜刃（叉歟）、於二釈迦前一、倶在二会座一。始聞二薬師仏名一。離レ悪趣レ怖。発誓二護持一矣。本是莫レ非二毘沙門天之部類一矣。唐代有二地瞿多三蔵法師一。感二其誓願一、取二薬師真言一、帰敬分之拝也。非二浄瑠璃人一。従レ昔至レ今、此論未レ断。愚者猶レ疑。智者莫レ動。謹言

「充例」の「薬師講」を行うにあたって、「瑠璃浄土変相之処」を描くにあたり、十二神将が描かれるべきか否かを問う内容で、院政期には「薬師講」のために「薬師瑠璃光浄土変相」が作成されていたことがわかる。また、『薬師経』に薬師の浄土は極楽浄土と等しく差別がない、と書かれていることが認識されていたこともこの史料から読みとれる。この史料だけでは変相がどのような図柄だったかまではわからないが、中国の壁画と同様、薬師如来を中心にして、楼閣の前に池があるという構成だったと考えられる。江戸時代に下るものだが、極楽浄土曼荼羅、敦煌の薬師浄土曼荼羅とよく似た構成の「薬師浄土曼荼羅図」が薬師寺にあり（天武天皇千三百年玉忌記念『薬師寺』一九八六年一〇月）、同じような図様の薬師浄土曼荼羅が日本でも作成されていた可能性が高い。

『平家物語』巻一「願立」で、関白藤原師通が日吉山王

の咎めで病となったとき、母である師実の北の方はいくつもの願を立てて日吉社に祈願をするが、その中に「百座の薬師講」の願があった。この頃には祈願の為に「薬師講」が行われていたことがわかる。本歌も、薬師浄土曼荼羅との関係を考えれば、薬師浄土曼荼羅を本尊として掲げて行われた「薬師講」が重要な場として想定できよう。琵琶湖周辺は薬師信仰が大変盛んで、琵琶湖畔の寺には奈良時代、平安時代の薬師仏像が数多く残されている。『桑実寺縁起絵巻』に描かれた桑実寺（滋賀県近江八幡市安土町）は琵琶湖に出現した薬師仏を本尊とする。また西明寺（滋賀県犬上郡甲良町）の本尊の薬師仏は、琵琶湖の対岸に紫雲がたなびき光明がさして寺の山の池から出現したという伝説がある。こうした琵琶湖周辺の薬師仏を本尊とする寺では早くから薬師講が行われたのではないだろうか。本歌はそうした琵琶湖周辺の寺に深く根付いた薬師信仰の土壌の中で、信仰をともにする人々によって歌われてきた今様であろう。

【参考文献】

佐々木聖佳「常楽我浄の風吹く湖―『梁塵秘抄』二五三歌をめぐって―」（『日本歌謡研究』五四号、二〇一四年一二月）
永池健二「今様における掛合唱和の伝統―秘抄巻二の四句神歌に見える挿入句の問題を中心として―」（『青山国文』七号、一九七七年三月）
西尾正仁「摂関期の薬師信仰―法成寺薬師堂を中心として―」『薬師信仰―護国の仏から温泉の仏へ―』（岩田書院、二〇〇〇年）
布施浩岳『涅槃宗の研究』（国書刊行会、一九七三年）
松本栄一「薬師浄土変相の研究」坂本要編『極楽の世界』（北辰堂、一九九七年）
村上美紀「平安時代の算賀」（『寧楽史苑』四〇号、一九九五年二月）

二五四

田中寛子

【影印】

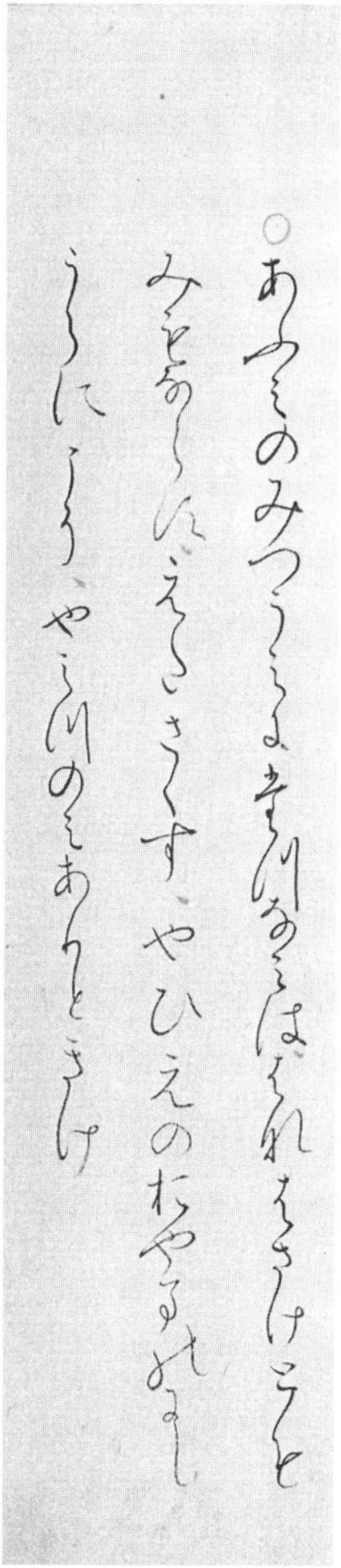

【翻刻】

○あふみのみつうみにたつなみは、はなはさけとも
みもならす、えたさゝす、やひえのおやまのにし
うらにこそ、やみつのみありときけ

【校訂本文】

○近江(あふみ)の湖(みづうみ)に立(た)つ波(なみ)は　花(はな)は咲(さ)けども実(み)もならず枝(えだ)さ
さず　や　比叡(ひえ)の御山(おやま)の西裏(にしうら)にこそ　や　水飲(みづのみ)あり
と聞(き)け

【類歌・関連歌謡】

・近江の湖は海ならず　天台薬師の池ぞかし　何ぞの海
常楽我浄の風吹けば　七宝蓮華の波ぞ立つ（二五三）
・根本中堂へ参る道　賀茂川は川広し　観音院の下り松
熟らぬ柿の木人宿　禅師坂　滑石水飲四郎坂　雲母谷
大嶽蛇の池　阿古也の聖が立てたりし千本の卒塔婆
（三一二）

【諸説】

あふみのみつうみ　諸注、琵琶湖の事とする。

はなはさけともみもならす　ここでの「花」は、波の白い泡やしぶきをたとえて言った語（評解・大系・新潮集成・全注釈）、「波頭を白木綿（白い幣）に見立てた和歌的用法か」（全集・新全集・完訳）、当該今様を前歌二五三の連作、或いは連謡と考え、「花」を七宝蓮華の華と解する説もある（全書・小西考・評解・大系）。

ひえのおやまのにしうら　「「比叡のお山」といひ、「西裏」と言ひ、近江あたりの民衆の言ひ方を思はせる語であり、「水飲ありとこそ聞け」といふ洒落も日吉社の神主や延暦寺の僧の言ひ方ではない。皆民謡を思はせる明るい軽やかな表現である」（荒井評釈）、「比叡の山に対する親しみ、明るい讃仰。山の仰瞰」（新大系）、「「お山」にも民衆の平素の口吻があらわれており、民謡的発想がこめられている。（中略）「比叡のお山」「西裏」ということばや、「や」という囃し詞の二度の使用など、ひなびた謡いものの色調が色濃く漂う謡となっている」（全注釈）。

みつのみ　諸注、「水の実」をかけた洒落であるとする。

【語釈】

あふみのみつうみにたつなみは　近江の湖は琵琶湖のこと。和歌に「逢坂を打ち出でてみれば近江の海（うみ）　白木綿花に波立ち渡る」（『万葉集』巻一三・三二三八）の例がある。「としいまだいはけなかりしに、かむつけのかみにてくだるとて、あふみのみづうみをふねにのりてこぎいづるほど、なにとなく心ぼそくおぼえて、都のかたのみかへり見らるるに、波のたつを見て　ゆくかたはみやこへとしもしら波のかへるてふなはむつましきかな」（『隆信集』・旅・三五二）の例から、琵琶湖は船の航路であったことが分かる。また、法文歌には「大品般若は春の水　罪障氷の解けぬれば　万法空寂の波立ちて　真如の岸にぞ寄せかくる」（五二）、「崑崙山の麓には　五色の波こそ立ち騒げ　華蔵や世界の鐘の声　十方仏土に聞こゆなり」（二三〇）、「極楽浄土のめでたさは　一つも空なることぞなき　吹く風立つ波鳥もみな妙なる法をぞ唱ふなる」（一七七）、「観音勢至の遺水は　阿耨多羅とぞ流れ出づる　流れたる　薬王大士の前の池の波は　や　おんばさらとぞ立ち渡る」（二八二）のように、波が立つことをうたうものが多い。本歌の前には、「近江の湖は海ならず　天台薬師の池ぞかし　何ぞの海　常楽我浄の風吹けば　七宝蓮華の波ぞ立つ」（二五三）が配列されており、本歌の琵琶湖は薬師の池になぞらえているとも考えられる（→二五三参照）。

はなはさけともみもならす　花は咲くけれども実もならない。二五三の替え歌で、花は七宝蓮華を想起させると同時に、和歌的表現でもある。馬場光子『今様のこころとことば』が法文歌に典型な表現「花咲き実なる」をもとに成立したパロディーと指摘する。「万の仏の願よりも　千手の誓ひぞ頼もしき　枯れたる草木もたちまちに　花咲き実なると説いたまふ」（三九）、「釈迦の御法はただ一つ　一味の雨にぞ似たりける　三草二木はしなじなに　花咲き実なるぞあはれなる」（七九）、「忉利の都の鶯は　とぐら定めてさぞ遊ぶ　浄土の植木となりぬれば　花咲き実なるぞあはれなる」（二〇六）などの例がある。また、歌謡、和歌に「たまかづら花のみ咲きてならずあるはたが恋にあらめあは恋おもふを」（『万葉集』巻二・相聞・一〇二）、「みまくほり恋つつ待ちし秋はぎは花のみ咲きてならずかもあらむ」（同・巻七・寄花・一三六四）、「花咲きて実はならずともながきけにおもほゆるかな山吹の花」（同・巻一〇・春相聞・一八六四）、「さのかたは実にならずとも花にのみ咲きてみえこそ恋のなぐさに」（同・巻一〇・一九二八）、「花咲きて実ならぬものはわたつ海のかざしにさせる沖つ白波」（『後撰和歌集』巻一九・羈旅・小町・一三六二）、「七重八重花は咲けども山吹のみのひとつだになきぞかなしき」（『後拾遺和歌集』巻一九・雑五・中務卿兼明親王・一一五四）など、本歌と同様の表現があり、当該今様への影響が考えられる。また、「「咲く」は夫婦関係を持つこと、「実がのる」は子供ができることを暗示」（佐々木聖佳「「実ののらぬ山吹」考」）しているとする論考がある。

えたさゝす　枝さえ伸びない。歌謡に「伊勢の海なるやはれ　小伊勢の海なるや　くちらの寄る島の　百枝の松の　八百枝の松のや　今こそ枝さして　もとの富めせ　や」（『承徳本古謡集』「伊勢風俗」）の例がある。前句の「実がなる」が子ができることを想起させることと関連し、「枝さす」という表現は、「木の枝の繁きを歌うことによって木をほめ、ひいてはその家などの繁栄を寿ぐ祝言の表現」（横田みなわ、永池健二・『歌謡―研究と資料』八号・伊勢風俗の注）となっている。今様に「清太が作りし御園生に　苦瓜甘瓜の熟れるかな　紅南瓜　ちぢに枝させ生瓢　ものな宣びそ薮茄子」（三七二）の例がある。

ひえのおやま　延暦寺がある比叡山に親しみと敬意を込めて言う表現。今様に「大師の住所はどこどこぞ　伝教慈覚は比叡の山　横川の御廟とか　智証大師は三井寺にな　弘法大師は高野のを山にまだおはします」（二九五）、「観音験を見する寺　清水石山長谷のを山　粉河近江なる彦根山　間近く見ゆるは六角堂」（三一三）の例がある。『平家物語』には、「滝の音ことにすさまじく、松風さびたる住まひ、飛滝権現のおはします、那智のお山にさ似たりけり。さてこそやがてそこをば、那智のお山とは名づけけれ」（巻二「康頼祝言」）と鬼界ヶ島に流罪となった康頼が激しい懐郷の念にかられて言う場面がある。「那智のお山」という表現には心理的な距離の近さと、そこに「おはします」神仏への尊崇の念が込められている。山それ自体が神仏と考えられていたことによる愛称のような言い回しか。

にしうら　比叡山の西側。近江側に身を置いてみた表現。寺社が並ぶ東側を表と意識して、西側を裏とした。

みつのみ　比叡山聖域の境界地（↓【考察】参照）。地名に「水の実」を掛け、前半部の「実もならず」に対して水の「実」があるとする洒落。歌枕。「水のみ」（広本『能因歌枕』山城国）。「ひえの山その大たけはかくるれどなほみづのみはながれてぞふる」（『永久百首』恋十首・源俊頼・四六六）は「水飲」に「水の身」を掛ける。「根本中堂へ参る道　賀茂川は川広し　観音院の下り松　熟らぬ柿の木人宿　禅師坂　滑石水飲四郎坂　雲母谷　大嶽蛇の池　阿古也の聖が立てたりし千本の卒塔婆」（三一二）とあることからも、京から西坂を経て、延暦寺へ到る参詣行路の重要地点の一つと言える。また、内閣文庫蔵慶長古活字本『源平盛衰記』に「治承元年（一一七七）四月十三日辰刻に、山門大衆日吉七社の神輿を奉レ荘、根本中堂へ振上奉、先八王子、客人権現、十禅師、三社の神輿下洛有。白山、早松の神輿、同振下奉、大岳水呑不動堂、西坂本、下松、伐堤、梅忠、法城寺に成ければ、祇園三社、北野京極寺末社なれば、賀茂川原待受て、力合て振たりけり。」（巻四「山門御輿振」）とあることからも、神輿を下す際も水飲を通ったことが分かる。

こそ〜ときけ　（そうであると）聞いている。伝聞の表現。「こそ」は「西裏」を強調。近江側が表であることを含む。「仏はさまざまにいませども　実は一仏なりとかや　薬師も弥陀も釈迦弥勒も　さながら大日とこそ聞け」（一九、二五）、「龍女が仏に成ることは　文殊のこしらへとこそ聞け　さぞ申す　娑羯羅王の宮を出でて　変成男子として終には成仏道」（二九二）、「四方の霊験所は　伊豆の走湯　信濃の戸隠　駿河の富士の山　伯耆の大山　丹後の成相とか　土佐の室生戸　讃岐の志度の道場とこそ聞け」（三一〇）、「西の京行けば　雀燕筒鳥や　さこそ聞け　色好みの多かる世なれば　人は響むとも　麿だに響まずは」（三八八）など、同様の表現が今様に見られる。

【考察】

聖域の境界地の名に洒落を効かせて歌った今様。荒井評釈は、「水飲」について、「比叡山に京都方面より上れば雲母坂があり、その絶頂が水飲みで、山城近江の国境である。」としている。そして、天禄元年（九七〇）天台座主良源起請の記述、「一、不レ可三籠山僧出二内界地際一事。〈東限二悲田一、南限二般若寺一、西限二水飲一、北限二楞厳院一、此外不レ可レ出レ之、（以上割注）〉」（『平安遺文』）を引き、「水飲はいはゆる西方結界である」とする。『叡岳要記』には、弘仁九年（八一八）の記述に「脱俗院　本尊地蔵或水飲堂」と見え、水飲は良源の時代以前から俗界との境目とされていたようである。また、同書には「伝教太師結界。内地浄刹結界」について「西限二大比叡峯小比叡南峯一」とあり、「延暦寺外堺」については、仁和元年（八八五）の太政官符により「西限二下水飲一」とされたとある。

「水飲」は比叡山に向かう人にとってはどのような場所であったのか。『小右記』の記述には、「辰時許登二天台一給、御二御馬一向二給山脚一之間、権中納言馳参、奏二摂政申旨一、（中略）公卿以下皆着二狩衣、藁履一、於二水飲一律師覚慶儲二候御膳一、及備二侍臣等食一、事了赴給之間、中使左少将伊周朝臣、於二水飲上坂一伝二奏途中安不（否）一、迺帰参、」（永延二年［九八八］一〇月二八日条）とあり、ここでは、比叡山に登る途中、休憩を兼ねて食事をしたり、必要な報告などをした場所のようである。また、後白河法皇が比叡山参詣の途中、ここで休息をしたという記録が『法然上人絵伝』（巻九）に「同（筆者注、文治四年［一一八八］九月）十三日、御経奉納のために首楞厳院に臨幸あり長吏円良法印の沙汰として水飲に御所をまうけ、供御ならひに御行水を用意す。法皇鳥居の岡より御歩行」と見える。

また、『元亨釈書』（巻五）の皇慶（貞元二年［九七七］〜永承四年［一〇四九］）伝に関する記述からも、比叡山に登る際には水飲を通ったことがわかる。

釈皇慶姓橘氏、黄門侍郎広相之曽孫、性空法師之姪也、母孕時悪二葷腥一、或食レ之、応レ時嘔、甫七歳、登二叡山一、近二山下一有二柿樹一、絶不レ結レ子、俗名二其地一曰二不実柿一、児到二其処一問、「此地何号」、人答以二其名一、時余樹有レ果、児曰、「見今何有レ実乎」、至二翠微一有二館亭一、降陟之人憩息焉、故置二薬湯一而備二渇乏一、俗呼為二水飲一、児又問レ之、答者曰、「水飲也」、児曰、「何飲レ湯乎」、上二嶽頂一、小嶽叢生、児復問レ之、答曰「大嶽也」、児曰、「何有二小竹一乎」、嶽竹和語相近 其幼敏、機弁類レ此。

皇慶は七歳で比叡山に登ったが、途中、「不実柿」という地名について、果実が生っているのに何故「不実柿」というのかと尋ねた。また、水飲では、湯を飲むのに何故「水飲」というのかと尋ね、「大嶽」では、何故大竹ではなく小竹ばかり生えているのかと尋ねている。皇慶が名を尋ねた「不実柿」「水飲」「大嶽」は、永池健二『逸脱の唱声歌謡の精神史』に詳しく述べられているように、参詣路の重要な地点であり、聖域と俗界との境界というべき地である。

また、『山王絵詞』（妙法院本）に次のような説話が記されている。

西塔西谷北尾ニ、花林坊阿闍梨良禅と云者あり、京より登山しけるか、水飲の堂ニ暫休息の間ニ眠ゐたりける程ニ、夢ニ西方より大なる紫雲、大嶽峯ニ聳たり、希有の心を生して、いかなる人の浄土へ生るゝ瑞相哉らん、といひて傍を見れハ、老僧一人ありけるハ、あれハ東塔北谷ニ日吉聖真寺（ママ）不断念佛を勤修する人、善業ニよりて、只今往生する相也と云々、さて夢さめて後、立出て空を見れハ紫雲あり、良禅登山して諸人ニ語、聞人おの〱随喜の心を発ニけり、渇仰の思ふかくして、是を勤人おゝかりけり、

京から比叡山へと登っていた西塔の僧良禅は、水飲の堂でうたた寝をしてしまった。すると、紫雲がたなびき、老僧が修行者の往生を告げるという、ありがたい夢を見た。目覚めると、現実にも、空を見れば紫雲があった。「水飲」は単なる休息の地というだけではなく、霊的な体験をすることもある神聖な地であった。

本歌の配列について考察するに、前歌二五三と連作、連謡と解することもできるが、この歌のみ独立したものとしても十分に理解が成立する。全体を通じて、「湖」「波」「水飲」と、水に関する語、「花」「実」「枝」と植物に関する語で貫かれている。冒頭から「西裏にこそ」までは、「水飲」を導き出すためのなぞかけのような修辞となっている。また本歌は、「枝ささず」までの前半部と、それ以降の後半部とで対照的な構造が見いだせる。近江の湖を薬師の池になぞらえていると解するなら、薬師は東方浄瑠璃世界の教主であり、四句目の西裏と、東西の対照をなす。また、『全注釈』が記すように、比叡山は、湖のある方を表、山のある京都側は裏とされ、歌の前半と後半で表裏の対比がなされている。

また、二五四は二五三と合わせてひと組みのものとみても、表現の面白さが窺われる。本歌の冒頭は「近江のうみに」とすれば韻律が整うが、「近江のみづうみに」となっているのは二五三の冒頭と揃えたためであろう。同様に、冒頭を同じくする参詣歌は、次の二首にも見える。

八幡へ参らんと思へども　賀茂川桂川いとはやし　あなはやしな　淀の渡りに舟うけて　迎へたまへ大菩薩

（二六一）

熊野へ参らむと思へども　徒歩より参れば道遠し　すぐれて山きびし　馬にて参れば苦行ならず　空より参らむ　羽たべ若王子（二五八）

構造が似通っており、二五八は二六一を意識して面白さを加えたものであろう。これら二組の今様は、典拠が明確な、一言一句を言い換えた、いわゆる「替え歌」ではないが、共通理解をもとに、おかしみを加えて成立した娯楽的な要素の強い歌であると言える。配列においても前後にあることから、二首は一組として読む面白さをたくまれたものと考えられる。

　本歌を法文歌の趣で解釈すれば、「天台薬師の池である近江の湖に立つ波には、七宝蓮華の花は咲くが、これには実もならず、枝も伸びない、しかし、比叡のお山の西の裏には、「水の実」ならぬ「水飲」という、ここから聖域へと入るありがたい地があると聞いているよ」というところであろう。近江側の人々の間で生まれ、歌われたのではないだろうか。

【参考文献】

佐々木聖佳「「実ののらぬ山吹」考」（『歌謡—研究と資料』四号、一九九一年一〇月）

永池健二「〈王城〉の内と外—今様・霊験所歌に見る空間意識」『逸脱の唱声　歌謡の精神史』（梟社、二〇一一年）

馬場光子「今様の享受と再生—類歌発生—」『今様のこころとことば　『梁塵秘抄』の世界』（三弥井書店、一九八七年［初出一九八二年］）

横田みなわ・永池健二注「特集『承徳本古謡集』注釈（後篇）」（『歌謡—研究と資料』八号、二〇〇〇年一〇月）

二五五

植木朝子

【影印】

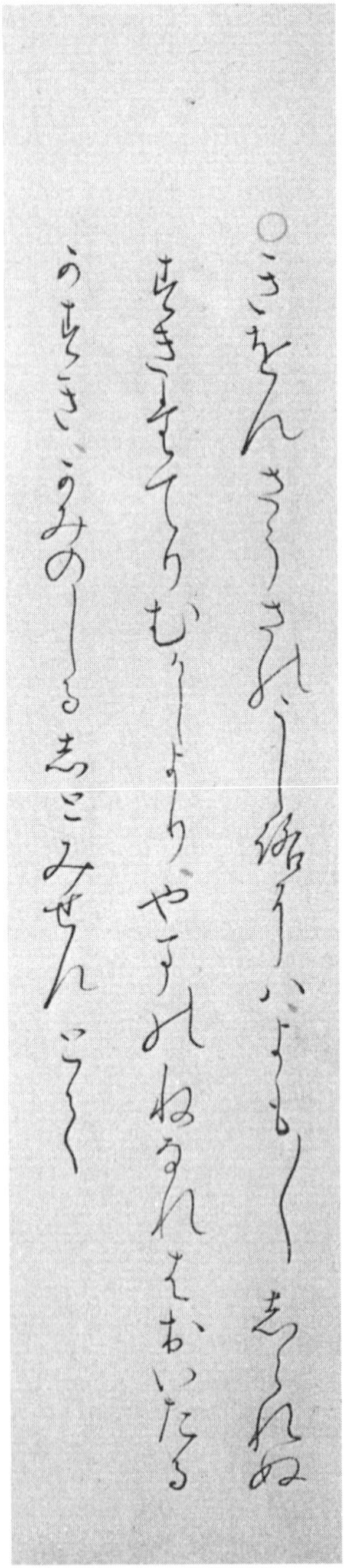
○きをんさうさのうしろにはよもくしられぬ
すきたてりむかしよりやまのねなれはおいたる
かすきかみのしるしとみせんとて

【翻刻】

○きをんさうさのうしろには、よもくしられぬ
すきたてりむかしより、やまのねなれはおいたる
かすき、かみのしるしとみせんとて

【校訂本文】

○祇園(ぎをん)精舎(さうざ)の後(うし)ろには　世(よ)も世(よ)も知(し)られぬ杉(すぎ)立(た)てり
昔(むかし)より山(やま)の根(ね)なれば生(お)ひたるか杉(すぎ)　神(かみ)の験(しるし)と見(み)せ
んとて

【校訂】

おいたるか　→　おひたるか（→【語釈】参照）。

【類歌・関連歌謡】

・いや高神客神の御山には　いや年を久しく杉立てるらん
　いや山の根なれば生立てる　いや御前のちかへに生立
　てる（天文本伊勢神楽歌「客神の歌」）
・いや客神山杉の叢立多けれど　いや中にも中にも思ふ杉
　あり（天文本伊勢神楽歌「客神の歌」）
・大梵天王は　中の間にこそおはしませ　少将婆利女の御

前は　西の間にこそおはしませ（二六七）

【諸説】

きをんさうさ　諸注、祇園社すなわち八坂神社のこととする。

よも〳〵　副詞「よも」を重ねた。「どうしてもその本体が知られまいと思われる杉」（大系。以後の全集・新全集・完訳）、「世も世も」で「何代を経たとも知れない杉」（小西考。以後の古典全書・荒井評釈・榎集成・新大系・全注釈）。

やまのねなれは　「山の麓であるからの意だけではない。山の底根にて不動の地なればの意」（荒井評釈）、「山の根であるから」（大系・全集・新全集・完訳）、「山の主だからというので」（榎集成）、「山神の支配する神域ということで」（新大系）、「山の底根の土地」（全注釈）。

かみのしるし　諸注、神の宿る座であることの象徴ととらえるが、小西考・古典全書のみ、しるしの杉を恋しく思う者を訪ねて行く目標ととらえ、杉を遊女たる巫女を意味するものとする。なお、本文について「しるしと」ではなく「「しるしを」歟」とするものもある（佐佐木注・歌謡集成）。

【語釈】

きをんさうさ　祇園精舎。本来はインドの寺院名であるが、ここでは祇園社（今の八坂神社）を指す。鎌倉時代末成立の『社家条々記録』では、貞観一八年（八七六）に南都の円如上人が東山山麓の祇園林に天つ神が垂迹したとして一堂を建立し、薬師如来を祀ったのを草創とする。日記類に見える祇園社の名の早い例は、『貞信公記』延喜二〇年（九二〇）閏六月二三日条である。祇園社を「祇園精舎」といった例としては、元久元年（一二〇四）、俊成九一歳の折の『祇園百首』に、「立春」の題で、「あふさかの杉より椙にかすみけり祇園精舎の春のあけぼの」（一）と詠んだものがある。時代は下るが、下冷泉政為（一四四五〜一五二三）の『碧玉集』にも、「祇園社法楽陣外郎勧進に」として、「都にも出雲八重垣へだてなき祇園精舎や世を守るらむ」（雑・一二七七）と見える。

うしろ　祇園社本殿の後方。寺社の「うしろ」は、神秘性の強い特別な空間である。（→【考察】参照）

よも〳〵しられぬ　世も世も知られぬ。いつの世からあるともわからない、の意。新大系の付録注は、「よも」を副詞と見る説について、「副詞の「よも」は、平安時代には打消推量の語を伴うのが普通で、不確定デハアルガ、ソノヨウナコトハマサカアルマイという予測を表す。（中略）梁塵秘抄のここの用法は「知られぬ」という打消語と同じ文の中にあり、予測の意が見られない。「昔より」との対応からすれば、「世も」の意であると考えられる。この歌詞を転成した伊勢神楽歌にも、「年をひさしく杉立てるらん」とある」と指摘する。この指摘に従って、「世も」の繰り返しと見ておきたい。

すき　すぎ。神樹、聖木としての杉。小西考は、遊女たる巫女を意味するものとするが、伊勢神楽歌にやや引きつけすぎた解釈ではないだろうか。伊勢神楽歌には「思ふ杉」とあって擬人化が顕著であるが、本歌にまで敷衍するのは難しいのではないか。小西考は、伊勢神楽歌のような形が原形であるとするが、『梁塵秘抄』から伊勢神楽歌への流れを考える方が自然であろう。また二七三「住吉四所のお前には　顔よき女体ぞおはします　男は誰ぞと尋ぬれば松が崎なるすき男」ともとは連作であったとする指摘も、祇園社を歌う本歌と住吉社を歌う二七三とを、にわかには結びつけがたいように思われる。神木としての杉については、荒井評釈にくわしいが、「しるしの杉」と呼ばれて特に著名なのは三輪山の杉と伏見稲荷の杉である。祇園社と杉が結びつく例としては、俊成の『祇園百首』に、「立春」として「あふさかの杉より椙にかすみけり祇園精舎の春のあけぼの」（一）と見え、早くに小西考が指摘している。初句の「あふさかの杉」は「関山の峰の杉むら過ぎゆけど近江は猶ぞはるけかりける」（『後撰和歌集』巻一二・恋四・よみ人しらず・八七五）、「逢坂の関の杉原したはれて月のもるにぞまかせたりける」（『詞花和歌集』巻九・雑上・大江匡房・三〇七）、「霜ふれどさかえこそませ君が代に逢坂山の関の杉森」（『千載和歌集』巻一〇・賀・藤原永範・六二九）などのように、逢坂の関の杉林を指し、『後撰和歌集』の例の如く、「過ぎ」を導き出しているものと考えられる。そのような掛詞の面白さが前面に出ているが、「杉より椙に」の表現は「逢坂の関の杉から祇園社の杉まで」と霞の広がりを歌っており、著名な逢坂の関の杉と並んで、祇園社に杉のあったことを響かせているようにも思われる。小西考は杉が境内に移し植えられた可能性を指摘するが、確証はなく、『社家条々記録』の「祇園林」といった表現からすると、祇園社の背後に杉林があり、その林の中の、特に目立つ杉を指すと考えた方がよいのではなかろうか。俊成の『祇園百首』には、他にも「霜」の題で「冬くれば杉のこずゑの初霜に神さびにけるほどぞしらるる」（五六）と見え、杉と祇園社との関わりが窺える。また、時代は下るが、室町期の「祇園社絵図」、戦国期の「洛中洛外図屏風」などの絵画資料にも、祇園社の背後に杉の木が描かれている。（→【考察】参照）

やまのねなれは　山の麓であるので。小西考が「杉は山の嶺にはあまり成長せず、低地によく育つものであるから、この「ね」は嶺でなくて根であろう」と指摘して以来、諸注、「山の麓」と解するが、『角川古語大辞典』によると、「嶺」の意の「ね」は、直接、あるいは「が」「の」を介して地名と結びつくのが大部分であり、単独の用法は『万葉集』東歌の中にしか見られないという。したがって用法上も「嶺」とは解し得ないと言えるだろう。榎集成、新大系は、「根」の象徴的な意味を前面に出して、それぞれ「山の主だからというので」、「山神の支配する神域ということで」と訳している。小西考は続けて、「ただ祇園社の辺には山はないが、稲荷の験の杉が「旧の山上のしるしの杉の木種の木を、今の中社辺に移し植て神木として、それをもやがてしるしの杉と称へしなるべし」（験の杉）といはれてゐる如く、これも移し植えられた神杉をいふものと思はれる」とするが、祇園社の東側は山になっており、「山の根」という表現に矛盾はないものと思われる。『社家条々記録』には、祇園社の草創について「天神東山之麓祇園林令垂迹御坐」とあり、天つ神が東山の麓に垂迹したため、南都の円如上人が一堂を建立したことを記す。すなわち、祇園社の場所を「山の麓」と把握していることがわかる。時代は下るが、文政五年（一八二二）序の『八十浦之玉』の長歌にも、祇園社を「東の　山の麓に　神代より　しづまりましぬ」（上巻末・今村楽・三一八）と表現している例がある。「山の根」は「新羅の山の根に副て漕行ける程に、船に水など汲入れむとて、水の流れ出たる所にて船を留めて」（『今昔物語集』巻二九―三一）、「遙に高き巌の岸にて、上は滋き山にて有ければ、可登き様も無かりければ、遙に山の根に付て差廻て見けるに」（『今昔物語集』巻三一―一二）、「二つの川の落合に大木を切って逆茂木にひき、しがらみをおびたたしうかきあげたれば、東西の山の根に水さしこうで、水海にむかへるが如し」（覚一本『平家物語』巻七「火打合戦」）、「城の内にありける平泉寺の長吏斎明威儀師、平家に志ふかかりければ、山の根をまはッて、消息を書き」（覚一本『平家物語』巻七「火打合戦」）などの如く、地理的に山の麓を表すが、山の稜線が高い尾根から落ち込んで海や川に入り込んだところをいうことが多く、とすると、そのような地形は神の現れる場所としてふさわしい（野本寛一『神々の風景―信仰環境論の試み―』、永池健二「「尾上」という場所―一つ松考序説―」）。古代における他界の一つとしての「根の国」なども思い合わせると、「山の根」は、ある霊的な力を持っている場所と考えられるのではないか。現在でも、たとえば福岡県築上郡吉富町の八幡古表神社に伝わる神歌中に「宇佐の宮の小倉の山の岩根なる五葉の松」（『八幡古表神社の傀儡子』一九九〇年、吉富町教育委員会）とあり、山の根の霊力に対する畏怖の念は脈々と受け継がれている。

おいたるか　はえているのか。「い」は本来「ひ」とあるべきだが、「生ふ」の未然形・連用形の「おひ」は「おい」と混同されやすく、現存する『梁塵秘抄』の本文でも、三三七「かしら（頭）のかみ（髪）こそ前世のほう（報）にておい（生）さらめ」、三三九「つの（角）みつ（三）おい（生）たるをに（鬼）になれ」といった表記が見える。

かみのしるし　神の現ずること、神の霊験。「木綿だすき袂にかけて祈りこし神のしるしを今日見つるかな」（『後拾遺和歌集』巻一八・雑四・よみ人しらず・一〇七九）、「四つの品三つの位にのぼりなばなます神のしるしと思はん」（『月詣和歌集』巻九・九月・祝部成仲・八〇六）、「祈りつつ寝る夜の夢に逢ひぬるは神のしるしを見するなりけり」（『明日香井集』下・一四五四）など、恋人から和歌を贈られる、昇進する、恋人と夢で逢うといった願いがかなうことをもって、「神のしるし」を見たと表現することも多いが、それ以上に、杉、松、葵、榊などを、神がそこに現じた目じるしと見る例は多く、枚挙に暇がない。「杉が枝を霞こむれど三輪の山神のしるしは隠れざりけり」（『千載和歌集』巻二〇・神祇・範玄・一二六九）、「あまくだる神のしるしの榊葉に雪の白木綿かけそへてけり」（『林葉和歌集』四・冬・六一六）、「三輪の山ふもとの杉のおひあひに松をも神のしるしとぞ見る」（『寂身法師集』五三七）、「三輪ならぬ稲荷の山もたづねきて神のしるしの杉を折りけり」（『雅有集』五五〇）などがその一例である。なお、佐佐木注、歌謡集成は、本文「しるしと」を「しるしを」歟」とするが、先の『寂身法師集』「神のしるしとぞ見る」の例や、紫上の幸運を「故尼上の御祈りのしるしと見たてまつる」（『源氏物語』「賢木」）とする例などから、「しるしと」のままで問題はない。

【考察】

小西考は、この歌謡に「軽い揶揄の気分」を見ているが、むしろ、『徒然草』に「すべて、神の社こそ、すごくなまめかしき物なれや。物古りたる杜のけしきもただならぬに、玉垣しわたして、榊に木綿懸けたるなど、いみじからぬかは」（二四段）とあるような、荘厳な神社への礼讃と見てよいのではないか。『徒然草』本段について、久保田淳は「森厳な雰囲気を湛えた神祇信仰への礼讃」と述べている。「物古りたる杜のけしきもただならぬに」といった表現は、二五五の「世も世も知られぬ杉立てり」と通底するものであろう。神木として立っている杉そのものに対する感慨を詠んだものに「ちはやぶる香椎の宮のあや杉は神のみそぎに立てるなりけり」(『新古今和歌集』巻一九・神祇・よみ人しらず・一八八六)があるが、時代も近く参考になる。さらに、杉の立っているとされる「後ろ」という空間も、神秘性の強い特殊な空間である。服部幸雄が一連の宿神論で指摘したように、強大な霊威を発揮する異質な仏神は、寺院の「後戸」に祀られ、それが歌舞芸能の神としての性格を付与されていったからである(服部幸雄『宿神論—日本芸能民信仰の研究—』)。「後ろ」といい「山の根」といい、二五五において は、霊的な世界とつながる場所が特に取り上げられて、祇園社への畏怖の念が強調されているものと考えられよう。ただし、「生ひたるか杉」と、杉に親しく呼びかける表現は、信仰する人間と信仰される神とが厳しく隔てられているのではない、親愛の情に裏打ちされた信仰のあり方を示しているように思われる。

この杉について、大系は「除疫神牛頭天王の神杉として民俗的な特定の意味を持たせていると思う」と指摘するが、平安時代において祇園社と結びつく樹木としては、むしろ、松と桜が注目される。『後拾遺和歌集』には「同御時(=後三条天皇)祇園に行幸侍けるに、東遊にうたふべき歌召し侍りければよめる」の詞書で、「ちはやぶる神の園なる姫小松よろづ代ふべきはじめなりけり」(巻二〇・雑六・藤原経衡・一一七〇)とある。天皇を言祝ぐ和歌の中で松が歌われるのはしばしば見られることだが、「神の園なる」すなわち、「祇園社にある」松と限定している点は注意されよう。また、『玉葉和歌集』には「わがやどに千もとの桜花さかばうゑおく人の身もさかへなん」(巻二〇・神祇・よみ人しらず・二七四五)の例があり、左注に「これは祇園の御歌とて人の夢にみえけるとなむ」とあるから、この和歌は、祇園の神の歌であるとされ、神の望んだ樹木として桜が取り上げられている。時代は下るが、謡曲「熊野」に、「寺は桂の橋柱、立ち出でて峰の雲、花やあらぬ初桜の、祇園林下河原」とあって、桜の名所として祇園林があげられている。「下河原」は祇園社の南に続く地名である。

なお、俊成の『祇園百首』には、樹木として、杉、松、桜の他、梅、柳、藤も詠まれている。このように、平安時代末までの文献には、祇園社と杉との関連が頻出するとは言い難いが、時代が下ると、祇園の杉を詠んだ和歌がいくつか見出される。

祇園林は木うすく松杉老木若き有
いつの代かいひ伝へけむ姫小松同じ老木とならふ神杉

（天正三年［一五七五］「今川氏真詠草」）

祇園も花漸開

杉間もるしらゆふみえて分入れば宮ゐ閑けき花のうち哉　（同）

杉雪　宝永六年七月　院祇園社御法楽

山はみなしろたへなから木たかさの雪にかくれぬ峰の杉村　（以上、『栄葉和歌集』）

宝永五年十月十四日　仙洞　祇園社御法楽

杉　実積

ふかみどり山の岩根にかげふかくしげるも幾代杉の一むら　（「祇園社御法楽和歌」）

宝永六年十一月十四日　仙洞　祇園社御法楽

杜雪　正仁

松杉のあらしもけさはうづもれてもりの木ずゑぞ雪にしづけき　（「祇園社御法楽和歌」）

時代は下るが、宝永五年（一七〇八）、実積の「ふかみどり」の歌は、「山の岩根」「しげるも幾代」の表現が、本歌の「山の根」「世も世も知られぬ」「昔より」の表現と類似しており、注意される。

元徳三年（一三三一）に祇園社の大絵師・隆円によって描かれた「祇園社絵図」（八坂神社蔵）には、紅葉した楓らしい樹木、桜らしい樹木、松らしい常緑樹が描かれている。本殿の後ろに描かれる三本の常緑樹は太く大きくて目をひくが、杉であろうと推測されており、「実際に梁塵秘抄の歌にあるスギが、鎌倉時代においても本殿の背後に重要な樹木として存在していたことが考えられる」（小椋純一「八坂神社境内の植生景観の変遷」）との指摘がある。また、戦国時代後期の『洛中洛外図屏風』（上杉本）にも祇園社の背後に数本の杉が描かれていることが指摘されている（盛本昌広『草と木が語る日本の中世』）。

本歌は、和歌の類型の中で詠まれてきた松や桜ではなく、本殿の後ろにそびえたつ現実の杉をこそ取り上げて、畏敬の念と親しみとを歌い込めた一首といえよう。

【参考文献】

小椋純一「八坂神社境内の植生景観の変遷」人間文化研究機構国立歴史民俗博物館編『日本の神々と祭り―神社とは何か？―』（人間文化研究機構国立歴史民俗博物館、二〇〇六年）

久保田淳校注「徒然草」佐竹昭広ほか編『新日本古典文学大系三九　方丈記　徒然草』（岩波書店、一九八九年）

永池健二「「尾上」という場所―一つ松考序説―」（『大谷女子大国文』二三号、一九九三年三月）

野本寛一『神々の風景―信仰環境論の試み―』（白水社、一九九〇年）
服部幸雄『宿神論―日本芸能民信仰の研究―』（岩波書店、二〇〇九年）
盛本昌広『草と木が語る日本の中世』（岩波書店、二〇一二年）
八木意知男『儀礼和歌の研究』（京都女子大学、一九九八年）
八木意知男「近世祇園社御法楽和歌（拾遺）」（『女子大国文』一二九号、二〇〇一年六月）
八木意知男「八雲たつ出雲―祇園詠歌の諸相―」真弓常忠編『祇園信仰事典』（戎光祥出版、二〇〇二年）

二五六

西川　学

【影印】

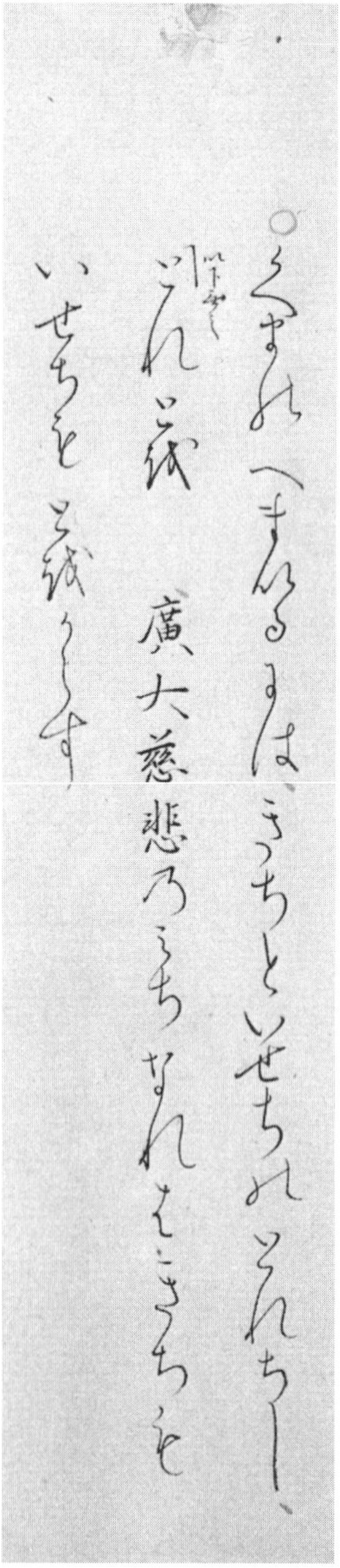

【翻刻】

○くまのへまいるには、きちといせちのとれちかし、
とれとを[以下無之]　、広大慈悲のみちなれはきちも
いせちもとをからす

【校訂本文】

○熊野(くまの)へ参(まい)るには　紀路(きぢ)と伊勢路(いせぢ)のどれ近(ちか)し　どれ遠(とを)
し　広大慈悲の道(みち)なれば　紀路(きぢ)も伊勢路(いせぢ)も遠(とを)からず

【校訂】

とれちかし　諸注、「とれちし」と読み、「ち」と「し」の間に「か」の脱落とするが、「ち」と「し」の間に「可（か）」の筆の戻りがあると判断し、「ちかし」と校訂した。

とれとを　→　とれとをし　書写者の注記「以下無之」は、「とれとを」がないという意か。または、別本があったか。「とれとを」と本文では「を」の後に一字分の空白がある。「し」の脱落と考え、諸注と同じく「とれとをし」と読んでおく。

【類歌・関連歌謡】

・熊野へ参るには　何か苦しき修行者よ　安松姫松五葉松　千里の浜（二五七）

・熊野へ参らむと思へども　徒歩より参れば道遠し　すぐれて山きびし　馬にて参れば苦行ならず　空より参らむ　羽たべ若王子（二五八）

・八幡へ参らんと思へども　賀茂川桂川いとはやし　あなはやしな　淀の渡りに舟うけて　迎へたまへ大菩薩（二六一）

・カヒタウクレハ波タカシ　サムタウトヲモヘバスクレテヤマキヒシ　マシテホクロクタウハ雪タカ、ムナルモノヲヤ　イサ、ハイセチニカ、リナム（『体源抄』一〇ノ下「音曲事」、『古今目録抄』料紙今様）

【諸説】

くまの　諸注「熊野」「熊野早玉神社、熊野坐神社」（小西考）、「熊野神社」（荒井評釈）、「熊野三所権現」（大系・全注釈）、「熊野三山。十二所権現という十二の神を祀る。」（全集・新全集・完訳）、「熊野本宮・新宮・那智の三所。熊野三山と総称。三山には主神のほかに、他の二神をも合祭し、本地垂迹説に基づき熊野三所権現と称した。本宮の主神の本地は阿弥陀、新宮のは薬師、那智が千手観音とされる。さらに三山とも、他に九所の神を合祭して、熊野十二所権現と呼ぶ。」（榎集成）と、意味に微妙な差違がある。

きち　諸注「紀路」「（熊野権現へ）といふ方の路」（小西考）、「紀路＝紀伊を通って熊野神社へ参詣する道筋。日本地誌提要によれば、「橋本、河内、和歌山、内原、加茂谷、宮原、湯浅、小松原、伊南南部、田辺、富田、安居村、参見、和沢川村、見津、江田、姫村、西向、下田原、浦神、浜宮、新宮」の順になつてゐる。多少の異動はあり、船路で行く事はあつても、古代もこれとあまり変わらなかつたであらう。」（荒井評釈）、「紀路は藤代—切目—滝尻—本宮（—新宮—那智）」（大系）、「京から淀川を下り、熊野街道を経て、田辺付近から本宮へ出、新宮・那智へ行く行程。」（全集・新全集・完訳）、「京から川船で難波（大阪市）へ出、和泉・紀伊国の海岸づたいに南下し、中遍路（今の田辺市から東へ山道）を経て、本宮に至る道。当時最も多く利用された経路」（榎集成）、「熊野参詣の本道。京・西国からの参詣道。京から淀川を下り、川尻の第一王子の窪津王子（天満橋付近）に至り、四天王寺を左に南下、田辺より山中の中辺路を行く。」（新大系）「熊野へ入る道はいくつかあったが、京都の鳥羽から船に乗って淀川をくだり、現在の大阪天満橋付近で上陸したあと泉州を通って紀伊国に入り、田辺から山間に開かれた中辺路を進み、伏拝の峠を超えて熊野本宮本社に到着した。これがいわゆる御幸道と呼ばれた順路で、京都と熊野の往復は約六六八㎞あり、熊野までの旅に要した日程は一ヶ月に及んだといわれる。いっぽう、田辺から海岸づたいに那智・新宮を経て本宮に至る順路がある。これを大辺路といい、この二つが「紀路」といわれるものである。」（全注釈）、「紀伊路は、京から淀川を下り、和泉国（大阪府南西部）・紀伊国（和歌山県）の海岸伝いに南下し、田辺付近から本宮へ出て、新宮・那智へ行く道で、当時最も多く利用された経路である。」（植木梁塵①）。

いせち　諸注「伊勢路」「「清盛公…伊勢の海より船にてくまのへまゐられけるに」（岩波文庫本平家物語―鱸）とある路か。」（小西考）、「日本地誌提要によれば、京都より伊勢の間弓村に出る。其より「伊勢間弓村―紀伊長島村、馬瀬村、尾鷲、三木里、曾根、新鹿、木本、阿田村、井田、新宮」と行く道筋である。」（荒井評釈・大系）、「主に東国からの参詣者が利用、伊勢松坂、尾鷲を経由する陸路。また海路」（全集・新全集・完訳・新大系）、「京から伊勢に出て伊勢詣を終えてから、陸路あるいは海路から足を延ばし熊野（新宮）へ入るコース。これも熊野古道の一つであった。」（全注釈・榎集成）、「伊勢路は、京から伊勢国（三重県）へ出て、尾鷲を経て新宮に至る道。」（植木梁塵①）。

ちかし　諸注「近し」とし、「か」を補う。「「ちかし」原本「ちし」」（岩波文庫）、「原本「どれちし」である。佐佐木博士の校訂による。」（荒井評釈）。

とを　諸注「遠し」とし、「し」を補う。「「どれ遠し」の「し」原本なし「どれ」の傍に原本「無之」とあり。」（岩波文庫）、「どれ遠し＝原本に以下無之の傍書がある。「どれとを」だけであるが、やはり佐佐木博士の校訂に従ふ。」（荒井評釈）。

広大慈悲　諸注、一切衆生を救うという広大な慈悲。「権現の霊験を示す」（全集・新全集・完訳）。

広大慈悲のみちなれは　「一切衆生を済ふ広大な慈悲心を持たれる神へ詣づる道である故にの意」（荒井評釈）、「広大な慈悲を垂れる神への参詣路。本地の仏・菩薩を強く押し出した表現」（榎集成）。

【語釈】

くまのへまいるには　熊野は、熊野三山・熊野三所権現とも。紀伊山地の修験霊場の三所。紀伊半島南部の本宮・那智・新宮の三神と十二所権現に対する信仰が熊野である。「熊野へ参るには…」から始まる二五六・二五七・二五八の熊野参詣をうたう今様の歌い出しの類型句。道行を導き出す常套句としてその内容を表す。また、「〇〇へ参るには」の句は、霊験所を歌い出す際の類型表現になっており、熊野参詣などの神社仏閣の聖地や霊験所参詣への道行の歌の歌い出し方法である。他に、「八幡へ参らんと」（二六一）の例がある。

きち　紀路。京都から大阪を経て和歌山の西海岸沿いへ摂津・和泉・紀伊に進む熊野参詣路。上代は、大和国から紀伊国へ通じる道の南海道のことを指していた。または、紀伊国内を通る道の意でもあった（『万葉集』巻一・三五、巻四・五四三）が、平安中期頃から熊野参詣路（熊野古道）のことを指すようになった。熊野三山へ向かう場合に最も多く利用されたルートで、『中右記』『明月記』等の資料では、京都から大阪までは淀川を舟で下り、熊野街道の起点であった窪津（渡辺津）から陸路で天王寺・住吉大社、現在の堺を経由して、和歌山県の田辺に向かう。田辺からは山に入って本宮大社を目指す中辺路と、海岸沿いに那智を目指す大辺路に分かれた。熊野詣が最も盛んになった平安後期以降は、中辺路が主流の参詣道になった。なお、紀路には「小辺路」という高野山（和歌山県伊都郡高野町）と熊野本宮大社（和歌山県田辺市本宮町本宮）を峰伝いに紀伊山地を南北に縦走するルートがあるが、この時代にはまだ成立していない。

いせち　伊勢路。伊勢神宮を参拝してから熊野三山を目指す参詣道。本来、伊勢路は京から出発する場合、近江国を経由する東海道・伊勢別街道を通るルートと、大和国を経由する伊賀街道・初瀬街道を使って伊勢に向かう参詣路がある。熊野参詣の伊勢路は、伊勢本街道と分岐する田丸（玉城町）で、女鬼峠・三瀬坂峠・ツヅラト峠・荷坂峠を経て紀伊長島にたどり着き、そこから海岸沿いに新宮まで向かったと考えられる。『権記』長保元年（九九九）一一月一三日条によれば、「去秋雖思企、慮外所障侍、于今延引、雖及厳寒、強欲参向、行歩難堪、不向紀路、密々乗船為参、可経伊勢」とある。これは、花山法皇が熊野参詣を冬の厳寒の時期に、紀路を徒歩で参詣することは難しく、船に乗り伊勢を経て熊野に向かおうとしていたことを記すものであり、花山法皇の時代には、すでに熊野参詣路として伊勢路と紀路が並立し、冬場はどちらも徒歩が厳しかったことを伝える。また、『体源抄』一〇ノ下「音曲事」には、「白河院之御時ニメサレテ歌ツカマツリケルニイタシテ云」とあって「カヒタウクレハ波タカシ、サムタウトヲモヘバスクレテヤマキヒシ、マシテホクロクタウハ雪タカ、ムナルモノヲヤ、イサ、ハイセチニカ、リナム」とある。この今様は、『古今目録抄』料紙今様にも同詞章で書き留められており、平安時代に実際に歌われていた可能性が高い。馬場光子はこの今様に対して、「滋賀県を起点とする、街道を旅する者の伊勢路讃美の内容を持つ。」（『今様のこころとことば』）と説明している。この今様の「サムタウトヲモヘバスクレテヤマキヒシ」（山道と思へばすぐれて山厳し）という字句からは、「熊野へ参らむと思へども　徒歩より参れば道遠し　すぐれて山きびし」（二五八）が想起され、北陸道とあるので、馬場の言うように滋賀県を起点としたものであろうが、近江と美濃の境界の不破関辺りで伊勢路のことを懐古して歌ったものであろう。

とれちかし　とれとを　どれ近し、どれ遠し。すでに【校訂】で述べたように、岩波文庫以来、「ち」と「し」の間に「か」の脱落としていたが、本注釈においては「ち」と「し」の間に「可（か）」の筆の戻りがあると判断し、「ちかし」とした。意味は、熊野参詣路の遠近を尋ねているが、結果的には最終句の「紀路も伊勢路も遠からず」と熊野参詣路は広大慈悲の道であり、その遠近には差がないことを歌う。

広大慈悲のみち　仏の広大な慈悲によって導かれた道。観音の浄土、阿弥陀の浄土へ至る道。慈悲は、『智度論』（二七）に「大慈与一切衆生楽。大悲抜一切衆生苦」とあり、仏がすべての衆生に対し、これを生死輪廻の苦から解脱させようとする憐愍の心。広大慈悲とは、仏の慈悲の心が広く無限であることをいう。文献には「智恵无量にして慈悲広大になむ御ける」（『今昔物語集』巻四—二五）、「ひとへに貴殿広大の慈悲を仰ぐ」（覚一本『平家物語』巻一一「腰越」）とある。本歌の場合は、熊野権現の本地垂迹である観音と阿弥陀の御利益を説く。『梁塵秘抄』には「熊野の権現は、名草の浜にぞ降り給ふ、海人の小舟に乗り給ひ慈悲の袖をぞ垂れ給ふ」（四一三）とある。諸菩薩の中でも、観音菩薩は大慈大悲を本誓とし、「観音句」には「南無大慈大悲観世音菩薩。四重重罪、五逆消滅、自他平等、即身成仏」とある。『梁塵秘抄』にも、「慈悲の眼はあざやかに、蓮の如くぞ開けたる、智恵の光は夜々に、朝日の如く明らかに」（二二三）とあり、阿弥陀の慈悲を歌う。熊野信仰は観音と阿弥陀の信仰でもあり、本歌も熊野参詣道が観音と阿弥陀への浄土を目指すことを歌う（→【考察】参照）。

きちもいせちもとをからす　紀路も伊勢路も遠からず　紀路も伊勢路も熊野参詣へ続く仏の慈悲の道であるので、遠くはないことを諭す。同種の発想は、『梁塵秘抄』に「極楽浄土は一所　勤めなければ程遠し　われらが心の愚かにて　近きを遠しと思ふなり」（一七五）がある。この今様は、本来は近い所にあるはずの極楽浄土を遠いところにあるものだと考えてしまう人間の愚かさを戒める内容になっている。

【考察】

本歌は熊野信仰をうたう連章今様五首の内の一番歌である。熊野参詣への道を仏の慈悲の道として歌う。本歌二五六と次歌二五七は、「熊野へ参るには」という同じ歌い出しから始まる同類型の今様であり、京からの熊野詣への出発と期待を彷彿とさせる。おそらくは京の都で実際の難行苦行の熊野詣を想定して歌われた今様であろう。続く二五八では、「熊野へ参らむと思へども」と熊野詣の過酷さを歌い、「羽たべ若王子」と懇願する姿から実際の参詣路での道中、藤代王子辺りで歌われた今様であろう（→二五八～二六〇参照）。二五九も、前作の二五八で歌われた「若王子」からの連鎖・発想を得て、「歳はゆけども若王子」と少し戯れた雰囲気で旅の疲れを癒すような今様であり、藤代王子辺りで歌われたと推察できる。そして、五首連作の最後の二六〇では、「花の都を振り捨てて　くれくれ参るは」と熊野にやっとたどり着き、今まさに熊野権現の御前に侍り、本地阿弥陀仏を観相している姿を証誠殿の眼前で歌い上げたものであろう。これらの熊野信仰に関わる連章今様は、本歌以降で明らかになっていくが、熊野詣の有様と、その実際の場のことを順番に歌っていると言える。

まず、本歌では、歌い出しの表現、道行の表現が特徴的である。平安中期成立の増基法師の『いほぬし』には、「神無月の十日ばかり熊野へまうでけるに、人々もろともになどいふもの有けれど、我心ににたるもなかりければ、たゞ忍びてとうしひとりしてぞまうでける。」とあって京から熊野へ参詣しており、その参詣の経路を抜き出すと左記のようになる。

京→やはた→すみよし→いづみなる信太のもり→きの国の吹上のはま→ししのせ山→いはしろの野→ちか（ママ）の浜→みなへの浜→むろのみなと→御山（滝尻）→水のみ→御山・御堂（本宮）→みふねじま（速玉御山）→はなのいはやのもと→四十九院のいはやのもと→たてが崎→伊勢の国見わたりといふはま→あふ坂ごえ→加茂川（京）

京都を出発して紀路の中辺路を進み、御山（本宮）、速玉新宮を経て花の窟、伊勢へ向かったことが書き記されている。熊野参詣路を知る上でも貴重な平安時代の記録の一つであり、また順路に「王子社」の名前が見られないことから、熊野王子社が確立される前の、紀路の整備以前の参詣路であったことがわかる。けれども、「御山に着くほどに、木のもとごとに、手向けの神多かれば、水飲に泊まる夜」（『いほぬし』一六「水飲」）ともあり、木の根ごとに手向けの神がいて参拝しているが、これは王子社の前身と思われ、信仰がすでにあったことが窺える。さらに、帰路は花の窟・楯が崎・三渡の浜・六軒町を経る伊勢路のコースを辿っている。その後、逢坂越・加茂川を経て京へと戻った。しかし、次の『中右記』天仁二年（一一〇九）一〇月一八日～一一月一〇日条の熊野詣の記事から参詣の経路を抜き出せば、左記のようになる。

有田河→白原王子社→道場寺→日高川→塩屋王子→鶴王子→切部王子→切陪川→石代王子→千里浜→南陪野山→河参早王子→田之陪→参伊奈波禰王子→滝尻王子→近津湯王子→仲野川王子→発心門　→内飲王子→本宮（証誠殿・両所権現御前・参若宮王子御前・一万眷属

十万金剛童子勧進十五所飛行夜叉朱持金剛童子惣社）↓
（借舟七艘）↓新宮（証誠殿・両所御前・若宮一王子社）
↓　阿須賀王子↓（海浜）↓浜宮王子↓一野王子↓那
智発心門鳥居↓那智（証誠殿・両所御前・若宮王子幷諸
眷属御前・滝殿・千手堂）↓新宮↓（乗船）↓本宮↓湯
峯↓京

とあり、白河・鳥羽両院の熊野御幸を通じて紀路の熊野参詣路が整備されてゆき、それに伴い参詣者が増加し、それに比例するように王子社が増えていったと考えられている。『権記』長保元年（九九九）一一月一三日条には、花山法皇が熊野詣に際して「行歩難堪、不向紀路、密々乗船為参、可経伊勢」（行歩堪へがたく、紀路に向かはず。密々船に乗りて参らんがため、伊勢を経るべし）と言っていたが（↓【語釈】「いせち」参照）、次第に、海路を経る伊勢路よりも陸路のみの紀伊路が広く用いられ、主流の参詣路になっていった。その理由は、「熊野へ参らむと思へども　徒歩より参れば道遠し　すぐれて山きびし　馬にて参れば苦行ならず　空より参らむ　羽たべ若王子」（二五八）に端的に表現されている。陸路による徒歩での難行苦行の末に熊野権現へたどり着くことによって、御利生を得ることができるという信仰があったからであろう。

平清盛が安芸守であった時に「伊勢の海より、船にて熊野へ参」（『平家物語』巻一「鱸」）り、その御利生で平家が繁昌したことを伝える。また、『平治物語』巻一「六波羅より紀州へ早馬を立てらるる事」では、清盛たちが熊野参詣をしている途中の「切部の宿」で平治の乱が起こったことを六波羅からの早馬の知らせで聞き、急ぎ京に戻ったことが語られる。『平家物語』の船路での熊野参詣と『平治物語』の紀路における徒歩参詣の二つの経路があったことを示すが、次第に熊野参詣には陸路が採られるようになっていった。それはこの時代に白河・鳥羽両院が紀路を用いた熊野参詣をくり返したことから、熊野参詣では紀路の陸路が主流になっていったからである。早歌「熊野参詣」には、「分けくる山路はしげけれど　流れはかはらず在田河　河より遠や名草の浜　浜路はるかに遠けれは　ほのみの崎をや隔つらん。青柳の糸我の山のいとはやも　はこふ歩の日を経ては　道もさすかにしられつゝ　湯浅の王子　角の瀬　由良の湊も程ちかく　紀路の遠山行廻　鹿の脊の山名にしほふ（傍点筆者）」と、地名をあげて中辺路を行く様子が歌われている。京都から紀路での熊野参詣をする場合の期間は、二週間前後が一応の目安であった。『梁塵秘抄』成立以前に書かれた『いほぬし』では、増基法師は京を一

○月一○日に出立して月内に「御山」すなわち熊野本宮に到着している。また、『後鳥羽院熊野御幸記』では、京を一○月五日に出て本宮に一○月一六日に着いていることからもその道のりがわかる。

次に、『華厳経』「入法界品」には、「於此南方有山名補陀落。彼有菩薩名観自在」とあり、観音浄土の補陀落が南方にあるとする観念があり、当時の都であった平安京から見て南方の観音浄土の補陀落は熊野一帯であるという観念が存在していた。また、早くより修験道の霊地としてお滝の信仰が流布していた霊山那智を有する海岸一帯が観音浄土の補陀落と認識され、補陀落渡海が行われていた。

『長秋記』長承三年（一一三四）二月一日条には、「丞相（本宮）和命家津王子　法形　阿弥陀仏　両所　西宮結宮　女形　本地千手観音　中宮　早玉明神　俗形　本地薬師如来　已上三所」とあり、『熊野草創由来雑集抄』には、「御神体之事　一　西之御前結霊宮（中略）千手観音　一　中之御前速霊宮　薬師如来　一　証誠殿（中略）阿弥陀仏」とある。すなわち、本宮が阿弥陀、那智大社が千手観音、速玉大社が薬師如来であると、熊野三所のそれぞれの本地仏を示す。

熊野信仰が特に観音信仰であったことを示す例証やその具体的な様相は、『平家物語』や『源平盛衰記』の平康頼や平維盛から知られる。『平家物語』巻二「康頼祝言」には、丹波少将成経と康頼入道の二人は、もとより熊野信心をしていたので、流罪先の鬼界島でも熊野の三所権現を勧請して日ごとに熊野詣のまねをして、帰洛の事を祈ったとある。その折に唱える願文は「証誠大菩薩は、済度苦海の教主、三身円満の覚王也。或東方浄瑠璃医王の主、衆病悉除の如来也。或南方補堕落能化の主」とあって、熊野三山の本地仏である阿弥陀如来・薬師如来・観世音菩薩に対して祈願を行っている。続く巻二「卒都婆流」では、丹波少将と康頼入道が三所権現の御前に参って、明け方まで今様を歌いながら通夜していると、「よろづの仏の願よりも　千手の誓ぞたのもしき　枯たる草木も忽に　花さき実なるとこそきけ」と、沖より白い帆掛け船に乗った紅の袴を着た女房たちが鼓を打ちながら声を調えて、三返歌いすましてかき消すやうに失せる夢を康頼入道が見た。夢が覚めた後、康頼入道は、「是は竜神の化現とおぼえたり。三所権現のうちに、西の御前と申は、本地千手観音にておはします。竜神は則千手の廿八部衆の其一なれば、もッて御納受こそたのもしけれ。」と述べており、まさに熊野権現の中でも千手観音の御利生を得たことが具体的に示される。

また、後白河院は熊野詣を三四回もくり返しており、その様子は『梁塵秘抄口伝集』巻一〇に今様の示現譚として記されている。熊野詣の際に、「二月九日、本宮奉幣をす。三御山に三日づつ籠りて、そのあひだ、千手経千巻を転読したてまつりき。同月一二日、新宮に参りて奉幣す。その次第つねのごとし。夜ふけてまたのぼりて、宮巡りののち、礼殿にして通夜。千手経を誦みたてまつる。」とある。これは応保二年（一一六二）の二度目の熊野詣の際の記録であるが、仁安四年（一一六九）に行われた第一二度の参詣の際も同じように「法楽のものの心経（般若心経のこと、筆者注）、もし千手・法華経」を唱えていることから千手経、すなわち『千手千眼観世音菩薩広大円満無礙大悲心陀羅尼経』を読誦したことがわかり、後白河院が特に熊野信仰に千手観音を意識していた様子を窺い知ることができる。

さらに、『平家物語』巻一〇「熊野参詣」では、死を覚悟した平維盛が、「本宮に参り着き、証誠殿の御まへについ居給ひつゝ、（中略）「当山権現は、本地阿弥陀如来にてましします。摂取不捨の本願あやまたず、浄土へ引導給へ」と申されける」とあり、巻一〇「維盛入水」でも「其上、当山権現は、本地阿弥陀如来にてましします。はじめ無三悪趣の願より、おはり得三宝忍の願にいたるまで、一々の誓願、衆生化度の願ならずといふ事なし。」ともあり、熊野信仰が阿弥陀信仰であることを示す。さらに、時代は下るが応永三四年（一四二七）の『熊野詣日記』九月二六日条に「滝尻の王子（五たい王子）御奉幣、御神楽つねのことし、しやうそくたくせんに下さる」とあって、「抑権現の紀伊国むろのこほりに、はるばるとあとをたれ給事ハ、川をへたて山をかさねて、参詣の衆生に難行苦行の功をつませて、此度すみやかに出離得脱せさせんとの御ちかひなり、これによりて、一天の君、万乗のあるしも、此道におもむき給てハ身命をおしみ給ハぬものなり、たう下に御あかりありて、地蔵堂にて御こやしなひ、此所より九品の鳥井たちはしむ、則下品下生の鳥居あり、すてに安養の浄土に往詣して不退の宝土をふめり」と記す。これは、足利義満女南御所と今御所、義満側室北野殿などが住心院法印権大僧都実意を先達として行った熊野参詣の記録である。この記事からは、滝尻王子からが「安養浄土」（阿弥陀の浄土に往生すれば、心を安んじ身を養う意）の極楽浄土であるとする。まさに、熊野三山全体が阿弥陀如来の極楽浄土であることが意識されていたのである。そして、その入口が「滝尻」であった。『中右記』天仁二年（一一〇九）一〇月二三日条には「滝尻」に「初入御山内」と傍書されており、この滝尻が熊野三山の入口であったことを示している。すなわち、滝尻から阿弥陀浄土と観音浄土が始まるのであった。そして、熊野参詣道は仏の慈悲に導かれた浄土憧憬の道であったのである。

【参考文献】

馬場光子「今様の享受と再生―類歌発生―」『今様のこころとことば『梁塵秘抄』の世界』（三弥井書店、一九八七年［初出一九八二年］）

二五七

西川 学

【影印】

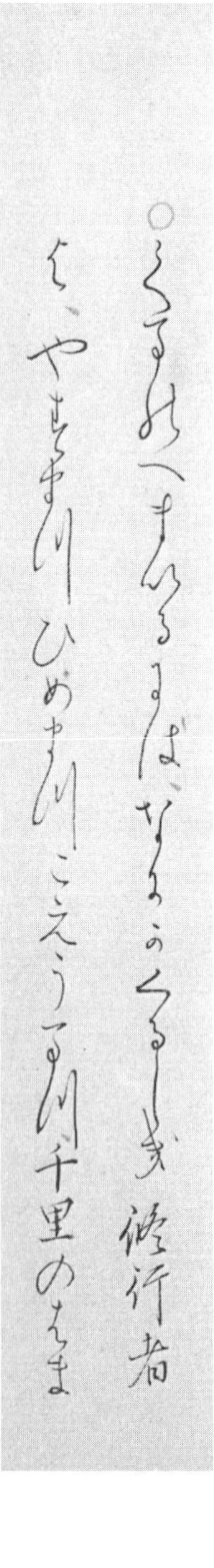

【翻刻】

○くまのへまいるには、なにかくるしき修行者
よ、やすまつひめまつこえうまつ、千里のはま

【校訂本文】

○熊野(くまの)へ参(まい)るには　何(なに)か苦(くる)しき修行者よ　安松姫松五(やすまつひめまつご)
葉松(えうまつ)　千里(せんり)の浜(はま)

【類歌・関連歌謡】

・熊野へ参るには　紀路と伊勢路のどれ近し　どれ遠し
広大慈悲の道なれば　紀路も伊勢路も遠からず（二五六）

・熊野へ参らむと思へども　徒歩より参れば道遠し　すぐれて山きびし　馬にて参れば苦行ならず　空より参らむ
羽たべ若王子（二五八）

・八幡へ参らんと思へども　賀茂川桂川いとはやし　あなはやしな　淀の渡りに舟うけて　迎へ給へ大菩薩（二六一）

【諸説】

なにかくるしき　諸注、「何か苦しき」。「山野を巡って修行する行者よ、何の苦しい（来栖をかけたか）ことがあろうか」（評解）。

修行者　諸注、仏道修行をする人。

やすまつ　諸注「安松」。「和泉国泉南郡（現大阪府泉佐野市、筆者注）、蟻通社の北。安松の「安」を「易し」に掛け、「松」の縁で姫松・五葉松と続けたのである」（小西考）。

ひめまつこえうまつ　諸注「姫松五葉松」と表記する。「「姫島の松原」「昆陽の松原」を懸けて言つて居るかも知れぬが、道順は逆行する。恐らく洒落て言つたのであらう」（荒井評釈）、「姫松　住吉明神（大阪市）付近の地名。安松とともに熊野への道筋。五葉松　松の一種。安松・姫松に語呂を合わせ、次の「千里」も含めて、すべてめでたい語を並べた」（榎集成）、「姫松を住吉神社付近の地名とすると、道順は逆行する。ただし、そう言えば、姫松があったよとも解せる」（新大系）、「姫松　住吉神社付近の地名かとされる。苦しいどころか若い娘だっているよと、これも洒落たもの。ここで三つの「松」がならぶが、松には「待つ」がかけられている」（全注釈）、「「姫松」は小さい松の愛称であるが、しばしば女性の譬えともなる。当該今様においても「修行者」と「姫」の取り合わせにはほのかな笑いを誘われる」（植木梁塵②）、「五葉松　これは地名ではない。松をつらねてきたところから並列したものと思われる。（中略）縁起ものの木」（全注釈）。

千里のはま　諸注「千里の浜」「紀伊国日高郡（和歌山県日高郡南部町、筆者注）の海岸。熊野参詣の古道で、歌によく詠まれる」（古典全書）、「磐向の浜を言ふ。紀伊国岩代（東岩代）より、南部目津崎までの十二、三町の海浜である。智佐止と訓じ、せんりと字音でも読む」（荒井評釈）、「千里」に「ちさと」とルビを振るもの（全集・新全集・完訳・榎集成・新大系・全注釈・五味梁塵・植木梁塵②・※光文社古典新訳文庫『梁塵秘抄』※『和歌山県の地名』）、「「千」と」「松」とが結びついためでたさ、明るさを醸し出しており、修行者をはげます気分に満ちていよう」「「千里の浜」と「松」との連想関係が働いている」（植木梁塵②）。

【語釈】

くまのへまいるには　「熊野」は、熊野三山・熊野三所権現。「熊野へ参るには」（二五六）「熊野へ参らむと」（二五八）と同じ歌い出しであり、同類型の今様である。

なにかくるしき　どうして苦しいことがあるだろうか、いやない。「何か」は反語の意を表し、どうして―か、いやそんなことはない、の意。『梁塵秘抄』には「結ぶには何はのものか結ばれぬ　風の吹くには何か靡かぬ」（四八四）や「住吉の松さへ変はるものならば　何か昔のしるしならまし」（五三五）の二歌に反語の「何か」が用いられる。「苦しき」はこの後の「安松」の「安し」と対比関係がある。また、熊野参詣が苦行に満ちたものであることは、この今様を含めた二五六〜二六〇の熊野参詣の連章五首に明らかである。熊野参詣が苦行であり、また苦行でなければならなかったことは、『中右記』天仁元年（一一〇八）一〇月一八日条「次登鹿瀬山、登坂之間十八町、其路甚険阻、身力已尽」、同一九日「行路之間難行苦行」や二五八に詳しい。大系は「苦しき」に和歌山県の「来栖」の地名を掛けたか、とする。現在ではこの栗栖郷の地を決定することはできないが、おそらく田辺市中辺路町来栖川地区のことを指すものと考えられ、読みは「くりすがわ」で「くるすがわ」ではない。

修行者 仏道を修行する者。特に、諸国の霊場を遊歴する行脚僧や山伏を指していうことが多い。直音化して「すぎやうざ」「すぎやうじや」と発音し、また略して修行とも言う。『色葉字類抄』に「修行者シユキヤウシヤ」とあり、『邦訳日葡辞書』「Xuguiooja シュギャゥジャ（修行者）遍歴者。すなわち、聖地を巡拝して回る人」という意味が記されている。『梁塵秘抄』では、「おぼつかな鳥だに鳴かぬ奥山に人こそ音すなれ あな尊 修行者の通るなりけり」（四七〇）と、鳥も通わぬ深山で修行する修行者がうたわれている。

やすまつ 安松。佐佐木注「やすまつ」は「安松」という地名であることを指摘し、諸注それに従う。現在は大阪府泉佐野市南中安松・新安松付近。『大阪府の地名Ⅱ』泉佐野市「安松村」の項には、「佐野村の南にあり、南東側長滝村境を紀州街道（熊野街道）が通る」とある。また、正和五年（一三一六）の「和泉国日根荘日根野村絵図」（宮内庁書陵部所蔵）・同時期に作成されたと推定される「和泉国日根野村近隣絵図」（同）に、熊野街道に沿った北側に家屋二棟が描かれ「安松」と記されており、これが「安松」の文献上の初見記録である。『梁塵秘抄』の今様からは時代が下るので慎重であるべきだが、地名と採るべきであろう（→【考察】参照）。また、小西考で「安」は「易」をかけたという指摘があり、前句の「苦しき」の対比として「やすまつ」を置いたとも考えられる。

ひめまつ 姫松。小さい松。姫小松の意味とも考えられるが、ここでは住吉近辺の地名をさすか。住吉と姫松の関わりは、「われ見ても久しくなりぬ住の江の岸の姫松いく世へぬらん」（『古今和歌集』巻一七・雑上・よみ人しらず・九〇五）、「住吉の岸のひめ松人ならばいく代かへしととはましものを」（同・九〇六）がある。『古今集』九〇五の和歌は、「昔、みかど住吉に御幸したまひけるに、よみて奉らせ給ひける」（『伊勢物語』一一七段）として収録され、「御神あらはれたまひて」として住吉の神の返歌が続く。『伊勢物語』阿波国文庫旧蔵本系統の異本では、帝と住吉神との贈答歌の後に、「このことを聞きて、在原業平、住吉にまうでたりけるついでに」として前掲和歌九〇六をよみ、また住吉の神が返歌する形になっている。榎集成では、「姫松 住吉明神（大阪市）付近の地名。安松とともに熊野への道筋」とあり、姫松を住吉の地名として指摘する。現在は、大阪市阿倍野区帝塚山一丁目に熊野街道と南港通（大阪市の南港と平野を東西に結ぶ）の交点に姫松交差点があり、阪堺電気軌道上町線の停留場・姫松駅がある。かつては、大阪市西成区南東部に姫松通という町名もあった。当地付近に昔、名勝となっていた「岸の姫松」が所在したという故事に由来する（『大阪の町名 その歴史』上巻）。現在はこの地名は使われておらず、姫松駅とは少し距離があるが、歌語や歌枕としての「岸の姫松」の地域を広範囲に考えた場合はその地域に収まることになる。よって本注釈では姫松を姫松交差点あたりの地名説であるとする。地名としての姫松が古歌を踏まえた地名として存在していた可能性があるからである。また、前句「やすまつ」から松の連想で「ひめまつ」が続けられている。この姫松がめでたい表現であり、祝言の歌謡の用例としては、延慶本『平家物語』第一本七「義王義女之事」に祇王の今様として、「君ヲハジメテミルオリハ、千代モヘヌベシヒメコ松。御前ノ前ナルカメヲカニ、ツルコソムレヰテアソブナレ」がある。同様の今様は、『古今目録抄』料紙今様にもある。さらに、『天文本伊勢神楽歌』にも、「いや宮の姫松よや　いや宮の姫松よや二葉よりや　いや二葉よりや　いや若宮なるよや　いやさうらしの宮なるよや　いや若宮なるよや　いや千代の姫松よや　いや宮の姫松よや　二葉よりや　いや二葉よりや　いや若宮なるよや」（「諸さいはらひの次第」）があり、祝言の歌謡として「姫松」がめでたい対象として、また「姫」にはその意味が掛詞的に響かされてうたわれていることを確認することができる。

こえうまつ　五葉松。五葉の松とも。マツ科の常緑高木。西日本ではゴヨウマツ、東日本ではヒメコマツと呼ぶ。姫松のつながりからも五葉松を続けたかとも考えられる。漢名として五鬚松、五釵松を当てることがある。『枕草子』四〇段に「花の木ならぬは、かへで。かつら。五葉」、『徒然草』一三九段にも「家にありたき木は、松・櫻。松は五葉もよし」とある。五葉松は庭木や前栽の立木として認識されていたことがわかる。「霊山御山の　ヤ　五ゑうまつ　ヤ　ちく葉なりとぞ　ひとはいふ　われもみる　ヤ　ちく葉なりとも　をりもてこ　ム　ねやのかざしに　ヤ　まろささん」（『綾小路俊量卿記』『朗詠九十首抄』『春日権現験起絵』上）や「いや稚き公達山寺へ　いや学問せよとてあげたれば　いや梅と桜に戯れて　いや五葉の松とぞ栄へたる」（『天文本伊勢神楽歌』「児の御前の歌」）に「五葉松」がめでたい木であることが歌われる。また、木曽地方の祝い歌「高い山」の中には「さいた盃中見てあがれノーイソレ中は鶴亀五葉松　ハリワヨイヨイヨイ」があり、また「稲の葉結び思ふこと叶ふ　末は鶴亀五葉の松」（『山家鳥虫歌』

丹波・二四三）もあって、民謡でも五葉松と鶴亀を併せて歌うことから、その祝意性が考えられる。そして、これらの歌謡は全国に分布している祝歌の一群ともなっている。なお、本歌では、他の語句が地名として配置されていることから五葉松も祝言の意味を込めた地名である可能性も考えられるが、そのことは管見では確認できない。

千里のはま　歌枕。紀伊国日高郡岩代（南部町）付近の熊野街道に沿う海浜。景勝の地。『枕草子』二〇五段には、「浜は、有度浜。長浜。吹上の浜。打出の浜。もろよせの浜。千里の浜、広う思ひやらる。」とある。また、「花山院の御出家の本意あり、いみじう行はせたまひ、修行せさせたまはぬ所なし。されば熊野の道に、千里の浜といふ所にて御ここちそこなはせたまへれば」（『大鏡』中「太政大臣伊尹（花山院）」）とあり、花山院が熊野詣の際に通ったことからも熊野参詣路の途中にあったことがわかる。さらに、藤原定家の『熊野御幸記』建仁元年（一二〇一）一〇月一二日条には、「遅明、参御所、出御以前先陣、又超山、参切部中山王子、次出浜、参磐代王子、（中略）自是又先陣、過千里浜、此所一町許、参千里王子」（三井記念美術館・明月記研究会編『国宝　熊野御幸記』［八木書店、二〇〇九年］）、「藤代の王子を初めとして、王子王子ふしをがみ参り給ふ程に、千里の浜の北、岩代の王子の御前にて、狩装束したる者七八騎が程ゆきあひ奉る」（『平家物語』巻一〇「維盛出家」）とあり、千里王子という熊野九十九王子の一つがあったことがわかる。千里の浜の手前には、岩代の浜松（岩代王子）があり、ここが『万葉集』で著名な有間皇子の故地である。古くは千里浜の北に続く岩代浜をも含めての呼称ともいわれる。千里の浜と岩代の松は、「末遠き千里の浜に日はくれて秋風おくるいはしろの松」（『夫木和歌抄』巻二五・雑七・寂恵・一一七五二）、「秋の夜の暁深く立ち込むる　切目の中山中々に　月にこゆればほのぼのと　天の戸しらむ方見えて　横雲かかるこずゑは　そも岩代の松やらん　千里の浜を顧て　皆へだてこし道遠み」（早歌「熊野参詣」四）とある。榎集成は、第四句「千里のはま」以降が欠落している可能性が考えられると指摘し、大系には、「第四句―「千里の浜」の後欠脱。本「まつ、千里のはま」でこの歌としての二行目を終わり綴じ目の方一行が足りない点（各面九行なのにこの歌で終わる面は八行）から見ても、「千里の浜」で中断、一行脱したと認められる」とある。また、新全集「第四句は字音不足の感じで、「千里の浜こそうれしけれ」とでもあれば整うところ」とする。すなわち、最後の丁で一行書き漏らした可能性があり、五音の一句が脱落したのであろうか。従来の注釈では、千里を「ちさと」と読んでいたが、本注釈での読みは「せんりのはま」とする。和歌の世界では、「うらかせもふきかはるなりはるはるとちさとのはまにあきやたつらむ」（『安嘉門院四条五百首』今熊野百首・四二）や「みわたせはちさとのはまのほかまてもなほたちあまるはるかすみかな」（『夫木和歌抄』巻二五・雑七・浄心・一一七五三）、「ゆきにのみうつりはてぬるこころかなちさとのはまにすめるつきかけ」（『熊野懐紙』九〇）、「くもきゆるちさとのはまのつきかけはそらにしられてふらぬしらゆき」（『熊野懐紙』九四）などのように「千里」は「ちさと」として詠まれている。しかし、「千里の浜」の読み仮名は「せんりのはま」（覚一本『平家物語』巻一〇「維盛出家」）であり、「せんりのはま」（『平曲譜本』巻一〇〔東京芸大蔵本〕）である。『宴曲抄』「熊野参詣四」の「千里乃浜」の読み仮名も「センリのハマ」である。永池健二によれば、『梁塵秘抄』の表記においては、大和言葉はかな書き、音読みする漢語は漢字書きがかなり厳密に守られているという（→巻末「付記」参照）。本歌の場合も「修行者」と「千里」以外は全てひらがなで表記されていることから、修行者と千里は音読みの漢語として発音する必要性があると考える。また、千里を「せんり」と読む用例は今様や歌謡、語り物といった口承文芸の音楽的要素を含むものであるので、本歌の場合も「せんり」と読むべきであると考える。

【考察】

本歌は前歌二五六から続く、熊野信仰を歌う連章今様五首の内の二番歌である。地名列挙と祝言性を表現した内容になっている。二五六と同じ歌い出し「熊野へ参るには」から始まる同類型の今様で、京からの熊野へと至る地名列挙の道行の表現と祝言、「何か苦しき」と続けた後に、「安松」「姫松」とことば遊び的な「ひねり」をも併せ持ち、参詣への出発と期待を思わせる。また、「安松・姫松・五葉松・千里の浜」と実際の参詣路の地名と思われる語句を読み込むことにより、難行苦行の熊野詣を鮮明に想起させる今様でもある。実際に読み込まれた地を通過したり、目前に迫ったりした時には、思い出して口ずさむこともあったであろう。そのようにして修行者たちが熊野への道を歩いて通って行ったのである。本歌からはそのような情景までもが感じられる。本歌における、「苦しき」の意味やイメージは神分編「熊野」連章の三番歌から知ることができる。「熊野へ参らむと思へども　徒歩より参れば道遠し　すぐれて山きびし　馬にて参れば苦行ならず　空より参らむ　羽たべ若王子」（二五八）の今様は、熊野参詣をすることの苦行が歌われている。また、『扶桑略記』延喜七年（九〇七）一〇月一七日、宇多上皇の熊野御幸条「泛海傍山。其路甚難」や『熊野御幸記』建仁元年（一二〇一）一〇月九日「道崔嵬、殆有恐」等の記録類からも熊野参詣の難路や苦行の状態を知ることができる。熊野詣では、このきびしい苦行をしてまでも参詣する意味や価値があったとされる。

第三・四句目「安松姫松五葉松、千里の浜」の「安松」には、志田評解で指摘されるように「苦しき」からの流れで、「やすし（易し）・（安し）」の響きを対比させた表現である。また、「姫松」も地名の可能性があり、歌語・歌枕として名高い「岸の姫松」からの連想によるものであろう。熊野参詣道にゆかりがある泉佐野市安松の地名との掛詞でもある。最後の「千里の浜」は、歌枕として著名であること、熊野参詣路の途次にあることは【語釈】で述べたが、「五葉松」に関しては、今のところ地名としての「五葉松」は見つからない。しかし、「安松」「姫松」「千里の浜」が地名であることから、「五葉松」という地名があった可能性も考えられる。何れにしても「安松」「姫松」「五葉松」と並べることは瑞木・霊木としての「松尽し」である。また、「松」に関わる地名を列挙することは、道行を表すと共に祝言の表現でもある。【語釈】で述べたように「五葉松」は『綾小路俊量卿記』五節間郢曲などの祝言歌謡の語句としても使われていたことから、特にめでたい木として認識されていたことがわかる。さらに、前句の「何か苦しき修行者よ」から続いた場合、「安松」（易し・安し）「姫松」「五葉松」「千里の浜」と名所や「松尽し」で語句を続けることにより苦行で張り詰めた意識や気分を緩めたり、転換させたりする働きを持つと考える。それらの名所が実際に休憩する場所であったのかもしれない。また、本歌の「千里のはま」は【語釈】でも述べたように読みは「せんり」である。和歌や物語では「ちさと」と読まれることが常であるが、『平曲譜本』『宴曲抄』等の口承の語りや歌謡の表現では「せんり」と音読みで読むことが多く、現在も地名としては「せんり」と読むことが一般的である。逆に、和歌や物語での「ちさと」の方が特殊な読み方であると言える。いずれも本歌では、全体として地名列挙や土地誉めの表現が松の連鎖や諧謔的な掛詞の中で使われていることは明らかである。

最後に、本歌について【語釈】でも述べたように、「千里のはま」で終わっていることは、同じ歌い出しの語句を持つ『梁塵秘抄』二五六や【類歌・関連歌謡】で掲げた今様の形式と比較すれば字音不足である。この部分が丁の最後の行であるので、書写の際に書き落ちがあり、「千里のはま」に続く字句があったと推測できる。

【参考文献】

大阪市市民局編『大阪の町名　その歴史』上巻（大阪市市民局、一九九〇年）
川村湊訳『光文社古典新訳文庫　梁塵秘抄』（光文社、二〇一一年）
『日本歴史地名大系三一　和歌山県の地名』（平凡社、一九八三年）

二五八

岡本大典

【影印】

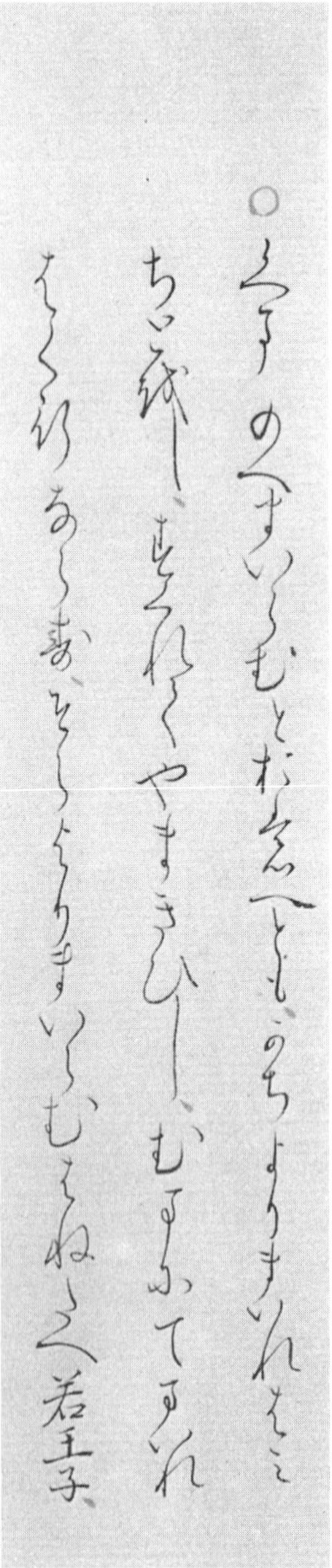

【翻刻】

○くまのへまいらむとおもへとも、かちよりまいれはみちとをし、すくれてやまきひし、むまにてまいれはく行ならす、そらよりまいらむはねたへ若王子、

【校訂本文】

○熊野(くまの)へ参(まい)らむと思(おも)へども　徒歩(かち)より参(まい)れば道遠(みちとを)し
　すぐれて山(やま)きびし　馬(むま)にて参(まい)れば苦(く)行ならず　空(そら)より参(まい)らむ　羽(はね)たべ若王子

【類歌・関連歌謡】

・熊野へ参るには　紀路と伊勢路のどれ近し　どれ遠し
　広大慈悲の道なれば　紀路も伊勢路も遠からず（二五六）

・熊野へ参るには　何か苦しき修行者よ　安松姫松五葉松
　千里の浜（二五七）

・熊野の権現は　名草の浜にこそ降りたまへ　若の浦にしましませば　年はゆけども若王子（二五九）

・八幡へ参らんと思へども　賀茂川桂川いとはやし　あなはやしな　淀の渡りに舟うけて　迎へたまへ大菩薩（二

六一）
・カヒタウクレハ波タカシ　サムタウトヲモヘバスクレテヤマキヒシ　マシテホクロクタウハ雪タカ、ムナルモノヲヤ　イサ、ハイセチニカ、リナム（『体源抄』一〇ノ下「音曲事」）

【諸説】

そらよりまいらむ　「羽賜べは、熊野十二所権現中の四所明神の一に飛行夜叉がある所からの着想であろう」（大系）、「十二所権現のうちの飛行夜叉から連想したか」（全集・新全集・完訳）、「はばたくのは、自力故、やはり難行。とくに山越に限定したか」（新大系）、「上皇たちの参詣は馬での参詣であった。それならわれわれは鳥に化して飛行してやるぞ、という反抗心がきざしているのである」（全注釈）。

はねたへ　「「賜へ」がつまって濁音となった語」（荒井評釈）、「鳥のようにはばたくことは、乗馬よりも幾分苦行である」（榎集成）、「熊野の神はかつて八咫烏になって神武天皇を導いたこともある。羽根をくださいと、神に祈願している」（全注釈）。

若王子　「熊野神社の摂社若一王子社の略称」（荒井評釈）、「若一王子・若宮ともいい、三所権現の次位を占め、十一面観音の垂迹とされる。三山に合祭されるほか、難波から本宮までの道筋の九十九個所にも王子社があり、九十九王子と称された」（榎集成）、「三所権現につぐ。あわせて上四社。十一面観音の垂迹」（新大系）、「淀川下流の上陸地点にあたる窪津から熊野に至る沿道に九十九王子社が分祀奉斎されている。熊野権現の坐します音無川の水上に至る九十九ヶ所に末社を配したもので、熊野への里程を示すとともに、熊野本宮遥拝の便に供した。若王子は若一王子で十一面観音の垂迹」（全注釈）。

【語釈】

くまの　紀伊国熊野。ここでは、熊野本宮大社・速玉大社・那智大社の熊野三山の略。熊野は『日本書紀』神代上・五段に「伊奘冉尊、火神を生む時に、灼かれて神退去りましぬ。故、紀伊国の熊野の有馬村に葬りまつる」とあり、伊弉冉を葬った地とされる。さらに『日本霊異記』（巻下—一）に「紀伊国牟婁郡熊野村に永興禅師とまうすひと有す」と、熊野に住む宗教者が確認され、古来、特別な信仰の地として知られた。また、平安中期の『いほぬし』には熊野における多くの参拝者の姿が描かれている。（↓二四二【語釈】「くまの」参照）

まいらむとおもへとも　参ろうと思うけれども。社寺参詣を歌う表現類型の一つ。「八幡へ参らんと思へども　賀茂川桂川いとはやし　あなはやしな」（二六一）。「ども」は逆接の確定条件を表す。（↓二六一【語釈】「まいらんとおもへとも」参照）

かちより　「かち」は、馬などに乗らずに徒歩でいくこと。

助詞「より」を伴うことが多い。「他夫の馬より行くに己夫し徒歩より行けば」（『万葉集』巻一三・三三一四）、「ある時思ひ立ちて、ただひとり、徒歩よりまうでけり」（『徒然草』五二）等に見える。

すぐれて　非常に。とても。後ろにくる用言の程度の甚だしいことを示す。「すぐれて高き山」（三四四・三四五）、「すぐれて早きもの」（三七四）、「この中に、すぐれてうれしうおぼえ給ふこと限りなくて」（『宇津保物語』楼の上・下）、「財ヲ費ヤシ心ヲナヤマス事ハ、スグレテアヂキナクゾ侍ル」（『方丈記』）など。

やまきひし　熊野へと至る山が険しく越え難いことをいう。「きびし」は、自然の情況がけわしくて、入り込み難いこと。『平家物語』巻五「文覚荒行」に、「さしもきびしき岩かどのなかを」と、『体源抄』一〇ノ下「音曲事」に「カヒタウクレハ波タカシ、サムタウトヲモヘバスクレテヤマキヒシ」とある。『扶桑略記』延喜七年（九〇七）一〇月一七日、宇多上皇の熊野御幸の条に「泛海傍山。其路甚難」とあり、藤原定家の『熊野御幸記』の建仁元年（一二〇一）一〇月九日に「道崔嵬殆有恐」とある。熊野への道はよく知られた難路であった。

むまにてまいれば　馬に乗って熊野へ赴くこと。「にて」は手段を表す。「さるべき人の馬にても車にても、行きあひ見ずなりぬる、いとくちをし」（『枕草子』九四段「くちをしきもの」）、「田子の浦は、浪たかくて、舟にてこぎめぐる」（『更級日記』）。

く行ならす　「苦行」は、苦しい修行をすること。「清水の冷たき二宮に　六年苦行の山籠もり」（二六八）に見える。『今昔物語集』巻一七―一七に「永ク笠置ノ窟ニ入テ、菩提心ヲ発シテ、苦行ヲ勤行ス」とある。藤原宗忠『中右記』の天仁二年（一一〇九）一〇月一九日の日高川を渡るあたりに「行路之間難行苦行」とあり、熊野詣をすることは難行、苦行であった。身体的苦行を行うことが功徳となり、神仏の利益を得るのである。（→二五七【語釈】「なにかくるしき」参照）

そらよりまいらむ　空から宙を飛んでまいりましょう。大系は、「空より」という表現には十二所権現の飛行夜叉からの着想があろうとする。『長秋記』長承三年（一一三四）二月一日の熊野の神々の本地が列挙されているなかに「飛行薬叉」とある。『鏡谷之響』に「十一　飛行夜叉」と、十二所権現の一一番目として飛行夜叉が挙げられている。『神道集』巻二「六熊野権現事」には「権現も亦藤代ヨリ先ニ飛行夜叉を差遣シ、夢想ノ告ヲ以申ケルニ」とある。飛行夜叉もまた、藤代に祀られていたのであろう。権現は、その飛行夜叉を使いとして空より遣わしたのである。

はねたへ 羽をお与えください。「たべ」は「賜ぶ」の命令形で、「あたふ」の尊敬語。与え手への敬意を表す。『竹取物語』「竹取をよび出て、「娘を、吾に賜べ」とふし拝み」。『梁塵秘抄』には、「法師にきね換へたべ京の人」(三八九)と、何かをもらおうとする言葉。前句で「馬にて参れば苦行ならず」といっておきながら、「羽たべ」と試練を望みながらも楽をしたいという修行者の人間らしさが感じられ、諧謔的なおかしみを出している。『今昔物語集』巻一五―一九「陸奥国小松寺僧玄海、往生語」には、「而ル間、玄海、夢ニ、我ガ身左右ノ脇ニ忽ニ羽生ヌ。西ニ向テ飛ビ行ク。(中略)我ガ身ヲ見レバ、大仏頂真言ヲ以テ左羽トシ、法花経ノ第八巻ヲ以テ右羽トシタリ」とある。玄海は夢から覚めた後、一層発心して法華経と大仏頂真言を誦し、三年後に亡くなるが、この話を聞いた人々は「此ク其教ヘタル期不違ズシテ死スレバ、定メテ極楽ノ辺土ニ疑ヒ無ク至リニケム」といったという。縄手聖子は、翼を得て両翼で空を飛ぶという行為には、魂を浄土へ導くという発想があると指摘している。

若王子 若王子は十二所権現の一。若一王子とも呼ばれた。『長秋記』長承三年(一一三四)二月一日条に「若宮、女形、本地十一面(中略)本宮人常好眠、是若宮王子常寝給故云々」とあり、『兵範記』久寿二年(一一五五)一二月一九日条に「女房内侍今夜俄病悩、有若王子託宣云々」とある。また、『平家物語』巻二「康頼祝言」に「若王子は娑婆世界の本主、施無畏者の大士、頂上の仏面を現じて、衆生の所願をみて給へり」とある。ここでは、藤代王子に祀られた若王子を指す。『九十九王子記』には「藤代王子又若一王子トモ」と書かれている。『熊野山略記』や『熊野三所権現金峯金剛蔵王降下事』によれば、藤代は熊野権現が最初に影向した場所である。「十二所権現乗御船、紀伊国藤代着岸、楠上七十日御坐(中略)於楠木五本木上、十二所藤代影向(中略)一本若王子」(「熊野山略記」)、「紀州三上郡若浦藤代熊野十二所権現乗船艫示現」(「熊野三所権現金峯金剛蔵王降下事」)。(↓二五九【語釈】「若王子」参照)。

【考察】

熊野三山への参詣を歌う。『梁塵秘抄』四句神歌・神分編において、「熊野」に関する歌は、二五六~二六〇と五首続けて見られ、本歌はこの熊野に関わる五連章の三首目にあたる。「熊野へ参らむと思へども」というのは、「八幡へ参らんと思へども」（二六一）と同様に寺社への参詣を歌う時の一つの型となっている。本歌と二六一は、位相は異なるものの、一対の歌として考えるべきである。

熊野の地は『三宝絵』下「十一月熊野八講会」において、「紀伊国ハ南海ノキハ、熊野郷ハ奥ノ郡ノ村也。山カサナリ、河多シテ、ユクミチハルカナリ」とされ、都から遥か遠い地で、その道も険しいものであった。熊野に詣でることは、歌の中に「苦行ならず」とあるように、苦行であることが求められた。五味文彦は「上皇の熊野御幸について」で、上皇や貴族たちが、願を掛け、熊野詣を行っていたことを指摘している。例えば、天仁二年（一一〇九）に熊野に参詣した藤原宗忠が「三種の大願」を示す願書を本宮で読みあげたこと、また、天治二年（一一二五）の白河上皇による熊野御幸の際に願文があげられたことなどを挙げている。京から熊野に至る三〇〇㎞程の道のりを自力で歩むことで、身体的苦行を受け、功徳を得るのである。藤原宗忠の『中右記』天仁二年一〇月一九日の熊野詣の記事に「行路之間難行苦行」とある。貴賤を問わず熊野への道は、難路であり、苦行そのものであった。

この歌の中で、その苦行たる熊野詣において「羽たべ」と救いを求められるのが、十二所権現の一つとして祀られている「若王子」である。この若王子は本宮、新宮、那智の熊野三社に祀られ、若一王子（にゃくいちおうじ）や若女一王子（にゃくにょいちおうじ）などという名称で呼ばれる女形の神である。熊野の若宮としての若王子の姿は、『梁塵秘抄』に「神の家の小公達は　八幡の若宮　熊野の若王子子守お前　日吉には山王十禅師　賀茂には片岡貴船の大明神」（二四二）と見ることができる。平安時代後期には、熊野の若宮として若王子に対する信仰が都人の間に広く浸透していたのである。

さて、若王子は、熊野三社のみだけでなく、和歌山市の南に位置する「藤代」にも勧請され祀られていた。『万葉集』に「藤白のみ坂を越ゆと白たへの我が衣手は濡れにけるかも」（巻九・一六七五）とあり、藤代は古くから景勝の地とされ歌枕にも詠まれている。また、有間皇子が処刑された藤代の御坂としてよく知られている。藤代坂は、『熊野もうで』（和歌山県立博物館、一九八五）所載の「紀伊路・中辺路の地形断面図」によれば、五五ｍの小高い山の登り道で、熊野参詣の紀伊路における最初の山で参詣にとっては最初の難所であった。『後鳥羽院熊野御幸記』建仁元年（一二〇一）一〇月九日条の中で「攀昇藤代坂、道崔嵬殆有恐」と書かれ、定家が苦労して坂を登る様子を、生々しく見ることができる。

この藤代坂の登り口に、藤代王子社がある。この王子社は熊野九十九王子社と称される数多の王子社の一つで、切目、稲羽根、滝尻、発心門と並ぶ五体王子社の一つでもあった。時代は下るが、文明五年（一四七三）に書かれた『九十九王子記』には、「藤白王子又若一王子トモ」とある。藤代王子は若一王子すなわち若王子と同一の神として捉えられていたのである。

また、五体王子社は古くから信仰を集めた熊野信仰における重要な地であった。吉田経房の『吉記』や藤原定家の『熊野御幸記』、藤原頼資の『修明門院熊野御幸記』などを見ると、熊野参詣に向かう人々が、これらの地に宿泊し、白拍子などの芸能の奉納や和歌会が行われていたことが分かる。ちなみに、藤代王子社は、後鳥羽院の御幸における藤代王子和歌会が知られている。

さらに、五体王子社が祀られている地は、十二所権現が示現した地ともされ、その中で注目すべきことは、藤代は十二所権現が初めに示現した地ということである。南北朝期に書写された『熊野三所権現金峯金剛蔵王降下事』に「紀州三上郡若浦藤代熊野十二所権現乗船艫示現」とあり、紀州の藤代の海辺に船の艫に示現したとある。さらに、同様の伝承が『熊野山略記』にも「同御代十二所権現乗御船、紀伊国藤代着岸、楠上七十日御坐」として見える。また、『梁塵秘抄』の「名草の浜にこそ降りたまへ」と歌う二五九も、四一三も、熊野権現の藤代の岸への示現を歌うものであろう。この「名草の浜」は藤代坂の下に位置する浜である。

藤代に示現した熊野権現は、以下五体王子社が祀られている切目、稲羽根、滝尻、発心門の地を通って本宮へと赴く。

藤代は、熊野神域の内と外を分かつ境界の地であったのではないか。時代は江戸期まで下るが『紀伊続風土記』の藤白若一王子権現社の項に「熊野盛なりし時此地に大鳥居を建て熊野一ノ鳥居とし遂に熊野神を遷し祭りしならん」とある。藤代は、熊野の「一ノ鳥居」の地であり、熊野の神域の最初の入り口であったと考えられる。

『平家物語』巻一〇「維盛出家」は、高野山から熊野へと落ちのびる際、「藤代の王子を初として、王子〱ふしおがみ参り給ふ程に」と記す。また、『神道集』巻二「六熊野権現事」の中で、熊野権現の事を伝えに千代包が都にのぼる際、「改急山出ッ、宣旨ヲ申サントテ都上、権現モ亦藤代ヨリ先ニ飛行夜叉ヲ差遣シ、夢想ノ告ヲ以申ケルニ」とある。熊野権現が飛行夜叉を藤代から都へと差し遣わせているのは、藤代が、熊野の内と外とを区切る境界の地とされていたからであろう。藤代は、熊野の神域の最も外側に位置する最初の境界の地とされていたのである。

以上のことから、本歌の「若王子」は、熊野三山に祀られる十二社権現の中の若王子ではなく、その若王子が勧請され、祀られる藤代の若一王子と見るべきである。本歌の表現は、この藤代王子社の地で歌われてこそ生きてくる。熊野の内と外の境界の地であると同時に、熊野への参詣路の最初の難所である「藤代」において、熊野の神域に踏み込み、これから難路に向かうという参詣者の思いを読みとらねばなるまい。さらに、熊野の二五六～二六〇の五連章の並びにも注目すべきである。二五六、二五七は京とその近くで歌い、二五八、二五九は藤代で、そして二六〇は本宮でと、参詣の行程通りに並んでいる。修行者が、熊野へと一歩一歩と歩を進めていく様子が、ありありと感じられるのである。その中で、本歌は藤代へとたどり着き、藤代の坂という難所を越えていく苦行へと向かう気負いとも本宮へ近づける喜びとも感じられる修行者の複雑な思いが感じられる。

また、【語釈】の「はねたへ」でも述べたように、本歌には「八幡へ参らんと思へども　賀茂川桂川いとはやし　あなはやしな　淀の渡りに舟うけて　迎へたまへ大菩薩」（二六一）を踏まえたパロディ的なおもしろさがある。「～へ参らんと思へども」という歌い出しから、二、三句間の挿入句があること、「渡り」に「舟」に対して、「空」から「羽」でという対照、そして、「迎へたまへ」「羽たべ」と大菩薩や若王子への直接的な願いと、構造はまったく相同的である。

しかしながら、「八幡へ」の歌が大菩薩への純粋な讃歌であるのに対し、本歌が何か揶揄するような口ぶりになっているのは、二六一の真正な讃歌であるのに対する替歌的な位置にある歌であったと考えられる。

【参考文献】

五味文彦「上皇の熊野詣でについて」三井記念美術館・明月記研究会編『国宝　熊野御幸記』（八木書店、二〇〇九年）
縄手聖子「『梁塵秘抄』熊野参詣歌謡における飛翔のイメージ―空より参らむ羽賜べ若王子―」（平成二八年度日本歌謡学会春季大会研究発表資料、二〇一六年五月二二日）

二五九

永池健二

【影印】

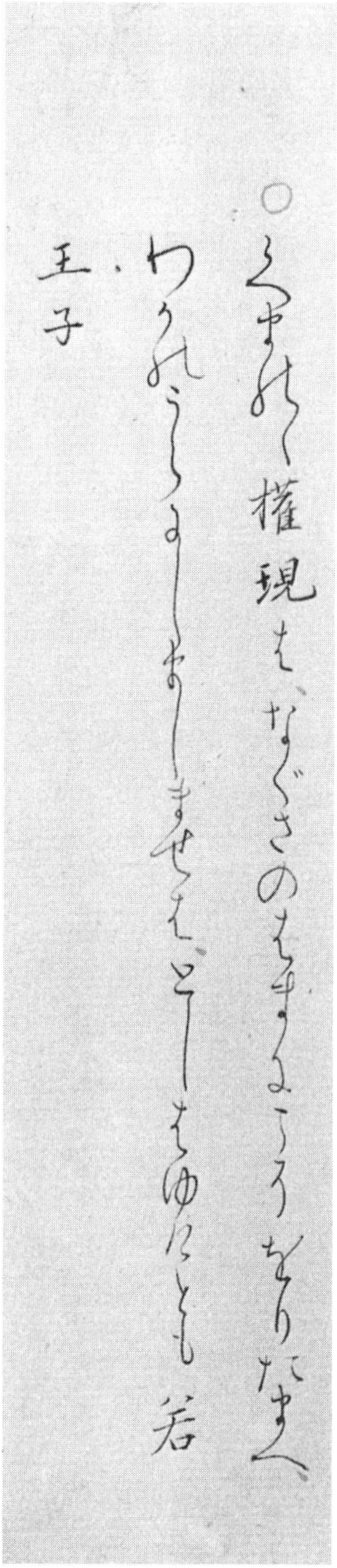

【翻刻】

○くまの丶権現は、なぐさのはまにこそをりたまへ、わかのうらにしましませは、としはゆけとも若王子

【校訂本文】

○熊野(くまの)の権現は　名草(なぐさ)の浜(はま)にこそ降(お)りたまへ　若(わか)の浦(うら)にしましませば　年(とし)はゆけども若王子

【類歌・関連歌謡】

・熊野の権現は　名草の浜にぞ降りたまふ　わかの浦にしましませば　年はゆけども若王子（『梁塵秘抄口伝集』巻一〇）

・熊野の権現は　名草の浜にぞ降りたまふ　海人の小舟に乗りたまひ　慈悲の袖をぞ垂れたまふ（四一三）

・いや熊野の権現若宮は　いや若の浦にぞ御座します　いや若の浦にましませばや　いや衆生の願ひを満てたまふ（天文本伊勢神楽歌「熊野の歌」）

・熊野の権現若宮ハ　和歌の浦そおハします　和歌の浦に

そましませハ　万の願ひを満玉ふ（寄合神楽竈清歌「館」）

【諸説】

くまの丶権現　「熊野坐大神は証誠大権現」（荒井評釈）、「熊野十二所権現の五所王子の一体若一王子」（大系）。以下、榎集成・新大系・全注釈もこれに従う。

なぐさのはま　「名草の浜―今の海草郡。「数しらぬ身よりあまれるおもひにはなぐさのはまのかひもなきかな」（宇津保物語―祭の使）」（小西考）、「今の海草郡にある」（古典全書）、「和歌浦の東辺紀三井寺村毛見浦一帯の海浜である。昔の名草郡で、北方に名草山がある。倭姫命世記に「崇神天皇五十一年、大神遷木乃国奈久佐浜宮」とある」（荒井評釈）、「紀三井寺の所在が名草山の半腹で、西の和歌ノ浦から半里、名草山西麓一帯の海岸が名草の浜。これから東南に湾入して藤白に至る」（大系）、「和歌山市の紀三井寺のある名草山近辺の浜」（全集）、「「若の浦」と同所。今の和歌浦」（榎集成）、「名高（方）の浜か。狭義の名草の浜では不可解」（新大系）など。

をりたまへ　小西考は、「西天摩訶陀国大王慈悲大顕王」が「崇神天王即位元年秋八月」に「紀伊国室ノコホリニトヾマリ（中略）イママサシク熊野ノ権現トアラハレタマフ」という「諸神本懐集」の記事を引く。「お降りになって鎮座せられている」（大系）、「降臨なさるのだ」（全集）、「鎮座していらっしゃる」（榎集成）、「鎮座する」（全注釈）。

わかのうら　「雑賀埼から毛見埼にいたる浦。若を掛けた」（小西考）、「紀伊名草郡（今は海草郡）にある名勝地。雑賀崎より毛見崎までの紀三井寺村一帯の海浜。昔は弱浜とも言つた。万葉集巻六「若の浦に潮みちくれば潟をなみ葦辺をさして田鶴鳴きわたる」（山部赤人）」（荒井評釈）、「和歌山市にある。歌枕として著名」（全集）、「和歌浦湾の奥で、「片男波」の砂嘴によって囲まれた部分。和歌川と紀三井寺川とが注ぎ込む」（全注釈）。

若王子　「玉津島神社をさすか。祭神、稚日女尊」（小西考）、全注釈もこれに従う。「藤白（代）若一王子社」（荒井評釈）、「若一王子社（藤代王子）は紀伊国海草郡藤白の浦にあり、本地十一面観音」（大系）、「藤白若一王子社か」（全集）。

【語釈】

くまの丶権現　熊野の権現。「権現」は「権（かり）に現れる」の意。日本の神々は仏菩薩が衆生済度のために仮の姿で現れたとする本地垂迹思想に基づいた呼称。霊威ある有力な神々に用いられた。熊野では、家津美尊、結、速玉の三神を三所権現、若一王子、児之宮、子守宮、飛行夜叉などを加えた一二神を十二所権現と称した。三所の本地は、家津美が阿弥陀、結が千手観音、速玉が薬師（『熊野草創由来雑集抄』）。若一王子は十一面観音。「熊野権現者、自レ天降二中天竺摩竭陁国一、名二慈悲大顕王一ト、又曰二家津美尊一」（『熊野山略記』）。大系・集成・新大系など、末句の表現からこれを「若王子権現」のこととするが、後掲のように、本歌は、十二所権現の藤代の地への影向・垂迹を歌ったものであるから、若王子だけに限定すべきではない。

なぐさのはまにこそをりたまへ　名草の浜にこそ降（お）りたまへ。『梁塵秘抄口伝集』巻一〇、四一三ともに、「名草の浜にぞ降りたまふ」につくる。「お（降）る」は神霊が降臨すること。「大将軍こそ降りたまへ」（二六九）、「ちこの御前そをりたまふ」（天文本伊勢神楽歌「ちこの御前の哥」）。名草の浜は、旧紀伊国名草郡の中央部の海浜に面した孤峰名草山の麓に広がる浜をいった。『和歌山県の地名』（平凡社）は『類字名所集』を引いて、「名草浜は北の名草山、南西の船尾山系の間にある浜辺一帯を指して呼ばれていた」とする。かつて雑賀山から名草山、船尾山にかけて広がっていた若の浦が名草郡の陸岸と接していた海浜を広く総称し、後の毛見の浜や名高、鳥居の浦の浜なども名草の浜の一部であったものと思われる。名草の浜は、『倭姫命世記』崇神天皇の条に「五十一年甲戌、遷木乃国奈久佐浜宮、積三年之間奉斎」と見え、後には、「見るからになぐさの浜も袖ぬらしけり」（『狭衣物語』巻四）、「なぐさの浜を尋ねわびぬる」（『長秋詠草』三四四）など、「無く」や「心なぐさむ」にかけて詠まれて歌枕となった。新大系は、「狭義の名草の浜では不可解」として「名高（方）の浜か」と注するが、従えない。

わかのうらにしましませは　若の浦にしましませば。若の浦に鎮座していらっしゃるので。「わかのうら」は、山部赤人の著名な歌に「若の浦に潮満ち来れば（若浦尓　塩満来者）」（『万葉集』巻六・九一九）とあるように、『万葉集』では、多く「若浦」と表記されたが、平安時代後期になると「和歌浦」の表記が目立ってくる。しかし、ここは、「若」の意を響かせてあるのだから、「若の浦」の用字がふさわしい。「し」は上の体言や連用語などを指示強調する強意の副助詞。「昔の契りしありければ」（三五）、「蓮華し濁り開くれば」（一一六）など。「ましませ」は、ある、いるの意の尊敬語「ます」を二つ重ねたもの。より強い敬意を表し、多く神仏や皇族などに対して用いられた（『日本国語大辞典』）。「尺迦はつねにましまして」（一二九）、「ちはやふる神神にましますものならば」（四四七）など。ここは、以下のごとき熊野十二所権現が若の浦、藤代（白）の岸に示現したという伝承を踏まえたもの。「孝安天皇御時紀州三上郡若浦藤代熊野十二所権現乗船艫示現」（『熊野社記纂』所載「熊野三所権現金峯金剛蔵王降下御事」）「同（筆者注——孝照天皇）御代十二所権現乗二御船一、紀伊国藤代ニ着岸、楠上七十日御坐、依之今十二所権現藤代御座」（『熊野山略記』）。前述のように若の浦は、北の雑賀山から名草山を経て南の船尾山に囲まれた広い海湾を指し、その名草郡の陸地と接した浜岸が名草の浜と呼ばれていたと思われるから、前句の「名草の浜にこそ降りたまへ」の表現と矛盾しない。また藤代王子社を麓に抱える藤代の坂は、「熊野へまゐりけるに、ふぢしろにてわかの浦を見やりて」（『夫木和歌抄』巻二五・雑七・一一四四四）などとあるように、北に若の浦の絶景を望む眺望の地であり、熊野の神域の入口、熊野参詣の出発点として、ほぼ一つ所として理解されていたのであろう。

としはゆけとも　年はゆけども。年は経ていても。「いや度会や　山田の原の綾杉は　いやとしは経れども　色は変らず」（天文本伊勢神楽歌「上令の遊び」）。熊野権現の若の浦への影向示現がはるか昔のことであることをいっているのであるが、それを末句の「若王子」に掛けて洒落てみせたのである。住吉大社の神主家津守国基の歌に「としふれどおいもせずしてわかのうらにいくよになりぬたまつしまひめ」（『国基集』一五三）とある。明らかに本歌の表現と繋がりがあろう。

若王子　「にやくわうじ」と読んだのであろう。熊野の五体王子（五所王子）の一で、「若一王子」とも「若女一王子」とも称され、しばしば女体とされた。『長秋記』長承三年（一一三四）二月一日の条は「五所王子」の第一に「若宮女形本地十一面」と掲げ、「熊野草創由来雑集抄」は「御神体之事」の条に十二所権現を掲げて「一若女一王子　天照太神　十一面観音　御託宣ニ我本地ハ観自在王十一面也ト云々」と記す。藤代は十二所権現の垂迹の地であったが、その地の藤代王子社は、若王子を主神として祀る五体王子社として数多い王子社の中でも特に重要視された。「若女一王子、天照太神垂迹、両所権現王子也、若女一王子之号、尤有二所以一者哉、新宮置二千木鰹木一事、証誠両所若一王子四所也、又（藤代）鳥居額云、日本第一大霊験所根本熊野三所権現若女一王子」（『熊野山略記』）。藤代王子社の成立は定かではないが、藤原為房『大御記』永保元年（一〇八一）九月一〇月の熊野参詣の記事に九月二六日「酉刻著二藤代人宿一」とあり、「熊野権現金剛蔵王宝殿造功日記」所載の白河院の天治二年（一一二五—原本「大治」）一一月の参詣記事に「五所王子舞楽有。藤代王子。切目王子。稲持王子。瀧尻王子。発心門王子」、吉田経房の『吉記』承安四年（一一七四）九月二五日条にも「於藤代王子行里神楽」と見えるから、本今様成立時に、すでに藤代王子が若王子を祀る五体王子社として尊崇を集めていたことは間違いない。

【考察】

「熊野詣で」を歌う五連章の四首目。前歌二五八と同様に、本歌も、藤代に祀られた熊野若王子信仰の影響下にまず藤代の地において歌われたものと見なければならない。語釈において述べたように、熊野権現の名草の浜・若の浦への垂迹、示現を歌う本歌の主意は、次のごとき伝承を踏まえたものである。「第六代孝安天皇御時紀州三上郡若浦藤代熊野十二所権現乗船艫示現」（『熊野社纂記』所載「熊野三所権現金峯金剛蔵王降下御事」）、「同（筆者注―孝照天皇）御代十二所権現乗二御船一ニ、紀伊国藤代ニ着岸、楠上七十日御坐、依之今十二所権現藤代御座」（『熊野山略記』）。ほぼ同文の上二句を持ち、「海人の小舟に乗りたまひ」と歌う四一三も同様であろう。この二首は、共に熊野権現の藤代の地への垂迹を歌い、同じ担い手によって同じ場で同様に享受された類歌であり、連章であったと思われる。

二五八の【語釈】【考察】においても述べているように、藤代の地は、熊野の神域の内と外を分かつ第一の結界の地であり、熊野の神域の最初の入口と見なされていた。いつの頃からか藤代王子の手前には大鳥居が構えられ、その鳥居の額には「日本第一大霊現所根本熊野三所権現若女一王子」（『熊野山略記』）と記されていたという。『紀伊国王子社略記』「藤代王子」の項に「社伝ニ云フ」として、「当社ハ景行天皇五年ノ鎮座ニシテ、斉明天皇牟婁郡ノ温泉ニ浴シ給ヒシ時、神祠創建シタルヲ聖武天皇弱浦行幸ノ時皇后ノ命ヲ以テ行基僧正コノ地ヨリ熊野神ヲ遥拝ス、孝謙天皇玉津島行幸ノ時、熊野広浜供奉ス、請ニヨリテ宣旨ヲ奉シテ三山ヲ此地ニ遷シ奉リ、末代后妃夫人熊野遥拝ノ便トス、此等ノ由緒ニ因リテ熊野一ノ鳥居ト称ス、古境内ノ入口ニ楼門アリ、勅額ノ銘ニ曰、日本第一大霊験根本熊野三所権現トアリトイフ」とあるのは、そのまま信ずべくもないが、この地が早くから熊野三山遥拝の地、熊野一の鳥居の地として特別視されてきた次第を伝えていよう。

往時「紀路」（二五六）と呼ばれた古代・中世の熊野参詣道は、京から天王寺、阿倍野、堺を経て南海道を南下し、葛城山系の雄ノ山峠を越えて山口湯屋に下り、川辺で紀の川を越え、吐崎、和佐、山東と、名草山の東側の内陸部を南下し、旦来から汐見峠を越えて西へ下り、はじめて海浜に出た。そこが若の浦に接した名草の浜の南端部で、南に藤代の山が控えていた。そこに「祓戸王子」（『熊野道間愚記』）が祀られ、後に熊野一の鳥居が建てられたのである。若王子を祀る藤代王子社は、そこから少し南に下った藤代の峠の麓に坐す。永保元年（一〇八一）の藤原為房の熊野参詣では、九月二六日に紀伊の国府南路を経て日前・国懸両社に奉幣し、「藤代人宿」で宿泊している（『大御記』）。この

海南市の旧・藤代王子社（現・藤白神社）

時期、藤代王子社が成立していたか定かではないが、すでに参詣の道者のための「人宿」は構えられていたのである。以後、参詣者は、決まって藤代に宿り、翌早朝藤代王子社に詣でて険しい山道を登って藤代坂頂上の塔下王子社に至った。建仁元年（一二〇一）一〇月九日に後鳥羽院の熊野御幸に従ってこの地に至った藤原定家は、「攀二昇藤代坂一、五体王子、有二相撲等一云々、道崔嵬殆有レ恐、又眺望遼海非レ無レ興」と記している。山頂の塔下王子社に立つと、足下に広がる若の浦と長く続く名草の浜の絶景が一望に見渡せたのである。この藤代の地こそ熊野の神域の内と外を分かつ第一の結界だったのであり、熊野参詣道の紀路は、文字通り、この地を始点としたのである。「熊野へ参らむと思へども、徒歩より参れば道遠し」と歌った二五八が、まさにこの地に響き渡った歌声であったことは前歌【考察】の通りである。

　こうした藤代の地に、熊野権現の垂迹伝承が生み出された背景については、いくつかの事実を指摘しておかねばならない。その第一は、この名草の地とそれに接した若の浦・名草の浜が神を迎え祀るにふさわしい清浄の地とされてきたという事実である。紀伊国北西部に位置する名草郡は、紀伊国府の所在地で、日前・国懸の両名神大社にやはり名神の伊太祁曽大社を有し、伊勢国度会多気二郡や出雲国意宇郡、筑前国宗形郡などと共に八神郡の一つであった。名草一郡が日前・国懸両宮の神領とされ、両宮はまた「名草宮」とも呼ばれ、それを奉斎したのが紀国造家であった（『角川地名辞典三〇　和歌山県』）。『日前国懸両大神宮本紀大略』によれば、天照大神の前霊とされる御鏡と日矛の両神宝を託された紀国造の祖、天道根命は、神武東征の折りに日向の高千穂宮から難波を経て、加太浦、木本から名草郡毛見郷に至り、その琴浦の海中の岩上に二神宝を奉祭した。その後豊鍬入姫命名草浜宮御遷幸の折りに浜宮に遷り、さらに今の宮地である万代宮に遷座したという。松前健は、右の古伝は、「古い岩上祭祀の記憶を伝えたもの」であり、浜宮はまた、「古い時代のお旅所であった」と推測している（『日本の神々』和歌山県）。右の古伝は、むろん『倭姫命世記』崇神天皇の条に「五十一年甲戌、遷木乃国奈久佐浜宮積三年之間奉斎」の記事を踏まえたものである。鎌倉時代まで降るとされる『倭姫命世記』のこの記事が、どこまで遡れるか定かではないが、若の浦とそれに接した名草の浜（右の記事は毛見の浜もまたその一部であったことも伝える）とが、古来神が示現し、海上祭祀が行われるにふさわしい清浄の地であったことを伝えていよう。『続日本紀』神亀元年（七二四）一〇月一六日の条の聖武天皇行幸の記事に「又詔曰、登レ山望レ海、此間最好。不レ労二遠行一、足二以遊覧一。故改二弱浜名一、為二明光浦一。宜下置二守戸一勿上レ令二荒穢一。春秋二時、差二遣官人一、奠二祭玉津嶋之神・明光浦之霊二」とあるのは、けっして風光の明眉さだけを称えたものではなく、そこが神を迎えて祀るべき神聖なる清浄の地であったからこそ「荒穢」を忌んだものと見なければならない。

第二に指摘すべきは、この地が榎本氏、宇井氏と並んで熊野の三党とも、あるいは三家、三堂とも称された鈴木氏の居住地であり、熊野神領支配の有力な拠点であったことである。『熊野山略記』の記す所によれば、「権現御氏人漢司符将軍」に三男あり、「一男真俊榎本氏、二男基成宇井党、三男基行鈴木党也」とし、「三男基行塞野村鈴木為二屋敷一開発耕二作稲一、御馬草断二進之一、汝姓穂積定、鈴木党号」であるという。鈴木氏の藤代移住は平安末期のこととされる（『海南郷土史』）が、本宮榎本氏の手になる『永用録』には、「家伝云」として、「当家之先者熊野三堂之一家榎本伊予守重春之流裔也、其頃能良大臣重尊者、熊野神領之惣奉行として藤白□□二住ス」とあるから、藤白の地が早くから熊野神領支配の有力な拠点であったことが窺える。

神に仕える者の勢威は神の霊威の振興と不可分である。藤代の地や名草の浜に権現が示現したとする古伝や歌の誕生も、そうした、神に仕え神を祀る者たちの活動と切り離しては考えることができない。四辻頼資の『修明門院熊野御幸記』によれば、承元四年（一二一〇）四月二五日、藤代王子社に参った一行は、先達已下の馴子舞を奉納し、神前での例事の後、「但御神楽、本社八女八人、唱人五人祇候、八女飜ㇾ袖、里神楽如ㇾ例、事了庁官給ㇾ禄、（八女各絹一疋、唱人白布各一反、）里神楽禄如ㇾ例、」と記す。藤代王子は、付属の「八女」（やをとめ）―巫女―八人を抱え、「唱人五人」をも抱えて、里神楽を奉納させたのである。春日社の巫女などの例にも見るように、神社に付属する巫女たちは、神に仕え、神を祀る神子であると同時にわが身に神を依りつかせて神の言葉を伝える「物憑き」（口寄せ巫女）でもあった。彼女らの舞う神楽は、神を楽しませるだけでなく神々を招ぎ依りつかせる神招ぎでもあったのである。「鈴木家文書」文治三年（一一八七）三月の「藤代神子惣一職補任状」によれば、彼の「八女」の巫女らは、熊野別当の支配下にあったという。また同じく、嘉元三年（一三〇五）正月二日付の法橋某が「たくせんの御子中」に記した書状には、「ふちしろのたくせんのふせの事、せんれいにまかせて、たくせんのミこのとくふんたるへきよしおほせくたされ候」とある。これらの「鈴木家文書」の真偽には、疑問もあるが、託宣巫女や神楽巫女が存在したことは動くまい。こうした八女や託宣巫女たちが本歌のごとき神の示現を歌う今様神歌の担い手であった可能性も想定しておく必要があろう。

【参考文献】

「角川日本地名大辞典」編纂委員会編『角川日本地名大辞典三〇　和歌山県』（角川書店、一九八五年）
「鈴木家文書」『海南郷土史』（海南市教育委員会、一九五四年）
谷川健一編『日本の神々―神社と聖地六　伊勢・志摩・伊賀・紀伊』（白水社、二〇〇〇年）
永池健二「熊野参詣の歌謡―結界と道行」『逸脱の唱声　歌謡の精神史』（梟社、二〇一一年［初出一九八九年］）
『日本歴史地名大系三一　和歌山県の地名』（平凡社、一九八三年）

二六〇

田中寛子

【影印】

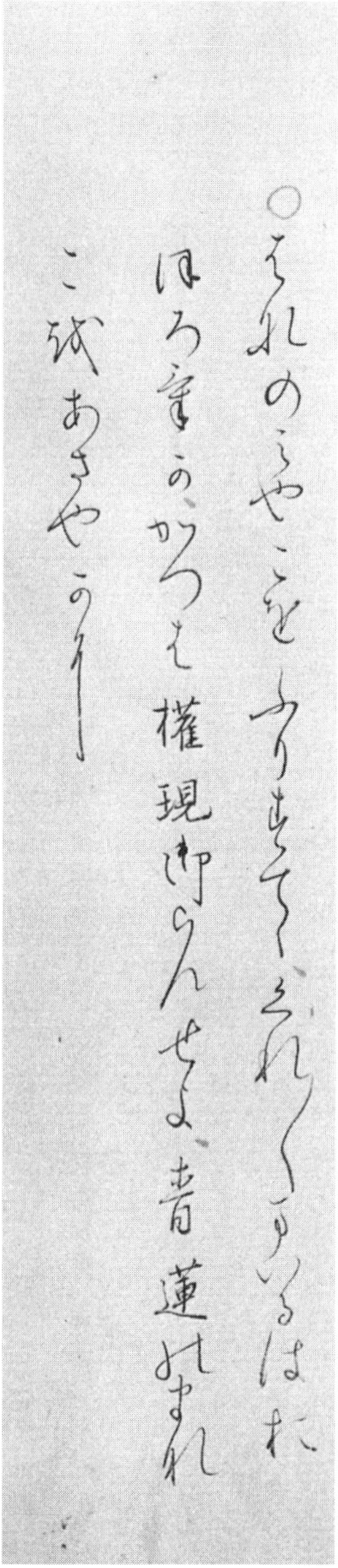

【翻刻】

○はなのみやこをふりすてゝ、くれ〳〵まいるはおほろけか、かつは権現御らんせよ、青蓮のまなこをあさやかに

【校訂本文】

○花(はな)の都(みやこ)を振(ふ)り捨(す)てて　くれくれ参(まい)るはおぼろけか
かつは権現御覧(らん)ぜよ　青蓮の眼(まなこ)をあざやかに

【類歌・関連歌謡】

・熊野へ参るには　紀路と伊勢路のどれ近し　どれ遠し
広大慈悲の道なれば　紀路も伊勢路も遠からず（二五六）

・熊野へ参るには　何か苦しき修行者よ　安松姫松五葉松
千里の浜（二五七）

・熊野へ参らむと思へども　徒歩より参れば道遠し　すぐれて山きびし　馬にて参れば苦行ならず　空より参らむ
羽たべ若王子（二五八）

・熊野の権現は　名草の浜にこそ降りたまへ　若の浦にし

ましませば　年はゆけども若王子（二五九）

・熊野の権現は　名草の浜にぞ降りたまふ　海人の小舟に乗たまひ　慈悲の袖をぞ垂れたまふ（四一三）

【諸説】

くれくれ　読みには「くれぐれ」（佐佐木注・岩波文庫・古典全書など）、「くれくれ」（大系・全集・新全集・完訳）の二通りの説があり、それぞれ次のような意に解釈した説がある。「くれぐれ」（「はるばると」〔小西考〕、「繰る〳〵の転」〔荒井評釈〕）、「くれ〳〵」（「難渋して」〔全注釈〕、「心細く」〔新大系〕）。

おほろけ　「おぼろけ」（佐佐木注・評解・古典全書・大系・全集・新全集・完訳・榎集成・浅野注・新大系・全注釈）、「朧気（おぼろけ）」（小西考）、「おぼろげ」（歌謡集成・荒井評釈）、「「おほろけ」少　オホ（平・平濁）Voboroqe〔日葡〕」（総索引）。

【語釈】

はなのみやこ　花の都。華やかな王城の地。鄙である「花なき里」に対比していう。今様に「京より下りしとけのほる　島江に屋建てて住みしかど　そも知らず　打ち捨てていかに祀れば百大夫　験なくて　花の都へ帰すらん」（三七五）の例がある。この語は和歌に用例が多く見られ、寛和二年（九八六）内裏歌合の詠、「のどかにもたのまるるかなちりたたぬはなのみやこのさくらとおもへば」（『実方集』七五）が最も古い。鄙との対比で「花の都」を和歌に詠んだものには、「ふるさとのはなのみやこにすみわびてやくもたつてふいづもへぞゆく」（『後拾遺和歌集』巻八・別・大江正言・四九六）や、「ゐなかに侍りけるころつかさめしをおもひやりて」という詞書で詠まれた「はるごとにわすられにけるむもれぎは花のみやこをおもひこそやれ」（『後拾遺和歌集』巻一七・雑三・源重之・九七二）などがある。また、『為忠家初度百首』（長承三年〔一一三四〕）に「をしむべき花のみやこをふりすててすずかのせきをかへるかりがね」（春・関路帰雁・藤原為忠・八三）のように「振り捨てて」という語とともに詠まれた歌も見える。この為忠歌の背後には、「はるがすみ立つを見すてて行く雁は花なき里に住みやならへる」（『古今和歌集』巻一・春歌上・伊勢・三一）があり、都は華やかな地として描かれている。また、藤原顕季の歌集『六条修理大夫集』（仁安四年〔一一六九〕）の歌「しらずやはいせのはまをぎかぜふけばをりふしごとに恋わたるとは」（三三九）の詞書にも「はなのみやこをふりすてて、すずかやまこえさせたまひしに」と本歌と同じ表現が見られ、寺社参詣の地を「花の都」の対に置く発想は和歌にも歌われていたことが分かる。「花の都を振り捨てて」は和歌と深い関連のある表現と考えられよう。

ふりすて〳〵　愛着、執着している人や物、場所などを意識的に突き放し、そこから去ること。「振り」は「捨てて」の意味を強めるための接頭語。今様に「われらが修行に出でし時　珠洲の岬をかい回り　うち巡り　振り捨てて　一人越路の旅に出でて　足打せしこそあはれなりしか」（三〇〇）の例がある。「花の都」同様、和歌に例が多く見られ、古い例には『千里集』（寛平六年［八九四］）の「なげきつつ過ぎゆく春をしめどもあまつ空からふりすてていく」（二〇）がある。『後拾遺和歌集』には、備中守への任官を望む歌として「たれかまたとしへぬるみをふりすててきびのなか山こえむとすらん」（巻一七・雑三・清原元輔・九七二）とあり、険しい地へと向かう例が見える。また、「花の都を振り捨てて」は狂言にも、「イヤまことに、花の都をふり捨てて、越前へ下ると申すは、本意にはござらねども、渡世のことなれば、ぜひもないことでござる」（「塗師」）、「イヤまことに、住み馴れた花の都をふり捨てて東へ下ると申すは、本意にはござらねども、これも渡世なればぜひもござらぬ」（「神鳴」）などと見え、都人が、去りがたく、愛着のある京から離れる事を言うときの表現として成句化している。

くれ〳〵　苦労して。難儀して。困難に対する心身の苦しみを表す語。今様に「甲斐国よりまかり出でて　信濃の御坂をくれくれと　はるばると　鳥の子にしもあらねども　産毛も変はらで帰れとや」（三六一）と、状態を表す「はるばると」の対として情態を表す表現として「くれくれと」の例が見える。その他、嶮難の地に挑むときの心情を表す語として「たまほこのみちのかなてのゆふつく日くれくれわくるのへのしのはら」（池田家本『宝治百首』雑廿首・旅行・三七六二）、『梵灯庵袖下集』（至徳元年［一三八四］頃）に「深山ぢをくれぐれ越ゆる木がくれに大をそ鳥のこゑぞ聞ゆる」（六一）などと和歌に詠まれた例が見える。

おほろけか　いいかげんであろうか。「おぼろげ」と詠む可能性も考えられるが、観智院本『名義抄』に、「おほろけ　少　オホ（平・平濁）ロケ」と見えることから、「ぼ」は濁音、「け」は清音と考えられる。「おぼろけかあらしの山にさく花をひと枝にても見するこころを」（『道命阿闍梨集』一〇）のように、「おぼろけ」の下には疑問や否定の語が来ることも多い。とくに、修行の際などは、「『これはおぼろけの心にて習ふ事にては候はず。水を浴み、精進をして習ふ事なり』といふ」（『宇治拾遺物語』巻九「滝口道則術を習ふ事」）とあるように、「おぼろけ」の気持ちを排除しなくてはならないとされる。

かつは　とりわけ私の志を。「こひのごとわりなきものはなかりけりかつみる人のかつはこひしき」（『古今和歌六帖』第五・雑思・「ふたりをり」・清原深養父・二七一六）など、恋人とふたりで居る幸せがあるにもかかわらず、心のどこかにそれとは異質な矛盾した感情を抱えている場合のように、同化できない二つのものを持ち出す時にいう語である。「かつ（は）…、かつ（は）…」の形で、「一方では…、もう一方では…」という意味で用いられることが多いが、「いづくにかめのとまりけむゆきすぐるおほよそ人とかつはみながら」（『赤染衛門集』二〇七）、「はかなしやかたののはらもたつききすたえぬかりばとかつはみゆらむ」（『俊成五社百首』日吉・四六七）、「あはれともかつはみよとてたなばたになみださながらぬぎてかしつる」（『建礼門院右京大夫集』二九六）のように、「かつ（は）…」とこの語を単独で用い、あることがらを強調する効果をなしている例も見られる。ここでは、諸人一般の志を御覧になるのは権現としては当然のことであるが、なかでも私のことをという、特別に自分に注目してもらいたい意があらわれている。

権現　熊野権現のこと。『梁塵秘抄』に見える「権現」は熊野権現と日吉山王権現のみ。末句に「青蓮の眼」とあるが、覚一本『平家物語』には、「峨々たる嶺のたかきをば、神徳のたかきに喩へ、嶮々たる谷のふかきをば、弘誓のふかきになぞらへて、雲を分きてのぼり、露をしのいで下る。爰に利益の地をたのまずむば、いかんが歩を嶮難の路にはこばん。権現の徳をあふがずんば、何ぞ必ずしも幽遠の境にましまさむ。よって証誠大権現、飛滝大薩埵、青蓮慈悲のまなじりを相ならべ、さをしかの御耳をふりたてて、我等が無二の丹誠を知見して、一々の懇志を納受し給へ。」（巻二「康頼祝言」）と、鬼界が島の内の険しい地形を熊野に見立てて祝言を捧げ、熊野権現の目を「青蓮」に喩える例が見られる。なお、長門本、屋代本、百二十句本、平松家本にも同様の表現が見られる。

御らんせよ　ご照覧あれ。今様には「媼が子どもはただ二人　一人の女子は　二位中将殿の厨雑仕に召ししかば　奉てき　弟の男子は　宇佐の大宮司が早船舟子に請ひしかば　奉いてき　神も仏も御覧ぜよ　何を祟りたまふ若宮の御前ぞ」（三六三）のように、神仏に語りかけるようにいう例が見られる。本歌においても、眼前に居る熊野権現に対して、何かに目を向けるよう丁重に訴える表現となっている。

青蓮のまなこ　熊野権現の眼についていう。青々とした蓮の花が大きく開いた様に仏の目を喩える語。この語は経典に、「是菩薩。目如二広大青蓮華葉一。正使レ和二合百千万月一。其面貌端正復過二於此一。身真金色。」（『妙法蓮華経』「妙音菩薩品第二十四」）、「諸仏目浄青白分明、是三十六。諸仏眼相、修広譬如二青蓮華葉一、甚可愛楽、是三十七。」（『大般若波羅蜜多経』巻五三一「妙相品」）などと見える。仏の目を蓮に例えることは、詩歌の題材にもなり、古くは「極楽六時讃」に「白毫ヒカリマトカニテ　月輪タカクカカリタリ　眼睛青蓮アザヤカニ　面門頻婆ウルハシク」と見える。また、『和漢朗詠集』には「経ニハ為リ二題目一仏ニハ為リレ眼　知ル汝ハ花ノ中ニ植エタリトイフコトヲ二善根ヲ一」（巻上・夏・蓮・源為憲・一八〇）、「蓮ノ眼ハ豈ニ養ハレンヤ二清涼ノ水ニ一　面ノ月ハ長ク留メタリ二十五ノ天ニ一」（巻下・仏事・阿難斉名・五九六）がある。また、『唯心房集』今様に「花の中にははちすこそ　功徳の種より生ひ出でたれ　経には妙法蓮花経　仏は眼若青蓮花」などと見える。『梁塵秘抄』法文歌にも、「弥陀の御顔は秋の月　青蓮の眼は夏の池　四十の歯ぐきは冬の雪　三十二相春の花」（二八）、「眉の間の白毫は　五つの須弥をぞ集めたる　眼の間の青蓮は　四大海をぞ湛へたる」（四三）の例があり、阿弥陀仏の目を「青蓮」にたとえている。熊野本宮の本地は阿弥陀如来であることからも、「青蓮の眼」は熊野権現の眼と考えられる。

あさやかに　はっきりと見開いて。仏の目が大きく開いた様を言う。『梁塵秘抄』に「慈悲の眼はあざやかに　蓮の如くぞ開けたる　智恵の光は夜々に　朝日の如く明らかに」（二一三）と見える。「極楽六時讃」に「眼睛青蓮アザヤカニ」（→【語釈】「青蓮のまなこ」）とあるように、和讃、法文歌に典型的な表現と考えられる。

【考察】

熊野参詣歌五首の最後に配列された歌謡。「熊野」という語は見えないが、配列からしても、また、語釈で記した通り、『平家物語』に熊野権現の目を「青蓮」に喩える例が見えることからも、一連の熊野参詣歌の中の一首と考えるのが適当である。

この歌謡はこれまで、「歌謡としては別に特色はないが、率直に言つて居る点はやはり民謡らしい点が見られる」（評釈）、「（第二句は）少し下品さがともなう」（全注釈）などと評されてきたが、表現に関して検討の余地があろう。

この歌謡は末句に和讃、法文歌に見られる典型的な表現を用いながら四句の形に整えられている。また、「花の都」「振り捨てて」という語は和歌に用例が多く見出され、「花の都を振り捨てて」は、中世以降、修辞的な表現として定着し、前述の通り、狂言にもその例が見られる。「花」を「捨てる」という言葉からは、『古今和歌集』の「はるがすみ立つを見すてて行く雁は花なき里に住みやならへる」（巻一・春歌上・伊勢・三一）が想起される。このような和歌的世界観は『梁塵秘抄』にも「花を見捨てて帰る雁」（一三）のように見られる。この歌謡の表現は、「花の都」「振り捨てて」という歌語を用いながら、「かつは権現御覧ぜよ」のように口語に多い表現も用いられ、飾り気のない表現によって優美な語が活きている。

　また、「花の都を振り捨てて」とあるところから、この今様は都人の立場で歌われたものと思われる。『中右記』（天仁二年［一一〇九］一〇月二六日条）には、熊野参詣の大願を遂げた時の心情が記されており、その表現は当該今様と通じるところがある。

　予往年、（生年廿之冬也、）欲レ参二詣熊野一、仍始二精進一、三四日間清原信季引二入犬死穢一俄以留了、仍又重為二参詣一、行二向日野一欲レ始二精進之処一、依二三井寺禅師君非常事一、（大宮右大臣殿御子也、）服出来又留了、二ケ度留之後、此廿八年不レ遂二本意一也、今日幸遂二参詣之大望一、参二証誠殿御前一、落涙難レ抑、随喜感悦、如レ此之事定有二宿縁一カ、三種大願暗知二成熟一、抑数日之間遠出二洛陽一、登二幽嶺一臨二深谷一、踏二巌畔一過二海浜一、難行苦行、若レ存若レ亡、誠是渉二生死之険路一、至二菩提之彼岸一者カ（傍点は筆者による）

藤原宗忠（康平五年［一〇六二］～保延七年［一一四一］）は、熊野参詣を思い立ってから諸々の事情で参詣できず、二八年もの年月が経っていた。やっと参詣できたとき、証誠殿の前では涙を抑え難く「随喜感悦」したという。「遠く洛陽を出て」は「花の都を振り捨てて」に通じ、「難行苦行」「生死の険路」はまさに「くれ〳〵参る」といった道のりであった。本歌の表現は、あながち参詣の労苦を誇張した修辞表現とはいえまい。熊野参詣歌五首のうち、当該今様のみ「熊野」の表現が見えないのは、すでに権現を目前にしているからであろう。艱難辛苦を乗り越えてやっとたどり着いた、その様を権現よ、御覧ぜよ、と歌う心理は、難行誇りというよりも、『中右記』に記される「菩提の彼岸に至るものかは」といった心境に通じる達成感に近いものではなかろうか。熊野参詣では、本宮、新宮、那智の順に参詣することなどからも、この今様が歌われる場所としては、最初にたどり着いた熊野社本宮の前などが想定されよう。

　本歌は和歌や和讃、法文歌の知識のある人物によるものと思われる。このような既成の文芸に見られる表現を用いているところからは、表現を整えようとする意図が看取され、さらに修辞を超えた参詣の実感と、神仏と向き合う時の誠意と敬虔な祈りが感じられる。技巧を凝らした表現を用い、神仏に歌いかけることで、念願をかなえようとしたのであろう。

【参考文献】

小島裕子「仏「三十二相」の歌考—歌謡の世界と法会の場」（『日本歌謡研究』三七号、一九九七年一二月）
小島裕子「『梁塵秘抄』無量義経歌註解—天台五時教判と仏の「三十二相」」（『梁塵　研究と資料』一六号、一九九八年一二月）

二六一

松石江梨香

【影印】

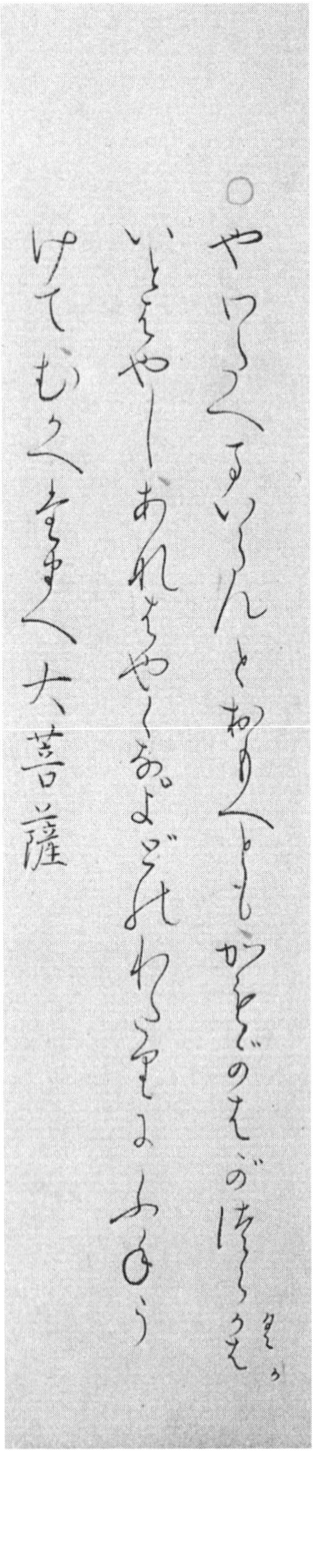

【翻刻】

○やわたへまいらんとおもへとも、かもがはがつらかは（くか）いとはやし、あなはやくな。よどのわたりにふねうけて、むかへたまへ大菩薩

【校訂本文】

○八幡(やわた)へ参(まい)らんと思(おも)へども　賀茂川(かもがわ)桂川(かつらかは)いとはやし
あなはやしな　淀(よど)の渡(わた)りに舟(ふね)うけて　迎(むか)へたまへ
大菩薩

【校訂】

がつらかは　↓　かつらがは　「がつらかは」の「か」の右下に「くか」と墨書。「かもがはがつらくは」と読めるが意味をなさないため、「かもがは（＝賀茂川）かつらがは（＝桂川）」と読む。

あなはやくな　↓　あなはやしな　「く」は「し」の誤記とみる。

【類歌・関連歌謡】

・熊野へ参らむと思へども　徒歩より参れば道遠し　すぐ

れて山きびし　馬にて参れば苦行ならず　空より参らむ
羽たべ若王子（二五八）
・いづれか貴船へ参る道　賀茂川箕里深泥池　深泥坂　畑
井田篠坂や　一二の橋　山川さらさら岩枕（二五一）
・根本中道へ参る道　賀茂川は川広し　観音院の下がり松
実らぬ柿の木人宿　禅師坂　滑石水飲四郎坂　雲母谷
大嶽蛇の池　阿古也の聖が立てたりし千本の卒塔婆（三
一二）

【諸説】

やわた　八幡、諸注異説なし。

かもがは　賀茂川、賀茂河（佐佐木注・古典全集）、鴨川（榎集成）。

がつらかは　桂川、桂河（佐佐木注）。

いとはやし　あなはやくな　諸注、「はやくな」を「はやしな」とし、誤記と見る。合の手の表現（全注釈）、「ああ流れが速いことよ」（大系）。

よどのわたり　「宇治川と賀茂川と桂川と木津川が落ち合って淀川となる所」（古典全書・新大系・全注釈）、「漠然と『淀川の渡津』と考えるのが良い」（荒井評釈）、「淀の南あたりか」（大系）、「京都府伏見区淀町にあった渡し場。一口、美豆などがある」（全集・新全集・完訳）、「淀近辺の渡し場の総称か」（榎集成）。

うけて　「浮けて」（総索引・新全集・完訳・榎集成・全注釈）、「泛けて」（古典全書・大系・新大系）。

むかへたまへ大菩薩　「八幡の宮の祭神」（荒井評釈）、「八幡大菩薩」（大系・全集・新全集・完訳・新大系・全注釈・植木梁塵②）「弘誓の船に乗せて彼岸へ渡してください」（大系）。

全体の解釈　「仏教的常套表現が生き生きとした実感をもって捉え直されている一首」（植木梁塵②）、「彼岸の浄土へ渡して欲しいということを読み込んでのもの」（五味梁塵）。

【語釈】

やわた　八幡。ここでは京都府八幡市にある石清水八幡宮を指す。木津川・桂川が合流し、淀川となる山崎付近の男山の山頂に鎮座している。現在の祭神は、誉田別命、息長帯比売命、比咩大神の三神である。都から西南である裏鬼門に位置し、国家鎮護・武芸の神として尊崇を受けてきた。『日本三代実録』貞観一一年（八六九）一二月二九日の条では石清水の神を「皇大神」「我朝の大祖」であるとし、伊勢神宮に次ぐ皇室の第二の祖廟と篤く信仰されてきた。「神の家の小公達は」（二四二）の若宮・御子神尽くしに歌われる「八幡の若宮」、「神の御先の現ずるは」（二四五）のみさき神尽くしの中に挙げられる「松童善神」のように、霊威の高い、数多くの小神を従えている神であった。（↓二四二、二四五、二六三参照）

まいらんとおもへとも　参らんと思へども。お参りしようと思うけれども。「熊野へ参らむと思へども」（二五八）と類型の表現。「参る」は神仏のもとへ参詣すること。「いづれか貴船へ参る道」（二五一）、「熊野へ参るには」（二五六、二五七）、「くれくれ参るはおぼろけか」（二六〇）など。「ども」は逆接の接続助詞で確定条件を表す。「目にはさやかに見えねども」（五）、「仏はさまざまにいませども」（一九）、「花は咲けども実はならず」（二五四）、などに見える。

かもがは　賀茂川。『山城国風土記』逸文の賀茂社の項や『日本紀略』天長六年（八二九）一二月二四日条に「賀茂川」とある。鴨川（『日本紀略』弘仁五年［八一四］六月一九日条）とも記す。京都の東部を流れることから東河（『三代実録』貞観二年［八六〇］九月一五日条）とも呼ばれた。桟敷が岳に端を発し、高野川と合流した後、下鳥羽付近で桂川と合流し、淀川に流入する。現在は、高野川との合流点までを賀茂川、それより以南を鴨川と書くのが通例である（『日本歴史地名大系』京都市総論）。「賀茂川箕里御菩薩池」（二五一）、「賀茂川は川広し」（三一二）、「賀茂川に川中に」（三四三）などに見える。また「鴨川の　後瀬静けく　後も逢はむ　妹には我は　今ならずとも」（『万葉集』巻一一・旋頭歌・二四三一）、「賀茂川のほとりに、六条わたりに」（『伊勢物語』八一段）とある。古代の賀茂川は禊の場であり、『日本紀略』弘仁五年（八一四）六月一九日の条には、「禊㆓於鴨川㆒、縁㆓神祇官奏㆒也」とある。『後撰和歌集』では、「みな月はらへしに河原にまかりいでて、月のあかきを見て」と題し、「かも河のみなそこすみててる月をゆきて見むとや夏はらへする」（巻四・夏・よみ人しらず・二一五）とある。また『曽丹集』では「禊するかもの河波立つ日より松の影こそ深く見えけれ」（一七四）と詠まれる。平素は禊などを行い、水量も少ない川であったが、賀茂川はしばしば洪水をおこすことで有名であった。『平家物語』巻一「願立」では、白河院が「賀茂川の水、双六の賽、山法師、是ぞわが心にかなはぬもの」と、思うままにならないものの一つに賀茂川の治水を挙げている。また、『貞信公記』天慶元年（九三八）六月二〇日の条に、「鴨河水入京中、多損人屋舎雑物、西堀川以西如此、不能往還」とあり、大きな被害を出したことが伺える。『日本紀略』永祚元年（九八九）八月一三日の条には、「又鴨河堤所々流損」とあり、賀茂上下社や石清水八幡宮、祇園、天神など様々な寺社が被害を受けた様が記されている。その際の様子は「天下大災。古今無㆑比」とも記され、被害の甚大さがわかる。さらに『小右記』寛仁元年（一〇一七）七月二日条にも、大雨が一晩降り続いたために「一条以北堤只今為水被破、鴨河水俄入来」となり、京極大路や富小路が巨海のようになり、京極あたりの家々が皆流損したという記事が見える。賀茂川を渡る際には、車でそのまま渡河をすることもあったが、『小右記』万寿元年（一〇二四）五月二八日の条によると「永円僧都従観音院乗車渡鴨川之間、当水大出間、車已被推流」とあり、急に水が増水することで車が押し流されてしまうこともあった。（→二五一参照）

かつらがは　桂川。京都の西部を流れる川。京の南で鴨川に合流し、淀川に流入する。流域によって様々に名前を変える川であり、亀岡から保津峡のあたりの上流は保津川と呼ぶ。嵐山付近では大堰川、大井川と呼ばれ、さらに下流では桂川と通称する。また、梅津付近では梅津川とも呼んだ。「葛野川」（『日本後紀』延暦一八年［七九九］正月二四日条、『山城国風土記』逸文）、「葛河」（『三代実録』仁和三年［八八七］八月二〇日条）、賀茂川が「東河」と呼ばれるのに対して「西河」（『三代実録』貞観二年［八六〇］九月一五日条）などと様々な呼称があった。『梁塵秘抄』では「を背を並べてさぞ渡る　桂川」（三八五）に歌われる。「天雲のはるかなりつる桂川袖をひでてもわたりぬるかな」（『土佐日記』承平五年［九三五］二月一六日）、「桂川わたりに、興あるところを持てはべりたうぶを」（『宇津保物語』「春日詣」）、「十六日、桂川にて御祓したまふ」（『源氏物語』「賢木」）などに見える。桂川も賀茂川同様に、たびたび洪水を起こした川であることが記録されている。『日本後紀』延暦一八年一二月四日の条には、桂川の楓津および佐比津が「毎レ有二洪水一。不レ得二徒渉一。大寒之節。人馬共凍。来往之徒。公私共苦」という状態であったことが記され、『本朝世紀』久安五年（一一四九）八月一〇日の条には「去夜大雨降、今日松尾行幸延引、依二桂河浮橋流損一也」と、浮橋が流損してしまったことを記す。

いとはやし　あなはやしな　（流れが）とても速い、ああ速いことだなぁ。原文「はやくな」の「く」は、諸注「し」の誤記と見るに従う。「あなはやしな」は「いとはやし」の五音の繰り返しの挿入句。賀茂川と桂川の渡り難く、石清水八幡宮へ至ることの難しさを謡う。「あな」は感動や詠嘆を表す。「はやしな」の「な」は、『新日本古典文学大系』の口頭語集覧では、持ちかけの間投助詞で「聞き手に対して発言の意図や内容を持ちかけ訴えかけるもの」とする。囃子言葉的な働きをするか。『梁塵秘抄』には「小柳によな　下がり松の藤よな」（一一）、「あな愛しやな」（三七六）等の用例がある。「あなはやしな」は前句「いとはやし」の五音を繰り返した挿入句。

よどのわたり　淀の渡り。渡りとは、川や海の岸から他方の岸に渡る場、渡し場、またその通り道や航路をいう。「ちはやぶる宇治の渡に棹執りに速けむ人し我が許に来む」（『古事記』中巻）、「わたりは　しかすがのわたり。こりずまのわたり。みづはしのわたり。」（『枕草子』一八段）とある。淀の渡りは男山の麓のあたりを指す。賀茂川、木津川と、宇治川から流れ込む巨椋池の水口が合する集水地であり、大渡、一口、封戸渡等、多くの津や渡があった。淀川の呼称は、『日本紀略』延喜一八年（九一八）八月一七日の条に「淀河水如二海岸流一、人者共レ屋流死、獣者溺斃、其日、山崎橋南端入レ水二間許」の例が早い。『拾遺和歌集』一一三には壬生忠見が「天暦御時、御屏風に淀の渡りする人書ける」という詞書とともに「いづ方へ鳴きて行くらむ郭公よどの渡りのまだ夜深きに」と詠む。『枕草子』一一〇段に「卯月のつごもりがたに初瀬にまうでて、淀のわたりといふものをせしかば、船に車をかきすゑいくに」とある。また、『更級日記』に「秋ごろ、和泉に下るに、淀といふよりして、道のほどのをかしうあはれなること、いひつくすべうもあらず」とある。淀のわたりを題材とした和歌は数多く、『拾遺和歌集』にも、「屏風に」とあり、「ふしづけしよどの渡をけさ見ればとけんごもなく氷しにけり」（巻四・冬・平兼盛・二三四）とある。『続千載和歌集』には「朝霧によどのわたりをゆく舟のしらぬわかれも袖ぬらしけり」（巻八・羈旅歌・土御門院・七七二）、『新拾遺和歌集』には「たかせさす淀の渡のふかき夜に河かぜさむき秋の月影」（巻五・秋歌下・前大納言成氏・四三〇）などがある。平安京造営後に京の外港として巨椋池の湖水の北に与等津が設けられ、羅城門から鳥羽造道が建設された。考察で詳述するが、淀の渡りは摂津や難波、西国へと赴く交通の要所であると同時に、八幡のおわす浄土をのぞむ境界の地であった。

ふねうけて　舟を浮かべて。下二段活用の「うく」は他動詞。「こもりくの泊瀬の川に船浮（浮而）て吾が行く河の」（『万葉集』巻一―七九）、「ひんがしの池に船ども浮けて、御厨子所の鵜飼のおさ、院の鵜飼を召し並べて、鵜をおろさせ給へり」（『源氏物語』藤裏葉）とある。『梁塵秘抄』において仏の救いにより舟で浄土へ渡るという今様は多く、「薬師医王の浄土をば　瑠璃の浄土と名づけたり　十二の船を重ね得て　われら衆生を渡いたまへ」（三二）、「観音大悲は船筏　補陀落海にぞ浮かべたる　善根求むる人しあらば　乗せて渡さむ極楽へ」（三七）、「観音深く頼むべし　弘誓の海に船浮かべ　沈める衆生引き乗せて　菩提の岸まで漕ぎ渡る」（一五八）、「大峰聖を船に乗せ　粉河の聖を舳に立て

て　正きう聖に楫取らせて　や　乗せて渡さん常住仏性や極楽へ」（一八八）、「生死の大海辺なし　仏性真如岸遠し　妙法蓮華は舟筏　来世の衆生渡すべし」（二一〇）、「般若経をば船として　法華経八巻を帆に上げて　軸をば帆柱にや　夜叉不動尊に梶とらせ　迎へたまへや罪人を」（四二三）などがある。先行注（大系・新井評釈・詩人選・全注釈）や小島論文が指摘するように、本歌もまた、阿弥陀を本地とする八幡大菩薩に船で浄土へ迎えてほしいと願いをかける歌である。迦才『浄土論』下では、「阿弥陀仏。与観世音大勢至。乗大願船。浮生死海。就此娑婆世界。呼喚衆生。令上大願船。送著西方。若衆生有上大願船者。並皆得去。此是易往也」、『大乗本生心地観経』では、「衆生没在生死海　輪廻五趣無出期　善逝恒為妙法船　能截愛流超彼岸」とある。『曽我物語』巻一「費長房が事」では、仙人の壺の中の「めでたき世界」の描写のうちの一つに、「池には弘誓の船を浮かべり」と記されている。『源平盛衰記』巻一八「竜神守三種心」では「観音・勢至・阿弥陀如来、無数ノ聖主諸共ニ、弘誓ノ船に掉シテ生死ノ苦海ヲ渡、宝蓮台ノ上ニ往生シテ菩提ノ彼岸ニ遊バン事、誰カ是ヲ望マンヤ」とある。『今昔物語集』巻一五―一六「比叡山千観内供往生語」では、権中納言藤原敦忠の長女が僧千観に「師命終テ後、必ズ生レ給ヘラム所ヲ示シ給ヘ」と頼む。千観が亡くなった後、娘は「千観蓮花ノ船ニ乗テ、昔シ造レリシ所ノ弥陀ノ和讃ヲ誦シテ、西ニ向テ行ク」という夢を見ている。同様に、巻一五―三五「高階成順入道往生語」においても、乗蓮入道が身に悪瘡の病を受け、死んでしまうが、そのあとに、「或ル人ノ夢ニ、乗蓮入道船ニ乗テ、西方ヲ指シテ行ヌ、ト見ケリ」とある。西方浄土である阿弥陀の浄土には船で渡るという認識がされていたようである。

むかへたまへ　お迎えください。八幡大菩薩に向かって「浄土へとお迎え下さい」と願いをかける語。「我等が心に隙も無く、弥陀の浄土を願ふかな、輪廻の罪こそ重くとも、最後に必ず迎へたまへ」（二三六）、「般若経をば船として、法華経八巻を帆に上げて、軸をば帆柱に、や夜叉不動尊に梶とらせ、迎へたまへや罪人を」（四二三）とある。どちらの歌も、罪障のある人間たちが自らを浄土へと迎えて欲しいと願う歌である。『梁塵秘抄』において「たまへ」と頼みかける相手は神仏が殆どであり、「薬師医王の浄土をば　瑠璃の浄土と名づけたり　十二の船を重ね得て　われら衆生を渡いたまへ」（三三）、「法華経八巻は網なれや　無量義経を泛子として　観音勢至を網子とし　救ひたまへ罪人を」（一九八）、「大しやうたつといふ河原には　大将

軍こそ降りたまへ　阿律智日巡りもろともに　降り遊うたまへ大将軍」（二六九）、「天魔が八幡に申すこと　頭の髪こそ前世の報にて生ひざらめ　そは生ひずとも　絹蓋長幣なども奉らん　呪師のまつりぬとただ秘せよ　しないたまへ」（三三七）、「神ならばゆららさららと降りたまへ　いかなる神かもの恥ぢはする」（五五九）、「阿耨多羅三藐三菩提の仏たち　わが立つ杣に冥加あらせたまへ」（五六五）などがある。「ただ念仏を申せ給ひて、一仏浄土へ迎へ給へと申させ給へ」（『義経記』巻八「判官御自害の事」）とある。

大菩薩　八幡大菩薩。院政期には本地は阿弥陀とされ、広く信仰を受けていた。八幡神は、現在の神道では、応神天皇（誉田別命）の神霊とされており、皇祖神として位置づけられているが、早くから仏教と習合した神でもある。八幡神は、東大寺の大仏造営にかかわり天平一九年（七四七）に「神吾、天神地祇を率しいざなひて、成し奉つて事立て有らず。銅の湯を水と成すがごとくならん。我が身を草木土に交へて、障へる事無く成さん」という託宣をし（『八幡宇佐宮御託宣集』）、大仏造営が成された後には、天平勝宝元年（七四九）一一月「己酉、八幡大神、託宣して京に向ふ」、一二月「丁亥、八幡大神の禰宜尼大神朝臣社女（その輿は紫色なり。一ら乗輿に同じ。）東大寺を拝む」とあり、八幡の託宣とともに八幡の尼社女が東大寺を拝した。その際大仏造営の成就によって「（八幡）大神に一品を奉る。比咩神には二品」と冠位を授け、尼社女にも従四位を授けた（『続日本紀』）。『東大寺要録』所収弘仁一二年（八二一）八月一五日官符の「託宣集」は、延暦二年（七八三）に八幡が託宣によって「吾名是大自在菩薩」と菩薩を称することになった旨を記載している。また、延暦四年（七八五）には、「護国霊験威力神通」の号を加えて、「護国霊験威力神通大自在王大菩薩」と称することを重ねて託宣している。八幡の本地については、『宮寺縁事抄』『石清水八幡末社記』などでは「阿弥陀」としており、『二十二社並本地』では、「釈迦」であるとし、『八幡愚童訓』では、「尺迦弥陀ノ両説ハ。トモニ御託宣ニ出タリ」と釈迦と阿弥陀の両説を述べ、「示現大菩薩トアレバ。尺迦ノ御変身無疑」「弥陀ノ三尊ナレバ。阿弥陀如来ノ。大菩薩ノ本地ニテ御座マス条モ無疑」と両説を肯定している。人々にとって八幡大菩薩は、阿弥陀として死後、極楽浄土での安楽を願い、託宣神として現世での利益を願う存在であるといえる。また、ここでは男山を阿弥陀の浄土に見立て、大菩薩に向けて「迎へたまへ」と願っている。

【考察】

本歌は、石清水八幡宮への参詣を歌う今様である。「熊野へ参らむと思へども　徒歩より参れば道遠し　すぐれて山きびし　馬にて参れば苦行ならず　空より参らむ　羽たべ若王子」（二五八）と類似した句形をとっている。

淀の渡りは、八幡大菩薩を信仰する人々にとってはとても特別な地であった。『源平盛衰記』巻三二「落行人々歌付忠度自淀帰謁俊成事」では、薩摩守忠度や修理大夫経盛が都から落ちのび、淀川を渡る際に「人なみ〳〵に涙を押て出たれ共、心は都に通つゝ、行も行れぬ心也。淀の大渡にては、南無八幡三所大菩薩、再都へ返し入給へと各伏拝給へども、神慮誠にしり難し。」と、男山を見上げて八幡大菩薩に願いをかける場面がある。淀に船を浮かべ、また浮橋を渡る人々は、眼前に現れた男山、即ち八幡大菩薩の浄土世界を思い、願いをかけるのである。

石清水において船で淀川を渡ることが浄土世界へと渡ることと同義であることは神社歌石清水五首の中に「石清水深き誓ひの流れには　幾せの人か　渡されぬらむ」（四九七）とあることからも読み取れる。『梁塵秘抄の風俗と文芸』で渡邊は、「迎講という菩薩来迎の図を目の当たりにした王朝時代や中世庶民の恍惚郷とその華麗なステージを人々は歌謡の上で夢見ているのかもしれない」とし、五味梁塵は、「菩薩が瀬を渡すというのは、その本地が阿弥陀仏であることから、彼岸への救済を意味していた」とし、「八幡菩薩に迎えに来て欲しいと謡ったのは、単に川の流れが速いからという理由ではなく、彼岸の浄土へ渡して欲しいということを読み込んでのもの」と指摘する。

石清水参詣の道のりについては、小島論文が詳しく指摘するように石清水参詣の道程には山崎路と淀路が存在した。山崎は行教が八幡を勧請する際に託宣を受けた場所であり、交通の要所でもある。『土佐日記』承平五年（九三五）二月一一日の条には「東の方に、山の横ほれるを見て、人に問へば、八幡の宮と言ふ。これを聞きて喜びて、人々拝み奉る」とある。山崎もまた、『源平盛衰記』に見える淀の渡りのように石清水においては特別な地であり、神域との境界の地であった。山崎路で参詣をした例は、『御堂関白記』長和二年（一〇一三）一一月二八日、二九日の石清水行幸で、二八日には「御出、午の時。山崎にて御船に御す、戌の時許り」と、往路は山崎まで陸路を行き、そこで船に乗って対岸に渡った。二九日の還御の際にも「山崎にて船に御すこと昨日のごとし。御出入の門は朱雀東腋門なり」とあり、同じく男山から山崎に船で渡ったとされている。また、寛仁元年（一〇一七）九月の道長と頼通の石清水詣では、和泉守朝元の従者たちが淀から八幡宮へ渡ろうとしていた際に、船が転覆し、多数の溺死者が出たことを知らせる記事とともに、山崎の渡で道長や播磨守であった藤原広業が「家の如し」と評されるような豪華な檜皮葺きの舟を四艘もうけて渡ったこと、宿院を出たのちに再び舟に乗ると、遊女が数舟やってきたことなどが記されている（『小右記』『御堂関白記』）。また、『宇治関白高野山御参詣記』永承三年（一〇四八）一〇月一一日条では、「暁更出御、庇着御車、上達部已下着二布衣一前駆、遅明於二淀渡一遷二御々船一、（中略）卯刻着二御山崎南岸一、□□留二御船一、着二御衣冠一、更御二御車一令レ参二石清水一給」とある。高野山に参詣する道中に頼通は石清水八幡宮にも参詣しており、淀の渡で一旦船に乗り、山崎の南岸で下船、橋本側から車で石清水に向かっている。また、『栄花物語』長元四年（一〇三一）では、上東門院彰子が天王寺へと御幸する際に、「賀茂の河尻といふ所にて御船に奉る。（中略）戌、亥の時ばかり山崎といふ所につかせたまひて、ものなどまゐらせて後に、石清水に上らせたまふ。鳥居のほどにて御車奉りて（後略）」と、山崎を起点に石清水参詣を行っている。

それに対し、淀路を用いた早い例が『小右記』永祚元年（九八九）三月二二日の条の一条天皇の春日行幸の際の記事である。「午剋、桂河・淀等浮橋、諸国所造、自御舟渡給、御輿居舟、、上敷板、供御膳、公卿及諸司就食」とあり、船に輿を乗せて渡ったという。また、『日本紀略』長徳元年（九九五）一〇月二一日の条には、「二十一日甲午。石清水行幸。今日。淀河無二泛橋一。以二数百艘船一所レ渡也」とあり、一条天皇が石清水八幡宮に行幸する際に、浮橋が流出していたため、数百艘の舟で舟橋をかけて渡ったという。

山崎路よりも淀路が中心的になっていく様については、藤原宗忠の『中右記』に詳しく見える。『中右記』の嘉保二年（一〇九五）三月一一日の記事によると、木工寮や検非違使などが堀川天皇の行幸で用いる路地の検討をする際に、「往年被用山埼路、従院中程被用淀路也、当時最前已被用淀路了、仍申請今度用淀路也」と述べている。更にそのうえで、一九日の条では「行幸路巡検」として朱雀門より要路を巡検し、「巳時許至桂川辺、而浮橋諸国懈怠可加催由、依上卿仰、下知検非違使了（中略）淀浮橋未出来、又道々未作了、早々可加催由、下知検非違使了」と桂川と淀川の浮橋を確認している。山崎路から淀路が中心になっていく時期について、小島は「堀川帝の嘉保二年の行幸を相前後するあたりの時期に、今様が歌う「淀の渡り」を経て、山崎を経由せずに直接八幡へと向かう道筋が、すでに八幡参詣の行幸路の慣例として備わるに至ったことが確認されることは、当該歌の考察においても重要な視点となるものと思われる」と指摘している。

　また、『中右記』康和五年（一一〇三）一一月五日の堀川天皇の行幸の際には、「経大宮二条朱雀等大路、経鳥羽中大路、法王於顕季朝臣直廬桟敷有御見物」とあり、朱雀大路、鳥羽中大路を経て行程が進む中、白河上皇の行幸御覧があった。更に、「申時許於桂河西駄向所暫祇候」とあり、桂川の西に設けられた駄餉所で休憩を取った。「下官相共暫奉待御輿、敷白砂青松為御輿所」とあるように、御輿所も作られていたようである。休憩後、堀川天皇は再び御輿に乗り、人々は騎馬で淀の浮橋を渡り、酉の刻に宿院にたどり着いたとしている。『永昌記』嘉承元年（一一〇六）七月二七日条では、「出御無幾降雨亦晴、所々浮橋、検非違使等勤候、至于淀渡儲御船、檜皮葺有泔水、（曳水手四人白装束、）未終刻着御宿院」とあり、ここでも淀の渡りを、船を設けて渡っている。

　『石清水八幡宮史』によると、天皇が石清水に行幸する際には、太政官の大史、史生、官掌及び左右京職木工寮や検非違使が行幸で通る道を点検し、札を立て、その後、「桂河の西或は東に駄餉所を設け、白砂青松の地を以て御輿所を造立し、途中御休息所又は供御の場所となし、淀の渡には船又は浮橋を用ふることあり。この所に竜頭鷁首の船を設くるを例となす」とある。鳥羽造道で淀のあたりまで南下し、竜頭鷁首の楽人たちの奏でる船楽を背景に舟や浮橋で淀川を渡ったようである。石清水行幸の際には、『栄花物語』巻一七「おむがく」に描かれる法成寺の御堂供養のように、「曲を合せて響無量なり。管を吹き弦を弾き、鼓を打ち、功を歌ひ、徳を舞ふ。御覧ずる御心地、この世のこととも思されず」と記されるような船楽が奏でられる中、浄土世界である男山に向かって淀川を渡河したものと思われる。その様子は、迎講や来迎図に描き出されたような阿弥陀の来迎の様子を演出していたものと思われる。

　また、『石清水八幡宮史』によると上皇による御幸の際には、「路次は、兼ねて御所より淀渡に至るまでは、院庁又は近習公卿等をして、修覆又は橋を架せしめ、淀より社頭までは宮寺の沙汰として修覆せり」とあり、淀の渡りまでが院庁や近習の管轄であり、淀から先が石清水八幡宮の管轄とされており、淀川が社域の境界であったことがわかる。

『梁塵秘抄』二五八において岡本大典は「熊野に参らんと思へども」は、熊野の内と外の境界の地であると同時に、熊野の参詣の最初の難所であるという「藤代」にて、そこに勧請されていた若王子に対して願をかける歌であるとした（→二五八参照）。本歌も石清水の境界にて大菩薩に迎えて欲しいと乞う歌であると考える。迦才『浄土論』において、弘誓の船で阿弥陀の浄土へ向かうことは、「往き易き」ことであるとしており、熊野の参詣者が、参詣道のきびしさから「羽たべ若王子」と、救いを求めると同様に、流れが速く、危険な川路を渡るよりも、流れが緩やかで眼前に男山を望むことのできる淀川の渡で救いの船で迎え、浄土へと誘ってほしいという呼びかけである。

【参考文献】

小島裕子「石清水八幡文化圏と今様―淀の渡り、八幡への道行―」日本歌謡学会編『日本歌謡研究大系（上巻）歌謡とは何か』（和泉書院、二〇〇三年五月）→※小島

二六二

永池健二・田林千尋

【影印】

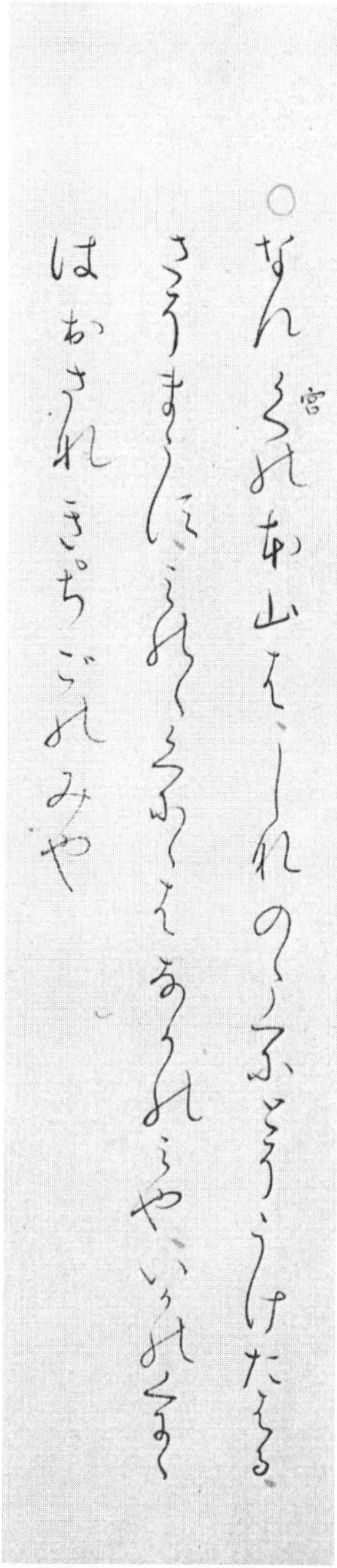
○なんく宮の本山は、しなの、くにとそうけたはる、
さそまうす、みの、くに、はなかのみや、いかのくに、
はおさなき。ちごのみや

【翻刻】

○なんく^宮^の本山は、しなの、くにとそうけたはる、
さそまうす、みの、くに、はなかのみや、いかのくに、
はおさなき。ちごのみや

【校訂本文】

○南宮（なんく）の本山は　信濃（しなの）の国（くに）とぞ承る（うけたはる）　さぞ申す（まう）　美濃（みの）
の国（くに）には中の宮（なかのみや）　伊賀（いが）の国（くに）には幼き児（おさなきちご）の宮（みや）

【校訂】

なんく　↓　「く」の右傍「宮」と墨書。
＊「おさなき」の後に墨書で「。」。朱の「、」とは異なり、
後世の書写者によるものと思われる。

【類歌・関連歌謡】

・関より東の軍神　鹿島香取諏訪の宮　また比良の明神
　安房の洲滝の口や小□　熱田に八剣　伊勢には多
　度の宮（二四八）
・南宮の宮には泉出でて　垂井のお前は潤ふらん　濁るら

む　中の御在所の竹の節は　一夜に五尺ぞ生い上る（二五〇）

・浜の南宮は　如意や宝珠の玉を持ち　すみのえ神をはらいとして　鹿蒜の海にぞ遊うたまふ（二七六）

・南宮のお前に朝日さし　児のお前に夕日さし　松原如来のお前には　官位昇進の重波ぞ立つ（四一六）

【諸説】

なんく　大きく、摂津国広田神社の摂社の南宮（浜の南宮）とする説（小西考・大系・全注釈・塚本注）と、南宮と呼ばれるすべての神社に通じていう汎称であるとする説（荒井評釈・全集・新全集・完訳・榎集成・新大系）に別れる。前者に「実際には南宮の名をもつ神社は、各地に存在し、もともとは国幣大社をいう呼称であったらしい」（全注釈）という注がつくもの、後者でも「あるいは特に兵庫県西宮市の広田神社の南宮をさすか」（全集・新全集・完訳）と注がつくものもある。さらに、八木意知男は「製鉄の神を祀る座としての南の宮である」（※八木）とする。

本山　本宮と考えられる神社を指す（荒井評釈・大系・全集・新全集・完訳・全注釈）、「ここは最も大きな宮というほどの意か」（全集・新全集・完訳）、「一番貫禄のある神社」（榎集成）、「最も霊験あらたかな神社」（新大系）。

しなのゝくに　諸注、長野県諏訪湖周辺にある諏訪大社をいうとする。「長野県の上諏訪・下諏訪の両者は「諏訪南宮上下社」と称された」（榎集成）。

うけたはる　諸注、「承っている」、「お聞きしている」ととる。「「うけたまはる」の訛」（榎集成）。

さそまうす　諸注、「（世間では）そのように申している」。「「承る」に対して掛合い式に歌った文句」（榎集成）、「合の手。人びとがそう申しています。上の「承る」に応じたもの」（全注釈）。

なかのみや　諸説、岐阜県不破郡垂井町の南宮神社をいうとする。「中の宮は大きさの程度による呼称か」（全注釈）、「中級の南宮」（榎集成）、「前者（筆者注―「本山」である諏訪大社）に対し、中くらいの程度」（新大系）。

おさなき　ちこのみや　諸説、三重県伊賀市の敢国神社をいうとする。「南宮山にあり、南宮権現・南宮大菩薩と称する。「幼き…」は、前二社に対し、小児になぞらえられるの意」（新大系）、「祭神が少彦名神であるところから幼少の神としたとされる」（小西考・古典全書・大系・塚本注）。

全体の解釈　「南宮をかぞへた」（※山田）、「南宮尽くしの歌」（大系・新大系・全注釈）、「地誌的興味と信仰とが、このような諸国の南宮くらべを試みさせたものか」（全集・新全集・完訳）、「南宮と呼ばれる社は諸国にあるが、その中から大・中・小の南宮をあげ、おもしろく並べた」（榎集成）、諸説が、諏訪大社＝大、美濃の南宮神社＝中、伊賀の敢国神社＝小とするが、「この場合「本山」なる語を厳密に規定し、美濃南宮、伊賀南宮を諏訪南宮の分社なりとすることは出来ない。二社ともに健御名方命を祭神とする説がないからである」（荒井評釈）。なお、全注釈は、「広田神社を大とし、美濃国のを中、伊賀国のを小に配してこの謡はうたっている」としている。※八木は、一首の全体を「製鉄の神を祀る座としての南の宮」をうたうとするのに対して、※鈴木は、諏訪明神を南閻浮提の地主神とする両部習合神道の思想に拠るものとする。

【語釈】

なんく　「南宮」と呼ばれる神社には、下に掲げる信濃の諏訪、美濃の中山金山彦、伊賀の敢国神社のほか、摂津の国広田（西宮）の摂社浜の南宮社があった。【諸説】の項に見たように、先行諸注は、この句頭の「南宮」を、とくに広田の浜の南宮をいうものとするか、すべての南宮社を総称した普通名詞と採るかで、大きく二つに分かれる。山田孝雄は「梁塵秘抄をよむ」において、「広田の第四殿即ち南宮は健御名方神をまつれば、その本山を信濃の諏訪神社と伝へしなるべく、美濃国には南宮即ち中山神社あり。伊賀国には稚き児の宮といへるも、亦南宮をさせるなるべし」と、この冒頭の「南宮」を広田神社第四殿とする説を唱え、小西考・大系がこれを踏襲したのに対して、荒井評釈は、右記の四社など、「南宮と呼ばれるすべての神社に通じて言う語で、普通名詞に近い」とし、全集・榎集成・新大系など、おおむねそれを受けている。広田神社の南宮社と諏訪神社は関係が深く（『諏訪大明神絵詞』等）、塚本邦雄がいうように「京あたりで南宮といへば、摂津の国広田神社の南宮」（塚本注）でもある。だが、この冒頭の南宮を広田南宮と解釈し、その本山を諏訪南宮、「美濃南宮を中の宮とし、伊賀南宮を児の宮となす時、祭神関係が理解し得なくなる」という荒井評釈の指摘もある。また、八木意知男は、広田の浜の南宮社を含めて、南宮四社のすべてが「製鉄の神を祀る座としての南の宮である」と指摘している（※八木）。この句頭の「南宮」の語をどう解釈するかは、本歌全体の解釈に大きくかかわるものである（→【考察】参照）。

本山　本山は、仏教語で「一宗派又は法脈の根本道場をいう」（『密教大辞典』）。『今昔物語集』巻三一「多武峯、成比叡山末寺語第二十三」に「「此ノ所、此ク仏法ノ地ニハ成シツト云ヘドモ、指ル本寺無シ。同クハ、此レ、我ガ本山ノ末寺ト寄セ成テム」ト思ヒ得テ」などと見え、配下の寺院を末派寺院や末寺と称したの対して用いられた。ここでは、そうした「本山」の語が、神社の本社・本宮に近い意に転用されているのであるが、それが可能だったのは、神仏習合の進んだ修験道の影響下にあったからで、三一一の「筑紫の霊験所は」の歌に九州の修験の道場を数え上げた中に「竈門の本山彦の山」とあるのも、その例の一つである。ただし、本歌では、本山と末寺、本社と末社のごとき明確な支配・従属の関係は認められない。

しなのゝくに　信濃の国。東山道八国の一つで、ほぼ現在の長野県にあたる。ここでは、信濃の国に鎮座する諏訪大社をいう。『延喜式』神名帳「信濃国卌八座（大七座 小卌一座）」の中に、

「諏方郡二座（並大）　南方刀美神社二座（名神大）」と見える旧官幣大社である。建御名方刀美神と、その妃、八坂刀売神を祀る。諏訪の開拓神。現在の社殿は上・下社に分かれ、上社には前宮（茅野市）と本宮（諏訪市）、下社には春宮（諏訪郡）と秋宮（同）とがあり、一社で四カ所に社殿がある。保安二年（一一二一）撰の『拾遺往生伝』巻上（二）沙門開成伝に「信濃国諏訪南宮」の名が見え、『吾妻鏡』文治二年（一一八六）三月条所載の「注進　三箇国庄々事」の「信濃国」の条に「諏方南宮上下社（八条院御領）」、『融通念仏縁起』所載の神名帳に、「広田南宮各部類眷属百遍」と並んで「諏波南宮部類眷属百遍」とある。十七世紀成立の「諏訪上社社例記」に「一、朱雀院天慶年中、被叙正一位、号南宮法性大明神」とあるをそのまま信じることはできないが、平安後期に、「諏訪南宮」の呼称が成立していたことは、確かである。諏訪大明神をもって諸国の南宮の本体とする考え方は、南北朝時代の『神祇秘抄』に「諏防者号㆓南宮大明神㆒、南宮者指㆓南州㆒也、此神者自㆓法性一理㆒示現給也、云㆓南閻浮提之地主神㆒、（中略）故西宮坐号㆓浜南宮㆒、到㆓伊賀国㆒号㆓伊賀南宮㆒、於㆓美乃国㆒名㆓垂井南宮㆒、是随㆓在所㆒御異名云云」と見え、十五世紀書写の「諏訪大明神講式」などにも見える（→【考察】参照）。

うけたはる　お聞きしている。南宮の本山は、信濃の国にいますと承っている、というのである。榎集成が指摘するように「うけたまはる」の転訛、あるいは縮約形と考えられる。「うく」＋「たばる」。「うく」は、「かもかくも　命受けむと〈命受牟跡〉」（『万葉集』巻一六・乞食者が詠ふ二首・三八八六）のように「聞く」意、あるいは「「よき事なり」と承けつ」（『竹取物語』）のように「承知する」意で用いられる。また、「たばる」は、元々「たまはる」と同じく「物を受ける、もらう意の謙譲語」（『日本国語大辞典』）で、『万葉集』巻一八・更来贈歌二首・四一三三「針袋　これは賜りぬ〈多婆利奴〉　すり袋　今は得てしか　翁さびせむ」、催馬楽、律「鷹子」に「鷹の子は　麿に賜ばらむ〈多波良无〉　手に据ゑて　粟津の原の　御来栖のめぐりの　鶉狩らせむや　さきむだちや」、『梁塵秘抄』の法文歌にも「娑婆に不思議の薬あり　法華経なりとぞ説いたまふ　不老不死の薬王は　聞く人普く賜ばるなり」（一五四）等の用例が見られる。

さそまうす　さぞ申す。そのように申している。二九二にも「とこそきけ　さそまうす」。「「さにや」と問ひけるに、女、「さぞ」と答えければ」（『平中物語』二五段）、「げにやさばとんどにさぞやおぼえたるな」（早歌「現尓也娑婆」）などとあるように、「さぞ」は、相手の言葉を受けて返すあいづちの表現。ここでは、榎集成や全注釈が言うように、前出の「承る」に対して、「南宮の本山は、信濃の国」という内容を受けている。この句を独立した挿入句と見るならば、当該句は全注釈が言うように「合の手」であり、この句を境にして歌い手の視点が変わると見るならば、当該歌は榎集成が言うように「掛合い式」で歌われたものであると見ることができる。

みのゝくにゝはなかのみや　美濃の国には中の宮。美濃国は、東山道八国の一で、今の岐阜県南部地方。中の宮は、美濃南宮と呼ばれた南宮大社を言う。二五〇にも「南宮の宮には泉出でて」。同社は、岐阜県不破郡垂井町に鎮座し、主神として金山彦命を、脇神として見野尊と彦火火出見命を配祀する、旧官幣大社。その名は早く、『続日本後紀』承和三年（八三六）一一月四日条に「美濃国不破郡仲山金山彦大神奉レ授二従五位下一。即預二名神一」と見え、貞観一五年（八七三）には、正二位に昇叙し（『日本三代実録』貞観一五年四月五日）、『延喜式』には、「美濃国卅九座大一座小卅八座」の中の「不破郡三座大一座小二座」中に「仲山金山彦神社名神大」と見える。美濃国唯一の名神大社で、同国の一宮である。「南宮」の呼称については、『今昔物語集』巻二〇「比叡山ノ心懐、依嫉妬感現報語第二十三」に、「国人皆心ヲ一ニシテ、南宮ト中社ノ前ニシテ、百座ノ仁王講ヲ可行キ事ヲ始ム」とあるのが早く（↓二五〇【語釈】「なんくのみや」参照）、また『扶桑略記』天慶三年（九四〇）正月の天慶の乱における将門調伏の記事には、「廿四日。有レ勅遣二延暦寺阿闍梨明達於美濃国中山南神宮寺一。令レ修二調伏四天王法一」と見える。「南神宮寺」とは、本社の神宮寺で、現代の朝倉真禅院の事と推察されるから、南宮の呼称の成立も、このころまで遡る可能性も指摘されている（谷川健一編『日本の神々―神社と聖地』）。その呼称の由来については、社記に、神武天皇の軍勢が熊野から大和へ進むとき、祭神金山彦命が、八咫烏を助けて、道案内をした功によって、東山道の要地、不破郡の府中の地に祀られ、その後、崇神天皇五年に、南宮山上に遷座し、さらに、麓の現在地に遷座したと伝える。林羅山も、その『本朝神社考』に、「初め美濃国不破府中に之を祭る。後、郡の南仲山に移る。故に南宮と号す。祭祀に魚鳥を供す。凡そ美濃に産する者、必ず南宮を以て氏神と為すと云ふ」と記している。こうした郡の南方の地への遷宮の故事に基づくとする説に対して、八木意知男は『鉄山必用記事』所載の「金屋子神祭文」を引いて、金山彦神は金神として西方を司る神であると同時に、製鉄の神としてタタラにおいては火の神を祀る南の柱に祀られていたことを踏まえ、その呼称は「製鉄の神を祀る座として南の宮」であると指摘した（※八木）。美濃南宮の呼称のそもそもの初発はともかく、南宮大社と関の刀鍛冶との深いつながりなどを考えると、八木の主張には説得力がある。

いかのくに　伊賀の国。旧東海道一五国の一で、今の三重県北西部の伊賀盆地を中心とする一帯。伊賀国の国府は、敢国神社にほど近い阿拝群坂之下村（現伊賀市坂之下町）にあったと推定されている。

おさなき　ちごのみや　幼き児の宮。幼き稚児の神、すなわち大神の御子神たる幼童神を祀るというのであろう。伊賀の南宮といえば、三重県伊賀市一ノ宮に坐す敢国神社を指すが、その祭神を「幼き児の宮」という根拠は定かではない。同社は、『延喜式』神名帳「伊賀国廿五座大一座 小廿四座」「阿拝郡九座大一座 小八座」の中に「敢国神社大」と記される、これも伊賀国唯一の式内大社であり、同国の一の宮である。同社の南東方すぐに近接して聳える小高い山は、南宮山と呼ばれ、現在も社殿正面からすぐ左手眼前にその山を望むことができる。南宮の呼称は、保安二年（一一二一）の「成恒名保安二年公返抄案」に「六月廿日下文、為南宮（阿拝郡）御宝前最勝講布施稲参拾束」（『平安遺文』一九四八号）、同年一二月の「某名官物公返抄案」に「弐石伍斗　南宮三昧供料」「南宮三昧供内壱石」（同一九二九号）、永万元年（一一六五）六月の「神祇官諸社年貢注文」に「伊賀国　南宮社米五石、贄少々」（同三三五八号）などとあるのが古く、『源平盛衰記』巻三五「範頼義経京入事」「九郎義経ハ伊勢国ヨリ伊賀路ニ懸テ責上ケルカ」の条に「当国ノ一ノ宮南宮大菩薩ノ御前ヲハ心計ニ再拝シテ」と見えるから、平安末の秘抄歌の時代に「南宮」の呼称が成立していたことは確かである。同社の祭神は、現在は、中央に主神大彦命を、左右に少彦名命と金山比咩命を配する三神併祀の形を取っているが、主神敢国津神に、阿部氏の祖とされる四道将軍大彦命を当てたのは度会延経の『神名帳考証』（一七一三年）以後のことで、それ以前は、卜部兼倶の『延喜式神名帳頭注』（一五〇三年）に「伊賀阿拝郡　敢国南宮也　金山姫命」、室町末期成立の『大日本国一宮記』に「敢国神社　号二南宮一金山姫命也　伊賀国阿拝郡」などとあり、能登永閑の『伊賀名所記』（室町末期頃成立）には、それぞれ「直指抄」を引いて「敢国大明神　直指抄云少彦名神者伊賀国阿拝郡敢国明神也冷泉御宇安和二年八月三日授正一位云々」「南宮山金山明神　金山比咩のみことにてましますよし直指抄に見えたり」とし、「国分云」として「人皇六十四代円融院貞元二年二月告のことありて此南宮明神を一宮の敢国明神と同所にうつしたてまつれりさるゆゑに南宮山も一宮の山となり侍ると云々」と記す。この円融期の二神の遷社併祀について『伊賀史』は、「円融天皇御宇天元戊寅伊香金山比咩社鳴動虫喰神木作字曰与阿部久爾神同殿伊香守高則奏藤原詮子今歳為女御父兼家以彼鳴動此家瑞託伊香守宮同殿之事」と記すが、典拠が定かでなく、信ずるに足らない。南宮大明神の創始について、『伊水温故』は「南宮金山姫ハ天武ノ御宇濃州南宮ヨリ勧請」と記す。金山媛（比咩）神は、『古事記』の国生みの条に加供土神の子として金山彦命に次いで誕生した兄妹神である。美濃南宮である仲山金山彦神社の主神は、金山彦神であるが、あるいは、金山比咩神も併祀されていたことを示すか。金山比咩神も、金山彦神と同様に火金を司る製鉄の神として、南方に祀られたとする八木説には説得力がある。その南宮神が、「幼き児の宮」とされた理由については、諸注多く、少彦名神を幼児神に見立てたとするが、八木はまた『鉄山必用記事』の「同金屋子神祭ヤウノ事」の条にそのご神体を「尊像美麗ニ児御形粧ニ造作ㇾ之ヲ」とあり、奈良県添上郡所在の南宮神社の祭神が「御子明神」と伝えられていることを挙げて、金屋子神がそう呼ばれた可能性を指摘している。

【考察】

「南宮」と呼ばれた有力な諸神諸社を列挙して歌いあげる。句頭の「南宮」については、都に近い広田（西宮）の浜の南宮とする説と、南宮と称される神社の汎称とする説とにわかれるが、近年は新間進一（全集頭注）以後、後者の説が通用している。しかし、それでは、「南宮尽くし」の歌に、最もよく知られていたはずの「浜の南宮」がなぜ挙げられていないかの疑問が残る。塚本邦雄（塚本注）や飯島一彦（「南宮の今様圏」）が指摘しているように「京あたりで南宮といえば、摂津国広田神社の南宮」である可能性が高いからである。句頭の歌い出しの性格からいうと、浜の南宮との関わりを重視したいところだが、以下の表現にそのことを示す句がまったく認められないので、断定するには到らない。

　本歌全体の解釈については、二つの有力な学説が提示されている。その一は、八木意知男によって示された「南宮＝製鉄神説」とでもいうべきもので、そこで八木は『鉄山必用記事』所載の「金屋子神祭文」などを根拠に美濃南宮の祭神金山彦神や金山姫神が製鉄におけるタタラ場で火の神とともに南方に祀られることを指摘して、本歌に歌われた三南宮神社も、表現には見えない広田の浜の南宮社も、南宮と呼ばれる神や社は、いずれも「単に方角としての南の意ではなくして、製鉄の神を祀る座としての南の宮である」と主張する。南宮尽くしである二六二の全体を統一的視点から捉えようと試みた興味深い指摘である。しかし、祭神が金神であることが明確な美濃南宮と伊賀南宮については指摘の通りであるが、諏訪南宮の神・南方刀美神が風神・水神・武神として崇敬されてきたことから、風・水・火が製鉄によって欠くべからざるものであるところから、「諏訪神も、製鉄神として成り立つ可能性を有している」とするのは、あまりにも根拠が薄弱であり、浜の南宮も山砂鉄に対する浜砂鉄の神とするにいたっては、ほとんど憶測の域をでない。広田社の浜の南宮については、祭神は広田社本社と同体と推定され、その本神を甲山の麓の本社の南方にあたる浜に別宮を構えて祀ったことから浜の南宮と呼ばれたとする吉井良秀（『西宮夷神研究』）の説や、それを受けた宮地直一（『諏訪神社の研究』上）の説は揺るぐまい。南宮尽くしの本歌を、すべて製鉄の神々を歌うものとするためには、まず、平安時代後期において諏訪神が京人たちにおいて、製鉄の神＝金屋の神として尊崇されていたという明確な証拠を提示したうえで、その諏訪南宮が諸国の製鉄の神の本山的な位置にあったことが示されねばなるまい。

　第二の学説は鈴木佐内によって提示された、両部習合神道思想に基づいた「南宮大明神＝南閻浮提地主神説」とでもいうべきものである。鈴木は、美濃南宮と伊賀南宮について、火金の神として南に配されたという八木説を了としながらも、南北朝期書写とされる『神祇秘抄』の次の一節を掲げ、南宮の呼称の成因とは別に、諏訪神を「南閻浮提之地主神」とし、南宮の本山として、他の南宮諸神をその同一神の顕現であるとする両部習合神道思想に基づいた観念がすでに『梁塵秘抄』の時代には成立していたと推測する。「一、諏防者号二南宮大明神一、南宮者指二南州一也、此神者自二法性一理二示現給也、云二南閻浮提之地主神一、法性神者三世諸仏之法性理体也、然而為二利益衆生一、為二天照太神之荒御前一守二護国土一之神也、故西宮座テハ号二浜南宮一、到二伊賀国一号二伊賀南宮一、於二美乃国一名二垂井南宮一、是随二在所一御異名云々、今号シ詢防郡之名也」。

　南閻浮提とは「南閻浮」「南閻浮州」などともいい、須弥山の周りの四州の一つで、「人間の住む四大陸（四州）の中で、南方にある大陸を指す」（『仏教語大辞典』）。我々普通の人類が生存する所とされ、転じて、人間の住む世界をいう。諏訪明神をその南閻浮提の地主神とし、さらに西宮の浜の南宮・伊賀南宮・美濃南宮とも同体の神の在所に従った異名とする主張は、鈴木の指摘の通り、諏訪神をして南宮の本山とする本歌の主旨と通じるものである。少し時代は下るが、十四世紀後半成立の『諏訪大明神絵詞』に、「当社別宮事、雲州杵築、和州三輪、摂州の広田西宮、信州南宮等也、主伴の不同ありと云ども、当社分座の義、本記の所見分明なり、其外日吉三宮八王子両社は、当社上下宮也と云事語伝たり」とあり、十五世紀後半の「諏訪大明神講式」の「□□□□大明神者、本ト中天竺国主也。（中略）一臣二妃共ニ乗メニ白馬一届ニ乎日域ニ一。分ケレ浪建テレ国経ニ緯タリ乾坤ニ一。是以鎮ニ三韓西戎之逆浪ヲ一、護ニ九重北震之膺図ヲ一。或ハトシテニ鎮坐於摂州広田之砌ニ一、当神五神之一社也。或ハ顕シニ垂迹於同境蒼海之畔ニ一、西ノ宮南宮ノ之栢城也。加之（シカノミナラス）、於ニ東山（トウセン）濃州駅路ニ一□□南宮之霊祠ヲ一、是又同体之霊神也」といった記述も、両部神道に基づいた諏訪明神＝南宮本山・本神説の展開の跡を示しているといってよい。平安時代末期には、両部神道思想に根差した諏訪明神＝南宮主神説が成立しつつあった過渡的な信仰の様相を本歌は留め記していると見てよかろう。ただし、鈴木は、西宮の浜の南宮と広田本社の第四殿に祀られた南宮神とを別神と見て、浜の南宮の呼称は本社の南方の浜に位置するという所在地に由来し、本社第四殿の南宮は諏訪の南宮神を勧請したものと解しているが、それは右の『諏訪大明神講式』の記述などをそのまま受け容れたための誤解であろう。本来、広田西宮社として一体のものであった広田本社と別宮であった浜の南宮とが切り離されて、浜の南宮が西宮と呼ばれるようになるのは、中世室町以降のことであり、広田社第四殿の祭神を諏訪南宮の勧請とする記事も、それ以前には見出すことができないのである。

さて、南宮尽くしの本歌を貫いている本山―中の宮―児の宮の対照表現については、荒井評釈において、「諏訪神社を本山と称して大とし、仲山金山彦神社を仲山の名に因んで中とし、敢国神社を少彦名命に因んで児の宮と称して、小とした句単位の列挙歌謡」とした解釈が無批判に受け容れられ、半ば通説化しているが、少彦名神を児の宮と呼んだ事例は例がなく、仲山だから中の宮だというのも、根拠のない憶測に留まるものだろう。「大・中・小の南宮を挙げ、おもしろく並べた」（榎集成）というのも、後代の三社の著名度やイメージから類推敷衍したもので、そのままには受け容れがたいものである。

諏訪明神をその地主神とするという南閻浮提とは、世界の中央の須弥山の南に位置する三角形の大陸（州）とされ、

「南閻浮提陽谷」というのは、この日本国のことだという(『仏教語大辞典』)。諏訪明神を南宮の主神たる本山とし、その下に美濃の南宮と伊賀南宮を位置づける本歌は、そうした南閻浮提たるこの地上世界を統括する南宮神を一神三体のトライアングルによって捉えようとしたものではあるまいか。とすれば、この三柱の南宮は、機会的な大・中・小によって捉えるよりは、主神たる諏訪の南方刀美神に対して、美濃にはその后神たる女神の中の宮、伊賀には両神の御子神たる幼き児の宮を配したものと捉えるべきではないか。「なかのみや」といえば、『梁塵秘抄』の時代には「中宮」を訓読みしたものであり、皇后、皇太后、太皇太后の三宮を指し、また皇后の別称でもあり、皇后に並列して立てられた天皇の后の謂でもあった。「幼き児の宮」を主神たる大神の御子神＝若宮と解するのは、有力な若宮＝御子神を数え上げた神分編巻頭の二四二の存在が端的に示しているように、当時盛んだった御子神信仰の普及のもとでは、もっとも自然な理解だと思われる。今日、確認できる史料では、美濃南宮の主神は男神金山彦神とされ、むしろ伊賀南宮の神が女神金山姫神と伝えられているが、王朝末期には前者を女神后神母神とし、後者を御子神とする理解があった可能性も考えてみる必要があろう。【語釈】で述べたように、八木意知男によれば、製鉄の神はしばしば金屋子神と称され、奈良県添上郡の南宮神社の祭神が御子明神とされている例も認められるのである。あえて憶説を提示して、後考に俟ちたい。

【参考文献】

飯島一彦「南宮の今様圏」(『日本歌謡研究』四一号、二〇〇一年一二月)

小川寿子「南宮歌謡考―『梁塵秘抄』二五〇番歌の背景」(『中世文学論叢』五号、一九八三年)

鈴木佐内「『梁塵秘抄』二百六十二番歌『南宮の本山』―両部習合神道とのかかわりから―」(『国文学踏査』二二号、二〇一〇年三月)

谷川健一編『日本の神々―神社と聖地九　美濃・飛騨・信濃』(白水社、二〇〇〇年)

宮地直一『諏訪神社の研究』上(『宮地直一論集』第一巻、蒼洋社、一九八四年)

八木意知男「『南宮』考―『梁塵秘抄』二六二番歌を中心として―」(『古代文化』二九巻一一号、一九七七年)

吉井良秀『西宮夷神研究』(一九三五年)

二六三

植木朝子

【影印】

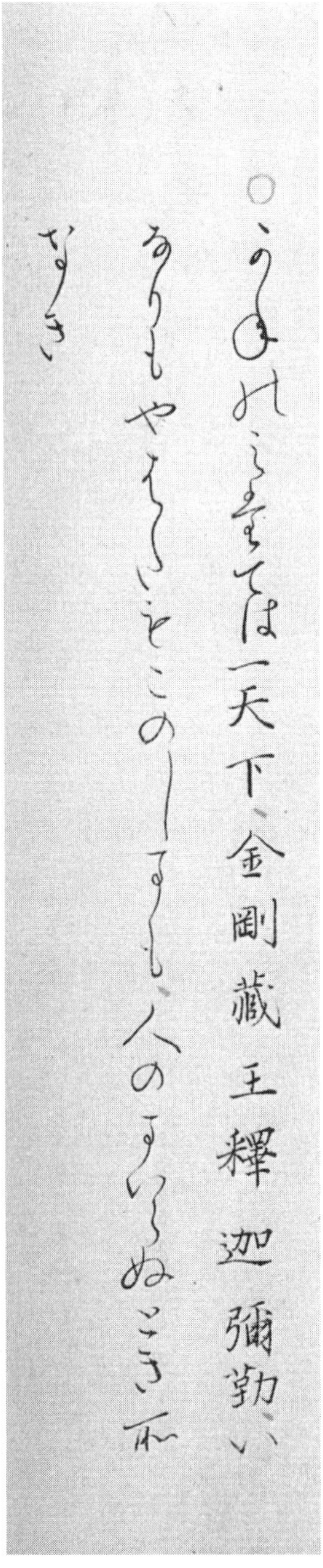
○かねのみたては一天下、金剛藏王釋迦彌勒、い
なりもやはたもこのしまも、人のまいらぬときそ
なき

【翻刻】

○かねのみたては一天下、金剛蔵王釈迦弥勒、い
なりもやはたもこのしまも、人のまいらぬときそ
なき

【校訂本文】

○金（かね）の御嶽（みたけ）は一天下　金剛蔵王釈迦弥勒　稲荷（いなり）も八幡（やはた）
も木嶋（このしま）も　人の参（まい）らぬ時（とき）ぞなき

【校訂】

みたて　→　みたけ　誤写と見て改める。

【類歌・関連歌謡】

・金の御嶽は四十九院の地なり　嫗は百日千日は見しかど
え知り給はず　にはかに仏法僧達の二人おはしまして
行ひ現かし奉る（二六四）

【諸説】

かねのみたて　諸注、「金（かね）の御嶽（みたけ）」で金峯山のこととするが、小西考は「金峯神社」とする。なお、古典全書は「金彦神社」とするが「金峯神社」の誤植か。

一天下　「世に普く響いている」（古典全書）、「一天下といふは「一天界」の意で、金峰山僧坊堂社を四十一区に分ち、兜率天四十九院を模した所から言ったのである」（荒井評釈）。以後、ほとんどの注は荒井評釈に従う（大系・全集・新全集・完訳・榎集成・新大系・全注釈）が、渡邊注は、「天下一の霊場である金峯山」と解する。

金剛蔵王釈迦弥勒　諸注、金剛蔵王権現が過去に釈迦、未来に弥勒となって現れることを指摘する。

いなり　諸注、京都市伏見区深草藪之内町にある伏見稲荷大社とする。

やはた　諸注、京都府綴喜郡八幡町男山にある石清水八幡宮とする。

このしま　諸注、京都市右京区太秦にある木嶋坐天照御魂神社とする。

【語釈】

かねのみたけ　奈良県吉野郡の金峯山。『宇津保物語』菊の宴に「金の御嶽」が見える。吉野山から山上ヶ岳まで約二十数㎞に及ぶ一連の峰続きをさして呼ぶ。役小角の修行地として知られ（『元亨釈書』）、聖宝（八三二〜九〇九）がその跡を慕って、長く金峯山で修行し、山を開き、山上の奥に堂宇を建て、如意輪観音、多聞天王、金剛蔵王菩薩権現を安置し、大峰と熊野とを結ぶコースを開いた（『聖宝僧正伝』）。『江都督納言願文集』巻二「院金峰山詣」に「夫、金峰山者、金剛蔵王之所居也」とあるように、金峯山信仰の対象は金剛蔵王権現であり、平安時代には皇族貴族の御嶽詣が盛んに行われた。

一天下　いちてんげ。『蜻蛉日記』に「てんけ（天下）の吉方（＝吉方詣）」の例があり、『日葡辞書』に「Tengue てんのした」とあるので「いちてんげ」と読んでおく。一つの世界の意。一天下は、「俊蔭は、吏部の文をいと二なく作り出だして奉るときに、一天下の人、みな言ひあさみて、そのたび、俊蔭ひとり進士になりぬ」（『宇津保物語』俊蔭）のように、世の中全体、世界全部といった意味であるが、ここでは、一つの世界を構成しているといった意味であろう。『梁塵秘抄』二六四に「金の御嶽は四十九院の地なり」とあるように、金峯山は弥勒菩薩の浄土・兜率天とみなされた（「四十九院」は兜率天内院の四十九重摩尼宝殿）。中国後周の時代（九五一〜九六〇）になった『義楚釈氏六帖』第二一「日本国」の条に「都城南五百余里有二金峰山一、頂上有二金剛蔵王菩薩一第一霊異、（中略）菩薩是弥勒化身」（『義楚六帖』朋友書店、一九九〇年）とあるので、蔵王権現は弥勒菩薩の化身であり、金峯山を弥勒の浄土とする考え方は、平安時代中期には存在していたことがわかる。『源氏物語』

「夕顔」には、夕顔の宿で過ごした源氏が明け方に聞く音を記して「御嶽精進にやあらん、ただ翁びたる声に額づくぞ聞こゆる。（中略）「南無当来導師」とぞ拝むなる」とする。「当来」とは将来、来世の意で、「南無当来導師」は未来仏である弥勒に帰依することを述べる言葉である。金峯山に参籠するのに先立つ精進潔斎の場でも弥勒への祈りが捧げられていることが確認できる。鎌倉時代初期には成立していた『諸山縁起』にも「かの金峰山はこれ兜率天の内院にして」とある。時代は下るが、江戸時代前期に成ったと推測される『吉野山二月会式正頭略縁起』には、金峯山について「誠哉、金胎両部秘密の道場にして、法身毘盧の体性直に曼陀羅世界なり。四十九所の霊地には六万九千の印文を符し、三百八十の窟には善神蟄て峯を護る」（首藤善樹編『金峯山寺史料集成』総本山金峯山寺、二〇〇〇年）とあって、兜率天内院の四十九重摩尼宝殿の一つ一つと現実の金峯山四九か所の霊地とを対応させていくような把握が見られる。「一天下」は、このような、兜率天と重ねられる霊地としての金峯山を指していった表現であろう。

金剛蔵王釈迦弥勒　金峯山が兜率天とみなされ、金剛蔵王が弥勒菩薩とみなされたことは、「一天下」の語釈でふれた通りであるが、一方、蔵王権現は釈迦との関わりも深い。十三世紀末に成立した『金峰山秘密伝』には「昔役優婆塞天智天王御宇白鳳年中開二金山大峯一而勤二求仏道一、祈二末代相応仏一、尋二濁世降魔尊一。于時大聖釈尊忽然現前示二護法相一。行者白言。辺土衆生不レ堪レ見二仏身一、強強衆生所レ不レ応也。願示二所応身一。時釈尊忽然不レ現。更千眼大悲尊自然即涌現。行者亦白。今尊五部具成仏大悲抜苦尊。雖レ為二無双柔軟形体一。故尚所レ不レ応二悪世一也。于時大聖化滅亦弥勒大慈尊自然影現、行者亦白言。大聖此釈尊補処、大慈与楽尊也。此土縁深。雖レ然末代尚不レ応。願現二降魔身一。其時宝石振動従二盤石中一金剛蔵王青黒忿怒像忽然涌出、即住二盤石上一。于時行者大歓喜敬重奉崇。此其元始。」（上「金剛蔵王本地垂跡事」）とあって、釈迦—千手観音—弥勒—蔵王権現のつながりが語られる。弥勒は、釈迦入滅後、五六億七千万年を経てこの世に出現するとされるため、当然のつながりといえようが、たとえば、『扶桑略記』天慶四年（九四一）三月に引く『道賢上人冥途記』には、道賢が山中で出会った「大和尚」の「我是牟尼化身。蔵王菩薩也。此土是金峰山浄土也」という言葉が見え、藤原道長が寛弘四年（一〇〇七）八月一一日に、金峯山山頂に埋納した経巻の容器・金銅経筒の銘文には「南無教主釈迦　蔵王権現」とある。鎌倉時代末期から室町時代初期にかけて成立した『金峰山創草記』「諸神本地等」には、「金剛蔵王　過去釈迦　現在千手　未来弥勒」とあり、蔵王権現が釈迦、弥勒と結びついていたことがわかる。

いなり　京都市伏見区深草藪之内町にある伏見稲荷大社。『二十二社註式』は「元明天皇和銅四年　辛亥　始顕㆓坐伊奈利山三箇峰平処㆒。是秦氏祖中家等抜木殖蘇也。秦氏人等為㆓禰宜祝㆒供㆓仕春秋祭㆒、依㆓其霊験有㆒被㆑奉㆓臨時御幣㆒」とし、秦氏が稲荷山の三つの峰に祭祀したことを記す。『延喜式』神名帳・紀伊郡にも「稲荷神社三座　並名神大、月次新嘗」とあり、稲荷社が最初に鎮座した地は、稲荷山の山頂三ヶ峰で、上中下の三社あった。『梁塵秘抄』神社歌には「稲荷をば三つの社と聞きしかど　今は五つの社なりけり」（五一三）とあり、上中下の三社に田中大神・四大神を合わせて五社となった繁栄ぶりが歌われている。稲荷社は、平安時代以来、二月の初午の日に参詣する人々でにぎわった。『今昔物語集』巻二八―一に「今昔、衣曝(きさらぎ)ノ始午(はつうま)ノ日ハ、昔ヨリ京中ニ上中下ノ人、稲荷詣トテ参リ集フ日也」とあり、『枕草子』「うらやましげなるもの」の段に「稲荷に思ひおこして詣でたるに、中の御社のほどの、わりなう苦しきを念じのぼるに、いささか苦しげもなく、おくれて来と見る者どもの、ただ行きに先に立ちて詣づる、いとめでたし。二月午の日の暁に、いそぎしかど、坂のなからばかり歩みしかば、巳の時ばかりになりにけり」とあるごとくである。このように稲荷詣は盛んに行われていたが、さらに、多くの人々と稲荷社とを結びつけたのは、稲荷祭（三月中の午の日に御旅所へ神幸、四月上の卯の日に当社へ還幸）であった。藤原明衡（九八九？～一〇六六）の『雲州消息』はその祭の様子を「今日稲荷祭也。密々欲㆓見物㆒如何。不㆑能㆓固辞㆒愁以饗応。相共同乗到㆓七条大路㆒。内外蔵人町村相挑之間、濫吹殊甚、頭中将小舎人童行事後乗之者太以衆多也」と描写しており、多くの人々が群集するさまが窺われる。『梁塵秘抄』神社歌には、「稲荷」に関する一〇首の今様が収録されているが、これは「春日」「住吉」と並んで最多数である。新全集（全集・完訳も）が「どうも稲荷関係の神歌には脂粉の香がする」とするように（五二〇評）、恋にまつわる歌が多く含まれる。以上のように人々に崇敬されていた稲荷大社であるが、ここは金峯山に勧請された稲荷の神を指すか。室町時代（十六世紀）の「吉野曼荼羅図」（奈良・如意輪寺）は、画面上方に、蔵王権現と役行者を描き、下方には桜咲く吉野山と立ち並ぶ堂宇を描いているが、勝手の宮の隣の堂宇に「いなり明神」の名が見える。さらに時代は下るが、『吉野山名勝考』（正徳三年［一七一三］奥書）には「稲荷明神　朝（あした）の原　東に有。歌によめるは片岡の朝の原なり」とある。江戸時代には吉野の朝の原の東に、稲荷明神が祀られていたことが知られる。

やはた　京都府綴喜郡八幡町男山にある石清水八幡宮。天慶二年（九三九）五月一五日には伊勢に次いで奉幣されており（『本朝世紀』）、伊勢に次ぐ位置を獲得していた。『徒然草』五二段に、石清水に参拝した仁和寺の僧が、次々に山に登って行く人を目にしながら、麓の極楽寺・高良大明神などを拝んだだけで帰って来てしまった失敗談があり、広大な地を占める石清水八幡宮が、多くの参詣者でにぎわっていたことが窺われる。『梁塵秘抄』神社歌には「石清水」五首が収録されるが、神社の名と掛けて、「清水」（清らかな水）を歌うものが多い。一方、四句神歌の雑の部には、八幡神が猿楽芸に登場し、天魔にからかわれる役割を担っていたことを窺わせる今様が見える。

天魔が八幡に申すこと　頭の髪こそ前世の報にて生ひざらめ　そは生ひずとも　絹蓋長幣なども奉らん　呪師の松犬とたぐひせよ　しないたまへ（三三七）

吉田野に神祭る　天魔は八幡に葉椀さし　葉盤とり賀茂の御手洗に精進して　そらにはかせこそさいさかほどは取れ（四一八）

前者は、神仏習合の表れとしての僧形八幡をからかったもの、後者は、本来敵対すべき存在の天魔が八幡をもてなしているという皮肉な内容で、結句を大系のように「皿には石陰子こそさ砂程は取れ」（皿にはウニをほんのちょっぴりお取りなさい）と読むと、「精進して」と言いながら生臭物を勧めていることになり、一層皮肉が効いてくる。以上のように芸能とも関わりながら人々の信仰を集めていた八幡宮であるが、『梁塵秘抄』二六六に「神のめでたく現ずるは　金剛蔵王八幡大菩薩」とあることからすると、王城守護の神としての金剛蔵王と八幡大菩薩との強い連想関係も窺われる（→二六六参照）。さらに限定すれば、ここは金峯山に勧請された八幡宮を指すか（→【考察】参照）。

このしま　京都市右京区太秦にある木嶋坐天照御魂神社。『延喜式』神名帳・葛野郡に「木嶋坐天照御魂（コノシマニマスアマテルミムスビ）神社（名神大、月次相嘗新嘗）」とある。秦氏ゆかりの神社で、『続日本紀』大宝元年（七〇一）四月三日条に「勅山背国葛野郡月神、樺井神、木嶋神、波都賀志神等神稲（かむしね）、自レ今以後給二中臣氏一」と見えるのが早い。『三代実録』仁和元年（八八五）二月八日には「去貞観十七年四月十七日。有レ勅。以二山城国葛野郡上木嶋。下木嶋両里乗田五段一。奉レ充二従一位平野神社」とあって、社地一帯は「上」「下」の「木嶋里」と呼ばれたらしく、それ相当の広さが想定できよう。承久の乱で後鳥羽上皇方の三浦胤義父子が自殺したのは「西山木嶋」と呼ばれている（『吾妻鏡』承久三年［一二二一］六月一五日）。『梁塵秘抄』神社歌には、「木嶋」一首として「太秦の薬師がもとへ行く麿を　しきりとどむる木嶋の神」（五五五）が収録されている。この歌は、広隆寺の薬師如来と木嶋の神とにかけて、寺社周辺の遊女の存在を暗示しており、「稲荷」の神社歌を評した新全集のいう「脂粉の香」の漂うものとなっている。今様に深い関心を寄せていた歌人・源頼政の和歌に「神に祈る恋といふことを人人読み侍りけるに」の詞書で「逢ふことを祈るかひなき木嶋は涙をかくる名にこそ有りけれ」（『頼政集』下・四一二）とあって、ここでも、「木嶋」の神は恋を祈る神として詠まれている。木嶋は、以上のように、愛法の神としての一面を持っている点で稲荷と共通する。『新猿楽記』に登場する右衛門尉の第一の妻は、夫より年上で六〇歳を過ぎているが、自らの老衰を自覚せず、常に夫の薄情を恨んでいる。男の愛情を得るために、聖天・道祖神を祭り、野干坂伊賀専の男祭・稲荷山阿小町の愛法に参加し、五条の道祖神・東寺の夜叉神に供物を捧げることを怠らない。この第一の妻が愛を祈る神のうち、野干坂伊賀専、稲荷山阿小町は稲荷系の神である。鎌倉時代初期までには成立していた「吒枳尼天祭文」（高山寺所蔵）は、配偶者を請い求める男女がその成就を願うためのもので、妻を求める男性用、夫を求める女性用と二種類の祭文がある。語句は難解で意味がとりにくいが、願いをかける対象の神として「柿本ノサヘ」「ソリ橋ノサヘ」「出雲道ノサヘ」「木辻ノサヘ」といった道祖神や「松尾」などとともに「稲荷」「木嶋」があがっている。こうした愛法の神である木嶋が金峯山に勧請されていたか（→【考察】参照）。

【考察】

金剛蔵王権現の祀られる金峯山が弥勒浄土として一つの世界を構成していること（それは過去［釈迦］から未来［弥勒］までの時間をも含む世界であること）と、伏見稲荷大社・石清水八幡宮・木嶋神社に多くの参詣者があることを歌った一首。この今様については、前半と後半の関連がはっきりせず、やや遊離した感じであると指摘されてきた（全集・新全集・完訳・新大系・全注釈）。荒井評釈は「この歌謡は上二句と下二句との内容が甚だ懸隔して居て、その結合が不自然で不審な歌謡である。金峯山は堂社四十一区、山中の修行者の山窟三百八十といふ広大な所故、この中に八幡、稲荷、木島等の諸神が勧請せられて居て、其処にも「人の参らぬ時ぞなき」かとも考へられるが明らかでない。或は四句神歌の中に往々見られる上下二部の主題の異なる歌謡かと思はれるが、上に中心があって、下に中心がないのが不審である。想像を逞しうすれば、この歌謡集は甚だ乱雑故、上二句だけ残つた歌と、下二句だけ残つた歌を継ぎ合せたかとまで考へられる」とまでいっている。しかし、本歌は、荒井評釈が一案として提示した「金峯山は堂社四十一区、山中の修行者の山窟三百八十といふ広大な所故、この中に八幡、稲荷、木島等の諸神が勧請せられて居て、其処にも「人の参らぬ時ぞなき」かとも考へられる」という方向で理解できるのではないだろうか。「一天下」という言葉は、様々な信仰を内包する空間的広がりを表現しているものと思われ、この世とはちがう別の一つの世界を意味しているのではないか。後世の宮曼荼羅の描き出すような広い異空間が「一天下」だと考えられるのである。延久二年（一〇七〇）頃成立したと考えられている『熊野三所権現金峯山金剛蔵王行者御記文』には、金峯山について「八万眷属運歩」とあり、時代は下るが、元禄四年（一六九一）序の『峰中秘伝』は金峯山を「三世ノ諸仏集リ給フ山」「一切仏神達集リ給フ」とし、諸仏諸神の集まる山としてのイメージが強調される。その具体的な表れとして、本歌は勧請された神々の名を「稲荷」「八幡」「木嶋」と並べたのではないか。【語釈】にあげたように、「稲荷」は、『梁塵秘抄』よりもかなり下る資料によって、金峯山内に祀られていた可能性が指摘できるに過ぎず、「八幡」「木嶋」については、その名を見出し得ないが、芸能との関わりや愛欲神としての性格からことさら今様に取り上げられてきた神々を、金峯山内の神の中より特に選び出して並べたとは考えられないだろうか。平安末から鎌倉初期までに成立したと考えられている『熊野三所権現金峯山金剛蔵王垂跡縁起幷大峯修行伝記』は、金峯山の縁起相伝について様々な条件や作法を述べた後、一一の祈禱神の名を挙げるが、その中に「八幡三所社」「稲荷下中上社」が含まれる。これは、金峯山内に勧請されたものを指すかどうかははっきりしないが、少なくとも、八幡、稲荷が金峯山との強い関わりを持っていることは注目される。また、平安時代にすでに山上にあり、藤原道長や師通が子守明神に次いで奉幣した三十八所社について、『金峰山秘密伝』は「或行者於二神山一勧二請日本国中三十八所大神一、祈二悉地一成二所願一、八幡賀茂春日熊野等並レ光同二本誓一、共於二護国益一也、今即三十八神合二崇一一所二」（上「三十八所本地垂跡事」）とし、三十八所社と八幡の関わりが窺われる（佐藤虎雄「金峯山の諸社」）。

推測の域を出ない点も多々あるが、「稲荷」「八幡」「木嶋」は、金峯山内に勧請された神々であり、芸能や愛法の神として特に今様が関心を寄せる対象であったために、ことさらに選び取られたと見ておきたい。その一つ一つにもひっきりなしに人が訪れることを歌って、全体として金峯山の威勢を称賛しているると考えられるのである。

【参考文献】

植木朝子「金峰山信仰と今様」（『明月記研究』一四号、二〇一六年一月）
佐藤虎雄「金峯山の諸社」（『神道史研究』五巻一号、一九五七年一月）

二六四

植木朝子

【影印】

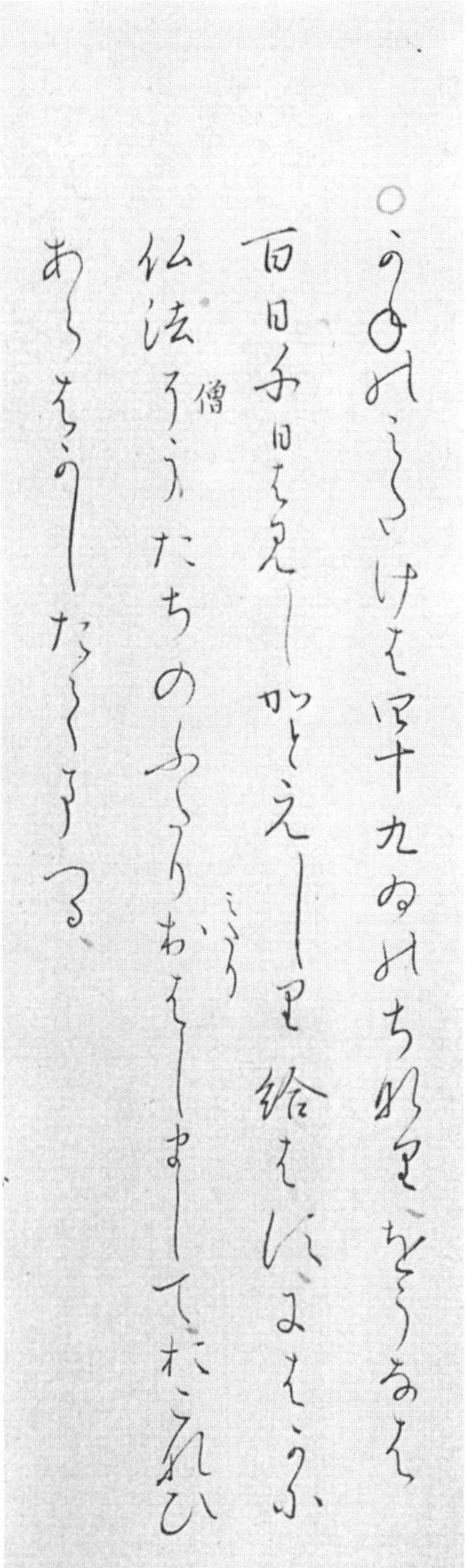

【翻刻】

○かねのみたけは四十九ゐのちなり、をうなは
百日千日は見しかとえしり給はす、にはかに
仏法そう（僧）たちのふたり（みたり）おはしましして、おこなひ
あらはかしたてまつる、

【校訂本文】

○金（かね）の御嶽（みたけ）は四十九院（ゐ）の地（ち）なり　媼（をうな）は百日千日は見し
かどえ知（し）り給はず　にはかに仏法僧達（そうたち）の二人（ふたり）おはし
まして　行（おこな）ひ現（あらは）かし奉（たてまつ）る

【校訂】

四十九ゐ　四十九ゐんの「ん」の脱落または無表記と見る。

仏法そうたち　「仏法そうたち」の「そう」の右に「僧」と墨書。これを生かし、本文は「仏法僧達」とする。
ふたり　「ふたり」の右下に小字で「みたり」と墨書。本文としては「ふたり」をとる。

【類歌・関連歌謡】

・金の御嶽は一天下　金剛蔵王釈迦弥勒　稲荷も八幡も木嶋も　人の参らぬ時ぞなき（二六三）
・金の御嶽にある巫女の打つ鼓　打ち上げ打ち下ろし面白や　われらも参らばや　ていとんとうとも響き鳴れ　響き鳴れ　打つ鼓いかに打てばか　この音の絶えせざるらむ（二六五）

【諸説】

かねのみたけ　諸注、金峰山のこととする。
四十九ゐ　諸注、弥勒菩薩の浄土兜率天の内院四十九重摩尼宝殿のこととする。
をうな　諸注、老巫女の自称とするが、榎集成は「老女」として、巫女とは限定しない。
百日千日　「修験道にある百日修行、千日修行を言って居る」（荒井評釈。全注釈も）、「百日または千日を一期とする修験道の苦行か」（全集・新全集・完訳）、「百日・千日の期間を定めて」（新大系）。
見しかと　「修行もして見たが」（荒井評釈）、「お仕えしてみたけれど」（大系・全集・新全集・完訳・全注釈）、「兜率浄土の相を直接体験することができたが」（新大系）。
えしり給はす　「（権現は）見向きもされなかった」（小西考。全注釈も）、「仏は認め給はず」（荒井評釈）、「（権現は）お降りになれなくて」（大系）、「権現は降臨されなかった」（全集・新全集・完訳）、「「え知りたまへず」の歌い訛であろう。納得できなかった」（榎集成）、「統御には、完全に従い得なかった」（新大系）。
仏法そうたち　諸注、仏法を行う僧達と解するが、新大系は「仏法は、単に僧の修飾語」とし、榎集成は、「そうたち」を「「先達（せんだち）」の誤りか。修験道で、行者の峰入りの時に案内役を勤める者をいう」とする。
おこなひあらはかしたてまつる　「現形し給ふのである」（小西考）、「（仏は）四十九院の地なることを示現し給うた」（荒井評釈）。「権現が姿を現わされるよう奉仕した」（大系）。「（権現は）その修行の念力でお姿が現れるようになったことだ」（全集・新全集・完訳）。「祈って（四十九院の有様を）目の前に現出した」（榎集成）。「仏法僧の修法では（権現は）姿をあらわされる」（全注釈）。
＊「　」内（　）は筆者が補ったもの。

【語釈】

かねのみたけ　奈良県吉野郡の金峯山。（→二六三【語釈】「かねのみたけ」参照）
四十九ゐ　弥勒菩薩の浄土・兜率天内院の四十九重摩尼宝殿。『観弥勒菩薩上生兜率天経』には、宝珠が空中で旋回し、

「四十九重微妙宝宮」と化したことが見える。弥勒信仰には、釈迦入滅後、五六億七千万年を経てこの世に出現し、衆生を救済すると伝えられる弥勒が、兜率天からこの世界に下って来るのを待望する下生信仰と、それまで待てないので現在弥勒菩薩がいる兜率天に死後生まれ変わることを望む上生信仰があるが、兜率天が重要な意味を持つのは後者においてである。中国後周の時代（九五一～九六〇）に成った『義楚釈氏六帖』第二一「日本国」の条に「都城南五百余里有二金峰山一、頂上有二金剛蔵王菩薩一第一霊異、（中略）菩薩是弥勒化身」とあるので、蔵王権現は弥勒菩薩の化身であり、金峯山を弥勒の浄土とする考え方は、平安時代中期には存在していたことがわかる。鎌倉時代初期には成立していた『諸山縁起』にも「かの金峰山はこれ兜率天の内院にして」とある。時代は下るが、江戸時代前期に成ったと推測される『吉野山二月会式正頭略縁起』には、金峯山について「誠哉、金胎両部秘密の道場にして、法身毘盧の体性直に曇陀羅世界なり。四十九所の霊地には六万九千の印文を符し、三百八十の窟には善神墊て峯を護る」とあって、兜率天内院の四十九重摩尼宝殿の一つ一つと現実の金峯山四九か所の霊地とを対応させていくような把握が見られる。（→二六三【語釈】「一天下」参照）

をうな　老女。ここでは、歌の主体の自称。『梁塵秘抄』には、「嫗」の用例が他に二例ある。

　嫗が子どもはただ二人　一人の女子は　二位中将殿の厨雑仕に召ししかば　奉てき　弟の男子は宇佐の大宮司が早船舟子に請ひしかば奉いてき　神も仏も御覧ぜよ　何を祟りたまふ若宮の御前ぞ（三六三）

　嫗の子どもの有様は　冠者は博打の打ち負けや　勝つ世なし　禅師はまだきに夜行好むめり　姫が心のしどけなければいとわびし（三六六）

これらの例ではいずれも、特に、我が子の状況、境遇に関して、ままならぬ身を嘆く老母が「嫗」という自称を用いている。本歌の主体は、あるいは三六三の若宮に祈る嫗のように、蔵王権現に祈りを捧げ、何らかの願を立てた一般の老女とも考えられようが、弥勒菩薩の浄土を何とか見ようとする、金峯山に関わる女としては諸注が指摘するように巫女のような女性祭祀者が考えやすい。金峯山は、『宇津保物語』菊の宴に「いみじき大願をたて、あるは山にまじりて、金の御岳、越の白山、宇佐の宮まで参り給ひつつ、願し申給はぬ人なき中にも」とあって、大願を立てる山の一つであった。この金峯山には願を占い、託宣をしてどんな願をもかなえる「正しき巫女」がいたが、本歌の場合、この媼と神との交信が成功しているとはいい難く、少なくとも「正しき巫女」とまでは言えないように思われる。しかし、僧の力によって現出した四十九院の目撃者としての働きを担っていることは重要であろう。なお、阿部泰郎は、金峯山にまつわるトラン尼伝承を視野に入れ、「媼」をすなわち都藍尼として、「百日千日は見しかど　えしり給はず」を「トラン尼が自ら語る響きが籠められているであろう」とする。（→【考察】参照）

百日千日　荒井評釈が指摘するように、百日または千日を区切りとする修験道の修行の例は多く見られるが、「媼」は修験者とは考えにくく、修験道の修行というよりは、参詣の区切りとしての日数であり、さらには、長い時間を象徴的に表すものと考えられる。『古本説話集』下―六六に「（比叡山ノ僧ガ鞍馬寺ニ）百日まゐりけり」とあり、その後、清水、賀茂にも百日詣をしている。『発心集』巻四―一〇には「京より日吉の社へ百日参る」僧が登場し、『宇治拾遺物語』巻六―四に「（生侍ガ）清水へ人まねして、千日詣でを二度したりけり」とある。ただし、金峯山は『義楚釈氏六帖』第二一に「不㆓曽有㆒女人得㆑上　至㆑今男子欲㆑上　三月断㆓酒肉欲色㆒　所㆑求皆遂」とあり、女人禁制であった。したがって参詣といっても、結界の外側、女の身として行くことのできる境界までということであろう。『梁塵秘抄口伝集』巻一〇には「あるいは七、八、五十日、もしは百日の歌などはじめてのち、千日の歌もうたひとほしてき」と見え、今様の稽古日数のひとまとまりとして、百日、千日が取り上げられている。『梁塵秘抄』今様には「百日百夜はひとり寝と」（三三六）の例もあり、ここでの「百日」は、独り寝の長い期間を誇張した表現と見られる。当該歌では、「百日千日」参籠し続ける媼に対して、「にはか」に現れた僧達が対置され、長い無変化の時間と急激な変化の対照が鮮やかに描かれている。

見しかど　（金峯山の様子を）見続けたが。荒井評釈の「修行もして見たが」は、「見る」を試みる、ためすの意味で解しているようだが、その場合「女もしてみんとてするなり」（『土佐日記』）のごとく、補助動詞のように用いられることが多い。また、大系以下が「お仕えしてみたけれど」とするのは、「見る」を面倒を見るの意にとっているためであろうが、その場合、「老いおとろへ給へるさまをみ奉らざらむこそ恋しからめ」（『竹取物語』）のように、強者の立場から弱者の世話をすることを言うので、媼が蔵王権現に仕えることを「見る」というのはやや違和感がある。したがってここでは、単純に、存在するものを見る意で捉えたい。「嫗」は、弥勒菩薩の浄土、四十九院の有り様を何とかして見たいと願を立てて、ひたすら祈り、見続けたのである。

えしり給はす （四十九院の様子を）見届け申し上げることができず。「給ふ」という尊敬の補助動詞（四段活用）が使われているため、主語を蔵王権現ととる説が多く、それが穏当でもあるが、諸注、「え……ず」という不可能を表す表現であるところに注意を払っていない点は再考の余地があろう。大系は権現が「お降りになれなくて」とするが、権現が自らの意志に反して降りることができないという状況は考えにくい。歌唱上の訛伝という考え方を安易に適用するのは避けるべきではあるが、本歌は、前半が嫗の行動と結果、後半が僧達の行動と結果という構成をとっていると考えられるため、榎集成に従って、「え知りたまへず」の歌い訛とし、「給ふ」を下二段活用の補助動詞と捉え、嫗の謙譲表現と解したい。なお、新大系は「見しかと」以下を「兜率浄土の相を直接体験することができたが、統御には、完全に従い得なかった」とし、主語を嫗ととっている点は首肯できるが、「兜率浄土の相を直接体験することができた」と「統御には、完全に従い得なかった」の逆接関係が明確でなく、「統御」が誰の何についてのものか示されない点で従いがたい。また、前提として、嫗が「兜率浄土の相を直接体験することができた」とすると、後半の僧達との対比が成り立たないように思われる。

仏法そうたち 仏法を行う尊い僧達。仏法僧（仏と、仏の教えと、仏の教えに従って修行する僧の三者）をいう表現から言葉遊びとして「仏法僧達」とつなげたものであろうが、僧の力の強調表現にもなっていよう。仏法僧を三宝というところから、僧のことを「仏法僧宝」という例もある（『三宝絵』下―二九）。

おこなひあらはかしたてまつる （僧たちは）祈って（四十九院の有様を）目の前に現わしてくれた。「奉る」という謙譲表現が用いられているため、主語は権現ではなく、僧達と考えられる。現れたものについては権現の姿とするものが多いが（小西考・大系・全集・新全集・完訳・全注釈）、冒頭の「金の御嶽は四十九院の地なり」との対応から、荒井評釈、榎集成のように四十九院の有様ととりたい。「あらはかし」については、新大系口頭語集覧が詳しく解説するように、「あらはし」が平安時代の文法規範に適った言い方であるが、「思メクラカシテ」（長承本『打聞集』）、「目ヲイカラカシ」（『法華百座聞書抄』）など、語尾の「かす」は院政期から漸増し鎌倉時代になって一層用いられるに至った口語的表現である。院政期の流行歌謡たる今様にその早い例が見えるのもうなずけるところである。

【考察】

金峯山が現世に顕現する弥勒浄土であることを褒め讃えた一首。媼が長い時間祈っても見ることのできなかった四十九院の有様を、突如現れた二人の僧が鮮やかに現出せしめたことを歌う。今様の持つ、この鮮やかな絵画的印象は、兜率天曼荼羅といった、絵画の影響によるものとも考えられよう。弥勒菩薩の住む兜率天の様子を描いた兜率天曼荼羅の現存最古の例は、鎌倉時代（十三世紀）製作の京都・興聖寺本および大阪・延命寺本である。いずれも主尊を強調することなく、広大な兜率天の情景を俯瞰するように描いている。すなわち、弥勒菩薩の説法する三層の宮殿を中心にして、それを取り囲む楼閣、廻廊など、壮麗な四十九院の様子を表現する。宮殿の前面には池があり、舟が浮かび、宮殿内の道には人々が行き交う。まさに、きらびやかな「四十九院の地」の様子をうつしているといえよう。平安時代にさかのぼる例は現存しないものの、このような絵画に描かれた世界は、本歌を聞く人々により一層具体的なイメージを与え、鮮烈な印象をもたらしたのではないか。

荒井評釈は、「下二句には伝説があるかも知れぬが、今の所捜し得ない故に、之に近い二伝説をあげておく」として、『扶桑略記』に引く都藍尼の説話と十三世紀末に成立した『金峰山秘密伝』上・金剛蔵王本地垂跡事をあげる。

前者は、仏法を修し、仙術を学んだ都藍尼が金峯山に登ったことを記すものである。よりくわしい記述のある『本朝神仙伝』によると、仏法を修行し、不老長寿を得た都藍尼は、精勤の末に己が威力を恃み、金峯山に攀じ登ろうとして天変地異を蒙り、遂に上に到ることがかなわなかったという。都藍尼が頂上に到れなかった理由としては、金峯山は黄金を地に敷いて、弥勒の出世を待つために、金剛蔵王がこれを守っており、戒めの地として女人を通わせない故とされている。女人禁制を明示するのは、「百日千日」の語釈で触れた『義楚釈氏六帖』が初例であり、『本朝文集』巻四一所収「金峰山讃」（藤原有国・長保六年〔一〇〇四〕）に「長退善女、纔容信男」とあるが、結界の地は明記されない。平安時代末～鎌倉時代初期に成立した『熊野三所権現金峯山金剛蔵王垂跡縁起幷大峯修行伝記』では、都藍尼の死に関わって「吉野下山金精大明神上山崎、自宝殿嶺上檀徳山内也、女人不可登」「女人自金精大明神上不可入奥」と述べられている。また、鎌倉時代末期から室町時代初期にかけて成立した『金峰山創草記』は「諸社諸堂勤事」の安禅寺の項に「女人参詣之堺也」と記している。これらによると、女人は金精大明神（現在の金峯神社）からやや南の安禅寺（現在の西行庵そば）の辺りまでしか行けなかったらしい。現在、奥駈修行で、金峯山寺蔵王堂から山上ケ岳へ向かうと五番関が女人結界となっており、山上ケ岳の頂上付近は今でも女人禁制である。本歌の嫗は、最終的には至近距離から四十九院の有り様をまざまざと見ているごとくに歌われており、本来ならば、聖域に入り込むことのできない女人であるがゆえに、いっそうその感動が強調されているように思われる。阿部泰郎は、先に述べたトラン尼伝承を視野に入れ、「百日千日は見しかど　え知り給はず」を「トラン尼が自ら語る響きが籠められているであろう」とする（阿部泰郎「女人禁制と推参」）。「嫗」＝都藍尼とまでは言いきれないであろうが、本歌を聴く者が金峯山の頂上に何度も攀じ登ろうとしてかなわなかった女性として、都藍尼を思い浮かべることは容易であったろうし、「嫗」に具体的な形象を与える点で都藍尼は重要な人物である。

『熊野三所権現金峯山金剛蔵王垂跡縁起幷大峯修行伝記』によると、都藍尼が金峯と熊野の双方にまたがる巫女の家系（正当な相伝の家系は役行者の母の出身家系高賀茂氏である）と、それによる縁起相伝に関わる存在であることが窺われる。ここで動乱尼（都藍尼）は高賀茂氏相伝縁起を奪い取るために金峯山に登ろうとして果たせず、ついには山が崩れかかって死ぬのである。阿部は、都藍尼が巫女の「正統を継ぐべき者でなく、女人禁制の禁忌の験(しるし)の厳しきことをその違乱と身命の破滅をもって贖(あがな)う、陰画的(ネガティブ)な伝承像である。しかしその名が、この霊地の女性祭祀者の一種普遍的なイメージを喚起する響きを持つことは、いまも洞川の登山口の傍ら、旧い女人結界の地に建つ母公堂に祀られる役行者の母が「トラメ」と伝称されているところからも察せられることだろう」（前掲論文）とする。阿部論の趣旨に異論はないが、現在の「母公堂」の案内によれば、役行者の母は「白専女(しろとうめ)」と呼ばれており、「トラメ」は本来「トウメ」であったと思われる。役行者の母の名前が資料上はじめて現れるのは、正嘉元年（一二五七）跋『私聚百因縁集』であり、行者の出自を説明して「父ハ即チ高賀茂間賀介麻呂(マカゲマロ)ナリ。同氏白専渡都岐麻呂(シラタウメトトキマロ)為母」とする。一方、トラメの名は金峯山蓮華会に関わって出てくるが、これまでに指摘されているもので、トラメの名の見える最も早い資料は、寛政七年（一七九五）に成った『大和国高市郡興田邑善教寺略縁起』である。本縁起によれば、舒明天皇六年（六三四）、「刀良売」は捨篠神社に詣で、捨篠池の水を産湯にして役行者を産んだ。翌年、「刀良売」は捨篠池で一茎二華の蓮華を見る。同じ時、蛙を見つけて篠を投げたところ、目に当たった。それ以来この池の蛙は片眼である。毎年六月七日には吉野蔵王堂で「蛙祭」が行われるが、この池の蓮を採って仏事に用いるという。

時代は下るが、熊野比丘尼の唱導、勧進に携えられたと思しい『比丘尼縁起』は、比丘尼の起源として、光明皇后が出家して都藍と名のり、女房達とともに出離菩提のために伊勢熊野に参詣して、世に伊勢比丘尼、熊野比丘尼といいならわしたと記している。ここでは、光明皇后と都藍尼とが一体化しているが、都藍の名が熊野比丘尼の起源伝承と関わっていることは、阿部の指摘する、都藍の名が金峯・熊野双方にまたがる「霊地の女性祭祀者の一種普遍的なイメージを喚起する響きを持つ」ことを側面から補強するものと思われ、興味深い。そうした伝承の広がりを背景に置くと、本歌は都藍尼の伝承を持ち伝えた女性祭祀者たちが自らを「媪」として歌っていく歌であったと捉えられるのではないか。そこでは、当然ながら、伝承上に生きる都藍尼と、伝承者たる女性祭祀者が混然一体となる場合もあろう。

後者は、役優婆塞と金剛蔵王権現にまつわる説話である（→二六三【語釈】「金剛蔵王釈迦弥勒」参照）。役優婆塞が金峯山で末代にふさわしい仏を求めていると釈迦が姿を現す。「この国の衆生はそのお姿を見ることはできないから、衆生にふさわしい応身を示してほしい」というと、次に千手観音の姿が現れる。「そのお姿は柔軟の形体であって悪世にはふさわしくない」というと、次には弥勒の形が現れる。「そのお姿でも無理であろう。降魔身（悪魔を降伏する姿）を現していただけないだろうか」と頼むと金剛蔵王の忿怒像が湧出したというものである。

二人の僧という点では、役優婆塞、釈迦、千手観音、弥勒、金剛蔵王の五者が登場する『金峰山秘密伝』上・金剛蔵王本地垂跡事よりも、『扶桑略記』天慶四年（九四一）三月に引く『道賢上人冥途記』がふさわしいようにも思われる。道賢は金峯山中で「大和尚」に出会うが、この和尚は釈迦の化身であり、蔵王菩薩であった。この道賢と「大和尚」が、四十九院の有様を現出せしめたという記述は見いだせないが、二人の僧にあたる可能性としてあげておきたい。あるいは、道賢は、最初、執金剛神の化身である「一禅僧」に出会い、その導きで「大和尚」蔵王菩薩に出会うので、「一禅僧」（執金剛神）と「大和尚」（蔵王菩薩）の二人と考える余地もあろうか。

さらに迂遠な関係にはなるが、金峯山で出家した道賢が兜率天の外院とされる笠置寺で修行していた折、竜穴に入り、二人の鬼神に会う話が『諸山縁起』に見える。二人の鬼神は仏法を守護する天童子であった。道賢が「この土（とところ）は何れの所なるや」と問うと、二天は「この土はこれ兜率天の外院なり。これに因り慈尊の聖なる御身体を顕はし奉る」と答える。笠置山にまつわるこのような「二人」（僧ではないので厳密には一致しないが）との問答が、兜率天を介して金峯山とも結びついて伝承された可能性も考えられようか。また、時空を超えた二人の僧の邂逅話として、『高野大師行状図画』には、大峰山で修行する大師と役行者が深い契りを結んだ話が載せられる。諸伝本中最古の完本である高野山地蔵院本に見られる話で、鎌倉期には成立していた説話であるが、二人の僧として空海と役行者を連想することも可能か。

「ふたり」の右下に小字で「みたり」とあることについて、荒井評釈は「これが古い形で「三人」に「見たり」をかけ「行ひ現かし」の縁語としたのではないかと思ふ」とする。「古い形」かどうかは確定しにくいが、『金峰山秘密伝』上・金剛蔵王本地垂跡事や、『金峰山創草記』「諸神本地等」に見える釈迦・千手観音・弥勒の三者が連想された可能性もある。あるいは、そもそも、本文は「二人」か「三人」かのいずれかではなく、「二人三人」と読ませるための小字書き込みとも考えられ、二者、三者の組み合わせとともに、後に問題を残しておく。

金峯山は奈良時代にはすでに日本の代表的霊山になっていたが、宇多上皇に続き、平安時代中期には藤原道長・頼通・師通など貴族層の御嶽詣が盛行し、白河上皇に至って頂点に達する（『金峰山雑記』）。本歌は、御嶽詣の流行を取り上げ、女性祭祀者の視点から金峯山＝弥勒浄土の素晴らしさを讃えた、まさに「今様」（当世風）の一首であると考えられる。また、僧の力を借りながらも、女性が弥勒浄土を確かに見た感動を歌うことによって、女性救済の願いを込めている点も注目される。今様が龍女成仏を繰り返し取り上げることとも軌を一にしているといえるが、兜率天は女性が女性のまま往生できるところであり、変成男子の上で到り得る極楽浄土よりも、女性たちにとってより身近な浄土であったと考えられよう。

【参考文献】

阿部泰郎「女人禁制と推参」大隅和雄・西口順子編『シリーズ女性と仏教　四　巫と女神』（平凡社、一九八九年）
植木朝子「金峰山信仰と今様」（『明月記研究』一四号、二〇一六年一月）

二六五

佐々木聖佳

【影印】

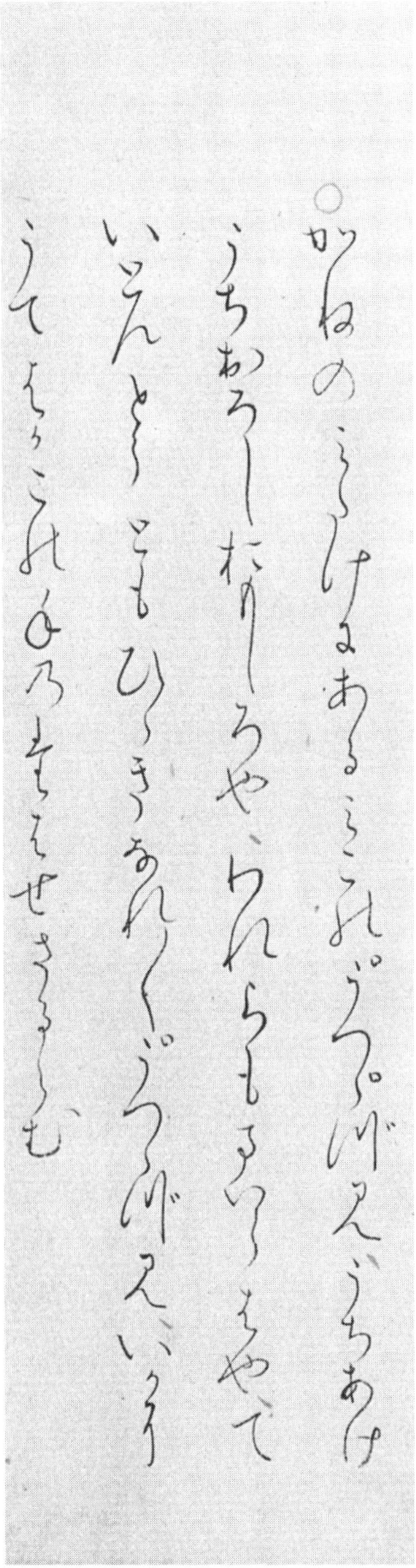

【翻刻】

○かねのみたけにあるみこの。うつゝづみ、うちあけ
うちおろしおもしろや、われらもまいらはや、て
いとんとうともひゝきなれ〱。うつゝづみ、いかに
うてはかこのねのたはせさるらむ

【校訂本文】

○金(かね)の御嶽(みたけ)にある巫女(みこ)の打(う)つ鼓(つづみ)　打(う)ち上(あ)げ打(う)ち下(お)ろし
面白(おもしろ)や　われらも参(まい)らばや　ていとんとうとも響(ひび)き
鳴(な)れ響(ひび)き鳴(な)れ　打(う)つ鼓(つづみ)いかに打(う)てばか　この音(ね)の絶(た)
えせざるらむ

【校訂】

＊一行目「うつゝづみ」の「ゝ」の右傍に「○」が墨書。

たはせ ↓ たえせ 先行注釈、「たえせ」の誤写とするのに従い、「は」は「え」の誤写と見る（誤写類型Ⅰ）。

【類歌・関連歌謡】

・金の御嶽は一天下 金剛蔵王釈迦弥勒 稲荷も八幡も木嶋も 人の参らぬ時ぞなき（二六二）

・金の御獄は四十九院の地なり 嫗は百日千日は見しかど え知り給はず にはかに仏法僧達の二人おはしまして 行ひ現かし奉る（二六四）

【諸説】

かねのみたけ 諸説、金峯山のこととする。

みこ 「神に仕える女性」（全集・新全集・完訳・榎集成・全注釈）、「神子の約又は神の子」「神社につかへて、神楽を舞ひ、湯立など行ふ補助神職。かんなぎ、かんこ（神子）」（荒井評釈）。

うちあけうちおろし 「拍子おもしろく打つ」（小西考）、「種々に鼓を打つ手振」（荒井評釈）、「鼓をうつ音の強弱」（新大系）、「速く打ったり遅く打ったり。拍子の遅速をいった」（全注釈）、（打ち上げについて）「次第に強くまたは速く打つこと」（榎集成）。

われらもまいらはや 「吾等も参詣したいものだ」（荒井評釈・全集・新全集・完訳）、「われも参り」（全注釈）。

ていとんとう 「太鼓の音の擬声語」（荒井評釈）、「鼓の音の擬声語」（全集・新全集・完訳・榎集成・全注釈）。

ひゝきなれ〳〵 諸注「響き鳴れ」の漢字をあて、踊り字は「響き鳴れ」の繰り返しとするが、榎集成・全注釈は「鳴れ」の繰り返しとする。「鳴れ」は「命令形」（全集・新全集・完訳）、「已然形か」（大系）。

たはせさるらむ 諸注、「たえせざるらむ」の誤写とする。「連続的・律動的・陶酔的な鼓の打ち方への疑問。修法の折の打楽器の響に見られる現象」（新大系）。

全体の解釈 「巫女の芸能の描写」（全集・新全集・完訳）、「金峰山の神事作法」（全注釈）、「神楽」（※渡邊）、「金峰山の巫女の神降し、霊媒などの折の興奮した異常な状態」（新大系）。

【語釈】

かねのみたけ 金の御嶽。奈良県吉野郡にある金峯山のこと。大峰山脈のうち、吉野山から山上ヶ岳までの連峰を総称していう。金峰山とも。『宇津保物語』菊の宴に「金（かね）の御嶽（みたけ）」とある。『伊呂波字類抄』に「金峯山 ミタケ 大和国吉野郡七高山其一也」、『万葉集』に「み吉野の御金（みかね）の岳に間なくぞ雨は降るといふ時じくそ雪は降るといふ…」（巻一三・三二九三）、『今昔物語集』巻一一―三「役優婆塞、誦持呪駈鬼神語」に「金峯山（ミタケ）ノ蔵王菩薩」とあり、「かねのみたけ」「みかねのたけ」「みたけ」と呼ばれていた。金峯山の山頂は役行者が蔵王権現を感得した聖地とされるが、昭和五八、五九年の発掘調査で、山上から和銅開珎やガラスの経軸端など奈良時代の遺物が確認されており（奈良県文化財保存事務所編『重要文化財大峰山寺本堂修理工事報告書』［奈良県教育委員会、一九八六年］）、奈良時代にはすでに霊山として信仰されていた。平安時代初めには、山上ヶ岳に蔵王堂が建立されて金剛蔵王菩薩権現が祀られ、青根ヶ峰西麓の金峯神社の近くに金峯山寺が創設されて金峯山修験の総本山となった。『宇津保物語』菊の宴には、いみじき大願をたて祈願する霊山の第一に「金の御嶽」があげられている。寛弘四年（一〇〇七）に藤原道長が参詣をしたときは、八月二日に京都を出発して一〇日に金峯山御在所に到着、一一日には盛大な法要を挙行して蔵王堂の前に経塚を築き、写経した経典などを埋納した（『御堂関白記』）。この時の道長の祈願の一つは中宮彰子の皇子懐妊であったが、『栄花物語』巻八に、中宮彰子が宿願叶って懐妊したのを知り、心のうちに「御嶽の御験にや」とうれしく思ったという記述がある。道長以後、平安時代の貴族たちや民衆の間では金峯山信仰が急速に広まり、厳しい精進潔斎をしてから金峯山に参る「御嶽詣」が盛んに行われた。永承四年（一〇四九）に藤原頼通、寛治二年（一〇八八）・四年（一〇九〇）に藤原師通が参詣している。また、白河天皇も石蔵寺に宝塔を建立し、荘園を寄進して供養するなど金峯山への信仰が篤く、寛治六年（一〇九二）には御嶽詣をしている。

ある　いる。『時代別国語大辞典　上代編』に「存在をあらわす」意とある。記紀歌謡には「高志の国に賢し女を有りと聞かして」（『古事記』神代・二）、「麗し女を有りと聞きて」（『日本書紀』継体天皇七年九月条）という表現があり、土橋寛は「アリは単なる存在以上の確かな存在を意味することがあ」ると述べている（『古代歌謡全注釈　古事記編』）。『古事談』に、恵心僧都が巫女に占わせるために金峯山に出向くという話が見えるが、そこには「金峯山に正しき巫女有りと聞きて」（巻三―二五・二二〇）とある。本歌も、占のよく当たる巫女が確かに金峯山に存在するということを強調して「あり」と表現していると考えられる。

みこ　神に仕え、憑坐として神託を伝えることをつとめとする者。「巫女」「神子」「御子」「巫人」などと表記し、必ずしも女性とは限らない。『梁塵秘抄』中の「みこ」の用例を見ても、「きねはかたの男みこ」（三五二）、「東には女はなきか男みこ」（五五六）のように男性にも使われている。ただし、「男」と冠するのはやはり女性の巫女が多かったからであろう。本歌の「みこ」は鼓を打っており、女性とみるべきである。『新猿楽記』に、「四御許」について、「覡女也、卜占・神遊・寄絃・口寄之上手也」とあり、巫女は占い、託宣、口寄せ、神楽舞などをおこなっていた。【語釈】「あり」であげた、『古事談』の「金峯山に正しき巫女有りと聞きて」（巻三―二五・二二〇）という記述からも、金峯山には託宣をよくする「正しき巫女」がいたことが知れる（→【考察】参照）。

つづみ　鼓。円筒形の胴の両端に皮を張った打楽器。高桑いづみ「鼓胴の形態変化―雅楽から能へ―」によれば、鼓は、雅楽の三ノ鼓系統の鼓から派生し、元々は膝の前に置いて撥で打ったが、平安時代中期には手でも打つようになった。それがさらに脇に挟んで打たれるようになってから小型化したという。巫女は鼓を打って託宣をしたり、神楽を舞ったりした。『新猿楽記』に、「覡女」（巫女）である「四御許」について「〔舞袖〕飄颻如仙人遊、歌声和雅如頻鳥鳴、非調子琴音、地祇垂影向、無拍子鼓声、野干必傾耳」（日本思想大系）とあり、琴と鼓が用いられたことがわかる。巫女が鼓を打ったことは、『梁塵秘抄』四七一「寝たる人打ち驚かす鼓かな　いかに打つ手のたゆかるらん　いとをしや」にも歌われている。巫女が寝た人を驚かすほど早く鼓を打つので、腕がだるいのではないか、かわいそうに、と同情している歌である。また、『一言芳談』に、巫の真似をした「なま女房」が、人が寝静まった深更に日吉十禅師の御前で「ていとう〳〵と、つゞみをうちて、心すましたる声にて、とてもかくても候、なう〳〵とうた」ったという話がある。なま女房が真似たことではあるが、巫女が神に祈願して鼓を打ち、歌を歌ったことがわかる。絵画資料では、『春日権現験記』巻六―三段・巻一五―二段、『年中行事絵巻』巻三の闘鶏の場面、曼殊院本『東北院職人歌合』などに、鼓を持っている巫女の姿が描かれている。

うちあけうちおろし　打ち上げ打ち下ろし。従来は、所作をさし「種々に鼓を打つ手振」（荒井評釈）とする説と、鼓の打ち方で「拍子おもしろく打つ」こと（小西考）、「鼓をうつ音の強弱」（新大系）、「拍子の遅速」（全注釈）とする説などがある。近年では、植木朝子が、雑芸の「片下」と関係づけ、寂蓮法師の和歌に「さよふかききぶねのおくの松風にきねがつづみのかたおろしなる」（『夫木和歌抄』巻三二・雑部一四・百首歌・寂蓮法師・一五二二九）とあることを指摘している（『梁塵秘抄とその周縁』）。しかし、ここでは、「打ち上げ」は、徐々に早く激しく鼓を打つこと、「打ち下ろし」はゆっくりとしずめていくことをさし、鼓を速く打ったりゆっくり打ったりすることを繰り返すことと解釈したい。音楽の用語で、「あげる」「おろす」は速度の緩急をさしている。小野亮哉監修『雅楽事典』（音楽之友社、一九八九年）「あげる〔揚〕」の項には、「打物が加拍子を始める所を「あげる」または「あがる」と称する。特に太鼓の打つ数が多くなり、奏法も多種がある」とある。「打ち上げ」の用例は、『平家物語』巻三に、建礼門院のお産の場面で、後白河法皇が千手経を「うちあげ〳〵あそばされ」ると、踊り狂う憑坐らの縛が鎮められて怨霊が退散し、無事、皇子が生まれたとある。また、『一遍上人語録』には、「一切の事をすて丶中念仏こそ、弥陀超世の本願に尤かなひ候へ。かやうに打あげ打あげとなふれば、仏もなく我もなく、まして此内に兎角の道理もなし」とある。一方、「オロシ」は、『新版能・狂言事典』（平凡社、一九八七年）に、「能の舞事の楽句名。舞の進行に区切りをつける〈段〉のあと、基本である〈地〉に移る前に置かれ、テンポをゆるめて変化をつける部分。笛は〈オロシノ譜〉と呼ばれる特別な旋律を奏し、打楽器もオロシノ類を打つ」とある。金春禅鳳の『毛端私珍抄』には天女の舞の舞いぶりを記した箇所に「と丶〳〵と三こし拍子をふみて、おろしてまはる時、心をば右におきて右へまはる也」とある（『金春古伝書集成』わんや書店、一九六九年）。緩急を繰り返す打楽器の独特な拍子は、中国地方の民間神楽の託宣儀礼で見られる。託宣儀礼では、憑坐を神懸かりに導くために、神歌と太鼓が用いられるが、岡山県久米郡中央町（現、美咲町）の両山寺の護法祭、島根県邑智郡長谷村大字山ノ内（現、江津市桜江町長谷）の大元神楽の御綱祭などでもこうした太鼓の打法が見られる（→【考察】参照）。

われら　私、私たちのどちらにもつかうが、ここでは語り手の自称で単数ととるべきか。接尾語の「ら」は、複数の同類があることを表す場合と、単数で自分をへり下ったり、対象に親愛の情を示したりする場合とがある。「ら」が単数の自称を表す例には、『万葉集』に「憶良らは今は罷らむ子泣くらむそれその母も我を待つらむそ」（巻三・山上憶良・三三七）がある。『梁塵秘抄』に、「われら」は二二例ある（法文歌一七例、四句神歌五例）が、いずれも「われら衆生を渡いたまへ」（三三）、「仏もわれらも同じくて」（八二）、「われらも終には仏なり」（二三二）のように信仰する主体として用いられている。

まいらはや　参らばや。従来は、「参る」は「行く」「来る」の謙譲語として「参詣したい」「お参りしたい」の意に解釈されてきた（荒井評釈・全集・新全集・完訳・全注釈）。しかし、主体である「われら」はすでに金峯山に来ていて、「この音」とあることからわかるように目の前で巫女の打つ鼓の音を聞いているのであるから、「参詣したい」という意味にはとれない。「参る」には、他動詞の謙譲語の用法がある。「わらは病にわづらひ給ひて、よろづに、まじなひ・加持など、まゐらせ給へど、しるしなくて」（『源氏物語』「若紫」）、「との丶御前悩しくおぼさるれど、護身参らせ給」（『栄花物語』巻二八・わかみづ）など加持や護身法の祈祷を行い奉る時などに「参る」が用いられる。この謙譲語「参る」が音楽を奏することに用いられた例もある。「御遊はじまる。拍子に治部卿まいる。うへもさくら人うたはせ給。」（『増鏡』巻下―一五・むら時雨）。治部卿が拍子を打ち申し上げたという意味である。本歌の「まいらばや」も、「鼓を打ち奉りたいものだ」という意味で、私も鼓を打ちたい、打ってみようという意志を表していると解釈したい。

ていとんとう　鼓の音の擬声語。『名語記』巻五に、「物ヲテイトウツ如何　答テイハ打也　チヤウ也　ナルヲトノヒ、キ也」とあり、物を打って鳴る音の響きが「テイトウ」と表現されていたことがわかる。鼓を打つ音の擬声語の用例は、「ていとう〳〵と、つゞみをうちて」（『一言芳談』）、「鼕々（とうとう）と打つ鼓は」（『春日権現験記』巻一〇―二段）、「動々ト打皷声ニ」（『神道集』巻五―二六「御神楽事」）、「とうとうと鼓をまた打ち」（能「自然居士」）、などがあげられる。いずれも「ていとう」「とうとう」というタ行音で捉えられている。永池健二は「音とことばの間―ハヤシコトバの研究・序説」で、「とうとう」のごときT音の擬声語は呪的な音であると指摘している。『一言芳談』の例は、日吉十禅師の前で「なま女房」が巫の真似をして歌を歌って打った鼓の音であり、巫女の鼓の音が呪的なものであることを表している。

ひゞきなれ〳〵　響き鳴れ、響き鳴れ。踊り字「〳〵」は、「鳴れ」の繰り返しと解釈する説（榎集成・全注釈）もあるが、ほとんどの注釈で「響き鳴れ」の繰り返しとするのに従う。また、「ひびきなれ」は、「響き鳴る」の命令形とする説と已然形とする説とがある。已然形だとすれば、本来係り結びの助詞「こそ」を伴うべきところ呼応の乱れが生じたと解釈することになるが、『梁塵秘抄』や口伝集にはそういった形の乱れは見られないので（小林芳規「梁塵秘抄　口頭語集覧」〔『新日本古典文学大系　梁塵秘抄　閑吟集　狂言歌謡』〕）、ここでは命令形ととる。命令形には話し手の希望を表す用法があり、この場合も、自分も鼓を打って、ていとんとうと音高く鼓の音を響き鳴り渡らせたい、という意に解釈できる。鼓の音を響かせることは神慮に叶うことである。

いかにうてはか どのように打てば、の意。「いかに〜ばか」という語法の用例には、『梁塵秘抄』四六九に「賤の男が篠折り掛けて干す衣 いかに干せばか乾ざらん乾ざらむ七日乾ざらむ」とある。また同様の表現が、『新古今和歌集』の、「延喜御時屏風に、夏神楽の心をよみ侍ける」という詞書をもつ紀貫之の歌「河社しのにおりはへほす衣いかにほせばか七日ひざらん」（巻一九・神祇歌・一九一五）に見える。本歌では、一体どのように打てば鼓の音がこれほど続くのだろうと感嘆している。

このねのたえせさるらむ 原文には「たはせざるらむ」とあるが、諸注「たえせざるらむ」の誤写とするのに従う。この音が途切れずに続くように打てるのだろう、の意。鼓の緩急の拍子が繰り返されることをいうと考えられる。サ変自動詞「絶えす」未然形＋打ち消しの助動詞「ざり」連体形＋推量の助動詞「らむ」の終止形。「絶えす」には「あはれなりながらは跡もくちにしをおほ江の橋のたえせざるらん」（『俊成五社百首』住吉社百首和歌・三九〇）、「水上にいかなるまゆをくりければたえせざるらんたきのしらいと」（『永久百首』滝・源顕仲・五三四）などの例がある。「この音」は、「この」という代名詞によって、まさにその場にいて鼓の音を聞いていることを表現している。

【考察】

金峯山の名高き巫女が打つ、神懸かりに導く緩急ある鼓の拍子の面白さ、神妙さを歌った今様である。

金峯山は、役行者が開基したと伝えられる、奈良時代より名高い霊山である。『宇津保物語』「菊の宴」に、「いみじき大願をたて、あるは山林にまじりて、金の御嶽、越の白山、宇佐の宮まで参り給ひつゝ、願し申給はぬ人なき」とあるように、平安時代の人々がいみじき大願をたてて参る霊山であった。貴族にも庶民にも金峯山に対する篤い信仰が広まり、厳しい精進潔斎をしてから金峯山に参詣する「御嶽詣」が広く行われた。

金峯山にある神社には拝殿巫女がいた。たとえば鎌倉後期頃成立と考えられる『金峯山草創記』では、上宮（子守社）の正月一八日の祭や下宮（勝手社）の正月二三日の祭に「神子・神人」らが奉仕している（『金峯山寺史料集成』総本山金峯山寺、二〇〇〇年）。子守社には子授けの願がかけられたが、拝殿巫女はこうした祈願に対して神楽をあげたのであろう。しかし、本歌で歌われている巫女は、そういった拝殿巫女ではない、占いをし託宣をして人々の願を叶える「正しき巫女」である。「正し」とは、「かく恋ひむものとは我も思にき心の占ぞまさしかりける」（『古今和歌集』巻一四・恋四・よみ人しらず・七〇〇）や、「文平と申陰陽師こそ、此比掌をさして推察まさしかなれ」（『古今著聞集』巻八—三三一）の例からわかるように、占いでよく言い当てることをいう。『梁塵秘抄口伝集』に、後白河法皇が安芸の厳島に参詣した折りに人が具してきた巫女も、「正しき巫女」で、神懸かって法皇に「我に申事は必ず叶ふべし。後世の事を申こそ、あはれに思し召せ。今様を聞かばや」と託言したという。『保元物語』に見える熊野「山上無双」といわれた「伊岡の板」も「正しき巫女」である。鳥羽法皇が「伊岡の板」を召して占わせたところ、巫女は熊野権現を降ろし、歌占を詠じて「明年の秋のころかならず崩御なるべし」との託宣を告げた（巻上「法皇熊野御参詣并びに御託宣の事」）。金峯山の正しき巫女は、恵心僧都が金峯山に「正しき巫女」がいると聞き、訪ねて心中の所願を占わせたところ、歌占に「十万億の国々は、海山隔てて遠けれど、心の道だになほければ、つとめていたるとこそきけ」とでて涕泣して帰ったという話（『古事談』巻三—二五）や、「三輪ノ上人常観房」が吉野へ参詣し「神ヅキテ舞ヲドリケル」巫に行き会った話（『沙石集』巻一—四「神明慈悲ヲ貴給事」）に見ることができる。神を憑依させて占や託宣をし、まことによくいい当てる巫女、こうした巫女が「正しき巫女」であり、厳島や熊野、金峯山といった霊地にあって、巫女の元を訪れた人々を占った。本歌はこうした金峯山の正しき巫女を歌ったものである。

巫女が鼓を打って神を降ろし占や託宣をした姿は、絵画資料で見ることができる。延慶二年（一三〇九）に発案されて描かれた『春日権現験記』巻一五—二段では、唐院得業が病になって巫女を呼び、巫女が鼓を打ち占をしているところが描かれている。詞書によれば、巫女は春日大明神を降ろし、「なんち奇怪の事ありしかは一切にたすけおはしますましき也」と託宣する。巻六—三段でも、蛇を打ち放った童部が重病になり、巫女が護法占をして、大般若を読まば存命すべしと託言している。『年中行事絵巻』の闘鶏の場面では、傍らの明神の祠の脇に鼓を持って座る巫女と巫女に声をかける女性が

神懸かかる巫女（春日大社蔵『春日権現験記』巻 15）

描かれる。曼殊院本『東北院職人歌合』にも鼓を持った巫女が描かれ、「君とわれくちをよせてそねまほしき鼓もはらもうちた、きつ、」という歌が合わせられている。

「打ち上げ打ち下ろし」は、鼓の打ち方をさしており、「打ち上げ」は、徐々に早く鼓を打つこと、「打ち下ろし」はゆっくりとしずめていくことであろう。雅楽で、打物が加拍子を始めるところを「あげる」「あがる」といい、太鼓を打つ数が多くなる。また、能では拍子の速度を落とすところを「おろし」という。徐々に鼓を打つ早さを上げていき、急ピッチになったところで速度を落とし、ゆっくり打ったかと思うとまた早くなっていく、こうした鼓の拍子の緩急を繰り返し続けることを「打ち上げ打ち下ろし」と表現したと考えられる。巫女が神懸かりするときに打つ鼓の音は、独特なものであった。『新猿楽記』では「覡女」の「四御許」は「卜占・神遊・寄絃・口寄之上手」で、四御許の琴と鼓について「非調子琴音、地祇垂影向、無拍子皷声、野干必傾耳」と記されている。「地祇、影向を垂れ」とあるので、神霊を降ろし憑依させる時の奏法である。「非調子琴音」は、「調子にあらざる琴の音」、「無拍子皷声」は「拍子無き鼓の声」と読むことができ、神懸かりの時には、尋常ではない調子の琴、拍子のない鼓の奏法があったことがわかる。

この今様の「打ち上げ打ち下ろし」は、こうした神懸かりの時の鼓の打ち方であろう。

中国地方には、石見の大元神楽、備中備後の荒神神楽など、憑坐が神懸かりして託宣を行う儀礼を伴う民間神楽が伝承されている。岡山県比婆郡東城町・西城町（現、庄原市東城町・西城町）の比婆荒神神楽では、神懸かりに導く太鼓の囃子を特に「千早落しの曲」と呼ぶ。山口県岩国市行波の神舞には「託宣の囃子」という名称が残されている（以上、牛尾三千夫『神楽と神がかり』）。こうした名称から、神懸かりに導く独特の太鼓の囃子があったことが窺える。岡山県久米郡中央町（現、美咲町）の両山寺の護法祭は、護法実に護法善神を憑け託宣を得る祭であるが、神懸かりの時、太鼓の音と護法実の周りを囲んだ少年達の輪の回転は徐々に早さを増し、目まぐるしいまでになると再びゆっくりになる。これを「一祈り」と呼び、護法神が憑くまで何回か繰り返される（『両山寺の護法祭』）。島根県邑智郡長谷村大字山ノ内（現、江津市桜江町長谷）の大元神楽「御綱祭」では、神懸かりに入る時、祭員は神楽歌を歌いながら、各自すれちがいざまに、中にいる託太夫の肩をミサキ幣で打つ。歌を唱える間に太鼓の拍子が暫時早くなり、いよいよ急調子になると、歌声を高くして、託太夫に強く体を打ち付ける。こうして託太夫は神懸かりをして託宣をする（『神楽と神がかり』）。いずれも、神懸かりのトランス状態に陥らせるものは打楽器の音であり、一定の周期でテンポを速くするのは神懸かりに導くための作法である。こうした奏法は、地方神楽だけでなく、東北地方の巫女であるイタコの口寄せにも見られる。朱家駿によれば、イタコの口寄せは、死者の霊を呼んで口寄せに入る前に、神降ろしの儀礼である「神呼び」が行われる。「神呼び」では祭文を詠唱しながら、太鼓を「まずゆっくりとしたテンポからだんだん速めていくのを二、三回繰り返してから、規則的に詠誦のリズムに合わせて、約一分間一六〇回のテンポで打っていく」という（『神霊の音ずれ―太鼓と鉦の祭祀儀礼音楽―』）。徐々に早くなり、またゆっくりになったりしながら繰り返されていく独特な太鼓の奏法が、巫女を神懸かりに導く太鼓の囃子であった。本歌の「打ち上げ打ち下ろし」、途切れることなく続く鼓の音は、まさに巫女が神懸かりに入ろうとしている状態を表している。

「ていとんとう」は鼓の音の擬声語である。鼓や太鼓の音は、「ていとう」（『二言芳談』）、「鼕々（とうとう）」（『春日権現験記』）動々（『神道集』）、「とうとう」（能「自然居士」）などと聞きなした。『春日権現験記』巻一〇―二段では、興福寺の林懐僧都が、神楽の鼓や鈴の音が念誦を妨げたので春日社の神楽を停止させた。春日大明神はそれを咎めて「鼕々と打つ鼓は法性の都に聞こへ、瑲々と振る鈴は四智円明の鏡に映る」と託宣したので、神楽の停止をやめさせたという。また、『神道集』にも「古筆」を引用して「動々ト打鼓声ニ四智三身耳ヲ驚シ、颯々ト振ル鈴ノ音ニハ、六道四生ノ眠ヲ覚シ」（巻五―二六「御神楽事」）とあり、鼓の音、鈴の音に聖なる響きを感じている。とうとうと鼓を響かせることが神仏の心に叶うことなのである。

本歌は、金峯山の占いがよく当たる正しき巫女が、神を降ろし神懸かりする時に鼓を打つ様を歌ったものである。「この音」とあるので、歌の主体はまさに巫女の前にいて、その音を聞いている。歌の主体も恐らく巫女か巫女に準ずるような宗教的芸能者であろう。『古事談』の巫の真似をして鼓を打った生女房の姿とも重なっている。鼓は早くなったり遅くなったりと緩急のある独特の囃子で繰り返され、巫女を神懸かりへと導いていく。「打つ鼓」という表現が歌の中で二度繰り返され、鼓の音が舞歌のための伴奏とは異なる、尋常でない音であることを強調している。あまりに途切れなく続くので、どうしたらあのように途切れなく鼓が打てるのだろう、私もあのように鼓を打ちたい、ていとんとうと山々に鳴り響かせてみたいと願うのである。

【参考文献】

植木朝子『梁塵秘抄とその周縁―今様と和歌・説話・物語の交流―』（三省堂、二〇〇一年）
牛尾三千夫『神楽と神がかり』（名著出版、一九八五年）
朱家駿『神霊の音ずれ―太鼓と鉦の祭祀儀礼音楽―』（思文閣出版、二〇〇一年）
高桑いづみ「鼓胴の形態変化―雅楽から能へ―」『能の囃子と演出』（音楽之友社、二〇〇三年）
土橋寛『古代歌謡全注釈　古事記編』（角川書店、一九七二年）
永池健二「音とことばの間―ハヤシコトバの研究・序説」（『文学』七巻二号、二〇〇六年三月）
二上山鎮守護法祭記録保存委員会・中央町教育委員会編『両山寺の護法祭』（二上山鎮守護法祭記録保存委員会、一九八〇年）
山上伊豆母『巫女の歴史―日本宗教の母胎―』（雄山閣出版、一九七二年）↓※山上
渡邊昭五『梁塵秘抄の風俗と文芸』（三弥井書店、一九七九年）↓※渡邊

二六六

藤井隆輔

【影印】

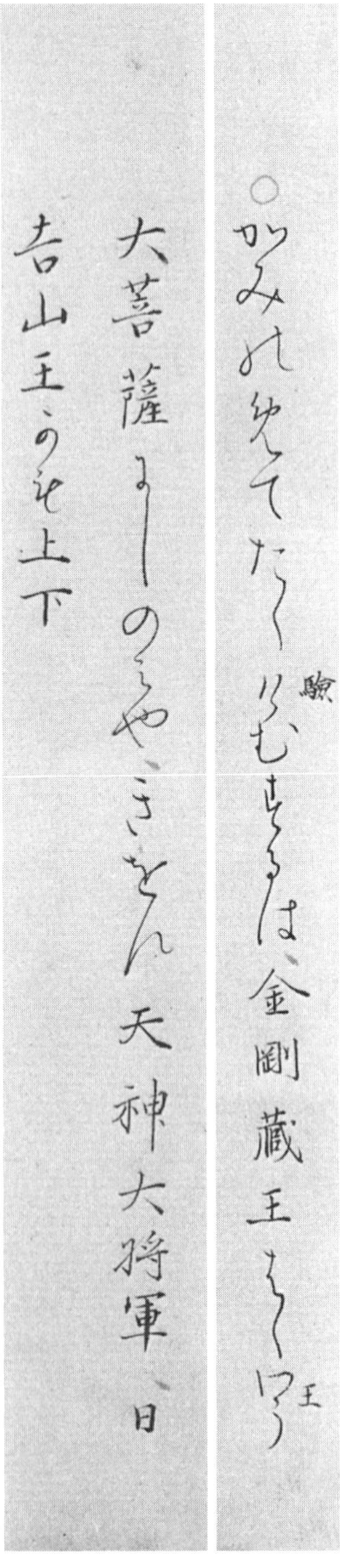
○かみのめてたくけ（験）むするは金剛蔵王はくわ（王）う
大菩薩にしのみやきをん天神大将軍日
吉山王かも上下

【翻刻】

○かみのめてたくけ（験）むするは、金剛蔵王はくわ（王）う
大菩薩にしのみや、きをん天神大将軍、日
吉山王かも上下

【校訂本文】

○神（かみ）のめでたく現（げむ）ずるは　金剛蔵王八幡大菩薩　西宮（にしのみや）
祇園（ぎをん）天神大将軍　日吉山王賀茂（かも）上下

【校訂】

けむ　↓　現　「け」右傍に「験」の墨書。そのままとらず、「現」に改める（↓【語釈】参照）。

はくわう　↓　八幡　「わ」右傍に「王」の墨書。傍書はとらない。「八幡」と改める（↓【語釈】参照）。

【類歌・関連歌謡】

・神の家の小公達は　八幡の若宮　熊野の若王子子守お前
　日吉には山王十禅師　賀茂には片岡貴船の大明神（二四二）

・神の御先の現ずるは　早尾よ山長行事の高の御子　牛の御子　王城響かいたうめる鬢頬結ひの一童や　いちゐさり　八幡に松童善神　ここには荒夷（二四五）
・関より東の軍神　鹿島香取諏訪の宮　また比良の明神　安房の洲瀧の口や小□　熱田に八剣　伊勢には多度の宮（二四八）
・関より西なる軍神　一品中山　安芸なる厳島　備中なる吉備津宮　播磨に広峯惣三所　淡路の岩屋には　住吉西宮（二四九）
・賀茂春日　八幡日吉のはうの神　稲荷松尾広田住吉（五五八）

【諸説】

めでたく　「「愛でたく」の義から、有難く著しくの意に用ゐたと思はれる」（荒井評釈）。

けむするは　「因みに「げむずる」は「験ずる」ではなく「現ずる」であらう。四句神歌の中、神分三十六首の殆ど全てが、その神々の効験を説くのではなく、所在顕現を紹介するにとどまつてゐるところから類推すべきである」（※萩谷）。以下、諸注の校訂本文を掲げる。「験ずるは」（歌謡集成・古典全書・荒井評釈・榎集成・新大系・全注釈）、「現ずるは」（佐佐木注・岩波文庫・大系・総索引・全集・新全集・完訳）。

金剛蔵王　諸注、金峯山寺の金剛蔵王権現とする。

はくわう大菩薩　「或は「薬王」か」（小西考・古典全書）、「八幡神の名義を仏説にいふ八正道に出たとするならば八方を意味する「八荒」、八王子の意であるとするならば「八王」、源氏の守護神であるといふ意味よりすれば源氏の重宝をさす「八甲」等の何れかより、「はくわう」といふ異文が発生したとは考へられないであらうか」（※萩谷）、「萩谷氏説のように八幡であるべきで、「ワう」は一字とも見得るので「宇」、秘抄歌謡に多い「ん」相当の表記と考えて「八幡（はばう）」と定めたい。後の「ばはん」に当たる」（大系）、「石清水の八幡大菩薩をさすか」（全集、新全集、完訳）、「未詳。「はゝ」は「はば」（八幡）か」（榎集成）、「或は、「は（者）」は「と（登）」の誤で「とく王大菩薩」即ち「高貴徳王大菩薩」で住吉明神の本地かとも考へられる」（荒井評釈）、「住吉明神の本地、高貴徳王大菩薩か」（新大系）、「土佐幡多郡田ノ口村日の浦に白皇権現があり、大己貴命を祀つてある。それ故近畿に大己貴命をまつつた社で、白皇大菩薩といはれる神があつたかと思はれるが、見当たらない」（荒井評釈）。

にしのみや　「摂津国西宮神社。広田神社の西にあり、摂社に戎宮がある」（荒井評釈）、「（筆者注――二四九の注として）西宮神社。広田神社とする説もある」（全集・新全集・完訳）。その他諸注は、現・広田神社とする。

きをん天神　諸注、現・京都の八坂神社とする。ただし、大系は「天神を分けて北野天満天神とすることも考えられるが、日吉山王と対応させたと見よう」ともする。

大将軍　「祇園社の大将軍祠か」（小西考・古典全書）、「大物揃ひのこの一首では、祇園天神とは独立した北野の大将軍八神社を指すものと考へ、八社の数を揃へたい」（※萩谷）、「現称は大将軍八神社で、素盞嗚尊以下八神を祀る。京都一条にある。古くは大将軍堂といひ、大将軍神をまつつた」（荒井評釈）、「大将軍八神社。京都市上京区西町にある」（全書・新全集・完訳・榎集成）、「大将軍八神社。方除守護神。武神・軍神として尊崇」（新大系）。

日吉山王　諸注、日吉大社の祭神・日吉山王権現とする。

かも上下　諸注、上賀茂・下鴨両社ないしはその祭神とする。

全体の解釈　「二六三・二六四・二六五と、いづれも金峰山の蔵王権現をうたふ連累をもつて、編輯されたもので蔵王権現に始まる京洛内外の有名八社をあげたものと解すべきである」（※萩谷）、「神験著しき神社名の列挙した歌謡であって、別に特色はないが、よく考へると軍神が多い。（中略）かく神威強烈なる神々が、「めでたく験ずる」所の世は、漸次険悪に赴きつつあつた事が考へられるのである」（荒井評釈）、「列挙した社名の最初に金剛蔵王をもってきているところからみて、その関係者によってうたわれた可能性がある」（全注釈）。

【語釈】

めでたく　立派ですぐれていて、褒め讃えるに値する対象に用いる語。「青柳のや　や　いとぞめでたきや」（一一）、「和歌にすぐれてめでたきは」（一五）、「よく〳〵めでたく舞ふものは」（三三〇）、「真言教のめでたさは」（四五）、「我等が宿世のめでたさは」（六六）、「これにすぐれてめでたきは　法華経持てる人ぞかし」（一三〇）、「極楽浄土のめでたさは」（一七七）、「山王ノ御計ニヤ、無レ程敵ヲタイラゲラレシ事、法験モ目出ク王威モ威シ」（半井本『保元物語』巻中「朝敵ノ宿所ヲ焼キ払フ事」）。本歌では、以下に列挙する神々の霊威が強大なことを讃歎する。

けむするは　現ずるは。あるいは、験ずるは、とも。「げむず」とは、神仏などが示現して霊験を示しあらわすこと、また、姿をあらわすこと。神は、人の口を介して託宣を下したり、夢中に登場したり、御神鏡の発光、塚や堂塔の鳴動、天変地妖といった、さまざまな超常的現象によって霊威を発動した。『梁塵秘抄』における「げむず」の用例には、本歌のほかに三例がある。「三十三身に現してぞ」（一五七）、「かみのみさきのけむするは」（二四五）、「一六三とそけむ（現）したる」（三六七。「け」の右に「現」の傍書）。本歌では、「け」の右傍に「験」とあり、諸注、校訂した本文に、そのまま「験」と採るか、改めて「現」と当てるかで分かれる（→【諸説】参照）。「げむず」を「現ず」と表記する例としては、前田家本『宇津保物語』俊蔭「すべて仏の現じ給へる所なれば」、『百座法談聞書抄』「目連イカ、スヘカラムト思テ神通ヲ現シテイカメシキ大威徳ノ龍王ノ形ヲ現シテ」や、『今昔物語集』巻一七―二四「鬼ノ現ハニ此ク人ト現ジテ見ユル事ヲ」、同巻三一―二〇「此ノ寺ハ妙見ノ現ジ給フ所也」。「験ず」の例としては、『今昔物語集』巻一六―八「等身ノ銅ノ正観音ノ験ジ給フ所也」や、同書巻二六―八「此ノ国ニ験ジ給フ神ノ御スルガ」など。表記による意味の差異は見られない。なお、管見の限り、「験ず」と表記する例は『今昔物語集』にのみ確認できる。森正人は、『今昔物語集』における用字の使い分けについて、「霊験を示すことに重きを置いた「験」に対して、「現」は出現することを特に表現したものか」と指摘する（新大系校注）。現存する『梁塵秘抄』の傍書は、墨書である場合、後世の書写者の注記である可能性が高い。ここでは、傍書に従わず、「現」の字に改める（→二四五【語釈】「けむするは」参照）。

金剛蔵王　金峯山寺蔵王堂に祀られる、修験道の本尊。「夫金峰山者、金剛蔵王之所居也」（『江都督納言願文集』「金峯山詣願文」）。『醍醐根本僧正略伝』（承平七年［九三七］成立）によれば、真言宗当山派の祖である聖宝が金峯山に堂を建て、如意輪観音・多聞天王・金剛蔵王菩薩を、それぞれ祀ったという。中世には、役行者が金峯山にて金剛蔵王権現を感得したという説話も広く喧伝された（『今昔物語集』巻一一―三、『私聚百因縁集』巻八「役ノ行者ノ事」、『沙石集』巻一―三、『金峰山秘密伝』上「金剛蔵王本地垂迹ノ事」など）。金峯山は、古来、僧侶や修験者の修行の地として栄えた。平安時代中期に入ると、末法思想の広がりを背景とした、皇族や貴族による御嶽詣の霊場としても信仰された。前掲願文には「初在二西海之西一。乗二五雲一而飛来、今峙二南京之南一。掩二一天一而利益。伏惟握二揺図一而幾日。心馳二於宝龕之風一、遁二北闕一而七年。思切二於南山之月一」とあり、金峯山は京の南に位置する「南山」と意識されていた。『宝物集』巻一、人にとっての宝を論議し、仏法こそが宝と帰着していく中に、「されば、まことの宝には金と云物こそ侍れ。（中略）天に五行有。金ぞ中にゐたる。地に七宝あり、金を始とせり。仏を金身と申、神に金峯山おはします」とあり、その名からか、神の中でも金剛蔵王権現を優れたものとする認識が見られる。四句神歌には、「金の御嶽は一天下」（二六三）、「金の御嶽は四十九院の地なり」（二六四）、「金の御嶽にある巫女の」（二六五）と、金峯山関連の今様が本歌の直前に三首収録されており、萩谷朴は四首の配列を一連のものとして見る（→【諸説】参照）。

はくわう大菩薩　諸説ある。小西考・古典全書は、『法華経』薬王菩薩本事品に説かれる「薬王」菩薩かとし、荒井評釈・新大系は、住吉明神の本地仏である「高貴徳王菩薩」を挙げる。また、荒井評釈は、大巳貴命を祀り白皇大菩薩と呼ばれた神格をも想定した。萩谷朴・旧大系・全集・新全集・完訳・榎集成は、八幡大菩薩説をとなえる（→【諸説】参照）。薬王菩薩説は、本歌の歌い出しからも明らかなように、仏尊ではなく神の名を列挙するものであるという点から、首肯できない。高貴徳王菩薩が住吉明神の本地仏であることは、『古今著聞集』巻一—五「住吉は四所おはします。一御前は高貴徳王大菩薩乗レ龍。御託宣云、我是兜率天内高貴徳王菩薩也。為レ鎮ニ護国家一、垂ニ跡於当朝墨江辺一、松林下久送ニ風霜一」等によって確認することができる。だが、当説を採用するためには、なぜ住吉のみが本地仏の名なのか、なぜ本歌においては「高貴」の字を欠いているのかが説明されねばならない。本歌で歌われるのは、当時、特に尊崇を集めた神々の名である。その中に、神でありながらも大菩薩号を冠する八幡大菩薩が列せられたものとみなし、萩谷以来の八幡説を採りたい。萩谷は、「はくわう」が「八幡」の異文として生じた可能性を示唆し、本文を「は、わう」と採る大系は、「はばう」に、後の「ばはん」へと繋がる訓みの推移を見て取った（↓【諸説】参照）。八幡神に「大菩薩」号を冠した例は、延暦一七年（七九八）一二月二一日付「太政官符」（『新抄格勅符抄』）に初見。八幡は「末代に及んで人の心不信にして仏神を信ぜざらん時、必吾教言をもて世に披露して信を発さしむべし。玉瑩ざれば光なし。語言謂ざれば人知らず。神は自物いはず、人代て是いふ。吾教を信ずる者は二世の願たがふ事なし」（乙本『八幡愚童訓』上）と託宣を下したといい、古来、託宣の神として知られた。「はくわう大菩薩」を八幡大菩薩とする場合、諸注、石清水八幡宮に祀られるそれとする。石清水八幡宮は、貞観元年（八五九）、宇佐神宮において託宣を受けた大安寺の僧・行教が、男山の地に八幡大菩薩を勧請したことに始まる。陰暦三月午の日に行われる臨時祭が、賀茂社の臨時祭が北祭と呼ばれたのに対して、南祭と称されていたことが、『建武年中行事』三月条に見える。石清水八幡宮が京の南方に鎮座するものと意識されていたことによるものだろう（↓【考察】参照）。

にしのみや　西宮。現・広田神社に祀られる広田明神を指す。広田社は、しばしば「西宮」と称された。「柴小船まほにかきなせゆふしで、にしの宮人かざまつりしつ」（『散木奇歌集』巻九—一三八五）、「名にしおへばたのみぞかくる西の宮そなたにわれをみちびくやとて」（『広田社歌合』僧性阿・一七二）、「広田西宮也、」（『簾中抄』）、「広田世俗号西宮、」（『伊呂波字類抄』）。現在の西宮神社は、もと広田神社の別宮「浜の南宮」であり、室町期以降に「西宮」と称されるようになった。『梁塵秘抄』における広田（西宮）に関連する今様には、「関より西なる軍神（中略）淡路の岩屋には住吉西宮」（二四九）、「浜の南宮は」（二七六）、「わが子は二十になりぬらん（中略）王子の住吉西宮」（三六五）、「広田より戸田へ渡る船もがな」（五五二）等がある。『日本書紀』巻九、摂政元年二月によると、神功皇后が、現・兵庫県尼崎市に流れる武庫川の河口東岸にあったという「務古水門（むこのみなと）」において、天照大神より神託を受け、天照大神の荒魂を葉山媛によって祀らせたという。『新抄格勅符抄』によれば、大同元年（八〇六）、広田社へ神封四一戸が寄進され、以後、広田社は、嘉祥三年（八五〇）一〇月七日に従五位下（『文徳実録』）、貞観元年（八五九）正月二七日に正三位、同一〇年一二月一六日に従一位へと昇叙した（以上『三代実録』）。正暦二年（九九一）の祈雨奉幣の際、既定の十六社のうちに吉田社、北野社とともに加えられ（『日本紀略』、『二十二社註式』）、朝廷より篤い崇敬を受けた。

きをん天神　祇園天神。『柱史抄』上「天皇我詔旨度掛畏岐祇園天神乃広前爾恐美恐美毛申賜者久止申久」、『扶桑略記』延久三年（一〇七二）八月二五日条「寅剋祇園天神奉遷新造神殿」。諸注すべて、祇園感神院（現・八坂神社）に祀られる牛頭天王とする。なお、大系は補注にて「きをん天神」を祇園神と北野天神との二柱に解釈できる可能性を挙げている（→【諸説】参照）。当時特に信仰された神々を列挙する本歌において魅力ある説だが、現存する『梁塵秘抄』には北野天神を歌う今様が一首も見えないこと、祇園の神が「祇園天神」と呼びならわされていたこと、大系も述べているように「日吉山王」との対応で「祇園天神」と歌われたと捉えるべきことから、ここでも祇園神のみを指すと採る。祇園社は、『貞信公記』延喜二〇年（九二〇）閏六月二三日条に、咳病を祓うために幣帛と走馬を献上した対象として初めて見える。また、『日本紀略』延長四年（九二六）六月二六日条に、修行僧の建立した「祇園天神堂」を供養したとある。『伊呂波字類抄』によれば、祇園社は、常住寺の僧・円如に託宣があり、貞観一八年（八七六）に八坂郷の樹下に祀られ、その後、霊験に感じ入った昭宣公藤原基経が社殿を建立したことに始まるという。『二十二社註式』祇園社条は、承平五年（九三五）六月一三日の「官符文」を引用し、山城国愛宕郡八坂郷の観慶寺を定額寺となして祇園寺と呼んだ、と伝える。祇園社は、疫病祓除に効験ある神として、人びとの尊崇を集めた。『梁塵秘抄』における祇園社に関する今様には、「祇園精舎の後ろには」（二五五）、「大梵天王は」（二六七）の二首がある（→二五五・二六七参照）。延慶本『平家物語』によれば、祇園は京の東方より王城を守護するものと考えられていた（→【考察】参照）。

大将軍　陰陽道における方位神の一。『梁塵秘抄』には、「大しやうたつといふ河原には　大将軍こそ降りたまへ　阿律智日巡りもろともに　降り遊うたまへ大将軍」とあり、二神を従えた大将軍の降神を請う今様が収録されている（↓二二六九参照）。『陰陽雑書』九「方角禁忌」によれば、大将軍は三年毎に各方位を巡遊するといい、大将軍がいる方角は、万事において忌まれた。そのため、人々は「方違へ」と称し、その方角を避けて行動した。方角の禁忌を犯したものには、大将軍の祟りがあった。『殿暦』永久二年（一一一四）六月二五日条によれば、前斎院正子内親王の病は大将軍の祟りであるとされ、『玉葉』元暦元年（一一八四）九月二九日条には、心神不調の九条兼実が、陰陽師賀茂在宣を召して、大将軍祭を催したとある。また、十二世紀頃成立の清水寺別当・定深による往来物『東山往来』（一〇・一一条）は、神像を祀り、験者や巫女によって大将軍を招き降ろして託宣を請う、民間における大将軍信仰の様子を伝える。また大将軍は、京内に「大将軍堂」が建立され、常住の神として祀られた（山下克明「院政期の大将軍信仰と大将軍堂」）。『山槐記』治承二年（一一七八）一一月一二日条は、建礼門院徳子の御産に際して高倉天皇が安産の祈祷を命じた「神社四十一ヶ所」のうちに、大将軍堂を数えている。『拾芥抄』には、「上、一条北、西大宮西」「中、高辻北、万里小路東」「下、七条北、東洞院西」に、それぞれ大将軍堂が所在したとある。大将軍八神社（現・京都府上京区）の社伝によれば、大将軍堂は、平安京遷都の際に、桓武天皇が方位守護を目的として、内裏の四方に大将軍神を勧請したものであるという。『保元物語』や『平家物語』等に見られる、王城の危難を鳴動によって報せた「将軍塚」を、大将軍を祀った塞神的性格のものであるとする見解もある（『和漢三才図会』巻七二本・山城神社部・大将軍社、堀一郎「疫神遊行の思想と遊幸神土着の現象」、任東権『大将軍信仰の研究』）。

日吉山王　天台宗の鎮守神である山王権現。『梁塵秘抄』では、「東の山王」（二四三）「東の宮」（二四四）とも歌われる。「王城東は」（二四九）の歌からも明らかなように、日吉社が王城より東に位置することによる謂だろう（↓二四四【語釈】「東の宮」参照）。『平家物語』巻二「座主流」に「此日域の叡岳も帝都の鬼門に峙（そばだち）て、護国の霊地なり」、同巻二「一行阿闍梨之沙汰」に「夫当山は日本無双の霊地、鎮護国家の道場、山王の御威光盛にして、仏法王法牛角なり」とあるように、王城の艮方（鬼門）を守護する神としても篤く敬われた。

かも上下　賀茂上下。賀茂別雷神社（上賀茂神社）と、賀茂御祖神社（下鴨神社）を併せていう。『類聚符宣抄』第三・天徳二年（九五八）五月一七日「石清水。賀茂上下。松尾。平野。大原野」。両社を併記する場合、「賀茂下上」「賀茂二社」「賀茂両社」とも。『山城国風土記』逸文は、玉依姫命が川上より流れてきた丹塗矢によって懐妊し、賀茂別雷命を出産する話を伝える。両社はともに、延暦三年（七八四）一一月二〇日に従二位に叙せられ（『続日本紀』）、大同二年（八〇七）五月三日に正一位へと昇叙（『日本紀略』）、『延喜式』神名帳では名神大社に列せられる。臨時祭において読み上げられた祭文には、「皇大神平久安久聞食氏、天皇朝廷乎宝位無動久、常磐堅磐爾夜守昼守爾護幸賜天、天下国家乎平久安久守幸給倍止」（『柱史抄』上）とあり、賀茂は「皇大神」と呼ばれ、皇祖神として伊勢神宮に並ぶほどの神格を得ていた。桓武天皇は都を長岡京より平安京へ遷す際、あらかじめその地の地主神である賀茂明神へ報告したという（『日本紀略』延暦一二年［七九三］二月条、『濫觴抄』下、覚一本『平家物語』巻五「都遷」など）。欽明天皇の代に賀茂神の祟りを鎮める目的から始まった旧暦四月中酉の日の例祭・賀茂祭（葵祭）と、宇多天皇の御願により創始された旧暦一一月下酉の日の臨時祭は、ともに「北祭」とも呼ばれた。賀茂両社が京の北に位置していたことに依るのだろう。半井本『保元物語』に「北ニハ賀茂大明神」、延慶本『平家物語』に「北方賀茂明神」という文句が、それぞれ見られる（→【考察】参照）。『梁塵秘抄』巻二・神社歌には、賀茂の歌が七首、採録されている。

【考察】

本歌は、この世に示現し、祟りをなすことによって霊威を発動した、神々の名を歌うものである。『梁塵秘抄』四句神歌・神分には、当代に広く信仰された神々の名を列挙する今様が、いくつも収められている。「神の家の小公達は」（二四二）では、八幡の若宮や熊野の若一王子などといった、大社に祀られた若宮・御子神の名が歌われ、「神の御先の現ずるは」（二四五）では、山王権現の摂末社や八幡の松童に広田の荒戎といった、威力ある神のもとにあって猛威を奮った、小神の名が数えあげられている（→二四二・二四五参照）。本歌で歌われる神々の多くは、それら眷属神を統べることによって衆庶の信仰を集めた、「大神」の名である。

応神天皇陵を荒らす輩などに対する祟りについて、八幡は「広大慈悲の躰なれば、吾は兎にも角にも思はね共、眷属の小神がいかれる也。無レ力」（乙本『八幡愚童訓』三・不浄事）と託宣した。北野天神は、眷属である老松と富部とについて、「此二人乃やつともは甚不調乃者と毛ソ。心つかひせよ」（『天満宮託宣記』）と評した。八幡の眷属神である松童が「所謂小神俄嗔、大神稍怒」（『宮寺縁事抄』一末）と述べたように、小神は手の早い悪神であると理解されていた。覚一本『平家物語』巻一「願立」には、強訴する比叡山の衆徒の一人を射殺した関白師通を、山門の僧たちが摂社のひとつである八王子権現に頼んで呪詛させた話が伝わる。八王子の呪詛はそのまま山王権現の祟りとも理解され、師通の母は日吉社に参籠して救いを請うた。『仲資王記』建久五年（一一九四）七月一八日から二三日条の記事によれば、度重なる戎社の鳴動を受けて、本社である広田社に奉幣使が派遣されたという。『大日本法華経験記』巻中―七〇には、病により絶え入った持経者・蓮秀を、賀茂明神が天童を遣わして蘇生させたという例も見える。かつて柳田國男が指摘したように、大神は「些々たる治罰の事務は之を配下眷属に一任して、直接に手を加へんとしなかった」（「雷神信仰の変遷」）のであり、荒々しく祟りをなす小神を統御することは、大神に対する人びとの信仰を高めることにもつながったのである。本歌が、若宮・王子神の活躍を歌う「神の家の小公達は」（二四二）や、御先神・小神の怖ろしさを歌う「神の御先の現ずるは」（二四五）などといった、構造的にも極めて類似する今様とともに併録されていることからは、王朝末期における人々の神観念が如実に反映されていることが窺えよう。

荒井評釈は、本歌に歌われる神々に共通する特徴として、「軍神」であることを挙げている（→【諸説】参照）。だが、それ以上に、京洛周辺に祀られて朝野の信仰を集めた、王城鎮守の神としての性格を強く持つ。例えば、応保二年（一一六二）閏一〇月八日の「僧厳成祈請文」（『平安遺文』三二二九号）には、「王城鎮守　八幡三所　賀茂下上　日吉山王七社　稲荷五所　祇園天神　石山観音　卅八所之罰」とあり、本歌に歌われる神の名が散見される。これらの神々は、しばしば京を中心とする方角観に深く根ざした、方位の守護神としてもあった。

鈴木佐内は、神社歌「賀茂春日　八幡日吉のはうの神　稲荷松尾広田住吉」（五五八）を解釈するなかで、従来の「はう（方）の神」説を、八社が八方を網羅していないという点から退け、「は（盤・者）」「き（貴・吉）」の誤写として捉える、「きう（祈雨）の神」説を提示した（「『梁塵秘抄』五五八番歌「はうの神」考」）。そこで注目したのは、『中右記』

に見える祈止雨の奉幣記事であった。永長元年（一〇九六）七月五日に、祈雨を願って、伊勢・石清水・賀茂・大原野・日吉・北野・丹生・貴布禰の八社へ奉幣が行なわれた。「日者有旱魃之憂、仍有軒廊御卜、六社相当成祟之方神、而相加丹生貴布禰、為祈甘雨所被行也」とあり、卜によって「方神」六社が選ばれ、祈雨の神として特に尊崇されていた丹生・貴布禰二神が加えられたかたちであった。保延元年（一一三五）八月六日には、連日の降雨が「巽艮坤太神祟」「巽艮方神事祟」によるものとみなされ、止雨奉幣が決定した。奉幣社には、巽方の太神宮・稲荷・祇園、艮方の賀茂・日吉・吉田、坤方の石清水・松尾・大原野・梅宮といった「方角社」がそれぞれ選ばれ、丹生・貴布禰二社が追加された。以上二例からも明らかなように、祈止雨に効験のあった丹生・貴布禰の例外を除き、当時において大社は、方と角との神として措定されることによってこそ、その霊威がたのまれたのである（よって、鈴木のいう「祈雨の神」説には従えない）。

『梁塵秘抄』では、日吉山王は王城の東に位置することから「東の山王」「東の宮」と、広田社は西に座すために「西宮」と、それぞれ歌われた。石清水八幡宮と賀茂社は、後にそれぞれの臨時祭が「南祭」「北祭」と称されたように、王城の南北に位置するものと認識されていた。これら格式高い神々は、王城を取り囲む形で守護するものと考えられていた。半井本『保元物語』上「将軍塚鳴動ノ事彗星出ヅル事」には「南ニハ八幡大菩薩男山ニ跡ヲ垂給フ。北ニハ賀茂大明神、鳳城ヲ守リ給フ。鬼門ノ方ニ当テハ、日吉山王御座ス。大内山近ク天満天神顕ジ給フ。其外、松尾・平野・稲荷・祇園・住吉・春日・広瀬・竜田ノ社マデ、遠近ニ甍ヲ並べ、日夜ニ結番シテ禁闕ヲ守リ給フ」とあり、ここでは八幡・賀茂がそれぞれ南北に、日吉山王が鬼門に位置づけられている。延慶本『平家物語』第二中三〇「都遷事」には「昔ヨリ国々所々ニ都ヲ立シカドモ、如レ此ノ勝地ハ無シ。東方ハ吉田宮、祇園天王、巽方稲荷明神、南方八幡大菩薩、坤方松尾明神、西方小原野、乾方北野天神、平野明神、北方賀茂明神、艮方忠須宮、日吉山王御坐ス。此方ヲバ鬼鎮門方ト名テ是ヲ慎ム。サレバ天竺王舎城ノ艮ノ方ニハ霊鷲山アリ。震旦ニハ天台山アリ。日本王城ノ艮ニハ比叡山アリ。各仏法僧ノスミカトシテ、鎮護国家ノ契ニテ仏法ハ王法ヲ守リ、王法ハ仏法ヲ奉レ崇〆」とあり、北に賀茂、南に八幡、東に祇園、艮方に日吉が、それぞれあてがわれている。都を取り巻くように鎮座する神々の名を歌う本歌において、強力な霊威を湛える八幡大菩薩の名が漏れるとは、考えがたい。「はくわう大菩薩」は、やはり八幡大菩薩でなければならないだろう。

陰陽道の方位神である大将軍は、堂社に祀られて人々の信仰を集めたが、他方では塚という形でも祀られ、王城におとずれる危難をあらかじめ鳴動という形で報せたという。覚一本『平家物語』巻五「都遷」には、桓武天皇による平安京遷都の際「（筆者注――平安京は）長久なるべき様とて、土にて八尺の人形をつくり、くろがねの鎧甲をきせ、おなじうくろがねの弓矢をもたせて東山嶺に、西むきにたててうづまれけり。「末代に此都を他国へうつす事あらば、守護神となるべし」とぞ、御約束ありける。されば天下に事いでこんとては、この塚必ず鳴動す。将軍が塚とて今にあり」と、その由緒を伝え、半井本『保元物語』上「将軍塚鳴動幷彗星出ヅル事」には「去八日ヨリ、彗星東方ニ出デ、此程又将軍塚シキリニ鳴動ス。」と見え、王城を守護する神として、その威力を示した（任東権『大将軍信仰の研究』）。

平安中期頃に御嶽詣が盛行した金峯山は、かつて「南山」とも呼ばれ、京の南に聳える霊山と意識されていた（→【語釈】参照）。その頂には、蔵王権現を本尊とする蔵王堂があった。他方、天暦九年（九五五）に浄蔵貴所によって開創されたという蔵王堂光福寺（現・京都府京都市南区久世）が、京の裏鬼門を守護する重要な役を担っていたという（『山州名跡志』、『都名所図会』巻四、『京都の歴史』参照）。浄蔵開創という伝承に疑念も残るが、貞応二年（一二二三）七月一九日の年紀をもつ「山城国上久世庄百姓越前介等連署請文」（東寺百合文書／イ函／39。東京大学史料編纂所データベース参照）の末文には、「若雖一事於令違乱之者可罷蒙八幡稲荷幷当庄蔵王権現御罰於百姓等身之状如件」とあり、鎌倉時代中期には上久世荘に蔵王権現が祀られていたことはたしかである。

霊威ある神々を列挙する本歌が生み出された場を考える時、神名帳を誦み、諸神を勧請する、神分としての法会の場が想起される。例えば、東大寺の修二会について、『東大寺要録』諸院章四は、「二月修中、初夜之終、読二神名帳一、勧二請諸神一、由レ茲影向、或競与二福祐一、或諍為二守護一」と伝える。実際にその場で誦みあげられるという『戒壇院公用神名帳』には、「依例奉勧請大菩薩大明神等」と記した後に、神々の名を列記する。神名帳に記された神々の名を誦みあげ、唱えることは、そのまま神々の来臨を請う呪的な行為であった。「神名尽くし」とでもいうべき本歌は、神名帳と類似した表現構造を持っているといえる。四句神歌「神分」の一首として収録され、「神の中でも、とりわけめでたく示現なさるのは」と歌い、七柱の神名を数える本歌は、それら神々を呼び集めて勧請し、法味を捧げて加護を請うた神分の場を、発想の淵源に持つのではないだろうか。

（本稿における傍点は、すべて筆者による）

【参考文献】

京都市編『京都の歴史』一「平安の新京」（学芸書林、一九七〇年）

鈴木佐内「『梁塵秘抄』五五八番歌「はうの神」考」（『儀礼文化』三八号、二〇〇七年）

任東権『大将軍信仰の研究』（第一書房、二〇〇一年）

萩谷朴「梁塵秘抄今様歌異見」（『国語と国文学』三三巻二号、一九五六年二月）↓※萩谷

堀一郎「第九編第五章　疫神遊行の思想と遊幸神土着の現象」『我が国民間信仰史の研究』（二）序編・伝承説話編（東京創元社、一九五五年）

柳田國男「雷神信仰の変遷」『柳田國男全集』一一（筑摩書房、一九九〇年［初出一九二七年］）

山下克明「院政期の大将軍信仰と大将軍堂」『平安時代陰陽道史研究』第一部第五章（思文閣出版、二〇一五年）

二六七

植木朝子

【影印】

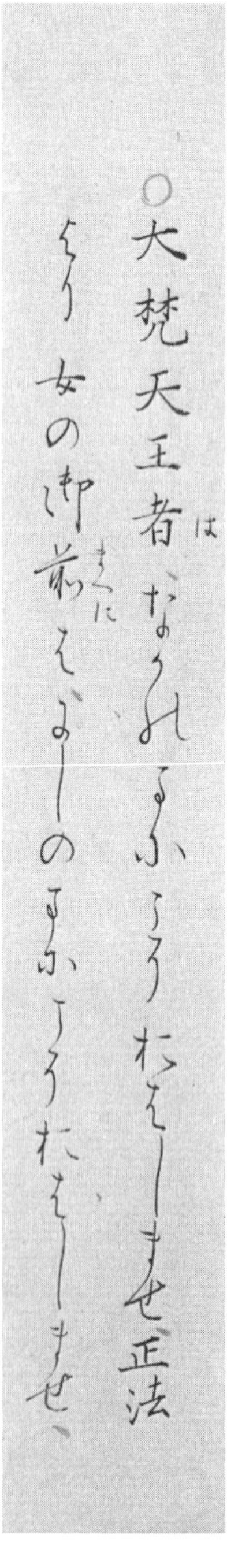

【翻刻】

○大梵天王者（は）、なかのまにこそおはしませ、正法より女の御前（まへに）は、にしのまにこそおはしませ、

【校訂本文】

○大梵天王は　中（なか）の間（ま）にこそおはしませ　少将婆利女
の御前は　西（にし）の間（ま）にこそおはしませ

【校訂】

者（は）「は」の墨書傍記通り、助詞の「は」ととる。

正法より女　→　少将婆利女　「正法」は「少将」の転訛と考え、「よ」を「は」の誤写と見る（誤写類型Ｉ）。

御前（まへに）は　「前」の右に「まへに」の墨書があるが、「大梵天王」と「少将婆利女の御前」が並列されていると考えられるので、傍書はとらない。

【類歌・関連歌謡】

・いや　大宝天王我が君は　いや　位は高くて中の間に　いや　はりやさいぢよの公達は　いや　左や右に御座します（天文本伊勢神楽歌「天王の歌」）

・だいぼんてんおうのごんぜんな　弥陀の浄土におりへましします　しょうとくはじめの公達は　左や右にひをとぼす　それより残れる公達は　中の御間におりへましますす

（椎葉神楽・梶尾神楽「大神」）

・祇園精舎の後ろには　世も世も知られぬ杉立てり　昔より山の根なれば生ひたるか杉　神の験と見せんとて（二五五）

・神のめでたく現ずるは　金剛蔵王八幡大菩薩　西宮　祇園天神大将軍　日吉山王賀茂上下（二六六）

【諸説】

大梵天王　諸注、祇園社の祭神・牛頭天王のこととする。

正法より女　諸注、「よ」を「は」の誤写と見て、牛頭天王の妃である婆（波）利女のこととする。また、婆（波）利女の一名が少将井であるため、「正法」は「少将」または「少将井」の転訛とする。本文校訂は「少将婆（波）利女」とするものが多いが、全集・新全集・完訳の新間説のみ本文を「少将井波利女」とする。なお、柳田國男は「巫女考」において、「正法より女」をヨリマシとよばれた巫童巫女と関わるものと見ている。

御前は　歌謡集成のみ、傍書をとって、本文を「御前には」とする。

【語釈】

大梵天王　ヒンドゥー教の神、ブラフマンBrahman。仏教に取り入れられ、帝釈天とともに正法護持の神とされた。「梵天王」「梵王」とも。『古今著聞集』巻二―五三「汝、我が身の如くはまた梵天王等正法を護り、念仏帳中に加へ奉るべし」などの用例からすると、「正法」との連想関係も強く、「少将」を「正法」と記述することにも相応の理由があったか。ここは祇園社の祭神・牛頭天王をさす。牛頭天王は、『伊呂波字類抄』で「武塔天神」の一名とされ、鎌倉中期成立の『釈日本紀』所引備後国風土記で武塔天神＝素戔嗚尊とされるところから、素戔嗚尊とも習合していく。しかし、本歌のように、大梵天王と重ねる例は管見に入らない。南北朝中期までに成立していた『神道集』「赤山大明神事」に「仏説武答天神王秘蜜心点如意蔵陀羅尼経云」として、武答天神（＝牛頭天王）に一〇種類の変身のあることを述べ、「此天王十種有変身、一者武塔天神王、二者牛頭天王、三者鳩摩羅天王、四者蛇毒気神王、五者魔耶天王、六者都藍天王、七者梵王、八者玉女、九者薬宝賢明王、十者疫病神王等是也。此十種身皆是一体　衆生利益云々」とする。この中に、一名として梵王が見える。複数の並列された名の一つに過ぎないが、他に、梵天王と牛頭天王を重ねる例が見あたらない現段階では、注意しておきたい。

『簠簋内伝』一の冒頭には、「倩以、北天竺摩訶陀国霊鷲山艮、波戸那城西、吉祥天源王舎城大王、名号商貴帝。曾仕帝釈天居善現天、遊戯三界内蒙諸星探題、名

号ス二天刑星一。依テ二信敬ノ志深キニ一、今下二生娑婆世界ニ一、改メテ号ス二牛頭天王一」とあり、牛頭天王が前世においては、天竺の神々の王である帝釈天に仕えたことが記されている。帝釈天と梵天は並び称される存在であり、こうした伝承から、帝釈天を媒介にして、牛頭天王と梵天とを結ぶ連想の糸を見出せないこともないが、帝釈天と梵天とを比較すると、日本の寺院において帝釈天を本尊としている寺院が少なからず存在するのに対し、梵天は常に帝釈天と並べられ、グループの中の一員としての役割から離れることはなく、独立尊としての信仰対象にはならないとされる（ベルナール・フランク『日本仏教曼荼羅』）。とすると、本歌の歌い出しは（誤写でないとするならば）、異色のものということになる。『梁塵秘抄』には、他に、帝釈天、梵天を単独で取り上げたものはなく、両者は釈迦生誕の折のことを歌った二二五で「梵釈四王諸天衆　頭を傾け侍ひき　草木も靡きて悉く　歓び拝み奉る」と、四天王や多くの天人と並べられている。ただし、時代が下って中世神道書においては、大梵天王は、天照太神や大日如来と同体とする思想が見られる（上妻又四郎「中世仏教神道における梵天王思想」）。したがって、大梵天王を特別視する考え方が日本に全く存在しないとは断定できないであろう。

『梁塵秘抄』の諸注は、「大梵天王」については牛頭天王をさすとするのみで、その経緯については触れないし、全集、新全集、完訳の新間注が「混同されたらしい表現」とするのは、牛頭天王と大梵天王をはっきりと重ねる例が見出せないためであろう。大梵天王＝牛頭天王とする把握の出所については、問題を今後に残しておく。

なかのま　祇園社本殿内内陣の中央の区画。「なか」は中央の意で、『梁塵秘抄』には、美濃南宮大社本殿の神が祀られているところを指す二五〇の「中の御在所」、宇治の神々を歌った二七一の「中をば菩薩お前たち」の例がある。

正法より女　少将井婆利女。婆利女は婆利采女。婆梨女、波利女、波梨女などとも表記される。一名、少将井。娑竭羅龍王の第三女（『簠簋内伝』。『神道集』「祇園大明神事」は第二女とする）で牛頭天王の妃。（→【考察】参照）

御前　少将井婆利女の尊称。『梁塵秘抄』中の「御前」は、「神社の社前」、「神への尊称」、「貴人の前」の意で用いられるが（→二五〇【語釈】「さうゐのおまへ」参照）、ここでは神への尊称として用いられている。読みは「ごぜん」か。『梁塵秘抄』中、「おまへ」と仮名書きの例は、一五首一八例、「御前」という漢字表記は、本歌の他、三六三「わかみやの御前」のみ。

にしのま　祇園社本殿内内陣の西側の区画。

【考察】

祇園社の祭神の祀られている場所を歌った一首。本殿内内陣の中の間、西の間に祀られた（「おはします」）神像のすぐそばにいるような臨場感がある。後に述べるように、延久二年（一〇七〇）の火事の記事によると、少なくとも、牛頭天王および蛇毒気神については、絵画などではなく、立体の神像のあったことがわかり、人々が神の存在をより強く、実感的に捉えていたであろうことが想像される。『二十二社註式』には、

祇園社。延喜神祇式曰。山城国愛宕郡祇園神社。式外。三座。
牛頭天王。初垂二迹於播磨明石浦一。移二広峯一。其後移二北白河東光寺一。其後人皇五十七代陽成院元慶年中移二感神院一。
西間。本御前。奇稲田媛垂跡。一名婆利女。一名少将井。脚摩乳手摩乳女。
中間。牛頭天皇。号大政所。進雄尊垂跡。
東間。蛇毒気神龍王女。今御前也。

とある。現在の祇園社本殿内内陣は三間になっており、この構造は久安四年（一一四八）造営のものまで遡れると推定されている（福山敏男『日本建築史の研究』）。さて、『梁塵秘抄』の諸注は、『二十二社註式』の当該箇所（仮にAとする）を引くが、同書には続いて、次のような、承平五年（九三五）六月一三日付官符（仮にBとする）が引用されている。

人皇六十一代朱雀院承平五年六月十三日官符云。応下以二観慶寺一為中定額寺上事。字祇園寺。在二山城国愛宕郡八坂郷地一町一。檜皮葺三間堂一宇。在二庇四面一。檜皮葺三間礼堂一宇。在二庇四面一。安二置薬師像一体。脇士菩薩像二体。観音像一体。二王昆（ママ）頭盧一体。大般若経一部六百巻一。神殿五間檜皮葺一宇。天神。婆利女。八王子。五間檜皮葺礼堂一宇。右得二山城国解一偁。故常住寺十禅師伝灯大法師位円如。去貞観年中奉レ為二建立一也。或云。昔常住寺十禅師円如大法師。依二託宣一。第五十六代清和天皇貞観十八年奉レ移二山城国愛宕郡八坂郷樹下一。其後藤原昭宣公。感二威験一。壊二運台宇一建二立精舎一。今社壇是也。

すなわち、Aの記述によると、祇園社神殿に祀られているのは、牛頭天王と二人の妃（婆利女・蛇毒気神）であり、Bの記述によると、天神と妃の婆利女、及びその御子である八王子ということになる。【類歌・関連歌謡】にあげた、伊勢神楽歌や椎葉神楽・栂尾神楽では「公達」が歌われ、

この「公達」は御子神を指していると思われるから（渡辺伸夫『椎葉神楽発掘』）、Bの把握によった歌と考えられる。

元亨三年（一三二三）に、祇園社感神院を統括する社務執行の晴顕が記した『社家条々記録』では「被奉安置天王婆利女八大王子等霊体」とあって、「天神」は「天王」と記される。Aよりも古いと思われるBの記述に見える「天神」がただちに牛頭天王であるとは断定できず、祇園社創建の記事においても、「廿六日辛亥、供養祇園天神堂、修行僧建立」（『日本紀略』延長四年［九二六］六月）のように、「天神」の名が見えるだけであるが、平安時代末期成立とされている『伊呂波字類抄』の「祇園」の項には、「延久二年庚戌十月十四日焼亡但天神御体奉二扶出一事　別当安誉焦二余焔一翌日入滅　世人以為二神罰一　四年二月廿六日始有二後三条院行幸一　牛頭天王因縁自二天竺一北方有レ国其名曰二九相一其中有レ国名曰二吉祥一其国中有レ城其城有レ王牛頭天皇又名武答天神云々　其父名曰二東王父天一母名曰二西王母天一是二人中所レ生王子名曰二武答天神一此神王沙渇羅龍王女名曰二薩迦陀一此為レ后生二八王子一従神八万四千六百五十四神也　為二利生一之誕生云々　昔常住寺十禅師円如有二託宣一貞観十八年奉レ移二八坂郷樹下一其後昭宣公感二威験一壊二蓮台（ママ）数宇一建二立精舎一〈官符文〉」とあり、『梁塵秘抄』の時代には、祇園の祭神の中心に牛頭天王が据えられていたことが確認できる。また、延久二年一〇月一四日の祇園の神殿焼失を伝える『扶桑略記』と『本朝世紀』の記事を並べてみると、平安時代後半には祇園天神＝牛頭天王という把握のなされていたことが窺われる。

　十月十四日辛未。戌時。感神院大廻廊。舞殿。鐘楼。皆悉焼亡。但天神御体奉二取出一之。別当安誉身焦二余焔一。翌日入滅。世人以為二神罰一。十一月十八日乙巳。以二官使一検二録感神院八王子四体。并蛇毒気大将軍御体焼失実否一。（『扶桑略記』延久二年）

　其後延久二年十月十四日、寺家別当安誉雇二鍛冶一令レ作レ釘之間。火出来焼二失宝殿一。并飲舎屋。牛頭天皇御足焼損。蛇毒気神焼失了。（『本朝世紀』久安四年［一一四八］三月二九日条）

「西間」に祀られた「正法より女」については、『二十二社註式』Aの記事から、少将井婆利女とみるのが妥当と思われるが、「婆利女」の名はこの『二十二社註式』A・Bに見えるものの、古い記録には見当たらず、先にふれた延久二年一〇月一四日の神殿焼失記事（『扶桑略記』『本朝世紀』）においても「婆利女」の名は記されない。尊像の存在を否定することはできないが、少なくともこの時点では、人々の興味の中心にはなかったものと思われる。なお、現在の祇園社の祭神は、西間が八柱御子神、中間が素戔嗚尊、東間が櫛稲田姫命であって、奇稲田媛と習合した婆利女を西間に祀るとする本歌や『二十二社註式』とは東西が逆になっている。

「少将井」の名は『二十二社註式』Aの記事によると、婆利女の一名ということになるが、諸記録によれば、古くは婆利女の神輿またはその御旅所が「少将井」と呼ばれていて、区別がなされているらしい。『社家条々記録』には、「鳥羽院勅願歟」として「保延二年（一一三六）、被寄附冷泉東洞院方四町於旅所之敷地。〈号少将井、婆利女御旅所、〉当社一円神領也」とあるが、永久五年（一一一七）正月一三日、天承元年（一一三一）一〇月二八日には「祇園別宮少将井」が炎上している（『百錬抄』）ので、少なくとも永久五年以前に、婆利女が神幸する少将井の御旅所があったことがわかる（脇田晴子『中世京都と祇園祭』）。この名の由来が記されるのは江戸時代の地誌類まで下るが、少将井という名井があったことによるという。三条天皇の頃（九七六〜一〇一七、一〇一一〜一六在位）の歌人で『後拾遺和歌集』初出の少将井尼の屋敷にあった井戸だとする説もあり（『菟芸泥赴』『雍州府誌』など）、とすると、少将井という名井は、三条天皇の頃にはすでにその存在が人物の呼称となるまでに広く知られていたと考えられる。

なお、『帝王編年記』建保六年（一二一八）九月二一日条には「祇園神輿　三基〈大政所、波利女、少将井〉」とあって（小西考は「建暦四年九月」として引くが建保六年の誤り）、「波利女」と「少将井」が別のものとして扱われている。他の資料からすると不審であり、位置付けが困難であるため、ここでは紹介にとどめたい。

河原正彦「祇園御霊会と少将井信仰—行疫神と水神信仰との抵触—」によれば、「少将井神輿」の語の初出は『百錬抄』安元二年（一一七六）六月一四日条である。これらの指摘に従えば、『梁塵秘抄』二六七の「少将井婆利女」は比較的早い用例であり、新しく注目されてきた「少将井婆利女」をいち早く取り入れて歌った歌謡だということができる。

河原論は続けて、以下のように述べている。

さらに『続左丞抄』所収の正治二年（一二〇〇）五月三日勘文「勘申感神院所司言上今月四日巳時宝前西間奉懸波梨采女御正体揺動例事」に、寿永二年（一一八三）八月廿六日戌時に少将井神輿振揺し、同丑寅両時にも神輿幷獅子二頭共動揺のことがありト占せしめた例をあげ、また建久二年（一一九一）八月十四日「申時見付内陣西間波梨采女御正体従二上長押一落御事」があり軒廊御卜が行われた例を勘申している。してみると十二世紀後半ぐらいからすでに西間に祀られるようになった波梨采女が注目せられ、その神輿である少将井の、明るく華やかな祇園御霊会における特異な位置とによって、前記、祇園天神、八王子、大将軍、蛇毒気神など降魔の相、あるいは災害神への信仰から、明るい少将井信仰へと移りつつあったものと思われる。そのことは、有名な『梁塵秘抄』（巻第二、四句神歌）にも、

神のめでたく現ずるは、金剛蔵王はは王大菩薩、西の宮、祇園天神大将軍、日吉山王賀茂上下（二六六）

大梵天王は、中の間にこそおはしませ、少将波利女の御前は、西の間にこそおはしませ（二六七）

とつづけて謡われており（後略）

河原論は、『梁塵秘抄』二六六が「降魔の相や災害神への信仰」を歌うものであり、二六七が「少将井信仰」を歌うものであって、二首の配列が、祇園信仰の推移の時間的経過を示していると捉えているが、本歌は牛頭天王のことも歌っており、また二六六は、祇園信仰のみを歌ったものではないため、『梁塵秘抄』の配列を祇園信仰の流れという点だけから理解するのはやや躊躇される。二六三から二六五は金峯山をテーマにしたものであり、二六六は、物尽しの形であるが、筆頭に金峯山の金剛蔵王権現を挙げているために、二六五に連続して置かれたものと考えられる。本歌は二六六の「祇園天神」に引かれて、隣に配置されたものと思われるが、また、金峯山においては、平安時代中期には吉野から山上への途上に「祇園」という宿が存在し、平安時代末には牛頭天皇が祀られるなど、祇園信仰が盛んであったため、その連想が働いた可能性も考えられよう（佐藤虎雄「金峰山における祇園信仰」）。

『二十二社註式』によれば、祇園御霊会が始められたのは、天禄元年（九七〇）年六月一四日というが、御旅所が成立して御霊会に大きな変化が現れたのが院政期である。神輿の渡御が明記されるのは永長元年（一〇九六）の『後二条師通記』が最初であることが指摘されている。この年は、御霊会を口実に京都の庶民たちが田楽をなしたが（『中右記』永長元年六月一二日条）、この熱狂はすさまじく、大江匡房は『洛陽田楽記』に、その喧噪を記し「一城之人。皆如レ狂焉。」（京都の人々は皆狂っているようだ）とまで述べている。また、この田楽に夢中になった白河院第一皇女郁

芳門院媞子の夭折を、田楽流行と結びつけて「妖異所レ萌。人力不レ及」としている。このように京都を興奮の渦に巻き込んだ永長の大田楽が、祇園御霊会を契機に引き起こされたとされるのは、御霊会の過熱ぶりと連動しているのであろう。この後も、神輿の行列の華麗さは筆舌に尽くしがたいほどのものであり（『中右記』大治二年［一一二七］六月一四日条ほか）、祭礼に熱心であった後白河院は、保元二年（一一五七）、鎌鉾三帳を製して社家に下したり（『社家条々記録』）、神輿や獅子頭を寄進したりしている（『百錬抄』承安二年［一一七二］六月一四日条）。なお、平安後期に成立した編者未詳の漢文集『三十五文集』には、治承三年（一一七九）四月、沙門観海が、祇園三所権現御正体金銅三尺仏菩薩三体と常光三尺円鏡三面とを鋳造することを発願した勧進状が載せられている。当時の人々の祇園信仰の篤さの一端を伝えるものといえよう（久保田收『八坂神社の研究』）。また、後白河院の命によって作られた『年中行事絵巻』には祇園御霊会の様子が描かれ、三基の神輿も描かれている。少将井神輿には、駒頭を持った稚児（少将井駒大夫）が供奉し（河原正彦「祇園祭の上久世駒形稚児について」）、行列の順路が異なることとともに、牛頭天王神輿・八王子神輿にはない特徴となっている。三座の神輿中、少将井神輿は御霊会行道において重要視されたらしいことが窺われるのである。祇園社法楽和歌においても、当然ながら素戔嗚尊が対象になることが多いが、正嘉二年（一二五八）一一月から正元元年（一二五九）八月までに成立した『新和歌集』には一二首ほどの稲田姫法楽歌が認められる（八木意知男「八雲たつ出雲—祇園詠歌の諸相—」）。

本歌は、牛頭天王に並べて、院政期に注目され、中世を通して重要視されてきた少将井婆利女を歌うという新しい側面を切り出した一首であった。伊勢神楽歌や栂尾神楽が歌う「公達」（御子神）を省略して、少将井婆利女にこそ焦点を当てているのである。さらに、院政期を通じて高まってきた祇園御霊会の熱狂に伴う「今めかしさ」をも併せ持った歌謡といえよう。

【参考文献】

上妻又四郎「中世仏教神道における梵天王思想」（『寺子屋語学・文化研究所論叢』創刊号、一九八二年七月）
河原正彦「祇園祭の上久世駒形稚児について」（『文化史研究』一四号、一九六二年五月）
河原正彦「祇園御霊会と少将井信仰—行疫神と水神信仰との抵触—」真弓常忠編『祇園信仰事典』（戎光祥出版、二〇〇二年）

久保田收『八坂神社の研究』（臨川書店、一九九〇年）
佐藤虎雄「金峰山における祇園信仰」（『神道史研究』一〇巻六号、一九六二年一一月）
福山敏男『日本建築史の研究』（綜芸舎、一九八〇年）
ベルナール・フランク『日本仏教曼荼羅』（藤原書店、二〇〇二年）
八木意知男「八雲たつ出雲—祇園詠歌の諸相—」真弓常忠編『祇園信仰事典』（戎光祥出版、二〇〇二年）
脇田晴子『中世京都と祇園祭』（中央公論社、一九九九年）
渡辺伸夫『椎葉神楽発掘』（岩田書院、二〇一二年）

二六八

田中寛子

【影印】

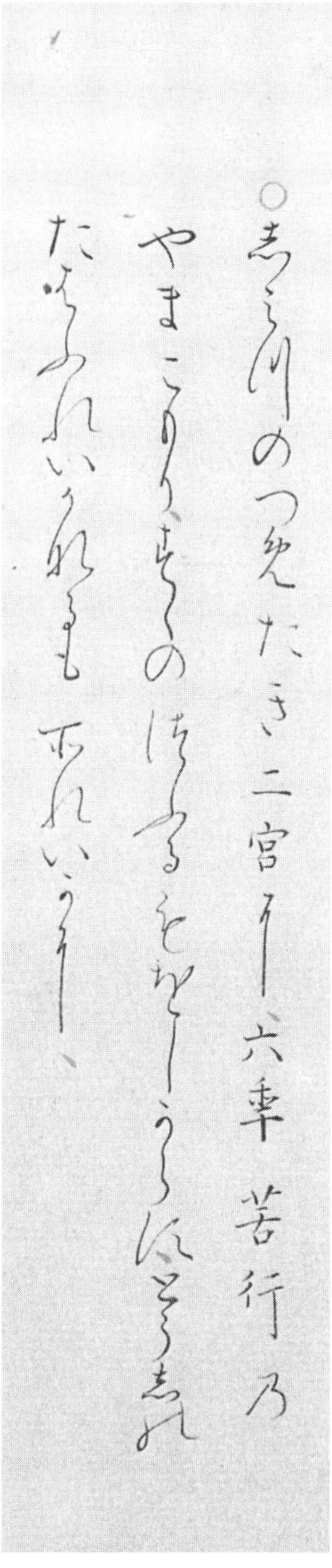

【翻刻】

○しみつのつめたき二宮に、六年苦行の
やまこもり、す丶のつふるもをしからす、とうしの
たはふれいかなるも それいかに、

【校訂本文】

○清水（しみづ）の冷（つめ）たき二宮に　六年苦行の山籠（やまご）もり　数珠（ずず）の
つぶるも惜（を）しからず　童子（どうじ）の戯（たはぶ）れいかなるも　それ
いかに

【類歌・関連歌謡】

・東の山王おそろしや　二宮客人の行事の高の御子　十禅師山長石動の三宮　峯には八王子ぞおそろしき（二四三）
・仏法弘むとて　天台麓に迹を垂れ　おはします　光を和らげて塵となし　東の宮とぞいはれおはします（二四四）
・王城東は近江　天台山王峯のお前　五所のお前は聖真子　衆生願ひを一童に（二四七）
・大宮権現は　思えば教主の釈迦ぞかし　一度もこの地を踏む人は　霊山界会の友とせん（四一一）

・大宮霊鷲山　東の麓は菩提樹下とか　両所三所は釈迦薬
師さては王子は観世音（四一七）

【諸説】

二宮　諸注、日吉社二宮のこととする。

六年苦行　小西は、「悉達太子に倣っての」（小西考、古典全書）とし、釈迦の六年苦行の事とする説を提示するが、諸注の多くは、比叡山の一二年籠山行の半ばとしている。

すゝ　すす（総索引）。すず（荒井評釈）。ずゝ（数珠）「下の『す』は清音。前田本色葉字類抄に「数珠ス、（平濁・平）」とある」（新大系）。ずゞ（岩波文庫・小西考・古典全書・大系）、ずず（歌謡集成・全集・新全集・完訳・全注釈）、じゆじゆ（榎集成）。

つふる　諸注「禿る」の字をあてる。「ツフ（上・平濁）、ヒタリ（観智院本名義抄）」（総索引）。

とうしのたはふれ　諸注、『法華経』方便品の「乃至、童子戯聚レ沙為二仏塔一」を指すとする。「無心な稚児の手遊び（中略）日吉の二宮権現に奉仕する年若い修行僧が、ふと稚児たちの無邪気な戯れに目をとめて、おのが幼時を追懐した歌と解してみた」（榎集成）。

いかなるも　諸注、「如何なるも」。「「已下なるも」か「如何なるも」か」（小西考）、「「以下なるも」か或は「如何なるも」未考」（古典全書）。

それいかに　「わが苦行の功徳はいったいどんなに大きいであろうか」（大系）、「六年程度の修行では、いったいどんな価値があるのか」（新大系）、「自分の六年の山籠もりではどれほどか。つまりどれほどの仏徳があるかと疑っているのである」（全注釈）、「沙で塔をつくる如き小善事と雖も成仏の基になると説かれて居るが、この位の修行では如何であらう」（荒井評釈）、「童子の戯れの造塔などでも功徳があると聞くが、わが苦行の功徳はさてどうだろうか」（全集・新全集・完訳）、「どんなに、まあ、楽しそうな様子であることか」（榎集成）。なお、全体の解釈については、「山中籠居の苦しさが、「清水の冷たき二宮に」といはせ、「童子の戯れいかなるも、其いかに」と理屈めいた嘆息を出させたのであらう」（荒井評釈）、「比叡山の籠山苦行に励む行僧の感慨」（全集・新全集・完訳）、「苦行にいそしむ籠山比丘の感慨の表出」（新大系）、「天台宗の隆盛時における修行者の一点景がうたわれた謡」（全註釈）などとして、一二年籠山行の半ばにある僧侶の心情を吐露したものという理解が多い。また、「日吉の二宮権現に奉仕する年若い修行僧が、ふと稚児たちの無邪気な戯れに目をとめて、おのが幼時を追懐した歌」（榎集成）などもあり定まっていない。

【語釈】

しみつのつめたき　「清水」は清めの泉、走井の水。「いかにして心けがさじはしり井のきよきながれのすすがざらめや」（慈円『拾玉集』第四・四七〇五）、「文永十一（一二七四）年毎日一首中」の歌群の一首に、「はしりゐの川せに千たびみそぎしてはやくぞいのる神はうけよと」（『夫木和歌抄』巻九・夏部三・荒和祓・民部卿為家卿・三八一三）と詠まれているように、平安期、日吉社には走井の水がながれていた。「清水」について、荒井評釈は、『日吉社神道秘密記』（十六世紀後半頃）の、「波之利秡殿」の記述を引いている。「波之利秡殿清浄水流出、以レ之秡也。口伝有。源本社北之勝地也。日御供以二此水一、調二進之一、浄水故也。二宮十禅師供華水、以レ之調、大宮之供華ノ水ハ波止土濃ノ水也、坂本中ノ諸家内浄事ハハシリノ水也、（中略）参社諸人用レ之」。同書には、「昔祭礼ノ日、此橋下、希遠重服之時、忍テ祇候有、於二橋上一神輿止リ給フ、（中略）依レ之希遠波之利以二浄水一御祓而、神輿之御前ニ参勤アリ」などとあり、日吉社には走井という禊の湧き水があったことがわかる。その他、中世の古記や逸文が多く引用される『日吉山王権現知新記』（近世初頭成立）に「一、走井　在二岸頭一、清流落二石樋一、触穢除服之人詣イタツテ二此処ニ一沐浴祓除ハラヘス」、『日吉御祭礼之次第』（天保八年［一八三七］の注記あり）に、祭りの始めに行うこととして「各以二走井水一浄レ身登山」などと記されている。現在、走井と特定できる湧き水は無い。しかし、『山王二十一社等絵図』（天正年間の日付あり）には、「走井宮」が描かれ、現在でも、「走井祓殿」「走井杉」「走井橋」「走井元三大師堂」など、走井に因む名を持つ建造物等が多くある。消滅したにもかかわらず、それに因む名を持つものが境内に多くあることからも、この水は日吉社を象徴する水であったと考えられる。

二宮　大山咋神を祀る日吉社の二宮。『日吉社禰宜口傳抄』に「二宮、大山咋神自二神代一領二此地一、故曰二地主明神一」と見える。また、『溪嵐拾葉集』（「山王御事」）に、「山王影向時、其表示有レ之耶、所以二宮権現ト者、本地薬師如来也、我国地主権現トシテ今ノ大宮神並ニマシマシケリ、然ニ大宮権現影二向シ我山麓一給時、地主権現ノ神ノ立去テ大宮権現令二結座ヲ一、此即チ多宝仏半座ヲ去テ釈尊ニ与ヘ給シカ如シ」とあり、本地を薬師であるとし、釈迦にこの地を譲ったとされる。本歌には、「日吉」または「山王」などの語は見えないが、「東の山王おそろしや　二宮客人の行事の高の御子　十禅師山長石動の三宮　峯には八王子ぞおそろしき」（二四三）と、日吉社の二宮の例が見える。日吉社が平安期に最も尊崇をあつめた大社の一つである事などからも、「二宮」は日吉社のそれと考えるのが適当であろう。

六年苦行　釈迦に倣った六年の苦行。小西考は「浄飯王聞二是声一已。長歔歎息、捫レ涙而言、嗚呼我児悉達太子、忽然捨レ我、奄経二六年一、既其出家令二我不一レ見」（『仏本行集経』精進苦行品）を指摘し、釈迦の六年苦行とする。「六年苦行」ということばは、「釈迦六年苦行坐二樹下一。欲レ成二正覚一之時。不レ得二正覚一故。空中諸仏集会授二五相一成レ観」（『溪嵐拾葉集』菩提心論抄・第六）など、仏典を中心に多数例が見える。『天台円宗四教五時西谷名目』にも、「仏太子時。御名悉達太子申。然観二世間一有レ為二無常理一。夜半出二王宮一入二檀特山一。御歳十九歳出家。其後六年苦行楽行。御歳三十時。菩提樹下成道」（巻上）と見え、釈迦は檀特山に入り、六年の苦行と楽行を行い、菩提樹の下で成道したとされている。一二年籠山行を歌ったものは見出しにくいが、釈迦の六年苦行は詩歌に「誕生七歩　花承二輻輪之趺一　苦行六年　鳥棲二鳥瑟之髻一」（『新撰朗詠集』下・雑・仏事・策淳茂・五五二）、「煩悩月晴三覚暁　苦行鳥狎六年春」（『別本和漢兼作集』巻第八・釈迦尊・三二五）と見える。また、この主題は今様にも「摩掲陀国の王の子に　おはせし悉達太子こそ　檀特山の中山に　六年行ひたまひしか」（二一九）、「すぐれて高き山　須弥山耆闍崛山　五台山　悉達太子の六年行ふ檀特山　土山黒山鷲峯山」（三四四）と歌われている。二宮の本地は薬師であるが、釈迦にこの地を譲ったとされることから（→【語釈】「二宮」参照）、二宮と釈迦との関わりは深い。詩歌や今様に例が見えることからも、本歌の「六年苦行」は釈迦の修行を表す「六年苦行」であろう。

やまこもり　社寺に入って世間と接触を断ち、修行すること。「苦行」との関わりで、小西考を除く諸注は一二年籠山行のこととする。荒井評釈は「籠ルレ山ニ僧不レ可カラレ出ヅ二内界地際一。東限リ二悲田院ヲ一南限リ二般若寺ヲ一西限リ二水飲ヲ一北限ル二楞厳院ヲ一。右山間結界同際。而近代或ハ赴キ二大原ニ一或向ヒ二小野ニ一、東西南北往来無キ二忌憚一類、是即チ不ルレ守ラ二大師制戒一之所レ致ス也」（天禄元年［九七〇］慈慧大師起請文）をあげ、日吉社も比叡山の結界の内に含まれるため「六年苦行」は一二年籠山行の半ばとする。大系は『山家学生式』（勧奨天台宗年分学生式、弘仁九年［八一八］、最澄）の「得度年。即令レ受二大戒一。受二大戒一竟。一十二年。不レ出二山門一。令レ勤二修学一。初六年聞慧為レ正。思修為レ傍。一日之中。二分内学。一分外学。長講為レ行。法施為レ業。後六年思修為レ正。聞慧為レ傍。止観業。具令レ修二習四種三昧一。遮那業。具令三修二習三部念誦一」を指摘する。また、荒井評釈は『今昔物語集』の横川の源信の比叡山での一二年の山籠もりの例「六年は既に山籠にて過ぎぬ」（巻一五「源信僧都母尼往生語第卅九」）を引く。平安初期、日吉社の大宮（大比叡）、二宮（小比叡）には比叡山から配属された年分度者（年分学生）が居たことは、『三代実録』に「十四日戊子　勅加二試延暦寺年分度僧二人一。其一人大毘盧遮那経業。為二大比叡神分一。其一人一字仏頂輪王経業。為二小比叡神分一」（巻五〇、光孝天皇、仁和三年［八八七］

三月）とあることからも分かる。年分度者となった者は受戒の後、いわゆる一二年籠山行に入る。しかし、年分度者の制度は十世紀半ばごろにはすでに弛み廃れていたという（『望月仏教大辞典』「年分度者」参照）。また、一二年という年限は『蘇悉地羯羅経』に「若作二時念誦一者。経二十二年一。縦有二重罪一。亦皆成就」とあることによるものであり（『望月仏教大辞典』「籠山」）、釈迦の修行とは直接関連はない。年分度者制度が廃れた後も日吉社には社僧が多く居た。本歌は、一二年籠山行を歌うものではないが、長く修行している僧の目線で歌われたものと考えられる。

ずゝ　数珠。『色葉字類抄』（前田本・黒川本）に「数珠ス、念珠同」とある。仏事の際に手に掛け、数を数えるためにつまぐる珠を連ねた仏具。頌珠。また、僧侶を連想させる法具。「聖を立てじはや　袈裟を掛けじはや　数珠を持たじはや　年の若き折戯れせん」（四二六）。

つふる　硬いものがすり減ること。ここでは修行の年月の長さ、厳しさを表す。今様と関わりの深い藤原公重の歌に、「するすみにすずりのいしのつぶるまでかくともつきじおもふうれへは」（『風情集』仙洞齢久・五四〇）と、堅いものがすり減るほどの長い期間の譬えとして見える。数珠を揉んだり磨ったりすることは『枕草子』に「さすがに数珠押しもみ、きうに伏し拝みて聞きゐたるを、講師もはえばえしく思ふなるべし」（四〇段「蔵人おりたる人、昔は」）と見えるように古くから行われていた。また、『義経記』にも「験者はじめたまふに、よりましに十二三ばかりなる童をぞ召されける。判官護身し給へば、弁慶数珠をぞ揉みける」（巻七「直江の津にて笈探されし事」）など、修験者が数珠を揉む例が多く見える。また、散文では「つぶるるも」となるところが、「つぶるも」と終止形であるに注目される。音数を七音にし、韻律を整えたか。

をしからず　法文歌に類似の表現が見える。「釈迦の御法をききしより　身は澄み清き鏡にて　心覚り知ることは　昔の仏に異ならず」（一三八）、「釈迦の誓ひぞ頼もしき　われらが滅後に法華経を　常に持たむ人はみな　仏に成ること難からず」（一四五）。

とうしのたはふれ　『法華経』方便品の「童子戯」を和語にした言葉。「乃至童子戯、聚レ沙為二仏塔一、如レ是諸人等、皆已成二仏道一、（中略）乃至童子戯、若草木及筆、或以二指爪甲一、而画作二仏像一、如レ是諸人等、漸漸積二功徳一、具二足大悲心一、皆已成二仏道一」。『法華経』方便品のこの場面は今様化されており、『梁塵秘抄』には次の歌が収められている。「平等大慧の地の上に　童子の戯れ遊びをも　やう

やく仏の種として　菩提大樹ぞ生ひにける」（六二）、「法華はいづれも尊きに　この品聞くこそあはれなれ　尊けれ童子の戯れ遊びまで　仏に成るとぞ説いたまふ」（六七）、「いにしへ童子の戯れに　砂を塔となしけるも　仏に成ると説く経を　皆人持ちて縁結べ」（六八）。また、『耀天記』（「山王事」）には、『法華経』方便品のこの場面を基に成立した説話が見える。「陰陽堂僧都慶増、大宮ニ詣デ、、法施ヲタテマツラレケルニ、其間小童部共ノ多集テヒ、クメト云事ヲシテ、物サハガシカリケレバ、僧都三業シズマラズシテ、門桜ノ外ヘ追出サセテ、法施思フサマニマイラセテ」と、日吉社内で童子が遊ぶ様が見える（↓【考察】参照）。

いかなるも　どんなものでも。荒井評釈が「「いかなるも」は「如何なる小事も」の意」と解しているように、ここでは童子が戯れに行う造塔のような小さな功徳であっても、あらゆるものが成道の機縁となる、の意。「狂言綺語の誤ちは　仏を讃むるを種として　あらき言葉もいかなるも　第一義とかにぞ帰るなる」（二二二）。

それいかに　さあ、どうであろうか。聞き手に呼びかける言葉か。また、問答の発問の口調か。「顕意申。大論才学者自所レ招也。他宗例証可レ及二嘲哢一者。何自引二提婆之雑毒一哉。次和尚宗義、本自不レト二深高一云者。迷情執見ナルヘシ。一乗真宗異義、亦夫如何〈此難更不返答〉」（『仙洞三心義問答記』道教顕意撰）。

【考察】

日吉社二宮における修行の功徳を称えた歌謡。

本歌では、なぜ二宮がとりたてて歌われるのか。二句目の「六年苦行」は釈迦の修行と考えられるが、この言葉との関連を考えれば、薬師を本地とする二宮よりも、釈迦を本地とする大宮の方が結びつきの強い神である。ここでは二宮が垂迹した場との関連で考察を試みる。

釈迦が垂迹した時、地主神である二宮がこの地を譲ったとされるが、『耀天記』（「山王事」）には、「二宮ヲバ古老ノ人ノ伝ニハ、鳩桜孫仏（拘桜尊仏）ノ時ヨリ、小比叡ノ椙ノ本サフ（ム）カセノ嶽ニ跡ヲ垂テ御シケルトゾ申伝タル、（中略）ユラサレアリカセ給ケル程ニ、小比叡ノ椙ノホラニトゞマラセ給ニケリ、（中略）其小比叡ノ椙ノ本ニテ、劫ヲ経テ後ニ大宮権現ノ当時御ス所ニイタリテ御シケルガ、大宮ノ天下テ御シケル日、夫ヲバサリテ今御ス御宝殿ノ地ニ遷ラセ給ヒケル也」と、二宮が垂迹した処として「小比叡の椙」が記されている。この椙は『風雅和歌集』に、「波母山や小比叡の椙のみやまゐは嵐もさむしとふ人もなし」

（巻一九・神祇歌・二一〇七）と見え、左注に「これは日吉地主権現の御歌となむ」とある。この歌は、「わが庵は三輪の山もと恋しくはとぶらひきませ杉立てる門」（『古今和歌集』雑下・よみ人しらず・九八二）をふまえたもので、天智天皇が大和の三輪の神を勧請したとされる大宮と対比して、二宮は「とふ人もなし」というような状態だというのである。『風雅和歌集』が成立した十四世紀半ばには、日吉社は衰退していたため、この歌の下の句は「暗に朝廷の尊崇・寄進の手薄さをいう」（岩佐美代子『風雅和歌集全注釈』）、と解せられているが、表面上は、小比叡における厳しい環境で孤独に耐えるさまが歌われており、二宮における苦行をうたった本歌と重なるところがあろう。また、二宮の祭神は山の神である大山咋神であり、山王祭は山宮の三宮と八王子を二宮に迎えることからはじまる。「山籠もり」を行うには、大宮よりも山と関連の深い、二宮の方が適していたのではあるまいか。

　また、本歌はこれまで、榎集成が、「第四句は唐突で舌足らずな表現のため、正解を得がたい」と評したように、とりわけ四句目が難解である。末句で『法華経』方便品の文句が持ち出されるのかはなぜか。

『宇治拾遺物語』には、「これも今は昔、仲胤僧都を、山の大衆、日吉の二宮にて法華経を供養しける導師に請じたりけり。」（巻五―一一「仲胤僧都、地主権現説法の事」）とあり、十二世紀半ばに活躍した比叡山僧、仲胤僧都（『兵範記』久寿二年［一一五五］の記述に説法の名手と記される）の説話が見える。ここからは、院政期に神仏習合の思想が強まり、二宮の神前でも『法華経』がよまれていた様がうかがえる。『法華経』はしばしば絵画化されるが、「院政期に制作された『法華経』方便品の図像の多くが、経典には言及がないものの、川辺を舞台とする」ことがこれまでの研究で指摘されている（橋村愛子「「平家納経」の思想と装飾プログラム―宝塔品紙背にみる四季絵と法華経二十八品大意絵との関わりから―」）。また、絵画化された方便品では、子供たちが砂ではなく石を積む様が描かれている。また、原口志津子氏によれば、鎌倉期以降の「「賽の河原」イメージ創出にあたって、平安時代以来の川原で石を積む作善の習慣、そして、『法華経』方便品の「子ども」と「水辺」のイメージの組み合わせは、強い規範となった」とある（「本法寺蔵「法華経曼荼羅」にみる掛幅説話絵の論理」）。また、子供たちが水辺で石を積む賽の河原の信仰は、室町期には地蔵信仰と結びつき、地蔵は安産や子供の守護神と成ってゆく。本法寺蔵「法華経曼荼羅」（鎌倉末作）を見ると、そこには子どもが石を積む様と川の流れと反り橋が描かれており、大宮川とそこにかかる反り橋を有する日吉社の景観と重なるように思われる。また、石のように堅い「数珠」が「つふる」までの長い修行は、川原で石を積むことを連想させるのであろうか。当該今様の末句「童子の戯れ」は、初句の「清水の冷たき」と響きあい、当時の『法華経』方便品の世界の理解を反映したものといえよう。

　それでは、この今様はどのように解釈すればよいのだろうか。「六年苦行」は、基本的には釈迦の苦行を意味するが、社僧の修行をたとえての表現と見るべきであろう。当該今様は、釈迦の苦行にも並ぶ二宮での修行の功徳を喧伝する今様ではなかろうか。『耀天記』（「山王事」）には、日吉社で修行する比叡山僧の説話が収められている。比叡山僧慶増は、日吉社の大宮に詣で、法施を行っていた。其の時、童部が多く集まり、「ヒヒクメ」という遊びをしていて騒しく、仏事の妨げとなると思った慶増は、童部たちを門楼の外へ追い出した。すると慶増の夢に貴僧があらわれ、「我実ニ小童部ノ遊戯ヲ愛セントニ非ズ、和光同塵ノ結縁ノ為ニサセシ事ヲバ、何ニサマタゲ侍ルゾ」と、慶増を咎めた。慶増は童部たちを呼び戻して共に「ヒヒクメ」などという遊びをし、今様を作って歌った。それが、「大宮権現は思えば教主の釈迦ぞかし　一度もこの地を踏む人は　霊山界会の友とせん」（四一一）であるという（菅野扶美「『梁塵秘抄』前史―陰陽堂僧都慶増を中心に」）。今様を作ったとする箇所が見えるのは『耀天記』『日吉山王権現知新記』などの日吉社関係の文書に限られるが、この説話の類話は『春日権現験記』（巻一〇）、『雑談集』、『とはずかたり』（巻四）などに見られ、よく知られた話である。修行の妨げになっているものは「宮人鼓」（『春日権現験記』）や「白拍子舞人々」（『雑談集』）などと異なるが、日吉社の「童部」も含め、何れも、仏教的な価値観では、成道から縁遠い愚かな者とされている。そのような者でも救われるのであり、また、そのような者をこそ救うために修行者は修行をしているのである。

　説話の舞台は大宮となっているが、川辺の社で遊ぶ童部たちをも「霊山界会の友とせん」とする慶増のすがたは、「童子の戯れいかなるも」成道の機縁となると歌う、「清水の冷たき二宮」の社僧と重なってくる。四句目の表現が唐突なものであるのは、本歌も『法華経』方便品に由来する説話を背景に成立しているからではないだろうか。

　当該今様を通釈すれば、「清らかな水の冷たさで知られる日吉社二宮で、釈迦の六年苦行と並ぶほどの山籠もりを行ってきた。長年の修行の厳しさのために数珠は潰れたが惜しくはない。『法華経』方便品は、童子が戯れに仏塔を作ることも、成仏のもととなると説く。まして二宮での六年もの修行の功徳は言うまでもない。和光同塵の志に則り、悟りなき者も、皆、成仏へと導き救うことができよう。さあ、皆々、どうだろうか」となろう。

【参考文献】

岩佐美代子『風雅和歌集全注釈』下巻（笠間書院、二〇〇四年）

橋村愛子「「平家納経」の思想と装飾プログラム―宝塔品紙背にみる四季絵と法華経二十八品大意絵との関わりから―」（『美術史』五八巻二号、二〇〇九年三月）

原口志津子「本法寺蔵「法華経曼荼羅」にみる掛幅説話絵の論理」佐野みどり・新川哲雄・藤原重雄編『中世絵画のマトリックス』（青簡舎、二〇一〇年）

菅野扶美「『梁塵秘抄』前史―陰陽堂僧都慶増を中心に―」日本歌謡学会編『日本歌謡研究　現在と展望』（和泉書院、一九九四年）

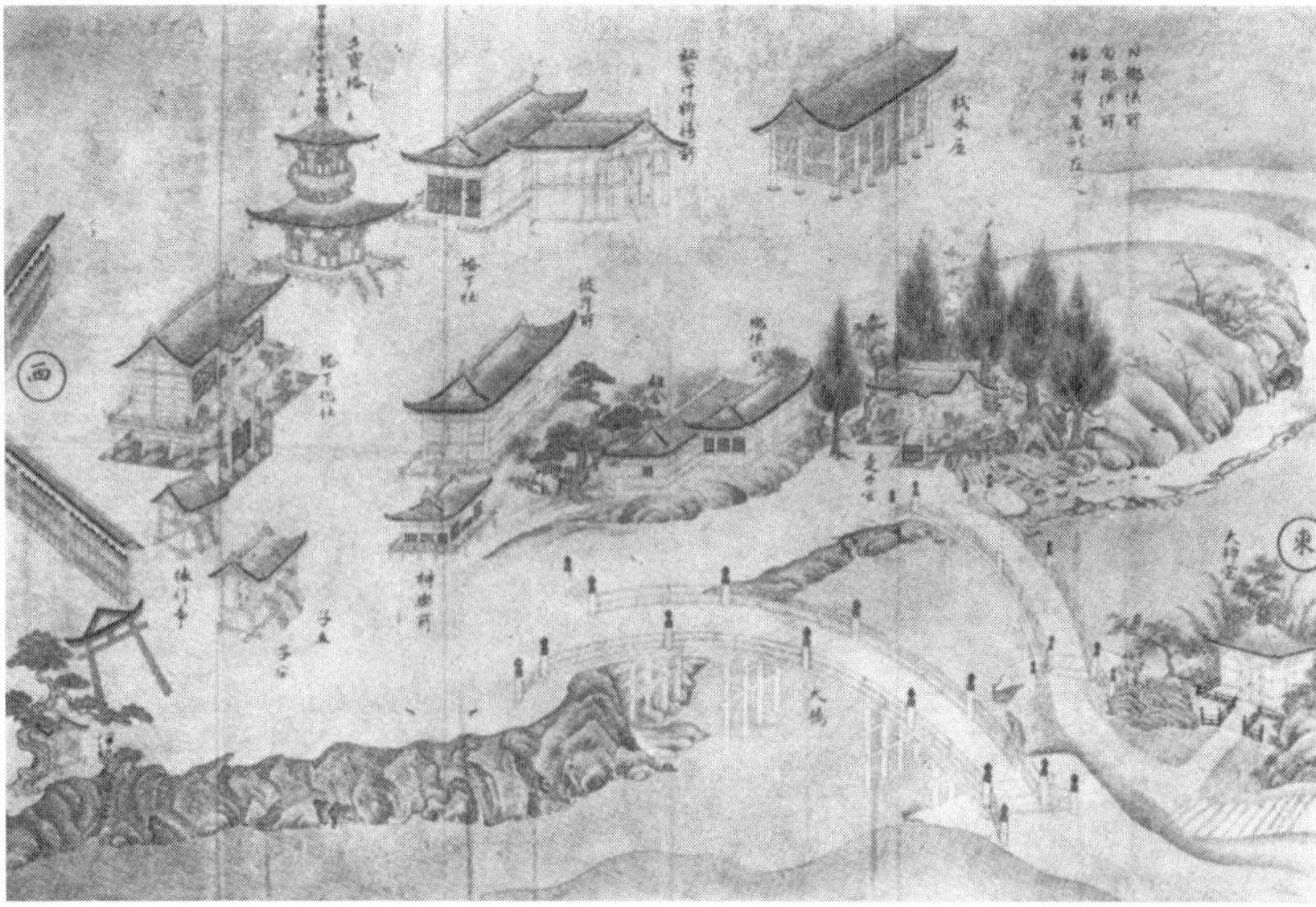

山王二十一社等絵図（『神道大系 神社編 29 日吉』より転載）

二六九

佐々木聖佳

【影印】

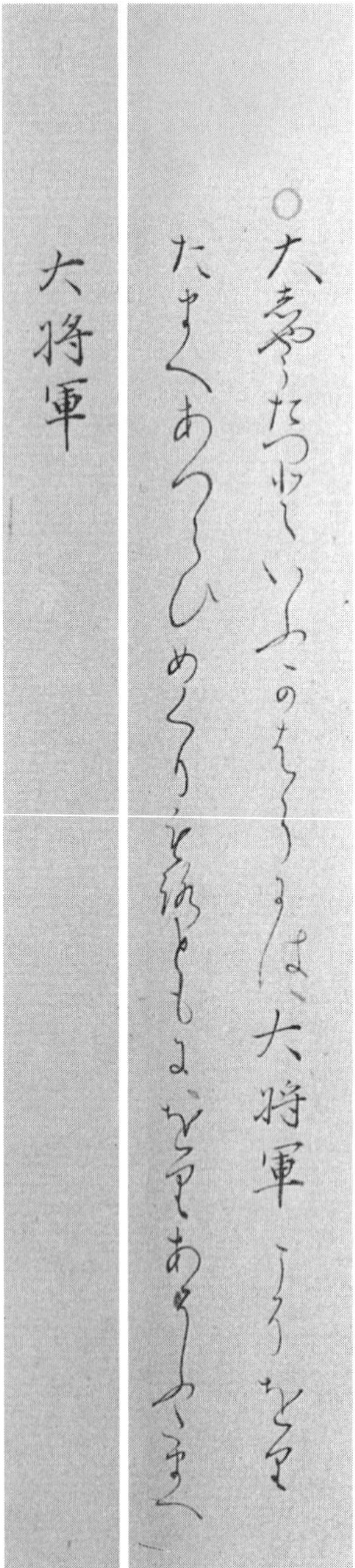

【翻刻】

○大しやうたつといふかはうには、大将軍こそをりたまへあつらひめくりもろともに、をりあそふたまへ大将軍

【校訂本文】

○大しやうたつといふ河原(かはら)には　大将軍こそ降(お)りたまへ
阿律智(ありつち)日巡(ひめぐ)りもろともに　降(お)り遊(あそ)うたまへ大将軍

【校訂】

かはう → かはら　「う」は「ら」の誤写と見る（誤写類型Ⅰ）。

をり → おり　「を」は「お」とあるべき（→【語釈】参照）。

あつら → ありつち　「り」は脱落、「ら」は「ち」の誤写と見る（誤写類型Ⅰ）。

あそふ → あそう　「ふ」は「う」であるべき。

【類歌・関連歌謡】
・いや大しやうたつてうかハらにハや　いや大しやうわうこそおりたまへや　いやあつちもひめくりもろともにや　いやをりてやあそひたまへ四きわう子や（天文本伊勢神楽歌「外宮大宮の段　そらのあそび」）
・大小たつの広とのに　大小軍こそおり給ひ　あつちひめぐり諸共に　おりて又遊び給ひほうおの神（伊雑宮神楽歌「清目祓」）
・大しやう。たつしやう。ひろ。とのゐ。おり。たまゐ。をりて。あそび。たまふゐ。おふ。の神。土佐ハ西。ごんがたつミ。（志摩神楽神法家清幷若子渡シ「家清メ」）
・大しやうたつちやうかハらにハ　大しやうおうこそを給へ　あつちもひめくりもろともにや　おりてやあそひ給へしきおう子や（伊勢在郷神楽歌・坂樹葉本神楽歌「正月のわか」）
・大しやうたつちやう河原にハや　大じやうわうこそおり給へや　あつちもひめくりもろともにや　おりてやあそひ給へしき王子や（伊勢在郷神楽歌・坂樹葉本神楽歌「もろさいはらひ」）
・大明立将河原にハ　大明をこそ居り給へ　あつちも日廻り諸共に　下て給し色王子や（伊勢在郷神楽歌・反古神楽歌「正月」）
・大将立照川原にハ　大将王こそをり給へ　あつちも日廻り諸共に　下りて遊び給へしき王子や（伊勢在郷神楽歌・反古神楽歌「地こと」）
・神のめでたく現ずるは　金剛蔵王八幡大菩薩　西宮　祇園天神大将軍　日吉山王賀茂上下（二六六）

【諸説】
大しやうたつといふかはう　不詳とする注釈が多い。「大嘗会たつといふ河原」（荒井評釈）、「大将軍が立つという方角には」（大系）、「大将が立つという河原には」（※五味）、「丑や卯辰といふが方には」（※萩谷）、「大上」か（神楽の場にたてる天蓋）（※本田）。
大将軍　「陰陽道で吉凶の方位を司る神」（小西考・古典全書・大系・全集・新全集・完訳・※萩谷・※五味）、大将軍堂（大将軍八神社）（荒井評釈・榎集成・新大系・全注釈）。
をりたまへ　「垂迹せられて在す」（荒井評釈）、「おくだりになる」（榎集成）、「おり立たれる」（大系・全注釈）、「降臨する」（全集・新全集・完訳・新大系）。
あつらひめくり　不詳とする注釈が多い。あつちは「射垜」ひめくりは不詳（小西考）、「射垜経廻り」か（荒井評釈・新大系・※五味）、「畦伝ひめぐりか」（荒井評釈）、「勧ひ巡り」で四方を正しめぐりの意（大系）、「あつち」は「すばる星」か「オリオン座の三つ星」か「ひめくり」は「日巡り」のことか（※萩谷）。
をりあそふたまへ　「衆生といっしょに遊行してください」（大系）、

「一緒に降臨遊行なされよ」（全集・新全集・完訳）、「空から降ってお遊びください」（全注釈）、「降りて遊んで欲しい」（※五味）、「舞い歌うこと、神降しに関係」（新大系）。

【語釈】

大しやうたつ　未詳。「大しゃう」は祭祀の場の神の依代のことをいうか。「大しやう」について先行研究では四説がある。大系は、「大将」の字を当て「大将軍が立つ（方角には）」の意としている。しかし歌の中で「大将軍」の語は漢字で表記されて二回用いられており、同じ「大将軍」を一方で「大しやう」と表記する可能性は低い。荒井評釈では、京都の大将軍八神社付近の紙屋川（荒見川）の河原で大嘗会に先だって御禊が行われることから、「大嘗会」の「ゑ」が脱落したとするが、大嘗会が「立つ」とはいわない。※萩谷は、大将軍が方位神であることから、「丑や卯辰（といふが方には）」の意に解している。しかし大将軍の方角で、卯辰の方角とセットになるのは寅の方である。また「大」の字は、類歌である伊勢神楽歌でも「大」と書かれており「う」の誤写とは考えられない。一方、本田安次は、伊勢神楽歌の注釈『伊勢神楽之研究』で、法印神楽で神楽の場にたてる天蓋のことを「だいじょう」ということから、伊勢神楽の「大しょう」はこの天蓋のことであろうと述べている。確かに、神楽、特に神がかり・託宣儀礼を伴う神楽は、舞殿の中に御座を設え天蓋を吊すが、この天蓋のことを東北の霜月神楽・法印神楽ではダイジョウ（大乗・大定・大淨）という。この地方の神楽歌には「大乗ノチ、ミ〳〵ニヲワス神　ヲリキテ遊べ　守ガタモトニ」「大乗ヲ　見上ゲテ見レバ面白ヤ　是コソ神ノ社成ルモノ」（秋田県由利郡岩谷村徳澤の大勢荒神舞『霜月神楽之研究』）、「大乗ノ　注連ノ間毎ニ遊ブ神　下リテモ遊べ　吾モアソブニ」（宮城県牡鹿郡の法印神楽『陸前浜乃法印神楽』）など「だいじょう」を歌うものが多い。西日本の神懸かり・託宣儀礼を伴う神楽でも「白蓋」「雲」「天蓋」などとよばれる天蓋を立てる。天蓋の下は聖なる場であり、天蓋の曳綱を引き、太鼓と神歌に合わせて天蓋を上下左右に激しく動かして憑坐に神がかりをさせ託宣を得る、天蓋曳きの儀式は特に重要であるとされている。天蓋のような祭祀の場での神の依り代を「大しやう」といったか。また、中国では『周礼』『礼記』などに記されているように、儀式で用いる九旗の筆頭、天子の旗のことを「太常」または「大常」という。日本で大嘗会の御禊行幸などに立てられた「節旗」は、「大常」を範としたものであるという（加茂正典『日本古代即位儀礼史の研究』）。民間神楽は修験道、陰陽道の影響が強く、祭場や天蓋にはおびただしい旗が立てられるので、旗のことを「大常」といい、旗を立てた天蓋そのものも「だいじょう」と呼ばれるようになったか。もう一つの可能性として、「六壬式盤」の十二天将の一である「大裳」も考えられる。「大裳」は「たいじょう」もしくは「たいもう」と呼ばれる。「六壬式占」とは、平安時代以降の陰陽師が採用した式占で、占うべき事柄の起こった歳、月、日、時の干支をもって十二天将を配した式盤に対応させ吉凶を判断するものである。規則に従って、干支の方角に十二天将を配当することを「立つ（乗る）」という（小坂眞二『安倍晴明撰『占事略決』と陰陽道』）。十二天将は陰陽師の使う式神とされる。その中で「大裳」は、『陰陽雑書』に「後四大裳土神、家在未、主冠帯衣服、吉将」とあり、土の神で冠帯衣服を司る「吉将」であることがわかる。土の神なので土公神とも関わってくる。この「大裳」であるとすれば、「式占で大裳という卦のあらわれた」の意となろう。

といふ　「といわれる」の意。伝聞の意味であり、確認できないことに対していう。【類歌・関連歌謡】であげた天文本伊勢神楽歌「外宮大宮の段　そらのあそび」には「大しやうたつてうかハらにハや」とある。この「てう」は「といふ」が変化したものである。『梁塵秘抄』には「という」が「摩犂山に生ふという、牛頭や栴檀得てしがな」（二〇二）に見え、「てう（ふ）」の形のものが三例（八〇「仏に成らむてう」、三三二「鹿驚かすてふ」、三五七「垣生に生うてふ」）見られる。

かはう　本文は「かはう」とある。先行注釈の多くは「かはら（河原）」の誤写とするが、大系と※萩谷は、「が方」で「～の方角」の意とし、「大将軍が立つという方角には」（大系）、「丑や卯辰といふが方には」（※萩谷）の意に解釈している。大将軍は、陰陽道の方位を司る神であるから、方角をさしている可能性も否定できないが、類歌の伊勢神楽歌では天文本をはじめ多くの写本が「河原」「かはら」としている。ここでは「う」は「ら」の誤写で「河原」の意、大将軍の勧請される祭祀が河原で行われた、という意に解釈しておく。平安時代、河原では臨時に祭壇を設け様々な陰陽道の祭祀が行われた。『不動利益縁起』にも陰陽師が河原で祭祀を行っている様子が描かれている。『枕草子』に、「物よくいふ陰陽師して、河原にいでて呪詛のはらへしたる」（三一段「こころゆくもの」）、『今昔物語集』に、「川原ニ法師陰陽師ノ有テ、紙冠ヲシテ祓ヲスル」（一九―三）とある。

大将軍　陰陽道祭祀の場で勧請される陰陽道の神、大将軍のこと。荒井評釈、榎集成、新大系・全注釈は、京都市上京区にある大将軍八神社の祭神である大将軍としているが、ここでは、特定の神社に鎮座した祭神ではなく、陰陽道の神である大将軍をさすと解したい。大将軍は、中国の道教における神で、東大寺正倉院文書天平勝宝八歳（七五六）の具注暦断簡に「大将軍在午」とあり、奈良時代にはすでに取り入れられていた。桓武天皇は平安京遷都の直後、王城鎮護のために大将軍を祭神とする大将軍神社を都に置いたといわれている。十一世紀の陰陽道の書『陰陽雑書』は、中国の『暦例』を引用して「大将軍太白之精、天之上客、太一紫微宮、方伯之神、不居四猛、常行四仲、以正四方、三歳一移、百事不可犯」と記述している。大将軍は金星（太白）の精であり、四方を司る方位の神で、三年に一度移動し、その方角を犯してはならないと記されている。古代中国における大将軍信仰が日本の陰陽道に取り入れられ、荒ぶる神として恐れられた。東西南北を三年ずつ一二年で一巡して遊行し、この神のいる方角は三年間忌まれた。平安時代は、忌避すべき方角に向かって出掛ける際に前夜に吉方の家に赴いて一夜を明かす「方違へ」が貴族の間で盛んに行われたが、大将軍の方も忌避すべき方位の一つであった。『御堂関白記』寛弘八年（一〇一一）六月八日条、『台記』久安四年（一一四八）三月七日条、『中右記』康和四年（一一〇二）二月二七日条には大将軍の方角を避ける方違えの記事がある。また、方違えや造作犯土の際の方角解除、あるいは天皇の遷幸や移徙などの時には「大将軍祭」が行われた。高倉殿の造営（『兵範記』保元三年［一一五八］八月二日条）、御所の造営（『玉葉』養和元年［一一八一］一〇月二五日条）の際に大将軍祭が行われた記録がある。また、院政期には、大将軍は方角禁忌の神であるだけでなく、病などの祟りなす託宣神という性格も付与されるようになった（山下克明「院政期の大将軍信仰と大将軍堂」）。

大将軍神半跏像
（平安時代・奈良国立博物館蔵）

をりたまへ 降りたまへ。降神なさる、の意。原文は「をり」だが、ア行の「おり」であるべき。係り結び「こそ」

を受ける已然形である。「降りる」の語は、単に天界から地上に降りてくるというだけでなく、特に神懸り・託宣儀礼において勧請に応じて大将軍が降神することをいう。『梁塵秘抄』五五九「神ならばゆら〻さら〻と降りたまへ　いかなる神か物恥はする」の「降りたまへ」も降神を歌ったものである。天文本伊勢神楽歌「てんはくの哥」に「いやむらさきの八ゑ雲わけておりたまふ　いやてんはく御せんにあそひまいらん」（『伊勢神楽之研究』）のように、「降りたまふ」という文言で神を勧請する歌の例がある。中でも、山口県熊毛郡上関町祝島で四年に一度行われる神舞の夜戸神楽では「将軍」という曲目で、四人が刀を持って進み出て、「いやー、天よりも将軍殿こそ降りたまえ。楽の方より、おおづか原に、いやー神ぞまします」（二〇一六年調査。入江英親『海を渡る祭―祝島と国東別宮社の神舞―』にも）という神歌を歌う。本歌との関わりが深い。

あつらひめくり　これまでの先行注釈では難解句とされており、読み、意味ともに定まっていなかった。小西考は「あつら」を的山の「射垜（あづち）」と解釈し、荒井評釈が「射垜経廻り」で、的山の周りを回っての意、馬場のあたりで笠懸や犬追物のような射芸馬術神事が行われたことをいっているかと解釈した。荒井評釈は、田の畦を伝い巡るという意味で「畦伝（あつた）ひめぐり」という解釈にも言及している。大系は「勧ひ巡り」とし、四方を正し巡りの意とする。※萩谷は、「あつら」「ひめくり」を星神とし、「ひめくり」は太白星を指す「日巡り」のこと、「あつら」はアラビア語の「at.turaija」であるすばる星、もしくは、梵語で「ârdrâ」というオリオン座の三つ星のことかと解釈している。ここでは、「ありつちひめぐり」の誤写で、「阿律智」「日巡り」の二神をさすと考える。次項「もろともに」で述べるように、この語の後に続く「もろともに」は、主神である大将軍に二神が付き随って行動を共にすることを指していると解せられ、「あつら」「ひめくり」はそれぞれ独立した大将軍と性格を同じくする二神であると考えられる。類歌である伊勢神楽歌では、「あつちもひめぐりもろともに」と、「あつち」「ひめぐり」の間に「も」が入り区別されている。「ひめくり」は、萩谷が指摘するように、太白神の別名「一日巡り」のことであろう。『倭名類聚鈔』に「太白神和名比止比米久利」、平安時代の『陰陽雑書』に「太白方、謂一日廻也」とあり、太白神が「ひとひめぐり」と呼ばれていたことがわかる。「ひとひめぐり」が「ひめぐり」と呼ばれた例としては、『義経記』巻五「義経吉野山を落ち給ふ事」で吉野山にある堂宇を述べた箇所に「勝手ひめぐり、しき王子、さうけこさうけの明神」とあることがあげられる。この「ひめぐり」がおそらく「一日巡り」すなわち太白神のことであろう。太白神は陰陽道の神で、金星の精にして方位を司る遊行神であり、太白神のいる方が忌まれるなど大将軍と性格が近い。遊行の周期は、一月のうち一日に天から東方に下り毎日遊行するために「一日巡り」とよばれた。また、『簾中抄』に「太白一夜めくりと云」とあり「一夜めくり」とも呼ばれた。曽根好忠の『好忠集』には、「一ひめぐり」の題で、「わがひと日めぐりめぐりをせしほどにしらぎまひするとしはきにけり」（五七五）、「一よめぐり」の題で、「みちのひとよめくりかへしふゆとなほさへあるものぞいでたちもする」（五七六）という「一ひめぐり」「一よめぐり」を歌い込んだ「物名の歌」がある。これらの語を読んだ「物名歌」は『源順百首』や『恵慶法師集』にも見られる。また、『大和物語』八段には、男が通っていた女の許へ「今宵は方塞がりなので行けません」といいやったところ、女から、気の多い男を「一夜巡り」になぞらえて「逢ふことのかたはさのみぞ塞がらむひとよめぐりの君となれれば」という歌が返ってきたので、方塞がりにも関わらず女の元へ行きお泊まりになったという話がある（神作光一「平安朝文学における習俗語―「立ちながら」「ひとひめぐり」「ひとよめぐり」覚え書―」）。「あつら」には新たな説として「阿律智」をあげたい。「ら」は「ち」の誤写、「ありつち」の「り」が脱落したとみる。「阿律智」について書かれた最も古い文献は『簠簋内伝』である。「阿律智」もまた陰陽道の方角禁忌の神で、「阿律智神方　或云指神方」とあり「指神」ともいった。阿律智のいる方角は「此方者、万事凶也」とされたが、その方角は日によってかわり「子ハ五、丑ハ九ツ、寅ハ十、卯辰モ戌モ五ナリケリ、巳未ハ六トゾ云ル、亥モ酉十ナレバ午申ハ八ツ」と数える。子の日は、子の方（北）から順番に数えて五つめの辰の方が阿律智神の方位になる。平安時代に書かれた『陰陽雑書』には「阿律智神」の名はないが、「指狩方」に「子卯辰戌五、丑九、寅酉十、巳未六、午申八、亥七」とあり、この「指狩」が「指神」で、阿律智神のことと考えられる。陰陽道書では、『暦林問答集』、『吉日考秘伝』に「差神」、『三宝吉日』に「指神」が見える。また、『運歩色葉集』には「指神」、『大ざつしよ』（岩瀬文庫蔵）にも「さすかみの方の事」がある。いずれも、阿律智と同じ方角の数え方が記載されている。また『大蔵流虎明本狂言集』「引敷聟」には、聟「今日はさゆうに、さすがみが御ざあるに依てまはれ申さぬといふ」舅「まいのてがさすがみにはかまひ申まひ、左右へまはりてゆるりと御舞候へ」

という台詞があり、「さすがみ」の語が見える。『鴉鷺合戦物語』では、軍の評定の時に「後見の烏」が日や方角の吉凶について「指神斗賀神日塞り、これ又嫌ふべき方なり」といっている。「日塞り」と「指神」が並記されていることが注目される。阿律智については資料が乏しくなお史料を博捜する必要があるが、大将軍とともに降臨する二神として、「ひめくり」には、別名「一日巡り」の太白神、「あつち」には、別名「阿律智」の指神が有力な候補であると考える。

もろともに 揃って共に、の意。一緒に行動することを表す語。『梁塵秘抄』一六五に「昔の大王妙荘厳、古へ行ひせし故に、浄蔵浄眼もろともに、一仏乗とぞ聞き給ふ」とあり、妙荘厳王が二人の王子、浄蔵、浄眼と共に一仏乗の教えに入ったことを歌っている。「もろともに」の語は、中心になる者に他の二人が付き随って行動を共にすることを指すことがわかる。本歌も同様に、勧請されて大将軍と共に二神が天界から降りてくることをいっている。仏教絵画では、信仰の中心となる中尊を中央にして、左右に菩薩や明王などの脇侍が控えている構図を描くことが多いが、大将軍と付き従う二神を歌うのはそうした視覚的イメージによるものであろう。神仏を勧請して行う法会や祭祀では通常本尊となる曼荼羅や像が必要とされるから、大将軍を勧請する祭祀でも、大将軍の左右に二神が控えている構図の曼荼羅が実際に製作されて用いられた可能性がある。

をりあそふたまへ 降り遊うたまへ。「降臨して神懸かりしてください」と神に呼びかける文言。「をり」は「おり」であるべき。降神するの意。また「あそふたまへ」は、四段活用動詞「あそぶ」の連用形がウ音便化したもので、「あそうたまへ」と「う」で表記すべき。「おり」は「降神する」の意。「あそふ（遊ぶ）」は、大系・全集・新全集・完訳は「遊行する」の意ととっているが、託宣儀礼を伴う神楽においては神懸かりすることをいう特別な用語であり、ここでは「降神して神懸かりしてください」と呼び掛ける、降神儀礼の言葉と解釈すべきであろう。岡山県久米郡中央町（現、美咲町）両山寺の護法祭は、護法実に護法が憑くと、荒々しく境内を駆け回っては石の上で休み、また走り回ることを繰り返す。これを「護法様のお遊び」という（『両山寺の護法祭』）。備後の比婆荒神神楽では、神懸かる舞を「遊ぶ」という。たとえば、比婆地方の神弓祭では、荒神を始め在所在宅の神霊を当屋に勧請して「遊びおろ」して神託を得るという（岩田勝『神楽源流考』）。また、神楽では、神を勧請し神懸かりする時に神歌が歌われるが、その詞章にも

「遊ぶ」という語が見られる。「サラ〱トオレテ遊べヤ、アヤノマニ、ヤウ〱花ヲヤ、コウライノ御座」（秋田県由利郡岩谷村の御神楽「託宣」『霜月神楽之研究』）、「大乗ノ注連ノ間毎ニ遊ブ神　下リテモ遊べ　吾モアソブニ」（宮城県牡鹿郡の法印神楽『陸前浜乃法印神楽』）、「遊ビセイバヤ、何名本山荒神、遊ビヲロセヤ、荒神コーソ」（広島県旧奴可郡の神弓祭『神楽源流考』）など多くの降神の神歌に類似した表現が見られる。本歌の「降り遊ふ給へ」も降神儀礼に関わる表現であると考えられる。

【考察】

この歌は、陰陽道の神である大将軍を勧請して神懸かり託宣をする祭祀の場で歌われた、大将軍を勧請する歌である。大将軍には一日巡り（太白神）と阿律智（指神）が随神となって共に天から降臨する。

この歌の背景には大将軍信仰がある。大将軍信仰は、中国の道教思想に基づき日本で展開した陰陽道信仰で、奈良時代にはすでに流入されていた。大将軍は金星（太白）の精で、方位の神、この神のいる方角は塞がれるとして忌まれた。平安時代に貴族たちは「方違え」を行ったが、大将軍の方も厳重に忌避された。

「大しやう」は、陰陽道の祭祀の場に立てられた神の依り代のことである可能性が高い。「かはう」は、「が方」の可能性も残されてはいるが、類歌である伊勢神楽歌で「かはら」と歌われていることから、「河原」であろうと考える。平安時代陰陽道の祭祀は河原で行われることが多かった。

「あつらひめくりもろともに」は、『梁塵秘抄』一六五の「昔の大王妙荘厳　古へ行ひせし故に　浄蔵浄眼もろともに　一仏乗とぞ聞き給ふ」という用例から、「もろともに」は二人の人物が中心人物と行動を共にする場合に用いられた語であり、この場合も、勧請に応えて大将軍とともに二神が天界から降りてくることを表現している。そしてその神とは「一日巡り」と「阿律智」であると考える。「一日巡り」は、陰陽道の神、太白の別名である。太白は金星の精で、方位を司る遊行神である。一月のうちに十方を毎日遊行して方角がかわるので一日巡りと呼ばれた。『義経記』で吉野山の堂宇について「勝手ひめぐり、しき王子」（巻五「義経吉野山を落ち給ふ事」）とあることから「ひとひめぐり」が「ひめぐり」とも呼ばれていたことがわかる。『好忠集』、『源順百首』、『恵慶法師集』、『大和物語』などの歌にも詠まれており、方角禁忌の神として広く知られていたことが分かる。

一方、「阿律智」は、『簠簋内伝』に見える陰陽道の方角禁忌の神で、阿律智のいる方角は毎日かわり、万事凶とされた。「阿律智神方　或云指神方」とあり「指神」ともいった。平安時代の『陰陽雑書』には「阿律智神」の名はないが、「指狩方　子卯辰戌五、丑九、寅酉十、巳未六、午申八、亥七」とあり、これは『簠簋内伝』の阿律智神の項に書かれた方角の数え方と一致するので、この「指狩」が「指神」であり「阿律智」であったと見られる。『暦林問答集』、『吉日考秘伝』、『三宝吉日』、『大ざつしよ』、狂言「引敷聟」などに、「差神」「指神」「さすかみ」の記述がある。「一日巡り」も「阿律智」も、大将軍と同様に陰陽道の方角禁忌の神であり、大将軍に付き随って勧請に応えて降臨する神にふさわしい。大将軍はこの「一日巡り」「阿律智」の二神を従えて降神するのである。

平安時代、大将軍を勧請して行う代表的な陰陽道祭祀には「大将軍祭」があった。大将軍祭について、若杉家に伝わる陰陽道祭祀を記した『文肝抄』には次のようにある。「大将軍十二座魚味撫物鏡神像一鋪長三尺　或説云向在方可祭云々　是謬説也　雖何年可向北方也　又精進之由有説　尤可用件説也　親父仰　遷幸移徙幷其方解謝時祭也」この記述によれば、大将軍祭は天皇の遷幸や移徙、大将軍の方角にかかった時の「解謝」（神を祀って祟りを祓うこと）の際に行われた。祭壇は一二座で、鏡、そして長さ三尺の神像一鋪を掛けて設えられたという。『兵範記』保元三年（一一五八）八月二日条には、高倉殿の新造にあたり鎮祭事が行われたという記事がある。鎮祭事には、七十二星鎮、大鎮、王相祭、土公祭等とともに大将軍祭も行われており、大将軍祭には「奉懸形像一鋪、一幅図絵、有御鏡、安机置前」とあって、この時は大将軍の神像一幅が掛けられたという。京都市上京区にある大将軍八神社には平安時代以降の八〇体の大将軍神像が現存しているが、大将軍祭で用いられた像を奉納したものと言われている。また絵図の方は、恐らく大将軍神の絵像で、大将軍の隣には脇侍として一日巡り、阿律智の二神が描かれていたのではないだろうか。法会の本尊として掛けられる曼荼羅にそのような構図のものが多いからである。

「をりあそふたまへ」という語は、現在も地方神楽の、神降ろしをして神懸かり・託宣をする場で生きている歌の言葉である。『梁塵秘抄』の「神ならばゆらヽさらヽと降りたまへ　いかなる神か物恥はする」（五五九）の「降りたまへ」も同じく降神を歌ったものである。神楽において「降りる」は勧請して天界から地上に降神すること、「遊ぶ」

は降神した神が憑坐に憑き神懸かりをした状態になることである。「サラ〳〵トオレテ遊ベヤ、アヤノマニ、ヤウ〳〵花ヲヤ、コウライノ御座」（秋田県由利郡岩谷村の御神楽「託宣」）、「乗リ遊ベヤ、ハヤ乗リ遊べ、カリクラニ、ヨキカリクラニ、人ニナ告ソ〳〵」（島根県穏岐郡隠岐島大〆神楽『神楽と神がかり』）、「大乗ノ　注連ノ間毎ニ遊ブ神下リテモ遊べ　吾モアソブニ」（宮城県牡鹿郡の法印神楽）、「正（招）じる神たちのり倉嫌うな、のりあそべ、のり倉きらうな、のりうつれ、あそびし給えば、東方しよど浄土からよりござれ」（高知県香美郡物部村いざなぎ流「たくせんの舞降し」『いざなぎ流　祭文と儀礼』）など当歌と類似した表現が各地の神楽の降神儀礼で見られるのである。

　地方の神懸かりをする神楽には、広い地域に「将軍」という曲が存し、最後の演目として行われている。そして、しばしばこの曲で神懸かりや託宣が行われた（石塚尊俊「西日本諸神楽の祖型模索」）。山口県岩国市美和町釜ヶ原の山鎮神楽では「天大将軍」の演目で、「天大将軍」が大弓を持って激しく舞い、天蓋と作り物の龍蛇を落とす間に神懸かりして神職が米占による託宣の結果を氏子に伝えたという。広島市阿佐南区沼田町の阿刀神楽では最後の「将軍」の段で、将軍が弓で四方を射た後狂い舞をし、最後に天蓋につってあった米を突くとたちまち倒れて失神したという。これを「死に入り」といい神霊が降臨したものとする。山口県熊毛郡上関町祝島の神舞の夜戸神楽では、最後の「将軍」の演目で、「いやー天よりも将軍殿こそ降りたまえ」と歌う。今は行われていないが、かつては神懸かり託宣が行われたのであろう。こういった歌の歌われた場を見ると、この今様が大将軍を勧請して神懸かりをし、祈願をする祭祀の場で歌われたものであることは明らかであろう。

　山下克明「院政期の大将軍信仰と大将軍堂」によれば、院政期には大将軍信仰が平安京の市井の人々の間にも浸透し、個人の病の原因までも大将軍の祟りによるものとされるようになった。『殿暦』永久二年（一一一四）六月二五日条に、「先斎院此両三日不例御、而自申許重悩給、而間彼自大将軍祟由示給也。是件大将軍堂有此南、仍今夜忩可令他所給也。内府家云々」とあり、前斎院の正子内親王の病が重くなり、自ら大将軍の祟りであることを示したため、南に大将軍堂があることから内大臣邸に移ったという。また、十二世紀初頭成立の『東山往来』第一〇状「巫女妄指レ祟増レ悩状」には、少女が病気になり、乳母の女房が「巫女」に占わせたところ、病気の原因は「大将軍ノ祟」であると言い、病は一層重くなった。そこで験者に加持をさせると、大将軍が託宣して「我心也」と語ったという。大将軍の禁忌を犯さなかったのに、なぜ祟りがあるのかと問うと、師僧は近代の偽巫女が妄言で神の祟りだと言えば神が取り憑いて病を重くさせると述べたとある。また、『東山往来拾遺』第三九状「灸治ノ時神祟ヲ不レ可レ被ニ焼籠一状」は、家の雑使が病気になり「神母ノ女」が来て「鼓」を叩くと、大将軍が「件所労、我大将軍之所為也」と託宣し、灸で焼き込めてはならぬと言ったという。いずれも、病気の際に巫女や験者が占ったり加持祈禱をしたりして大将軍の託宣を得たことがわかる。託宣を受けた後のことは書かれていないが、大将軍の祟りによると分かれば、大将軍の像や絵図を作り、それを本尊として大将軍を勧請し鎮め祓う祭祀が行われたのであろう。特に『東山往来拾遺』の記事から、平安時代後期には、大将軍の神を降ろし鼓を打って託宣を行う「神母ノ女」（巫女）の存在が浮かび上がってくる。時代の下る例になるが、『栗太志』に、「この村の天大将軍は殊に託宣の奇瑞多い神であつた。雨乞其他の願事に必ず此社に湯神楽を上げ、巫媼を雇つて神の仰を窺ふに、曽て当らなかつたことはない。其の祭を俗に問湯と云ひ、久しい昔からの慣例であつた。巫女は大宝村霊仙寺より頼んで来るが、同じ巫女によつても、此神のみ託宣の奇瑞が著しいといふ」（「栗太郡治田村渋川、天大将軍の問湯」）とあることを、本田安次が紹介している（『本田安次著作集』六巻「湯立神楽資料」）。巫女が湯神楽をあげて「天大将軍」の神降ろしをして託宣を得たとある。大将軍は陰陽道の神であるが、霊威ある託宣神でもあった。『梁塵秘抄』二六六にも「めでたく現ずる」神と歌われている。本歌はその表現から大将軍を勧請する歌であると考えられるが、必ずしも陰陽道祭祀「大将軍祭」の場で歌われたとは限らず、むしろ巫女や修験者といった民間宗教者による私的な祭祀の場で歌われた可能性が高い。この今様の歌い手も、大将軍の神を降ろし託宣をした巫女などの民間宗教者が考えられよう。

【参考文献】

石塚尊俊「西日本諸神楽の祖型模索」『西日本諸神楽の研究』（慶友社、一九七九年）
岩田勝『神楽源流考』（名著出版、一九八三年）
入江英親『海を渡る祭―祝島と国東別宮社の神舞―』（慶友社、一九七五年）
牛尾三千夫『神楽と神がかり』（名著出版、一九八五年）
神作光一「平安朝文学における習俗語―「立ちながら」「ひとひめぐり」「ひとよめぐり」覚え書―」（『東洋学研究』三一号、

一九九四年）
加茂正典『日本古代即位儀礼史の研究』（思文閣出版、一九九九年）
五味文彦「今様を謡い、歩く」（『なごみ』二一巻七号、二〇〇〇年七月）→※五味
小坂眞二『安倍晴明撰『占事略決』と陰陽道』（汲古書院、二〇〇四年）
斎藤英喜『いざなぎ流　祭文と儀礼』（法蔵館、二〇〇二年）
佐々木聖佳「日本の大将軍信仰と神懸かりの歌」（『日本歌謡研究』五六号、二〇一六年一二月）
萩谷朴「梁塵秘抄今様歌異見」（『国語と国文学』三三巻二号、一九五六年二月）→※萩谷
二上山鎮守護法祭記録保存委員会・中央町教育委員会編『両山寺の護法祭』（二上山鎮守護法祭記録保存委員会、一九八〇年）
本田安次「陸前浜乃法印神楽」『本田安次著作集』四（錦正社、一九九四年〔初出一九三四年〕）
本田安次「霜月神楽之研究」『本田安次著作集』六（錦正社、一九九五年〔初出一九五四年〕）
本田安次「伊勢神楽之研究」『本田安次著作集』七（錦正社、一九九五年〔初出一九八八年〕）→※本田
山下克明「院政期の大将軍信仰と大将軍堂」『平安時代陰陽道史研究』（思文閣出版、二〇一五年）

二七〇

永池健二

【影印】

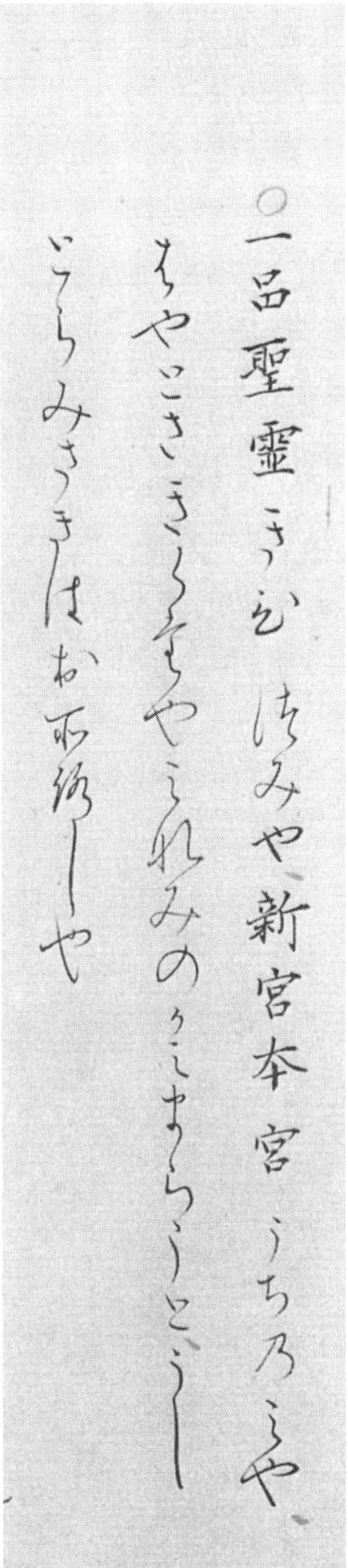

【翻刻】

○一品聖霊きひつみや、新宮本宮うちのみや、
はやとさきくたやみなみのかみまらうと、うし
とらみさきはおそろしや

【校訂本文】

○一品聖霊吉備津宮(きびつみや)　新宮本宮内(うち)の宮(みや)　はやとさき
北(きた)や南(みなみ)の神客人(かみまらうと)　艮(うしとら)御先(みさき)はおそろしや

【校訂】

くたや　→　きたや　「く」は「き」の誤字。上の「き」をくり返すおどり字を「く」と誤写したか（誤写類型Ⅰ）。

【類歌・関連歌謡】

・東の山王おそろしや　二宮客人の行事の高の御子　十禅師山長石動の三宮　峯には八王子ぞおそろしき（二四三）
・王城東は近江　天台山王峯のお前　五所のお前は聖真子　衆生願ひを一童に（二四七）
・貴船の内外座は　山尾よ川尾よ奥深吸葛　白石白鬚白専

女　黒尾の御先は　あはれ内外座や（二五二）

【諸説】

※先行諸注すべて本歌を備中国一宮吉備津神社のことを歌うものとする。

一品聖霊　「一品吉備津彦命　備中」（長寛勘文、小西考）、「一品は当社吉備津彦命が一品の神位を授けられた故に言ひ」「聖霊は神聖なる御霊の意で、御魂の神識を尊敬した語」「清滝宮勧請神名帳に「吉備津彦聖霊、備中国」」（荒井評釈）、「一品の位を保ち神聖な御霊を祀る、の意か」（全集・新全集・完訳）、「一品は一位の神階」「「聖霊」は死者の霊に対する尊称。ここでは一品の位を有する神の意で、「吉備津宮」の修飾語」（榎集成）、「聖霊は、死者の霊、ここは神。吉備津彦聖霊」（新大系）、「「聖霊」は死者の霊魂、つまり神のこと」（全注釈）。

きひつみや　諸注すべて「吉備津宮」として、備中国一宮の吉備津神社をあてる。「備中国　賀夜郡　吉備津彦神社、（延喜式巻十）」（小西考）。

新宮本宮うちのみや　「本宮孝霊帝　本殿吉備津武彦　岩山地主神　内宮孝霊帝后　新宮吉備津彦（国花万葉記巻十三）」（小西考）、「新宮は吉備津彦、本宮は孝霊天皇、内の宮は孝霊天皇の后を祀る」（古典全書）。荒井評釈は「あまの子すさび」、「本宮は孝霊天皇、内宮は開化天皇、新宮は崇神天皇、吉備津姫の岩山の神社。本殿は吉備津彦命。是を伊佐世利彦の命と名づく」を引き、『国花万葉記』をも掲げるも、藤井駿の来書の指摘に従って、「五所大明神」の中で、新宮は吉備津武彦、本宮は大吉備津彦命の御父、孝霊天皇、内宮は大吉備津彦命の后、百田弓矢比売命とする。

はやとさき　「隼人埼—豊前国企救郡、隼人神社」（小西考）。荒井評釈は、五所大明神の岩山宮に相当するかとする藤井来書の推測説をとらず、『神社啓蒙』に「雲州諸社造木偶人、称隼人」とあるのを引いて、「身分の低い御伴の神の隼人神で、他社では狛犬の代りに垣におく木偶人の神である」とし、あるいは、製鉄に関わる神かともいう。

くたやみなみのかみまらうと　「藤井来書」に「南北の随神門、正宮に至る南北の参詣道に、正宮に近く二門あり」「北なるを北随神門と云ひ、一に北門客神と称す」「南なるを南随神門と称し、一に南門客神と称す」とあるに拠り、「北随神門、南随神門に居る北門客神、南門客神を言ふ」（荒井評釈）。以下これに従う。

うしとらみさきはおそろしや　「鬼門の鎮守であらう」（小西考）、「正宮の艮の隅に鎮座す。祭神は温羅命と王丹の二神なりと伝ふ」（「藤井来書」）に従う（荒井評釈）。「本殿の丑寅の隅（鬼門）鎮座の守護神にたる艮御前の神は恐ろしいことだ」（大系）など、諸注ほぼこれに従う。

【語釈】

一品聖霊　一品の神階を授与され聖霊とあがめられる神、即ち吉備津神社の主神吉備津彦命を敬していう。「山陽道備之中刕（ママ）一品聖霊吉備津彦大明神」（吉備津神社蔵「備中吉備津宮縁起」）。一品は「親王の位階の第一位」（『日本国語大辞典』）をいうが、ここでは神に授与された位階の最高位をいう。吉備津神社蔵元禄一三年（一七〇〇）書写の別本「備中吉備津宮縁起」に「御代々帝王ノ、奉ルレ崇レ之、贈リ二一品之号ヲ一、名ク二一品吉備津彦宮ト一」とあり、同社蔵の縁起の別本（成立時期未詳）は、「大日本国仙陽道備中国一品吉備津彦明神縁起」と題されている。『日本文徳天皇実録』仁寿二年（八五二）二月条「丁巳。特授二備中国吉備津彦命神四品一。列二於官社一」、同八月「辛酉。四品吉備津彦命神奉レ充二封廿戸一」、『日本三代実録』清和天皇貞観元年（八五九）正月の条に「廿七日甲申。京畿七道諸神進レ階及新叙。惣二百六十七社。奉レ授二淡路国無品勲八等伊佐奈岐命一品一。備中国三品吉備都彦命二品」云々、『長寛勘文』に「天慶三年（筆者注—九四〇）二月一日丁酉。有二諸神十三位記請印事一。去承平五年（筆者注—九三五）依二海賊事一祈二申十三社一故也。一品吉備津彦命。備中正一位熊野速玉神。熊野坐神。已上紀伊」云々とある。承平天慶年間の海賊藤原純友の乱の鎮撫を受け、祈請のあった一三社に昇叙があり、前掲のごとく二品だった吉備津彦命に一品を、従一位熊野速玉神、正二位熊野坐神の両神に共に正一位を授与した事を記すものである。一位、二位の叙階と一品、二品の称号とは明らかに区別されており、品位の称号が通常の位階を越えた格別のものであったことを示している。なお、吉備津神社所蔵の文書には、「陽成天皇、元慶二年（筆者注—八七八）五月癸卯、一品に除（ママ）し給ひぬ」（「備中吉備津宮修造勧進状」）、「元慶二年五月丁酉、奉授一品」（「備中大吉備津宮略記」）などとあるが、『日本三代実録』などの史書ではこれを確認できない。「聖霊」は死者の霊魂などを敬していう仏語であるが、ここでは後述のように主神吉備津彦命が人皇七代孝霊天皇の皇子であったという伝承を踏まえ、人身でありながら、死して後、「神」となった「人神」であるというその出自と霊威の強大さを強調した尊称であろう。すべての人が死後神となるわけではないから、先行注で「死者の霊、ここは神」（新大系）、「死者の霊魂、つまりは神のこと」（全注釈）などとするのは不適切である。「聖武皇帝時、被レ送二自筆心経ヲ一、奉レ贈二聖霊明号ヲ一」（「備中吉備津宮縁起」）、「吉備津聖霊　備中国賀陽郡」（「清瀧宮勧進神名帳」）などとあるのに対して、吉備津神社の神以外の一般の神格を「聖霊」と呼んだ事例は管見の限りでは見出すことができない。「一品聖霊」とは特に吉備津宮の主神吉備津彦命の神格と霊威とを称えて用いられた固有の称号であったとみなすべきであろう。

きひつみや　吉備津宮。『延喜式』神名帳、備中国一八座、賀夜郡四座の中に「吉備津彦神社名神大」。「吉備津」の名を負う神社は、ほかにも吉備の中山の東麓に鎮座する備前国一宮、吉備津彦神社があり、備後国にも同名の社があったが、ここは、「新宮本宮うちのみや」などの詞句から、同じ吉備の中山の西麓に位置する備中国一宮、現・吉備津神社を指すものと見なければならない。主神は「大吉備津彦命」（あるいは吉備津彦命）。人皇一〇代崇神天皇の時、四道に派遣された将軍の中、西道に派遣された吉備津彦命（『日本書紀』）といい、第七代孝霊天皇の皇子「比古伊佐勢理毘古命」（又の名を大吉備津日子命）とも伝える（『古事記』）。五世紀から八世紀にかけて吉備地方一帯に勢力を伸ばした豪族吉備氏の氏神を祀る社として成立展開し、その後西国を鎮護する勢威ある軍神、鎮守神として朝廷の尊崇を受けたものである。一品聖霊と称されたことは前述の通り。

新宮本宮うちのみや　新宮本宮内の宮。今日、吉備津神社の五所大明神と称せられる諸神の中、主神たる吉備津彦命を祀る正宮（正殿）と地主神たる岩山宮を除く三所の神々をいう。「社家説云、本宮孝霊帝本殿より南三町　本殿吉備津武彦　岩山地主神本殿より巽七町余　内宮孝霊帝后同上　新宮吉備津彦本殿より南十町」（『国花万葉記』巻一三）、「本宮南面、所祭之神今二座、孝霊天皇・妃倭国香媛命、亦祭神」「内宮北面、御社一宇孝霊天皇之婦人之神、妃倭国香媛命之御霊魂奉斎也」「新宮西面、御社一宇、三社造也、内陣者弥陀三尊也、両部習合之社也」（以上、「備中吉備津宮五社明神記」）などとあるように、江戸時代までは、本社は吉備の中山の山上から西の裾野一帯に広大な社地を有し、この三所の明神も、距離を距てて独自の社殿を構えていたことが知られるが、明治末年に新宮と内宮の社殿は廃され、共に回廊の南端に祀られる本宮の社殿に合祀されている（『藤井来書』）。江戸時代中期以前のものと推定される吉備津神社蔵の境内絵図（山陽カラーシリーズ『吉備津神社』所収）の一には、吉備の中山の西麓に南北に広がる広大な社域の右上段の本宮のさらに右の上手奥の山中に十幾つの環状の列石を描き、「内宮石」と記している。これが内宮の旧祉であろう。その祭神については、前掲のように、本宮、内宮、新宮にそれぞれ主神吉備津彦命の父神、母神、御子神をあてるのが一般的であるが、「内宮者、彦命之婦人也」（「備中一品吉備津彦明神縁起」）とする別伝や「新宮御宮ノ西ノ山麓ニ丑刁御前奉崇」（「備中吉備津宮縁起」）、「この社は人皇第七代孝霊天皇第三の皇子吉備津彦の命崇神天皇の御宇四道将軍の内西道将軍是也十七也（ママ）の帝仁徳の草創にして五社の神殿を建給ふ本宮は孝霊天皇内宮は開化天皇新宮は崇神天皇吉備津姫の岩山の神社本殿は吉備津彦命是を伊佐世利彦の命と名づく」（「あまの子すさび」）などといった異伝もあり、定まらない。

はやとさき　未詳。藤井駿は、荒井源司宛書簡において五所大明神の一、岩山宮に相当するかと推測するが（荒井評釈）、藤井自身が指摘しているように、「備中吉備津宮縁起」を始めとする縁起、古記類にはその推定を裏付ける徴証は見出せない。荒井評釈が、白井宗因の『神社啓蒙』の「雲州諸社造木偶人、称隼人」の記事を引いて「身分の低い御伴の神の隼人神」や「狛犬の代りに垣におく木偶人の神」かと推測するのは、根拠が薄弱でそのままには従えない。しかし、「備中大吉備津宮略記」所載の「年中行事」の正月二一日の記事に刑罰始めの「庁所開」として庁在所の前に「藁もて作れる人形」をつなぎ、「梅のえたをもて、人形の首をうたせ、首刎るまね」をする行事が古くはあったことを記す。こうした人形を「隼人」と称した例があったかどうか、当社だけでなく諸国の事例を広く見てみる必要があろう。

きたやみなみのかみまらうと　北や南の神客人。今日、北に面して立つ神社本殿の正面に続く参道に北随神門が、本殿の西側から本宮まで長く続く南北の廻廊の途次、本殿の左後ろ、未申の位置に南随神門が立つ。この二門を守る門神をいう。吉備津神社の本殿たる正宮に至る南北の参詣道に二門あり、「北なるを北随神門と云ひ、一に北門客神」「南なるを南随神門と称し、一に南門客神」（荒井評釈所載、藤井駿書簡）の指摘に従うべきである。神域の結界を守る門神であり、「門客神」あるいは、「門客人」と書いて「かみまらうと」と称していたのであろう。「北門官（ママ）人二所、本地薬王薬上、表折伏門、南門官（ママ）人二所、本地薬王薬上也、表備受門」（「備中吉備津宮縁起」）、「南御門客神」「北御門客神」（「備中大吉備津宮略記」）。前掲「境内絵図」の南北の随神門の所には「門客人」と注記されている。

うしとらみさき　艮（丑寅）御先。ウシトラは鬼門とされる方位の艮（東北）。「汝ヲ殺害セムト為ル者ハ家ノ丑寅ノ角ナル所ニ隠レ居タル也」（『今昔物語集』巻二四―一四）、「此の日域の叡岳も、帝都の鬼門に峙ちて、護国の霊地也」（『平家物語』巻二「座主流」）などとあるように、東北の方を、陰悪の気が集まり、悪鬼が出入りする鬼門とする陰陽道の考え方は、この時期すでに定着していた。ミサキは大神の使者神や非業の死を遂げて御霊となった凶魂など多様な意義を持つが、ここでは、有力な大神の下にあってその「御使はしめ」として神に代わって霊威を奮う祟り神、悪神をいう（→二四五【語釈】「かみのみさき」参照）。御先、御前、御駆、御崎などと表記。「神の御先の現ずるは」（二四五）「黒尾の御先はあはれ内外座や」（二五二）。「備中大吉備津宮略記」等によれば、吉備津彦明神を祀る正宮内には「六所御前」あり、内二所、「東笏御前」と「西笏御前」は内殿前部に祀られて「神殿出入の威儀を守り給ふ神」とし、残る四所をそれぞれ艮、乾、巽、坤の四方の御前社とし、「艮御前社、正殿前左隅小祠是也（祭神温羅命、同御弟王丹）、乾御前社（祭神温羅命児、揚祟同弟神共）以上二所宮守之神」と記す。吉備津神社の本殿は、古来北向きであることで知られているが、その「北向なる事のもと」として「略記」はまた、「大命より五代のよつきのうま子、加夜臣奈留美命」が、「祖の社とゝて（ママ）、かの祭殿のことに、艮のかたに、向神殿を作りて、大命のあらミたまをうつし祭り」と記す。艮御先は、「ウシトラオンザキさま」と呼ばれ、今日も北向の本殿入口の外陣の左隅に祀られている。なお、この艮御前社には温羅と王丹の二神を祀るとされるが、その温羅とは、吉備津彦命によって征伐された荒ぶる鬼神の名で、後降って守護神になったとも、その首が日夜鳴動したために地中に埋めてその上に湯釜を置いて祀ったのが御釜殿であり、鳴釜の神事の始まりとも伝える。艮御先は、単に四方神というだけではなく、吉備津の大神の神威を代わって発現し、その霊威を信じ祀り従うものには福徳をもたらし、逆らう者には神罰を下す荒ぶる悪神だったのである。

吉備津神社本殿入り口左手の丑寅の隅にまつられている艮御前社

おそろしや　「おそろし」は、神仏の霊威霊験に対する激しい畏怖、讃仰の心をいう。「や」は詠嘆を表す間投助詞。「東の山王おそろしや」（二四三）、「不動明王おそろしや」（二八四）（→二四三【語釈】「おそろしや」参照）。ここでは吉備津彦の大神に代わって祟なす悪神艮御先の霊威に対する畏怖を歌いあげる。

【考察】

本歌は、「一品聖霊」と謳われた霊神吉備津彦明神と、その下で神威をふるった境内外の諸神たちを数えあげ、その霊威を畏怖し讃嘆したものである。【語釈】で述べたように、新宮、本宮、内宮の三所は、本殿（正宮）からかなり離れた地に別宮を構えて祀られていた。吉備中山の山上から裾野の山麓一帯は、有力な神を祀る諸社が点在して独自な聖空間を形成していたのである。

吉備津宮＝吉備津彦明神だけが「一品聖霊」という格別の尊号をもって称せられた理由については、少なくとも二つの事実を押さえておく必要があろう。一には、吉備津彦明神の前身を人皇第七代孝霊天皇の皇子伊弉池利彦命（五十狭芹彦命）あるいは吉備津彦命とし、崇神天皇御宇に諸国の夷族の謀反を鎮めるために四道将軍を派遣された中に、彦命は西道将軍として吉備国に赴き暴虐を尽くしていた鬼神を平らげて吉備国を平定し、死後、吉備国の祖神として祀られたと伝える社伝縁起の存在である。親王にのみ与えられる一品、二品の位階が淡路島に鎮座する伊佐奈岐命と共に当社に与えられたという『日本三代実録』貞観元年（八五九）正月の条の記事や、勧請すべき神々の名を掲げるにあたって、「吉備津彦聖霊」を天照大神と八幡三所大菩薩という皇室の祖神に次いで、賀茂下上大明神や春日四所明神より上位に置く「清滝宮勧請神名帳」の記事は、本神もまた皇室の祖神に準ずるような格別の神格をもって遇されていた事実を伝えるものであろう。「聖武皇帝ノ時、被レ送二自筆心経ヲ一、奉レ贈二聖霊明号ヲ一」（「備中吉備津宮縁起」）という記事も、それが史実であるかどうかはともかく、本宮が尊貴の皇子の死後の聖霊を祀る皇室ゆかりの神格として格別の尊崇を受けてきた事実を物語るものであろう。

二には、吉備国が古代国家の統治において占めていた地政上の重要性である。吉備は、陸路においても海路においても西国と畿内を結ぶ往還の要路であり、人も物資もこの地を経ずしては京へと至ることはできなかった。それはこの地が畿内を守る軍事的な要衝であったことをも意味している。『長寛勘文』「天慶三年二月一日丁酉。有二諸神十三位記請印事一」の記事に、「去承平五年依二海賊事一祈二申十三社一」として、「一品吉備津彦命備中」をその第一に掲げ、正一位熊野速玉神や熊野坐神より上位に置いているのは、本社が西国鎮撫の要としてその総鎮守的性格をもっていたことを示していよう。

神々への畏怖と信仰を歌う、神分編の神歌としての本歌の表現の位相をより深く捉えるためには、同様の表現構造を持つ次の二首の歌と比較してみる必要があろう。

・東の山王おそろしや　二宮客人の行事の高の御子　十禅師山長石動の三宮　峯には八王子ぞおそろしき（二四三）

・貴船の内外座は　山尾よ川尾よ奥深吸葛　白石白鬚白専女　黒尾の御先は　あはれ内外座や（二五二）

それぞれ日吉山王権現と貴船明神とを歌うこの二首の神歌はその表現の位相において奇妙なほどよく似ている。前者ではまず「東の山王おそろしや」、後者では「貴船の内外座は」とまず大神の名を掲げて以下に続く歌の内容と性格を明示し、続いて大神の下にあって霊威を奮う摂社末社の神々を列挙し、末尾はまた「八王子ぞおそろしき」、「黒尾の御先は　あはれ内外座や」と共に初句の要句を繰り返して結んでいる。こうした共通した表現構造によって描き出しているのは、山王権現や貴船明神という大神とその下にある神々たちの霊威が一体となって作りあげている濃密な宗教的世界であり、その世界の核として怖るべき霊威によって人々の心を震撼させる祟りなす悪神、「八王子」や「黒尾の御先」の存在なのである。

初句と末句の対応こそないが、「一品聖霊吉備津宮」とまず大神の格別の神格を称揚し、以下その下に祀られている諸神を一つひとつ歌いあげていく本歌の構造も、右の二首の歌と共通している。新宮、本宮、内の宮、あるいはハヤトサキ、南北の随神門の門客神。そこに歌われた神々は、それぞれ独自の神格と霊威によって、吉備の中山の山麓一帯に濃密な霊威に満ちた聖空間を形づくり、末尾の「艮御先はおそろしや」は、そうした聖空間の中核にあってその霊威をもっとも怖れられた艮御先に対する畏怖を歌いあげる。それは同時にまた、吉備津宮全体の怖るべき霊威をも称揚するものである。末尾の「おそろしや」の一句は、そのまま本歌の全体に響くものと解されねばなるまい。

では、この怖ろしき艮御先とは、一体何物でどのような神であったのか。「おそろしや」と名を怖れられたその霊威とはどのようなものであったのか。

吉備津神社蔵の「備中吉備津宮縁起」や「備中大吉備津宮略記」、「備中吉備津宮御釜殿等由緒記」や、「巌夜鬼城記」「窟屋之記」等の諸縁起類の伝えるところによれば、吉備の大神の前身、吉備津彦命によって退治された鬼神「温羅」（その名を「剛伽夜叉」などともいう）こそ、死後祀られて艮御先の神となったのだという。

その所以については、縁起によって異同があるが、元禄一三年（一七〇〇）の年記を持つ「備中国吉備津宮縁起」などをもとにまとめてみると次のごとくである。

昔、大唐白斉国帝皇、悪行によって秋津島に流され、備中国賀陽郡阿曽郷に城郭を構えて鬼の城と号し、吉備津冠者と称した。冠者は、城の丑寅の角の大石に座して紅扇でもって西国よりの貢船を招き寄せ、また城の丑寅の麓に炊殿を建てて日次の供饌を巻き揚げ、西国よりの調物をことごとく押領するなど暴虐を重ね、往還の人々を悩ませたので、都の王臣たちは評定して人皇第七代孝霊天皇の皇子伊弉池利彦命を四道将軍の中の西道将軍に任じて追討の軍を派遣した。彦命と吉備津冠者とは対峙して相譲らず、相互に弓を採って矢を放つと矢は虚空で喰い合い海中に落ち入って勝負が決しなかった。そこで命は一計を案じ、一度に二矢を放つと一矢は中空に喰い合ったが一矢は冠者の身に突き立った。傷付いた冠者が雉に変じて山に隠れると命は鷹に変じてこれを襲い、魚に変じて海に逃げると鵜と変じて、これを喰らったため、冠者は遂に降伏し、己が「吉備津」の名を彦命に献じ、世にありては大将軍となりて凶賊を退け、世を去りては霊神と現れ給え。さすれば自ら使者となって末世永劫まで衆生に賞罰を加えんと誓ったという。

「備中吉備津宮縁起」はさらに続けてこう記す。

　御釜鳴動此謂也、誠答二衆生願望一、令レ知二物善悪一事、
　日本无双霊神不レ可二勝計一、則丑刁御前、是也、

降伏した冠者は、吉備津大神の使神となってこれに仕え、御釜の鳴動によって衆生の願望に答え、物の善悪を知らしむる無双の霊神となって現れた。これが即ち「丑寅御前」（うしとらみさき）だというのである。上田秋成の『雨月物語』「吉備津の釜」で知られ、今日も名高い吉備津神社の鳴釜神事において御釜の鳴動によって神意を発現する神が鬼神温羅の性霊であり、それが即ち「丑寅御前」にほかならないことは、「備中吉備津宮御釜殿等由緒記」にも次のように具体的に記されている。

　鳴動御釜者、温羅之性霊也。温羅謂二彦命一曰、吾為二末世衆生一、毎レ有二祈願一化、為レ鳴レ釜、日別之備二御供一、守二天下之武将一、可レ成下就祈願一、則丑寅御崎是也、阿曽売二人（鬼城下依レ為二阿曽村之老女一名曰二阿曽売一）、詣二明神一者、欲レ試二祈願之善悪一、奠二粢盛於竈前一、祝唱畢、焼レ薪、則鳴動吉也、若不レ鳴凶也、固霊験新而、垂二奇瑞於万世一、上自二王公一、下至二庶民一、無レ不レ崇レ之矣、

鳴釜の神事に奉仕する巫女は、今日も「阿曽女（あぞめ）」と呼ばれている。その阿曽女は、かつては、鬼城のすぐ下の村、賀陽郡阿曽村（現総社市）出身の老女が選ばれて務めていたのである。この巫女阿曽女の起源について、「備中吉備津宮略記」はまた、興味深い伝承を伝えている。

　一夜、大命の御夢に、温羅命みへてうけひてのうすやうハ、吾妻阿曽姫、御竈殿にて、御食かし仕へまつる、もし国の中に、事おはしまさは、大命ミ竈の前にきませ、さちあらば、ゆたけく鳴、まか事侍らは、うたて

気になり侍らむと聞へまして、夢ハさめさせ給ひぬとなん、これなん、御竈御かしきの事のもとなりといへり（中略）中山の拤に、丑寅の方に向はせて祭殿を作り給ひて、天津神彼方を守り給へと仰せて、此国の諸神たちをこゝに御あへし給ひ、忌瓮をすゑて禰き給へは、鬼はこと〱まつろひて、風も音せぬはかり、なこし給ふ

吉備津彦明神の霊威の核をなす鳴釜神事や艮御先、あるいは北向きの正殿の由来などが、すべて征服された荒ぶる鬼神温羅＝吉備津冠者の伝承と深く結び付いて展開したことがわかる。これらの伝承を伝える諸縁起類の成立は、いずれも中世以前に遡ることができない。鳴釜神事の成立も平安時代まで遡らせることは難しいようである。しかし、「艮御先はおそろしや」と歌われた艮御先に対する強烈な畏怖心の背後に、そうした鬼神温羅のごとき荒ぶる悪神に対する信仰が存在した可能性は、踏まえておく必要があろう。

なお、今日も備中地方には「みさき（御前）」の神を祀る御前神社が数多く分布し、その中には、川上郡備中町の長谷や高岩地区の鎮守社のように「艮御崎」を祀るものも少なくない。三浦秀宥の『荒神とミサキ―岡山県の民間信仰―』によれば、これらの多くは、吉備津神社の「丑寅御崎」を勧請したものであるという。祟り神ウシトラミサキに対する信仰は、今日もなお生きているのである。

【参考文献】

藤井駿「藤井来書」（荒井源司宛藤井駿書簡）荒井源司『梁塵秘抄評釈』（甲陽書房、一九五九年）
藤井駿・坂本一夫 山陽カラーシリーズ17『吉備津神社』（山陽新聞社、一九八〇年）
三浦秀宥『荒神とミサキ―岡山県の民間信仰―』（名著出版、一九八九年）

二七一

佐々木聖佳

【影印】

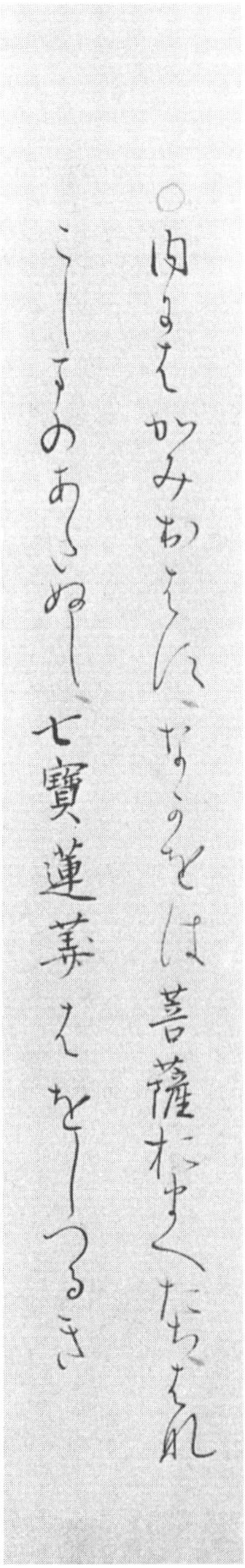
○内にはかみおはすなかをは菩薩おまへたちはな
こしまのあたぬし七寶蓮華はをしつるき

【翻刻】

○内にはかみおはす、なかをは菩薩おまへたち、はなこしまのあたぬし、七宝蓮華はをしつるき

【校訂本文】

○宇治には神おはす　中をば菩薩お前たち　橘小島のあだぬし　七宝蓮華は　鴛鴦剣

【校訂】

内 ↓ 宇治　原文に「内」とあるが、諸注「宇治」とするのに従う。

菩薩おまへたち、はなこしまの ↓ 菩薩おまへたち、たちはなこしまの　先行注釈は「、」の位置の間違いと見て「菩薩おまへ、たちばなこしまの」とするが、「、」の位置は正しく「たちはなこしま」の「たち」が脱落したと見る（↓【語釈】参照）。

【諸説】

内　諸注、山城国宇治のこととする。「内」に「宇治」をかける（新大系）。

かみ　一般名詞の神ととらえ、次に列挙する神々をさすとする（荒井評釈・大系・全注釈・※奥村）、「橋姫社」か（小西考）、「宇治上神社」か（全集・新全集・完訳）、「離宮明神（離宮八幡）」（今の宇治上神社と宇治神社）（榎集成・新大系・全注釈・※奥村）。

なかをは　「中ほどをば」（大系・全集・新全集・完訳）、「朝日山の中にあるので言つた」（荒井評釈）、「三殿の中央に」（新大系）。

菩薩おまへたち　諸注、「菩薩おまへ」で切るが、佐佐木（注・岩波文庫）は「「菩薩御前達」か「菩薩御前橋小島」か」とする。宇治離宮社の「八幡大菩薩」（荒井評釈・大系・全集・新全集・完訳・新大系・全注釈）、「県神社の聖観音」（※奥村）。

はなこしま　諸注「橋小島」の字を宛て、宇治川の「橋小島の崎」のこととする。「宇治川河岸から続いた出州」（全集・新全集・完訳）、「宇治橋の下流にあった小島」（榎集成・全注釈）。

あたぬし　「県主」か（佐佐木注・岩波文庫・小西考・全集・新全集・完訳）、「県宮」か（荒井評釈）、「県神社祭神の木花之咲久夜毘売命」（※奥村）、「婀娜主」で「橋姫」をさす（評解・大系・新大系）。

七宝蓮華　「七宝でできた蓮の華」（大系・全集・新全集・完訳・榎集成・全注釈・荒井評釈）、「宇治川の波を言ったか」（新大系）。

をしつるき　諸注、未詳とするが、大系が「鴛鴦の剣羽」で雄の両側にあるいちょう葉の形の羽のこととする。「川の七宝の蓮華はおしどりの剣羽のように美しい」（大系）、「鳳凰堂を極楽浄土に見立て、宇治川の波を言ったか」（新大系）、「県神社祭神の木花之咲久夜毘売命がお座りになっている蓮台の蓮弁は美しい鴛鴦の羽の形をしている」（※奥村）。

【語釈】

内　山城国の宇治。宇治は『日本書紀』では「莵道」と表記されることが多く（『日本書紀』神功皇后摂政元年三月、仁徳天皇即位前紀、天智天皇四年一〇月、天武天皇即位前紀等）、「うぢ」と呼ばれたが、『和名類聚抄』には「宇治宇知」とある。また、古事記歌謡五〇・五一では「宇治の渡り」に「宇遅能和多理」という漢字を宛てており、古代には濁らずに「うち」と発音される場合もあった。『大日本地名辞書』「宇治郡」の項には、『和名類聚抄』の用例をあげ、「蓋、内の義にて三方山を限り一面水あり、其中の地なればなり」と述べる。ここでも「内」は「うち」と読み「宇治」の意に解釈する。宇治の聖空間の内という意味で、「宇治」と「内」の意が懸けられているか。

かみおはす　宇治を守護する神がおいでになる。「神」が何を意味するかについては諸説がある。荒井評釈は、固有の神ではなく一般名詞と解釈し、以下にあげられる菩薩、橋小島のあだぬしなどを宇治の神として列挙する歌ととらえている（大系・全注釈・※奥村も）。しかしこの説はとらない。菩薩、あだぬし、七宝蓮華、鴛鴦剣は神ではなく、それぞれが宇治や平等院に関わる事物であると解釈するからである。固有の神社や神をさすとする説では、橋姫社かとする説（小西考）、宇治郷の鎮守社である宇治上神社かとする説（全集・新全集・完訳）、離宮明神（現在の宇治上神社と宇治神社）とする説（榎集成・新大系・全注釈・※奥村）

があるが、ここでは、宇治を守護している神という意から、宇治の地主神である宇治離宮社の神をさしていると解釈する。宇治離宮社は、上社（現在の宇治上神社）と下社（若宮。現在の宇治神社）の二社一体の神社で、古くは「菟道宮」（『日本書紀』）、「宇治神社」（『延喜式』）と呼ばれたが、平安時代には「宇治離宮」と呼ばれるようになった。宇治離宮明神が記録にあらわれる早い史料は、『百錬抄』『扶桑略記』の治暦三年（一〇六七）一〇月五日条で、後冷泉天皇が宇治平等院に行幸した際に「離宮明神」に位階が授けられている。宇治離宮社は本来は宇治郷の鎮守社であったが、平安時代後期には藤原摂関家の庇護のもとに平等院の鎮守社として位置づけられるようになっていく。

なか　宇治の聖なる宗教空間の中心、の意。先行注釈では、荒井評釈が「朝日山の中に、か」としているが、大方の先行注釈では「三座の中央に」の意に解釈する。その上で、宇治離宮明神の上社の祭神の一つである応神天皇（八幡大菩薩）が三座の中央に祀られていることから、「菩薩おまへ」は応神天皇（八幡大菩薩）のことだとされてきた。しかし、次項で述べるように、古くから応神天皇が祀られていたという確かな証拠はない。『梁塵秘抄』における「なか」の用例を見てみると、本歌以外に、五九、七〇、一二七、一七九、二〇四、二五〇、二六七、三四一の八例があり、内の意（例、五九「無数の衆生そのなかに」）、男女の仲の意（例、三四一「父や母の離けたまふなかなれは」）、中央の意（例、二六七「大梵天王はなかのまにこそおはしませ」）の意味がある。中でも、「忉利は尊きところなり、善法堂には未申、円城樹より丑寅に、中には喜見の城たてり」（二〇四）は、忉利天の中央に喜見城があることを歌っており、この場合の「なか」はある空間の中心であることを意味している。本歌の「中」も「中心」の意にとり、宇治の聖なる宗教空間の中心という意に解釈したい。具体的には、極楽浄土の中心である宝楼、そして宝楼を象った平等院鳳凰堂を指していると考える。

菩薩おまへたち　「菩薩」は観音菩薩、勢至菩薩のような仏に次ぐ崇拝対象で、衆生を救おうと修行する者のことをいう。「おまへ」は尊称。先行注釈では、多くが宇治離宮明神の上社に祀られる三座の一、応神天皇（八幡大菩薩）のことと解釈している。しかしここでは応神天皇（八幡大菩薩）説はとらない。『延喜式』や『伊呂波字類抄』には「宇治神社二座」とあるが、二座の祭神のうち一座は地主神の菟道稚郎子、もう一座には母親である矢河枝比売説もあり、必ずしも応神天皇（八幡大菩薩）が祀られていたとは限らない。また、八幡神の称号は「菩薩」ではなく「大菩薩」である。『日本文徳天皇実録』斉衡二年（八五五）九月六日条には「佐保天皇御世尓大菩薩乎知識尓奉レ唱天奉レ造給倍利」とあり、八幡神を「大菩薩」の尊称で呼ぶようになったことが記されている。『梁塵秘抄』二六一にも「淀の渡りに船うけて迎へたまへ大菩薩」とあり、石清水八幡宮の八幡神に対し「大菩薩」と呼びかけている。以上の点から、本歌の「菩薩」が応神天皇（八幡大菩薩）であるとは考えられない。また、※奥村は、県神社の「聖観音」説をとるが、県神社の聖観音が今様にとりたてて歌われるほど有名だったとは考えにくく、またなぜ「観世音」でなく「菩薩」と歌うのかという疑問が残る。『梁塵秘抄』の「菩薩」の用例は、妙音菩薩、弥勒菩薩など仏名につくものを除くと全九例あるが、そのうちの五首は、釈迦説法の場に大地の割れ目から湧出し、釈迦に頭をなでられて滅後の法華経流布を託された無数の菩薩をさしている（二二五、二二六、一四六、一四七、一四八）。本歌の「菩薩」も、特定の仏をさすのではなく、極楽浄土の諸菩薩をさしていると解したい。浄土思想では、往生の時、阿弥陀仏が来迎して衆生を救いとって極楽浄土に導くと考えられているが、阿弥陀仏に伴って音楽を奏しながら現れるのが諸菩薩である。この今様の「菩薩おまへ」は、極楽浄土の諸菩薩のことであり、具体的には、諸菩薩を彫刻で表した平等院鳳凰堂の雲中供養菩薩像や、諸菩薩に扮して舞う「菩薩舞」をさしていると考えたい（→【考察】参照）。原本には「菩薩おまへたち、はなこしまの」とあって、「菩薩おまへたち」の後に朱点がある。先行注釈では、「菩薩おまへ」を応神天皇と解釈するため、「菩薩おまへ、たちはなこしまの」とあるべきところ「、」をつける位置を誤った、とみるが、諸菩薩であれば「菩薩おまへたち」である可能性も考えるべきである。『梁塵秘抄』には「地より湧きつる菩薩たち」（二二五）、「地より出でたる菩薩たち」（二二六）のように、諸菩薩を「菩薩たち」と歌う用例がある。ここでは、朱点の位置は正しく、「菩薩おまへたち、たちはなこしまの」となるべきところ「たちはなこしま」の「たち」を書き落としたと見たい。その場合、『梁塵秘抄』原本における朱点が当初からのものかどうかが問題となるが、古谷稔が後白河院の自筆であると考証した上野学園日本音楽資料室所蔵「梁塵秘抄断簡」にも、同様の朱点が施されている（「伝久我通光筆『梁塵秘抄断簡』と後白河法皇の書」）。また、この断簡の朱点について飯島一彦が、穂久邇文庫蔵「梁塵秘抄断簡」や西本願寺蔵「梁塵秘抄断簡」にも同様の朱点が付されていることを指摘し、「発声する際にどこで息を切るか、どこが意味の切れ目か、どこまでが一まとまりであるか、等を示す記号である」と述べている（「新出の『梁塵秘抄』今様断簡について」）。天理図書館蔵『梁塵秘抄』の朱点も発声する上で重要なもの、恐らくは息継ぎをあらわすもので、当初から付されていたと考えられるだろう。

たちはなこしま 宇治平等院の東北、宇治川にあった橘小島。原本には「菩薩おまへたち、はなこしま」とあり、前項「菩薩おまへたち」で述べたように、「、」の位置は正しく、「たちはなこしま」の「たち」が脱落したと見る。橘小島は、『古今和歌集』に「いまもかもさきにほふらむたちばなの小島の崎の山吹の花」（巻二・春下・よみ人しらず・一二一）の歌で知られ、歌枕として有名である。また、平安時代以降宮中の陰陽道祭祀「七瀬祓」の行われる場所でもあった。「七瀬祓」は毎月、京の都の境界にあたる七箇所の川辺で祭祀を行い、天皇の厄を負わせた人形を川に流すというもので、七瀬のうちの一つが橘小島である。境界となる場所であったことがわかる。所在地は、これまではっきりしなかったが、原田敦子が、『雲州往来』、覚一本『平家物語』巻九「宇治川先陣」など橘小島の出てくる文献を詳細に検討し、平等院側から突きだした崎のようにして存在した小島ではないかと推定した（『古代伝承と王朝文学』）。筆者も、橘小島は宇治川の左岸、平等院のある岸に近い位置にあったと考える。『兵範記』保元三年（一一五八）一〇月一七日条の後白河院が平等院に参詣した際の記事に「釣殿前、自石橋下、経小嶋上、臨河畔、新構篩台、為船寄」と記され、平等院本堂の釣殿の前の石橋の下のすぐ近くに「小嶋」があり、その川岸に新たに篩台を造って船寄としたことがわかる。また、室町時代に書かれたとされる平等院最勝院所蔵「平等院境内古図」には、平等院本堂の釣殿のすぐ前の宇治川の中に小さな島が描かれている。絵図には「鹿嶋」と書かれているが、場所からいってこの島が橘小島だったのではないだろうか。この二つの史料から、橘小島は平等院の釣殿の前にあった小島で、船で宇治川を渡り平等院に行く際に船寄せとした場所であったと想定される。

あたぬし 不詳。「婀娜主」で遊女のことか。従来「あだぬし」には二説がある。一つは、平等院の鎮守社、県神社の祭神、「木花開耶命」（木花之咲久夜毘売）のことで、「あがた（県）」の「が」が脱落したとする説（佐佐木注・岩波文庫・小西考・荒井評釈・全集・新全集・完訳・※奥村）。また、志田延義（評解・大系）は、「あた」に「婀娜」という漢語を宛て、「なまめかしい女神」という意味で橋姫神社に祀られる宇治の橋姫をさすとする（新大系も）。しかし、県神社も橋姫神社も、前項で考証した橘小島の位置からは離れた場所にあり、「橘の小島」との関係についても明らかではない。改めて「あた」について考えてみると、やはり有力なのは「婀娜」であろう。「婀娜」は、『文選』曹子建の「洛神賦」に「華容婀娜、令二我忘一レ飡」とある言葉で、前田本『色葉字類抄』では「婀娜（タヲヤカナリ）　又ヤマメク　美女分　アタ」と説明されている。平安後期の『玉造小町子形衰書』（東京大学蔵）に「婀娜腰支、誤楊柳之乱春嵐」とあるなど主として漢文での用例があり、美しい女性のなまめかしい風情を形容するのに用いられている。「ぬし」は『梁塵秘抄』五六二「打ち立つる正の鼓の初声は　まづたからぬし受け納めたべ」に「たからぬし」の例がある。また『土佐日記』承平五年（九三五）正月二〇日の「これをみてぞ、なかまろのぬし」など人に対して用いられた例もある。「あた」が、「婀娜」だとすると、「婀娜主」で遊女をさす可能性がある。宇治と遊女については、長治元年（一一〇四）九月一六日から二五日まで、藤原忠実が湯治で宇治に滞在し、「アソヒ」五、六人を呼び遊興している（『殿暦』）。また、『雲州往来』一〇月一一日の「右京大夫藤原」から「源少納言殿」に差し出された書状に、遊女が宇治の川遊びに呼ばれ、今様を歌い被物を賜ったとある。「たちはなこしま」の項で述べたように、橘小島は船を差し止める場所であったから、橘小島に船を差し止めた遊女の姿を歌ったものかと考えられる。また、「あだ」を「徒なり」の「徒」ととることもできようか。【考察】で述べるように、この今様は元永元年（一一一八）閏九月二二日に行われた十種供養と関わる歌だと考えられるが、『中右記』にはこの十種供養の時に右大臣源雅実が遅参し、皇太后や関白、僧侶らを待たせて船でやってきたとある。船着き場でもあった橘小島に一人遅れて下り立った右大臣を揶揄し、「いいかげんな人」の意で「徒主」と呼んだという可能性も考えられる。

七宝蓮華　七宝、すなわち『無量寿経』でいう金・銀・瑠璃・玻璃・硨磲・珊瑚・瑪瑙からなる蓮華。極楽浄土に咲く花である。『梁塵秘抄』では二五三に「近江の湖は海ならず　天台薬師の池ぞかし　何ぞの海　常楽我浄の風吹けば七宝蓮華の波ぞ立つ」とあり、この歌をふまえて荒井評釈は、宇治川の波をいったかとしたが、この説はとらない。「七宝蓮華」は、浄土三部経の一つである『観無量寿経』の「宝池観」に見られる。『観無量寿経』は極楽往生して浄土に生まれるための方法を説くもので、仏や浄土を思い浮かべる一三の観想法が記されているが、その一つに、蓮華が咲く七宝の池を想い描く「宝池観」があり、「極楽国土ニ有八池水一。一一池水七宝所成。其宝柔軟従ニ如意珠王一生分為ニ十四支一。一一支ニ作七宝色一。黄金為レ渠渠下皆以ニ雑色金剛一以為ニ底沙一。一一水中有ニ六十億七宝蓮華一。一一蓮華団円正等十二由旬」と記されている。極楽浄土の池の水の中に六〇億の「七宝蓮華」があり、蓮華は完全な円形で、一二由旬の大きさがあるという。衆生は命が終わる時、菩薩の持ちきたる蓮華に乗ってたちどころに極楽に至り、宝池にとどまり、罪障が消えたら蓮華の花が開くと考えられているが、宝池の蓮華はこの往生人の蓮華である。

は　係助詞ではなく終助詞と解する。終助詞の「は」は文末にあって感動をあらわす用法で、「はも」のように他の助詞を伴うことが多いが、平安時代には単独で名詞につく例も見られる。「北のかた、そひて、さぶらひ給は」(『源氏物語』「紅梅」)、「いかゞはせんは」(『伊勢物語』一五段)などの用例がある。『梁塵秘抄』二五二「貴船の内外座は　山尾よ河尾よ奥深吸葛　白石白鬚白専女　黒尾の御先は　あはれ内外座や」の歌の「御先は」の「は」は、この詠嘆の終助詞と考えられる。これを係助詞ととると、「黒尾の御先は」が「あはれ内外座や」の主語ということになるが、「あはれ内外座や」の句はこれまで列挙されたすべての神を受けていると見るべきである。本歌の「は」は、従来係助詞と考えられたために、「七宝蓮華」と「をしつるぎ」が主述の関係にあるとみられて解釈が難解であったが、「は」を詠嘆の終助詞と考えれば、「七宝蓮華」と「をしつるぎ」は並列の関係で、他の語と同じように列挙されていることになる。

をしつるき　鴛鴦剣。「をしつるき」は従来、未詳とされてきた。大系が「鴛鴦剣」の漢字を当て、「雄の鴛鴦の剣羽のことか」とする。しかし、なぜ鴛鴦の剣羽が歌われるのかについては明確な説明がない。ここでは、中国語でいう「鴛鴦剣」を訓読みしたもので、雄剣、雌剣の雌雄一対の霊剣をさすと解釈したい。劉光輝の教示によれば、中国では今も「鴛鴦剣」と呼ばれる剣があるという。雌雄一対で一つの鞘に納められた形の剣で、『三国志演義』で劉備が持つ「雌雄一対剣」も中国では「鴛鴦剣」と認識されているという。「鴛鴦剣」の名が見えるのは清の乾隆五六年(一七九一)刊行の小説『紅楼夢』である。「鴛鴦剣」は二振りの剣が一つの鞘に収まった剣で、それぞれの剣に鴛と鴦の字が刻まれており、家伝来の宝として肌身離さず持ち歩くものだ、と説明されている(第六六日)。この形の「鴛鴦剣」は古くはさかのぼれないが、「雌雄剣」と呼ばれる一対の霊剣は古代中国より存在した。六世紀頃までの中国の名剣を網羅して記述した梁時代の陶弘景（孝建三年〔四五六〕―大同二年〔五三六〕）の著『古今刀剣録』に、後燕の慕容垂建興元年（三八六）に作られた二刀が見える。「一雄一雌隷書。若別処之、則鳴」とあり、雄と雌の一対の刀で別の場所に置くと「鳴」と説明されている。雌雄剣で古来有名なのは、『孝子伝』、『呉越春秋』などで広く知られる「眉間尺」説話にでてくる干将莫邪の雌雄剣である。『孝子伝』四四の眉間尺説話は、「干将は楚王に命じられ雌雄一対の剣を作るが、雄剣だけを王に渡した。しかし、剣匣の中の剣が「鳴」いたために、雌雄剣の片方であることがわかって殺される。母から雌剣を託された眉間尺は父の復讐を果たす」という内容で、「引き離されると鳴く雌雄一対の剣」が重要な役割を果たしている。こうした雌雄剣（刀）の伝承は、中国の鴛鴦に対するイメージとも結びついていると考えられる。晋の崔豹が著した『古今注』にも「鴛鴦水鳥鳧類也。雌雄未嘗相離。人得其一、則一思而至死。故曰疋鳥」（巻中「鳥獣」）とある。鴛鴦は雌雄が離れず、人が一方を得たらもう一方は相手を想い、死に至るとされている。また、中国には「鴛鴦盞」「鴛鴦被」「鴛鴦瓦」など一対の物を言うのに「鴛鴦」の語を冠する独特の用法が唐時代にはあったので（『大漢和辞典』各項）、「鴛鴦剣」という語も本来は固有名詞ではなく「一対の剣」という意味の熟語であったと考えられる。眉間尺説話は、日本にも伝わり、『今昔物語集』九、『注好選』上、『太平記』一三、『曽我物語』四などで広く知られていたが、日本で独自に増補された箇所もある。『今昔物語集』では、王に献ぜられた剣が鳴く箇所で「此ノ剣、定メテ夫婦二ツ有ラムカ。然レバ一ヲ恋テ鳴ル（筆者注、鳴クか）也」とあり、雌雄剣が「夫婦」の剣で相手と離れたのを恋いて「鳴」くと説明されている（巻九―四四「震旦莫耶、造剣献王被殺子眉間尺語」）。また『太平記』には、「此二ノ剣精霊暗ニ通ジテ坐ナガラ怨敵ヲ可レ滅剣也」、「其雌雄二ノ剣ハ干将鏌鎁ノ剣ト被レ云テ、代々ノ天子ノ宝タリシガ、陳ノ代ニ至テ俄ニ失ニケリ」という表現があり、雌雄剣が怨敵を滅ぼす霊剣で、中国の天子が代々受け継ぐ宝だったが失せてしまったという記述がある（巻一三「兵部卿宮薨御事 付干将莫耶」）。日本に伝来した最も古い雌雄剣と考えられるのは、東大寺の正倉院御物であった陽宝剣と陰宝剣である。長らく所在不明だったが、近年、大仏の膝下に埋められていた二振りの剣がこの陽宝剣、陰宝剣であったことが判明した。また、天皇が即位する際に神器とともに授受される「大刀契」の中に、百済から献上されたといわれる「護身剣」「将軍剣」と名付けられた二振りの霊剣がある。これら以外にも、源家伝来の宝剣「髭切」と「膝丸」（『平家物語』屋代本、百二十句本、『源平盛衰記』「剣巻」）、四天王寺の物部守屋の頸を落としたと伝える「丙毛槐林刀」と「卿毛槐林刀」（『顕真得業口決抄』）など、雌雄剣・陰陽剣の伝承が見られる（↓【考察】参照）。

【考察】

この歌は、平等院を中心とする宇治の宗教空間を歌った今様である。宇治は宇治離宮社と平等院の神仏が守護する聖なる宗教空間であり、その中心には平等院鳳凰堂がある。今様で歌われる菩薩、極楽浄土の七宝蓮華、霊力をもつ鴛鴦剣、そして橘小島は、いずれも平等院鳳凰堂に関わるものであり、おそらくは、元永元年（一一一八）閏九月二二日に鳳凰堂を舞台にして行われた十種供養の場の情景を歌ったものであろうと考える。

平等院は、永承七年（一〇五二）に藤原頼通が父道長から相続した宇治別業を仏寺に改めて創建した寺院である。『後拾遺往生伝』には、「児童歌」に「極楽不審久者宇治乃御寺乎礼へ（極楽いぶかしくは宇治の御寺をうやまへ）」と歌われたとあり、当時の人々にとって平等院はこの世で見られる「極楽」の寺であった。頼通は、平等院だけでなく宇治川や対岸をも含めて、宇治の地に「観無量寿経」で描かれた極楽浄土を再現する宗教空間を作り上げた。『扶桑略記』康平四年（一〇六一）一〇月二五日条の記事に、藤原寛子が平等院に多宝塔を造営したときの供養願文がある。藤原寛子は藤原頼通の娘で、永承五年（一〇五〇）に入内、後冷泉天皇の皇后となり篤い寵愛を受けたが、後冷泉天皇が治暦四年（一〇六八）に亡くなると同年に出家、後半生は仏事に明け暮れた。宇治で過ごすことが多く、多宝塔や堂を寄進し、数多くの法会を営んだ。願文には「平等院者。水石幽奇。風流勝絶。前有三一葦之渡二長河一。宛如レ導二群類於彼岸一。傍有三二華之畳二層嶺一。不レ異下積二諸善一而為上レ山。是以改二賓閣一兮為二仏家一。廻二心匠一兮構二精舎一。爰造二弥陀如来之像一。移二極楽世界之儀一」とある。杉本宏はこの願文について、極楽世界の儀を移した鳳凰堂（精舎・弥陀如来之像）を彼岸とし、宇治川（長河）を境界とし、群類が住む、仏徳山・朝日山（二華之畳層嶺）のある対岸を此岸とする、空間への意味づけがあると指摘する（『宇治遺跡群』）。近年、奈良文化財研究所が宇治上神社の本殿の年輪年代測定を行った結果、建てられたのは一〇六〇年代であることがわかり、宇治上神社の造営は平等院創建と一連のもので、藤原頼通が造営したと考えられるという。宇治川を挟んで、宇治離宮社と向かい合う位置に平等院鳳凰堂がある。その間には宇治川があり、参詣者は平等院本堂の釣殿で下船し本堂へ渡った。橘小島が平等院の釣殿の近くにあったことは【語釈】で考証したが、橘小島は彼岸と此岸を結ぶ境界に位置するといえる。

平等院鳳凰堂は、藤原寛子の願文に「極楽世界の儀を移す」とあるように、阿弥陀如来の極楽浄土を具現した建物である。鳳凰堂は、中堂と左右の翼廊、尾廊の建築物からなる水上の楼閣で、内陣に阿弥陀仏が安置されている。阿弥陀如来の仏後壁には極楽浄土図、四方の壁に極楽往生図が描かれ、天蓋は七宝、須弥壇は螺鈿によって荘厳されていた。壁の上部には、本尊の阿弥陀仏と同じく定朝の工房で造られた五二体の雲中供養菩薩像が掛けられており、衆生の臨終の時にさまざまな楽器を奏して阿弥陀如来と共に来迎する諸菩薩をあらわしている（和澄浩介「平等院鳳凰堂雲中供養菩薩像にみる定朝工房の諸相」参照）。平等院鳳凰堂は『観無量寿経』に描かれた極楽浄土を現世にかたどったものである。『観無量寿経』は、平安浄土教において重要視された浄土三部経の一つで、阿弥陀仏の極楽浄土を示し、極楽往生してこの浄土に生まれるための行法を説いている。『観無量寿経』に説かれた仏の世界を視覚化したものに「当麻曼荼羅」「観経曼荼羅」があるが、その構図は曼荼羅の中央に大きく阿弥陀仏と諸菩薩が描かれ、後ろには大きな宮殿と左右の小さな宮殿からなる宝楼、宝楼の前の池には舞台が設えられており、池には船、鴛鴦、孔雀等の鳥、蓮華と童子などが見えるというものである。この蓮華は『観無量寿経』の宝池観で説かれる、極楽浄土の池の中で開く六〇億の「七宝蓮華」である（「一一水中、有六十億七宝蓮華」）。鳳凰堂とその前の池は、こうした浄土曼荼羅に描かれたような極楽浄土のイメージを象って造形された建物である。

元永元年（一一一八）閏九月二二日、平等院鳳凰堂では藤原寛子により十種供養の法会が営まれた（『中右記』『殿暦』）。十種供養は、『法華経』の「法師品」に基づき、華や香、瓔珞、伎楽などの十種をもって仏を供養することで、多くは如法経書写の経供養の時に行われた。如法経とは、経典を料紙迎え、水迎え、写経、供養、納経など一定の法式で書写するもので、経典は主に法華経である。（以上、吉田清「如法経会」、竹田和夫「鎌倉時代の経供養行為について―十種供養を中心に―」等参照）この時も『中右記』に「御経供養了」「供養一乗妙典」とあり、法華経供養のための十種供養だったと考えられる。この時の様子を『中右記』の記述に従ってみていくと、鳳凰堂の四角に宝幢をかけ、池に龍頭鷁首を浮かべる。蓮華や水鳥、鶴や鵁鶄、桜花、紅葉を作って、隙なく水上に浮かべ岸辺に立てる。持幡天童二人、菩薩一二人、迦陵頻六人、胡蝶六人、舞人楽人が舞台を経て堂の前に進み、供具を供え、菩薩舞、鳥舞、蝶舞を奉納する。導師が礼盤に着くと楽が奏され経供養が始まる。供養が終わると饗饌となり太平楽、地久などの舞楽が舞われた。主催した藤原寛子と関白藤原忠実は、鳳凰堂の池を挟んだ正面に小御所をしつらえ、そこから眼前で行われる法会を見ている。鳳凰堂の中に金色の阿弥陀仏が見え、池には蓮華や鳥などの造り物が浮かび、その前の舞台では菩薩たちの舞が行われている。この位置から見る法会は「観経曼荼羅」の描く極楽浄土そのものであったろう。この時池に浮かべられた「蓮華」が何で作られたものかは『中右記』には書かれていないが、金、銀などで細工されたきらびやかな物であったろう。見る者には、極楽浄土の池の「七宝蓮華」とうつったに違いない。「菩薩舞」は、「胡蝶舞」「迦陵頻舞」と共に平安時代の舞楽四箇法要に見られるもので、平等院でも一切経会で毎年舞われている（斉藤利彦「一切経と芸能―平等院一切経会と舞楽を中心に―」）。しかし一切経会では六人の舞であるのに対して、この時は、左右一二人の菩薩が出て、瓔珞や塗香などの供具を捧げ持って仏前にお供えをし、左右にわかれて菩薩舞を舞うという大がかりなもので、人々の目にはことに印象深かったに違いない。本歌の「七宝蓮華」「菩薩お前たち」とは、この十種供養の時に人目を奪った作り物の蓮華と、舞を舞った一二人の菩薩たちを歌ったものではないだろうか。

では「鴛鴦剣」はどうか。「鴛鴦剣」もまた、十種供養の時に経典や経筒とともに仏前に供えられ供養されたのではないかと考える。従来難解語句とされてきた「をしつるき」が「鴛鴦剣」のことで、雌雄一対の二振りの霊剣をさすと考えられることについては【語釈】で考察した。『古今刀剣録』には後燕の慕容垂建興元年（三八六）に作られた二刀について「一雄一雌隷書。若別処之、則鳴」とあり、眉間尺説話に見られる干将莫耶の雌雄剣も、離されると片方を恋いて鳴いたという。雌雄一対の剣は霊剣であるとともに、夫婦の愛情を象徴する剣でもあった。

日本における雌雄剣（鴛鴦剣）の最も古い例は、正倉院御物の陽宝剣と陰宝剣である。陽宝剣・陰宝剣は、『国家珍宝帳』で「御大刀」の部の筆頭に「陽宝剣一口」「陰宝剣一口」と書かれている剣である。出蔵されて所在が不明だったが、明治期に大仏の膝下にあたる金銅蓮華座の下に掘られた穴から出土し「東大寺金堂鎮壇具」として国宝に指定されていた二振りの剣が、この「陽宝剣」「陰宝剣」であったことが二〇一〇年の元興寺文化財研究所の調査で判明した。この剣は、光明皇后が天平勝宝八歳（七五六）六月二一日の聖武天皇七七忌日に、亡き夫を供養するために東大寺大仏に献上したものである。剣の出蔵は、聖武天皇が亡くなった三年後の天平宝字三年（七五九）一二月二六日であるが（『出蔵帳』）、同じ日に、聖武天皇から光明皇后に贈られた「封箱」や念珠など、聖武天皇との思い出のこもる品や供養具も持ち出されており、一方、真珠やガラス玉、熟年男性の歯などが陰宝剣・陽宝剣と共に出土した。陽宝剣・陰宝剣は、光明皇后が夫であった聖武天皇の菩提を弔い供養するために、聖武天皇の建立した大仏の宝前に埋納したものと考えられる（森本公誠「金堂鎮壇具と『国家珍宝帳』の「除物」」、内藤栄「宝物献納と蓮華台蔵世界海―「陽剣」・「陰剣」銘太刀をめぐって―」、森郁夫・薮中五百樹『鎮めとまじないの考古学　下　鎮壇具からみる古代』）。雌雄剣は霊剣であるだけでなく、隔てられた夫婦が相手を恋い求めて鳴くという「鴛鴦」伝承をまとう夫婦の愛を象徴する剣でもある。死によって隔てられた天皇を思慕し供養するのにふさわしい剣であり、光明皇后もそのことを知っていて大仏の宝前に埋納したのであろう。藤原寛子もまた後冷泉天皇の菩提を弔うのに、光明皇后になぞらえて雌雄剣を使用したのではないだろうか。

　後冷泉天皇の忌日法要は摂関家で毎年行われたが、山田彩起子「四条宮藤原寛子の摂関家における位置」によると、その背景には藤原寛子の存在が考えられるという。寛子は、後冷泉天皇の死から二九年後になる承徳元年（一〇九七）四月一九日には、京極殿の御堂で「後冷泉院御国忌」のために五十講の法会を行っている。また平等院の宝蔵には経典、書物、楽器など藤原摂関家の宝物が納められていたが、この中に後冷泉天皇の遺品もあったことがわかっている。一つは元興寺という琵琶（福山敏男「平等院の経蔵と納和歌集記」）、もう一つは後冷泉天皇の「昼御座御剣」である（『時信記』天承元年［一一三一］二月一八日条）。平等院宝蔵から物を出し入れする権利は忠実と寛子にあったので（山田前掲論文）、後冷泉天皇の遺品を持ち出し、宝蔵に納めたのは寛子であったと考えられる。天皇の遺愛の品を蔵に納めたのは光明皇后に倣ったのであろう。十種供養が行われた元永元年（一一一八）は、後冷泉天皇が亡くなってから五〇年の御遠忌の翌年である。寛子自身も九〇歳を迎えようとしている。如法経を修して、後冷泉天皇の菩提を弔い自らの極楽往生を祈ったと考えられる。雌雄剣もまた光明皇后に倣って、後冷泉天皇の供養のために十種供養で供えられたのではないだろうか。

「橘小島のあだ主」は、橘小島に船を着けた者の姿であろう。「橘小島」は【語釈】で述べたように、平等院本堂の釣殿付近にある宇治川の小島であることを考察した。『兵範記』保元三年（一一五八）一〇月一七日条に「釣殿前、自石橋下、経小嶋上、臨河畔、新構篣台、為船寄」とあり、橘小島は、宇治川を下って来た人が、船を差し止める場所で、そこに下り立って平等院に入っていく場所であったことがわかる。誰が下り立ったのかが問題となるが、法会を見物に着た遊女だった可能性が考えられるのではないだろうか。元永元年閏九月二二日の十種供養は、藤原寛子が後冷泉天皇の菩提を弔い、自らの極楽往生を願って、極楽浄土の再現を思わせる大法会であった。結縁を求める群衆が大勢集まったに違いない。『本朝世紀』久安五年（一一四九）五月一三日条の如法経供養の時は「結縁道俗」が「如ㇾ雲如ㇾ霞」であったという。このような法華経結縁のために集まった群衆の中には、賀茂川や淀川から来た遊女もいて、船を橘小島に差し止めて見物したのではないか、と考えられる。

宇治には神がおいでになって、宇治を見守ってらっしゃる。その中心は平等院鳳凰堂である。鳳凰堂では今しも十種供養が営まれている。橘小島に人が下り立ち、池には七宝蓮華が浮かんで、菩薩達が舞を舞い、極楽浄土がそこに現れる。そして一対の霊剣、鴛鴦剣が奉納される。推測の域を出ない箇所もあるが、この今様は、多くの人々に強烈な印象を与えた、元永元年の十種供養の時の情景を描いたものであろう。そうであるとすると、「神」というのも、もう一つ意味をもつように感じられる。この歌の「神」は、宇治の守護神という意味で、宇治と平等院の守護神である宇治離宮社の神をさしているが、それだけでなく、十種供養の中心にいた藤原寛子を暗にさしているのではないだろうか。『中右記』康和四年（一一〇二）一二月三日条に、「彼太后仰者、定如氏明神」という表現がある。藤原忠実が心中に祈請をして寝ると夢の中に太后寛子が現れ、悲嘆した。寛子の仰せは「氏明神」の仰せだという。藤原寛子は後冷泉天皇の皇后という高貴な身分だったというだけでなく、父頼通や伯母彰子らに直に接して藤原摂関家の全盛期を過ごし、故実に深く精通していた。忠実の談話を書き留めた『中外抄』『富家語』を見れば、関白藤原忠実が四条宮寛子を敬い、折に触れ故実を尋ねたり、判断を仰いだりしていたことがわかる。寛子の没後も「四条宮故実」を先例とした。宇治に住んで篤い信仰に生き、頼通時代の故実に通じて藤原家を見守ってきた寛子は、藤原家における「氏明神」のごとき存在であった。この歌の「神」も、表向きは宇治離宮社の神をさすが、暗に藤原寛子の存在が投影されている可能性も考えられるのではないだろうか。

【参考文献】

飯島一彦「新出の『梁塵秘抄』今様断簡について」（『日本音楽史研究』二号、一九九九年三月）
奥村恒哉「「あたぬし」考—梁塵秘抄註釈　付、林屋辰三郎氏の見解について—」（『鹿児島県立短期大学　人文』四号、一九八〇年六月）→※奥村
斉藤利彦「一切経と芸能—平等院一切経会と舞楽を中心に—」（『佛教大学総合研究所紀要別冊　一切経の歴史的研究』二〇〇四年一二月）
佐々木聖佳「をしつるぎ考—『梁塵秘抄』二七一歌、宇治の今様をめぐって—」（『日本歌謡研究』五三号、二〇一三年一二月）
杉本宏『宇治遺跡群』（同成社、二〇〇六年）
竹田和夫「鎌倉時代の経供養行為について—十種供養を中心に—」（『鎌倉遺文研究』二三号、二〇〇九年四月）
内藤栄「宝物献納と蓮華台蔵世界海—「陽剣」・「陰剣」銘太刀をめぐって—」奈良国立博物館『第六三回「正倉院展」目録』（奈良国立博物館、二〇一一年）
原田敦子『古代伝承と王朝文学』（和泉書院、一九九八年）
福山敏男「平等院の経蔵と納和歌集記」『日本建築史研究　続編』（墨水書房、一九七一年）
古谷稔「伝久我通光筆「梁塵秘抄断簡」と後白河法皇の書」（『日本音楽史研究』二号、一九九九年三月）
森郁夫・薮中五百樹『鎮めとまじないの考古学　下　鎮壇具からみる古代』（雄山閣、二〇一三年）
森本公誠「金堂鎮壇具と『国家珍宝帳』の「除物」」東大寺ミュージアム編『図録［修理完成記念特別展］国宝・東大寺金堂鎮壇具のすべて』（東大寺、二〇一三年）
山田彩起子「四条宮藤原寛子の摂関家における位置」『中世前期女性院宮の研究』（思文閣出版、二〇一〇年）
吉田清「如法経会」仏教民俗学大系編集委員会編『仏教民俗学大系一　仏教民俗学の諸問題』（名著出版、一九九三年）

和澄浩介「平等院鳳凰堂雲中供養菩薩像にみる定朝工房の諸相」
（『仏教芸術』三〇五号、二〇〇九年七月）

二七二

内田源

【影印】

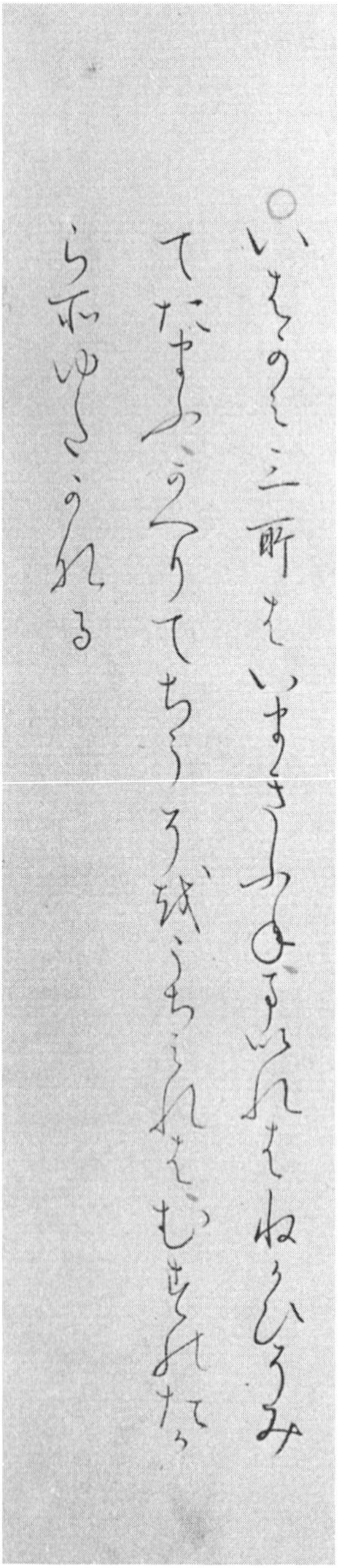
○いはかみ三所はいまきふねまいれはねかひそみ
てたまふかへりてちうそをうちみれはむすのたか
らそゆたかなる

【翻刻】

○いはかみ三所はいまきふね、まいれはねかひそみ
てたまふ、かへりてちうそをうちみれは、むすのたか
らそゆたかなる

【校訂本文】

○石神(いはがみ)三所は今貴船(いまきふね)　参(まい)れば願(ねが)ひぞ満(み)てたまふ　帰(かへ)り
て住所(ぢうそ)をうち見(み)れば　無数(むす)の宝(たから)ぞ豊(ゆたか)なる

【類歌・関連歌謡】

・これより南に高き山　娑羅の林こそ高き山　高き峯　日前国懸なかの宮　伊太祁曽鳴神とや紀伊三所（二四六）
・住吉四所のお前には　顔よき女体ぞおはします　男は誰ぞと尋ぬれば　松が崎なるすき男（二七三）
・貴船の内外座は　山尾よ川尾よ奥深吸葛　白石白鬚白専女　黒尾の御先は　あはれ内外座や（二五二）
・いや牟山は誠の仏かな　いや参れば願ひを満て玉ふ　いや戻りてほうしゆを見るときは　いや無尽の宝ぞ豊なる
（天文本伊勢神楽歌「むやまの歌」）

・后の御前は此頃は、如意や玉珠の、玉を以て、新羅国を、例とし、財の国を得給ひて鹿蒜の海にそ、遊ひ給ふ、船路も陸路も、安くして、参れば願いも、満て給ひ、返れは楽し面白や、むいのたからぞ、清よく、治まる八島は、豊なれ、治まる八島は、ゆたかなれ、ふなかくらのときはもとればたのしとうたふべし（越前国気比太神宮神楽歌『古謡集』）

・皇后比乃御前波此頃波如意也宝乃珠遠茂而新羅乃国遠波例止之財乃国乎得玉比而加比留乃海仁曽遊比給船路毛歩路毛安九志而参礼者願比乎充賜比茂途利而住所遠見留時曽無為乃多可羅波由太加那連無為乃多可羅波由太加奈礼かへりてそが謡を海路なればもどりと歌ふなり（『気比宮社記』所載神楽歌）

・摩多羅神ハ三反　時ヤヲ加フ仏カナ　マイレハネカイミテ給フ（毛越寺延年一番唐拍子）

【諸説】

いはかみ三所　石神については、「奇石・霊石・石棒・石剣などを祭り、とくに良縁・安産・子育てなど家庭的な願いをこめる」（新大系）。石神三所については多くが所在未詳とするが（古典全書・全集・新全集・完訳・榎集成）、大系・全注釈が「高龗、別雷、奥御前の三社」、※大取が「いはかみ三所」を京中の石神社と解して冷泉院石上社（中山社）を候補とする。

いまきふね　新しく貴船神社の社神を勧請して祀った社（全集・新全集・完訳・榎集成・新大系・全注釈）。

みてたまふ　「満たしてくださる」（評釈）、「満足させてくださる」（大系）、「満ち足りている」（全集・新全集・完訳）「満て」は下二段の他動詞（全注釈）。

ちうそ　「住家」（評釈）、「自分の住む家」（全集・新全集・完訳・全注釈）。

たから　「精神的な恵みを含む」（新大系）。

ゆたかなる　「満ち足りている。充満している。」（全注釈）。

【語釈】

いはかみ三所　石神三所。「いはかみ」は石を御神体とする神の謂であろう。「所」は神の坐す所。「住吉四所」（二七三）のように、一所に複数の神が祀られることをいう場合もあれば、「紀伊三所」（二四六）のように、近辺にある複数の場所を総称していう場合もある。本歌は後者であり、京中で石神と呼ばれる三社を指す。その三社は第一に冷泉院内石上社（中山神社）、第二に朱雀院内石上社が挙げられる。第三には、同時代史料は見つからないが、西陣岩上社が有力か。先行諸注において、この「いはかみ三所」の在所を多くは不詳とし、『延喜式』に載せられている河内国や伊勢国などの石神社を「いはかみ三所」だとする可能性を示している（小西考）が、その可能性は低い。次の「いまきふね」の項でも指摘するが、場所をいわず、「今貴船」だと称される程の「いはかみ三所」であるから、この歌を聴いてすぐに想起しやすい京中にこそ、その三所はあったと考えるべきである。貴船神社の祭神である「高龗、別雷、奥御前」を「いはかみ三所」と考えることも、この点から無理がある。さらに、石（岩）を祀っている岩倉社や岩座社が石神と呼ばれる可能性も想定し難い。冷泉院、朱雀院は共に天皇家の後院として造営され、その鎮守社として両院内石上社が存在したことは『山槐記』に見える。『山槐記』治承二年（一一七八）一一月一二日条に「石清水、賀茂上下、松尾、平野、稲荷、三所、田中、春日、大原野、大神、大和、龍由、住吉、日吉、梅宮、吉田、広田、祇園、石上、冷泉院内、崇神院、宗形、大将軍堂、京極寺、今熊野、白川熊野、今日吉、法興院総社、法成寺総社、宇治離宮、北野今宮、橘逸勢、穀倉院内八幡、朱雀院石上、法輪一居士、木島、今西宮、東光寺」とあるように、高倉天皇の中宮徳子が懐妊し、その御産において、安産を祈願した神社四一ヶ所の中に冷泉院内石上社と朱雀院内石上社の両社が含まれている。宮中の者や民衆の祈願を集める社として二社はあった。この冷泉院内石上社、朱雀院内石上社が本歌の「いはかみ三所」の中の二所であることはおそらく間違いない。『神泉苑略記』には冷泉院内石上社と併記して「西陣ニ岩上アリ（中略）古へ此社方六町ノ境内ノトキ社ノ前ニ池水アリ其中ニ一箇ノ岩石巍々トシテ立テリ」とあり、『都名所図会』石神社の項には「歓喜寺の西にあり祭る所長六尺ばかりの巌石なり土蔵の中に安置す旧は大内裏の境内にありしとなり」とある。古くは方六町と広大な社地が存在し、その位置は大内裏の境内であったとされる。本歌が歌われた時代に西陣岩上社の存在を示す史料は今のところ見当たらないが、『神泉苑略記』において、冷泉院内石上社と並び記されている点は注目される（→【考察】参照）。

いまきふね 今貴船と呼ばれる程の霊験豊かな社を指す。先行諸注では、新しく貴船神社の祭神を勧請して祀った社とするが、そうした貴船神を勧請したという石神社の存在は確認できない。大系にて指摘する上総国の石神は貴船神をも祀るが、これも本歌は京中の石神社を歌っていると考えるため関係がないだろう。ここでは、参詣すると願いが叶うといわれる貴船社のように、「今貴船」と称される程、「いはかみ三所」が霊験あらたかだと歌っているものと解したい。「大集方等は秋の山」（四九）、「積もれる罪は夜の霜」

（五六）とあるように、『梁塵秘抄』において、歌の句頭に「AはBだ」という形式にて比喩的な表現を置く歌は本歌以外にも見られる。『延喜式』に「祈雨神祭八十五座（中略）貴布禰社一座已上山城国」とあるように、古くから祈雨止雨を祈願する社として貴布禰社は存在した。また、貴船神は呪詛神として摂社末社に呪詛神を取り込み、様々な祈願を集める庶民の祈願成就の神だった（→二五二【語釈】「きふね」参照）。

まいれは　参れば。特定の寺社に参詣して祈願することをいう。平安中期以降、社寺参詣は民衆の間でも盛んになった。「熊野へ参らむと思へども　徒歩より参れば道遠し　すぐれて山きびし　馬にて参れば苦行ならず　空より参らむ羽たべ若王子」（二五八）。

ねかひそみてたまふ　願ひぞ満て給ふ。神に祈願して、それが果されることを指す。『源氏物語』若菜上「わか君、国の母となり給て、願ひみち給はんよに」。「天の御門より一童吾児こそ出でたまへ　衆生願ひをば一童吾児こそ満てたまへ」（二七四）。前項「まいれは」とは語のつながりを持ち、「まいれはねがひぞみてたまふ」という形は一つの句となり、神楽歌の中でも同様の形が多く見られる。天文本伊勢神楽歌「むやまの歌」「いや牟山は誠の仏かな　いや参れば願ひを満て玉ふ」、越前国気比太神宮神楽歌「参れば願いも、満て給ひ」、『気比宮社記』所載神楽歌「参礼者願比乎充賜比」、毛越寺延年一番唐拍子「マイレハネカイミテ給フ」。

かへりてちうそをうちみれは　帰りて住所をうち見れば。「帰りて」は、他の『梁塵秘抄』歌でも「参る」など出向く言葉と共に「帰る」という語句が用いられており、出向いた先での動きの完了、元の場所に戻ることをいう。同様に本歌も石神三所を参詣し終わって元の場所に戻ることを指す。「住所をうち見れば」と続くので参詣者が我が家に戻って家をのぞくと、の意。「お前に参りては、色も変はらで帰れとや」（三六〇）、「釈迦の住所はどこどこぞ（中略）及余諸住所はそこぞかし」（二八五）、「大師の住所はどこどこぞ」（二九五）、「いづれか清水へ参る道、（中略）南をうち見れば　手水棚手水とか」（三一四）。この「かへりてちうそをうちみれは」という句は、関連歌謡に挙げた神楽歌などにも見える。天文本伊勢神楽歌「むやまの歌」「いや戻りてほうしゅを見るときは」、越前国気比太神宮神楽歌「返れは楽し面白や」、『気比宮社記』所載神楽歌「茂途利而住所遠見留時曽」。

むすの　無数の。数えきれるほどの数でないことをいう。

「法華経弘めしはじめには　無数の衆生そのなかに　本瑞所々に雲映れて　曼荼羅曼珠の花ぞふる」（五九）、『発心和歌集』「方便品　若人散乱心、乃至以一花、供養於画像、漸見無数仏　ひとたびの花のかをりをしるべにてむすの仏にあひみざらめや」（二六）。

たからそゆたかなる　宝ぞ豊かなる。宝とは宝物財物のこと。ここではそれだけでなく、幸福に満ち足りることをもいうか。天文本伊勢神楽歌・むやまの歌「いや無尽の宝ぞ豊なる」、越前国気比太神宮神楽歌「むいのたからぞ、清よく、治まる八島は、豊なれ」、『気比宮社記』所載神楽歌「無為乃多可羅波由太加那連無為乃多可羅波由太加奈礼」。

【考察】

本歌は、「いはかみ三所」について多くの研究者が在所を探ってきたが、いまだに不詳となっている。それは「いはかみ三所」と「いまきふね」との関わりが見えてこないためである。先行諸注では「いまきふね」を新しく貴船神を勧請した社と考えてきた。本注釈では、【語釈】でも記したように、石神三所は今貴船と呼ばれるほどに霊験あらたかな場所だと歌う歌だと捉える。熊野神を勧請した社が今熊野社と称される例もある。『山槐記』治承二年（一一七八）一一月一二日条には、今熊野や今西宮などの名が記されている。しかし、ここに「今貴船」の名は見えない。今貴船という呼称は貴船神を勧請したものだけをいうのではなく、その霊験の豊かさを賞して直接関係のないものに対して比喩的に使うこともあった。ここでは京中で信仰を集めた石神に対して使っていると捉えたい。大取一馬は「三所」を三座の神を祀るものと捉え、冷泉院内石上社（中山社）を「いはかみ三所」と指摘する（「『梁塵秘抄』の研究―二七二番歌の「いはかみ三所」をめぐって―」）。『京都坊目誌』岩上神社の項に「祭神素盞鳴尊。相殿に陰陽二柱神。菅神。宇賀魂神を祀る。祭神或は大和国布留に祀る。素盞鳴命の十握剣とし。或は豊石窓神奇石窓神とし。或は園城寺新羅社の左座火御子神と為し。諸説決せず」とあり、近世には神が併祀されたことが窺えるが、平安末期に置いて三座であったかどうかは確認できない。『山槐記』治承二年一一月一二日条には安産祈願の参詣神として、冷泉院内石上社と朱雀院内石上社の二社の石神が確かに記されている。本歌では、残りの一か所を西陣岩上社とし、三か所の石神を「いはかみ三所」と歌ったと見たい。

冷泉院は嵯峨天皇により創建され、嵯峨天皇や仁明天皇に後院として使用された。第一の石神、冷泉院内石上社はその鎮守社である。『拾芥抄』に「大炊御門南堀川西」、『二中歴』に「二条北、大宮東四町」、『大鏡』（二巻「太政大臣基経」）に「方四町にて。よおもておほぢある京中の家は冷泉院のみとこそおもひ候つれ」とあり、方四町の大きさで大内裏の西に位置したことがわかる。『百錬抄』永承五年（一〇五〇）七月三日条に「新造冷泉院放火。諸国木守等撲二滅之一。或記云。六月十六日。冷泉院石上明神被レ移二立神殿一了」とあるのが初出史料である。冷泉院は火災を受けたが、石上社はこのとき既に遷されており、その遷り先は二条猪熊だと『百錬抄』建保二年（一二一四）一一月二一日条に「午時。二条猪熊焼亡。冷泉院内中山明神在二其内一。餘炎及二高陽院東門并中門御車宿等一」とある。『山城名勝志』所引の八坂本『平家物語』にも「云文治二年正月五日文覺の里坊二条猪熊の岩神の坊へ入奉り」とあり、本歌が歌われた時代に冷泉院内石上社は、この二条猪熊にあった。『師光年中行事』中山祭の項に「坐給冷泉院石神也。自後冷泉院天喜元年四月預官幣」、『公事根源』中山祭の項に「冷泉院にます石神なり」と記されるように、冷泉院内石上社は中山社とも称されていた。これは遷された場所が中山忠親卿の邸跡だったためといわれる。藤原周光が冷泉院を詠んだ詩「夏日泉亭即事」に「霊祠ハ南ニ峙チテ暮松青シ」とあり、冷泉院内南の位置に社はあったと思われる。『古事談』第五—二二に「中山社巌神者、冷泉院中嶋ニ令祝火神給云々、其後事外放光、後冷泉院御時歟、託宣云、門前車馬多、時出入不輙、給此所一向欲住云々、依之令去移他所給云々」とあり、神自らの託宣によって中山邸内に遷座したことが伝えられる。石神が光を放つ説話も残っており、中山社と呼ばれながら冷泉院内石上社は民衆の信仰を集めていた。藤原家隆の『壬二集』（為家卿家百首・夏十首・一二七〇）に「いはかみの森の下水ゆふかけて大宮人のすずむころかな」とあり、「いはかみの森」とは冷泉院石上社（中山社）にある森のことだとされていた。「当社ノ森ヲ云フ。今亡シ。古ヘ方境広シ」（『山州名跡志』中山社）。『雍州府志』に「近世誤二石上一為二岩神一且有下通二婦人乳汁一之誓上故養二育幼稚一之女子特詣二斯社一板面画二乳汁洋益之体一以レ是代二絵馬一掲二神前一」、『京師巡覧集』に「有下頼二岩神一而固二肌膚之会筋骸之束一喜レ之者上又有下雖レ問レ逢レ君恨二岩神厚顔一之者上矣」とあり、近世において、石上（いそのかみ）を誤って石神となったとし、授乳信仰はここから始まったとする。また、肌膚の神としての信仰もあった。「慶長七年二条城を築くに際し。岩上町堀川の西筋六角下西側に移さしむ」（『京都坊目誌』）。二条城造築に際し、現在地に移転する。現在地は京都市中京区岩上通六角下ル岩上町七四八である。

第二の石神、朱雀院内石上社は冷泉院内石上社同様、朱雀院の鎮守社である。朱雀院は延喜天暦時代を全盛時代とし、宇多法皇、朱雀上皇の御所として醍醐天皇などの行幸をうけている。『拾芥抄』には「三条北、朱雀西四町、四条北、西坊城東」とあるが、太田静六によって西坊城が壬生の誤りだと指摘されている（『寝殿造の研究』）。天暦四年（九五〇）一〇月一五日に火を失して罹災し、全焼（『園太暦』文和二年［一三五三］二月五日条「朱雀院失火、嶋町雑舎皆悉焼亡」）。その後、村上天皇に再建され、『中右記』によると、寛治六年（一〇九二）三月二四日条には朱雀院栢梁殿が用いられていることが記されており、太田静六は少なくともこの頃までには正殿以下かなりの規模を整えていただろうと指摘している。『百錬抄』治承元年（一一七七）正月三〇日条に「朱雀院鎮守石神明神焼亡」とあり、朱雀院内石上社の初出は『百錬抄』のこの記事である。焼亡したと記されているが、語釈にも挙げているように翌治承二年（一一七八）一一月一二日、『山槐記』において安産祈願の参詣が見られ、すぐに再建されたことが窺える。『日本紀略』天暦二年（九四八）六月七日条に「朱雀院南池中見㆘如㆓龍頭㆒物㆖」とあるが、これは、五月一日から祈雨が続けて行われており、七日にようやく雨が降ったので、朱雀院の池に龍が見られたとする記事である。貴船神同様、石神は祈雨の対象となることがあった。近年復元が試みられ、中央の南池の北側に、寝殿（本殿）・栢梁殿の二群の建物が並び、東側には馬場と馬場殿が配置されており、南面には小丘、南西角には石神明神と隼社が祀られていたことなどが明らかにされている（『京都府の地名』）。当社は現存しておらず、跡地である京都市中京区壬生花井町に碑文が残されているのみである。

第三の石神、西陣岩上社は先に挙げた二社のように『梁塵秘抄』編纂時における史料は見当たらない。ただし、冷泉院、朱雀院の石神とは別に存在したことはわかる。『落陽名所集』に「元は内裏のかたわらに有しとなり」、『京都坊目誌』引用『西陣岩神記』に「元岩神社地有㆓霊石。寛永年中社頭六角被㆑遷時」と記され、内裏のかたわらとあることから先の二社とは位置が違っている。社の祀る霊石は禁庭假山（『山城名跡巡行志』）、中和門院御所（『京都坊目誌』）、八条殿の築地の辺り（『菟芸泥赴』）などを経て現在の場所に到った。現在、西陣岩上社は大内裏の北西にあたる場所に存在する（京都市上京区上立売通浄福寺東入）。古くは大内裏の中にあり、宮中の者の参詣を受けていた。地誌によっては堀川西二条南から遷ったなどという記述も見られ、冷泉院内石上社（中山社）と混同してしまっている史料も見られ、注意が必要である。冷泉院の石神が大内裏の内側に遷されたという記述は見られない。『出来斎京土産』に「其石の景よかりければ。（中略）此石大に吼ければ」、『菟芸泥赴』に「妖怪やまで禿童と化して夜行す」とあり、形状が良く、吼えるなどし、西陣の石神は妖しき事を引き起こすほどの力を持っていた。また、『扶桑京華誌』に「伝言時平公之乳母所蔭之石也」、『菟芸泥赴』に「婦人の乳のほそきをいのれば験を顕せり」とあるように、西陣石神は時平公乳母にまつわる伝承を持ち、授乳信仰も集める。授乳信仰は安産を祈願した先の石神とのつながりも持つ。『雍州府志』ではそれを誤りだとしている（「謂レ有下通二乳汁一之盟上是誤伝之特甚者乎」）。ただ、『出来斎京土産』石神の項に「祈るてふことをむなしくなさじとやちかふ誓のかたき石神　でき斎」ともあるように、多くの資料で貴船神と同じように民衆が祈願し、それが成就するという石神信仰の姿が見て取れる。

本歌が歌われた時代、石神は京中に三か所存在した。宮中の者が安産祈願に巡るなど、その石神に対する信仰は強く、だからこそ今貴船とまで称された。そして、その祈願が満たされるには石神三所を巡る（巡礼する）ことが条件だったのではないか。本歌の「無数の宝ぞ豊かなる」にも安産や授乳信仰は結びつくものがある。大内裏の内側、西、南、と点在した石神三所を巡ることによって願いが満たされたのである。西陣石神が夜行をなすのと同様に、冷泉院と朱雀院にも鬼や水の精が現れるという話が『今昔物語集』にある（巻二七―五「冷泉院水精、成人形被捕語」、巻二七―一二「於朱雀院、被取餌袋菓子語」）。石神を祀る場所は共通して妖しき場所だった。そうした神を巡ることで祈願を成就させることができたのである。「参れば願いぞ満て給ふ」「帰りて住所をうち見れば」「無数の宝ぞ豊かなる」という句に関しては、天文本伊勢神楽歌「むやまの歌」、越前国気比太神宮神楽歌、気比宮社記神楽歌、毛越寺延年一番唐拍子と非常に近似している。越前国気比太神宮神楽歌、『気比宮社記』所載神楽歌においては船神楽の際には帰りてが戻りてになるという注意書きもあるように、陸地や海上、様々な場においてこれらの神楽歌は謡われた。そのような現世利益を祈願する歌だと本歌も位置づけられよう。

【参考文献】

太田静六『寝殿造の研究』（吉川弘文館、一九八七年）
大取一馬「『梁塵秘抄』の研究—二七二番歌の「いはかみ三所」をめぐって—」（『龍谷大学仏教文化研究所紀要』二五集、一九八六年一〇月）↓※大取

二七三

佐々木聖佳

【影印】

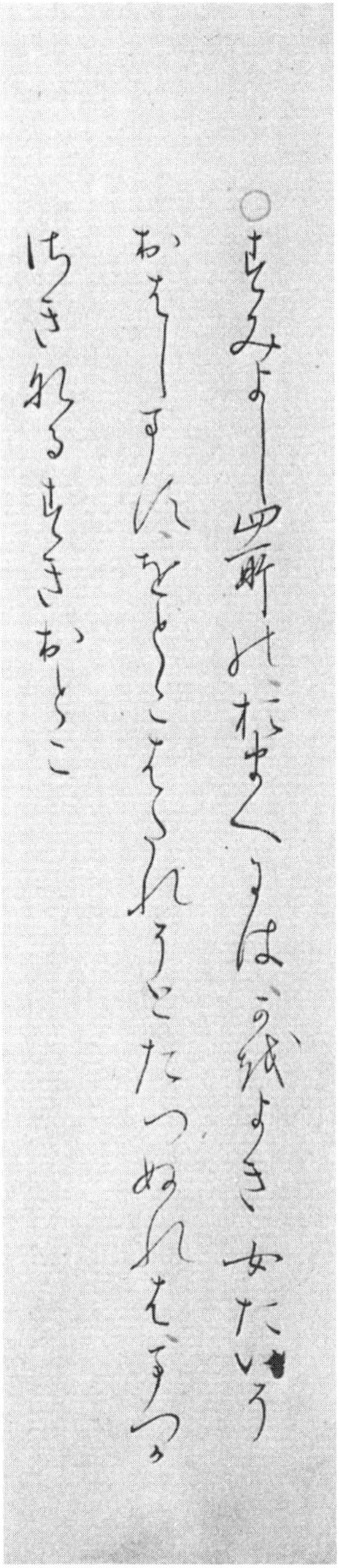

【翻刻】

○すみよし四所の、おまへには、かをよき女たいそ
おはします、をとこはたれそとたつぬれは、まつか
さきなるすきおとこ

【校訂本文】

○住吉(すみよし)四所のお前(まへ)には　顔(かほ)よき女体(たい)ぞおはします　男(をとこ)
は誰(たれ)ぞと尋(たづ)ぬれば　松(まつ)が崎(さき)なるすき男(をとこ)

【校訂】

かを　→　かほ　「かを」は「顔」で「かほ」と表記すべき。

すきおとこ　→　すきをとこ　「男」は「をとこ」と表記すべき。

【類歌・関連歌謡】

・住吉四所ノ御前ニハカホヨキ女帝ヲハシマス男ハ誰ソト問タレハ松カ崎ナルトシヲトコ（『八幡宮巡拝記』上三「香椎宮」）

・いやくわう神かく神の御まへには　いやかほよきみここ

そまひあそへ　いやしゆくしよはいつくととふたれはいや松かさきなるとひおとこ（天文本伊勢神楽歌・外宮末社「客神の哥」）

・高神客神御前には　顔よき御子こそ舞遊へ　宿所はいつこと問ふたれハ　松ヶ崎なる富男（『寄合神楽竈清哥』「内宮大宮及ビ別宮摂末社ノ段」）

・ヤァノ高神客神ノおまへには　ヤァノ顔よき神子こそ舞遊べ　ヤァノ宿所ハいづくと問たれバ　ヤァノ松ヶ崎なる留おとこ（『伊勢神楽歌秘録』）

・せうじんかくじの。おまへにハ　顔よき人こそまひ遊べ。しゆくせうたれぞと　といたんれハ。松かや先たつ富男
いや面白やん（伊雑宮神楽歌・一一）

・たんなんたひらの神棚にかほよき女躰おはします、をつとはたれぞとゝひたれば　松のうら葉のとみ男（『玉勝間』巻一一所引　肥後国の神楽歌）

・住吉は南客殿中遣戸　思ひ掛け金外し気ぞ無き（五四一）

・住吉の一の鳥居に舞ふ巫は　神はつきがみ衣はかり衣尻切裳（五四五）

【諸説】

すみよし四所　諸説、大阪市住吉区の住吉大社のこととする。

女たい　「女体」と漢字を宛てる…巫女・遊女（全書・荒井評釈・大系・※小西・※萩谷）、表の意が「神功皇后」裏に「巫女・遊女」の意（榎集成・新大系・全注釈・塚本注・渡辺注）、神功皇后（オキナガタラシヒメ）（※山上・※中村・※関口）、赤留媛（※八木）。「女帝」の漢字を宛てる…神功皇后（歌謡Ⅱ・全集・新全集・完訳・秦注）。

まつかさき　滋賀県近江八幡市長命寺町の南の松ヶ崎（小西考・全書・荒井評釈）、京都市左京区の松ヶ崎（荒井評釈・※阿部）、「松生うる州崎」（※中村・※関口）、「松の生えた岬」か（歌謡Ⅱ・全集・新全集・完訳）、大阪市阿倍野区の松ヶ崎（榎集成・※萩谷・塚本注・新大系）。阿倍野の松ヶ崎と「松の枝先」の掛詞（榎集成）、天王寺の北方の地名と「待つが先」の掛詞（新大系）、松ヶ崎（場所は特定せず）と「待つが好きなる」の掛詞（渡辺注）。

すきおとこ　多くが「好色男」「好色漢」の漢字を宛て「好色で知られた男」「色好みの男」の意にとり、天王寺の「雑芸師や賤業者」（※萩谷・塚本注）、「住吉松に宿る男神」（榎集成）、「住吉大社の神主津守家の主」（※中村）、「松ヶ崎狐坂に集う好色な男」（※阿部）、天之日矛（※八木）の説がある。また、「すき」は「数寄」で「風流な男」の意（歌謡Ⅱ・全集・新全集・完訳・※関口）ととる説があり、※関口は「住吉大神」のこととする。

全体の解釈　「住吉神社前の巫女の売色」（荒井評釈）、「祭神とそれを守るものへの羨望・讃美の歌」（歌謡Ⅱ）。

【語釈】

すみよし四所　大阪市住吉区住吉二丁目に鎮座する住吉大社。摂津国の一の宮。「四所」は、神社に祀られている四

柱の祭神のこと。『延喜式』に「住吉坐神社四座並名神大」、『伊呂波字類抄』に「住吉スミヨシ」とある。現在の祭神は、第一宮底筒男命、第二宮中筒男命、第三宮表筒男命、第四宮神功皇后であるが、最も古い『住吉大社神代記』には、「御神殿　四宮」として、第一宮を表筒男、第二宮を中筒男、第三宮を底筒男、第四宮を「姫神宮」「気長足姫皇后宮」、即ち神功皇后とする。『日本書紀』によれば、伊弉諾尊が黄泉国の汚穢を清めるため、筑紫の日向の橘小戸の檍原で禊祓をしたときに、少童神とともに現れた底筒男命・中筒男命・表筒男命神が住吉大神であるとし、神功皇后の三韓出兵に際して海上の守護神となり、凱旋の後、荒魂は穴門の山田邑に、和魂は摂津の住吉に祀られ、田裳見宿禰に奉仕させたという。田裳見宿禰の末裔が津守氏を名乗り代々住吉社の神主となった。神功皇后は後に合祀されたと伝えられている。住吉の神は古来海上交通の神、境を守る神として厚く信仰されたが、平安後期以降は和歌の神としても信仰をあつめ、貴族の間で住吉参詣が盛んになった。「和歌三神」に数えられ、やがて、歌合にその絵像が掛けられるようになる。こうした和歌の神としての性格は、院政期以降、住吉社神主、津守国基によって喧伝されたとみられている（川井純郎「和歌神としての住吉社」、竹下豊「住吉の神の歌神化をめぐって」等参照）。

おまへ　お前。社前には、の意。『梁塵秘抄』には「お前」の用例が一二例ある。「神に対する尊称」、「神社の社前」、「前」の意で用いられているが、このうち、「社前」の意で用いられているのは八例（三一四・三六〇・三六二・四〇五・四一六・四一九・四七七・五四〇）ある。従来、本歌の「おまへ」は「神に対する尊称」ととって、「住吉四所の神の中には」と解釈されてきた。そのため、「女たい」は住吉大社に祀られる四柱の神の一つと捉えられてきたが、ここでは「住吉四所の社前には」の意ととりたい（→【考察】参照）。

かをよき　顔よき。「かを」は「かほ」と表記すべき。際だって美しい女性の容貌を褒めていう。今様では、「楠葉の御牧の土器造　土器は造れど娘の顔ぞよき　あな美しやな」（三七六）、「長生殿の星あひにちきりしかほよき人なれ（と）馬嵬の堤にゆきしとき大唐みかともいかゝせし」（『宝篋印陀羅尼経』料紙今様）の用例があり、『万葉集』に「多胡の嶺に寄せ綱延へて寄すれどもあにくやしづしその顔良きに」（巻一四・三四一一）の例がある。また『風葉和歌集』巻一五・恋五・一一四六の詞書に「五せちのまひめのすぐれてみえけるにつかはしける」とあり、作者名を「かほよきまひひめの蔵人少将」とする。

女たい　「女体」ととる説と「女帝」ととる説があるが、ここでは「女体」で女性の御神体をさすと解釈する。『金峯山秘密伝』「子守明神本地垂迹ノ事」に「子守明神」について「此レ即女体ノ神勝手大明神ノ所妻也」、『神道集』に「葦苅明神男体女体御在、男体本地文殊師利菩薩也、女体本地如意輪観音也」（巻七「摂州葦苅明神事」）、謡曲「葛城」に「女体の神とおぼしくて」など、女性の神影は「女体」と記されている。「女体」の主体については、多くの先行注釈で神功皇后説がとられている。神功皇后説を代表する関口静雄「聖母御歌考」によれば、住吉社の第四宮の祭神は神功皇后であること、鎌倉時代中期の『八幡宮巡拝記』に、筑前の国香椎宮の祭神「聖母大菩薩」（神功皇后）の歌として「住吉四所ノ御前ニハカホヨキ女帝ヲハシマス男ハ誰ソト問タレハ松カ崎ナルトシヲトコ」という歌が引用されていることが根拠としてあげられている。現在、住吉大社の第四宮の祭神には神功皇后が祀られており、また平安時代には成立していたとされる『住吉大社神代記』にも、「第四宮」に「姫神宮。御名、気（息帯）長足姫皇后宮。奉斎祀神主、津守宿禰氏人者、元手搓（見）足尼後」とあって、平安時代にはすでに第四宮に「気長足姫皇后宮（神功皇后）」が祀られていたことが確認できる。神功皇后の容貌については、『古事記』ではまったく触れられておらず、『日本書紀』では「幼而聡明、叡智。貌容壮麗」と一言しか記されていない。「壮麗（ハナハダカホヨシ）」とあるが、まず述べられているのは容貌ではなく幼時より聡明だったということである。わざわざ「かをよき」と歌われた理由がはっきりしない。神功皇后説以外では、「女体」を巫女・遊女ととる説がある。しかし、「おはします」という敬語が使用されていることから、巫女・遊女を直接さしているとは考えられない。また、※八木は、「おまへ」を「おつかえしている人」と解し、住吉の神にお仕えするのは摂社末社の神だからという理由で、住吉大社の末社の神である「赤留媛」説をとっているが、「おまへ」は、『梁塵秘抄』の用例からいって神そのものか神前であることをいう語であり、「お仕えしている」の意には解釈できず従えない。ここでは新たな説として、衣通姫をさしていると考えたい（→【考察】参照）。

おはします　いらっしゃいます、の意。『梁塵秘抄』の「おはします」の全一四例をみると、「紀の国や牟呂の郡におはします」（五四六）、「妙見大悲者は北の北にぞおはします」（二一八七）、「仏法弘むとて天台麓に迹を垂れおはします」（二四四）など、仏神がある場所にずっといることをさして用いられることが多い。社殿に神が祀られていることをいったものには、「大梵天王は　中の間にこそおはしませ　少将婆利女の御前は　西の間にこそおはしませ」（二六七）がある。

をとこ　特別な関係にある夫、恋人。『古今和歌集』巻一八・九七三の詞書に「むかしをとこありけるをうなの、をとことはずなりにければ」。『梁塵秘抄』にも、「我をたのめて来ぬ男」（三三九）、「男をじ（ぢ）せぬ人」（三九八）、「わが身やつれては男退け引く」（四〇九）のように、恋愛関係にある男性や恋愛の対象となるべき男性をさしていう例が見られる。いずれも「男」は人間、それも同等か目下の者に対して用いられている。

まつかさき　松が崎。松の生えた崎、の意にとる。住吉社の前に広がる松原一帯をこう呼んだか。諸説では実際の地名とする説と特定の地名ではないとする説がある。地名としては①滋賀県近江八幡市長命寺町の松ヶ崎　②京都市左京区の松ヶ崎　③大阪市阿倍野区の松ヶ崎の三説がある。①の近江国の松ヶ崎は、長命寺の西麓で琵琶湖の辺にあり、『拾遺和歌集』の安和元年（九六八）と天禄元年（九七〇）の大嘗会風俗の歌（巻一〇・六〇七、六一七）に詠まれている。②の京都の松ヶ崎は、高野川の西、深泥ヶ池の東南に位置し多くの和歌に詠まれている。『源氏物語』「夕霧」にも「松が崎の小山の色なども、さる巌ならねど」とある。八木意知男は「松が崎考」で、松ヶ崎の妙円寺大黒天を『八幡宮巡拝記』の「松カサキナルトミヲトコ」に想定している。また阿部泰郎は、松ヶ崎と宝ヶ池を結ぶ峠にある狐坂が『新猿楽記』の第一の本妻の話にでてくる「野干坂」に比定されることから、「すき男」を狐坂に集う好色の男をさすとしている（※阿部）。③の阿倍野の松ヶ崎は現在の大阪市阿倍野区三明町にある。大正一一年の地図では、天王寺駅の南東、天王寺中学（現、大阪府立天王寺高等学校）の傍らに「松ヶ崎」が確認できる。阿倍野には阿倍王子社があり、四天王寺から阿倍王子社、住吉大社、熊野へと続く熊野街道が通っている。この三つの地名のうち、①の近江と②の京都の松ヶ崎は、住吉と距離の上で大きな隔たりがあり、住吉との接点が見いだせない。また③の阿倍野は住吉社参詣の道筋に当たっており三説の中では有望だが、なぜ「阿倍野なる」でなく「松ヶ崎なる」なのかという疑問が残る。一方、特定の地名としない説では、中村浩が「松が崎」を「住の江の入江に臨んだ松生ふる州崎」ととらえており、新間進一（歌謡Ⅱ・全集・新全集・完訳）も中村説を引いて「松の生えた岬」の意かとしている。ここでは、中村説に従い、松が生えている崎という意にとり、古来有名な松の名所である住吉大社のある地を、「松が崎」と呼んだと考えたい。「さき」は古代、陸地などの突き出した端のところをさしていい（『時代別国語大辞典 上代編』）、かつて住吉の浜は砂州が海に突き出た州崎で、「前」「崎」と表記された。『摂津国風土記逸文』に住吉大神が鎮座した地を「沼名椋の長岡の前（サキ）」、万徳寺蔵本『聖徳太子伝』に「住吉西ノ浜ノ州崎」と記されている。また住吉の松は古来有名で『万葉集』以来多くの歌に詠まれている。あるいはこうした地形から、住吉大社付近の地名であった可能性もある。

すきおとこ 原文「おとこ」は「をとこ」であるべき。恋愛や和歌に執心する男の意。これまで「女体」を巫女・遊女ととる説では「好色な男」、神功皇后ととる説では「風流な男」の二つに解釈がわかれていた。しかし、平安時代の「好く」は、物事に深く執着することをいい、恋愛、音楽、和歌などへの執心が分かちがたく内包されている。『宇津保物語』祭の使で、あて宮に懸想する三春高基が、あて宮の婿の候補者たちを「取り給ふ御婿は、皆すきもの」と語る場面がある。ここでの「すきもの」とは、「唯物の音を上手に弾き、和歌もいさゝかに人の謗は取らじ。〔仮名書き、和歌詠み、よそ目よき女をば、雲の上地の下を求めても、懸想じ」と記されている。即ち、楽器を上手に弾き、和歌も人の誹りを受けないほどの優れたものを作り、美しい女性ならどんなことをしても探し求めて恋愛をする人物が「すきもの」である。また、歌学においては「おほかた、哥はすきのみなもとなり」（『西行上人談抄』）といわれ、「好き者」の逸話が伝えられている。たとえば、『無名抄』の「ますほの薄事」では、歌語「ますほの薄」について詳しい聖がいると聞くやいなや雨の中を尋ねに行った人のことを「いみじかりける数寄者なり」といっている。同じく『無名抄』「俊頼の歌を傀儡がうたふ事」では、傀儡子が源俊頼の歌を神歌として歌ったことを羨んだ永縁僧正が、琵琶法師に自分の歌をここかしこで歌わせ、「有難き数寄人」といわれたという話が記されている。従来、「すき男」には、「女たい」を神功皇后や巫女と解釈し、その夫としてふさわしい者が想定されてきた。住吉の神、津守家の主、天之日矛、天王寺の雑芸師・賎業者、松ヶ崎大黒天、狐坂に集う好色な男など多くの候補があげられてきたが、ここでは、住吉社の神主であり歌人であった津守国基をさしていると考えたい（→【考察】参照）。

【考察】

この歌は、住吉の社前に鎮座している和歌の神、衣通姫を讃美し、衣通姫を勧請し神主としてお仕えする「すき男」、津守国基を歌った今様である。

前半は、【語釈】で述べたように、「おまへ」は社前、「女たい」は女性の神様の神影を指しており、住吉四所の社前には、顔の美しい女の神様がいらっしゃる、の意に解釈できる。「女たい」については、従来、住吉大社の祭神四柱の中に祀られている女性の神は神功皇后（息長足姫尊）であることから、神功皇后を指すとする説が有力であった。しかし、ここでは神功皇后説はとらない。新説として「衣通姫」説を提示したい。

衣通姫は、身の光が衣を通して輝くほど美しかったために「衣通」の名があったとされる女性である。『古事記』では允恭天皇の皇女軽大郎女のまたの名を「衣通王」、『日本書紀』では允恭天皇の皇后忍坂大中姫の妹、弟姫を「衣通郎女」と呼んでいるが、一般に「衣通姫」といえば『日本書紀』の衣通郎女をいう。衣通郎女は允恭天皇に召され寵を得たが、皇后の嫉妬のために河内の茅渟宮に身を隠す。天皇は衣通郎女を愛しく想い、名を後世に伝えたいと詔をするが（『日本書紀』允恭天皇一一年三月条）、その詔に「朕、頃、得美麗嬢子」とある。「美麗嬢子」は「かほよきをむな」と訓読され（『国史大系』）、本歌と同様に「かほよき」という表現でその美しさが讃えられている。衣通郎女は、『古今和歌集』に「わがせこが来べき宵也さ、がにの蜘蛛のふるまひかねてしるしも」（巻一四・墨滅歌・一一一〇）という歌が載り、序文に「小野小町は、古の衣通姫の流なり」と記されている。後に玉津島社の祭神として祀られ、歌神として伝承化されていく。

平安時代後期から鎌倉時代にかけての歌学書に、住吉に衣通姫が祀られているという話が散見する。その中で最も古いのは、源俊頼の著した『俊頼髄脳』（永久三年［一一一五］頃成立か）で、「衣通姫と申す歌よみは是なり。住吉にべちの神にておはしますと承る」とあり、衣通姫が住吉社の「べちの神」として鎮座していると聞いている、という。それが、藤原清輔の『奥義抄』（天治元年［一一二四］～天養元年［一一四四］の間に成立か）になると、「住吉の社は四社おはします。南社は此衣通姫也。玉津島明神と申す也とぞ津守国基は将作に語り申しける」とあり、住吉四社の南社に衣通姫（玉津島明神）が祀られていると、津守国基が藤原顕季に語った、と記されている。顕昭の『古今集序注』、『古今集注』にも同様にあり、同じく顕昭の『袖中抄』

（文治元年［一一八五］～三年［一一八七］に成立か）に、「私云　故左京兆被申云　住吉神主国基云　住吉ハ本三社也　第四社ハ玉津島明神　即衣通姫也　後ニイハシ給（ヒ歟）　仍好和歌ヲ給云々」とあって、第四社に玉津島明神が祀られているという話を国基から左京兆であった父顕輔が聞き、それを顕昭や清輔が伝え聞いたという。源俊頼が直接「承」ったのも、津守国基からであった可能性が高い。『俊頼髄脳』の著者源俊頼（天喜三年［一〇五五］～大治四年［一一二九］）は当代一流の歌人で、『金葉和歌集』の撰者である。父源経信は伏見邸歌会を通じて国基と親しく、俊頼自身も顕季の歌会にしばしば招かれており、国基とも親交があった。『散木奇歌集』には国基との連歌も見える。また、藤原顕季（天喜三年［一〇五五］～保安四年［一一二三］）は、白河天皇の乳母であった親子の子で、白河天皇の寵臣であり、仙洞歌壇の中心的存在であった。国基と顕季とは任地に赴く際に見送りに行ったり、大海老を贈ったりと、個人的にも親しく交流している（『国基集』七二・一三〇・一三八・一三九・一四〇・一四一・一四二等）。『奥義抄』の著者である藤原清輔は顕季の息顕輔の子であり、『古今集注』『古今集序注』『袖中抄』の著者である顕昭は顕輔の猶子である。このように、衣通姫が住吉社に祀られているという話は、国基と親交のあった歌人やその子孫の間で語られたものであり、単なる噂話ではなく実話であったと考えられる。特に『俊頼髄脳』の記述は、俊頼が国基や顕季から直接聞いた話である可能性が高いだけに重要である。『俊頼髄脳』には「住吉にべちの神にておはしますと承る」とある。衣通姫が「別の神」として祀られているということは、住吉社に祀られる四柱の神とは別に、住吉に勧請されたということを意味している。そしてそれができたのは住吉社の神主であった津守国基である。

江戸時代の住吉社社家、梅園惟朝が書いた『住吉松葉大記』巻六には、「住吉勘文」の「端書」に、国基が紀州弱浦に石を取りに行ったときに強い風に会い玉津島明神姫に歌を捧げると風雨がやみ石を取って帰ることができたという逸話があり「東之岩橋名ク不動石ト、天女之宝殿在リ其ノ北ニ」と書かれていることを引用して、「今ニ至ルマテ浄土寺ノ門ノ前、大領村ノ東ノ口ニ大石橋アリ、其ノ岩滑カニシテ青、目ヲ驚カスバカリノ大石也、又大領村ノ内ニモ同シヤウナル岩橋アリ、是皆紀州ヨリ取リ来レル石也、又浄土寺北ノ丘ニ小社アリ、相伝フ玉津嶋明神也、国基神主勧請之スト、左モアルベキ事也」とある。荘厳浄土寺の北の丘に国基が勧請したと伝えられている玉津島明神の小社があり、かつ

「玉津嶋社」と刻まれた東大禅寺の青石

ては「天女之宝殿」とも呼ばれた、という。今回実地踏査し、この記述の通り、荘厳浄土寺の北の小高い丘にある「東大禅寺」の境内に、「玉津嶋社」と彫られた青石が置かれているのを発見した。東大禅寺の方の話によれば、この寺は寛政三年（一七九一）開基の黄檗宗の寺で、明治以後に現在地に移ってきた。元は「弁天塚古墳」と呼ばれる前方後円墳で、造作した時に古い鎧と石が出てきたので、石を境内に置くことにしたということである。『住吉村誌』「弁天塚」の項には、『東摂陵墓図誌』を引用して「中央に青石の碑あり。長三尺、巾一尺八寸、厚五寸、銘に曰く玉津島と。由緒不詳」とある。また、荘厳浄土寺には、弁天塚の石が描かれた江戸時代の境内図が残されている。言い伝えの通り、津守国基が玉津島明神（衣通姫）を住吉社の北にある弁天塚に勧請したことは疑いなく、本歌の「顔よき女体」は衣通姫を指していると推定できる。

今様の後半は、顔良き女の神様の愛人、それは「松が崎のすき男」だよ、と歌う。女の神様が衣通姫であるとすれば、「松が崎のすき男」には衣通姫を勧請した津守国基が考えられる。「すき男」は、【語釈】で述べたように、楽器も歌も上手で、恋愛ごとにも長けている男性のことである。中でも『無名抄』では、和歌に執心する人たちの逸話が紹介され、「数寄者（すきもの）」と呼んでいる。津守国基（治安三年［一〇二三］～康和四年［一一〇二］）は、代々住吉社の神主を務める津守家の当主で、康平三年（一〇六〇）に三九代の神主になり四三年間務めた。勅撰集に入集している歌人で、白河院の仙洞歌壇のメンバーでもあり、数々の和歌に関する逸話が残されている。『袋草紙』・『井蛙抄』には、『後拾遺和歌集』が別名「小鰺集」と呼ばれたのは、国基が選者に小鰺を贈り歌を多く入集してもらったからであるという話が載る。また、『清輔雑談集』「国基不食之事」によれば、他の人が歌会で詠んだ歌が秀歌であったために、不食になって歌を考え続け、ようやく「うす墨にかく玉草とみゆる哉霞める雲に帰る雁金」の歌を得、歌会を開いて「帰る雁」の題を出してこの歌を詠み遺恨を散じたという。(横山久美子「津守国基小考」、上野理『後拾遺集前後』、保坂都『津守家の歌人群』参照)国基はこうした逸話が残るほど和歌に対する執心を持つ人物で、「すき男」と呼ばれる条件を備えている。また、【語釈】で述べたように、住吉社のある地は、古来松の生えた「崎」であり「松が崎」と呼ばれうる地であった。

国基が衣通姫を住吉に勧請する動機となったと見られる衣通姫の奇瑞にまつわる話が、『国基集』一五三の詞書に見える。「住吉の堂の壇のいしとりに、きのくににまかりたりしに、わかのうらのたまつしまに神のやしろおはす、たづねきけば、そとほりひめのこのところをおもしろがりて、かみになりてをはるなり、とかのわたりの人のいひはべりしかば、よみてたてまつりし」とあって、「としふれどおいもせずしてわかのうらにいくよになりぬたまつしまひめ」の和歌が記され、「かくよみてたてまつりたりし夜の夢に、からかみあげて、もからぎぬきたる女房十人ばかりいできたりて、うれしきよろこびにいふなり、とて、とるべきいしどもをしへらる、をしへのままにもとむれば、ゆめのつげのままにいしあり、いしつくりしてわらすれば、一度に十二にこそわれてはべりしかば、壇のかづらいしにかなひ侍りにき」とある。この詞書によると、国基は、住吉社の御堂(白河院の勅願寺である荘厳浄土寺)の礎石にする石を紀伊の国弱の浦に取りに行き、そこで玉津島社の祭神が衣通姫で、この土地が気に入って垂迹したという謂れがあることを知り歌を詠んだ。すると夢に女房一〇人ばかりが現れて、取るべき石を教えてくれた。夢のお告げのままに石を取り割ったところ一度に一二に割れ、壇の葛石にふさわしい石が得られた、とある。『国基集』は自撰集で、この詞書は国基本人が語る実話である。荘厳浄土寺は、天慶年間(九三八〜九四七)創建と伝えられ、応徳元年(一〇八四)に白河天皇の勅により津守国基が再興した寺である。荘厳浄土寺には、境内のあちらこちらに大きな青石が配されているが、東大禅寺の境内にある「玉津島社」と刻まれた石も同じ青石で、『国基集』の詞書通り、国基が紀州弱の浦から得てきた石である可能性が高い。国基は荘厳浄土寺だけでなく自宅の庭園にも「紀州弱浦」から取ってきた石を多数用いたという(『住吉大社松葉大記』一九)。国基が衣通姫との縁を重視し大切にしていたのは明らかである。こうした玉津島社でのできごとが、国基が住吉の地に衣通姫を勧請する契機となったと考えられる。そしてこの話は白河院の勅願寺である荘厳浄土寺の創建にまつわる話でもあるから、白河院の歌壇で国基も大いに語り評判になったに違いない。本歌はこの歌壇で語られた衣通姫と国基の話が基になって成立した今様だと考えられる。「住吉四所の社前には美人と誉れ高い女の神様、衣通姫がおいでになる、愛人は誰かと尋ねると、松が崎の好き男、津守国基だよ」という内容の歌で、国基が衣通姫に惚れ込んでわざわざ住吉社の近くに勧請までしてしまった、その執心ぶりを、揶揄しながらも褒めそやす歌だったのではないだろうか。

　白河院が住吉社に参詣する際には荘厳浄土寺にもお参りし、顕季や源経信などの近臣と歌会などを行い宴を催したことだろう。住吉社は院政期には歌神として喧伝されており、貴族の間で住吉詣が盛んになり、社頭で歌合が行われた（大治三年［一一二八］九月二八日の「住吉歌合」、嘉応二年［一一七〇］一〇月九日の「住吉社歌合」）。こうした住吉社参詣の折の、顕季や経信、俊頼といった当代一流の歌人であり同時に今様の名手でもあった歌人たちが会した宴の席では、国基の数寄が話題となったことだろう。国基の執心ぶりをなかば揶揄して囃し立てた座興の歌が本歌だったのではないか。「すき男」は事情を知った者が国基に与えた称号であったろう。今様の作者もあるいは、顕季や経信、俊頼といった国基と親しい歌人であった可能性も考えられよう。

　国基の衣通姫勧請の故事が元になったこの今様は、住吉近辺の遊女の間で広がり歌われたに違いない。住吉大社の周辺には古代より「住吉乃弟日娘」（『万葉集』巻一・六五）、「清江娘子」（巻一・六九）などの遊行女婦がいた。後世にも、一休が愛した地獄太夫が泉州堺の高須の遊女であり、住吉大社の御田植神事に殖女として奉仕するのが堺の乳守の遊女であるなど、遊女の存在が確認できる。大江匡房の『遊女記』には、江口、蟹島、神崎の名の知られた遊女を列挙して「皆これ倶尸羅の再誕にして、衣通姫の後身なり」とあり、遊女たちにとって「衣通姫」は、その美貌と歌の才で遊女のシンボルともいえる存在であった。また「南は住吉、西は広田、これをもて徴嬖を祈るの処と為す」とあり、住吉社は広田社と並んで遊女たちが「徴嬖」、即ち客となる男達に召され寵愛を得ることを祈願する神社でもあった。こうしたことから、本歌が、住吉近辺の遊女の間で、信仰をもって享受されていたと考えられる。

　時代が下ると国基にまつわる逸話は忘れられて、八幡信仰の隆盛とともにこの歌は、第四宮の本来の祭神である神功皇后を歌ったものという解釈に引き寄せられていったのではないだろうか。『八幡宮巡拝記』はその解釈に基づいて引用されたものであろう。

【参考文献】

阿部泰郎『湯屋の皇后　中世の性と聖なるもの』（名古屋大学出版会、一九九八年）→※阿部

上野理『後拾遺集前後』（笠間書院、一九七六年）

川井純郎「和歌神としての住吉社」（『神道史研究』一八巻四号、一九七〇年一〇月）

小西甚一「梁塵秘抄から」（『国文学解釈と鑑賞』一三巻四号、一九四八年四月）→※小西

新間進一『歌謡史の研究　その一　今様考』（至文堂、一九四七年）→※新間

関口静雄「聖母御歌考」（『日本歌謡研究』二二号、一九八三年九月）→※関口

竹下豊「住吉の神の歌神化をめぐって」（『上方文化研究センター研究年報』一号、二〇〇〇年三月）

中村浩「歌の風土（十）」（『短歌』二一巻八号、一九七四年八月）→※中村

萩谷朴「梁塵秘抄今様歌異見」（『国語と国文学』三三巻二号、一九五六年二月）→※萩谷

保坂都『津守家の歌人群』（武蔵野書院、一九八四年）

堀越孝一『わが梁塵秘抄』（図書新聞、二〇〇四年）→※堀越

本田安次「伊勢神楽之研究」『本田安次著作集』七（錦正社、一九九五年［初出一九八八年］）→※本田

山上伊豆母『巫女の歴史―日本宗教の母胎―』（一九七一年、雄山閣出版）→※山上

八木意知男「梁塵秘抄二七三番歌考―住吉四所の御前―」（『すみのえ』一五〇号、一九七八年一〇月）→※八木

八木意知男「松が崎考」（『美作女子大学・美作女子大学短期大学部紀要』二四号、一九七九年三月）

横山久美子「津守国基小考」（『女子大国文』四八号、一九六八年二月）

二七四

松石江梨香

【影印】

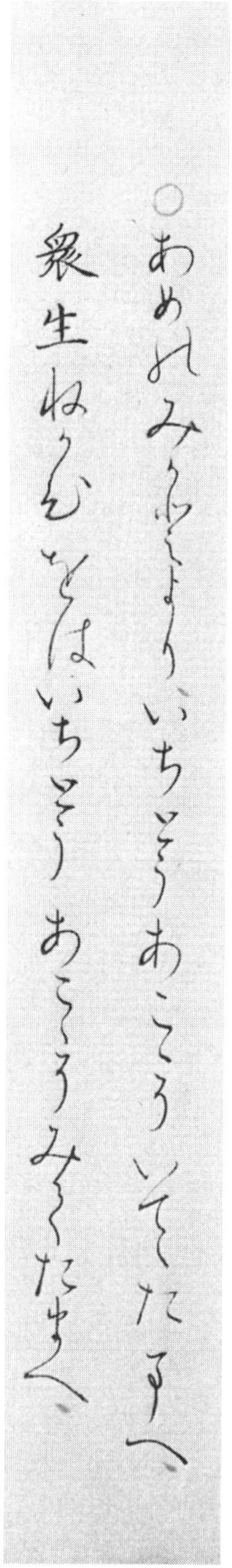

【翻刻】

○あめのみかとより、いちとうあこゝそいてたまへ、
衆生ねかひをはいちとうあこゝそみてたまへ、

【校訂本文】

○天（あめ）の御門（みかど）より　一童吾児（いちどうあこ）こそ出（い）でたまへ　衆生願（ねが）ひをば　一童吾児（いちどうあこ）こそ満（み）てたまへ

【校訂】

いてたまへ　→　「て」の仮名字に踊り字「ゝ」を添えているかのようにも見えるが、「て」の字母「天」の字のくずしが少し伸びたものと見て、「て」一文字と読んでおく。

【類歌・関連歌謡】

・神の御先の現ずるは　早尾よ山長行事の高の御子　牛の御子　王城響かいたうめる鬢頬結ひの一童や　いちゐさり　八幡に松童善神　ここには荒夷（二四五）

・石神三所は今貴船　参れば願ひぞ満てたまふ　帰りて住所をうち見れば　無数の宝ぞ豊なる（二七二）

・いや児の御前の御まへには　いや半畳たゝみを敷きならべ　いや半畳たゝみの表には　いや児の御前ぞ降りたまふ（天文本伊勢神楽歌「児の御前の歌」）

・いや宮へ誠に参られば　いや北の御門より参られよ　いや北の御門より参ればぞ　いや衆生の願ひを満て玉ふ（天文本伊勢神楽歌「北御門の歌」）

・いや日吉山王へ参れバ　いや精進をよくして参られよ　いや精進をよくして参ればぞ　いや衆生の願ひを満て玉ふ（天文本伊勢神楽歌「日吉の歌」）

【諸説】

あめのみかと　「天の御門より─出でたまへ」で「（神が）高天の原から降る意であるが、比叡山を天台山とするので、比叡山から出現せられる意で言ったか」（大系）、「天門の意で御は敬意を持つ接頭語」（荒井評釈）、「天の門。高天原の神の宮殿の関門。また太陽や月の通る道とされる」（全集・新全集・完訳）、「神々の住所である天上界の門」（榎集成・新大系）、「神々の住む高天の原の門」（全注釈）。

いちとう　日吉大社の一童（大系・全集・新全集・完訳・榎集成・新大系・全注釈）、住吉大神の童形身での現形（※関口）、十禅師の童形（荒井評釈）、「『一統』を掛けた」（古典全書）、「瓊々杵尊、即ち十禅師の別身にて童形の神」（荒井評釈）、「早尾社の小社の童形神」（大系）、「日吉大社の早尾社の小社」（全集・新全集・完訳・榎集成）。

あこ　諸注「吾児」とし、「童形の神であったから「吾児」といった」（古典全書・榎集成）、「童男童女の称」（荒井評釈）、「童子を親しんでいう」（大系・全集・新全集・完訳）、「童形であることからの呼称」（全注釈）。

いてたまへ　「この世に出て、社に祭られておられる」（榎集成）。

みてたまへ　「満足させてくださる」（榎集成）、「満足させてください」（全注釈）。

【語釈】

あめのみかと　天の御門。御門は門の尊称。「一日には千度参りし東の大き御門を入りかてぬかも」（『万葉集』巻二・一八六）や「一夜おはしましたりしに、御かどに車のありしを御らむじて」（『和泉式部日記』）とある。天上世界の入り口である「あまのと［天の門］」（「是に火瓊々杵尊、天関を闢き雲路を披け、仙蹕を駆せて戻止りたまふ」『日本書紀』巻三」、「ひさかたの天の門開き高千穂の岳に天降りし皇祖の」（『万葉集』巻二〇・四四六五」など）と同意か。「あめのみかど」は天皇の尊称として用いられることが多く、「恐しや天の御門をかけつれば音のみし泣かゆ朝夕にして」（『万葉集』巻二〇・四四八〇）や、「大蛇の尾のなかにありける時は、村雲常におほひければ、あまの村雲の剣とぞ申しける。御神是をえて、あめの御門の御宝とし給ふ」（『平家物語』巻一一「剣」）のように用いられる。また、「挂毛畏伎朕我天乃御門帝皇我御命以天」（『続日本紀』巻三〇・称徳天皇）や「東大寺ハアメノ御門ノ立タマヘルナリ」（『三宝絵詞』下・六月）

のように聖武天皇を指す場合などもある。本歌では、天皇の意ではないため、神々の天上世界と現世をつなぐ門として解釈する。

いちとう　一童。日吉社の早尾社、石清水八幡宮、広田社、吉備津神社、春日社の若宮などの小神として祀られている神。『梁塵秘抄』では「王城響かいたうめる鬢頬結ひの一童や」（二四五）や「衆生願ひを一童に」（二四七）に歌われる神である。「吾児」や「鬢面結ひ」という表現や、石清水八幡宮の一童神が「童形　腰太刀持物笏　仲快説」（『宮寺縁事抄』）から童形の神であることがわかる。また春日社の一童神が「一童長久年中所ㇾ令ㇾ附之六歳童也云〻」（『春日神社社記改正』）とあるように子どもに憑依する託宣神であったことが窺える（→二四五、二四七参照）。

あこ　吾児。幼い童や童女に対して親愛を込めて用いる。「大船に真楫繁貫きこの吾子を唐国へ遣る斎へ神たち」（『万葉集』巻一九・光明皇后・四二四〇）とあり、『源氏物語』「空蝉」では、光源氏が空蝉の弟である小君に対して「あこはわが子にてあれよ」「あこはらうたけど、つらきゆかりにこそえ思ひつまじけれ」と呼びかけている。また、『落窪物語』では、北の方が自分の娘たちのことを「よきあ子たち、われらが住まんにいと広うよし」といっている。代名詞として用いられることが多く、本歌の如く「○○吾児」という用い方は管見では見つけられない。「あこ」は幼名にも多く用いられていたようで、『大鏡』「道隆」では、隆家の幼名について「世中のさがなものといはれたまひしとのの、御わらはなは阿古君ぞかし」とある。また、『古今著聞集』では「阿古」（巻二—四二「貞崇禅師、金峰山の阿古谷の龍の神変について述ぶる事」）や「あこ法師」（巻一七—六〇五「御湯殿の女官高倉が子あこ法師失踪の事」）といった童子が登場する説話が採録されている。他にも「あこう」「あこや」「あこまろ」といった人名は説話等で多くみられ、『梁塵秘抄口伝集』巻一〇では、傀儡の「鏡の山のあこ丸」や「さはのあこまろ」の名前があがる。

いでたまへ　出でたまへ。係助詞「こそ」を受けて已然形。降臨される。『梁塵秘抄』の中に「いづ」（補助動詞を除く）は二〇例あり、その中で神仏の示現や出現を表すものは「仏は何処よりか出でたまふ」（二七）、「菩提樹下より二人出でて」（七五）、「地より出でえたる菩薩たち」（一二六）、「観音誓ひし広ければ、普き門より出でたまひ」（一五七）、「普賢文殊師子像に乗り、娑婆の穢土にぞ出でたまふ」（一九五）、「一乗唱へて出でたまふ」（二一七）、「鷲の行ふ深山より、聖徳太子ぞ出でたまふ、鹿が苑なる岩屋より、四果の聖ぞ出でたまふ」（二二〇）、「十二の菩薩ぞ出でたまふ」（二八一）、「法の使に世に出でて」（二九六）、「拘尸那城の後ろより、十の菩薩ぞ出でたまふ、博打の願ひを満てんとて、一六三とぞ現じたる」（三六七）がある。本歌では、天の御門から一童が降臨し、願いをかける衆生の前に示現する意である。

衆生ねかひをは　衆生は仏教語で、迷いの世界にあるあらゆる生類。仏の救済の対象となる生きとし生けるもの。人間たち。『法華義疏』一・序「衆生歴レ年累レ月蒙レ教修行」とある。私たち迷いのある人間の祈願を（↓二四七【語釈】「衆生ねかひを」参照）。

みてたまへ　満てたまへ。係助詞「こそ」を受けて已然形。衆生の祈願を果たしてくださる。第二句の繰り返しとなっている。『梁塵秘抄』では「石神三所は今貴船　参れば願ひぞ満てたまふ　帰りて住所をうち見れば　無数の宝ぞ豊なる」（二七二）や、「妙見大悲者は　北の北にぞおはします　衆生願ひを満てむとて　空には星ぞ見えたまふ」（二八七）、「狗尸那城の後より　十の菩薩ぞ出でたまふ　博打の願ひを満てんとて　一六三とぞ現じたる」（三六七）が近い形の表現としてある。また、伊勢神楽歌には同様の詞章を持つ歌が数多く採録されている。「いや宮へ誠に参られば　いや北の御門より参られよ　いや北の御門より参ればぞ　いや衆生の願ひを満て玉ふ」（天文本伊勢神楽歌「北御門の歌」）、「いや日吉山王へ参れバ　いや精進をよくして参られよ　いや精進をよくして参ればぞ　いや衆生の願ひを満て玉ふ」（同「日吉の歌」）などがある。「その本尊、願ひを満てたまふべくは」（『源氏物語』東屋）、や、「人の願ひ満てたまふ龍門」（『宇津保物語』藤原の君）にも見える。『平家物語』には「衆生の所願をみて給へり」（巻二「康頼祝言」）とあり、定型的な句であったようで、神の前に参拝すれば、願いが必ず聞き届けられるであろうという意である。

【考察】

院政期から鎌倉初期にかけ、若宮信仰や御子神信仰が隆盛になり、日吉社においても大神である大比叡山王＝大宮や、地主神である小比叡山王＝二宮を取り巻く眷属神であった十禅師や八王子、三宮などが神威を奮い信仰を集めていた。日吉の眷属神について佐藤眞人は「日吉社の巫女、廊御子、木守」において「二宮の境内の周辺には内王子、悪王子、若宮、児宮などの王子神、御子神が祀られているが、その多くはこの地に活動する巫覡が創始したものであろう。十禅師も童形神であり、二宮の眷属神の一つとして位置づけられていたと思われる」と述べている。本歌の一童は、更にその眷属神である若宮や御子神、みさき神の小神であり、その性格が童子に憑依し託宣を行っていた神であるということは、語釈や二四五、二四七で既に述べられている。

「一童吾児」の「あこ」とは、童子に対して親愛を込めて用いられる代名詞であるが、しばしば幼名や児の名前に用いられる。『古今著聞集』巻二―四二「貞崇禅師金峰山神変に就いて述ぶる事」では、本元興寺の阿古という童子の伝承が語られている。この阿古は聡明な童子であったが、試経で合格したにも関わらず師が別の者を得度したことを恨み、谷に捨身し龍となった。師が驚き悲しみ谷へ向かうと、人の頭と龍の体を持った阿古が師を害そうとした。しかし、その際に菩薩が師を冥護し、阿古は崩れた石におさえられた。その後、貞観年中に観海法師がその龍身を見るために谷へ向かうと、龍が夢に現れ「明朝まさに見えんとするなり」と告げた。明け方に、一頭八身の龍があらわれるが、法華経を写奉することを約束し、その功徳によって阿古を救ったという。

また、『古今著聞集』巻一七―六〇五「御湯殿の女官高倉が子あこ法師失踪の事」として、御湯殿の女官の子であるあこ法師が神隠しに遭う話が記載されている。あこ法師という七歳の小童は、夕暮れ時に小六条で相撲をとっていたところ、背後の築地から垂布のようなものがおおいかぶさり、俄かに姿を消してしまった。周りにいた童部たちも、恐ろしくなって逃げてしまった。母も大層悲しみ、くまなく探すが見つからない。三日過ぎた夜半に、女官の家の門をたたくものがあり、あやしんで内から「たそ」と問うと「失へる子とらせん。あけよ」と声がする。恐ろしくて門を開けずにいると、軒先でたくさんの笑い声がして、廊のほうへ物を投げこまれた。火をつけて見てみると、そこにはぐったりとし、馬のくそがたくさんついたあこ法師がいた。

『太平記』巻二六「洛中の変遷幷びに田楽桟敷崩るる事」では、新座と本座の田楽法師たちが四条河原に桟敷を作り、芸比べを行った際に一の簓を務めた人物の名が「阿古」であった。その様子については、「各神変の堪能なれば、見物耳目を驚かす。かくて立ち合ひ終てしかば、日吉山王示現利生の新たなる猿楽を、肝に染めてぞし閑めたる」と語られている。

更に覚如の門弟である乗専（永仁三年［一二九五］～文和

二年［一三五二］）作の『最須敬重絵詞』には、覚如の幼少期の挿話が記されている。叡山の里坊で宗澄法師に学んでいた一四歳の覚如は、学問、器量ともに優れており、その噂を聞いた三井寺南滝院の浄珍僧正が里坊から連れ去ってしまう。連れ去られた覚如は南滝院で「阿古」と呼ばれて寵され、将来には院家の管領にし、聖教を相伝させようとまで考えられていた。『新猿楽記』にも、「あこまち」と呼ばれる女性が登場しており、第一の本妻が夫の愛を祈る祭の法の中に、「稲荷山ノ阿小町ガ愛法ニハ、鰹ノ破善ヲ鼽ツテ喜ブ」とある。

書陵部蔵「宝蔵絵詞」には、熊野の切目の王子と「すちなき中」である「あこまち」という女性が登場する。切目の王子は元々熊野権現に仕える童子であったが、護法として奉仕していた僧を殺してしまったため、「ゆゆしきわさしたる物かな」と権現の怒りを買い、右足を切られて「きり辺の山」に放逐されてしまう。その後、切目の王子は熊野下向の者たちの福幸を奪い取るようになる。権現が稲荷明神に相談すると、稲荷明神は切目の王子と親しい「あこまち」を召す。「あこまち」は切目の王子を説得し、「稲荷明神に詣でた道者の福幸は取らない」と約束をさせる。永池健二はこの「あこまち」を「稲荷明神に仕える巫女ででもあったのだろう」と指摘する。

このように童子、特に寺社につかえる児や巫的な性格を持つ童の名に、たびたび「アコ」という名が用いられる。『古今著聞集』に登場した金峰山の阿古は、捨身によって荒ぶる神へと変化した。阿部泰郎は、捨身という行為自体もともと神への犠牲としてあらたな神と転生する祭儀的な回路であって、中世の伝承上、児や女人に担われるのが一般的であり、アコ・アコヤという名は、中世の伝承世界で普き巫覡の代名詞のひとつであるとする。また、児という女性的なるものを豊かにはらみながらも中性的な存在ゆえに、結界の禁忌に制止されず山中に入り、神に近いものと化して行者に〈聖なるもの〉を媒する役割を描きだしたという（「女人禁制と推参」『シリーズ女性と仏教　四　巫と女神』）。一童吾児の「アコ」という呼び名には、ただ童形であるから愛称として呼ばれているのではなく、「宝蔵絵詞」のあこまちが切目王子と語らい、道者との間をとりなす存在であったように、神と人とを結びつける聖なるものとしてのイメージを喚起するのではないだろうか。

関口静雄は「本体観世音考」で口頭発表（日本歌謡学会昭和五六年秋季大会）の要約のみで論拠は明らかではないが、「天の御門」の歌に見える「一童」は、記紀神話や民俗伝承を重視すれば住吉大神の童形身での現形とした。『梁塵秘抄』の他の歌に見える一童は日吉山王の早尾社の摂社である一童を指しているが、本歌は「天の御門より」と歌うのみである。一童は、日吉、春日、石清水、吉備津、広田等の広く信仰を集める有力な神社でそれぞれ託宣などの活動していた巫童が神として祀られるようになったものと考えられる（→二四五、二四七参照）。本歌は必ずしも場所を限定せず、院政期に瑞々しい神威をふるう童形の一童の降臨を謡うもので、実際に神降ろしの場において歌われたのであれば、あるいは神を乞う歌として働いたと考えられる。

【参考文献】

阿部泰郎「女人禁制と推参」大隅和雄・西口順子編『シリーズ女性と仏教　四　巫と女神』（平凡社、一九八九年）
関口静雄「本体観世音考」（『宇部国文研究』一三号、一九八二年三月）
永池健二『逸脱の唱声　歌謡の精神史』（梟社、二〇一一年）

二七五

佐々木聖佳

【影印】

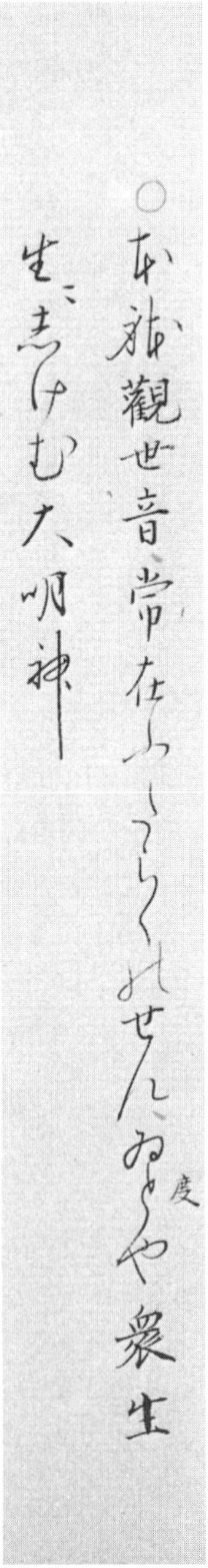

【翻刻】

○本体観世音、常在ふたらくのせん、ゐと(度)や衆生
生(こ)しけむ大明神

【校訂本文】

○本体観世音　常在補陀落(ふだらく)の山(せん)　為度(ゐど)や衆生故(こ)　示現(じげむ)
大明神

【校訂】

ゐと　「と」の右傍に「度」と墨書。

生(こ)　二行目「生」の右下に「こ」と墨書。「生」に傍記されたと見る。書写者が「生」は「こ」の誤写と見たか。もしくは、異本によって「こ」と注したか（→【語釈】参照）。

【類歌・関連歌謡】

・本覚を問へり。（中略）夢に一の女あり、帳の中より出でて告げて曰く、
本体観世音、常在補陀落、為度衆生故、示現大明神（『本朝神仙伝』巻三―四）

・実正示給と而（中略）大明神被仰云自御宝殿、
本体観世音　常在補陀羅山　為度衆生故　示現大明神
（春日大社所蔵大東家文書「皇年代記」）

・又賀茂明神ハ、

本体観世音　常在補陀落　為度衆生故　示現大明神（『神道集』巻三―九「鹿島大明神事」）

・本地ノ御事ヲ祈リ玉ヒシカハ明神ノ御夢想ニ曰
本体観世音　常在補陀落　為度衆生故　示現大明神（『破邪顕正義』）

・唵嚕鶏入縛訖哩
本体観世音　常在補陀洛山　為度衆生故　示現大明神（『山王秘記』）

・礼文　本体観世音　常在補陀山　為度衆生故　示現大明神（『日吉山王参社次第私記』）

・礼文云。本体観世音　常在補陀落　為度衆生故　示現大明神矣（『日吉山王新記』）

・彼のたらえうに本地の文をか丶れけり、
本体観世音　常在補陀落　為度衆生故　示現大明神（長門本『平家物語』五「厳島次第事」）

・亦曰。本体観世音　常在補陀落山　為度衆生故　示現大明神（『麗気記』所引『天照皇大神宮鎮座次第』）

・本体観世音　常在補陀落　為度衆生故　示現大明神（魚山叢書『伽陀集』「天台大師講讃」『日本漢文資料　楽書篇　声明資料集』）

・本体観世音　常在極楽界　為度衆生故　示現大明神（魚山叢書『伽陀集』「江文講式」『日本漢文資料　楽書篇　声明資料集』）

・本体観世音　常在補陀洛山　為度衆生故　示現大悲身（『稲荷明神講式』第二段『稲荷大社由緒記集成　補遺篇六』）

・本体観世音　常在補陀落　為度衆生故　示現大明神（『天神講式』第一段『神道大系　北野』）

・本体観世音　常在補堕落　為度衆生故　示現天満神（『天神講私記』第一段『北野誌　地』）

・本体観世音　常在補陀洛　為度衆生故　示現種種形（『熊野権現講式』第一段『熊野那智大社文書五』）

・本地観世音　常在補陀洛　為度衆生故　示現弁財天（『弁財天女講式』第一段『貞慶講式集』）

・本体観世音　常在極楽界　為度衆生故　示現大明神（『諏訪講之式』第二段『諏訪史料叢書八』）

【諸説】

本体　「神となつて現じた場合に、その本来の姿、身相」「神仏習合思想より出た語」（荒井評釈。全集・新全集・完訳もほぼ同意）、「神の本地」（榎集成・新大系・全注釈）。

ふたらくのせん　諸注、「補陀落の山」。

ゐとや衆生　諸注、「為度や衆生」。「衆生を済度（救済）往生せしめる為に」（荒井評釈。大系・全集・新全集・完訳・全注釈）。「や」

は間投助詞（荒井評釈・全集・新全集・完訳・榎集成・全注釈）、「や」は調子を整える間投のはやし詞（大系）。

生(こ) 諸説「生々」とする。※乾が「故、」の誤りとし、※関口②③が従う。「生々」については、「世々」（荒井評釈）、「永劫に」（全集・新全集・完訳）、「いつの世にも」（榎集成）、「生をさらに生起せしめる原理」（全注釈）。

全体の解釈 「いづれかの社の礼文・講式であろう」（小西考）、「白山神社、比叡山客人社の礼文、講式であらう」（荒井評釈）、「白山妙理権現を祭る礼文によったか」（大系、全注釈）、「偈によった」（榎集成）、「広田社のいずれかの祭神、特に西宮社の主神を讃えた」（※関口①）、「天台系の習合思想による訓伽陀風の観音偈。広く流布した諷誦」（新大系）、『三宝輔行記』に引く「法華経」神力品の偈「諸仏救世者、住於大神通、為悦衆生故、現無量神力」や、『華厳経』の「発身恒寂静、清浄無二相、為度衆生故、示現種々形」などの形式が基になって、種々作りかえられたかとする（荒井評釈）、「『法華経』寿量品の模倣か」（全集・新全集・完訳）。

【語釈】

本体 本地垂迹説でいう「本地」。日本では仏教の立場から、仏・菩薩が衆生を救うために仮に神の姿をとってこの世に現れるとする本地垂迹思想が形成されたが、神に対応する仏をさして「本地」といった。院政期頃から神の本地仏を特定するようになり、諸社の祭神ごとに本地の仏・菩薩が定められてそれらを祀る本地堂が建立された。吉田一彦「垂迹思想の受容と展開―本地垂迹説の成立過程―」によれば、日本では十一世紀中頃から十二世紀初頭にかけて本地垂迹の「本地」に該当する概念が登場し、「本地」の語が明記され、神と仏・菩薩とを一対一で対応させる考え方がはっきり記述されるようになるのは平安時代後期の十二世紀頃であるという（『長秋記』長承三年［一一三四］二月一日条、『百錬抄』安元元年［一一七五］六月一六日条）。「本地」に類する用語は他に「本体」「本覚」「本縁」など複数あるが、その中で「本体」の語が「本地」と同じ意味で用いられるのは、本歌に関わる『本朝神仙伝』巻三―四「本体観世音　常在補陀落　為度衆生故　示現大明神」の託宣の伽陀で、この例が「本地」の概念を表す最も早い例となる。時代が下ると、鎌倉時代成立の『宮寺縁事抄』の元慶元年（八七七）一一月一三日の八幡神の託宣に「我為持日本国、示現大明神。本体是釈迦菩薩変身、自在王菩薩」とある。

観世音 観世音菩薩。観自在菩薩ともいう。菩薩の一尊。人々が名号を唱える音声に観じて、大慈大悲を垂れ人々を救いとることを本願とする菩薩で、日本では古代より広く信仰を集めた。観世音について説かれた多くの経典の中で、最も古いのは、「観音経」とも呼ばれる『法華経』観世音菩薩普門品第二五である。『梁塵秘抄』一五七から一五九の「観音品」の三首の歌は「観音経」の教えを歌ったものである。この中で、一五七「観音誓ひし広ければ　普き門より出でたまひ　三十三身に現じてぞ　十九の品にぞ法は説く」は、観音は普く衆生を救う為に衆生に応じて仏身、梵王身など三三の姿に変身するという「観音経」の「普門示現」の考えを歌ったものである。この「普門示現」の考えから、観音菩薩は六観音など多様な別神が存在するが、本歌の観世音が衆生を救う為に大明神として示現するという概念とも関わっていると考えられる。

常在　常にいらっしゃる、の意。「常在」の語は、「釈迦の住所はどこ〳〵ぞ　法華経の六巻の自我偈にや説かれたる文ぞかし　常在霊鷲山にならびたる及余諸住所はそこぞかし」（二八五）にも見える。また、二二九の「尺迦はつねにましまして霊鷲山にて法ぞ説く」の「つねにましまして」は「常在」を訓読したものである。どちらも『法華経』「如来寿量品」自我偈の「常在霊鷲山　及余諸住処」という句を主題としたものである。「如来寿量品」一六には「我成仏已来。復過於此百千万億那由他阿僧祇劫。自従是来。我常在此娑婆世界説法教化。亦於余処百千万億那由他阿僧祇国導利衆生」とあり、釈尊は悟りを開いてから多くの時間が過ぎてもこの娑婆世界に「常在」して法を説き教化して衆生を導く、と説かれており、自我偈はこの教えを偈にしたものである。観世音菩薩もまた衆生を救うために補陀落山に常においでになるということは、新訳『華厳経』六八に「於此南方。有山。名補怛洛迦。彼有菩薩。名観自在」と説かれている。

ふたらくのせん　補陀落の山。「山」は、『類聚名義抄』に「山（略）和セン」とある。「の」を入れて訓読し語調を整えた。同じ用法の例は、『梁塵秘抄』三一五に「南海ふたらくのせんにむかひたり」とある。「補陀落」はサンスクリット語の「Potalaka」の音写で、インドの南方にあり、観世音菩薩がおいでになるとされる山である。新訳『華厳経』第六八には、南方の「補怛洛迦」は、西面の巌谷に泉が流れ、樹林、香草が繁った山で、「金剛宝石上」に観自在菩薩が結跏趺坐しており、無量菩薩は皆恭敬囲遶して「大慈悲法」を聞くとある。また、玄奘の『大唐西域記』巻一〇—一七では、インドの南の「秣羅矩吒国」に「布呾落山」があり、観自在菩薩が往来し泊まる所とある。菩薩を見奉ろうと願う者は命を顧みず山に登るが行きつくことのできる者は大変少ない、ところが山下の住民でお姿を見たいと祈願する者には、自在天の姿や塗灰外道の姿で望みを遂げさせることがある、と記されている。日本でも補陀落信仰は古代から見られ、観音菩薩像が安置された御堂に「補陀落山浄土変」が安置されていた。光明皇后の為に興福寺に建てられた一堂には「補陀落山浄土変」が西辺に掛けられ（『扶桑略記』天平宝字五年［七六一］二月条）、西大寺薬師金堂には「補陀落山浄土変一鋪」があった（『西大寺資財流記帳』）。平安時代になると鳥羽殿跡の御堂の北面には「補陀羅山」が描かれていた例がある（『長秋記』天承元年［一一三一］七月八日条）。また、『今昔物語集』に、僧迦羅と五百人の商人たちが女性だけの住む島に流れ着く話があるが、女性達が羅刹鬼であることを知って逃げる時に、「補陀落世界ノ方」に向かって、「心ヲ発シテ皆音ヲ挙テ観音ヲ念ジ」たとある（巻五―一「僧迦羅五百商人、共至羅刹国語」）。日本で古くから補陀落の霊地とされたのは紀伊の熊野那智大社で、はるか南方にあると観念された補陀落山に向かって那智浦から小舟で出て行く補陀落渡海が行われた。『とはずがたり』巻五にも、土佐の足摺岬からの補陀落渡海が描かれている。こうした補陀落渡海のイメージは『梁塵秘抄』三七にも「観音大悲は舟筏　補陀落海にぞうかべたる　善根求むる人しあらば　乗せて渡さむ極楽へ」と歌われている。大和では、御蓋山を補陀落山と見る春日浄土信仰が見られた。鎌倉時代の根津美術館所蔵『春日補陀落山曼荼羅』は春日大社・興福寺の情景を中心にして、曼荼羅上部に補陀落山浄土が描かれている。

ゐとや衆生生（こ）　為度や衆生故。原文には、「衆生」の後の「生」と「し」の間の右傍に墨書が書かれている。先行注釈では、この墨書を「々」と見て「生々」とし、「いつの世にも」「永劫に」の意に解釈されてきた。しかし、「生々」は、『伊呂波字類抄』に「生々（シヤウ〳〵）―世々」とあり、単独ではなく「生々世々」の形で使用される。「我今苦行最甘心、為悔生々殺盗婬」（『菅家文章』巻一―五三）のように、単独で用いられる例も存したが、ほとんどは「生々世々」か、『今昔物語集』の「願クハ我レニ世々ニ諸仏ヲ見奉リ、生々ニ法花経ヲ聞キ奉テ」（巻一四―一八）のように「生々」と「世々」の対の形で用いられる。『梁塵秘抄』にも「生々世々にも値ひ難き」（一六八）、「生々世々に擁護して」（四二〇）と「生々世々」の形で見られる。また、「々」の字について『梁塵秘抄』を見ると、同じ漢字を繰り返す場合は略さずに再度漢字を書くため「々」はほとんど用いられておらず、一六八、四二〇の「生々世々」の二例と、二二四の傍訓「一々」の一例しかないが、この三例の字体は草書体で書かれ、本歌の字体とは異なっている（図版①）。また、「生々世々」は生まれては死に、死んでは生まれることを永遠に繰り返

図版①「生々世々」の例

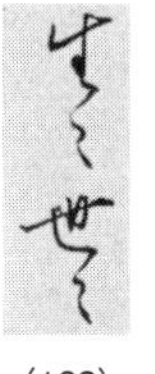

（168）

（420）

図版②「こ」の例

（47）

図版③　傍記がずれる例

（384）

すことをいい、副詞的に「いつまでも」の意で使用される。「衆生を救う為に大明神に示現した」という本歌の内容からすると意味をなさないため、「生々」とする従来の説はとらない。※乾は、この今様と同類型の伽陀がすべて「為度衆生故」であることから、「生」ではなく「故」であるとし、「生々」は「故」の草書体の誤記で、「々」は朱点「、」が紛れたと解釈している。乾が指摘するように、『法華経』自我偈を始めとして、経典では「為度衆生故」という五文字の形が一つの類型句であることから、「生」は「故」であると考えられる。ただし、「生」は諸書体ではっきり書かれており、「故」の草書体の誤記とは考えにくい。墨書の字は『梁塵秘抄』の字では「こ」の字体に最も近い（図版②）。書き写す時に、書写者が原文の「故」を「生」と書き間違えて「こ」に訂正したか、もしくは原文に「生」とある箇所が異本では「こ」とあることを注記したか、いずれかによる傍記の可能性を考えたい。傍記された位置は「生」の真横ではなく下にずれているが、『梁塵秘抄』で本文の字の訂正を行う時には右傍の字が下にずれる場合もあった。三八四の「をきな」の「き」に付された「う」はその例である（図版③）。いずれにしても、この句は本来「為度や衆生故」であったと考えられる。「為度衆生故」は、「衆生を度する為故に」と訓読し、衆生を救う為故に、の意である。「度」は仏教語で救う、悟らしめるの意。「や」は、リズムを整えるための間投助詞。熟語に間投助詞「や」を挟むことは、『梁塵秘抄』では他にも「龍樹や大士の開かずは」（四一）、「師子や王の如くなり」（一一三）、「師子や王のよそのひは」（二一六）のように、「龍樹大士」「師子王」とあるべきところ、間に「や」が挿入された例がある。『宝篋印陀羅尼経』料紙の今様第三首にも「霊鷲や山の雲のほか、つきはかくれて二千年」とある。

示現大明神　大明神となってこの世に姿を現す。「示現」は、神仏習合思想により、仏菩薩が神の姿でこの世に姿を現すことをいう。「大明神」は神号の一つで、春日大明神、住吉大明神のごとく神名の下につけて称える。『梁塵秘抄』では二四二に貴船の神に対して「きふねの大明神」とある。今堀太逸「「大明神」号の成立と展開」、中村一晴「平安期における大明神号の成立とその意義」によると、「大明神」という神号の最古の例は、『日本三代実録』仁和二年（八八六）八月七日条の「松尾大明神」であり、十世紀中には、住吉、大鳥、気比でも大明神号が使用されていたという。十二世紀には、『悲華経』の句に仮託した伽陀を典拠として釈迦が末法中に大明神として現ずるという説が『注好選』に見え、中世以後神仏分離に至るまで「大明神」は仏教的神号として通用するようになるという。「大明神」がどこの神をさすかという点について、先行注釈では「白山妙理権現」（大系・全注釈）、「白山神社」（荒井評釈）、「比叡山客人社」（荒井評釈）、「広田社のいずれかの祭神、特に西宮社の主神」（※関口）の神々の名があがっている。「白山妙理権現」、「白山神社」、「比叡山客人社」の説は、根拠は示されていないが、『山王秘記』の白山妙理権現を祀る客人社の礼文がこの今様と同類型の伽陀であること、『本朝神仙伝』巻三―四で、稲荷社に籠もりこの伽陀の託宣を下されたのが白山を開山した泰澄であることによると考えられる。また関口静雄は、「本体観世音考」で、二七五の前後の歌が広田社や祭神の神功皇后を歌っていることから、広田社、特に西宮社の主神のこととしている。前後三首のうち、二七三は神功皇后ではなく衣通姫を歌った歌であると考えられ（→二七三参照）、二七四は一童を勧請する今様で神社を特定することができない（→二七四参照）が、二七六は明らかに広田社南宮を歌ったものであり、直前におかれたこの二七五も広田社で歌われた可能性はある。これら以外では、吉原浩人が「大江匡房と院政期の稲荷信仰（上）―伏見稲荷大社蔵『諸社効能』「稲荷」条の本地説をめぐって―」で、この偈が稲荷神と観音菩薩の習合の場面において作成された可能性にふれている。また、春日大社、賀茂神社、諏訪大社下社で歌われた可能性も考えられる。

【考察】

本歌は、本地垂迹説に基づき、神の本地が観世音であることを明かす歌で、元になった漢文体の伽陀があり、それを音読して語調を整え今様として歌われたものである。

本歌の「補陀落の山」の「の」、「為度や衆生」の「や」は今様として歌うために挿入されたもので、これらの助詞を外し漢字を当てると、「本体観世音　常在補陀落山　為度衆生　示現大明神」となる。この句の中で「為度衆生生」の二字目の「生」の字の右下には墨書が小さく書かれており、これまでほとんどの先行注釈で、これは同の字点とみなされ、「生々」と読まれてきた。しかし【語釈】で検討したように、用例や字体、意味からいって「生々」とすることには疑問があり、これは本文ではなく、「生」の字に対して「こ」と傍記したものであると考える。この傍記が誤写の訂正か、異本による校合かは判断できないが、書写者は「為度や衆生こ」という本文を意図して傍記したと見られる。この今様の元となった同類型の伽陀がすべて「衆生故」としていることからも、この今様の本文は「生々」ではなく、「為度や衆生故(こ)」であると考えたい。

この今様の元になった漢文体の伽陀は、【類歌・関連歌謡】であげたように類例が多い。『本朝神仙伝』巻三―四、春日大社所蔵大東家文書「皇年代記」、『神道集』巻三―九、『破邪顕正義』、長門本『平家物語』五「厳島次第事」には神の託宣の伽陀として、『山王秘記』、『日吉山王新記』、『日吉山王参社次第私記』、『麗気記』所引『天照皇大神宮鎮座次第』には神を讃歎する礼文としてあげられている。また、「天台大師講讃」・「江文講式」の伽陀、『稲荷明神講式』、『天神講式』、『天神講私記』、『熊野権現講式』、『弁財天女講式』、『諏訪講之式』などの講式にも見られる。これらの講はいずれも、観世音を本地とする神を本尊として営まれたもので、本地垂迹の徳を讃える段の最後にこの伽陀が誦される。伽陀は基本的に五音四句の形式であるが、第四句の「示現大明神」は、「示現大悲身」(『稲荷明神講式』)、「示現天満神」(『天神講私記』)、「示現種種形」(『熊野権現講式』)、「示現弁財天」(『弁財天女講式』)と、対象とする神に応じて歌い替えられている。下二句の「為度衆生故　示現大明神」は、阿弥陀仏や盧舎那仏を本地とする神を讃えた講式の伽陀にも多く用いられている。例えば、『神祇講式』『舎利講式』など盧舎那仏を本地とする神を讃歎する伽陀では「本体盧舎那　久遠成正覚　為度衆生故　示現大明神」、『東大寺八幡験記』や『八幡愚童訓』に記された伽陀のように阿弥陀仏を本地とする神を讃える伽陀では「昔於霊鷲山　説妙法華経　為度衆生故　示現大明神」とある。この他、『源平盛衰記』巻一三「入道信二同社一幷垂跡」、『諏方大明神講式』では上二句を「法身恒寂静　清浄無二相」とする伽陀も見られる。このように、下二句の「為度衆生故　示現大明神」は、神の本体は仏で、衆生を救う為に神となってこの世に現れた、という本地垂迹を明かす表現である。この二句について、大原勝林院魚山叢書『春日講式』の冒頭に「夫、本体盧舎那、久遠成正覚者、八相成道、利物之終、為度衆生故、示現大明神者、和光同塵、結縁之大悲、深重之至極、広度衆生之方便也」(阿部泰郎「神道曼荼羅の構造と象徴世界」参照)とあり、また、『源平盛衰記』

巻九「康頼熊野詣」にも「神明顕れ給はずは、何に依てか露ばかりも仏法に縁を結び奉らん。化度利生の構へはかの榊・幣より始め、かたぐる巫が鼓の音までも、開示悟入の善巧は、哀れに忝き御事なり。故に、「為度衆生故、示現大明神」とも説き、和光同塵は結縁の始めとも釈せり」とある。いずれも「為度衆生故示現大明神」の句は「和光同塵は結縁の始め」の意であると説明されており、本地垂迹を表す句として広く用いられたものであることがわかる。

この伽陀が用いられた最も古い例は『本朝神仙伝』巻三―四である。白山開基の祖泰澄が神の本地を問うて諸国の神社をめぐる話で、京都の稲荷社での奇瑞について、「諸の神社に向ひて、その本覚を問へり。稲荷の社にして数日念誦するに、夢に一の女あり、帳の中より出でて告げて曰く、本体観世音、常在補陀落、為度衆生故、示現大明神といへり」とある。「本覚」を問うて数日念誦していると、夢に一人の女性が現れ、「本体観世音、常在補陀落、為度衆生故、示現大明神」と告げたという。「帳の中より出て」とあるのでこの女性は稲荷社の神と捉えることができる。

また、平安時代に遡るもう一つの例が、春日大社所蔵大東家文書「皇年代記」の断簡である。藤原重雄が「垂迹曼荼羅の環境・景観描写ノート」で紹介し、『春日大社所蔵大東家文書目録』で翻刻している。本文に「天治二年五月三日夜暁、為安居師□□得業厳与御社テ蒙示現ヲ、故龍花院法務僧正御房とオホシキ人、楼ニ天最勝王経講進令申請給様、御神ハ何テ御ソ、実正示給と而最勝王経四巻令講進給時、大明神被仰云自御宝殿、本体観世音常在補陀羅山、為度衆生故示現大明神云々」とあり、天治二年（一一二五）の五月三日暁に、得業厳与が春日社で霊夢を受け、夢の中で、故龍花院法務僧正（頼信僧正）とおぼしき人が春日社の「楼」（御廊）で「御神は何で御（おはす）ぞ、実正示し給へ」と祈念して最勝王経を講進すると、大明神が宝殿より「本体観世音常在補陀羅山為度衆生故示現大明神」と仰せになったという内容である。いずれも行を積んだ徳の高い僧が神に本地を示してほしいと祈願すると、その望みに応えて神が夢に現れ、自らの本地が観世音であることを伽陀の形で明かしている。吉原浩人は、神仏習合思想上において院政期は一つの劃期で、『本朝神仙伝』の作者である大江匡房が伊勢、熊野、八幡、賀茂、春日など一〇数社に及ぶ神社に祀られた神々の本地を明かし、固定していった可能性があると指摘している（「神仏習合思想史上の大江匡房―『江都督納言願文集』『本朝神仙伝』などに見る本地の探求と顕彰―」）。『長秋記』長承三年（一一三四）二月一日条には、鳥羽上皇が熊野神社に行幸した際に、那智で先達を招いて本地を尋ねたことが記されており、「丞相、和命家津王子、法形阿弥陀仏」「両所、西宮結宮、女形、本地千手観音」という具合に、三所と五所王子の神名、形、本地が一つ一つ記録されている。院政期頃、神社に祀られている神の本地を知りたいという強い欲求があったことが看取される。なぜ本地を尋ねるのかといえば、神の本地を知って本地仏を供養するためであろう。『古事談』に、藤原範兼が賀茂社に参詣し「大明神の御本地は何にて御坐すやらむ」と祈請して眠ったところ、夢に女房が現れ、蓮華を持った聖観音の姿になり、たちまち火炎に焼かれて黒々となった。範兼は、「等身の正観音」を造立して東山堂に安置し、その結果、願い通り出世し、子孫が繁栄したという話がある（巻五―一四・三四六）。この話から、神の本地を知り本地仏を供養することで、より大きな「大明神の利生」が得られるという観念があったことがわかる。本地を知りたいという欲求に対し、神は自らの本地を「為度衆生故　示現大明神」という句の伽陀で明かすのである。

　神々の託宣の例を見ていくと、本地を明かす託宣には一定の語りの型がある。例を挙げると、『石清水八幡宮記録』に『宮寺縁事抄』を引用して、「託宣云、我為持日本国、示現大明神。本体是尺迦菩薩変身、自在王菩薩、是名法体。中女体、我母阿弥陀如来変身也。中俗体者、観世音菩薩変身我弟也。元慶元年十一月十二日。又云、我釈迦化也。而一切衆生乎度ト念天神道ニ現セリ。延喜二年四月二日」とある。元慶元年（八七七）の託宣には「我は本体が釈迦で日本国を持つ為に大明神に示現した」とあり、延喜二年（九〇二）の託宣には「我は釈迦化（釈迦の化身）で衆生を救うと念じて神道に現れた」とある。また『洛陽北野天神縁起』には、「其夜ノ夢ニ匡衡見ケルハ、天神、御殿ノ御戸ヲ押開テ、心肝ニソンデゾ覚ユル。抑日月ヲ天上仏神ナラテハイカヾ推スベキ。既ニナンゾ神ニ通ズ、我ハ是本地観音也。極楽ニハ称為二無量寿一、娑婆ニハ示二現北野神一トテ夢サメヌ。其ヨリゾ、北野天神ヲハ観音ノ垂迹トモ知奉リケリ」とあり、大江匡衡の夢の中で北野天神が、「我は本地が観音で、極楽にあっては「無量寿」と称し、娑婆にあっては北野の神と示現した」と託宣する。いずれも、「我は」で始まり、本体が仏菩薩であり神として示現した、と述べる語りの型である。「本体観世音」の伽陀には、「我は」の文言はないが型は同じで、本歌の元になった伽陀も、本来は神自らが託宣の形で本地を明かす託宣の場、神懸かりの場に関わるものであったと推測できる。

託宣は神の言葉であり、託宣で「我は」と述べるのは神自身である。その託宣の伽陀を人が誦すこともあった。その例をあげると、『源平盛衰記』巻一三「入道信二同社一幷垂跡」に、厳島明神の本地が八幡別宮であることを述べて「御託宣文云、「法身恒寂静清浄無二相、為度衆生故示現大明神」、御祓ノ時ニハ必此文ヲ誦スト申」とあり、神の託宣の「法身恒寂静清浄無二相、為度衆生故示現大明神」という伽陀が「御祓」の時の文として誦されるようになったという。神の託宣の伽陀が、罪穢れを祓い神を迎える呪力をもつものとしてとらえられ、誦されるようになっていったことがわかる。神の本地を明かす託宣の伽陀を、神と交流する神職や巫女が唱えることは神と交感することであり、神への祈りに通じる。日吉社の客人社では、礼拝する時に陀羅尼と共に「本体観世音」の伽陀が「礼文」として唱えられたが（『日吉山王新記』、『日吉山王参社次第私記』）、おそらくこの礼文も、客人宮の神、白山妙理権現の託宣の伽陀として伝えられてきたものが、礼拝の時に唱える文とされたのであろう。本地垂迹思想の高まりの中で、「本体観世音」の伽陀は、神が自らの本地を語る託宣という形で生まれ、大明神とその本地仏を讃歎するために誦され法会でも用いられるようになったと考えられる。

本歌の元になった漢文体の句は、第二句だけが「常在補陀落山」と漢字六字になっている。声明で唱えられる伽陀は五言または七言の四句が定型で、この伽陀の場合もほとんどが「常在補陀落」と五字の形であるが、「皇年代記」は「常在補陀羅山」と六字になっている。最も古い『本朝神仙伝』の稲荷社の託宣の伽陀は「常在補陀落」と五字であるが、『稲荷明神講式』の伽陀は定形外の六字であり、これが古伝に基づいたものだとすると稲荷社の託宣の伽陀は本来六字であった可能性がある。「常在補陀落山」という六字の形が、形式が整えられる以前の古い伽陀の形であろう。本歌はこのように古い形の伽陀を元にしており、歌われた場もまた、伽陀が本来歌われた場、つまり神が示現し、自らの本地を明かす託宣を下す場と関わりを持つと推測される。

本歌が歌われた神社は、観世音を本地とする神を祀る神社であればどこの神社でもありえ、広く歌われたであろう。たとえば、「皇年代記」で伽陀の託宣が示された春日社もその代表的な歌の場であったろう。春日社は、平安時代、藤原氏の先祖神として藤原摂関家の篤い信仰を受け、一殿に祀られている武甕槌命の本地は、藤原氏の守護仏とされた興福寺の南円堂の本尊、不空羂索観音と同じ観世音とされた。保元年間（一一五六〜一一五九）に成立した『袋草子』には「ふだらくのみなみの岸にいへゐしていまぞさかへん北の藤波」という歌が見え、「これは南円堂の壇突くの時、翁出で来りて、この壇を突くとてこの歌を誦す。春日明神の変化」という一文が付されており（『新古今和歌集』巻一九・神祇歌・一八五四にも。ただし「いへゐして」は「堂たてゝ」とある）、春日の神と南円堂の不空羂索観音との関わりが窺える。根津美術館蔵「春日補陀落山曼荼羅」（鎌倉時代）は、春日山や御蓋山の上空に海に浮かぶ補陀落山が描かれたもので、春日の一宮の本地が観音で、春日山が補陀落山であるという信仰が存したことがわかる。また、『玉葉』建久五年（一一九四）七月八日条によると、春日五社の本地仏をそれぞれ供養する春日本地供の儀礼が行われたが、一宮（武甕槌命）の本地は不空羂索観音であった。鎌倉時代になると、貞慶が『春日講式』『別願講式』を作って、武甕槌命の本地は釈迦であると喧伝し、春日社の神の伽陀としては「本体盧舎那　久遠成正覚　為度衆生故　示現大明神」という釈迦が本地であることを明かす伽陀しか知られていなかったが、恐らくそれ以前は「皇年代記」にあるような「本体観世音」の伽陀が誦されたに違いない。

春日社以外では、賀茂社でも歌われた可能性がある。『神道集』巻三―九に「又賀茂明神ハ」として「本体観世音」の伽陀が記されている。先述した『古事談』の藤原範兼の話では、範兼は賀茂社の大明神の本地が観音であることを示され、聖観音像を造立して堂に安置し供養しているが、平安時代に本地仏を供養する法会が営まれ、そこで「本体観世音」の伽陀が誦された可能性がある。また、『本朝神仙伝』で泰澄にこの伽陀による託宣が示された稲荷社も、「稲荷明神講式」に伽陀が用いられている。これまで指摘されてきた白山神社、日吉社、広田社だけでなく、春日社、稲荷社、賀茂社、諏訪社の神前などで歌われた可能性も想定できよう。

【参考文献】

阿部泰郎「神道曼荼羅の構造と象徴世界」桜井好朗編『神と仏―仏教受容と神仏習合の世界―』（春秋社、二〇〇〇年［初出一九八五年］）
乾克己「金沢文庫の「伽陀」小考」『中世歌謡の世界』（近代文藝社、一九九二年［初出一九八二年］）→※乾
今堀太逸「「大明神」号の成立と展開」『神祇信仰の展開と仏教』（吉川弘文館、一九九〇年）
関口静雄「本体観世音考」（『宇部国文研究』一三号、一九八二

年三月）→※関口①
関口靜雄「聖歌と佛会歌謡（上）（下）」（『伝承文学研究』二九・三〇号、一九八一年八月・一九八二年八月）→※関口②
関口靜雄「佛會歌謡小考」（『和漢比較文学叢書　第五巻　中世文学と漢文学Ⅰ』汲古書院、一九八七年）→※関口③
中村一晴「平安期における大明神号の成立とその意義」（『佛教大学大学院紀要　文学研究科篇』三七号、二〇〇九年三月）
藤原重雄「垂迹曼荼羅の環境・景観描写ノート」津田徹英編『仏教美術論集2　図像学Ⅰ―イメージの成立と伝承（密教・垂迹）』（竹林舎、二〇一二年）
藤原重雄編『二〇一〇～二〇一二年度　東京大学史料編纂所特定共同研究（中世史料領域）研究成果報告書　春日大社所蔵大東家文書目録』（二〇一三年）
吉田一彦「垂迹思想の受容と展開―本地垂迹説の成立過程―」速水侑編『日本社会における仏と神』（吉川弘文館、二〇〇六年）
吉原浩人「大江匡房と院政期の稲荷信仰（上）―伏見稲荷大社蔵『諸社功能』「稲荷」条の本地説をめぐって―」（『朱』三七号、一九九四年三月）
吉原浩人「神仏習合思想史上の大江匡房―『江都督納言願文集』『本朝神仙伝』などにみる本地の探求と顕彰―」和漢比較文学会編『和漢比較文学叢書　第一四巻　説話文学と漢文学』（汲古書院、一九九四年）
Niels Guelberg「講式データベース」

二七六

永池健二

【影印】

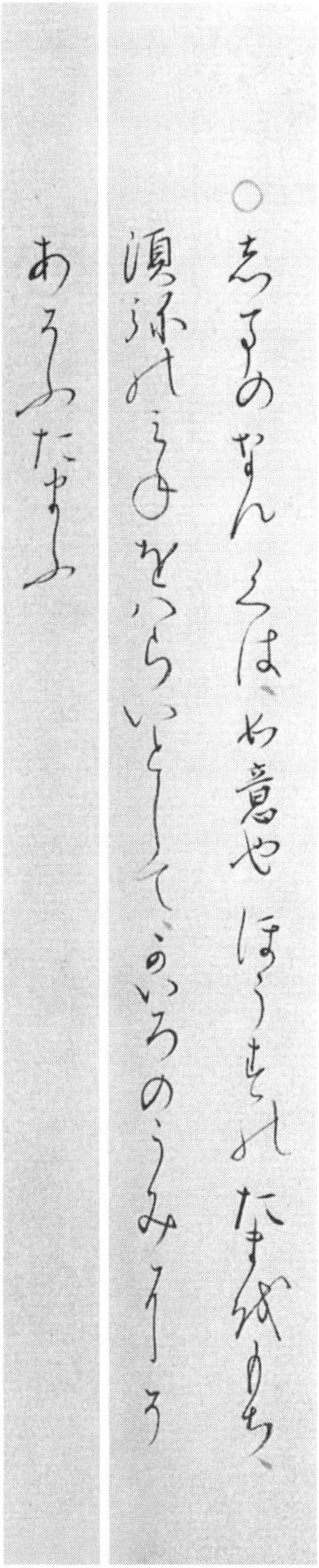

【翻刻】

○しまのなんくは、如意やほうすのたまをもち、
須弥のみねをはらいとして、かいろのうみにそ
あそふたまふ

【校訂本文】

○浜(はま)の南宮(なんぐ)は　如意や宝珠(ほうず)の玉(たま)を持(も)ち　すみのえ神を
はらいとして　鹿蒜(かひる)の海(うみ)にぞ遊(あそ)うたまふ

【校訂】

しまのなんく　→　はまのなんく（浜の南宮）　山田孝雄「梁塵秘抄をよむ」（※山田）（誤写類型Ⅰ）。

[illegible]　→　「[illegible]」を「え」とよみ、「[illegible]」を「神」の誤記として、「すみのえ神をはらいとして」と考定。諸注、※山田に従い「らい」を「かい」の誤記とするが不審（→【語釈】【考察】参照）。

かいろ　→　かひる　気比社神楽歌により訂正（→【語釈】参照）。

あそふ　→　あそう　「あそび」の音便であるから、「ふ」

は「う」であるべき。

【類歌・関連歌謡】

・きさいのこぜんは、このごろは、によいやほうしゅの、たまをもて、しらきのくにを、ためしとし、たからのくにをゑ給ひて、かひるのうみにそ、あそひ給ふ、ふなぢもかちぢも、やすくして、まいればねがいも、みて給ひ、かへれはたのしおもしろや、むいのたからそ、いさきよく、おさまるやしまは、ゆたかなれ、おさまるやしまは、ゆたかなれ、

　ふなかくらのときはもとればたのしとうたふべし

（『古謡集』所載「越前国気比太神宮かくらうた」）

・皇后比乃御前波此頃(コノコロ)波如意(ミチヒ)也寚乃珠遠茂而新羅乃国遠波例(タメシ)止之財(タカラ)乃国乎得玉比而加比留乃海仁曽遊比給船路毛歩路毛安九志而参礼者願比乎充賜比茂途利而住所遠見留時曽無為乃多可羅波由太加那連無為乃多可羅波由太加奈礼

　かへりてそが謠を海路なればもどりと歌ふなり（『気比宮社記』）

・広田より戸田へ渡る船もがな浜のみたけへ言付もせむ（五五二）

・墨江(すみのえに)伊(い)賀(か)太(だ)　浮(うかべて)　渡(わたり)末(ま)世(せ)住(すみの)吉(えが)夫(せ)古(こ)（『住吉大社神代記』所載「広田社御祭時神楽歌」）

【諸説】

しまのなんく　「はま」の誤写で広田社の摂社「浜の南宮」の事（※山田）。以後諸注すべてこれに従うも、祭神について多く「夷神」とする中で、『古謡集』所載「越前国気比太神宮神楽歌」を引いて「神宮皇后の御事跡についての歌」（小西考）、「現在の西宮神社のことで、神功皇后三韓征伐の時の様子を歌謡化した謡」（全注釈）。荒井評釈は『大日本地名辞書』を引いて夷神に「彦火々出見尊と妃豊玉姫」をあてる。※関口は、「浜の南宮の歌は、明らかに神功皇后の如意珠伝承に係わるもの」とする。

如意やほうすのたま　諸注「如意や宝珠の玉」。小西考が、『如意宝珠金輪呪王経』を掲げて海中龍王の持つ如意宝珠とするのに対して、荒井評釈は『二十二社本縁』広田社事によって神功皇后三韓征伐の時に海中より得た宝珠とする。

須弥のみね　佐佐木注をはじめとして、諸注すべて、須弥（山）の峰とする。

らいとして　「或は「かい」にもや」（※山田）。以後諸注「櫂」説を踏襲。

かいろのうみ　「海路の海」にして「重語なるべし」（※山田）。「ちひろ」（千尋）の誤写か（小西考）。諸注多く「海路」に従う。

あそふたまふ　「遊う給ふ―救(スクウタマヘ)」（小西考）、「「あそふたまふ」は仮名遣の誤。遊びたまふの音便」（荒井評釈）。

【語釈】

しまのなんく　「志」を「者」の誤記とし「浜の南宮」とする山田説に従い、諸注、広田社の別宮であった「浜の南宮」社のこととする。しかし、多くがこの南宮社を、主神を夷神とする今日の西宮社と同一視して、南宮＝夷神とするのには、従えない。『伊呂波字類抄』に「広田 五所大明神 本身阿弥陀 在摂津国」として「矢州大明神 観音　南宮 阿弥陀　夷 毘沙門 エビス」等と神名を掲げ、「諸社禁忌」の「広田」の項にも「同浜南宮。本地。巫女寿王注之。南宮。阿弥陀 児御前。地蔵。衣毗須。不動。三郎殿。毗沙門」等とある。『伯家部類』「神祇官之事」所載の「広田社神拝次第」にも「先南宮　於㆓庭上㆒両段再拝　次奥戎　同二拝　次戎社　同　両段再拝　次今戎　同二拝　次内王子　同　同　次名次　同同　次広田社　同両段再拝 或拝殿　次松原社　同二拝」とあるから、この時期、南宮の祭神と夷神とは明らかに別神である。広田の神と南宮の神とは、その本地が共に「阿弥陀」であり、石清水の『宮寺縁事抄』巻一一にも「広田 阿弥陀」としてその裏打裏書に「私云、西門之外号南宮社者、是広田神也」とあるように、「浜の南宮」は、海から離れた甲山の裾に位置した広田本社に対して海浜に設けられた別宮であり、本来、本社と同一の神を祀るものと見るべきであろう。広田社の創始は、『日本書紀』神功皇后摂政元年二月の条に忍熊王の反乱に応じて難波を目指した皇后の船が海中を廻って進めず、務古水門での卜に応じた天照大神の託宣に従い、大神の荒魂を「御心広田国」に「山背根子之女葉山緩」をして祀らしめたという記事から、神功皇后の創始になり、祭神は天照大神の荒魂とされている。神功皇后はしばしば天照大神の化現とも見倣されていたから、広田明神や、南宮の神を神功皇后自身とする異説も、すでにこの時期成立していたのではないかと思われる。『八幡宇佐宮御託宣集』名巻二に「一云」として、大帯姫が懐妊して誕生した皇子を和多御崎の海浜砂中に隠し、後、この神が「摂津国西宮浜御前是也」とし、更に「広田社者御母大帯姫也。殊愛此御子故。近西宮而令垂迹之坐」と記す。『宮寺縁事抄』巻一一の裏打裏書に引く「竹院主陽清相伝之記」なる一書に「南宮事」として「御躰二、女体神〔功脱カ〕皇后、今一体者天照太神宮荒魂也」とあり、『二十二社本縁』の「広田社事」に「神功皇后 都毛 八幡同体 都毛 申也」、『二十二社註式』にも「先奉㆑書㆓広田社㆒者。神功皇后也」などとあるから、広田や南宮の祭神を神功皇后とする説も広く流布していたことがわかる。後述のように神功皇后伝説と繋がりの深い敦賀の気比神宮に神楽歌として伝承された同系の類歌に「皇后 比乃御前波」とあることも踏まえると、関口静雄がすでに指摘しているように、この「浜の南宮」は神功皇后を指すものと考えねばならない（※関口）。

如意やほうすのたま　如意宝珠の玉。「や」は音律を整えるために挿入された間投助詞。「龍樹や大士の」（四二）、「為度や衆生」（二七五）等。「如意宝珠」は、諸願、祈請が意のごとくになる海中の龍王の持つという宝の珠。「若請有情得、以宝珠、一切所作一切所求、如意如願、一切悉地皆得成就」（『如意宝珠金輪呪王経』）。「秋七月辛亥朔乙卯、皇后泊豊浦津、是日皇后得如意珠於海中」（『日本書紀』仲哀紀二年）。『諸社根元記』広田社の条に「浜南宮夷三郎殿、仲哀二年七月泊豊浦津、得如意珠於海中」とあるのは、右の仲哀紀の記述を踏まえたものであるが、『二十二社本縁』「広田社事」にもこの社に皇后が三韓征伐の時に御甲冑と共に海中より得られたという如意珠が納められていることが見える。『類聚既験抄』「一広田明神事」に「浜南宮夷三郎殿」として、閑院左大臣冬嗣の息女が気を病って物狂った時、広田大明神が顕現して同女が如意宝珠を盗んだためだと託宣した云々という物語を伝え、謡曲「剣珠」には、西宮にこの如意宝珠の一、「剣珠」を納める「剣珠の御社」が祀られていることを語り、同じく廃絶曲「西宮」の曲は、その「剣珠」をもって龍神の祭りをしたことを語る。八幡信仰の展開と結び付いて成長した神功皇后と如意宝珠の伝説が、広田社においても、浜の南宮と関わって独自に展開していたのである。なお、今日、広田神社には、「剣珠」と呼ばれる宝玉が、神宮皇后が海中より得られたという霊宝として伝えられている。この「剣珠」は、直径五㎝ばかりの透明の水晶の玉で、中に一㎝程の、剣の一部とも見えるような、細い金属片があるのが、明瞭に見てとれる。謡曲「剣珠」には、「そもそも剣珠と申すことは、水晶の玉の中に一つの利剣おはします、名珠は何と廻れども、中にまします御剣の御先は西に向かふなる」と謡われ、天正一二年（一五八四）以前成立とされる『花伝髄脳記』にも、「けんしゆ、此たまの中にけん有。何方へまわせ共、剣の前にしてむかふ。是はしんくうくわうくういこくたいちの御時、こしんの玉也」とある。この神宝「剣珠」が、いつ頃から伝来していたかは、確かではないが、「剣珠」の成立していた室町末には、すでに「神宝」として伝存し、その由来は、あるいは、秘抄歌に歌われた平安末期にまで遡る可能性も、想定しておく必要があろう（関屋俊彦「能《西宮》の復曲について」）。

**をはらいとして**　「らい」を「かい」の誤写か

とする山田説に従って諸注すべて「須弥の峰をば櫂として」とするが、神功皇后伝説に須弥峰は関わりがなく、摩尼宝珠を埋めたという摩尼山（甲山）の事だとしても、峰を「櫂として」と歌うのは、いかにも唐突で不自然である。類歌を伝承する気比社神楽歌にはこの句はなく、「しらぎのくにをためしとし」とあるのも考慮すべきであろう。三韓征討の神功皇后伝説を踏まえれば、ここは、「一諏訪并住吉大明神。昔神功皇后責新羅之時。二神船ノトモヘニ立給テ。奉守護云々」（『類聚既験抄』）、「昔神功皇后討新羅之坐。伊勢大神宮被差副二人荒御前。此二神立御船之舳艫奉守之。打平新羅皈坐之後。一神留摂津国住吉郡。今住吉明神是也。一神奉崇信濃国諏方郡。今諏方大明神是也」（『八幡宇佐宮御託宣集』）など、住吉、諏訪の両神が船の舳艫に立って守護したという伝承が想起されるところである。原本三句目句頭の「須ふれ〇」の四文字は、「すみのえ」とも読め、「〇」文字を「神」の誤写と見なせば、「すみのえ（住吉）神をはらい（払い）として」という解も可能ではないか。住吉大神は本来、「すみのえの大神」と呼ばれていたが、「住吉」と表記されたために、平安初期以降は「すみよしの大神」と称されることが多くなった。社名、神名は「すみよし」、地名、浦の名などは「すみのえ」と区別して用いられることが多いが、『住吉大社神代記』「住吉大神顕現次第」の条に「広田社御祭時神楽歌」として、「墨江伊賀太浮渡末世住吉夫古」（すみのえにいかだうかべてわたりませすみのえがせこ）と歌われているように、鎌倉初期にいたっても「すみのえ」も神の呼称として使われていた。あえて私説を提示して後考に俟ちたい。

かいろのうみ　諸注多く「重語」とする山田説に従い「海路の海」とするが（※山田）、重語であるべき必然性に乏しく、表現としての技巧も拙劣で、従えない。「ちひろ（千尋）」「ちいろ」説も同様である。ここは気比社神楽歌に「かひるの海」「鹿蒜の海」とあるのを踏まえるべきである。「鹿蒜」は『倭名類聚抄』巻七、国郡部越前国敦賀郡六郷の中に「鹿蒜加倍留」（元和三年古活字版）とあり、『延喜式』兵部省諸国駅伝馬条の越前国八駅にもその名が見える。越中守大伴家持の歌に「可敝流廻（かへるみ）の道行かむ日は五幡（いつはた）の坂に袖振れわれをし思はば」（『万葉集』巻一八―四〇五五）とあるように、古代、京と北国を結ぶ北陸道の要路であった。気比社のある敦賀の港から五幡峠を越え、さらに山坂を越えて越前の国府に至る道は、「帰山路」と呼ばれ、歌枕としてしばしば歌に詠まれた。帰山を越えた麓の地が鹿蒜郷で、そこを流れて敦賀の海に注ぐ日野川の支流は「鹿蒜川」

と呼ばれた。「鹿蒜の海」の名も、そうした古代の「鹿蒜」の地名を負ったもので、鹿蒜川が流れ注ぐ敦賀の海やその一部を指したものではないか。気比社神楽歌は、六月卯の日の祭礼（今日の総参祭）において、祭神が気比社前の幸浜から西方の沓浦の浜の常宮社（祭神・神功皇后）まで船で巡幸する折の「船かぐら」の歌であり、後述するように、その歌の表現も、祭儀の次第や意義と密接に関わっている。秘抄歌のあいまいな「かいろ（海路）の海」の表現が、具体的な地名を担った「かひる（鹿蒜）の海」に転訛したと考えるよりは、逆に具体的な「鹿蒜」の地名の意義が忘られて「かいろ」に転訛したと考える方が、はるかに蓋然性が高い。そもそも「かひる（鹿蒜）」の地は、「帰」「還」のほか、「西は海路新道水津浦」（『源平盛衰記』巻二八「北国所々合戦」）などとも表記され、「かいろ」の表記も誤記ですらないのである。本二七六歌より気比社神楽歌の方が表現の古形を残しているという事実は、気比社神楽歌を本歌の単なる後世の流伝と見て重要視してこなかった従来説に再検討を迫るものであろう。ちなみに、「カヒル」や「カハル」「カハラ」などの名は、豊前国の「香春岳」「香春三神」や筑後の「高良社」「高良（河原とも）明神」など、八幡信仰に関わる地名、神名として各地に分布しているが、いずれも朝鮮半島からの渡来系住民と関わりの深い土地や神々である。

あそふたまふ　「あそびたまふ」の音便。「ふ」は「う」とあるべき。「降り遊うたまへ大将軍」（二六九）。「遊ぶ」は、ここでは神の遊行（ご神幸）をいう。本歌は、神功皇后の三韓への西征に関わる歌であるが、戦さのための遠征を「あそふたまふ」と歌うのは、いかにも不審である。本歌においても、気比社神楽歌と同様に、神功皇后伝説を下敷にした祭礼・神事の存在を想定してみる必要があろう（↓【考察】参照）。

【考察】

本歌は、神功皇后が海神より得たという如意宝珠の力によって新羅をはじめとする三韓を平らげたという三韓征討の伝説を下敷にしたものである。原歌句頭の「しまのなんく」は、山田説の通り「はまのなんく」の誤記で、広田神社の別宮「浜の南宮」を指すものと見るべきであるが（※山田）、先行諸注揃ってその主神を現在の西宮の夷神とするのは的を得ず、ここは、南宮の主神を神功皇后とする伝承を踏まえたものと見るべきである。

神功皇后を主体とし、その事跡を歌う本歌が神事歌謡として、どのような場で、どのようにして歌われ、どんな意義や働きを担っていたかは、残念ながらこれまでほとんど顧みられてこなかった。本歌の神事歌謡としての演唱・享受の実際を具体的に考究するためには、唯一の類歌・伝承歌である気比社の神楽歌との比較検討が不可欠である。気比社の神楽歌は、栗田寛の『古謡集』に「越前国気比太神宮かくらうた」として掲げられているが、前述のように気比大社には、宝暦年間に大宮司を務めた平松周家の手になる『気比宮社記』なる一書（宝暦一一年［一七六一］成立）が伝えられており、そこにも、本歌の異伝が次のように記されている。いま漢字仮名混じりに改めて示すと、

神楽歌曰（往還船中之神楽歌亦同）
皇后ひの御前は此頃は如意や宝の珠をもて新羅の国をば例とし財の国を得たまひてかひるの海にそ遊ひ給ふ船路も歩路も安くして参れば願ひを充て賜ひもどりて住所を見る時そ無為のたからはゆたかなれ無為のたからはゆたかなれ
　かへりてそが謡を海路なればもどりと歌ふなり

左注に「かへりてそが謡を海路なればもどりと歌ふなり」とあるように、本来の歌詞は、「かへりて住所を見る時そ」とあったことがわかる。『古謡集』所載歌との後半部の異同は重要である。右の歌詞を『梁塵秘抄』巻二の神歌と比較してみると、皇后の御前を歌うその前半部は、神分編二七六の本歌と、後半部は、その四首前の次の歌と表現の一致が著しいことがわかる。

○石神三所は今貴船　参れば願ひぞ満てたまふ　帰りて住所をうち見れば　無数の宝ぞ豊なる（二七二）

気比社の神楽歌と梁塵秘抄神分歌との繋りの深さが瞭然であろう。しかしこれをもって、気比社の神楽歌を秘抄歌の一方的な流伝であると即断するわけにはいかない。気比歌の「かひる（鹿蒜）の海にぞ遊び給ふ」という表現が当地の具体的地名を担って古態を伝えているだけでなく、その表現は、また気比社における神事の中の船渡御という具体的な歌の場と深く結び付いているからである。

かつて旧暦六月卯日、今日では新暦の七月二二日に催される気比神宮の大祭は、「惣の神事」あるいは「総参祭」などと呼ばれ、気比大神の霊代を社前の幸浜から御座船に迎え、神人、町人総出で奉載して西方海上五〇丁の先に鎮座する常宮神社まで船渡御をする神事である。この日午前一〇時頃、気比神宮の社殿で神霊を船御輿と称する船型の神輿に移し、宮司以下が奉載供奉して御幸道を幸浜へと進み、御座船に座乗する。御座船は、鷁首の艤船で、氏子の

漁民たちが設え、神宮の白幣を高く掲げた幾隻もの曳船に曳かれておよそ二里の海上を徐ろに横切り、沓浦（常宮浦）の常宮社前桟橋に着御、神輿を常宮本殿に奉遷して祭典が取り行われ、日没頃に、再び御座船に遷して、海途で神宮本社へと還御する（『気比神宮小史』、『敦賀郡神社誌』）。

前掲平松周家の『気比宮社記』の記する所によれば、右の神事の次第の中で、神楽歌は、神霊が御座船に乗船後と、沓浦に着御後に、それぞれ船中の御霊代の前で、神女（大宮の巫女）によって奏せられ、上陸後、常宮拝殿の祭典において大宮の巫女、常宮の巫女それぞれによって奏せられる。同書には右の「神楽歌」に注して「往還ノ船中之神楽歌亦同」とあるから、戻りの船中においても出立前と着御後にやはり同じ神楽歌が奏されたものと思われる。

神霊が渡御する常宮神社は、『延喜式』神名帳敦賀郡の「天八百万比咩神社」に比定される気比神宮第一の境外摂社で、正式の祭神は「天八百万比咩神」とされるも、社伝では、往昔、仲哀天皇即位二年の天皇御幸の折に皇后角鹿に駐りて当社を御旅所とし、「六月此地を解纜し、一路平安長門に向はせ給ひ、海中に涸珠満珠を得て、天皇に奉り給ふた」とし、その常宮の名は「神功皇后の御神託に「つねに宮居し、波風静なる哉楽しや」と宣り給ひしとの故事に因んだ社号」と伝える（『敦賀郡神社誌』）。文武天皇御製と伝える神歌に「大名古也喜佐比能神乃跡垂之常能宮居波志都気久母見由」とあるように、その創祀が神功皇后の三韓征討の故事と深く結び付いた古社である。その総参の神事については、『気比宮社記』年中祭祀部六月卯日の神事の条に、常宮神社着到後の拝殿での祭事における神楽歌演奏の直前に、祭主によって奏される「祭文」に、「掛麻九毛畏基吾皇帝(スヘミカド)二タ柱ノ太神乃佐幾久天ノ下治須之女二年癸酉春二月六日戊子此地江降臨坐之行宮(カリ)於興(タテ)玉比叡慮穏爾山川海原乎見行之知看(シロシメシ)賜比天皇者三月十五日(ヤヨヒノモチノヒ)丁卯御車駕(クルマ)乎巡之給而比南ノ国ヲ巡狩(ミソ)之奈和玉比皇后ノ尊者笥飯ノ浦爾留利坐之掛麻九毛畏基大勅乃隨御妹玉妃命及百官人乎率比六月(ミナツキ)ノ中乃卯日御艤(ミフナヨソヲ)比之弖角鹿ノ津乎発(タチ)玉比往(ユク)々海(ワタツミ)ノ神於祭御神楽遠奏賜比叡慮手洒志久鰭乃広物狭物等海鯽(タヒ)背乎双波多乎立官船(ミ)於守護海神如意珠(ミチヒノタマ)乎擎波風穏爾天皇能御茂登爾到賜乃佳例爾任而今年六月今日卯日仁神宮司等布奈与所保比之弖来(クル)仁毛往仁毛海原乃諸神達乎祭奉祓玉比浄玉而斎場爾畏麻利恐(オソレオソレミ)々毛預リ奉ル」とあるように、仲哀天皇二年六月卯日に、神功皇后が笥飯の浦を船出して、如意珠を得て三韓征討を果たして凱旋したという故事を佳例として模し始められたと伝える。同祭文の末尾にはまた、「今日乃祭奠爾参詣男女乃輩或(モシ)不慮爾不浄農疑有共咎(トガメ)崇(タヽリ)九毛奈神直日爾見直之給大直日爾聞直之給明介久聞食受納賜弖慈仁乃御眸利乎垂賜海路毛陸路毛安穏爾諸乃願満足之女給江止恐美惶美毛祈禱申」とあり、神事の中で祭主の奏上する祭文の表現・内容とその後の神楽歌の表現とが不可分に結び付いていることがわかる。「皇后の御前は」で始まる神楽歌は、神功皇后征討の神話的伝承にちなんで執り行われる船渡御の神事の中で、往還の船中や常宮正殿での祭典の中で神事の次第と密接に結び付いて歌われる。その船渡御の神事が、古代の神話的伝承を現世に再現するための祭儀であるとすれば、その神事の本義を「鹿蒜の海にそ遊びたまふ」と歌う神楽歌は、そう歌うことによって、初源の神話的時間を祭儀の場に現前させる役割を担うものといってよいだろう。

まったく同様の表現を持つ本歌もまた、神事歌謡として同じ位相にあると見なければならない。「浜の南宮は」と歌われる主体は、西宮の夷神ではなく、神功皇后自身であり、三句目の「すみのえ神をはらいとして」の一句も、住吉、諏訪の二神が船の舳艫に立って守護したという伝承を歌うものと解すべきであろう。しかして、太古の神話的故事を第四句においてあえて「かひるの海にそ遊うたまふ」とあたかも眼前の事実のように歌うのは、本歌も、神話的初源の時間を儀式において再現し、現前させる祭式の中にあって神話的祭儀の時間の表出を担うものと見なければなるまい。

今は廃絶してしまったが、かつては広田（西宮）にも、神輿を船に載せて海上はるかに漕ぎ渡す船渡御の神事が催されていたという。『西宮夷神研究』の著者、吉井良秀の綿密な考証によると、御神幸は、毎年八月二二日で、三基の神輿を御船に奉載して海上一〇里を隔てた兵庫和田岬の御旅所まで渡御し、神事の後、帰りは陸路にて、広田神社まで還御したという（「西宮神社神輿の和田岬に渡御の事及其御旅と其時代」）。西宮神社蔵の元亀年間（一五七〇〜七三）の記録の写し「年中行事」なるものに「八月二十二日大輪田神事」とあり、同じく同社蔵「西宮本記」一巻には、「年毎に八月十七日十八日は広田太神の御祭同じき十九日二十日は西宮大神の御祭、廿一日廿二日は南宮八幡宮の御祭なり、伝曰往古は兵庫の海原に遙に神輿を漕出し奉る、其御船飾きら〳〵しく、上の御使は神輿に扈従し給ひ、又近き国々の守よりも従ふ人々を出し給ひて千船百船を漕並へて、海上も所せき計り錦の纜、綾の帷幕はたゞ春秋の花紅葉を一時に波の上へ浮へたるが如く、暫御旅と申仮の宮に遷し奉りては時の花を飾り、鼓笛を鳴して俳優舞をしつゝいさめ奉りけるなり、又還り入らせ給ふは陸より神輿を舁きつらね、道すがら神いさめの拍子とりて、遥けき長手を従駕の列なして雲藹成せり」とあり、付載の挿画の図には、海路神幸の行列図、兵庫御旅着御の図、陸路還幸の図などが描かれているという。気比の総参祭の華やかな船渡御を彷彿とさせよう。八月一七日から続く広田社の祭りの中でこの日の祭りが「南宮八幡宮の御祭」とされているのにも注意したい。「八幡宮」とあるのは、南宮が八幡神の母神とされる神功皇后を主神とするところからの誤伝であろうが、神霊の御神幸が、広田明神の祭礼でありながら、南宮の神を主体とするものであったことを伝えているからである。

本神事の由来については、俚俗に、昔、鳴尾浦の漁夫武庫沖に夜漁して和田の岬で一体の神像を引きあげ、「吾は是蛭子神なり」「西の方に良き宮地あり」という夢告を得て西宮の御前の浜にこれを祀ったという西宮夷神の由来譚に基づくものと伝え、和田岬には、三基の神輿を据えたという御旅所の「三つ石」という地名や「蛭子の森」の名も伝えられているという。

本神事の始行がどこまで遡りうるかは確証がないが、吉井良秀によれば、旧鳴尾村小松の「岡司宮由来記」に「延喜十六年広田大神和田岬へ神幸の時、故郷の御神とて浜村（小松の旧村名）より獅子頭を冠りて御供仕奉つた」旨が記されているという。中山忠親の『山槐記』治承四年（一一八〇）八月二二日の条には、この祭礼の神輿渡御に触れて、「戌剋着二西宮宿所一、今日神輿令レ出二輪田御崎一給、亥剋許還二御本宮一、在人等云、オレソキ於二輪田一有二御祓一也ム々、御禊歟」と記し、また、兵庫真光寺蔵の「遊行上人絵詞」四巻正応二年（一二八九）八月二二日条には、上人臨終近きの記事に「其日ハ西ノ宮祭ニテ、神輿和田御崎へ御幸ナリ給ヒケルニ」とあり、『一遍上人絵伝』も、上人臨終時の記事において、「今日は西宮の御祭にて候。在地のものとも御行に参事にて候が」と、やはり、この祭礼の御行について言及している。延喜年間創始は信ずべくもないが、院政期には、広田西宮の祭礼において、神輿の船渡御が行われていたことは、確実である。ちなみに、この船渡御は、十六世紀後半に織田信長の介入によって断絶したと伝えられているが、平成一二年に再興され、九月二一日からの西宮まつりの三日目の二三日に、「産宮参り（うぶみや）」として、輪田御崎までの船渡御が実施されている。

本歌は、この広田・南宮の神輿の和田岬への船渡御の神事に対応するものであり、その祭事の中で、眼前の船渡御を歌い、神話的始源の時間を祭りの場に現出させる働きを担うものと解したい。第二句の「如意や宝珠の玉を持ち」

の表現も、けっして過去の事跡になぞらえただけの表現ではなく、謡曲「剣珠」などに見えるように、南宮社に併祀されていたという剣珠の社に祀られ、今も、広田神社の御神宝として伝存している「剣珠＝如意宝珠」そのものを実際に神輿と共に御船に奉載して渡御したものであったにちがいない。それによって、末句の「かひるの海にぞ遊うたまふ」の句も、眼前の祭儀の表現としていっそう生きてくるのである。

再興された西宮まつりの船渡御
(平成 26 年 9 月 23 日、風まつり神事)

【参考文献】

関口靜雄「本体観世音考」（『宇部国文研究』一三号、一九八二年三月）↓※関口

関屋俊彦「能《西宮》の復曲について」『続狂言史の基礎的研究』（関西大学出版部、二〇一五年）

西宮神社『西宮神社史話（改訂二版）』（西宮神社社務所、二〇〇九年）

山田孝雄「梁塵秘抄をよむ」佐佐木信綱編『増訂　梁塵秘抄』（明治書院、一九二三年）↓※山田

吉井良秀「西宮神社神輿の和田岬に渡御の事及其御旅と其時代」（『兵庫神祇』二五一号、一九三〇年一〇月）

吉井良秀『西宮夷神研究』（私家版、一九三五年）

【解題】神々を歌う ―『梁塵秘抄』巻二・四句神歌「神分」編の宗教世界―

永池健二

平安時代の中頃、藤原道長が摂政・太政大臣となって栄華を極め、その娘で一条帝の中宮となった彰子に紫式部が仕え、清少納言が定子に奉仕していた頃、京にこれまでの歌謡とは面目を一新した新しい歌謡群が登場してくる。足柄・黒鳥子・古川・田歌・棹歌・辻歌・長歌・古柳・法文歌・四句神歌・二句神歌……。これら出自も来歴も、詞形式も曲節も異なる多種多様な歌謡群は、当時の人々によって、「今様」あるいは「今様歌」と総称された。「今様」とは、「今風」「現代風」の義である。これらの今様歌謡群はまた、儀礼歌的性格の強い旧来の神楽歌や催馬楽とは区別して「雑芸」とも呼ばれた。「今様ノ殊ニハヤルコトハ　後朱雀院ノ御時ヨリ也」(『吉野吉水院楽書』)とあるように、今様が広く京の上下に浸透してくるのは十一世紀半ば以降の事であり、その最盛期は、白河、鳥羽、後白河、三代の院政期と重なり合っている。

今様は、やがて宮廷社会にも迎え入れられ、貴族たちの間でもその宴遊の席でさかんに歌われるようになり、上中下あらゆる階層の人々を巻き込んで盛行した。そうした今様歌謡群が、その最後の光芒をひときわ鮮やかに燦めかせたのは、十二世紀後半の後白河院の時代である。この源平相討つ動乱期を生き抜いた法皇は、少時より今様を好み、深くその道に執心して精進を重ね、当道の長者の地位を極めた。その治世の今様隆盛の様を『文机談』の著者、隆円は、「そのころの上下、ちとうめきてかしらふらぬ人はなかりけり」と記している。

この後白河法皇自らの手に成ったのが、『梁塵秘抄』である。歌詞編一〇巻と口伝集一〇巻の計二〇巻であったと推定されているが、早く散逸し、今日まで伝存するのは、口伝集巻一〇と本書で取りあげた歌詞集の巻二のほか、口伝集巻一と歌詞集巻一のごく一部を抄出した合巻の三種のみである。

「今様」という名義が端的に示しているように、その歌謡としての特徴は、何より「今めかしさ」＝新しさにあった。その「新しさ」とは、まず第一に、音曲の面での新しさであり、第二には、歌の言葉、表現の新しさであり、その詞形式の新しさであったろう。初期の今様歌謡群の音曲は、旧来の神楽歌や催馬楽のごとき、雅楽の旋律によって整序されたものとは、その格調を大きく異にし、主たる伴奏楽器も、宮廷歌謡群の元になった風俗系の歌謡が、多く和琴（やまとごと）を用いたのに対して、「鼓」という「打ちもの」を主とするものであった。また、歌詞や表現では、民衆の生活に密着した口頭表現が多用され、その詞形式は、四句神歌や法文歌に見られるような七五調の四句形式が優勢を占め、その韻律の軽やかさや伸びやかさによって、旧来の歌謡群とは、まったく異なる新しさを醸し出したのである。

しかし、「今様」の「今様」たる所以の、その「新しさ」の最大のものは、何よりそれが日本の歌謡の歴史に出現した最初の流行歌謡群であるという事実であろう。「流行歌」という歌の新しい形は、歌の享受の形をも、その根底から大きく換えたのである。

もちろん、歌がハヤルという現象は古代からあった。『日本書紀』や『日本霊異記』に見える「時人歌」や「挙国歌咏謂」などの事例は、古代の人々が、歌が領域を越えてハヤルという現象に、人智を越えた超越的な力の顕現を感じ、それを「ワザウタ（謡歌・童謡）」などと呼んだことを伝えている。古代にあっては、歌の流行が人の選択による人事だという視点が、まだ存在しなかったのである。歌謡に限らず、どのようなものであれ「流行」という現象が成立するためには、物事の好嫌や良悪の選択が、あくまで個人によってなされることが不可欠である。今様という新しい流行歌謡群の登場は、歌謡の歴史にもそうした個人の選択による集合的な流行現象が出現したことを物語っている。それは、また、歌を聞き、それを愛で娯しむという態度が確立し、歌の良し悪しや好き嫌いを自ら判断し、選択する「聞き手」が歌の現場に登場したことを意味している。

こうした流行現象を支えたのは、いうまでもなく平安後期の王城に出現した新しい都市生活や風俗であった。当時の京都が今様だけでなく様々な流行現象を生み出した「都市的生活世界」を造り上げていたことは、次のような今様の四句神歌が如実に示している。

○この頃京にはやるもの　肩当腰当烏帽子止め　襟の堅つ型鋳烏帽子　布打の下の袴　四幅の指貫　（三六八）

○この頃京にはやるもの　柳黛髪々えせ鬘　しほよき近江女女冠者　長刀持たぬ尼ぞなき　（三六九）

前者は、鳥羽院の時代、院や源有仁が中心となった強装束の嗜好が京の男たちのもてはやしものとなった様を、後者は、同じ京の女性たちのファッションや生態を、共に斜めに見て歌いはやしたもの。いま眼前で進行中の都市的な流行現象を捉えた、いかにも「今様」らしい「今様」であろう。

そうした都市的流行現象は、神仏に対する信仰生活においても、例外ではなかった。四句神歌神分編に収められた三五首の今様神歌は、古代から中世へと大きく転換する過渡期の世相の中で、人々の信仰生活がいかに大きく変貌したか、その新しい変化の、「今様」―現代風―の姿を鮮やかに映し出しているのである。一首一首の神分編歌謡が開示している人々の信仰生活の内実の豊かな具体相については、本稿の注釈によって具さに見てもらうほかないが、ここでは鳥瞰的な立場から、神分編神歌の描き出す当時の人々の宗教生活の特徴を整理して提示し、「解題」に換えたいと思う。

1 大神・御子神・御先神

神分編神歌の表現における最も大きな特徴は、神々の名や、霊社霊地名などを列挙して歌い上げる「神名尽くし」の歌謡とでもいうべきものが、数多く見てとれることである。歌謡の表現としては、物の名を次々と歌い上げる「物尽くし」の表現の一種と見るべきもので、その表現は、いたって変化に乏しく一見無味乾燥のごとくに見えるところから、その重要性が見落とされてきたが、改めていうまでもなく、神々への信仰が強く生きていた時代の人々にとって、神の名とは、その神への畏怖の心を凝縮しているものであり、日常の生活の中などで不用意に口にすべきものではなかった。いつの時代においても、歌謡には、それが歌われ享受された共同の「場」があり、その場での働きや機能があった。畏怖すべき神々の名を次々と列挙して歌う今様には、そのように歌うべき場があり、そこでそう歌うべき何らかの理由が存在したはずである。

一見似たような神名尽くしの神分編神歌も、その表現や神の名を丁寧に見ていくと、そこには、異なった三種の表現類型を見てとることができる。

たとえば、その第一の類型は、次のような三首に代表されるものである。

Ⅰ⑴神の家の小公達は　八幡の若宮　熊野の若王子子守お前　日吉には山王十禅師　賀茂には片岡貴船の大明神　(二四二)

⑵神の御先の現ずるは　早尾よ山長行事の高の御子　牛の御子　王城響かいたうめる鬢頬結ひの一童や　いちゐさり　八幡に松童善神　ここには荒夷　(二四五)

(3)神のめでたく現ずるは　金剛蔵王八幡大菩薩　西宮
　祇園天神大将軍　日吉山王賀茂上下　（二六六）

これらの三首は、いずれも「神の〜は」と歌い出し、以下様々な神の名を列挙していくという、まったく同様の表現形式を持っている。しかし、掲げられた神の名をよく見てほしい。そこには重複が一つもない。そればかりか、明らかに種別の異なった神々が見事に区別され、歌い分けられているのである。

(1)の二四二歌は、神々の家を貴族の家門に見立てて、その「小公達」―すなわち大社の大神たちの若宮や御子神たちの名を歌い上げたもの。それに対して(2)の二四五歌は、「神の御先」、すなわち諸神の下にあって、その「使わしめ」の神＝使神として働く、御子神より更に下位に位置する様々な眷属神たちを歌う。一方、(3)の二六六歌では、(1)で「八幡の若宮」「日吉には」「賀茂には」、(2)で「八幡に松童」などと歌われたその当の、八幡、日吉、賀茂などの大社にその主神として祀られ、王城守護の大神として、朝廷にも尊崇された大神たち自身の名だけが歌われている。権威ある大社に祀られる大神と、その下にあって新しい霊威を奮った若宮＝御子神たちと、さらに下位にあって様々な災異を発動した御先神たち。この三首には、当時の京の民衆たちの神々に対する明確な種別意識とそれを支えた信仰の内実とが、見事に区別され取り分けて歌われているのである。

(1)で歌われる御子神たちは、八幡の若宮も熊野の若王子も、日吉の十禅師も、それぞれの大神の下にあって、それを親神とする若宮＝御子神として、新たに示現した若く新しい神々である。その多くは、託宣によって示現し、託宣によってその霊威を発動して怖れられた若く霊威ある神々であった。かつて、憾みを遺して死去した人の霊が祟りなす荒ぶる神となって祀られる御霊信仰の源流を尋ねて、「人神考」の大論を構想した柳田國男は、その第二稿「若宮部と雷神」（後「雷神信仰の変遷」と改題）において、「若宮」が「新たに祀られる神」であって、同時にしばしばそれは、「荒々しい御霊の神を意味していた」と指摘し、「その地位を占めた」のは、神と人の中間にあって、神の力を人間に持ち伝えたところの「神の子にして同時に巫祝の家の始祖たりし者」であったと述べている。こうした御子神の名を列挙した神歌が神分編の劈頭に置かれているのは、若宮＝御子神信仰が、当時の神祇信仰の中において、いかに、隆盛を極め、勢力を振るっていたかを示していよう（→二四二・松石江梨香【考察】参照）。

一方、(2)、(3)の歌に共に見える「げむず」の語は、「現ず」とも、また「験ず」とも表記され、神仏などがこの世に降臨示現することをいうが、それは同時に、示現した神々の霊威の発動をも意味していた。(2)に歌われている「みさき」と呼ばれる神々は、大社に祀られて人々の尊崇を集めた有力な神々の下にあって、そのお使いの神—「御使はしめ」—となって霊威を発動する随身神などの眷属神を意味している。柳田國男は、(2)（二四五）の歌に見える「松童」神が託宣によって示現し、荒ぶる霊威の発動によって怖れられた呪詛神であったことを踏まえ、「ミサキは先鋒であり又使者である。或は門客人もしくは荒脛巾、又荒エビスと称へたのも同じ神であつた」と指摘する（前掲「若宮部と雷神」）。

柳田の指摘の通り、八幡の松童は、社を持たず高良社の板敷の下に祀られて、「依悪神不可放目故也」（悪神たるに依て目を放つべからざる故也）とされた「呪詛神」であった。同様に「ここには荒夷」と歌われた西宮の荒夷神もその祟りを怖れられた神であったし、日吉の牛御子も、その「御邪気霊験」によって叙爵を奉授したように（『兵範記』保元三年［一一五八］二月三日）、二四五に歌われたミサキ神たちの多くは、いずれも、託宣によってその霊威を表わし、祟りによって怖れられた呪詛神＝悪神たちであった。「王城響かいたうめる」と歌われた「鬘頬結の一童」も、同様に託宣によって示現し、その霊威によって怖れられ、衆庶の信仰を集めた新しい神であったにちがいない。

(3)（二六六）に歌われた大社の神々が「大神」と呼ばれたのに対して、右のごとき大神の下にあったミサキの神々を当時の人々は「小神」とも称していた。石清水八幡の古記録を集成した『宮寺縁事抄』には、「貞観三年松童皇子御託宣」として、松童神自らがその託宣の中で自らを「小神」と称し、「小神俄嗔、大神稍怒」（小神は俄かに嗔り、大神はゆるゆると怒る）と宣したと伝える。すでに早く柳田國男がこの松童神に触れて、大神たちは「些々たる治罰の事務は之を配下眷属に一任して、直接に手を加へんとしなかつた」と述べているように、小神たちは、大神に代わって様々な霊威＝祟りの発動によってその神威の怖ろしさを喧伝し、大神たちは、配下の小神たちのそうした活動によって、自己の神威をさらに増大させたのである。この三首の神名尽くしの神歌は、そうした当時の神祇信仰の、幾重にも重なりあった独特の構造を見事に映し出しているのである（→二六六・藤井隆輔【考察】参照）。

2　憑依と託宣 ―祟りする神々―

右のごとき、八幡の若宮や日吉の十禅師などの御子神も、八幡の松童や日吉山王の牛の御子、高の御子、西宮＝広田の荒夷などいずれも、様々な霊威＝祟りの発動によって怖れられた神々であった。そうした大神と小神との関係は、また次のような第Ⅱ類型の神歌の中に、いっそう端的に歌われている。

Ⅱ⑷東の山王おそろしや　二宮客人の行事の高の御子　十禅師山長石動の三宮　峯には八王子ぞおそろしき　（二四三）

⑸貴船の内外座は　山尾よ川尾よ奥深吸葛　白石白鬚白専女　黒尾の御先は　あわれ内外座や　（二五二）

⑹一品聖霊吉備津宮　新宮本宮内の宮　はやとさき　北や南の神客人　艮御先はおそろしや　（二七〇）

これら三首の歌も、先に掲げた第一類型の神歌とよく似た神名列挙の表現様式を持っている。しかし、よく見れば分かるように、この三首は、まず最初に「東の山王」や「貴船」「一品聖霊吉備津宮」と大社やその主神の名を掲げ、以下にその下に祀られる従神、眷属神、小神の名を次々と歌い上げるという、共通した表現構造を持っている。⑷（二四三）に「おそろしや」「八王子ぞおそろしき」、⑹（二七〇）にも「艮御先はおそろしや」とあるように、それらの神々の多くは、強烈な霊威の発動によって怖れられた呪詛神であり悪神であった。⑸（二五二）に見る「奥深」や「吸葛」の神々もやはり、祟りなす呪詛神であり、末句の「あはれ」の語も、そうした神々に対する畏怖の心を歌うものと見るべきであろう。

こうした悪神たちの発動する霊威＝祟りの形は、あるいは社殿や御正体が音を立てて鳴動したり、あるいは発光したりと様々な形があったが、その最も大きな霊威の発動は、神が人に依り憑いて神意を伝える「託宣」によるものであった。右に歌われた日吉山王の十禅師や八王子、貴船の奥深、吸葛、吉備津宮の艮御先など、いずれも託宣によってその霊威を示し、その祟りの強大さによって怖れられたのである。

もちろん神々がその神意を神語によって開示するためには、神を我が身に依り憑かせ、神懸りして託宣する依坐の存在が不可欠であった。諸神が託宣する場合、普通の婦女や童子に憑依することもあったが、一方で神社に奉仕する神楽巫女や「物憑き」「神母女」などと呼ばれた専門の依坐も多く存在して活動した。そうした依坐たちの降神神懸りの様を具体的に伝えているのが次の二首の神歌である。

(7)金の御嶽にある巫女の打つ鼓　打ち上げ打ち下ろし面白や　われらも参らばや　ていとんとうとも響き鳴れ　響き鳴れ　打つ鼓いかに打てばか　この音の絶えせざるらむ　（二六五）

(8)大しやうたつといふ河原には　大将軍こそ降りたまへ　阿律智日巡りもろともに　降り遊うたまへ大将軍　（二六九）

本書の注釈において佐々木聖佳が指摘しているように、前者は、金峯山の巫女の鼓を打って神懸りする様を歌ったものであり、後者は、大将軍神祭祀の場において、実際に大将軍に呼びかけ、その降臨、憑依を促す、降神祭儀の歌である。

金峯山の巫女を歌う(7)（二六五）歌における「打ち上げ打ち下ろし」の一句は、これまで一貫して鼓を打つ手の上げ下ろしの様と解されてきた。その一句を、音曲資料や降神祭儀の実際例を踏まえて、鼓を打つ拍子を徐々に早めたり、遅くしたりして神降ろしに到る様と読み込むことによって、まさに降神憑依して託宣する巫女の有様を歌う生々しい神歌として蘇ったといえよう（→二六五・佐々木【考察】参照）。

大将軍神祭祀を歌う(8)（二六九）歌の「降りたまへ」「遊うたまへ」もまた、まさに眼前に進行している神の降臨の様を歌い、さらに憑依託宣を促す表現である。佐々木の考証は、陰陽道の方角の神である大将軍信仰の実際について精査し、「あつらひめくり」というこれまで意味不明の難解句とされてきた一句が、大将軍の降神に際して伴神として共に招き降ろされた二柱の従属神―おそらくは方角の神で「ひと日巡り」「日巡り」などと呼ばれた大白星と、やはり方角禁忌の神で「指神」とも呼ばれた「阿律智の神」―であることを明らかにした。陰陽道の方角禁忌の神である大将軍の祭祀は、方違えのほか、天皇の遷幸や宮廷貴族の移徙（わたまし）などに際して頻繁に行なわれた。また、大将軍神が「神母女」などに憑依して託宣することもあった。（→二六九・佐々木【考察】参照）。本歌は、そうした平安後期の大将軍降神祭祀の現場の具体的な姿を生き生きと描き出しているのである

熊野五連章の一首、二五九歌「熊野の権現は名草の浜にこそ降りたまへ」の歌も、そうした託宣巫女の活躍した様を想起させる神歌である。この歌が類歌の四一三歌や『口伝集』巻一〇所載歌と共に、熊野権現の若の浦・藤代の地への降臨示現の故事を踏まえたものであることは、「熊野

三所権現金峯金剛蔵王降下御事」などの古記によって考証した通りであるが、「降りたまへ」「降りたまふ」の表現が暗示しているように権現の降臨示現は、同時にまた現在もなお繰り返されている事実でもあったろう。歌声の肉声による表出は、けっして、神話的な過去の事跡を、なぞらえて説明するだけではない。それは、しばしば、神話の時空を、現在の歌謡の現場に喚起し、再現させる力をも担っている。平安末期にはこの地に移住して熊野神領支配の拠点を築いた熊野三党の一、鈴木氏の下にあって神楽などに奉仕した八女（八乙女）の中には、そうした降神儀礼を担うこともできるような「託宣巫女」もいたことは、『鈴木家文書』文治三年（一一八七）三月の「藤代神子惣一職補任状」や、藤代の「たくせんの御子中」に宛てた嘉元三年（一三〇五）正月の「法橋某書状」などによって知ることができる。

3　神域 ―神々の聖空間を歌う―

神名列挙表現の第Ⅲの類型は、次のような著名な社寺への参詣の路次の地名や拝所を順次に歌い継いで行く、道行の歌謡である。

Ⅲ⑼いづれか貴船へ参る道　賀茂川箕里深泥池　深泥坂
　畑井田篠坂や　一二の橋　山川さらさら岩枕（二五一）

⑽熊野へ参るには　何か苦しき修行者よ　安松姫松五葉
　松　千里の浜　（二五七）

こうした社寺参詣の路次の地名を歌い継ぐ道行の歌謡は、表現の形式は似ていても、Ⅰ、Ⅱ類型の神名列挙の表現とは明らかに異質である。その表現の特質も、四句神歌、霊験所歌に見える三〇七歌「いづれか法輪へ参る道」、三一二歌「根本中堂へ参る道」などとそのまま対応しており、霊験所歌の一類と見るべきものである。社寺の聖域へと到る境界的な地名を順次に歌い継いで、より深く聖域の内部へと入り込んでいくという、社寺参詣の道行歌謡の表現形式の意義や特長については、⑼（二五一）歌の田中寛子の注釈でも詳細に跡付けられ、筆者も、旧著において詳述したことがある（『逸脱の唱声―歌謡の精神史―』）から、ここでは繰り返さない。

むしろ、ここで確認しておきたいことは、こうした道行の歌謡で歌われている社寺参詣という信仰習俗が、まさに平安中期以降、今様の時代になって隆盛を極めた、新しい信仰習俗であったという事実である。個々人が、それぞれの願いや悩みを抱えて、特定の社寺へ詣でるという信仰の新しい形が広く成立するには、神への祈願が常に共同体全体の安寧を願う共同の祈願であった古代的な信仰の形が崩れ始め、個人が共同体の信仰から離れて、自由にその信仰の対象を選択できるようになる事が不可欠の前提であろう。柳田國男は、『日本の祭』において、そうした私たちの信仰の形の一大変化を、信仰の個別化に着目して、「祭」から「参詣、参拝」へ、「共同の祈願」から「個人の祈願」への変化として描き出して見せた。そうした私たちの神信仰の大きな変化の具体的な様相は、たとえば、『蜻蛉日記』や『更級日記』などの女性日記の中に、様々な悩みや願い事を抱えた作者たちが、清水や石山寺、長谷寺などの著名な霊験所に足繁く参詣し、参籠祈願を繰り返す姿として生き生きと描き出されている。

ここでは、神への信仰もまた、個々人の個別の判断によって選択されている。⑵（二四五）歌の「王城響かいたうめる鬢頬結ひの一童や」の一句が端的に示しているように、類型第Ⅰ類に見た御子神たちや御先の神々、あるいは第Ⅱ類の貴船や吉備津の大神の下にある諸神を歌う神歌の表現を支えているのも、そうした小神、悪神たちの激烈な祟りの発現が王城の人々の耳目を集め、新たな信仰をかき立てるような、神々の流行現象であった。

だから、先に掲げた第Ⅱ類型の⑷（二四三）歌「東の山王おそろしや」、⑸（二五二）歌「貴船の内外座は」、⑹（二七〇）歌「一品聖霊吉備津宮」の三首の歌も、大神―主神の下に祀られている有力な従属神―小神たちの名をただ列挙しているだけではなかった。そこに歌われた神の名の一つ一つは　社寺への参詣参籠を繰り返していた当時の京人たちにとっては、その霊威も、祀られている場所もよく周知の神々たちであったろう。その歌を歌い聞く人々にとっては、それは、主神に率いられた諸神たちが造りあげている神々の聖空間を眼の当たりに想起させるものであったはずである。そういう神分編神歌の表現の特質の一つは、たとえば、次のような金峯山を歌った神歌の中に端的に表れている。

⑾金の御嶽は一天下　金剛蔵王釈迦弥勒　稲荷も八幡も木嶋も　人の参らぬ時ぞなき　（二六三）
⑿金の御嶽は四十九院の地なり　嫗は百日千日は見しかどえ知り給はず　にはかに仏法僧達の二人おはしまして　行ひ現かし奉る　（二六四）

金の御嶽は「一天下」と歌い、また「四十九院の地なり」と歌う。植木朝子が、精密な考証によって、的確に指摘しているように、蔵王権現は、過去においては、釈迦、現世では千手観音、末世では弥勒とされ、「金峯山を弥勒の浄土とする考え方」は、はやく「平安時代中期には存在していた」。そうした弥勒の浄土＝「兜率天の内院」としての金峯山には、四十九所の聖地が設けられ、その一つ一つが「兜率天内院の四十九重摩尼宝殿」と重ね合わせられていたという。「一天下」という一句は、まさにそうした、金剛蔵王権現＝弥勒菩薩を頂点とした聖なる信仰世界の広大な広がりを、「この世とはちがう別の一つの世界」＝「曼陀羅世界」（『吉野山三月会式正顕略縁起』）として見事に集約した表現であるといえよう（→二六三、二六四・植木【考察】参照）。

このような金峯山の弥勒の浄土としての「曼陀羅世界」を言葉だけをもって歌い上げるためには、その最初の歌い手は、何よりもまず、そうした聖地としての金峯山の具体相を実地に眼に見、体得した経験のあるものでなければなるまい。こうした聖地観に具体的なリアリテイを与えているのは、いうまでもなく霊山霊地に参籠して過酷な修行を積み重ねてきた修験の行者たちの存在であろう。そして、その歌声は、すでに金峯山を現実に眼にしたことがあるものにとっては、その有様を改めて生き生きと想起させ、まだ見ぬ人々には、未知の聖域への想いを喚起する何よりの誘ないとなったはずである。こうした歌の背後にも、著名な霊寺霊社にはるばる参詣参籠して、様々な祈願をしてその成就を願う新しい信仰の形が厳然と横たわっているのである。

このように、著名な神社、聖地の空間的世界を神々によって統合された一つの完結した「聖なる宇宙」として描き出す神分編神歌の表現の特質は、次のような、表現の中に端的に表れていよう。

○「中の御在所の竹の節は」（二五〇）

○「貴船の内外座は」「あはれ内外座や」（二五二）

○「祇園精舎の後ろには」（二五五）

○「大梵天王は　中の間にこそおはしませ　少将婆利女の御前は　西の間にこそおはしませ」（二六七）

○「北や南の神客人」「艮御先はおそろしや」（二七〇）

○「内（宇治）には神おはす　中をば菩薩お前たち」（二七一）

このように、「内」「外」や「中」「後ろ」、あるいは、「西」「北」「南」「東北」といった、神域における諸神の空間配置や方位を示す表現の多用は、それぞれの歌い手たちが、神域における神々の空間的配置について、いかに敏感であり、意識的、自覚的であったかを示すものであろう。そうした表現は、歌い手たちにとって神々の聖空間の言葉による再構築であったと同時に、それは、そのまま、それを聞く人々にとっても、神々の坐す聖空間の「曼陀羅世界」を、まざまざと想起させるものであったにちがいない。

祇園の神を歌う二六七歌は、院政期における祇園御霊会の新しい展開における少将井婆利女信仰を背景に、中・東・西の三間に仕切られた祇園社本殿内陣における神々の聖なる配置を歌って神々を眼の前に拝するような「臨場感」（植木）をたたえている。また、一見、貴船の眷属神の名を列挙したに過ぎないように見える二五二歌「貴船の内外座は」の歌も、怖ろしき呪詛の神々が貴船の自然空間の中に配置されて人々の心をおののかせた聖空間の構造を巧みに歌い上げている。内田源の考証によって、丑の日の丑の刻に貴船神社に詣で、丑にまつわる怪しげな神々を祀る霊社の一つ一つに足を運んで「愛敬」の想いを懸けて呪詛や祈願をする「丑刻参り」の原型となる「丑の日講式」との関わりが明示されたことによって、貴船の社地の内外の境域が、そのまま丑にまつわる愛敬神、呪詛神たちがその霊威を発動しながら形造っている畏怖に満ちた聖なる異空間を歌うものであることが明らかになった（→二五二・内田【考察】参照）。

極楽いぶかしくは宇治の御寺をうやまへ―平安時代後期、都では「児童歌」としてこんな歌が歌いはやされていたという（『後拾遺往生伝下』三五「有輔女」）。宇治の平等院は、藤原頼通が永承七年（一〇五二）に創建した寺である。この古代の童謡（わざうた）にも通ずる「児童歌」は、当時の京童たちが、平等院の豪華荘厳な意匠をどのような想いで受けとめていたかを端的に伝えていよう。頼通の娘で後冷泉天皇の皇后となった寛子が、平等院に多宝塔を造営した時の供養願文には、その「水石幽奇。風流勝絶」の様を描き出した後、「移極楽世界之儀」と記されているという（『扶桑略記』康平四年［一〇六一］一〇月二五日）。平等院を歌った二七一歌は、佐々木の新解によれば、この寛子の催した十種供養の場における、極楽浄土に見立てた宇治の聖なる宗教空間を描写したものであるという。寛子が平等院で催した多宝塔供養や十種供養の盛儀は、参列した人々の心の内に、この世の極楽浄土の有様を眼前にした思いを、いっそう強く印象付けたにちがいない（→二七一・佐々木【考察】参照）。

阿弥陀如来や諸菩薩による聖衆来迎の様を実地に演じた迎講、法華経の如法経供養で極楽浄土の様を再現した十種供養、薬師の浄土を再現した七仏薬師法等々。平安時代後期は、尊い仏の浄土を具体的に現前させるような観想浄土法が流行し隆盛を極めていた。そうした観想法は、神仏習合の展開の中で、鎌倉時代以降には神々の鎮座する神域を仏の浄土に見立てて描き出す「宮曼陀羅」を数多く生み出すことになるが、右に掲げた神分編の神歌群は、同様の観想法的思考が、神々の聖地への参詣参籠の隆盛と相俟って、独自の聖地思想、神域観念を生み出していたことを示している。これらの神歌の一つ一つはまた、「歌」という言葉によって、神々の坐す神域―聖空間―を眼の当たりに描き出し、具体的に想起し再現させる、歌う「宮曼陀羅」とでもいうべき働きを担っていたのである。

4 祭祀と今様

平安時代後期は、京の都を中心に、旧来の伝統的な祭祀が大きく転換を遂げた時代であった。人々の生活が変り、信仰の形が変れば、祭祀のあり方もまた、大きく変化する。「祭から祭礼へ」。「祀る」祭から「見る」祭へ。京人たちの大祭としての葵祭や祇園御霊会、石清水臨時祭の盛行、あるいは南都における春日社の「おん祭り」の創始など、祭が華麗な行列を中心とした「見る」べきものに変り、風流化していく新しい変化を端的に伝えていよう。

こうした祭礼・祭儀のあり方の大きな変化は、当然、『梁塵秘抄』の今様神歌の表現の中にも、反映されてしかるべきものである。しかし、これまで秘抄神歌の解釈にあたって、そうした視点は、まったく顧みられてこなかった。しかし、祇園の祭神とその妃神を歌う二六七歌が、御旅所の成立や、少将井婆利女信仰の高まりなど、院政期における祇園御霊会の新しい展開を敏感に反映したものであったことは、植木朝子の的確な指摘に見る通りである（→二六七・植木【考察】参照）。

また、大将軍神を歌う二六九歌は、大将軍祭祀において、大将軍の降神と憑依、託宣というまさに現在進行中の神降ろしの様を歌うものであった。宇治の聖空間を歌う二七一の「宇治には神おはす」の歌は、後冷泉帝の皇后であった藤原寛子が平等院において催した十種供養の盛儀の場の有様を具体的に歌ったものではないかという。その解が普遍性を持つためには、なおいっそうの資料の裏付けが求められるが、その新しい解によって、神分編神歌が生成誕生する具体的な場の構造が、新しい可能性をもって見えてきたのだといえよう。

二四八歌「関より東の軍神」、二四九歌「関より西なる軍神」の連章二首も、辻浩和の精細な考証を踏まえた斬新な発想によって、宇佐八幡の放生会における傀儡の神相撲相撲の歴史における傀儡戯としての神相撲の成立や、その担い手、あるいは、相撲の勝負において、番士を東方西方に分けるという取り組みの作法がいつ頃確立したのかという問題など、なお、重ねての考証が求められるが、大きな可能性を秘めた大胆な仮説といえよう。いま仮にこの説に従えば、二首の神歌では、東西の区別が「逢坂の関」を界にしていることが明らかだから、その相撲神事の場は、京近くの石清水八幡宮の放生会あたりが想定されよう。今日の古表神社の神相撲は、神功皇后に見立てた騎乗の女神像の神前にて繰り広げられる。八幡神の神前での奉納を想定すると、「関より西の軍神」の中に当然その筆頭にあげられるべき八幡神の名が見えないことも、いかにも納得されるのである。資料の裏付けによる考究のいっそうの進展を期待したい。

そして、次のごとき、広田社南宮の神を歌う二七六歌も、また、当時に実際に行なわれていた広田社の祭礼との関わりにおいて、新しく読み返されるべきものであった。

○浜の南宮は　如意や宝珠の玉を持ち　すみのえ神をはらいとして　鹿蒜の海にぞ遊うたまふ　（二七六）

広田南宮の神を歌う右の神歌が、中世広田社の祭神とされてきた神功皇后の三韓征討の故事を歌ったものであるこ

との関わりが指摘され、具体的な祭事の場における表現である可能性が大きく開かれた。かつて宇佐八幡の放生会に際して、豊前国上毛、下毛両郡から奉納された傀儡戯は、今日、福岡県吉富町八幡古表神社と大分県中津市古要神社の両社に伝承され、古表神社では、傀儡の相撲人形二二体を神々に見立てて東西一一体に振り分け、東方は、祇園大神を大将に三島大神、熱田大神、磯良大神など一一体、西方は、住吉大神を大将に、鹿島大神、香取大神、春日大神など一一体。古要神社では、各一二体ずつの人形計二四体がやはり東西に分かれて相撲を取る。神々を東西に分けて相撲を取らせるところなど、神分編神歌の「関より」東西の二方に分けて神の名を連ねる作法と見事に符合しているのである。現存の史料によるかぎり、古表、古要両社現行の神相撲の神事は、元和三年（一六一七）に細川忠興によって再興されたものであるらしく、山路興造「宇佐八幡宮放生会の傀儡戯考」によれば、宇佐八幡の放生会に対する傀儡戯の奉納も、鎌倉後期以前に遡ることが難しいから、辻はあくまで、「想像をたくましくすれば」として、慎重な態度で私的な「仮説」に留めている。しかし、両歌にあげられた軍神の数がほぼ同数（辻説では七柱、西川説では八柱）となっているのも、神相撲の取り組みを想起させる。神事

とは、早く指摘されてきたが、このような神話的事跡を歌う歌が、どのような場でどのように歌われ、どんな意義や働きを担っていたかについては、まったく顧みられてこなかった。本注釈では、同類の歌詞を持つ伝承歌謡が古くから敦賀・気比大社の総参祭における船渡御の祭の中で実際に船中でも歌われてきたという事実と、かつて平安時代末には、広田社においても、広田＝南宮の神を奉戴して大輪田（和田）の岬まで船渡御をする祭礼が存在したという、二つの確かな事実を踏まえて、この歌が、いま眼前に繰り広げられている南宮の大神の船渡御の祭儀の只中において、眼の当たりにしている船渡御の有様を描き歌うものであることを明らかにした。おそらく、この歌の本来の「場」が、進行中の祭儀の中にあったことは、まず動くまい。「如意や宝珠の玉を持ち」「鹿蒜の海にぞ遊うたまふ」というように、この歌の表現があくまで現在進行形をとっているのは、まさにそう歌うことによって、眼前の祭礼の時間と空間とを、そのまま始源的な神話的時空へと転移させ、飛翔させる働きを担っているからであろう。こうした新しい照射によって、この神歌は、旧暦九月の秋空の下で、神々と宝珠と共に蒼海原を渡り行く人々の歓喜の歌声として甦ってきたのである。

＊

「はじめに」でも述べたように、「神分」とは、仏教の用語で、法会や修法を取り行うに際して、まず始めに諸神を勧請し、般若心経などを読誦して法施を手向け、神々の擁護を請うものである。『密教辞典』によれば、「神」とは、「曼荼羅の外金剛部及び本朝の諸神等権実二類の諸天神祇」を指し、「分」とは「法施を諸神に分与する義なり」という。「外金剛部（げこんごうぶ）」とは、曼陀羅の外辺に位し、その法門を守護する諸天、諸神をいうから、「本地垂迹思想」にいう「権実」双方の諸々の神々を呼び集めて法施を手向け、その擁護を乞うという、わが国独自の神仏習合思想に深く根ざした行儀であった。その「神分」の名を用いた部立を、仏歌、経歌、僧歌の三宝歌を掲示するに先立って、四句神歌の劈頭に置いた編者、後白河院の意図は、そうした当代の本地垂迹の思想を十分に踏まえたものであったといえよう。

しかし、「神分」部立ては、けっして形式的なものではなかった。日本の古来の神観念に従えば、神々は、仏とは異なって、常在しないものであったから、神々を祀るには、その度毎に必ず、諸神をこの地上の特設された祭の場に、招き降ろし、迎え祀らねばならなかった。「神分」の意義について、「神道の祭儀における最初の降神」、「神楽における採物に相当たる」（志田評解）とされ、また、「神下(かみおろし)とも名く」（『密教辞典』）とされているのは、そうした「神分」の本質に関わる降神儀礼的性格をよく表していよう。

そうした降神儀礼としての神分の行儀において、神々を呼び集め、招き降ろすための最も基本的な作法は、諸神の名を次々に読み上げ唱え上げていくものであった。今日各地に民俗行事化して伝存している正月のオコナイなどに広く見られる神名列挙の「神呼び」の作法の、最も代表的で生きた事例を、たとえば私たちは、「お水取り」の愛称で知られた東大寺二月堂の修二会における「神名帳」の読み上げの中に見ることができる。本「神分」編に採択された三五首の神歌の中に、その巻頭の一首から始めて、神名を次々に列挙する「神名尽くし」の表現が際立って眼に付くのは、けっして偶然ではないのである。神分編神歌の表現の第一の特徴である「神名尽くし」の表現は、「神分」行儀における神勧請の神名帳の読み上げと、その根底において、深い繋がりを有するものといわねばならない。

それだけではない。すでに見てきたように、神分編神歌の中には、あるいは神々の降神儀礼に直接関わる憑依託宣の歌あり、託宣や呪詛などの霊威によって京人たちの心胆を寒からしめた神々の歌があり、また祭礼の只中で、祭礼の模様をそのままに伝え歌う歌もあった。そこには、平安末期の人々の信仰生活に深く関わる神歌の数々が絶妙の配列をもって並べられていた。おそらく後白河院は、『梁塵秘抄』巻二の神歌の部の編纂にあたって、当時の人々の神々に対する信仰と最も深く関わる重要な歌をあえて選抜し、四句神歌の部の巻頭に掲げ、それに「神分」という名を与えたのである。この「神分」編の三五首の神歌こそ、編者後白河院にとって、数多い四句神歌の中でも、最も神歌らしい神歌であったにちがいない。

【付記】神分編の符号及び表記について

永池健二

『梁塵秘抄』巻二の他の箇所と同様に、神分編の神歌三五首にも、「○」や「、」「。」などいくつかの符号が用いられ、朱書、墨書による傍書（書き入れ）も見られる。また、その歌詞の表記の仕方についても、際立った特徴を見てとることができる。ここでは、神分編の神歌の注釈作業と深く関わる、そうした符号や表記上の特質について、簡略にまとめて摘記しておきたい。

1 「○」、「、」、「。」などの符号について

(1) 歌頭の「○」

神分編全三五首の歌のすべての頭に、朱で○が付されている。巻二の他の歌において、付されているものと同様であるが、二句神歌の神社歌やそれに続く後無称歌など、「○」印のない歌がかなりの数にのぼるのに対して、神分編には、「○」の欠けている歌は存在しない。古谷稔によって、後白河院の宸筆本の断簡と認定された三種の断簡の中、穂久邇文庫蔵の「りう女はほとけになりにけり」の今様は、『梁塵秘抄』歌詞編の一首の断簡と推定されているが、その歌頭にも同じ朱による○印が付され、上野学園大学日本音楽史研究所蔵の『口伝集』の一部と思われる断簡所載の「よるひるあけこしたまくらは」の歌にもやはり同様の「○」印が付されているから（後掲図版参照）、この歌頭の○は、歌の句頭の位置を示すものとして、後白河院の手になる宸筆本に当初からあったものと思われる（古谷「伝久我通光筆「梁塵秘抄断簡」と後白河法皇の書」）。

(2) 朱による傍点「、」

巻二の他の歌群と同様に、神分編にも、歌詞の章句の切れ目と思われる箇所に、朱で「、」が付されている。章句の切れ目ごとの「読点」や「息継」の箇所を示すものと推測されるが、章句の切れ目として当然付されているべき場所に、この「、」のないものが少なからず見られる。それが転写の過程での脱落なのか、あるいは、何か別の事情によるものかは、にわかには判断できない。

前掲、後白河院宸筆の二首の今様断簡では、四句形式の一句の終わりごとに、計四箇所に朱で横棒「一」が付されている（後掲図版参照）。現行本の朱点「、」は、この朱書

の「一」が、転写の過程で「、」に置き換えられたものと推察される。

　同様の横「一」の符号は、陽明文庫蔵の承徳三年（一〇九九）書写の東遊歌、風俗歌、神楽歌の書留『承徳本古謡集』にも見られ、やはり、章句の切れ目の位置ごとに付され、歌唱や読誦に際しての息継ぎか、小休止などを意味すると思われるものである。ちなみに、後白河院の宸筆と思われるもう一種の本願寺蔵の断簡は、今様ではなく、口伝集の本文の一部かと推察されているが、その本文の文の切れ目にも同様の朱による「一」が付されている。飯島一彦が指摘しているように、口伝集もまた、口頭で朗唱されることを意識した後白河院の意向を示すものとして興味深いものである（飯島「新出の『梁塵秘抄』今様断簡について」）。

(3)　墨書の「◦」

　朱の「、」とは別に、次の三首計五箇所にわたって、墨書による「◦」の符号が、やはり章句の切れ目と思われる箇所に付されている。

　二六一　あなはやくな。よどのわたりに

　二六二　おさなき。ちごのみや

　二六五　あるみこの。うつ。ゝづみ、
　　ひゝきなれ〳〵。うつゝづみ、

　この墨書による「◦」点について、新大系の「凡例」では、「この符号は、「、」（読点）よりも更に軽い区切れを示す働きと見られる」と記しているが、根拠が定かではなく、転写のいずれかの段階での書写者による新たな書き入れで、原本所載の朱点と区別するため、あえて表記を替えた可能性もあるので、必ずしもそのようには断定できまい。

2　朱書、墨書による傍注について

『梁塵秘抄』巻二及び、綾小路家旧蔵（現天理図書館蔵）の巻一の抄出本、口伝集巻一の抄出本には、共に朱による傍注と墨書による傍注とが認められるが、神分編三五首においても、朱書と墨書による二種の傍注の存在を見てとることができる。

　次のように、朱書注は一首一箇所、墨書注は一一首一七箇所である。

(1)朱書注

　二四八　あはのすたいのくちや小（野、ミヒテ）

(2)墨書注

1　二四二　やわ（ハ）たのわかみや（若宮）、くまの（熊野）、

2　二四八　ひらの明神（王）

3　二四九　すみよしにしのみや（西宮）

4　二五〇　うるうらん、
5　二五六　とれちかし、とれとを（以下無之）
6　二六一　がつらかは（くか）
7　二六二　なんくの本山は、（宮）
8　二六四　仏法そうたちのふたりおはしまして、（僧）（みたり）
9　二六六　かみのめてたくけむするは、金剛蔵王はくわう大菩薩（験）（王）
10　二六七　大梵天王者……正法より女の御前は、（度）（は）（まへに）
11　二七五　ゐとや衆生　生こしけむ大明神

こうした朱注と墨注について、小西甚一は、少なくとも朱の書き入れを持つ「朱本」と墨書の書き入れを持つ「墨本」の二種の異本が存在し、室町期書写の旧綾小路本巻一にも同様の校合の跡が見てとれることから、その成立を、現存巻二（天理蔵本）の底本の書写者正韵が書写の際によった所拠本以前に、そうした異なった注記を持った二種の異本の存在を想定している（※小西考）。神分編に限っていえば、朱と墨との二種の傍注は、それぞれ異なる書写の段階において、別人の手によって書き入れが成されたとする判断は妥当なものであろう。

しかし、その注記は、おおむね後白河院の手に成る『梁塵秘抄』の原本には無かったものであり、後世の書写者の手に成るものと考えられるから、その採否については、慎重な考定が求められる。たとえば、二六一歌の「がつらかは」の「かは」の右傍に「くか」と墨書したのは、「かは」のやや短縮した続け書きを「具」の草仮名一字と読むべきと考えた書写者の即断による書き入れと思われ、二六七歌の「正法より女の御前は」の「御前は」の右傍の「まへに」の墨注は、次項で述べるように、「ゴゼン」と漢語で音読みされるべき所を、書写者が賢しらに「まへに」と注記したもので、どちらもとることのできないものである。ただし、4・二五〇の「ら」と11・二七五の「こ」は、後世の書写者による書き入れとは性格を異にしており、別途考定が必要とされるべきものである。

ちなみに神分編にはその例が見られないが、巻二や綾小路本には、この他にもう一種、朱書で漢語に片仮名で読み仮名を振った例が見られる。

○秘密教（ヒミツケウ）を、こむかうさたに　（巻二・四二）
○畢竟（ヒツキヤウ）くを　（巻二・五四）
○跋提河（ハツタイカ）のにしのきし　（巻二・一七二）
○住吉はみなみ客殿（キヤク）　（巻二・五四一）
○浄飯（シヤウホン）王はさいそのわう　（巻一・二〇）

これらの朱書のふりがなと他の朱書の注とを小西は区別

していないが、難読の漢字に朱のふりがなを添えた例は、後白河院の宸筆本にすでに

○五障（シヤウ）のくも　（穂久邇文庫蔵断簡）

○法文（ホウモン）なとにときたれは
　正教（シヤウケウ）にときたれは　（本願寺蔵口伝集断簡）

と見え、後白河院の手に成るものと推測されるから、後世の書写者による書き入れとは明らかに区別し、本文校訂や読みの確定には、最も信頼にたる資料として重視されるべきものである。

3　漢字と仮名の表記の書き分けについて

『梁塵秘抄』巻二の今様の文字表記を総体として一覧すると、漢字と仮名の書き分けについて、次のような顕著な傾向を見てとることができるように思われる。

1　歌詞の表記に際しては、漢字を多用せず、できるだけ仮名書きを用いること。

2　とりわけ、本来の和語―大和言葉―については、仮名書きにすること。

3　漢字を用いるのは、仏語など本来漢字によって成り立つ漢語の場合に限ること。

もちろん例外は少なからずあるのだが、表記にあたって右のごとき原則がかなり徹底して意識的に貫かれていることは、明らかである。

ここでは、神分編の表記にしぼって、その具体例を見てみよう。

(1)①二五一　いつれかきふねへまいるみち、かもかはみのさとみところいけ、みところさか、はたいたしのさかやいちにのはし、やまかはさら〱いはまくら

②二五四　あふみのみつうみにたつなみは、はなはさけともみもならす、えたさゝす、やひえのおやまのにしうらにこそ、やみつのみありときけ

③二六五　かねのみたけにあるみこの。うつゝづみ、うちあけうちおろしおもしろや、われらもまいらはや、ていとんとうともひゝきなれ〱。うつゝづみ、いかにうてはかこのねのたはせさるらむ

一読してわかるように、右の三首は、すべて仮名で表記されている。漢字は一文字も用いられていない。そして丹念に見ればわかるように、この三首に用いられている言葉の語彙は、すべて本来の大和言葉＝和語なのである。この三首には、右の原則の1と2とが見事に貫かれていよう。

では、次の三首はどうだろうか。

(2)①二四四　仏法ひろむとて、天台ふもとにあとをたれ、おはします、ひかりをやはらけてちりとなし、ひかしのみやとそいは、れおはします

②二五九　くまの、権現は、なぐさのはまにこそをりたまへ、わかのうらにしましませは、としはゆけとも若王子

③二六一　やわたへまいらんとおもへとも、かもがはがつらかはいとはやし、あなはやくな。よどのわたりにふねうけて、むかへたまへ大菩薩

この三首では、仏法、天台、権現、若王子、大菩薩と、仏教や神仏習合思想に用いる音読みの漢語だけが、漢字で書かれており、他の仮名書きの言葉はすべて、大和言葉である。ここでは、1、2、3の表記の原則がすべて貫かれている。

もちろん例外はある。次に例外を含んだ事例を見てみよう。

(3)①二四七　王城ひむかしはちかたうみ、天台山王みねのおまへ、五所のおまへは正しんし、衆生ねかひをいちとうに

②二五二　きふねの内外さは、やまをよかはをよにくふかすいかつら、しらいししらひけしらたうめ、くろをのみさきはあはれ内外さや

③二五六　くまのへまいるには、きちといせちのとれちかし、とれとを　、広大慈悲のみちなれはきちもいせちもとをからす

④二五八　くまのへまいらむとおもへとも、かちよりまいれはみちとをし、すくれてやまきひし、むまにてまいれはく行ならす、そらよりまいらむはねたへ若王子、

⑤二六〇　はなのみやこをふりすて、、くれ〳〵まいるはおほろけか、かつは権現御らんせよ、青蓮のまなこをあさやかに

右の五首の傍点を添えた部分の表記に注意してほしい。「正しんし」「いちとう」「内外さ」「きち」「いせち」「く行」「御らん」など傍点部は漢字で書かれるべき漢語の一部を仮名書きしたものである。現存本巻二では、必ずしも漢語を漢字で書くことに、徹底したこだわりを見せてはいないことが見てとれる。一方、これらの歌でも漢字で書かれているのはすべて漢語であり、大和言葉は仮名表記という原則はなお守られているのである。漢語であるのにあえて仮名書きにする例は、他にも、「なんく（南宮）」（二五〇、二

六二、二七六）、「ちうそ（住所）」「むす（無数）」（二七二）、「一品ちうさん（中山）」「ひちう（備中）なる」（二四九）、など少なからず認められるが、先に掲げた三項の表記の原則を崩してはいない。

これに対して、大和言葉の語彙であって、原則に従えば、仮名書きであるべき所を、漢字で表記している例は、次の五首、六例である。

・二四三　二宮まらうとの……やまをさゆつるきの三宮
・二六三　人のまいらぬ
・二六四　えしり給はす
・二六八　しみつのつめたき二宮に
・二七一　内にはかみおはす

傍点を付した漢字の中、「人（ひと）」「給（たま）はず」「内（うち）」は、訓読みにすべきことが明らかで、音読みにしたり音のぶれる恐れがないもの。一方、「二宮（にのみや）」「三宮（さんのみや）」の二、三は、もともと漢数字であってそれを漢字表記したために下の「宮」の語も漢字となったものであろう。いずれにしろ、これらの例外表記でも、読みや音がぶれないように配慮するという表記の基本姿勢は、きちんと貫かれているといってよいだろう。

こうした表記における原則が、神分編の神歌だけでなく、巻二全体の表記にも同様に貫かれていることは、たとえば、次のような事例を一瞥しただけでも首肯できるだろう。

Ⅰ三三四　つねにこひするは、そらにはたなはたよはひほし、のへにはやまとりあきはしかなかれのきうたちふゆはをし
三四一　わぬしはなさけなや、わらはかあらしともすましともいははこそにくからめ、ててやはははのさけたまふなかなれはきるともきさむともよにもあらし
三五〇　あかしのうちのなみ、うらやなれたりけるやうらのなみかな、このなみはうちよせて、かせはふかねともやささらなみそたつ
三五九　あそひをせんとやうまれけむ、たはふれせんとやむまれけん、あそふこどものこゑきけは、わかみさへこそゆるかるれ
Ⅱ　八五　四大声聞いかはかり、よろこひみよりもあまるらむ、われらは後世のほとけそと、たしかにききつるけふなれは
二〇八　龍女はほとけになりにけり、なとかわれらもならさらん、五障のくもこそあつくとも、如来月輪かくされし

三二〇　こかねのなかやまに、つるとかめとはものかたり、仙人わらはのみそかにたちきけは、とのは受領になりたまふ

三五五　うかひはいとをしや、万劫としふるかめころしまたうのくひをゆひ、現世はかくてもありぬへし、後生わかみをいかにせん

　Ⅰの例は、いずれもすべて仮名書きで、その語彙もすべて大和言葉ばかりの歌。Ⅱの例は、それぞれ傍点部の漢字表記は、すべて漢語に限られ、他の大和言葉は仮名書きのものである。

　ⅠⅡ例とも試みに目に付いたものの一部を抽出しただけで、同様の例のごく一部にすぎない。巻一、二の歌の全体において先掲の原則は貫かれているのである。

　さらに特筆しておかねばならないことは、歌詞の読みにぶれをもたらさないという配慮に基づいた、こうした表記上の基本姿勢は、後白河院による『梁塵秘抄』のそもそもの最初の執筆時においてすでに確立されていた可能性が高い、という事実である。すでに何度か触れたように、今日、後白河院宸筆と認められる三種の『梁塵秘抄』の断簡の表記は次の通りである。

(1)上野学園大学日本音楽史研究所蔵断簡

けれは一
○よるひるあけこしたまくらは一
あけてもひさしくなりにけり一
なにとてよるひるむつけれむ一
なからへさりけるものゆへに一

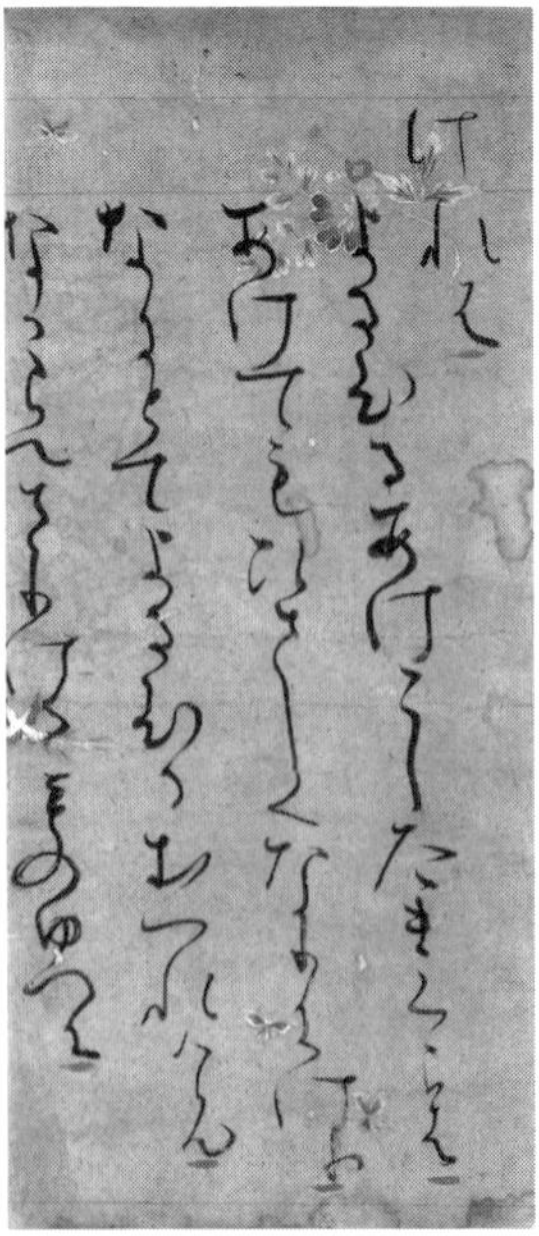

（『日本音楽史研究』第2号より転載）

(2)穂久邇文庫蔵断簡

○りう女はほとけになりにけり一
なとかわれらもならさらむ一
五障（シャウ）のくもこそあつからめ一
如来（ライ）月輪（リン）かくされし一

(3)本願寺蔵断簡

このうたをはかうまつりて一あすら
わうのみさるかは法文（ホウモン）なとにとき

たれは一ちさのかたるをきくそかし
とこそ一た丶し正教（シャウケウ）にときたれはと
いふところすこふるうたひにくし一

わずか三種の例ではあるが、この三例に見る限り、これまで見てきた神分編の表記に貫かれていた、歌詞の読みのぶれをできるだけ避けるという配慮に基づいた表記の三原則と同様の態度が、すでに後白河院の執筆態度の中において示されていたことが窺えよう。⑴では口伝集本文末尾の「けれは」を含めてその後の今様一首すべて仮名書きで、語彙もすべて大和言葉。⑵の四句形式の今様では、初句の「りう女」の「龍」だけが仮名書きされているが、他の「五障」「如来月輪」の漢語は漢字で表記。⑶の本願寺蔵本の口伝集の一節では、今様歌詞の一部の引用と思われる箇所の中、「法文」「正教」の二つの漢語が漢字書きされているほか、漢語と思われる「あすらわう（阿修羅王?）」「ちさ（智者）」の二語が仮名書きされている。この三種の例に見る限り、これまで見てきた神分編の表記の原則とまったく同一の態度が、後白河院自身のものであったことが窺えるのである。

さらに興味深いことは、漢字書きした漢語の右傍に朱にて片仮名書きにて、「五障（シャウ）」「如来（ライ）月輪（リン）」「法文（ホウモン）」「正教（シャウケウ）」というように、読み仮名が施されていることである。この仮名の振り仮名も、本文と同筆で、後白河院自身の手に成るものと思われ、これだけの例からでも、歌いものとしての今様の歌詞の採録にあたって、院が音のぶれのないよういかに気を配っていたかが窺えよう。

これまで見てきた巻二神分編の表記の原則が、『梁塵秘抄』執筆当時の後白河院の態度をそのまま踏襲しているものであるとすれば、この事実は、現存本の歌詞の翻刻や読解に、きわめて重要な手掛かりを提示してくれる。たとえば次の一首を見てほしい。

二六七　大梵天王者（は）、なかのまにこそおはしませ、正法
　より女の御前（まへに）は、にしのまにこそおはしませ、

祇園の神々を歌った右の二六七歌の二句目「正法より女の御前は」の「御前」の「前」の字の右傍には墨書にて「御前（まへに）」と、「まへに」の仮名の書き入れがなされている。そのため、先行諸注は、旧全集、榎集成、新大系など揃って「おまへ」と読んでいるが、さきに指摘したように、墨書による平仮名書きの傍注は、後世の書写者の書き入れと思われ、この場合には、女神に対する敬称である「御前」の語を「～のお前に」という場所を示す語と読み違えて注したものであろう。ここは、これまでの表記の原則に従えば、

「ゴゼンは」と読むべき所である。ちなみに、神分編の三五首の中には「おまへ」の語が計五箇所に出てくるが、その表記は次のように、すべて仮名書きされているのである。

○二四二　くまの若王子こもりおまへ
○二四七　天台山王みねのおまへ
○二五〇　さうゐのおまへはうるうらん
○二七一　なかをは菩薩おまへたち
○二七三　すみよし四所の、おまへには

二六七歌のこの一例だけあえて「御前は」と漢字書きしているのは、これまで見てきた表記の原則に則れば、「ゴゼンは」と音読みにて読ませたかったからであると見ねばなるまい。

もう一つ例を掲げよう。

二五七　くまのへまいるには、なにかくるしき修行者よ、
やすまつひめまつこえうまつ、千里のはま

この二五七歌では、「修行者」と「千里」の二語が漢字書きされているが、この「千里」の語にはこれまでの先行諸注の多くが、「小西考」「全集」「榎集成」「新大系」など揃って「ちさと」と読み仮名を当てている。和歌の歌枕としての「千里の浜」は、「ちさとのはま」と呼ばれてきたが、口承の歌謡の場合には、『宴曲抄』巻一所載の早歌「熊野参詣四」の譜本では「千里の浜」に「せんり」と仮名が付されている。千里の浜に位置している「千里王子」も「センリ」と呼ばれていたものと思われる。これも表記の原則に従って「センリ」と音読みにすべき所であろう。

ちなみに、神分編以外の歌では、次のような例も同様である。

三一〇　四方の霊験所は、いつのはしりゐ。しなの、とかくし、するかのふしのやま、はわきの大山丹後のなりあひとか。とさのむろふと、さぬきのしとの道場とこそきけ

この初句の「四方」については、これまで先行諸注は、榎集成を除いて、ほとんどが「よも」と呼んでいるが、本歌でも漢字で書かれているのは、「霊験所」「大山」「丹後」「道場」と音読みの漢字語に限られており、「四方」もやはり、「シハウ」と音読みすべき所であろう。「よも」と「しはう」では、その義は、共に「東西南北」の四方から「あちこち」や「諸方」に至るまでほぼ同義に用いられているが、「諸国」や「天下」の意では「四方（しはう）」の語が専ら用いられてきたようである。ここでもやはり読みは「シハウ」と定めるべきであろう。

【参考文献】

古谷稔「伝久我通光筆「梁塵秘抄断簡」と後白河法皇の書」（『日本音楽史研究』二号、一九九九年二月）
飯島一彦「新出の『梁塵秘抄』今様断簡について」（『日本音楽史研究』二号、一九九九年二月）

『梁塵秘抄』歌謡初句索引

一、本索引は、本書神分編の神歌全三五首の注釈本文（類歌、関連歌謡、諸説、語釈、考察）で取りあげた現存『梁塵秘抄』歌謡（巻二、巻一抄出本）について、歌ごとに、出所頁を示したものである。

一、歌は、歌頭の初句（五音乃至七、八音）を採り、初句が同一の歌については、改行して二句まで掲出し区別した。

一、掲出句は、整理の便宜上、『梁塵秘抄』現存伝本の表記に従って統一した。

一、配列は、現代仮名遣いによる五〇音順とした。

一、掲出句の後に、運用の歌番号を漢数字で括弧内に示し、引用の頁数を算用数字で順に掲げた。

一、歌の引用は、歌番号のみでも、歌句のごく一部の場合でも採録した。

【わ】

日吉山王二十一社一覧

<table>
<tr><td></td><td></td><td colspan="3">旧社名</td><td>現在の社名</td><td>本地仏</td><td>現在の祭神</td><td>登場する歌番号</td><td>『梁塵秘抄』に登場する主な摂社</td></tr>
<tr><td rowspan="7">上七社</td><td rowspan="11">十一社（『伊呂波字類抄』による）</td><td>大宮</td><td rowspan="2">両所</td><td rowspan="3">三聖</td><td>西本宮</td><td>釈迦</td><td>大己貴神</td><td>243・244・266・411・412・417・548・549</td><td></td></tr>
<tr><td>二宮</td><td>東本宮</td><td>薬師</td><td>大山咋神</td><td>243・244・247・268・412・417・548・549</td><td></td></tr>
<tr><td colspan="2">聖真子</td><td>宇佐宮</td><td>阿弥陀</td><td>田心姫神</td><td>247・417</td><td></td></tr>
<tr><td colspan="3">八王子</td><td>牛尾神社</td><td>千手</td><td>大山咋神荒魂</td><td>243・417</td><td></td></tr>
<tr><td colspan="3">客人</td><td>白山姫神社</td><td>十一面</td><td>白山姫神</td><td>243</td><td></td></tr>
<tr><td colspan="3">十禅師</td><td>樹下神社</td><td>地蔵</td><td>鴨玉依姫神</td><td>242・243</td><td></td></tr>
<tr><td colspan="3">三宮</td><td>三宮神社</td><td>普賢、大日</td><td>鴨玉依姫神荒魂</td><td>243</td><td></td></tr>
<tr><td rowspan="7">中七社</td><td colspan="3">王子</td><td>産屋神社</td><td>文殊</td><td>鴨別雷神</td><td></td><td></td></tr>
<tr><td colspan="3">下八王子</td><td>八柱社</td><td>虚空蔵</td><td>五男三女神</td><td></td><td>高御子（243・245）</td></tr>
<tr><td colspan="3">早尾</td><td>早尾神社</td><td>不動</td><td>素戔嗚神</td><td>245</td><td>一童（245・247・274）、
山長（243・245）、
石動（243）</td></tr>
<tr><td colspan="3">大行事（行事）</td><td>大物忌神社</td><td>毘沙門</td><td>大年神</td><td>243・245</td><td></td></tr>
<tr><td rowspan="3"></td><td colspan="3">牛御子</td><td>牛御子社</td><td>大威徳</td><td>山末之大主神荒魂</td><td>245</td><td></td></tr>
<tr><td colspan="3">新行事</td><td>新物忌神社</td><td>持国天、吉祥天</td><td>天知迦流水姫神</td><td></td><td></td></tr>
<tr><td colspan="3">聖女</td><td>宇佐若宮</td><td>如意輪</td><td>下照姫神</td><td></td><td></td></tr>
<tr><td rowspan="7" colspan="2">下七社</td><td colspan="3">小禅師</td><td>樹下若宮</td><td>竜樹</td><td>玉依彦神</td><td></td><td></td></tr>
<tr><td colspan="3">大宮竈殿</td><td>竈殿社</td><td>大日</td><td>沖津彦神、
沖津姫神</td><td></td><td></td></tr>
<tr><td colspan="3">二宮竈殿</td><td>同</td><td>日光月光</td><td>同</td><td></td><td></td></tr>
<tr><td colspan="3">山末</td><td>氏神神社</td><td>摩利支天</td><td>鴨建角身命、
琴御館宇志丸</td><td></td><td></td></tr>
<tr><td colspan="3">岩滝</td><td>巌滝社</td><td>弁財天</td><td>市杵島姫神、
湍津姫神</td><td></td><td></td></tr>
<tr><td colspan="3">剣宮</td><td>剣宮社</td><td>不動</td><td>瓊瓊杵尊</td><td></td><td></td></tr>
<tr><td colspan="3">気比</td><td>気比社</td><td>聖観音</td><td>仲哀天皇</td><td></td><td></td></tr>
</table>

※神道大系『日吉』解題（景山春樹）を参考に作成（作成：松石江梨香）

主要寺社所在図・寺社案内

1. 本図は、『梁塵秘抄』巻二神分編の神歌全35首の中にその名を歌われた主要な寺社40社を取りあげ、その所在位置を地図上に示したものである。
2. 寺社には、便宜上京都近郊のものから順に①～㊵の番号を付けて示した。地図は、【図1】京都近郊、【図2】近畿地方、【図3】西国から関東までの3種に分けて示した。
3. ①～㊵の寺社については、利用の便宜のため、寺社名の後に、その寺社や神々の名が歌われている神分編神歌の歌番号を掲げ、その下に、創祀の由来、現在の主祭神、本尊、所在地などを簡潔に摘記した案内を付した。

【図1】京都近郊

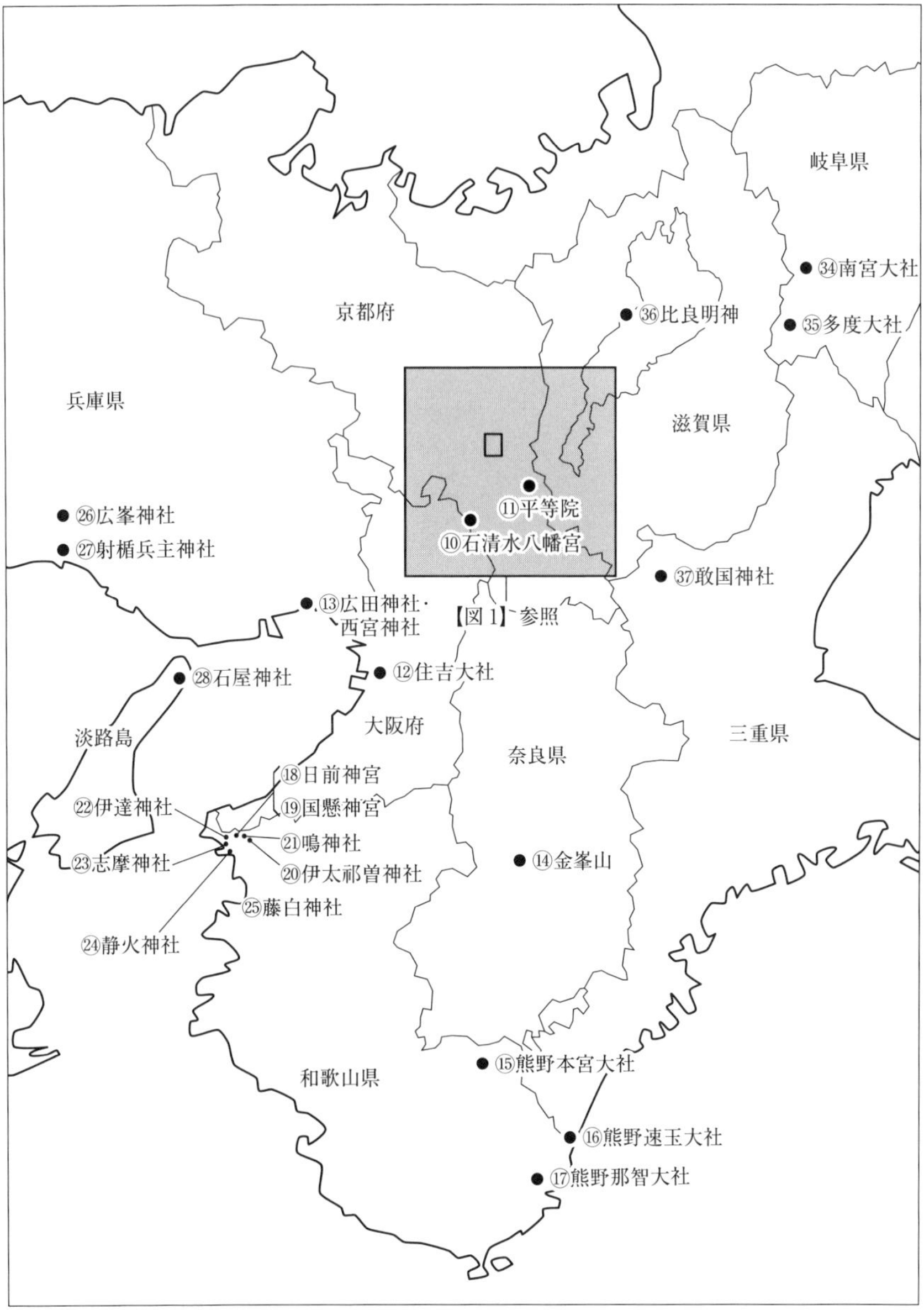
岐阜県
㉞南宮大社
京都府
㊱比良明神
㉟多度大社
兵庫県
滋賀県
⑪平等院
㉖広峯神社
⑩石清水八幡宮
㉗射楯兵主神社
㊲敢国神社
⑬広田神社・
西宮神社
【図 1】参照
㉘石屋神社
⑫住吉大社
大阪府
淡路島
三重県
奈良県
⑱日前神宮
㉒伊達神社
⑲国懸神宮
㉑鳴神社
㉓志摩神社
⑭金峯山
⑳伊太祁曽神社
㉕藤白神社
㉔静火神社
⑮熊野本宮大社
和歌山県
⑯熊野速玉大社
⑰熊野那智大社

【図 2】 近畿地方

㉜諏訪大社
㉞南宮大社
㉟多度大社
㊳吉備津神社
㊴中山神社
㊵厳島神社
㉙鹿島神宮
㉚香取神宮
㉝熱田神宮
㉛安房の洲
滝の口
小鷹明神
【図 2】参照

【図 3】西国から関東まで

①日吉大社　ひえたいしゃ
242・243・244・245・247・266・268・274

比叡山東麓の大津市坂本に鎮座する。祭神は西本宮が大己貴神（おおなむちのかみ）、東本宮が大山咋神（おおやまくいのかみ）。比叡山延暦寺（天台宗）の守護神として、日吉山王、山王権現とも呼ばれた。『延喜式』神名帳には、近江国滋賀郡に「日吉神社〈名神大〉」とある。西本宮（大宮）、東本宮（二宮）に摂社5社（宇佐宮〔聖真子〕・牛尾宮〔八王子〕・白山宮〔客人〕・樹下宮〔十禅師〕・三宮宮〔三宮〕）を合わせて、山王七社と呼ばれ、のちには、さらに「中七社」「下七社」が加わり、「山王二十一社」と総称されて、多くの信仰を集めた。

【所在】滋賀県大津市坂本5－1－1

②延暦寺　えんりゃくじ　244・253・254

大津市坂本本町にある比叡山に、延暦7年（788）、伝教大師最澄が開いた天台宗の総本山。本尊は薬師如来。山内は東塔（とうどう）・西塔（さいとう）・横川（よかわ）の3塔からなり、約150もの堂塔が立ち並ぶ。王城の東北に位置し、鬼門を護る寺として尊崇を集め、栄えた。東塔の一乗止観院は根本中堂と呼ばれ、建物が国宝に指定されている。

【所在】滋賀県大津市坂本本町4220

③賀茂別雷神社（上賀茂神社）
かもわけいかづちじんじゃ　242・266

京都市北区に鎮座する。祭神は賀茂別雷大神。『山城国風土記』逸文は、賀茂建角身命（かもたけつぬみのみこと）の娘である玉依姫命（たまよりひめのみこと）と、丹塗矢に化した火雷神（ほのいかづちのかみ）との間に産まれた子であると伝える。『延喜式』神名帳では「名神大」。王城鎮護の神として伊勢神宮に並ぶ崇敬を受けた。毎年5月15日に催される上賀茂下鴨両社の例祭・賀茂祭（葵祭）は、勅祭として続けられ、京都三大祭の一つとして今日も親しまれている。5月12日夜には、若神誕生を再現しその来臨を請う秘儀・御阿礼（みあれ）神事がある。

【所在】京都市北区上賀茂本山339

④賀茂御祖神社（下鴨神社）
かものみおやじんじゃ　242・266

京都市左京区に流れる賀茂川と高野川の河合に鎮座する。祭神は、賀茂別雷大神の母神である玉依姫命と、玉依姫の父神である賀茂建角身命。『延喜式』神名帳では「名神大」。別雷神社と共に山城国一宮。社伝によれば、神武天皇の代に御陰山の地に祭神が降臨したという。奈良時代以前から広く人びとの尊崇を受け、平安遷都以後は王城鎮護の神として篤く敬われた。5月12日に行なわれる御蔭（おかげ）祭は、日本最古の神幸列という。

【所在】京都市左京区下鴨泉川町59

⑤貴船神社　きぶねじんじゃ
242・251・252・272

京の都の北方、貴船山の東麓に鎮座。社前を流れる貴船川は賀茂川の上流の一で、その河上神として水の神・高龗神（たかおかみのかみ）を主神として祀る。古来、祈雨止雨の神であると同時に、愛欲や縁結びの神として名高く、かつて境内外に祀られていた奥深（おくふか）、吸葛（すいかづら）、黒尾御先（くろおのみさき）などの神々は、所願や呪詛を叶える強力な悪神としても怖れられた。起源については社記に「国家安穏、万民守護のため、太古“丑の年の丑の月の丑の日”に天上より貴船山中腹、鏡岩に天降れり」とあり、丑の日を縁日

としている。丑の刻参りの本所でもあった。

【所在】京都市左京区鞍馬貴船町 180

⑥八坂神社　やさかじんじゃ
255・266・267

近代以前は祇園感神院、また祇園社と称し、明治維新以後、現社名となる。『延喜式』神名帳には見えない。祭神は素戔嗚尊（すさのおのみこと）（旧牛頭天王）・櫛稲田姫命（くしいなだひめのみこと）・八柱御子神（やはしらのみこがみ）ほか 10 神。創祀時期には諸説あるが、鎌倉時代末成立の『社家条々記録』では、貞観 18 年（876）に南都の円如上人が東山山麓の祇園林に天つ神が垂迹したとして一堂を建立し、薬師如来を祀ったのを草創とする。疫病消除の神、御霊信仰の神として崇敬される。御霊会に起源をもつ祇園祭は、山鉾巡行を中にして前後 1 ヶ月にわたる祭礼で、多くの人々で賑わう。

【所在】京都市東山区祇園町北側 625

⑦伏見稲荷大社　ふしみいなりたいしゃ
263

『二十二社註式』は元明天皇和銅 4 年（711）に秦氏が稲荷山の三つの峰に祭祀したことを記す。『延喜式』神名帳山城国紀伊郡にも「稲荷神社三座〈並名神大、月次新嘗〉」とあり、稲荷社が最初に鎮座した地は、稲荷山の山頂 3 ヶ峰で、上中下の 3 社あった。祭神は宇迦之御魂大神（うかのみたまのおおかみ）・佐田彦大神（さたひこのおおかみ）・大宮能売大神（おおみやのめのおおかみ）。農耕神として、また愛法の神として信仰を集め、平安時代以来、2 月の初午の日に参詣する人々で賑わった。稲荷祭（3 月中の午の日に御旅所へ神幸、4 月上の卯の日に当社へ遷幸）には、さらに多くの人々が群集した。

【所在】京都市伏見区深草藪之内町 68

⑧大将軍八神社
だいしょうぐんはちじんじゃ　266・269

京都市上京区に鎮座し、大内裏の北西角に位置する。社伝によれば、延暦 13 年（794）に桓武天皇が、平安京の方位守護のため陰陽道の方位八将神の一である大将軍を、春日山麓より内裏の四方に勧請したうちの一つであるという。かつては「大将軍堂」と呼ばれ、中山忠親の日記『山槐記』の治承 2 年（1178）11 月 12 日条には、建礼門院徳子の御産にあたって安産祈願を奉幣したうちの一社として見える。

【所在】京都市上京区一条通御前西入 48

⑨木嶋坐天照御魂神社
このしまにますあまてるみたまじんじゃ
263

『延喜式』神名帳山城国葛野郡に「木嶋坐天照御魂神社〈名神大、月次相嘗新嘗〉」とある。秦氏ゆかりの神社で、『続日本紀』大宝元年（701）4 月 3 日条に「勅山背国葛野郡月読神、樺井神、木嶋神、波都賀志神等神稲（かむしね）、自今以後給中臣氏」と見えるのが早い。祭神は天之御中主神（あめのみなかぬしのかみ）ほか 4 神。源頼政の和歌に「神に祈る恋といふことを人人読み侍りけるに」の詞書で「逢ふことを祈るかひなき木嶋は涙をかくる名にこそ有りけれ」（『頼政集』下・411）とあり、愛法の神としての一面を持っている。

【所在】京都市右京区太秦森ヶ東町 50

⑩石清水八幡宮
いわしみずはちまんぐう
242・245・261・263・266
京都盆地の西部、男山に鎮座する。『延喜式』神名帳には見えない。行教筆と伝える『護国寺略記』によれば、大安寺（現奈良市）の僧行教が貞観元年（859）4月、宇佐宮（現大分県宇佐市）に参詣したところ八幡大菩薩の託宣を得たため、宇佐宮勧請を朝廷に奏請した。清和天皇は、宇佐に準じて6宇の宝殿を造営させたという。祭神は誉田別命（ほむたわけのみこと）・息長帯比売命（おきながたらしひめのみこと）・比咩大神（ひめおおかみ）。鎮護国家の神として、また、弓矢の神として尊崇を集め、源家の氏神と考えられるようにもなった。
【所在】京都府八幡市八幡高坊30

⑪平等院　びょうどういん　271
山号は朝日山、本尊は阿弥陀如来。平等院は、元々は源融の別荘だったが、宇多天皇、天皇の孫である源重信を経て、長徳4年（998）に藤原道長の別荘となり、永承7年（1052）、父道長より譲り受けた関白藤原頼通が仏寺に改めた。天喜元年（1053）に阿弥陀堂（鳳凰堂）が落慶し、堂内に、仏師定朝によって制作された阿弥陀如来坐像が安置された。世界遺産に登録されている。

【所在】京都府宇治市宇治蓮華116

⑫住吉大社　すみよしたいしゃ
249・273・276
大阪市住吉区住吉に鎮座。底筒男命（そこつつおのみこと）、中筒男命（なかつつおのみこと）、表筒男命（うわつつおのみこと）の住吉3神に加えて、第四宮に神功皇后を祀る。『延喜式』神名帳摂津国住吉郡条に「住吉坐神社四座〈並名神大〉」と見え、摂津国の一宮とされる。『日本書紀』神功皇后摂政前紀に見える、皇后新羅征伐の折りに、住吉3神が託宣して征伐を成功に導いたという故事に拠って、海上交通の守護神として、また境を守る神として、広く信仰を集めてきた。
【所在】大阪市住吉区住吉2－9－89

⑬広田神社・西宮神社
ひろたじんじゃ・にしのみやじんじゃ
245・249・266・276
広田神社は、兵庫県西宮市大社町に鎮座する。旧官幣大社。『延喜式』神名帳摂津国武庫郡条に「広田神社〈名神大〉」と見える。『日本書紀』神功皇后摂政元年の条に見える、神功皇后が天照大神の託宣に従い、大神の荒魂を「御心広田国」に祀らしめたという故事をその創始とし、京の都の西方にあたる所から、「西宮」の別称で親しまれ、宮中や貴族たちに篤く尊崇された。古代にあってその社地は甲山の山裾から御前の浜まで広大に広がり、浜近くに設けられた別宮は「浜の南宮」と呼ばれ、その域外摂社には荒夷神が祀られていた。全国のえびす様の総本社として有名な現在の西宮神社は、中世室町以後にこの「浜の南宮」社が広田神社から分離独立したものと推察される。広田神社には、神功皇后が長門の海峡より得られたという如意宝珠が霊宝「剣珠」として伝えられ、西宮神社ではかつての広田・南宮の神々を奉戴して渡御する平安時代以来の祭が再興され、毎年9月23日には船渡御が行われている。
【所在】
広田神社　兵庫県西宮市大社町7－7
西宮神社　兵庫県西宮市社家町1－17

⑭金峯山　きんぷせん

263・264・265・266

吉野山から山上ヶ岳まで約20数kmに及ぶ一連の峰続きをさして呼ぶ。役小角の修行地として知られ、聖宝（832 － 909）がその跡を慕って、長く金峯山で修行し、山を開き、山上の奥に堂宇を建て、如意輪観音、多聞天王、金剛蔵王菩薩権現を安置し、大峰と熊野とを結ぶコースを開いた（『聖宝僧正伝』）。『江都督納言願文集』巻2「院金峰山詣」に「夫､金峰山者､金剛蔵王之所居也」とあるように、金峯山信仰の対象は金剛蔵王権現であり、平安時代には皇族貴族の御嶽詣が盛んに行われた。

【所在】奈良県吉野郡吉野町

⑮⑯⑰熊野三山　くまのさんざん

242・256・257・258・259・260

紀伊半島南部の熊野地方に鎮座する。⑮**熊野本宮大社**、⑯**熊野速玉大社**（熊野新宮大社）、⑰**熊野那智大社**の3社の総称。3社はそれぞれ、家津美御子大神（けつみこのおおかみ）（熊野坐大神、本地・阿弥陀如来）、熊野速玉大神（くまのはやたまのおおかみ）（本地･薬師如来）、熊野夫須美大神（くまのふすみのおおかみ）（本地・千手観音）を祀り、熊野三所権現と呼ばれ、さらに若王子や子守宮などの五所王子や飛行夜叉などを加えて十二所権現とも称された。『延喜式』神名帳には「名神大」として「熊野早玉神社」と「熊野坐神社」の2社が見える。平安時代後期、阿弥陀信仰が強まり浄土教が盛んになってくる中で、熊野の地は「浄土」と見なされるようになった。院政期には歴代の上皇の参詣が頻繁に行なわれ、後白河院の参詣は34回に及んだ。熊野詣での発展と共に街道沿いには、数多くの御子神—王子社—が祀られ、熊野九十九王子と称された。時代が降ると庶民の熊野詣でも盛んとなり、その隆盛の様は「蟻の熊野詣で」と呼ばれた。2004年7月に、ユネスコの世界遺産に「紀伊山地の霊場と参詣道」として登録された。

【所在】

⑮和歌山県田辺市本宮町本宮

⑯和歌山県新宮市新宮1

⑰和歌山県東牟婁郡那智勝浦町那智山1

⑱⑲日前神宮・国懸神宮

ひのくまじんぐう・くにかかすじんぐう

246

『延喜式』神名帳紀伊国名草郡に「日前神社〈名神大。月次相嘗新嘗〉 国懸神社〈名神大。月次相嘗新嘗〉」とある。『一宮記』六十余州名神之事に「紀伊国日前国懸宮」とある。両宮は同一境内に座す。『新抄格勅符抄』に「日前神五十六戸国懸須神六十戸紀伊国」とあり、その社格は伊勢神宮に匹敵する。日前宮が矛、国懸宮が鏡を御正体とし、祭神は天照大神であると考えられている。紀伊国造家が代々管理する氏神であり、紀伊国を代表する神である。

【所在】和歌山市秋月365

⑳伊太祁曽神社　いたきそじんじゃ　246

『延喜式』神名帳紀伊国名草郡に「伊太祁曽神社〈名神大。月次相嘗新嘗〉」とある。『紀伊国神名帳』に「正一位勳八等伊太祁曽大神」とあり、社格の高い名草郡の霊社。日前国懸社と同じく紀伊国造が奉斎する神であった。

【所在】和歌山市伊太祁曽558

㉑鳴神社　なるじんじゃ　246
『延喜式』神名帳紀伊国名草郡に「鳴神社〈名神大。月次相嘗新嘗〉」とある。『紀伊国神名帳』に「正一位鳴大神大」とあり、伊太祁曽社と並び、社格の高い名草郡の霊社。永享5年（1433）には日前国懸社の末社としてあつかわれていた。

【所在】和歌山市鳴神1089

㉒㉓㉔紀伊三所　きいさんじょ　246
㉒伊達(いたて)神社、㉓志摩(しま)神社、㉔静火(しずひ)神社の3社を総称したもの。いずれも紀伊国名草郡（現和歌山市）に鎮座し、紀伊国造家との関わりが深い。五十猛神(いたけるのかみ)、大屋津姫命(おおやつひめのみこと)、妻津姫命(つまつひめのみこと)の3神を祀る。『延喜式』神名帳紀伊国名草郡に「伊達神社〈名神大〉。志摩神社〈名神大〉。静火神社〈名神大〉」とある。『住吉大社神代記』では、紀伊三所神は船玉神であり、紀伊国の氏神として祀られていたとされる。
【所在】
㉒和歌山市園部1580
㉓和歌山市中之島677
㉔和歌山市和田855

㉕藤白神社（旧藤代王子社）
ふじしろじんじゃ　258・259
和歌山県海南市の藤白峠の北麓に鎮座する。かつて、熊野参詣道の最初の結界の地、熊野神域の「一の鳥居」の地と称された藤代王子社が前身である。熊野十二所権現が最初に影向した地と伝えられ、熊野若一王子を祀っていたが、現在は、饒速日命(にぎはやひのみこと)や熊野坐大神、速玉大神などを祭神として祀っている。熊野三党の一、鈴木氏が早くこの地に移住して熊野神領支配の根拠地となり、全国の鈴木氏の総氏神としても知られている。
【所在】和歌山県海南市藤白448

㉖広峯神社　ひろみねじんじゃ　249
兵庫県姫路市北部の広峰山の山上に鎮座。天平5年（733）に唐から帰朝した吉備真備（『峯相記』『播磨鑑』の記述。『続日本紀』では天平7年［735］に帰朝とある）が招来した牛頭天王を祀ったと伝えられる。現在の主祭神は、素戔嗚尊、五十猛命とされ、『日本三代実録』貞観8年（866）7月13日条に見える「播磨国無位素戔嗚尊授従五位下」とあるのに比定されている。全国の祇園＝牛頭天王社の総本宮とも称されている。

【所在】兵庫県姫路市広嶺山52

㉗射楯兵主神社
いたてひょうすじんじゃ　249
『播磨国風土記』飾磨郡因達里条に見える囲太代神(いたてのかみ)（射楯大神、五十猛神）と、同郡伊和里に鎮座していたと伝える兵主大神(ひょうすのおおかみ)（伊和大神、大国主命）の両神を併祀する。『延喜式』神名帳播磨国飾磨郡の条に「飾磨郡四座〈並小〉射楯兵主神社二座」。安徳天皇養和元年（1181）に播磨国の大小明神を勧請合祀し、播磨国総社と称せられる。以来武家の尊崇が篤く、今日でも、「総社さん」「総社の神様」として親しまれている。
【所在】兵庫県姫路市総社本町190

㉘石屋神社　いわやじんじゃ　249
兵庫県淡路島の淡路市に鎮座。現在は、国常立命(くにとこたちのみこと)、伊邪那岐命(いざなぎのみこと)、伊邪那美命(いざなみのみこと)の3神を祀る。『延喜式』神名帳の淡路国津名郡条に小8座のうちの一つとして見

える。創建は定かでないが、神功皇后が三韓征伐の折、風待ちで船宿りして戦勝祈願した所、風波が止んだという故事を伝える。その時、皇后が詠んだという「いざなぎやいざなみ渡る春の日にいかに石屋の神ならば神」の風凪の和歌を現在も神符として、航海安全を祈る信仰が残っている。

【所在】兵庫県淡路市岩屋字明神 799

㉙鹿島神宮　かしまじんぐう　　248

鹿島台地の南端、かつての香取海北岸に鎮座する常陸国一宮。『延喜式』神名帳では常陸国鹿島郡の名神大社として見え、「鹿島神宮」と称す。祭神は『古語拾遺』によれば武甕槌神（たけみかづちのかみ）。記紀では天孫降臨に先立って出雲に派遣され、葦原中国平定に活躍し、後に神武東征を手助けしたと伝える。一方、8 世紀の『常陸国風土記』では崇神天皇の時、高天原から大坂山の頂に降臨した「香島の天の大神」を祀ったのが起源としている。

【所在】茨城県鹿嶋市宮中 2306 － 1

㉚香取神宮　かとりじんぐう　　248

かつての香取海南岸に位置する古社で、社名は「楫取（カジトリ）」に由来する。『延喜式』神名帳では下総国香取郡の名神大社として見え、「香取神宮」と称す。実質的には一宮であったと見られるが、その史料所見は中世後期までくだる。祭神は経津主神（ふつぬしのかみ）（斎主神）であり、『日本書紀』神代天孫降臨章によれば葦原中国平定に関わった武神であるが、斎主は鹿島神を祀る地主神と見る説もある。香取内海は奥州遠征の要衝であり、ヤマト政権にとっては鹿島神宮と並んで東国経営の精神的支柱とされたとみられる。

【所在】千葉県香取市香取 1697

㉛安房の洲、滝の口、小鷹明神

あわのす、たいのくち、おだかみょうじん

248

房総半島の南端、長尾川の右岸に位置する小鷹明神は、滝口明神とも称された。近代には式内小社である安房国朝夷郡下立松原神社の後裔を称し、祭神を天日鷲命（あめのひわしのみこと）とする。天日鷲命は安房を開拓した神の一人で、孫の由布津主命（ゆふつぬしのみこと）が神武初年に初めて祀ったと伝えるが、小鷹明神との関係は確定できない。

【所在】千葉県南房総市白浜町滝口 1728

㉜諏訪大社　すわたいしゃ　　248・262

信濃国諏方郡、諏訪湖周辺に鎮座し、現在は上社本宮・前宮、下社春宮・秋宮の四社からなる。歴史的には建御名方富命神社（『日本三代実録』）、南方刀美神社（『延喜式』）、須波社（『左経記』）、諏方南宮上下社（『吾妻鏡』）など様々に呼ばれたが、昭和 23 年以降は諏訪大社と称する。式内名神大社、信濃国一宮であり、12 世紀の『宝物集』巻 5 は諏訪明神を信濃国の鎮守としている。祭神は建御名方神（たけみなかたのかみ）と八坂刀売神（やさかとめのかみ）（もしくは上宮の諏訪大明神と下宮の姫大明神）で、両神は夫婦とされる。『古事記』上は、大国主命の子の建御名方命が国譲りに反対して諏訪に追放されたとするが、一方中世には、神功皇后の新羅遠征に際して伊勢大神宮が派遣した神が諏訪郡にとどまったのを起源とする伝承も存在する（覚一本『平家物語』巻 11「志渡合戦」）。持統天皇 5 年（691）に「信濃須波」の神を祀ったのが祭祀の

初見（『日本書紀』）。
【所在】
上社本宮　長野県諏訪市中洲宮山 1
下社秋宮　長野県諏訪郡下諏訪町 5828

㉝熱田神宮　あつたじんぐう　248
尾張国愛智郡、熱田台地の南端に位置する式内名神大社。かつては伊勢湾上に突き出た岬になっていた。13 世紀頃の古文書から見て、尾張国三宮であった可能性が高い。「尾張国風土記」逸文によれば、日本武尊が東国平定に際して伊勢斎王倭姫命（やまとひめのみこと）から神剣を授けられた。日本武尊の死後に残された剣を、妃である宮酢媛命（みやすひめのみこと）（尾張国造の女）が祀ったのが当社の起源という。中世の縁起や記録類では草薙剣（天照大神）を祭神とするが、天照大神・素戔嗚尊・宮酢媛・日本武尊・建稲種尊（たけいなだねのみこと）の五神とする説もある。

【所在】愛知県名古屋市熱田区神宮 1－1－1

㉞南宮大社　なんぐうたいしゃ　250・262
岐阜県不破郡垂井町に鎮座し、主神として金山彦神（かなやまひこのかみ）を、脇神として見野尊（みののみこと）と彦火火出見命（ひこほほでみのみこと）を祀る。旧官幣大社。その名は早く『続日本後紀』承和 3 年（836）条に「美濃国不破郡仲山金山彦大神」と見え、『延喜式』神名帳美濃国不破郡の条に「仲山金山彦神社〈名神大〉」とある。美濃国の唯一の式内名神大社で、同国の一宮である。主神として火金の神である金山彦神を祀る所から、美濃南宮、南宮大社と称され、火の神、鍛冶、製鉄の神として広く尊崇を集めてきた。

【所在】岐阜県垂井町宮代峯 1734 － 1

㉟多度大社　たどたいしゃ　248
伊勢国桑名郡、多度山の南麓に位置し、もともと多度山や山中の磐座への信仰に発したと考えられる。式内名神大社で、室町時代の『類聚既験抄』によれば伊勢国二宮。ただし多度大社を伊勢国神社の筆頭に置く史料が複数あることから、実質的な一宮とする説もある。祭神の多度神は、天津彦根命（あまつひこねのみこと）に比定される。天津彦根命は天照大神の御子神であるが、9 世紀の『新撰姓氏録』などで桑名郡一帯の豪族、桑名首の始祖とされ、地域でも篤く信仰されていたことがうかがえる。創始は不明だが、近世の社伝では雄略天皇期の創建と伝える。

【所在】三重県桑名市多度町多度 1681

㊱比良明神（白鬚神社）　ひらみょうじん　248
比良明神は現在の白鬚神社（しらひげじんじゃ）に当たるとされる。近世の史料では祭神を猿田彦命とするが、本来は社殿の背後にそびえる比良山を神体山とすると見られる。所見としては、貞観 7 年（865）「近江国无位比良神」に従四位下を授けたとあるのが早い（『日本三代実録』）。『三宝絵詞』下ノ22、『七大寺巡礼私記』、『石山寺縁起』などによれば、良弁が東大寺大仏に用いる黄金を求めて近江国滋賀郡勢多の湖畔に赴くと、釣りをしていた老翁が「我是当山地主神比羅明神」と名乗って消え失せ、のちに陸奥で黄金が出たという。
【所在】滋賀県高島市鵜川 215

㊲敢国神社　あえくにじんじゃ　262
三重県伊賀市一宮の南宮山の山裾に鎮座する。『延喜式』神名帳伊賀国阿拝郡の

条に「敢国神社〈大〉」と記される。同国唯一の式内大社であり、一宮である。現在の祭神は、中央に安倍氏の祖とされる主神大彦命（おおひこのみこと）を、左右に少彦名命（すくなひこなのみこと）と金山比咩命（かなやまひめのみこと）を祀る。平安時代後期以後南宮の呼称が定着し、「伊賀南宮」「南宮大菩薩」などと呼ばれた。

【所在】三重県伊賀市一ノ宮 877

㊳**吉備津神社**　きびつじんじゃ　249・270

備前・備中国境の吉備の中山の西麓に鎮座する備中国の一宮。『延喜式』神名帳に「名神大」として見える「吉備津彦神社」に比定されている。祭神は第７代孝霊天皇の皇子とされる大吉備津彦命（おおきびつひこのみこと）。第 10 代崇神天皇の代に四道将軍として吉備国に下り、荒ぶる鬼神温羅（うら）を退治したと伝える。古来「一品聖霊」という称号を与えられ、製鉄などの産業の守護神、長寿や安産・育児の神などとして広く尊崇を集めた。御竈殿で今日も続けられている鳴釜神事は、上田秋成の『雨月物語』「吉備津の釜」でも知られた著名な神事である。

【所在】岡山市北区吉備津 931

㊴**中山神社**　なかやまじんじゃ　249

岡山県津山市北西部に鎮座する。慶雲 4 年（707）の創建と伝えられ、『延喜式』神名帳美作国苫東郡に「中山神社〈名神大〉」と記され、美作国一宮として尊崇された古社である。現在の社名は、「なかやま」と呼ばれているが、古くは、「ちうさん」と見える。主神は、鏡作部の祖先とされる鏡作神（かがみつくりのかみ）で、古来、製鉱、製鉄に由縁の深い神として広く尊崇を集めてきた。

【所在】岡山県津山市一宮 695

㊵**厳島神社**　いつくしまじんじゃ　249

広島県廿日市市の宮島に鎮座。創建は、推古元年（593）と伝えられ、『延喜式』神名帳安芸国佐伯郡には、「伊都伎島神社〈名神大〉」と見える。安芸国の一宮で、久安２年（1146）、平清盛が安芸守に任官して以来、平家一門の篤い信仰を受け、瀬戸内海航路の守護神として、貴賤衆庶の信仰を集めた。祭神は、市杵島姫命（いちきしまひめのみこと）・田心姫命（たごりひめのみこと）・湍津姫命（たぎつひめのみこと）の宗像３女神。承安四年（1174）の後白河、治承４年（1180）の高倉院の厳島御幸は、一代の盛事として有名である。

【所在】広島県廿日市市宮島町１－１

【執筆者】50音順
植木朝子（うえき ともこ） 同志社大学教授
内田　源（うちだ げん） 大阪府立四條畷高等学校教諭
岡本大典（おかもと だいすけ） 岡山県倉敷市立福田南中学校教諭
佐々木聖佳（ささき みか） 甲南大学講師
佐藤幸代（さとう ゆきよ） 奈良県香芝市立香芝西中学校教諭
田中寛子（たなか ひろこ） 大阪市立大学都市文化センター研究員
田林千尋（たばやし ちひろ） 京都造形芸術大学講師
辻　浩和（つじ ひろかず） 川村学園女子大学准教授
永池健二（ながいけ けんじ） 元奈良教育大学教授
西川　学（にしかわ まなぶ） 関西外国語大学短期大学部准教授
藤井隆輔（ふじい りゅうすけ） 智辯学園奈良カレッジ講師
松石江梨香（まついし えりか） 大阪府立東大阪支援学校教諭

梁塵秘抄詳解（りょうじんひしょうしょうかい） 神分編（じんぶんへん）

2017年8月5日 初版第一刷発行　　定価（本体13,000円＋税）

編　者　永池健二
発行所　株式会社　八木書店 古書出版部
代表　八木乾二
〒101-0052 東京都千代田区神田小川町3-8
電話 03-3291-2969（編集） -6300（FAX）
発売元　株式会社　八木書店
〒101-0052 東京都千代田区神田小川町3-8
電話 03-3291-2961（営業） -6300（FAX）
https://catalogue.books-yagi.co.jp/
E-mail pub@books-yagi.co.jp

印　刷　上毛印刷
製　本　牧製本印刷
用　紙　中性紙使用

ISBN978-4-8406-9764-4